ジョージ・オーウェル日記

GEORGE ORWELL DIARIES

ピーター・デイヴィソン◆編
高儀進◆訳

白水社

ジョージ・オーウェル日記

ジョージ・オーウェル日記……目次

序

ジョージ・オーウェルは日記をつけリストを作るのが根っから好きな作家で、ノートにさまざまなアイディアを書き込み、詩の下書きを記し――「それは、火曜日の朝のことだった」や「このあいだまでこの教区に住んでいたジョーゼフ・ヒッグズは」――新聞記事、レシピ、ガーデニングのヒント等を書き写したり貼り付けたりした。国粋主義者の指導者、流行歌、ラテン語、フランス語、その他の言語の単語や文句のリストを作った。有名な話だが、彼は隠れ共産主義者と共産党のシンパと見なした者のリストを作り、また、生涯の最後の年に読んだ、広い分野にわたる本の題名を記した。何年ものあいだ彼はパンフレットを蒐集し（現在、大英図書館にある）、分類しかけていた。そして、所得税申告書を作るために原稿料を丹念に記録した。残念ながら、一九四三年七月から一九四五年までの所得の記録しか残っていないが。皮肉なことに、その原稿料の記録は、最初の妻のアイリーンが官庁街《ホワイトホール》の検閲局で働いていた時に使っていたノートに残されている。彼は通常、出版した作品の原稿を保存しようとは考えなかったが、いくつかの原稿が残っているのは（例えば『動物農場』と『一九八四年』のタイプ原稿）、それを破棄する前に死んでしまったからに過ぎないのだろう。しかし彼は、日記は保存し、タイプして清書することが多かった。現在、十一冊の日記が残っている。それらはピープスの日記のように暗号で密かに書かれたものではなく、生活、自然観察、当時の政治的事件の直截な記録である。彼が一九三九年九月にウォリントンを離れた時、妻のアイリーンが「家事日記」に書き込み、彼が入院していた一九四七年から翌年にかけての冬には、妹のアヴリルが、バーンヒル〔オーウェルがジュラ島で借りた家の名〕周辺の気候や農作業などのような基本的情報を兄に代わって記録した。

　十二番目の日記、そしておそらく十三番目の日記がモスクワのNKVD（国家秘密警察）の公文書保管所に隠されているのは、ほぼ間違いない。一九九六年三月、ハンガリー共産党の指導者ベーラ・クンの孫のミクロス・クン教授は、

NKVDがオーウェルを狙っていたということ、オーウェルに関するファイルがその公文書保管所にあるということを私に語った。（ベーラ・クンはソヴィエト当局と不和になり、一九三八年八月二十九日にソヴィエトの矯正労働収容所で銃殺されたらしい。彼は一九三九年十一月三十日に、その刑務所の一つで死んだと、ソヴィエト側は前から言っていたけれども。）残念ながら、そのファイルを調べることができないまま、公文書保管所は非公開になった。オーウェルは一九三七年八月二日にチャールズ・ドランに宛てた手紙の中で（『オーウェル全集』第十一巻）、文書はバルセロナのコンチネンタル・ホテルの妻の部屋で押収されたと書いた〔オーウェルが姿を隠したあと、妻が一人で滞在していた〕。『カタロニア讃歌』の中では、六人の私服警官が「私の日記」を没収したと書いている。オーウェルが偏執的に日記をつけたことを考えると、ビルマの警察に勤めていた時代にも日記をつけていたことは考えられなくもないが、その日記が現われる見込みは、まずない。一九四六年の「家事日記」の六月一日の項でオーウェルは、「別の日記に」書いた兎の皮の保蔵処理法に言及している――しかし、その日記の所在はわかっていない。これらの十一冊の日記と、二冊のノートに書き込まれた日記は、揃ってはいないものの、一九三一年にしたホップ摘みの冒険から、病院で迎えた最期の日々に至るまでのオーウェルの人生の個人的記録である。

一九三八年八月九日以降のオーウェルの日記の各項が、まさに七十年後に「オーウェル賞」のウェブサイト、www.orwelldiaries.wordpress.com に日ごとに掲載され始めた（それぞれの項が書かれた時にオーウェルが訪れた場所の見事な地図が付いている）。

オーウェルの日記を本書の形にまとめるに当たり、本文を読みやすいものにしようと努めつつも、完全主義者としてのオーウェルではなく日記作家としてのオーウェル独特の特徴を保とうと努めた。「actually」を「actualy」と書くような些細な誤りと綴りの間違いは、なんの断りもなく訂正した。また、「i.e.」と「e.g.」を「ie」と「eg」と書く彼の習慣はそのままにしたが、例えば、新聞雑誌の名前はイタリック体にした。大きな変更には注を付けてある。オーウェルの大文字使用は一貫性がない場合が多く（「Canterbury bells」が、一つか二つのあとの項では「Canterbury Bells」となっている）、大文字はしばしば省略されていて、大文字にしないと混乱するかもしれない場合にのみ使われている（上述の例のように）。オーウェルの日記を清書する際のアイリーンの綴りは、夫よりも正確であるのがわかる。例えば、夫が「scabius」と書いたのを「scabious」と正しく直している。両方の綴りが、本書ではそのままになっている。私はイニシャルだけで記されている人物をできるだけ数多く特定し、頻繁に言及されている名前を略さずに書くようにした（角括弧を使い）――例。A［vril］、B［ill］〔翻訳ではA［アヴリル］。B［ビル］〕。オーウェルが日記を手書きの元のものからタイプで清書した際は、ほんのわずかな興味深いヴァリアントにのみ注を付けた。タイプで打った日記の最終版をオーウェルが手書きで修正している場合は、注を付けなかった。その詳細のすべては、『オーウェル全集』に記されている。『オーウェル全集』に対する脚注の言及は『全集』という略称と、巻数によって示した。本書の注は、上述のように小さなヴァリアントは省略したが、『オーウェル全集』の注よりもかなり詳しくなっている。

オーウェル財団（とりわけリチャード・ブレアとビル・ハミルトン）、および、こうした日記の本書の形での出版を許可して下さったUCL特別蒐集図書館の保管責任者、ギル・ファーロングに深く感謝する。また、校正刷りに綿密に目を通して下さったマイラ・ジョーンズにも心から謝意を表する。

最後にひとこと。自分の伝記が書かれるのをオーウェルがひどく嫌っていたことを考えると、これらの日記が彼の人生の大半の生活と意見を語る実質的「自伝」になっているのは皮肉である。

凡例

一、オーウェル自身の脚注は★1、★2〜で示し、各章末に記した。
二、編者の注は(1)、(2)〜と番号を付し、やはり各章末に記した。
三、翻訳者の二行割注は〔　〕内に入れた。

ホップ摘み日記

一九三一年八月二十五日〜一九三一年十月八日

　ジョージ・オーウェルは、当時、英領インド帝国政府の阿片局副阿片官次席だったリチャード・ウォームズリー・ブレアとその妻アイダの子として、一九〇三年六月二十五日、ベンガル州モティハリに生まれ、エリック・アーサーと命名された。彼には姉のマージョリーがいた。二人は一九〇四年にイングランドに戻り、ヘンリー＝オン＝テムズに住んだ。彼は一九〇七年の夏に父が休暇で戻ってきた時に、父に再会した。妹のアヴリルが一九〇八年四月六日に生まれた。ブレア氏が一九一二年に引退すると、一家はオックスフォードシャーのシップレークに移った。同地でオーウェルはバディコム一家と親しくなった。とりわけ、一番上の子供であるジャシンサと。二人が住み、遊んだ近所の場所の役に立つ地図が、ジャシンサ・バディコム著『エリックと私たち』に載っている。オーウェルは最初、イギリス国教会系の尼僧が経営する学校で教育を受け、その後、イーストボーンにあるセント・シプリアン進学予備校〔パブリックスクールに入るための小学校〕に入った（その学校は、有名だが偏ったオーウェルのエッセイ、「喜びはかくも大きかった」の主題となった。また彼は、そこで、『ヘンリー・アンド・サウス・オックスフォードシャー・スタンダード』紙に載った二篇の愛国的な詩を書いた）。そして奨学金を獲得してウェリントン校で一学期を過ごしたあと、国王奨学基金給費生としてイートン校に入学した。ブレア一家は第一次世界大戦後、サフォーク沿岸のサウスウォルドに引っ越した。

　オーウェルは一九二二年十月から一九二七年十二月まで、英領インド帝国の警察に勤めた。その時の経験から、小説『ビルマの日々』、彼の最も重要な初期の二篇のエッセイ、「象を撃つ」と「絞首刑」が生まれた。彼は休暇でイギリスに戻ると、比較的給料のよかった官職を辞し、作家になるためにかつかつの暮らしを始めた。そして放浪生活をし、ロンドンのイーストエンドに何度か行って貧民の暮らしぶりを調べ、貧民と同じ経験をした。一九二八年の春から一九二九年の終わり頃まで、パリの労働者階級の住む地区で暮らした。最初はビルマ時代の貯金で暮らし、いくつかのエッセイを書き、発表した。また、一篇か二篇の小説（彼自身の説明も食い違う）も書いたが、破棄してしまった。後年、彼はそれを残念がった。彼が最初に書いたエッセイは一篇以外すべてパリの小さな新聞に載ったが〔仏訳されて掲載された〕、それは彼の後年の関心の対象を予示している――検閲、失業、貧民、帝国主義の搾取、文学（ジョン・ゴールズワージーに関するエッセイ）、大衆文化。貯金の最後の残りを盗まれた彼は、外見は豪華なホテルの胸が悪くなるような厨房でしばらく働いたあと、イギリスに戻った。そしてサウスウォルドの両親と一緒に住み、のちに『パリ、ロンドンどん底生活』となる最初の草稿を書き、雑誌『アデルフィ』のために書評を書き、放浪を続け、浮浪者と一緒に暮らした。一九三一年秋、彼はケント州にホップ摘みに行ったが、この最初の日記は、その経験の記録である。各項は、一九三一年十月十日にオーウェルがタイプで打ったものを印刷した。彼はカーボン紙による写しを、サウスウォルドにいる友人のデニス・コリングズに送った。コリングズ（一九〇五〜二〇〇一）は人類学者で、一九三四年、シンガポールにあるラフルズ博物館の副館長になった。シンガポールが陥落した際ジャワに逃れたが、日本軍に捕まり投獄された。一九四六年一月二十二日付の手紙〔友人の社会人類学者に宛てたもの〕の中でオーウェルは、帰還したコリングズを見たが、「収容所の通訳をしていたので、ひどい苦労はせずに済んだように見えた」と言っている（『全集』第十八巻）。オーウェルは、そのタイプ原稿を、ヨークシャー出身の法廷弁護士で、二人の共通の友人のコレット・クレスウェル・プリンと、さらにエレナー・ジェイクスに見せるかもしれないと言っている。オーウェルはジェイクスに対して恋心を抱いていたが、彼女は一九三四年にコリングズと結婚した。オーウェルは「ホップ摘み」というエッセイも書いたが、それは、一九三一年十月十七日にエリック・ブレアの名で『ニュー・ステーツマン・アンド・ネイション』に載った（『全集』第十巻）。日記の一部が、そのエッセイに使われた。また、『牧師の娘』のドロシー・ヘアは、ホップ摘みをして時間を費やす（第二章）。

この日記の最後にあるオーウェル自身の「注」は、「新語」に彼の定義を与えたものである（例、「drum」について）。

ホップ摘み日記

三一年八月二十五日　二十五日の夜、約十四シリングを懐にチェルシーを出発し、ウェストミンスター・ブリッジ・ロードにあるリュー・リーヴィのキップ[1]に行った。三年前とほぼ同じだが、ほとんどすべてのベッドは、いまや九ペンスではなく一シリングだ。それはL・C・Cのせいだ。下宿屋のベッドはそれぞれもっと離して置かねばならないと彼らは定めたのだ（例によって衛生上の理由から）。下宿屋に関する、こうした類いの一連の法律があるが[★1]、ベッドはそこそこに快適でなければならないという法律はないし、作られることもないだろう。その法律の最終結果は、今では下宿屋のベッドは隣のベッドから二フィートではなく三フィート離れていて、三ペンス高くなったというものだ。

三一年八月二十六日　翌日、トラファルガー広場に行き、北側の壁の脇で野宿した。そこは、ロンドンの浮浪者が集まるのが容認されている場所の一つだ。今の時期には、この広場には百人から二百人の浮動人口があり（約一割が女だ）、そこを我が家だと実際に見なしている者もいる。彼らは定期的に物乞いをして回り（午前四時にコヴェント・ガーデン[2]で傷物の果物を貰い、午前中はさまざまな修道院に行き、深夜にはレストランに行き生ゴミ入れを漁る等々）、いつも紅茶が飲めるように、見込みのありそうな通行人に小銭をねだる。紅茶は広場では四六時中飲まれ、ある者が「ドラム」を調達し、ある者が砂糖等を調達する。ミルクは、一缶二ペンス半のコンデンスミルクだ。ナイフで缶に孔を二つ明け、その一つに口を当てて吹く。すると、ねばねばした灰色がかった液体が別の孔から滴り落ちる。それから、噛んだ紙で孔を塞ぎ、缶を数日もたせる。缶は埃が付着して汚くなる。湯はコーヒー店でねだって貰うか、夜、夜警の使う火で沸かすかする。しかし、それは警察が許可していないので、こっそりやらなければならない。広場で出会った何人かは、六週間そこに居続けたのだが、そう惨めには見えなかった。全員、ひどく汚いということを除き。貧困者のあいだではいつものことだが、彼らの多くはアイルランド人だ。彼らは時々故郷を訪れるが、船賃を払おうなどとは考えず、いつも小さな貨物船で密航するようだ。船員たちは大目に見るのだ。

私はセント・マーティンズ教会[3]で眠るつもりだったが、ほかの者の話では、中に入ると、マドンナとして知られている女から厳しい質問をされるらしい。そこで、広場で夜を過ごすことにした。予想したよりも悪くはなかったが、寒さと警官のせいで一睡もできなかった。数人の筋金入りの浮浪者以外、誰も一睡しようとさえしなかった。腰掛けがあって五十人ほどが坐れるが、ほかの者は地面に坐らざるを得ない。もちろん、それは法律で禁じられている。数分置きに、「気をつけろ、みんな。ポリ公が来るぞ！」という叫び声がする。一人の警官がやってきて、眠っている者の肩を揺すって起こし、地面に寝ている者を起き上がらせる。私たちは、警官が立ち去るや否や、また横になる。それは一種のゲームのように、夜の八時から朝の三時か四時まで続く。真夜中を過ぎるとひどく寒いので、体を温めるために長い散歩に出掛けねばならない。通りは、その時間にはなぜか少々怖い。辺りはしんと静まり返り人気がないが、例のギラギラした街灯で、昼間のように明るい。そのせいで何もかもが死の様相を呈していた。まるでロンドンが町の死体であるかのように。三時頃、一人の男と私は、衛兵の閲兵場の後ろの芝地に行き、娼婦と男がひどく冷たい霧と露の中でカップルになって横になっているのを見た。広場にはいつも何人かの娼婦がいる。彼女たちはどじな娼婦で、一晩のキップの分も稼げないのだ。そうした女たちの一人は一晩中、号泣しながら地面に横になっていた。男が、六ペンスの金を払わずに行ってしまったからだ。明け方まで、彼女たちは六ペンスさえ稼げず、一杯の紅茶か一本のタバコを貰うだけだ。四時頃、誰かが何枚かの新聞のポスター[4]を手に入れてきた。私たちは一つのベンチに六人か八人坐り、巨大な紙包みで体を包んだ。セント・マーティンズ横町のカフェ〈スチュアーツ〉が開くまで、それで一応体を温めた。〈スチュアーツ〉では、紅茶一杯で五時から九時まで坐っていることができ（時には、三人か四人で一杯の紅茶を分け合うことさえある）、頭をテーブルに着けて七時まで眠ることも許される。七時を過ぎると店主が起こす。人はそこでひどく雑多な連中に出会う――浮浪者、コヴェント・ガーデンの荷物運び、早朝出勤のビジネスマン、娼婦。そして絶えず喧嘩と殴り合いがある。今回は、荷物運びの妻である、年老いたひどく醜い女が二人の娼婦を口汚く罵っていた。彼女たちが、その女よりも上等の朝食をとっていたからだ。彼女たちのところに皿の料理が運ばれてくるたびに女はそれを指差し、咎めるように叫ぶ。「ありゃ一回分のファックの値段さね！　あたいたちは朝食にキッパーなんか食べないんだよ、そうだろうが、お前たち？　あの女はそのドーナツ代をどうやって払ったと思うね？　六ペンスであの女とやったのは、そこのニグロだろうよ」等々。しかし娼婦たちは、あまり気にしない。

三一年八月二十七日　朝の八時頃、私たち全員、トラファルガー広場の噴水でひげを剃った。一日の大半、『ウージェニー・グランデ』[5]を読んで過ごした。それは、持ってきた唯一の本だ。フランス語の本を見ると、誰もが常套的な文句を口にした――「ほう、フランス語？　かなりきわどいものだろうな？」等々。どうやら大方のイギリス人は、ポルノではないフランスの本があるということを知らないらしい。浮浪者は、もっぱらバファロー・ビルの類いの本を読んでいるようだ。どの浮浪者もその一冊を持っている。彼らには一種の貸本屋があり、スパイク[6]に着くと、みんな本を交換する。

その夜、私たちは翌朝ケントに向かって出発することになっていたが、私はベッドで寝ることにし、サザク・ブリッジ・ロードの下宿屋に行った。それはロンドンでも数少ない七ペンスのキップで、見た目もその通りだ。ベッドは長さが五フィートで、枕はなく（自分のコートを丸めて枕代わりにするのだ）、何匹かの南京虫のほかに、蚤が夥しくいる。厨房は狭く、地下室は嫌な臭いがする。そこに代理人が、便所のドアから数フィートのところにある、蠅が卵を産みつけた売り物のジャム・タトを置いたテーブルの前に坐っている。溝鼠《どぶねずみ》の害がひどいので、特に鼠対策に数匹の猫を飼う必要がある。下宿人たちは埠頭の労働者だと思う。彼らは悪い連中には見えない。その中に一人の青年がいた。青白く結核患者のように見えるが、明らかに労働者で、詩に心酔しているらしい。彼は、心から感情を込めて、こう繰り返した。

'A voice so thrilling ne'er was 'eard
In Ipril from the cuckoo bird,
Briking the silence of the seas
Beyond the furthest 'Ebrides'[7]

誰も彼をさほど嘲笑わなかった。

三一年八月二十八日　翌日の午後、私たち四人はホップ畑に向かって出発した。一緒にいた者の中で一番興味深かったのは、ジンジャーという名〔赤毛の男に対する綽名〕の青年だった。これを書いている今でも、私の友人だ。彼は頑健で運動選手のような二十六歳の青年で、ほとんど無学で救いようもなく愚かだが、何に対しても大胆だ。刑務所にいた時以外、この五年間、法を毎日破ってきたろう。少年時代、ボースタル[8]に三年入っていたが、出てくると、夜盗がうまくいったので十八で結婚した。その後間もなく、砲兵隊に入隊した。妻は死に、その後間もなく事故で片目を負傷し、傷病兵として免役になった。年金を貰うか一括払いで金を貰うかの話になった時、もちろん一括払いを選び、その金を一週間ほどで使い果たした。その後、再び夜盗をするようになり、刑務所に六回入ったが、長期の刑に服したことはなかった。けちな盗みで捕まっただけだからだ。一回か二回は、五百ポンド以上手に入れた盗みをしたが。彼は自分のパートナーとして、私に対し常に真っ正直だが、総じて、固定されていないものならなんでも盗む。しかし、彼が巧みな夜盗であったことは疑わしい。というのも、あまりにも愚鈍で危険を予知することができないからだ。その気になれば彼はかなりの生活費を稼ぐことができるのだから、そうしたことはすべて実に残念な話だ。彼は街頭で物を売る才能を持っていて、歩合制で物を売るさまざまな仕事をしたが、うまくいった日は、売上を持ってすぐさまずらかる。彼は安い買い物をするのが実に巧みで、例えば、一ポンドの食べられる肉を二ペンスで売るように肉屋をいつも説き伏せてしまう。しかし同時に、金銭に関してはどうしようもない間抜けで、半ペニーの蓄えさえない。彼はまた、死んだ妻と母親について、ひどくべたつくような「西の小さな灰色の家」(9)のタイプの歌を年中歌っている。感傷的な言葉で話す。彼はけちな犯罪者のかなり典型的な人物だと思う。

ほかの二人について言うと、一人はヤング・ジンジャーという名の二十歳《はたち》の青年で、かなり有望な若者だが、孤児で、なんの躾《しつけ》も受けていず、去年はもっぱらトラファルガー広場で暮らした。もう一人はリヴァプール出身の小柄な十八歳のユダヤ人で、根っからの宿無しだ。その少年ほどおぞましい人物を、これまでに見た覚えはない。彼は食べ物に関して豚のように貪欲で、絶えずゴミ箱を漁る。彼の顔は、死肉を喰らう卑しい野獣を思わせた。女についての話し方と、話している時の表情は、吐き気を催すほどに嫌らしく猥褻だ。鼻とその周りだけではなく、もっと洗えと説得することは、私たちにはできなかった。自分には、数種類のそれぞれ違った虱がたかっていると、彼はさりげなく言った。彼も孤児で、ほとんど幼児の頃から「路上」だった。

私はその時、六シリング(10)ほど持っていて、出発する前、毛布と称するものを一シリング六ペンスで買い、「ドラム」のために空き缶を数個貰った。ドラムのための唯一の信頼できる缶は二ポンドの嗅ぎタバコの缶で、それを手に入れるのは、そう簡単ではない。私たちはまた、パンとマーガリンと紅茶と、何本かのナイフとフォークなどを所持していたが、それはすべて、ウルワース〔雑貨小売りチェーン〕で、何回かにわたり盗んだものだ。私たちはブロムリーまで二ペンスの路面電車に乗り、ゴミ捨て場で「ドラム・アップ」〔「ホップ摘み日記」の最後にオーウェルの注がある〕をし、私たちと一緒になる予定のほかの二人を待ったが、二人は現われなかった。とうとう二人を待つのをやめた時にはすでに暗くなっていたので、適当な野宿の場所を探す機会がなかった。そのため、運動場の端の長い濡れた芝の中で夜を過ごさざるを得なかった。ひどく寒かった。私たち四人で二枚の薄い毛布しかなく、火を起こすのは安全ではなかった。周囲に人家があったからだ。そのうえ私たちは斜面に横になっていたので、時折、溝の中に転がり落ちた。自分は一晩中一睡もできないのに、ほかの者（全員、私よりも若い）がそういう状況でもぐっすり眠っているのを見るのは少々屈辱的だった。私たちは捕まらないよう、夜明け前に道路に出なければならなかった。湯を手に入れ朝食をとったのは、数時間後だった。

三一年八月二十九日　私たちは一マイルか二マイル行ったところで果樹園に着いた。ほかの者はすぐさま中に入り、林檎を盗み始めた。私は出発した時にはそんなことを予期していなかったが、自分もほかの者のようにするか、それとも彼らと別れるかしなければならないのを悟った。そこで、私も林檎を貰った。けれども、最初の日は見張りをしただけで、盗みには加わらなかった。私たちは、ほぼセヴンオークスの方角に向かっていた。昼飯の時間になるまでには、私たちは、約一ダースの林檎とスモモと、十五ポンドのジャガイモを盗んだ。ほかの者も、パン屋か軽食堂の前を通るたびに中に入ってタップ(11)し、相当の量の崩れたパンと肉を貰った。私たちは昼飯用に火を起こそうと立ち止まった時、近くの果樹園から林檎を盗んでいた二人のスコットランド人の浮浪者と一緒になり、長いあいだそこにいて話をした。ほかの者は全員、胸が悪くなるような仕方で、性的な事柄について話した。浮浪者は、その事柄になると実に嫌らしい。なぜなら、貧しさゆえに女からすっかり遮断されていて、したがって心は猥褻さで疼いているからだ。単に好色な人間はどうということはないが、好色であろうとするが、その機会がない人間は、そのことによって恐ろしいほどに堕落する。彼らを見ていると、交尾しているほかの二匹の犬の周りを羨ましそうにうろうろしている犬を思い起こす。会話をしている際、ヤング・ジンジャーは、トラファルガー広場に屯している彼とほかの何人かは、自分たちの仲間の一人が「プーフ」すなわちホモなのを発見したと語った。そこで彼らはその男に襲いかかり、その男の有り金全部の十二シリング六ペンスを奪い、自分たちで使った。どうやら彼らは、その男がホモなので、金を奪ってもまったく正当だと思ったらしい。

私たちはなかなか先に進まなかった。もっぱら、ヤング・ジンジャーとユダヤ人が歩くのに不慣れで、年中立ち止まって残飯を探したがったからだ。ユダヤ人は踏みつけられた薄切りポテトさえ拾い上げて食べた。午後も遅くなった頃、私たちはセヴンオークスには行かず、イード・ヒルのスパイクに行くことにした。スコットランド人たちは、それは人がよく言うよりましだと言った。私たちはスパイクから一マイル離れたところで紅茶を飲むために立ち止まった。近くの車に乗っていた紳士が、私たちが薪を見つけるのを非常に親切に手伝ってくれ、一人一人にタバコをくれたのを思い出す。それから私たちはスパイクに行ったが、その途中、浮浪者《トランプ》メイジャー(12)にやるために、一束の忍冬《すいかずら》を摘んだ。それをやれば彼は機嫌がよくなり、翌朝、私たちを出してくれる気になるだろうと思ったのだ。というのも、日曜日にスパイクから浮浪者を出すのは慣例ではないからだ。ところが、私たちがそこに着くと、お前たちを火曜日の朝まで留めて置かねばならないと、トランプ・メイジャーは言った。救貧院長は、どんな短期滞在者でも一日の仕事をさせるのにひどく熱心であると同時に、日曜日に仕事をするのは許さないようだった。そこで私たちは、日曜日は一日中ぶらぶらしていて、月曜日に仕事をしなければならないわけだった。ヤング・ジンジャーとユダヤ人は火曜日までいることにしたが、ジンジャーと私は教会近くの公園の端で寝ることにした。ひどく寒かったが、前の晩よりは少しましだった。というのも、薪がたっぷりあり、火を起こすことができたからだ。二人の夕食用に、ジンジャーは地元の肉屋に肉をねだった。肉屋は、ほぼ二ポンドのソーセージをくれた。土曜日の夜は、肉屋はいつも非常に気前がいい。

三一年八月三十日　翌朝、早朝の礼拝にやってきた牧師が私たちを見つけ、追い出した。さほど不愉快な態度ではなかったが。私たちはセヴンオークスを通ってシールに行った。途中で出会った一人の男が、三マイルほど先のミッチェル農場で仕事があるかもしれないから当たってみろと言った。二人はそこに行ったが、お前たちに仕事はやれない、うちにはお前たちを泊める場所がないから、と農夫は言った。どのホップ摘みも「適切な宿泊所」に泊まっているかどうか、政府の視察官[★2]が調べ回っていたのだ。（ところで、そうした視察官が、今年、何百人もの失業者がホップ畑で仕事を貰うのを妨げたのだ。「適切な宿泊所」をホップの摘み手に提供できない農場主は、自分の家に住む地元の人間しか雇えなかった。）私たちはミッチェルの畑の一つから約一ポンドの木苺を盗み、それからクロンクという別の農場主のところに行って頼んだが、返事は同じだった。しかし、私たちは彼の畑から五ポンドか十ポンドのジャガイモを手に入れた。二人がメイドストーンに向かっていた時、老いたアイルランド女に出会った。彼女はシールに下宿するという条件でミッチェルから仕事を貰っていた。だが、下宿はしていなかった。（実際には、誰かの庭の道具小屋に寝ていた。彼女は暗くなるとそこに忍び込み、夜明け前に出た。）私たちはある農家で湯を貰い、アイルランド女も一緒に紅茶を飲んだ。彼女はねだって貰ったものの、自分では食べたくはないたくさんの食べ物をくれた。ありがたかった。私たちにはいまや二ペンス半しかなかったからだ。食べ物もあまりなかった。雨が降ってきたので、教会の脇の農家に行って、牛小屋で雨宿りをさせてくれないかと頼んだ。農夫とその家族は夕べの礼拝に出掛けるところだった。そして彼らは、もちろん、お前たちに雨宿りをさせることなどできない、と憤然として言った。私たちはその代わり、教会の屋根付き墓地門で雨宿りした。そして、薄汚く疲れ果てた様子をしていれば、教会に入って行く会衆から小銭が貰えるかもしれないと期待した。何も貰えなかったが、礼拝が終わったあと、ジンジャーはかなりいいフランネルのズボンを牧師から貰った。墓地門の中はひどく不愉快だった。私たちはずぶ濡れになり、タバコも切らしていた。そのうえ、ジンジャーと私はそれまで十二マイルも歩いたのだ。それにもかかわらず、私たちは至極暢気で、しょっちゅう笑っていたのを覚えている。アイルランド女（六十で、どうやら生まれてこの方放浪していたらしい）はなんとも陽気な老女で、話の種に事欠かない。「スキッパー」〔「ホップ摘み日記」の最後にオーウェルの注がある〕するための場所の話をした時、彼女はある寒い夜、豚小屋に忍び込み、年老いた雌豚に寄り添って暖をとったと言った。

　夜になっても雨は降りやまなかったので、空き家を探して寝ることに決めたが、まず食品雑貨店に行って半ポンドの砂糖と二本の蠟燭を買うことにした。私がそれを買っているあいだに、ジンジャーはカウンターから林檎を三個盗み、アイルランド女はタバコを一箱盗んだ。二人は前もってそうすることにしていたのだが、わざと私には言わなかったのだ。なんの疚《やま》しさもない私の様子を盾に使ったのだ。さんざん探したあと、私たちは建築中の家を見つけ、大工が開けたままにした窓から忍び込んだ。剝き出しの床はひどく固かったが、外よりは暖かかった。私は二、三時間眠れた。私たちは夜明け前に外に出て、約束してあった通り、近くの森でアイルランド女と会った。雨が降っていたが、ジンジャーはほとんどどんな状況でも火を起こすことができた。私たちは紅茶を淹れ、ジャガイモを数個焼いた。明るくなると、アイルランド女は仕事に行き（三一年九月一日）、ジンジャーと私は仕事を貰いに、一、二マイル離れたチェインバーズ農場に向かった。農場に着くと、猫を絞首したところだった。そんなことをする人間がいるのを聞いたことがなかった。農場管理人は、お前たちにやる仕事があると思うから待っていろと言った。私たちは朝の八時から午後一時まで待った。すると農場管理人は、結局、お前たちの仕事はないと言った。私たちは出発し、大量の林檎とドメスチカスモモを盗み、メイドストーン道路に沿って歩き出した。三時頃、昼飯をとるために立ち止まり、前日に盗んだ木苺でジャムを作った。覚えているが、その近辺の二軒の家で水を貰おうとしたが断られた。「浮浪者に何かやってはいけないって奥さんに言われてるの」というのが理由だった。ジンジャーは、近くの車の中でピクニックをしている一人の紳士を見て、マッチをねだりに行った。ジンジャーが言うには、ピクニックをしている者にねだるといつもうまくいく、彼らは普通、家に帰る時に、残り物を持っているからだ。その通りで、紳士は使わなかったバターを持ってすぐにやってきて、私たちに話しかけ始めた。その男の態度は非常に親しげだったので、私はロンドン訛りで話すのを忘れてしまった。男はしげしげと私を見、君のような人には、こういうことは実に辛いに違いない等と言った。そして、「気を悪くしないだろうね？　これを受け取ってくれないか？」と言った。「これ」は一シリングで、それで私たちはタバコを買った。それが、その日に吸った最初のタバコだった。旅のあいだ金を貰ったのは、その時だけだった。

　私たちはメイドストーンのほうに歩いて行ったが、数マイル行くと雨が激しく降り始め、左の靴がひどくきつくなった。三日間靴を脱がず、これまでの五夜、合計八時間くらいしか眠っていないので、戸外でもう一晩寝るのに耐えられなかった。そこで二人はウェスト・モーリングのスパイクに行くことにした。そこは八マイルほど先だった。そして、できるなら、途中、車に乗せてもらうことにした。四十台のトラックに手を振って、やっと乗せてもらったと思う。今では、トラック運転手は見知らぬ人間を乗せない。なぜなら、彼らは第三者賠償責任保険に入っていないし、もし事故を起こせば馘《くび》になるからだ。とうとう私たちはトラックに乗せてもらい、スパイクから二マイルほどのところで降ろされた。スパイクには晩の八時に着いた。門の前で、篠突く雨の中で納屋で寝るつもりの年老いた聾者の浮浪者に出会った。彼は前の晩スパイクにいて、もしスパイクにまた来れば、一週間出してもらえないからだ。近くのブレスト農場で、あんたらに仕事をくれるかもしれないと、彼は言った。また、すでに仕事を見つけたと言えば、スパイクから早朝に出してもらえるだろうとも言った。そう言わなければ一日中、留めて置かれるだろう、「脱獄する」のでなければ――つまり、トランプ・メイジャーが見ていない隙に逃げ出すのでなければ。浮浪者はよくそうするのだが、そのためには自分の持ち物を隠すのだ。それは、大雨ではできなかった。中に入ると、スパイクは、私がこの前いた時よりも非常によくなっているのに気づいた（もし、ウェスト・モーリングが典型的なものなら）[★3]。浴室は綺麗でちゃんとしていて、私たちは各自、清潔なタオルを貰った。しかし食べ物は例によって古いパンとマーガリンで、飲むようにと貰った代物は紅茶なのかココアなのかと本気で訊くと、トランプ・メイジャーは怒った[★4]。私たちは藁布団とたくさんの毛布のあるベッドに寝た。二人ともぐっすり眠った。

　朝になると、十一時まで働くようにと言われた。そして、共同寝室の一つをこすり洗いするように命じられた。例によって、その作業は単なる形式だ（私はスパイクで本当の意味で一仕事したことはないし、そうしたという者に会ったこともない）。共同寝室は五十のベッドが接するようにして置いてある部屋で、救貧院では付き物のように思える、例のむっとする大便の臭いがした。そこに、一人の低能の貧民がいた。彼は十六ストーン（一ストーンは六・三五キロ〕くらいの大男で、尖った鼻の小さな顔をし、口を歪めてにやりとした。彼は、ごくゆっくりと寝室用便器を空けていた。こうした救貧院はどれも似ていて、その雰囲気にはひどくうとましい何かがある。ああした灰色の顔をした年老いてゆく男たちが、便所の臭いのする、ひどく静かで孤独な暮らしをし、同性愛行為をしているのを考えると吐き気を催す。しかし、私の言う意味を伝えるのは容易ではない、なぜなら、それはすべて、救貧院の臭いと結びついているからだ。

十一時になると、私たちは例のチーズを添えた厚切りのパンを貰い、外に出るのを許された。私たちは三マイルほど離れたブレスト農場に向かった。しかし、一時までには着かなかった。なぜなら、途中で止まり、ドメスチカスモモをごっそり盗んだからだ。農場に着くと現場監督は、摘み手を必要としていると言い、私たちをすぐさま畑に行かせた。私たちには、いまや三ペンスくらいしかなかったので、その晩、十シリング送ってくれるよう家に手紙を書いた。金は二日後に来た。実際その間私たちは、ほかの摘み手が食べ物をくれなかったなら、食べる物は何もなかっただろう。その後三週間近く、私たちはホップ摘みの仕事をした。そのさまざまな面について、個々に書いたほうがよいだろう。

X 三一年九月二日から三一年九月十九日まで。[★5]

ホップの蔓《つる》は約十フィートの高さに支柱あるいはワイヤーに上方に向かって巻きつけられ、一ヤードか二ヤード間隔で列になって生えている。摘み手がしなければならないのは、蔓を引っ張り降ろしてホップを蔓から毟《むし》り取り、できるだけ綺麗に葉を取りながら帆布《ビン》袋に入れることである。もちろん、実際にはすべての葉を取り去るのは不可能で、海千山千の摘み手は、農場主が我慢できるくらいの量の葉を入れて、ホップの嵩《かさ》を増やす。誰でもすぐに仕事のこつを覚えるが、辛いのは、立っていること（たいてい、一日十時間立つ）、蟻巻《ありまき》の被害、手の損傷だ。手はホップの汁でニグロの手のように黒くなる。その染みは泥でしか取れない。[★6]そして、一日か二日経つと、手には皹《あかぎれ》が出来、蔓の茎で細かい切り傷がつく。茎は棘だらけなのだ。いつも午前中は両手はたまらなく痛くなって、傷口が再び開いた。これをタイプしている時でさえ（十月十日）、傷跡が見える。ホップ摘みに行く者の大半は子供の頃から毎年やっていて、電光石火の速さで摘み、ビンの中で散らばるようにホップを揺するというような、すべてのこつを心得ている。最もうまい摘み手は家族で、二、三人の大人が蔓からホップをもぎ取り、二人ばかりの子供が、地面に落ちたホップを拾い、半端なよじれた蔓を片付ける。児童労働に関する法律は完全に無視されていて、子供をかなりこき使う者もいる。私たちの隣のビンのところにいる女は、生粋の昔ながらのイーストエンド〔ロンドンのかつてのスラム街〕の住民で、孫たちを奴隷のようにホップ摘みに使っていた――「さあ、ローズ、怠け者の仔猫、あのオップを摘むんだ、あたしゃお前のところまで登ったら、尻を叩いてやる」等と言って。六つから十までの子供たちは仕舞いには地面に倒れて眠ってしまった。しかし、子供たちは仕事が好きだった。学校よりも害があったとは私は思わない。

賃金に関して言えば、支払い方法はこういうものだ。ホップは一日に二回か三回計量され、自分の摘んだ各ブッシェルに対して一定の額が支払われる（私たちの場合は二ペンス）。よい蔓からは半ブッシェルほどのホップが穫れ、巧みな摘み手は十分ほどで蔓からすっかりホップを摘み取ることができるので、名目は一週六十時間働いて約三十シリング稼ぐ。しかし実際には、それはまったく不可能だ。まず、ホップはそれぞれひどく異なる。蔓によって、小さな梨くらいの大きさのホップが生ることもあるし、豌豆《えんどう》豆くらいの大きさのホップしか生らないこともある。ホップを摘むのに、質の悪い蔓の場合は良い蔓の場合よりかなり時間がかかり――たいてい、こんがらがっているのだ――時には、一ブッシェルのホップを摘むのに五本ないし六本の蔓を必要とする。それから、さまざまな原因で作業が遅れる場合があるが、摘み手は無駄にした時間を償ってもらえない。雨が降る時もあり（大雨が降るとホップはひどくつるつるし摘みにくくなる）、摘み手は畑が変わるといつも待たされる。そのため毎日、一時間か二時間無駄にする。そして、とりわけ、計量の問題がある。ホップはスポンジのように柔らかく、計量人がその気になれば、一ブッシェルのホップを押し潰して一クォートにするのは、いとも容易だ。ある日は、彼はただホップを掬《すく》い出すだけだが、別の日は、「押し込む」よう農場主から命じられていて、ホップを籠の中にぎゅう詰めにする。そのため、ビン一個分が二十ブッシェルではなく、十二か十四ブッシェルにしかならない――すなわち、一シリングかそれ以下だ。それについての歌があり、イーストエンドの老女と、その孫はいつもその歌を歌っていた。

「俺たちのくだらねえホップ！
俺たちのくだらねえホップ！
計り屋がやってきたら、
拾い上げろ、拾い上げろ、地べたから！
奴は計りにやってくると、
どこでやめるかわからねえ。
さあ、さあ、帆布袋《ビン》に入れるんだ
なんでもかんでも持って行け！」

ホップはビンから十ブッシェルのポーク(13)に入れられる。それはハンドレッドウェート〔約五十・八キロ〕の重さがあることになっていて、通常、一人の男が運ぶ。計量係が「押し込んだ」場合は、ポーク一袋は二人の男が持ち上げたものだった。

　こうした問題があるので、摘み手は週に三十シリング、あるいはそれに近い額の金は稼げない。しかし不思議なことに、実際にいかに自分たちの稼ぎが少ないかについて気づいている摘み手は皆無に近い。出来高払いのやり方が低賃金を隠しているからだ。私たちの作業班で一番巧みな摘み手は、大人五人と子供一人のジプシー一家だ。もちろん全員が、歩ける[14]ようになって以来毎年ホップ摘みをしていた。三週間足らずで彼らはみんなで十ポンドきっかり稼いだ――すなわち、子供は別にして、毎週十四シリングほど[15]稼いだのだ。ジンジャーと私は、それぞれ週に九シリングほど稼いだが、週に十五シリング以上稼いだ摘み手がいたかどうかは疑わしい。全員で一緒に働いている家族は、その賃金で生活費とロンドンに戻る鉄道運賃を払うことができるが、一人だけの摘み手は、そうすることさえ覚束ない。近くのいくつかの農場では、六ブッシェルが一シリングではなく、八か九ブッシェルが一シリングだ。それでは、週に十シリング稼ぐのは辛いだろう。

　摘み手は農場で働くことにすると、規則を印刷したものを貰う。それは、摘み手を多かれ少なかれ奴隷にすることを意図したものだ。そうした規則によると、農場主はなんの予告もなしに、またどんな口実であれ摘み手を馘《くび》にでき、八ブッシェル一シリングではなく六ブッシェル一シリングの計算で解雇することができる――すなわち、彼の稼ぎの四分の一を没収してしまうのだ。もし摘み手が、摘む作業が終わる前に辞めれば、稼ぎは同じ額、減額される。摘み手は、それまで稼いだ分を貰って立ち去ることはできない、なぜなら、農場は、摘み手の稼ぎの三分の二以上は前もって払わないからだ。したがって、農場は最後の日まで摘み手に借金があるわけだ。ビンマン（すなわち作業班の班長）は、出来高払いではなく週給を貰っていて、ストがあれば週給は貰えないので、ストをやめさせようと、当然ながら躍起になる。総じて、農場主はホップの摘み手を苦しめているが、摘み手の組合が出来るまでは、いつまでもそうだろう。しかし、組合を作ろうとするのはあまり役に立たない。というのも、摘み手の半分は女とジプシーで、あまりに愚かなので組合の利点が理解できないからだ。

　私たちの宿泊場所について言えば、農場で一番いい場所は、皮肉にも、使われていない厩舎だった。私たちのほとんどは、幅が約十フィートの丸いブリキの小屋で寝た。窓にはガラスがなく、あらゆる種類の孔から風と雨が吹き込んできた。こうした小屋の家具は、藁とホップの蔓の山から成り、ほかには何もない。私たちの小屋には四人いたが、いくつかの小屋には七人か八人いた――

それは実際、むしろ利点だった。小屋が暖まったからだ。藁は寝るにはひどい代物で（干し草より、ずっと風を通す）、ジンジャーと私はそれぞれ一枚の毛布しかなかったので、最初の週は寒さに苦しんだ。そのあと、体を温めるのに十分なほどポークを盗んだ。農場では無料《ただ》の薪をくれた。二人が必要とするほどではなかった。水道の蛇口は二百ヤード離れたところにあり、便所も同じくらい離れたところにあったが、あまりに不潔なので、そんな便所を使うよりは一マイル歩いたほうがましだ。洗濯のできる小川があるが、この村で風呂に入るのは無理な話だったろう。

X　ホップ摘みには三つのタイプがあるように思われる。イーストエンドの住民（大半は呼び売り商人）、ジプシー、浮浪者もちらほらいる移動農業労働者。ジンジャーと私が浮浪者だったということが、大変な同情を買った、とりわけ、相当に裕福な人々のあいだで。呼び売り商人とその妻の一組の夫婦が、私たちにとって父母のような存在だった。二人は土曜日の夜にはたいてい酔っ払い、どの名詞にも「あほな《ファツキング》」を付けるような人間だが、親切さと思いやりという点で二人に勝る者を見たことはない。二人は私たちに食べ物を何度も何度もくれた。二人の子供がシチュー鍋を持って私たちの小屋に入ってきたものだった。「エリック、母さんはこのシチューを捨てようとしたんだけど、無駄にするのはもったいないって言ったの。食べてくれる？」もちろん、彼らはそれを本当に捨てようとしていたのではないが、慈善に思わせるのを避けようとして、そう言ったのだ。ある日、彼らは調理済みの豚の頭を丸ごとくれた。こうした人々は、自分たちも数年路上生活をしているので、情け深くなっているのだ。「そう、あれがどういうものか、自分は知ってる。あほな濡れた芝の中でスキッパーし、朝、牛乳屋にねだってからやっと紅茶が飲める。俺の二人の息子は路上で生まれたんだ」等々。私たちに対して非常に礼儀正しかったもう一人の男は、製紙工場の従業員だった。その前、彼はライオンズ〔『ウィガン波止場への道』に編者注がある〕の小害獣駆除係《ヴァーミン・マン》だった。ライオンズの厨房の汚さとヴァーミンのひどさは信じられないほどだった、キャドビー・ホール〔ライオンズの本部〕でさえ同じだった、と彼は言った。スログモートン街にあるライオンズの支店で働いていた時、溝鼠の数があまりに多く、夜、武装せずに厨房に入るのは安全ではなく、リボルバーを携行しなければならなかった。[16]こうした人間と数日交わってロンドン訛りで話し続けるのにひどく苦労した。彼らは私が「違う」話し方をするのに気づいた。例によって、そのことはいっそう彼らを友好的にした。というのも、こうした人間は、「零落する」のはとりわけ恐ろしいことだと考えているらしいからだ。

ブレスト農場の約二百人の摘み手のうち五十人か六十人はジプシーだった。彼らは奇妙なくらい東洋の農民に似ている――粗野な顔、鈍いと同時に狡猾で、自分の仕事ではみな非常にうまくやるが、それ以外では驚くほど無知だ。彼らのほとんどは目に一丁字《いっていじ》なく、子供たちの誰も学校に行ったようには見えない。四十くらいの一人のジプシーは、「パリはフランスからどのくらい遠いんだい？」「パリまでキャラバンで行くと何日かかるの？」等々というような質問を私にした。二十歳《はたち》の若者は、次のような謎を日に十数回かけた。「あんたができないことを教えてやろう」――「なんだい？」――「電信柱で蚋《ぶよ》の尻を擽《くすぐ》ることさ」（それを聞くと、誰もが必ず大笑いした。）ジプシーはごく金持ちに見える。キャラバンや馬等を所有しているのだ。それなのに、一年中、移動農業労働者として働き金を貯めている。彼らはよく、私たちの暮らし方（家に住む等）はうとましく思えると言い、戦時中軍隊に取られないようにしたのは、いかに自分たちが利口だったかを示していると話したものだ。彼らと話をすると、別の世紀の人間と話しているような気がした。ジプシーがこう言うのを何度も聞いた。「もし誰かがどこにいるのかを知っていれば、蹄鉄が磨り減ってなくなるまで馬で追いかけて捕まえる」――それは二十世紀の譬えとは到底思えない。ある日、何人かのジプシーが、ジョージ・ビッグランドという有名な馬泥棒のことを話していた。すると一人の男が彼を弁護して言った。「ジョージは、君らが言うほど悪い人間とは思わないな。奴がゴージョウ〔ジプシーではない者〕の馬を盗んだのは知ってるが、俺たちからは盗まない」

　ジプシーは私たちをゴージョウと呼び、自分たちをロマーニー〔ジプシー〕と呼ぶが、彼らにはディデカイ（綴りは怪しい）という綽名が付いている。彼らはみなロマーニー語を知っていて、他人に話がわからないほうがいい場合は二、三、ロマーニー語を使った。ジプシーに関して一つ奇妙なことに気づいた――それがどこでも同じなのかどうかはわからないが。家族全員が互いにまったく似ていない一家を何度も見るということだ。それは、ジプシーは子供を盗むという話を暗に裏付けているようにも思える。しかし、種違い等というのが、もっとありうる話だ。

　私たちの小屋にいた男たちの一人は年老いたつんぼ《デフ》の浮浪者で、私たちはウェスト・モーリングの有料道路料金所の前で出会った――彼はいつも、デフィーと呼ばれていた。彼は会話ではＦ氏の伯母[17]のような人物で、ジョージ・ベルチャー[18]の素描にそっくりだったが、知的で、ちゃんとした教育を受けていて、耳が聞こえたなら路上生活などしなかったのは疑いない。彼は重労働をするほど頑健ではなく、この何年も、ホップ摘みのような半端仕事しかしていなかった。彼は、四百以上のスパイクにいたと計算した。バレットという別の男と、私たちの班にいたジョージという男は、移動農業労働者のいい見本だった。この何年間か、二人は決まった順に働いた。早春に産期の羊の世話をし、それから豌豆摘み、苺摘み、さまざまなほかの果物摘み、ホップ摘み、「ジャガイモ盗み《スパッド》」、蕪《かぶ》掘り、砂糖大根掘りをする。二人は一、二週間以上、仕事から離れているのは稀だが、それでさえ、彼らの稼いだ金を吸い込んでしまう。ブレスト農場にやってきた時は二人とも無一文で、私はバレットが何も食べずに一日働いたのをこの目で見た。二人の仕事の報酬のすべては、二人が今着ている衣服、一年中寝る藁、パンとチーズとベーコン、および、私が思うに、年に一度か二度の酩酊だ。ジョージは惨めな陰気な男で、栄養不良で働き過ぎで、年中、仕事から仕事へと渡り歩いていることに一種の自虐的な誇りを抱いている。彼のよく言う台詞はこうだ。「俺たちみたいな人間が立派な考えを持っていたところでしようがない」（彼は読み書きができず、読み書きの能力でさえ一種の贅沢と思っているようだった。）私はその哲学をよく知っている。パリの皿洗いたちの中にいて、それに何度も出会ったので。(19) 六十三だったバレットは、当節の食べ物の質の悪さについて、自分が少年だった頃に手に入ったものに比べ、盛んに文句を言ったものだ。――「あの当時、俺たちはこんなあほなパンとマーグなんかで生きちゃいなかった、俺たちはまともなしっかりしたパンを食ってた。牛心梨《ぎゅうしんり》、ベーコン・ダンプリング。黒ソーセージ。豚の頭」。彼が「豚の頭」と言った時の粘っこい、回想するような口調は、この数十年、栄養不足であることを示唆していた。

こうした正規の摘み手のほかに、「家庭居住者」と呼ばれる者がいた。もっぱら面白いので、半端な時間に摘む、地元民だ。彼らは大半が農場主の妻や何かで、原則として、彼女たちと正規の摘み手は憎み合っている。しかし、その一人はごくまっとうな女で、ジンジャーには一足の靴、私には立派な上着とチョッキと二枚のワイシャツをくれた。地元の人間の大多数は、私たちを汚物と見なしていたようで、店主たちはきわめて横柄だった。私たちは村で数百ポンド使ったのに違いないのだが。

ホップ摘みの毎日は、まったくと言っていいほど変化がなかった。朝の六時十五分前に私たちは藁の中から這い出し、上着を着、ブーツを履き（私たちは、そのほかのものは全部身につけたまま寝た）、火を起こすために外に出た――それは、しょっちゅう雨が降っている今の九月ではかなりの仕事だ。六時半までには、私たちは紅茶を淹れ、朝食用に数枚のパンを揚げ、それから仕事に出掛けた。その際、ベーコン・サンドイッチと冷たい紅茶のドラムを昼食用に持って行った。雨が降らなければ、一時頃までほぼ休みなく働き、それから蔓のあいだで火を起こして紅茶を温め直し、三十分ほど休んだ。そのあと、五時半までまた仕事をした。泊まる場所に帰り、手からホップの汁を洗い落とし、紅茶を飲む頃にはすでに暗く、私たちは倒れるように眠った。しかし、夜、外に出て林檎をよく盗んだものだ。近くに大きな果樹園があり、私たちの三人か四人は、そこから計画的に果物を盗んだ。その際、麻袋を一つ持って行き、一度に数ポンドの紫棒《むらさきはしばみ》の実のほかに、ハンドレッドウェイトの半分の林檎を盗んだ。日曜日にはワイシャツと靴下を小川で洗い、あとは日中眠ったものだ。私の覚えている限り、そこにいた時、いつも完全に服を脱いだことも、歯を磨いたこともなく、週に二回しかひげを剃らなかった。仕事をし食事をするあいだ（それは、何度となく缶で水を運んで来、濡れた薪束を相手に奮闘し、缶詰の蓋で揚げる等ということを意味した）、一瞬たりとも余裕がないように思われた。私はそこにいるあいだ中、一冊の本しか読まなかった。それはバファロー・ビルだった。私たちが使った額を合計してみると、ジンジャーと私はそれぞれ、食べ物に週、五シリング使ったことがわかる。だから、私たちが絶えずタバコに不足し、林檎や、人がくれたものを食べたにもかかわらず絶えず空腹だったのも驚くには当たらない。私たちは、もう半オンスの安刻みタバコや二ペンス分のベーコンを買う余裕があるかどうか、しょっちゅうファージング〔旧ペニーの四分の一の銅貨〕単位で計算しているように思えた。それは悪い生活ではなかったが、一日中立っているし、野宿だし、手が傷だらけになるしで、しまいには自分が敗残者のような気持ちになった。そこにいる者の大半が、それを休日と見なしているのを目にすると屈辱感を覚えた——実際、ホップ摘みは、摘み手が飢餓賃金を貰う休日と見られているためだ。そのことは、農場労働者の生活がどんなものかを教えてくれもする。そして、彼らの水準によれば、ホップ摘みなどは労働とはとても言えないのだ。

ある夜、一人の若者が私たちの小屋のドアをノックし、自分は新入りの摘み手で、私たちの小屋で寝るよう言われたと言った。私たちは彼を中に入れ、翌朝、食べ物を与えた。すると、そのあと、彼は姿を消した。彼は摘み手では全然なく、浮浪者だったらしい。ホップ摘みの季節になると、浮浪者は屋根の下で寝るためによくこの手を使う。別の夜、家に帰る途中の女に、ウォータリングベリー駅まで手荷物を運ぶのを手伝ってくれないかと頼まれた。彼女は早く立ち去るので、農場側は八ブッシェル一シリングで賃金を払った。彼女の稼ぎの合計は、自分と家族が家に帰る費用にやっと足りるだけだった。私は、車輪の一つが具合が悪く、大きな包みがいくつか載っている乳母車を闇の中で二マイル半押した。後ろからは、泣き叫ぶ子供たちがついてきた。駅に着くと、最終列車がちょうど入ってきた。踏切のところで乳母車を大急ぎで押したので、乳母車がひっくり返ってしまった。私はその瞬間を忘れることはないだろう——列車は私たちのほうに迫ってくる、ポーターと私は線路を転がってゆくブリキの室内便器を追いかける。数晩にわたってジンジャーは、一緒に教会に盗みに入ろうと私を説きつけようとした。君は犯罪者として知られているのだから、疑いは君にかかるに決まっていると、私が彼の頭に入れなかったなら、一人でしただろう。彼は以前、教会に盗みに入ったことがある。そして、こう言った。慈善箱には、取るだけの価値のあるものがたいてい入っているのに驚いた。土曜日には、私たちは二、三度、真夜中まで大がかりな焚き火の周りに坐り、林檎を焼いて陽気に騒いだ。思い出すが、ある晩、焚き火の周りの十五人ほどのうち、私以外は全員、刑務所にいたことがあるのがわかった。土曜日には村で大騒ぎが演じられた。金のある連中が泥酔し、警官が連中をパブから追い出すのだ。住民が私たちを嫌な俗悪な連中だと思っていたのは疑いないが、ロンドン子が年に一度、こうやって押しかけてくるのは、活気のない村にとっては、むしろいいことだったと感じざるを得ない。

三一年九月十九日　最後の朝、私たちが最後の畑のホップを摘むと、女を捕まえてズック袋に入れるという、奇妙なゲームが行われた。九分九厘、そのことについて『金枝篇』[20]に何か書いてあるだろう。それは明らかに古い風習で、どんな収穫の場合でも、こういう類いの風習はある。無学あるいは無学に近い者は、稼ぎを合計してもらうために帳簿を私やほかの「学者」のところに持ってきた。それをしてもらうのに銅貨を一、二枚払う者もいた。農場の出納係が足し算で間違いを実に何度もするのに私は気づいた。その間違いは、決まって農場側に有利だった。もちろん、摘み手は文句を言えば正しい額の賃金が貰えたが、農場の出納係の計算を受け入れたならば、正しい額の賃金は貰えない。そのうえ農場には、自分の帳簿について文句を言う者は、ほかのすべての摘み手の支払いが終わるまで待たなくてはいけないという、けちな規則があった。それは午後まで待つことを意味したので、バスに乗る者は、正当な額の賃金を要求せずに家に帰らざるを得なかった。（もちろん、たいていの場合、銅貨数枚の間違いでしかなかったが。しかし、ある女の帳簿の場合、間違いは一ポンド以上になった。）

ジンジャーと私は荷造りをし、ホップの摘み手用の列車に乗るためウォータリングベリーに向かって歩いた。途中、タバコを買うために立ち止まった。そしてジンジャーは、ケントに別れを告げる意味で、実に巧妙な策略を用いてタバコ屋の娘を騙し、四ペンス儲けた。ウォーターベリー駅に着くと、五十人ほどの摘み手が列車を待っていた。そして、最初に目に入ったのは、新聞を前に広げて芝に坐っている老デフィーだった。彼は新聞を持ち上げて脇に置いた。すると、前もってズボンを下ろしていて、通りかかった女と子供にペニスを見せていた。

私は驚いた――いやまったく、あんなまともな老人なのに。しかし、ある面で性的に異常でない浮浪者はほとんどいないのだ。摘み手用の列車は、普通の列車よりも九ペンス安く、ロンドンに着くまで五時間近くかかる――三十マイル。夜の十時頃、摘み手たちはロンドン・ブリッジ駅で、どっと降りた。かなりの者が酔っていて、ホップの束を持っていた。通りにいた人々は、その束をすぐに買った。なぜだかわからない。同じ車輛で来たデフィーは、私たちを最寄りのパブに誘い、一パイントおごってくれた。それは、三週間で初めて飲んだビールだった。それから彼はハマースミスに向かった。来年の果物摘みが始まるまで、浮浪生活をするのは疑いない。

帳簿の金額を合計してみると、ジンジャーと私は十八日間働いて、各自、ちょうど二十六シリング稼いだことがわかった。各自八シリング前もって受け取っていたが（「前払い《サブ》」と呼ばれた）、盗んだ林檎を売って、二人でさらに六シリング稼いだ。汽車賃を払ったあと、各自約十六シリング持ってロンドンに着いたのだ。結局私たちはケントにいるあいだ自活し、少しの金を懐にして戻ってきたのだ。しかし、最低の生活をして、やっとそうしたのだ。

三一年九月十九日から三一年十月八日まで

ジンジャーと私はトゥーリー街にあるキップに行った。持ち主はリュー・リーヴィーで、彼はウェストミンスター・ブリッジ・ロードにもキップを持っている。一晩わずか七ペンスで泊まれるキップとしては、おそらくロンドンで一番いいだろう。ベッドには南京虫がいるが、あまり数は多くなく、厨房は暗くて汚いが、炊事用の火と湯がたっぷりあって便利だ。下宿人たちは、かなり下層の連中だ――大半がアイルランド人の未熟練労働者で、おまけに失業者だ。私たちは、その中の奇妙なタイプの人間に出会った。その一人は六十八で、ビリングズゲートの市場で魚の籠を運ぶ仕事をしていた（籠の重さはそれぞれハンドレッドウェイトだ）。彼は政治に関心があり、八八年の血の日曜日[21]には暴動に加わったが、同日、特別警察吏（非常時に治安判事が任命する一般人）になった。もう一人の老人は花売りで狂人だった。普段はごく正常に振る舞ったが、発作に襲われると、顔に苦悶の表情を浮かべて獣じみた恐ろしい声でわめきながら、厨房をあちこち歩いた。奇妙なことに、発作は雨の日にのみ起こった。もう一人の老人は泥棒だった。彼は店頭や無人の自動車、とりわけ巡回販売員の車から盗み、盗品をランベス切通《カット》に住むユダヤ人に売った。彼は毎晩、「西に」行くためにお洒落をする。週に二ポンドは確実に手に入り、時々、大儲けをすると私に言った。彼はほとんど毎年のクリスマスにパブの現金箱を襲い、それによって、たいてい四十ポンドか五十ポンド手にした。彼は何年も盗みをしているが、捕まったのは一回だけで、出廷を義務づけられたうえで保釈された。泥棒は大概そういうものらしいが、悪銭身につかず、だった。というのも、彼は大金を手にすると、たちまち散財してしまったからだ。彼はハイエナにそっくりの、見たこともないほど下品な顔をしている。しかし人好きのする男で、食べ物を分け合い、借りを払う点では妙な真似はしない。

　何度か朝、ジンジャーと私はビリングズゲート[22]で荷役夫の手伝いをして働いた。五時頃そこに行き、ビリングズゲートからイーストチープに通ずる通りの角に立つ。荷役夫は二輪手押し車を押し上げるのにてこずると、「坂を登るぞう!」と叫ぶ。すると、角に立っている者は飛び出して行き(もちろん、その仕事を求める熾烈な競争がある)、二輪手押し車を後ろから押す。報酬は「一登り二ペンス」だ。一回で四ハンドレッドウェイトを押し上げるのだが、その仕事で腿と肘がすっかり参る。しかし、疲れ切ってしまうほど仕事はない。五時から正午近くまでそこに立っていても、私は一シリング六ペンス以上、稼いだことはない。非常に運がよければ、荷役夫は正規の手伝いにしてくれる。その場合は、午前中に四シリング六ペンスほど手に入る。荷役夫自身は週に四ポンドか五ポンドほど稼いでいるようだ。ビリングズゲートについて、いくつか注目すべきことがある。一つは、そこで行われている仕事の厖大な量が不必要のものだということだ。それは、中心的な輸送システムに完全に欠けているからだ。荷役人、二輪手押し車人、押し上げ人等がいるので、一トンの魚をビリングズゲートからロンドンの鉄道の終着駅のどれかまで運ぶのに、今では一ポンドほどかかる。もし、トラックによってそれが秩序立って行われれば、数シリングしかかからないと思う。もう一つは、ビリングズゲートのパブが、ほかのパブが閉まっている時間に開いていることである。さらにもう一つは、ビリングズゲートの二輪手押し車人は、盗んだ魚をいつも売っていることである。もしその一人を知っていれば、魚を捨て値で買うことができる。

　下宿屋に二週間ほど泊まっていたあと、自分が何も書いていないことに気づいた。そして、下宿屋自体が神経に障《さわ》り始めた。喧しくてプライバシーがなく、厨房は息苦しいほど暑く、とりわけ不潔だ。厨房には魚の甘ったるい嫌な臭いが絶えず漂い、どの流しもひどい悪臭を放つ腐りかけた魚のはらわたで詰まっていた。下宿人は自分の食べ物を暗い隅に置いておくのだが、そこには黒褐色の油虫とゴキブリがうようよしていて、元気のない嫌らしい蠅が雲霞《うんか》のように至る所にいた。共同寝室も忌まわしく、咳をし、痰を吐く騒音が絶えず響いた——下宿屋にいる誰もが慢性的に咳をした。汚れた空気のせいに違いない。私はいくつかエッセイを書かねばならなかったが、そうした環境では書けなかった。そこで、金を送るように家に手紙を出し、ハロウ・ロードの近くのウィンザー街の部屋を借りた。ジンジャーは、また路上生活を始めた。この話の大部分は、バーモンジー公共図書館で書いたものだ。その図書館には立派な閲覧室があり、下宿屋にいる者にとっては便利だった。

オーウェルの注

今回発見した新語（すなわち、私にとって新しい語）

Shackles……煮出し汁、または肉汁。

Drum……ブリキの容器。（drum up という動詞にすると「火を点ける」という意味になる。）

Toby, on the……放浪して。（to toby とも。また a toby は「浮浪者」の意味。俗語辞典には、the toby は「本街道」のこととある。）

Chat, a……虱。（また、chatty は「惨めな」の意味。俗語辞典にはこの語は載っているが、chat は載っていない。）

Get, a……?（罵り用語、意味は不明[23]。）

Didecai, a……ジプシー。

Sprowsie, a……六ペンス銅貨。

hard-up……吸いさしから作ったタバコ。（俗語辞典では、hard-up を「吸いさしを集める男」と定義している。）

Skipper, to……外で寝る。（俗語辞典では、skipper を「納屋」と定義している。）

Scrump, to……盗む。

Knock off, to……逮捕する。

Jack off, to……立ち去る。

Jack, on his……一人で。

Clods……（一ペニー銅貨）。

泥棒の隠語

A stick または a cane……短いかなてこ。（俗語辞典には stick が載っている。）

Peter, a……金庫。（俗語辞典にある。）

Bly, a[★7]……酸素アセチレントーチ。

イーストエンドの住民のあいだの「tart」という語の使い方。この語はいまや、「娼婦」という意味合いを帯びることなしに「girl」と交換できるようである。人は自分の娘や姉妹を tart と言う。

押韻スラング……それは消滅したものと思っていたが、まったくの間違いである。ホップ摘みはその表現を盛んに使った。「a dig in the grave〔墓掘り〕」は「a shave〔ひげ剃り〕」の意味である。「hot cross bun〔砂糖衣の十字つき菓子パン〕」は「sun〔太陽〕」を意味する。「greengages〔西洋スモモの一種〕」は「wages〔賃金〕」を意味する。彼らはまた、縮約した押韻スラングも使った。例えば、「use your head〔頭を使え〕」の意味で「use your twopenny〔二ペンス銅貨を使え〕」を使った。それは、こんな経緯を辿った。「head, loaf of bread, loaf, twopenny loaf, twopenny」

ロンドンにおける同性愛の悪徳……同性愛者が数多く集まる場所の一つはチャリング・クロスの地下鉄駅のようである。若者がそういうところでちょっと金が稼げるということは、トラファルガー広場に屯する連中には自明のことらしかった。数人の者が私に言った。「チャリング・クロスに行けば野宿する必要はない」。通常の料金は一シリングだと、彼らは言い添えた。

オーウェルの脚注

★1 例えば、ビリングズゲートにあるカフェ〈ディックス〉。〈ディックス〉は一杯の紅茶が一ペニーで買える数少ない店の一つで、暖炉があったので、一ペニー持っている者なら誰でも早朝、何時間も体を温めることができた。ほんの先週のことだが、L・C・Cは、非衛生的だという理由で、その店を営業停止にした。［L・C・Cは「ロンドン市議会」。］

★2 労働党政府によって任命された。

★3 どちらかと言えば、ちょっと悪くなった。

★4 今に至るまで、それがどっちだったのかわからない。

★5 ×印のあいだの節は（少なくともその要点は）『ネイション』のエッセイに使われた。［二番目の×は六節あとにある］。

★6 あるいは面白いことに、ホップの汁。

★7 そうしたランプは夜盗に貸し出されると言うのを書き忘れた。ジンジャーの話では、彼はそれを一つ使うのに一晩、三ポンド十シリング払った。夜盗が使う、ほかのもっと精巧な道具についても同様である。頭のよい金庫破りは南京錠を開ける際、シリンダーのカチリという音を聞くために聴診器を使う。

編者注

（1）キップ――元の意味は売春宿。その後、一般の下宿屋を指すようになり（この場合のように）、意味の拡大によって、ベッドを意味するようになった。今日では「眠り」のこと。

（2）コヴェント・ガーデン――オーウェルの時代には（そして、その前の約三百年間）、ロンドンの果物と野菜の中心的な市場だった。一九七四年、バタシーのナイン・エルムズに移った。

（3）セント・マーティン・イン・ザ・フィールズ教会

――トラファルガー広場の北東の角に面している。その地下室は浮浪者の避難所になっていた。避難所は今でも提供されている。

（4） ポスター――オーウェルは「包み」を、手書きでそう直している。

（5） 『ウージェニー・グランデ』――オノレ・ド・バルザックの小説（一八三四）。『人間喜劇』の「地方生活情景」のシリーズの一篇。

（6） スパイク――「救貧院」。

（7） ワーズワースの詩「ひとり麦刈る乙女」がロンドン訛りで読まれたもの。'A voice so thrilling ne'er was heard / In spring-time from Cuckoo-bird, / Breaking the silence of the seas / Amongst the farthest Hebrides' (1805) [遙かなるヘブリディーズの／島の海のしじまを破る／春の郭公《かっこう》の歌声も、／かくほどには心をうつまじ。（田部重治訳）]

（8） ボースタル――ケントの町に、懲罰、教育、職業訓練を通して若い犯罪者を更正させる目的の制度が出来た。その制度は、そうした一連の施設にさらに広く適用されたが、一九八二年の刑事裁判法によって廃止され、青少年拘置センターに取って代わられた。

（9） 「西の小さな灰色の家」――一九一一年に作られた感傷的な歌。歌詞はD・アードリー＝ウィルモット、音楽はハーマン・ローア。その歌は第一次世界大戦中、オーストラリアのバリトン歌手、ピーター・ドーソンによって広まった。彼の見事な声は、当時の録音とSPレコード盤の不利を容易に克服した。

（10） 十進法が採用される以前は、一ポンドは二十シリングで、一シリングは十二ペンスだった。したがって一ポンドは二百四十ペンスだった。当時の物価を今日の物価に正確に換算するのは、個々の品物が相当に変わっているので難しい。しかし、一九三〇年代の物価を四十倍すれば、今日の価値がほぼわかる。例えば、六シリングは今日の十二ポンドに、ほぼ等しい。

（11） タップ――「手に入れる」。実際には、「乞う」こと。

（12） 浮浪者《トランプ》メイジャー――救貧院にいる浮浪者の毎日の生活の秩序と規律に責任を持つ役人。

（13） ポーク――「麻袋」（'buy a pig in a poke'「めくら買いをする」という成句がある）。

（14） 「歩ける」――オーウェルは最初、「働ける」と書いた。

（15） 「それぞれ週に九シリング」――今日の貨幣価値では十八ポンド。少し前に言及されている、名目上の三十シリング（今日の六十ポンド）より遥かに少ない。

（16） 一九六八年に初めて印刷に付された時は、名前は省かれていた。
(17) F氏の伯母——ディケンズの『リトル・ドリット』に出てくるフローラ・フィンチングの亡夫の伯母。フローラの世話に委ねられた彼女は、ただ単に「F氏の伯母」としてしか知られていない。彼女の主な特徴は、「極度の厳しさと陰鬱な寡黙。太い、警告するような声で何か言う癖によって、時折その寡黙は中断された。その言葉は、誰かが言った何かに対してまったく必要ではなく、どんな連想にも無関係なので、人の心を混乱させ、怯えさせた」。彼女が突然口にした文句は、オーウェルに特に魅力のあったものかもしれない。オーウェルは子供の頃、ヘンリー=オン=テムズに住んでいた。「F氏の伯母は悪意に満ちたまなざしで一同を十分間睨んでいてから、次のような恐るべきことを言った。『あたしたちがヘンリーに住んでいた時、バーンズの鵞鳥の雄がジプシーに盗まれた』」(第十三章)。
(18) ジョージ・ベルチャー(一八七五〜一九四七)——王立美術院会員で、素描集には、『人物』(一九二二)、『実物写生』(一九二九)、『瓶詰め岩魚《いわな》』(一九三三)がある。
(19) 「パリの皿洗い」——一九二九年、オーウェルは皿洗い——プロンジュール——として働いた。ホップ摘みを経験してから二年後の一九三三年に発表された『パリ・ロンドンどん底生活』を参照のこと。
(20) サー・ジェイムズ・ジョージ・フレイザー(一八五四〜一九四一)『金枝篇——魔術と宗教の研究』、二巻本、一八九〇。十二巻本、一九〇六〜一五。
(21) 血の日曜日——この事件は一八八七年(一八八八年ではなく)十一月十三日にロンドンで起こった。約一万人が抗議のためにトラファルガー広場まで行進し、トラファルガー広場では何人かの演説者(その中にジョージ・バーナード・ショーが入っていた)が彼らに演説をすることになっていた。彼らはアイルランドの現状について抗議し、国会議員ウィリアム・オブライエン〔アイルランドの政治家〕を刑務所から釈放することを求めた。約二千人の警官と四百人の兵士が彼らと対峙した(兵士は銃剣を使ったりライフル銃を発砲したりはしなかったが)。
(22) ビリングズゲート——ビリングズゲート魚市場(ロンドン、E14、トラファルガー・ウェイ)には、主に魚を売る五十人以上の商人がいる。しかし、家禽や産物(例えばジャガイモ)もいくらか売られている。今では、同市場は火曜日から土曜日まで、午前五時から午前八時まで開いている。ある一人の商人は、貝を日曜日の午前六時から午前八時まで売っている。

（23） a Get——「you git」（「馬鹿者」）という文句の、相手を軽蔑した「git」であろう。かつて子供に対して使われたスコットランド方言の「gyte」（「ギット」と発音される）と比較するとよい。

『ウィガン波止場への道』日記

一九三六年一月三十一日〜一九三六年三月二十五日

一九四三年十二月二日、オーウェルはBBCの大西洋横断のラジオ番組、「質問にお答えします」に出演した。彼はウィガン波止場について訊ねられた。以下が彼の回答である。

「そう、残念ながら、ウィガン波止場は存在しないとお答えしなければなりません。私は一九三六年に、特にそれを見ようと旅をしましたが、見つからなかったのです。けれども、かつては存在していたのです。写真から判断すると、二十フィートくらいの長さのものだったのに違いありません。

ウィガンは炭鉱地帯の真ん中にあり、いくつかの面で非常に心地よい場所ではありますが、眺めは強みではありません。風景はほとんどがボタ山で、月面の山のように見えます。そして、泥と煤等々。ウィガンは、五十ほかの場所よりも悪くはないのに、なぜか工業地帯の醜さの象徴として、これまで選ばれてきました。一時は、町の周辺を流れる小さな濁った運河の一つに、朽ちた木製の突堤がありました。誰かがそれに冗談交じりに〝ウィガン波止場〟という綽名を付けました。その冗談は地元で受け、その後、ミュージック・ホールのコメディアンたちがその冗談を使っていますが、突堤自体が取り壊されてからずっと経っても、通り言葉としてウィガン波止場が生き続けているのは、彼らのおかげなのです」

(『全集』第十六巻)

日記

一九三六年一月三十一日〜三月二十五日

オーウェルは、のちに『パリ・ロンドンどん底生活』になるいくつかの草稿を完成し、出来事の順序を変えた

(最初は、ロンドンの出来事がパリの経験の前に置かれていた)。その草稿は、ジョナサン・ケイプと、フェイバー&フェイバー社の原稿閲読係のT・S・エリオットに出版を断られた(その後、二人は『動物農場』の出版も断った)。そのため、オーウェルは出版を諦めた。しかし、友人のシンクレア・フィアズ夫人が、のちにオーウェルの著作権代理人になるクリスティー&ムーアのレナード・ムーアにタイプ原稿を送った。ムーアはそれを出版するようヴィクター・ゴランツを説きつけた。オーウェルは匿名で出版したかった。第一に、浮浪者生活をしてみたことが両親をうろたえさせると思っていたので、第二に、友人のサー・リチャード・リース(オーウェルが寄稿した雑誌『アデルフィ』の編集長)に語ったように、もし自分の本名が活字になれば、敵がそれに「ある種の魔法をかける」のではないかという奇妙な恐怖心——迷信——を抱いていたので。しかしながらゴランツはどうしても著者の名前を出したがったので、結局オーウェルは、ほかのいくつかの名前と一緒に、「ジョージ・オーウェル」を提案した。彼は依然として、場合によっては、また旧友に対しては、エリック・ブレアで通すのだが、その後、彼の書くものは、BBCで働いていた時に書いたいくつかのものを除いて、「ジョージ・オーウェル」の名で発表された。一九三三年一月九日、『パリ・ロンドンどん底生活』はゴランツから出版され、

半年後、ニューヨークで出版された。

一九三二年四月から一九三三年七月まで、彼はホーソーンズ校で教えた。同校は十歳から十六歳までの少年のための私立校で、ミドルセックス州のヘイズにあった。彼は一九三二年、少年たちのためにクリスマス用の劇『チャールズ二世』を書いた。一九三三年、彼はホーソーンズ校よりもほんの少し上の、アクスブリッジにあるフレイズ・コレッジで教えた。そして、その間に『ビルマの日々』を書き上げた。しかし十二月に肺炎に罹り、教職を諦め、一九三四年の一月から十月まで、サウスウォルドの両親の家で暮らした。『ビルマの日々』は一九三四年十月二十五日にニューヨークで最初に出版され、それに続き、名誉毀損で誰にも訴えられないよう手を加えたあと、一九三五年六月二十四日にヴィクター・ゴランツによって出版された。サウスウォルドで暮らしていたあいだに、彼は『牧師の娘』を書いた（一九三五年三月十一日にゴランツ社から出版され、一九三六年八月十七日にニューヨークで出版された）。一九三四年十月から一九三六年八月まで、彼はハムステッドの書店でパートタイムの店員として働いた。そこで働いているあいだに、『葉蘭をそよがせよ』を書いた――主人公は書店で働きながら詩人になろうとしている青年である。

一九三六年一月三十一日、オーウェルがウィガンに向け旅立った日――また、この日記の最初の項を書いた日――オーウェルはヴィクター・ゴランツに手紙を書いた。ゴランツの弁護士、ハロルド・ルービンスタイン（自身、著述家、劇作家、批評家だった）は、オーウェルが『葉蘭をそよがせよ』の中で言及している広告が、いかなる特定の広告や、本物の広告にももとづいていない」ことを保証してもらいたがった。オーウェルはそれを保証したあと、自分のタイプ原稿が印刷に回される前に起こるかもしれない一切の名誉毀損問題はこれで解決し、次の仕事に専心できると誤って思い込んだ。ゴランツの提案で、イングランド北部の「窮乏地区」と呼ばれる一帯の現状を調べるという仕事に。誤解がもとで、オーウェルは北に旅をするため五百ポンドの前金を貰ったという印象が生じた。現在、それが誤りだったことがわかっている。さらに、それは、ゴランツは著者に高額の前金を決して払わないという十分に証明されている事実に矛盾する。旅がきわめて貧窮のものだったことからわかるように、彼は探訪のための財政支援をほとんどまったく受けていなかった。ごく最近になってD・J・テイラーは、一九三六年十月二十九日という遅い時点でヴィクター・ゴランツが、オーウェルの著作権代理人のレナード・ムーアに宛てた手紙の中で、オーウェルが何を書いているのかさえ知らないと言っているのを発見した。その時までには、オーウェルは『ウィガン波止場への道』をほぼ書き終えていた。

オーウェルは『ウィガン波止場への道』を書いた時に日記を使ったが、かなりの時間をかけて調査もした。彼が資料とした文献の多くは残っている。その資料と、さらに詳しい事柄の多くの再録については、『全集』第十巻を参照されたい。オーウェルは北部にいたあいだ、手紙をタイプするのに持って行ったタイプライターで日記をタイプしたと考えられる。しかし、タイプ原稿には二つの別々の頁付けの部分があるので（一月三十一日から三月五日まで通して1〜36で、その他は「日記」と題されていて、1〜25になっている）、あとにタイプした、少なくとも二番目の部分は、元の手書きの日記のいくつかをアイリーンがタイプしたのかもしれない。タイプ原稿には手書き原稿を直した部分があるが、きわめて重要なもののみ、その旨を記した。完全な詳細は『全集』に載っている。些細な脱落は注記せずに訂正した。

オーウェルは北部に旅をし、そこに滞在した際にかかった費用を細かく記録している。それらは、もちろん旧貨幣単位で記されているが、当時は、費用と価格は今より遥かに低かった。参考——一シリングは十二ペンスで、一ポンドは二十シリングだった（したがって、一ポンドは二百四十ペンスだった）。一ペニーは二つに分けることができた——半ペニーとファージング、すなわち四分の一ペニーである。七十年前の一九三六年の物価を今日の物価に換算するのは難しいが、当時の物価を四十倍すれば大体のところよいだろう。ただ、それは平均であるのを理解することが重要である。四十倍より遥かに昂騰している品物もあるかもしれないが、それほど急激に昂騰していない品物もある。

三六年一月三十一日　予定通り列車でコヴェントリーに向かい、午後四時頃到着。ベッド・アンド・ブレックファーストに泊まる。お粗末至極。三シリング六ペンス。玄関に、（ジョン・スミスは）プリモ・ブッフォ[1]に抜擢されたと書いてある額入りの証明書が掛かっている。部屋にベッド二つ——一人部屋だと五シリング。簡易宿泊所特有の臭い。薄馬鹿の下女は図体がでかく、頭は小さく、うなじに脂肪がロール状になっている。奇妙なことに、ハムの脂肪を思い出させる。

三六年二月一日　ヨークシャーの巡回販売員と一緒にお粗末な朝食。バーミンガムの郊外を十二マイル歩き、ブル・リング（ノリッジの市場にそっくりだ）までバスに乗り、午後一時に着いた。バーミンガムで昼食、スタウアブリッジまでバス。クレント・ユース・ホステルまで四、五マイル歩いた。どこも赤土。小鳥がちょっと求愛、頭蒼花雞《ずあおあとり》と赤鷽《あかうそ》は非常に鮮やかな色。雄の山鶉《やまうずら》の交尾期の鳴き声。メリデン[2]の村を除き、コヴェントリーとバーミンガムのあいだには、まともな家はほとんどない。

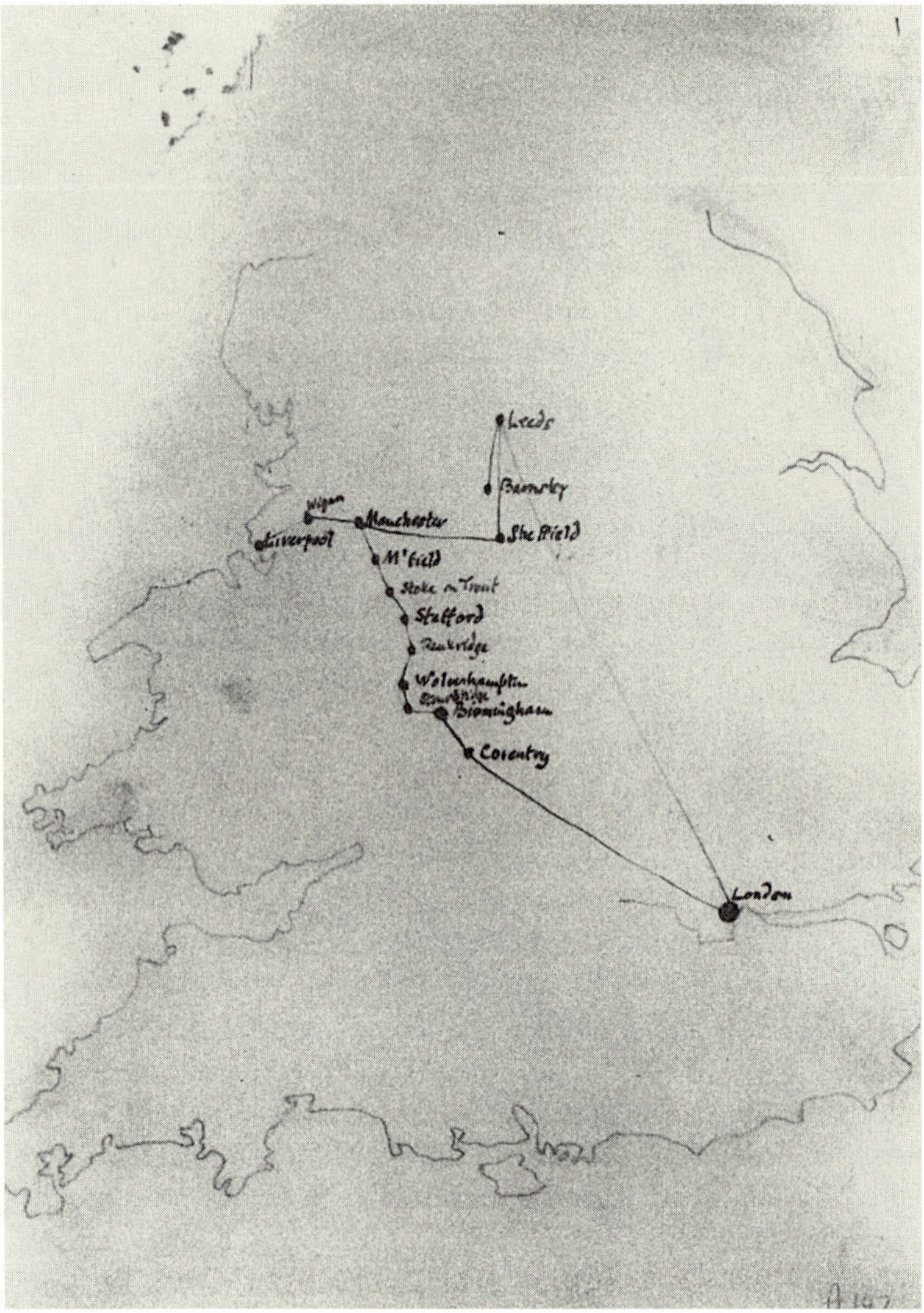

オーウェルが描いた北部への旅の略図。

バーミンガムの西では、例の郊外住宅が丘の上まで忍び寄っている。一日中、断続的に雨。

歩いた距離十六マイル。使った交通費一シリング四ペンス。使った食費二シリング三ペンス。

三六年二月二日　ホステルで快適な一夜を過ごした。私一人だった。木造平屋建てで、大きなコークスのストーブがあるので、ひどく暑かった。ベッド代は一シリング、ストーブ代は二ペンスで、料理用ガスレンジには二ペンス入れる。パン、牛乳等はホステルで売っている。寝袋は自分で用意しなければならないが、毛布、マットレス、枕は貸してもらえる。晩は疲れた。管理人の息子が、親切心からだと思うが、私のところにやってきて、ほとんど立っていられないくらいになるまで、一緒にピンポンをしたからだ。朝、管理人と長話をした。彼は家禽を飼い、ガラス製品と白目《しろめ》製品を蒐集している。彼の話では、一九一八年フランスで、退却するドイツ軍を追いかけて、非常に貴重なガラス製品をいくつか見つけて略奪したが、今度はそれを自分の師団の将軍に取られた。彼はまた、いくつかの見事な白目製品と、何点かのひどく風変わりな日本の絵を見せてくれた。ヨーロッパの影響がはっきりと見られるその絵は、一八六〇年頃に海軍が遠征した際に彼の父が略奪したものだ。

午前十時に出発。スタウアブリッジまで歩き、ウルヴァハンプトンまでバスに乗り、ウルヴァハンプトンのスラム街をしばらくぶらついてから昼食をとり、ペンクリッジまで十マイル歩いた。ウルヴァハンプトンは恐るべき場所のようだ。至る所に見えるみすぼらしい小さな家は、日曜日なのに、漂う煙に依然として包まれていて、鉄道線路沿いに巨大な粘土の土手と円錐形の煙突（「ポット・バンク」）があった。(3)ウルヴァハンプトンからペンクリッジまで歩いたがひどく退屈で、ずっと雨が降っていた。郊外住宅は二つの町のあいだに、ほとんど切れ目なく伸びている。ペンクリッジで四時半頃、休息して紅茶を飲んだ。小さな薄汚い店だが暖炉は快適だった。小柄で萎びたやや年をとった男と、四十五くらいの大女がいたが、彼女は亜麻色の断髪で、前歯がなかった。二人とも、私がそんな日に歩くとは英雄だと思った。二人と家族のように紅茶を飲んだ。五時十五分頃店を出て、さらに二マイル歩き、それから残りの四マイルはバスに乗ってスタッフォードに着いた。安いだろうと思ってテンペランス・ホテル〔酒を出さないホテル〕に行ったが、一泊朝食付きで五シリングだった。例によって部屋は厭《いと》わしく、綾織りのシーツは鼠色がかっていて例によって臭った。浴室に行くと巡回販売員が浴槽でスナップ写真を現像していた。それをどけるように説得してから風呂に入ったが、足が非常に痛い。

歩いた距離は約十六マイル。使った交通費、一シリング五ペンス。使った食費、二シリング八ペンス半。

三六年二月三日　午前九時に出発、ハンリーまでバスに乗った。ハンリー周辺とバーズレムの一部を歩いた。恐ろしいほど寒く、風は膚《はだ》を刺した。夜間に雪が降っていたのだ。黒ずんだ雪が至る所にある。ハンリーとバーズレムは見たこともないほど忌まわしい場所だ。小さな黒ずんだ家が迷路のように建ち並び、そのあいだに、土に半ば埋もれた怪物じみたブルゴーニュ・ワインの瓶のようなポット・バンクがあり、煙を吐き出していた。貧困の兆候は至る所にあり、商店はなんとも貧弱だ。所々に巨大な深い割れ目が掘られていて、その一つは幅が約二百ヤードで深さもそのくらいだ。そして鋼索鉄道の上を錆びた鉄のトロッコが片側の壁面を這い登っていて、もう片側のほぼ垂直の壁面のそこここに、数人の労働者がサファイア採取人のようにぶら下がっていた。彼らは一見なんの目的もなく鶴嘴《つるはし》で壁面に切り込んでいるが、粘土を掘り出しているのだと思う。エルドンまで歩き、そこのパブで昼食をとった。ひどく寒かった。山の多い地方で、素晴らしい眺めだ。とりわけ、さらに東に行って生け垣が石壁に変わると。ここの仔羊は南の地方よりずっと育ちが遅れている。ラドヤード湖まで歩いた。[4]

　ラドヤード湖（実際には製陶業の町に水を供給する貯水池）は、ひどく気が滅入る。夏には行楽地だ。カフェ、屋形船、遊覧船が十ヤード置きにあり、そのどれも無人で、蠅の糞の染みがついている。オフシーズンだからだ。釣りに関する掲示が出ていたが、水をよく見ると、魚は一匹もいないようだった。人っ子一人いず、寒風が吹きすさんでいた。割れた氷はすべて南端に吹き飛ばされていて、波はうねり、バシャッ、バッシャッという音を立てていた――それは、聞いたこともないほどメランコリックな音だった。（メモ。いつか小説に使うこと、また、クレイヴンAの空き箱を氷のあいだにぷかぷか浮かせること。）

　一マイルほど先に、やっとホステルを見つけた。またも独りだ。今度は、なんとも変わった場所だ。ひどく隙間風の入る殺風景な建物で、一八六〇年頃に城に擬した様式で建てられたもの。誰かの愚挙。三、四室以外、がら空き。延々と続く、よく反響する石の廊下。蠟燭以外明かりはなく、黒煙を出す料理用の小さな石油ストーブしかない。恐ろしいほど寒い。

　二シリング八ペンスしか残っていないので、あす、マンチェスターに行き（マクルズフィールドまで歩いてからバス）、小切手を現金に替える必要がある。

　歩いた距離、十二マイル。使った交通費一シリング八ペンス。使った食費、二シリング八ペンス。

三六年二月四日　ベッドから出るとあまりに寒く、

オーウェルが1936年2月3日に宿泊したホステル（現在はラドヤード湖を見渡す個人の家。クリフ・パーク・ホール）。1811年頃建てられ、1933年から1969年までユース・ホステルとして使われた。男46人と女20人を泊めることができた。

ボタンもかけられなかったので、階下《した》に行って手を温めてから服を着なければならなかった。午前十時半頃出発。素晴らしい朝。地面は鉄のように固かったが、そよとも風は吹かず、日は燦々と照っていた。歩いている者は誰もいなかった。ラドヤード湖（長さ約一マイル半）は、夜のうちに凍結した。野鴨が氷の上をわびしげに歩き回っていた。日が昇り、氷上に斜めに射した陽光は見たこともないほど見事な赤みを帯びた金色になった。石を氷上に投げて長い時間を過ごした。氷上を滑って行くぎざぎざの石は、赤脚鴫《あかあしぎ》の囀り声とまったく同じ音を立てる。

マクルズフィールドまで十ないし十一マイル歩き、それからバスでマンチェスターに行った。手紙を取りに行ってから小切手を現金に替えようと銀行に行ったが、銀行は閉まっていた——ここでは銀行は午後三時に閉まる。手元に三ペンスしかなかったので、ひどく困った。ユース・ホステルの本部に行き、小切手を現金に替えてくれないかと頼んだが断られた。そこで警察署に行き、小切手を現金に替えてくれる事務弁護士を紹介してもらえまいかと頼んだが、やはり断られた。恐ろしく寒かった。通りは、盛り上がった不気味な黒いもので覆われていたが、それは実際は、固く凍り、煙で黒くなった雪だった。通りで夜を明かしたくはなかった。貧しい地区（チェスター街）に行く道を見つけ、質屋に行き、レインコートを質に入れようとしたが、もう、レインコートは受け取らないと言った。そこで、マフラーが質草になるかもしれないと思いついた。質屋はそれで一シリング十一ペンスくれた。簡易宿泊所に行った。チェスター街では、その三軒がくっついて建っていた。

リースから来た長い手紙には、私が会ったほうがよい人物の名前が書いてあった。その一人は幸い、マンチェスターにいる。

歩いた距離、約十三マイル。使った交通費、二シリング。使った食費、十ペンス。

三六年二月五日　ミード[5]に会いに行ったが、彼はいなかった。一日、簡易宿泊所で過ごした。ロンドンとほぼ同様で、ベッド代十一ペンス。仕切った小さな寝室で、共同寝室ではない。「代理」は肢体不自由者だ、実によくそういうことがあるようなのだが。ここでは、紅茶をブリキのボウルで淹れるという乱暴なやり方をする。けさ、小切手を現金に替えたが、今夜は宿泊所にいて、あす、ミードに会いに行こう。

三六年二月六日～十日　マンチェスター、ロングサイト、ブライトン・ロード四九番地のミード家に泊まっている。ブライトン・ロードは新しい住宅団地の一つにある。浴室と電気の付いたごくまともな家々で、家賃は十二シリングか十四シリングだと思う。ミードはある労働組合の役員で、『レイバーズ・ノーザン・ヴォイス』の編集に携わっている――彼らは『アデルフィ』の印刷と発行の仕事をしている。ミード夫妻は私に対して大変親切だ。二人とも労働者階級の人間で、ランカシャー訛りで話し、子供時代には木靴を履いたが、ここの雰囲気は完全に中産階級的だ。M夫妻は二人とも、私がマンチェスターの簡易宿泊所に泊まったと言うと、ちょっと呆れた。労働者が労働組合で役員の地位に就くや否や、あるいは労働党の政治に関わるや否や、自分の意思にかかわりなく中産階級の人間になる、すなわち、ブルジョワジーに対して戦うことによってブルジョワになるという事実に、私はまたも強い印象を受けた。人は自分の収入にふさわしい生き方しかできないし、自分の収入にふさわしいイデオロギーを持つようにならざるを得ないというのが事実なのだ（Mの場合、週約四ポンドだと思う）。M夫妻に文句を言いたい唯一のことは、二人が私を「同志」と呼ぶことである。M夫人は例によって政治をあまりよく理解していないが、妻の義務として、夫の政治観をそのまま受け入れている。彼女は「同志」という言葉を発音する際、明らかに落ち着かない様子だ。この程度北に来てさえ生活様式の違いに強い印象を受けた。M夫人は、自分が部屋に入ってくると私が立ち上がったり、

食器洗い等を手伝いましょうと申し出たりするとびっくりし、それをあまりよいことと思っていない。彼女は言う。「ここの男たちは女に仕えられるのを当然と思っているんです」

　Mは、ジョウ・ケナン[6]に会うよう、私をウィガンに行かせた。ケナンは社会主義運動で重要な役割を果たしている電気技師だ。彼もまともな市営住宅（ビーチ・ヒル団地）に入ってはいるが、紛れもなく労働者だ。非常に背が低く、がっしりして逞しい男で、実に物柔らかで人当たりがよく、人助けにきわめて熱心だ。一番上の子供は二階で寝ていて（猩紅熱の疑いがある）、下の子供は床で玩具の兵士と大砲で遊んでいた。ケナンはにやりとして言う、「ご覧の通りですよ――私は平和主義者ということになってるんですがね」。彼は私をN・U・W・M[7]のシェルターに行かせた。ウィガンで私のために下宿を見つけてくれないかという、幹事宛の手紙を持たせて。そのシェルターは今にも倒れそうな、小さなひどい建物だが、失業者にとっては天の賜だ。暖かいし、新聞等もあるからだ。幹事のパディー・グレイディーは失業中の炭坑夫だ。三十五くらいの背の高い痩せた男で、知的で物知りで、人助けに非常に熱心だ。彼は独身で週に十七ボブ「シリング」稼いでいるが、長年の栄養不足と無為のせいで肉体的にひどい状態にある。前歯はほぼすっかり腐ってなくなっている。N・U・W・Mの誰もが非常に友好的で、私が作家で、労働者階級の現状についての事実を集めているということを聞くや否や、熱心に情報を提供してくれた。しかし、自分たちと完全に同じ人間として私を扱ってはもらえない。彼らは私に「サー」または「同志」と呼びかける。

三六年二月十一日　ウィガン、ウォリントン横町七二番地[8]に宿泊中。賄い付き下宿、週、二十五シリング。もう一人の下宿人（失業中の鉄道員）と同室。厨房で食事をし、食器洗い場の流しで顔等を洗う。食べ物は結構だけれども消化に悪く、途轍もない量で出てくる。トライプ〔牛などの胃壁〕のランカシャー風の食べ方にはぞっとする（酢をかけて冷たいまま食べる）。

　一家。三十九のホーンビー氏は十三の時から炭坑で働いてきた。目下、九ヵ月失業している。大柄で、金髪で、身ごなしがゆっくりしていて、ごく穏和で、挙措が感じよく、何か質問すると、慎重に考えて答える。そして、こう話し始める、「私の見たところでは」。訛りはあまりない。十年前、噴出した炭塵が左目に入り、ほとんど左目の視力を失ってしまった。しばらく「地上」の仕事をあてがわれたが、炭坑に戻った。もっと稼げるからだ。九ヵ月前、右目も悪くなり（「nyastygmus」[9]と呼ばれる何かか、炭坑夫の罹るそうした名前のもの）、数ヤード先までしか見えない。週に二十九シリングの「補償」

を貰っているが、炭坑側は週十四シリングの「一部補償[10]」にする話をしている。それはすべて医者が、彼は仕事をしうると判断するかどうかにかかっている。もちろん、おそらく「地上」の仕事以外、どんな仕事もないだろうが。しかし、その仕事でさえ、ごく少ない。もし「一部補償」になれば、彼は失業保険証の期限が切れるまで失業手当を受け取ることができる。

ホーンビー夫人。夫より四つ年上。背は五フィート以下。翁形ジョッキ〔つばが反り返った帽子をかぶった小太りの老人をかたどったビールジョッキ〕に似た人物。陽気な性格。きわめて無知――二十七足す十は三十だと思っている。非常な訛り。「the」に対処する二つのやり方があるようだ。子音の前では、しばしばまったく省かれる（「Put joog［jug］on table」等）。母音の前では、しばしば次の言葉と一緒になる。例。「My sister's in thospital」――th は thin の場合のように発音される。

息子の「うちのジョウ」は十五になったばかりで、この一年、炭坑で働いている。現在は夜勤だ。午後九時頃仕事に行き、七時と八時のあいだに帰ってきて、朝食をとってからすぐに、ほかの下宿人が空けたベッドに寝に行く。たいてい、午後五時から六時まで眠る。彼は最初一日二シリング八ペンスで働き、その後三シリング四ペンスに賃金が増した。すなわち、週に一ポンドだ。そのうち、週に一シリング八ペンスが控除（保険等）として差し引かれる。炭坑の行き帰りの市街電車賃に一日四ペンスかかる。そのため、全時間働いた正味の賃金は週に十六シリング四ペンスだ。しかし夏は、短時間しか働かない。背が高く、華奢で、ひどく青白いその青年は、仕事で非常に疲れているのは一目瞭然だが、かなり幸せそうだ。

ホーンビー夫人のいとこのトムは未婚で、その家に下宿している――週に二十五シリング払っている。みつくちの、ごく毛深い男、性格は穏和で、なんとも素朴だ。やはり夜勤。

もう一人の下宿人のジョウは独身。週、十七シリングの失業手当で暮らしている。週に部屋代六シリング払い、食事は自分で作る。八時頃起きてベッドを「うちのジョウ」に譲り、外で過ごす。一日の大半、公共図書館などにいる。少々間抜けだが、いくらか教育があり、大げさな言い回しを好む。なぜ結婚しないのかを説明する時、もったいぶって言う。「婚姻の鎖は大変なものさ」。この台詞を何度か繰り返した。どうやら、愛着があるらしい。七年間、完全に失業している。機会があれば酒を飲むが、もちろん、今ではそんな機会はない。

この家には、階下《した》に二部屋と食器洗い場、二階《うえ》に三部屋ある。それと狭い裏庭と屋外便所。湯の設備はない。家は手入れが行き届いていない――正面の壁が膨れている。家賃、十二シリング、地方税、十四シリング。ホーンビー家の全収入――

ホーンビー氏の補償金…週、二十九シリング
ジョウの賃金…………週、十六シリング四ペンス
トムの毎週の支払い……週、二十五シリング
ジョウの毎週の支払い…週、六シリング

合計…………………三ポンド十六シリング四ペンス[10]

そこから家賃と地方税を引くと、三ポンド二シリング四ペンス残る。それで四人を養い、三人の衣服代を払い、その他の必需品を用意しなければならない。[★1]もちろん、今のところ私も自分の分を払っているが、それは臨時に過ぎない。

ウィガンの中心部は、世間で言われているほど悪いようには見えない――マンチェスターより気が滅入らないと言えばそうだ。ウィガン波止場は取り壊されたという話だ。ここでは多くの者が木靴を履いていて、ヒンドリーのような郊外の小さな場所ではたいていの者が履いている。ショールを頭にかぶるのは一般に年配の女たちだが、どうやら若い女は、悲惨な貧乏ゆえにそうするらしい。目に入るほとんど誰もがなんともひどい服装をし、街角の青年たちは、ロンドンの青年たちよりスマートでも騒々しくもないのははっきりしているが、客のいない数軒の店以外、貧困の明瞭な兆候はない。登録された労働者の三人に一人は失業していると言われている。

昨夜、ウォル・ハニントン[11]の演説を聞きに、N・U・W・Mのさまざまなメンバーと一緒に協同組合のホールに出掛けた。下手な演説で、社会主義者の弁士の能書きと決まり文句をやたらに口にし、インチキなロンドン訛りで話したが（またもや、完全にブルジョワの共産主義者なのだが）、聴衆を大いに沸かした。この地の共産主義的感情の強さに驚かされた。もしイギリスがU・S・S・R〔ソヴィエト社会主義共和国連邦〕と戦争をすればU・S・S・Rが勝つだろうとハニントンが言うと、大きな歓声が起こった。聴衆は非常に粗野で、どうやら全員失業しているらしいが（十人中ほぼ一人が女だった）、きわめて熱心に聞いていた。演説が終わったあと、かかった費用――ホールの使用料、Hのロンドンからの汽車賃――のために献金が行われた。一ポンド六シリング集まった――約二百人の失業者から集めたにしては悪くない。

炭塵が鼻梁に青い刺青のように付着していれば、決まって炭坑夫だ。年配の男の中には、額に炭塵の筋がロクフォール・チーズのように付いている者もいる。

三六年二月十二日　恐ろしく寒い。運河（かつてウィガン波止場のあった場所）沿いに、遠方のボタ山に向かって長時間歩いた。ボタ山と、煙を吐く煙突の恐るべ

き風景。ボタ山のいくつかは本物の山と言ってもよい――その一つはストロンボリ島火山にそっくりだ。身を切るような風。運河の石炭用艀《はしけ》の前の氷を割るのに汽船を送ったそうだ。艀の船頭は目元まで麻袋に包《くる》まっていた。すべての堰の「落とし水《フラッシュ》」（廃坑の陥没で出来た淀んだ水溜まり）は、茶褐色の氷で覆われていた。水門から氷柱《つらら》が顎ひげのように下がっていた。数匹の溝鼠が雪の中をゆっくりと走っていた。ひどくおとなしそうだ。たぶん、空腹で弱っているのだろう。

三六年二月十三日　ウィガンの住宅事情はひどいものだ。H夫人の話では、弟の家には（彼はたった二十五なので、異母弟に違いないが、早くも八つの子がある）それぞれ違う三家族の十一人がいて（そのうち五人は大人）、四室（上に二つ、下に二つ）に住んでいる。私の会った炭坑夫の全員、自分が重大な事故に遭ったか、重大な事故に遭った友人がいるかだ。ホーンビー夫人のいとこは、落石で背骨を折り――「七年死なずにもちこたえたんです、そのあいだ苦しみました」――義弟は新しい炭坑の千二百フィートの縦坑に落ちた。どうやら彼は縦坑の両側の壁に弾むようにぶつかったらしい。だから、底に着くまでに死んだようだ。「あの人が新しい防水服を着てなかったら、みんな死骸を引き上げなかったでしょうね」

三六年二月十五日　N・U・W・Mの情報収集係と一緒に、住宅事情、特にキャラバンについて情報を収集する目的で巡回に出掛けた。そして、そのメモを作った。Q・V。[12] 一番印象に残ったのは、何人かの女の表情だ、とりわけ、ほかよりも数の多い家族が住んでいるキャラバンの女の表情だ。一人の女は髑髏《しゃれこうべ》のような顔をしていた。彼女は心底我慢できない惨めさと零落の表情を浮かべていた。彼女は、私が体中、牛馬の糞に覆われていたら感じるような気持ちではないかと思った。しかし、誰も彼も、そうした状況を当然のこととして受け入れているようだった。彼らは何度も何度も住まいを約束されてきたが、それは空約束なので、快適な家はまったく手の届かないものと思うようになっている。

　ぞっとするほど汚い路地を通ると、やや若いがひどく蒼白く、例によって薄汚い格好の女がいた。女は家の前の溝《どぶ》の脇に跪《ひざまず》き、詰まっている鉛の排水管を棒でつついていた。身を切るような寒さの中で、ウィガンのスラムの溝の脇に跪き、詰まった排水管を棒でつついているのは、なんと恐ろしい運命だろうと思った。その時、女が顔を上げ、私の目を捉えた。その表情は、見たこともないほどわびしかった。女は私とまさに同じことを考えているのだと強く感じた。

オーウェルは、『ウィガン波止場への道』の中で、この項をもとに加筆している。

私の乗った列車は、ボタ山、煙突、山積みになった屑鉄、汚い運河、木靴の跡が縦横十文字に付いた、石炭の燃え殻の泥の小径が作り出す奇怪な光景の中を走って行った。三月だったが、天候は恐ろしいほど寒く、至る所に黒ずんだ雪の山があった。列車が町の郊外をゆっくりと走ると、土手と直角に、小さなスラムの家々が何列にも並んでいた。そうした家の一軒の裏で、若い女が石の上に跪き、家の中の流しから出ている鉛の排水管を棒でつついていた。詰まっていたのだろう。私には、その女のすべてを見る時間があった――粗麻布のエプロン、不格好な木靴、寒さで赤くなった両腕。女は列車が通過する時顔を上げた。私はもうちょっとで女の目を捉えることができた。女の顔は丸く、蒼白かった。二十五だが四十に見える、スラムの女特有の疲れ切った顔をしていた。流産と苦役のせいだ。それは、一瞬のうちに見たのだが、見たこともないほど惨めで、希望のない表情だった。「そういうことは、彼らにとって、われわれにとってと同じではない」とか、スラムで育った者はスラム以外のことは想像できないとか私たちが言うのは間違いだということに私はその時気づいた。なぜなら、私がその女の顔に見たのは、動物の無知の苦悩ではなかったからだ。女は自分の身に起こっていることを十分に知っていた――身を切るような寒さの中で、スラムの裏庭で、泥だらけの敷石の上に跪き、汚らしい排水管を棒でつつくというのは、なんという恐ろしい運命なのかということを、私と同じように理解していたのだ。

しかし、あっという間に列車は広々とした土地に出た。まるで、広々とした田園が一種の公園であるかのように、それは奇妙に、ほとんど不自然に思えた……[13]

H夫人が正体不明の病気になって入院させられたので、下宿を変えた。みんなは、ダーリントン・ロード二二番地に下宿を見つけてくれた。そこは、下宿人を置く臓物屋の二階だった[14]。夫は元炭坑夫で（五十八歳）、妻は心臓の具合が悪く、台所のソファーで寝ている。社会的環境はH家とほぼ同じだが、家はかなり汚く、ひどく臭う。ほかに数人の下宿人がいる。七十五歳くらいの老人の元炭坑夫は、老齢年金と、教区から毎週出る、半クラウン〔一クラウンは五シリング〕で暮らしている（合計、十二シリング六ペンス）。もう一人は格上のタイプで、「零落した」と言われている男で、ほぼ寝た切り。そのアイルランド人の元炭坑夫は、数年前肩胛骨と数本の肋骨を落石で砕かれ、週二十五シリングくらいの障害者年金で暮らしている。確かに格上のタイプで、事務員として出発したが、「坑《あな》の下」に入った。大柄で丈夫で、炭坑夫になったほうが実入りがよかったからだ（戦前のことだが）。さらに、数人の新聞勧誘員がいる。二人は四十と五十五くらいの、時代遅れなのが歴然としている『ジョン・ブル』[15]の勧誘員だ。一人はごく若く、カルカッタのゴム会社で四年間働いた。この若者がどういう人間なのか、よくわからない。私以外の者と話す時はランカシャー訛りで話すが（彼は地元の人間だ）、私とは例の「教育のある」アクセントで話す。フォレスト夫妻以外の家族は、どこかに勤めていて近くに住んでいる太った息子と、ほぼ一日中店にいる、その妻マギーと、夫婦の二人の子供と、ロンドンにいる、もう一人の息子の婚約者アニーから成っている。さらに娘が一人、カナダにいる（F夫人は「in Canada」ではなく「at Canada」と言う）。マギーとアニーが家と店の仕事をほとんど全部する。アニーはひどく痩せていて、過労で（婦人服縫製工場でも働いている）、不幸なのがはっきりわかる。彼女が結婚するかどうかはまったく定かではないのだが、F夫人はそれでもやはりアニーを親族扱いし、アニーは夫人の専制のもとで呻いている。家の部屋数は、店の部分を除いて五か六で、浴室兼手洗が一つある。九人がここで寝るのだ。私の部屋には、私のほかに三人いる。

この地方の労働者階級の人間の食べ物の無駄に関する無知には驚かされる——それは南部よりもひどいと思う。ある朝、H家の食器洗い場で顔を洗っていた時、次のような食べ物の「在庫調べ」をしてみた。五ポンドほどのベーコン。二ポンドほどの牛の脛《すね》肉。一ポンド半ほどのレバー（すべて調理されていないもの）。忌まわしいミートパイの残骸（H夫人はパイを作る時、食器を洗うのに使うような琺瑯引きの盥でパイを作る。プディングも同様だ）。十五か二十の卵の入っている深皿。いくつかの小さなケーキ。平らなフルーツ・パイ一つと「ケーキ・パイ」（種なし干し葡萄入りのペーストリー）一つ。古いパイのさまざまな残骸。六つの大きなパンの塊と十二の小さな塊（私はH夫人がその前の晩にそれを料理するのを見た）。バター、トマト、開けたミルクの缶等の残り物。また、台所のオーブンの中に、もっと食べ物が温めてある。習慣的に、パン以外の何もかも剝き出しで、棚は汚い。ここの食べ物は、ほぼ完全にパンと澱粉から成る。H家の一日の典型的な食事。朝食（午前八時頃）——目玉焼き二つ、ベーコン、パン（バターなし）、紅茶。昼食（午後十二時半頃）——シチューにしたビーフ、蒸し団子、煮たジャガイモ（ライオンズ[16]の三人前に匹敵する）の載った途方もなく大きい皿と、ライスプディングか、スエットプディングの大盛り。ティー（午後五時頃）——冷肉、バター付きパン、甘いペーストリーと紅茶。晩飯（午後十一時頃）――フィッシュ・アンド・チップス〔ジャガイモの細切りの空揚げを添えたフライド・フィッシュ〕、バター付きパンと紅茶。

三六年二月十六日　大騒動だ。クリスマス頃、ここにひと月泊まっていた男女が贋金造りとして逮捕された（プレストンで）、ここにいるあいだに贋金を造ったと思われているからだ。警部補が来て、一時間ほどいろいろ質問した。F夫人は二人が外出しているあいだ、二人の部屋にそっと入り、マットレスの下に半田《はんだ》のようなものの塊と、茹で卵立てに似ているが、もうちょっと大きい小さなポットをいくつか見たと話している。F夫人は警部補が推測で言うことすべてに即座に同意した。警部補が二階の部屋を捜索しているあいだに私も二つのことを推測で言ってみたが、彼女はそれにも同意した。二人が結婚していないことを聞いて、二人が有罪なのを彼女が確信したのが私にはわかった。警部補が彼女の供述を書き上げると、彼女が読むことも書くこともできない（署名以外）のがわかった。夫のほうは少し読めるが。

新聞勧誘員のベッドの一つは、私のベッドの足のところに押しつけてある。私は両脚をまっすぐに伸ばすことができない。もし伸ばせば、足が彼の腰のくびれに当たってしまうからだ。リンネルのシーツのあいだに寝るのは久しぶりのように思える。M〔ミード〕家でも綾織りのシーツだった。彼らの家（ミード家）は、私がロンドンを離れて以来泊まった家で嫌な臭いがしなかった唯一の家だ。

三六年二月十七日　新聞勧誘員はかなり惨めだ。もちろん、それはなんとも絶望的な仕事だ。『ジョン・ブル』のすることは、必死に努力し、しばらくのあいだ、インチキ臭いビジネスをちょっとばかり拡張する人間を雇ってから馘《くび》にし、別の人間を雇う等々ということだ。彼らは週にそれぞれ二ポンドか三ポンド稼ぐと思う。二人とも家族持ちで、一人は祖父だ。二人はひどく困窮しているので、全食付きの下宿代は払えず、部屋代だけ払い、台所に不潔な食器棚を持っていて、そこからパン、マーガリンの包み等を取り出し、恥ずかしそうに自分で食事を作る。二人は毎日非常に多くの家を割り当てられていて、各家のドアをノックし、最低の数の注文を取らねばならない。二人は目下、二シリング分の切手と、二十四枚のクーポンを送れば「無料《ただ》」の紅茶セットが貰えるという、『ジョン・ブル』のための一種の詐欺をしている。二人は食事が終わるや否や翌日のために用紙に記入し始め、間もなく、年長のほうが椅子に坐ったまま眠り込み、大きな鼾《いびき》をかき始める。

しかし、労働者階級の状況に関する二人の知識には驚かされる。二人はイングランド北部のあらゆる町における住宅問題、家賃、地方税、商業の状況などについて、すべて話してくれる。

三六年二月十八日　早朝、織物工場で働く若い女たちが、丸石敷きの通りをカタカタとやって来る。みんな木靴を履いていて、奇妙に不気味な音を立てる。戦場に急ぐ軍隊のようだ。これが、ランカシャーの典型的な音だと思う。そして、木靴の底の鉄の輪郭が、泥に典型的な跡を付ける。牛の蹄《ひづめ》の半分のようだ。木靴は非常に安い。一足五シリングほどで、何年にもわたって履き古す必要はない、なぜなら、数ペンスの費用で新しい鉄を付けさえすればよいからだ。

いつもどこでも、この地方独特の服装は、庶民的だと見なされている。私がN・U・W・Mの献金係と一緒に訪れた一軒の家で、服装は見苦しくないが、ひどくしょげた女が言った。

「あたしはいつも、ちゃんとしていようとしてるの。頭にショールを巻いたことはない――そんな姿は見られたくない。娘の頃から帽子をかぶってる。でも、あんまりいいことはない。クリスマスに、あたしたちはひどく困ったんで、篤志家のところに行ってみようかと思ったの。（ある慈善機関によって詰め籠が与えられた。）そこに行くと、牧師があたしに言うのよ。『あんたには篤志家の必要はない』って牧師は言うのよ。『あんたより困ってる人が大勢いるんだ。パンとジャムだけで暮らしてる、たくさんの人を知ってる』って言うのよ。『あたしたちが何を食べて暮らしてるのか、どうして知ってるのよ？』って、あたしが言うの。『そんないい服装ができるんなら、あんたはそんなに困ってるはずはない』って牧師は言うの――あたしの帽子のことを言ってるの。あたしは篤志家から何も恵んでもらえなかった。もしショールを頭に巻いて行ったら、恵んでもらえたでしょうけどね。ちゃんとした服装をしてると、そういうことになるのよ」

二月十八日、オーウェルは、名誉毀損についてのルービンスタイン氏の心配を取り除くため、『葉蘭をそよがせよ』の文言をさらに変えるようにというヴィクター・ゴランツ社からの何通かの手紙の最初のものに返事を出した。オーウェルはそうした要求に次第に心を乱されるようになった。その要求のいくつかは、一日坑道を苦労しながら這うという経験をしたあとでは、また、炭坑夫の労働環境を見たあとでは、ごく些末なものに思えたに違いない。二月二十四日、彼は自分の著作権代理人レナード・ムーアに書いた。「私が苛立たしい思いをしているのは、出版社がそうした変更をもっと前に要求しなかったからです。本は例によって事務弁護士が目を通し、OKを出したものです……私は第一章をすっかり書き直し、ほかの数章に手を入れたことでしょう。しかし出版社は、原稿が活字になった時に文言を変えるようにと言い、そうする際、字数を同じにするようにと言いました。そんなことはもちろん、全パッセージ、ある場合にはまるまる一章、台無しにすることなしにはできなかったのです」。（コンピューター植字が出現する前は、活字は鉛で植字され、行の長さを同じにするため調整するのは、単調で退屈で、時間のかかる作業だった。したがって、同じ字数の単語で置き換えるように出版社は要求したのである。）

三六年二月十九日　ボタ山は沈下すると（結局は沈下するのだが）、でこぼこしたものになる。ストライキの時には、炭坑夫が小さな石炭を求めてそうした場所を掘るので、いっそうそういう形になる。遊び場として使われているボタ山は、不意に凍った、波立ち騒ぐ海のようだ。それは地元では「羊毛マットレス」と呼ばれている。その上の土は灰色で燃え殻めいていて、不気味な茶がかった草しか生えない。

　今夜、テールマン[17]を擁護する資金を集めるためにN・U・W・Mが催した懇親会に行った。会費と茶菓（紅茶とミートパイ）、六ペンス。集まったのは二百人ほどで、圧倒的に女が多い。もっぱら協同組合のメンバー。会は協同組合の一室で催された。ほとんどの者は直接的にせよ間接的にせよ、失業手当で暮らしていると思う。後ろのほうには、数人の年老いた炭坑夫が穏やかな表情を浮かべて坐っていて、前のほうには、ごく若い女が大勢坐っていた。何人かはコンサーティーナに合わせてダンスをしていて（少女の多くはダンスができないと告白したが、それはちょっと惨めなことに思えた）、何人かはひどく下手な歌を歌っていた。こうした人々は、ウィガンに住む、比較的革命的考え方の人間をかなりよく代表していると思う。もし、そうなら哀れだ。どこにでも見かけられる、まったく同じ羊のようにおとなしい群衆――ぽかんと口を開けている若い女、編み物をしながら居眠りをしている不格好な中年の女。イギリスのどこにも不穏な動きはない。しかし、一人の老婆が面白い歌を歌った。彼女はロンドン子で、老齢年金を貰い、パブで歌って小銭を稼いでいるのだろうと思う。こういうリフレーンのある歌だ。

「おまえさん、そこのそれはここじゃできないよ、
駄目さね、そこのそれはここじゃできないよ、
ほかならどこでもできるけど、
ここじゃ絶対できないよ」[18]

三六年二月二十日　今日の午後、失業者の炭坑夫が

「ボタ貨車」から盗む、彼らの言葉を使えば「石炭を取りっこする」さまを、パディー・グレイディーと一緒に見に行った。なんとも驚くべき光景だ。私たちは炭鉱鉄道線路沿いに、樅《もみ》の木の生えている待避線のところまで、例の恐るべきルートを歩いた。その途中、盗んだ石炭を麻袋に入れ、自転車に載せた、さまざまな男女に出会った。そうした自転車をどこで手に入れたのか、知りたいものだ——おそらく、ゴミ捨て場から半端な部品を拾って組み立てたのだろう。どれにも泥よけはなく、サドルのあるものはほとんどなく、タイヤさえないものもあった。坑内から出た、貨物列車に積まれた泥板岩が下ろされる大きなボタ山に着くと、五十人ほどの男たちがボタ山の上で石炭を拾っているのが見えた。彼らは、線路のさらに先の、男たちが貨車に乗る場所に行ってみるようにと言った。そこに着くと、百人を下らない男たち、少数の少年たちが、それぞれ上着の裾の内側に麻袋と石炭ハンマーを結びつけて待っていた。間もなく貨物列車が見えてきて、毎時二十マイルくらいの速度でカーブを曲がってきた。五十人か七十人がそれをめがけて駆け出し、緩衝器などを摑んで無蓋貨車に登った。どの貨車も、動いているうちに登るのに成功した男たちの所有物と見なされているらしい。機関車は貨車をボタ山のところに運び、連結器を外し、残りの貨車のところに戻ってきた。同じようにして男たちは急いで二台目の貨車に乗るが、乗り損なうのは、ほんの数人だ。貨車の連結器が外されるとすぐ、貨車の上にいる男たちは、積んであるものを、下にいる女やそのほかの助っ人に向かってシャベルで掬い落とし始める。女や助っ人は、ボタから全部の石炭を手早く選り分け(相当の量だが、すべて卵の大きさの小さな塊だ)、麻袋に入れる。「ブルー」〔石炭屑の山〕の斜面のずっと下には、どっちの貨車にも乗れず、上から落ちてくる細かい石炭の破片を集めている者がいる。もちろん、貨車に乗った時、当たりの貨車に乗ったのかどうかはわからない。どんな貨車に乗るかは、まったく運次第だ。例えば、幾台かの貨車には、炭坑の床層《フロア》からのボタ(それはもちろん、かなりの量の石炭を含んでいる)ではなく泥板岩しか載っていなかった。しかし、これまで聞いたことはないのだが、泥板岩のあいだに、少なくともいくつかの炭坑では、かなりよい燃料になる「燭炭《キャネル》」(綴りは確かではない)と呼ばれる可燃性の岩があるようだ。それは採りにくく、あまりに速く燃えてしまうので商業的価値はないが、普通の目的には十分だ。泥板岩の載っている貨車の上にいる者は、「キャネル」を拾い出していた。それは泥板岩にほぼそっくりだが、少し色が濃く、ほとんどスレートのように水平に割れるのでわかる。私は彼らが貨車をほとんど空にするまで見ていた。私にわかる限りでは、各人、石炭か「キャネル」の約ハンドレッドウェイトの二分の一を手に入れた。この行為は、ボタ貨物列車が数回やってくる場合、一日に二回以上なされることもあるので、数トンの燃料が毎日盗まれているのは明白だ。

こうしたことの経済学と倫理は、なかなか興味深い。第一に、ボタ貨物列車から盗むというのは、もちろん違法だが、ともかくボタ山の上にいることで、厳密に言えば不法侵入しているのだ。時折、彼らは起訴される――事実、今朝の『エグザミナー』は、三人がそれによって罰金を科されたことを報じていた。しかし、起訴など誰も気にかけない。実のところ、罰金を科された一人の男は今日の午後、そこにいた。しかし同時に、石炭会社はボタのあいだに入っている石炭等を使う意図などはない。選り分ける費用にもならないからだ。したがって、盗まれなければ無駄になる。おまけに、その行為のおかげで、石炭会社は貨車を空ける手間が省けるのだ。なぜなら、石炭盗みの連中が仕事を終えるまでには、貨車は空になるからだ。したがって、会社側は「貨車急襲」を黙認している――私は男たちが貨車によじ登っても機関手が気にかけなかったのを目撃した。そうした男たちが、時折起訴されるのは、非常に多くの事故が発生しているからだと言われている。ごく最近のこと、一人の男が滑って貨車の下になり、両脚を切断された。貨車のスピードを考えると、事故がもっと頻繁に起こっていないのは注目すべきことだ。

私の見た、盗んだ石炭を運ぶのに使われた最も奇妙な運搬具は、荷箱と、台所で使う二つの洗濯物絞り機で出来た手押し車だった。

盗まれた石炭のいくらかは、一袋一シリング六ペンスで町で売られているという話だ。

三六年二月二十一日　この家の不潔さが神経に応え始めている。拭いたり埃を払ったりした物は皆無で、部屋は午後五時まで掃除されず、布巾は台所のテーブルに置きっぱなしだ。晩飯の際にも、朝食の時のパンの屑が依然として残っている。一番不快なのは、F夫人が年中台所のソファーに寝ていることだ。彼女には、新聞を細く裂き、それで口を拭ってから床に捨てるという、恐るべき習慣がある。今朝、空けてない室内便器が朝食のテーブルの下にあった。食べ物もひどいものだ。私たちは例の、二ペンスの既製品の小さなステーキを食べさせられる。キドニー・パイは目下品切れだ。臓物を置いてある地下室について、ぞっとするような話を聞いた。臓物にはゴキブリがうようよたかっているというのだ。どうやらこの家では、長い間隔を置いて新鮮な臓物を仕入れるらしい。F夫人はそれによって、いつ何があったかを知る。「そうねえ、あれから三回、凍ったの（凍った臓物）を買ったから」等。この家では、二週間に一度、「凍ったの」を買うようだ。夜、脚をまっすぐに伸ばせ

ないので非常に疲れる。

三六年二月二十四日。　きのう、ジェリー・ケナン(19)、彼のやはり電気技師の友人、その友人の二人の幼い息子、ほかの二人の電気技師と、炭坑に属している一人の技師と一緒にクリッペンの炭坑に行った。その技師が私たちを、いろいろ案内してくれた。昇降台が一番下に着くまで三百ヤードあった。私たちは十時半に降りて行き、一時半に上がった。案内してくれた技師によると、私たちは二マイルほど歩いた。

　昇降台が降りて行くと、例によって一瞬、吐き気を覚え、耳が詰まったような妙な感じがする。昇降台は中程まで降りた時、恐るべきスピードを出し（深い炭坑の場合、そのスピードは毎時六十マイルかそれ以上になると言われている）、それから不意にゆっくりになるので、また上に昇っているのではないと思うのは難しい。昇降台は小さい――奥行き約八フィート、幅約三フィート半、高さ約六フィート。十人乗れることになっている、あるいは、石炭約一トン半載せられる（と思う）ことになっている。六人の大人と二人の子供しかいなかったが、詰めて乗るのは難しく、また、反対側から出る方向に体を向けているのが大事だった。

　思っていたより下は明るかった、なぜなら、私たち全員が持っていたランプは別として、主坑道には電灯が点っていたからだ。しかし、予期しなかったのは、そして私にとっては終始、最も重大なことだったのは、天井の低さだった。そこに降りる前は、地下鉄のトンネルのような場所を歩き回るのだと、漠然と思っていた。しかし、実際のところ、まっすぐに立つことのできる場所は、ほとんどなかった。総じて、天井までは約四フィートか四フィート六インチで、時にはもっとずっと低かった。そして時折、梁がほかの梁より大きく、その下を通るには、特に頭を低くしなければならなかった。壁は所々泥板岩の厚板でごく綺麗に仕上がっていた。ダービーシャーの石壁〔十八世紀の囲い込み法によって畑の境に作られた石壁〕によく似ていた。坑道の支柱はほとんど全部が木で、約一ヤード置きに頭上にあった。それは適当な長さに切った、小さな唐松《からまつ》の木から出来ていて（使われている量から判断し、今では私は、植林地を作る者がなぜ、ほぼ例外なく唐松を植えるのかが理解できる）、厚板の上に垂直に立てた柱に置いてあるだけだ。こんなふうに。そして、ともかく固定されていない。一番下の厚板は徐々に床層《フロア》に沈下していく。もしくは坑夫が言うように、「フロアが上がってくる」。しかし、頭上の重みが、すべてを安定させている。そこここで木の支柱の代わりに使われている鋼鉄の支柱が撓《たわ》んでいる様子から、天井の重さが推測できた。足元には岩石の厚い粉と、トロリー用の、約二フィート半の間隔のレールがあった。通路が下り坂になると、坑夫はしばしば木靴でレールの上を滑って行く。木靴の底は窪んでいるので、レールにほぼ合うのだ。

数百ヤード体を折り曲げて歩いたあと（一、二度這わねばならなかったが）、腿全体に激しい痛みを感じ始めた。頭を下げてはいるのだが、梁に頭をぶつけないよう上を見なくてはいけないので首の筋を違えてしまうが、腿の痛みが最悪だ。もちろん、切羽《きりは》に近づくにつれ、坑道の天井は次第に低くなる。一度、一同は支柱のない、鼠穴を大きくしたような臨時のトンネルを這って通った。また、ある場所では、夜のうちに落石があった――三トンから四トン★2のものだと思う。それが天井近くの小さな隙間を残し、坑道全部を塞いでいた。一同はどの木材にも触れずに、這ってそこを抜けねばならなかった。間もなく、私はガクガクになった膝を休ませるために一分ほど立ち止まらざるを得なかった。そしてさらに数百ヤード行ったあと、最初の採掘場に着いた。そこは、二人の男が一台の機械を動かしている、小さな採掘場に過ぎなかった。その機械は道路の補修に使われる電気ドリル(20)を大きくしたものによく似ていた。その近くに、ケーブルを通してそれやほかの機械に電気を送るダイナモ（ほかの名で呼ばれているかもしれない）があった。また、孔を明けたり発破をかけたりするための比較的小さなドリルもあった（しかし、それはそれぞれ五十ポンドの重さがあり、肩に担がねばならなかった。さらに、坑夫の道具の束は、鍵束のようにワイヤーでひとまとめにされている。なくしてしまうのを恐れ、いつもそうしているのだ。

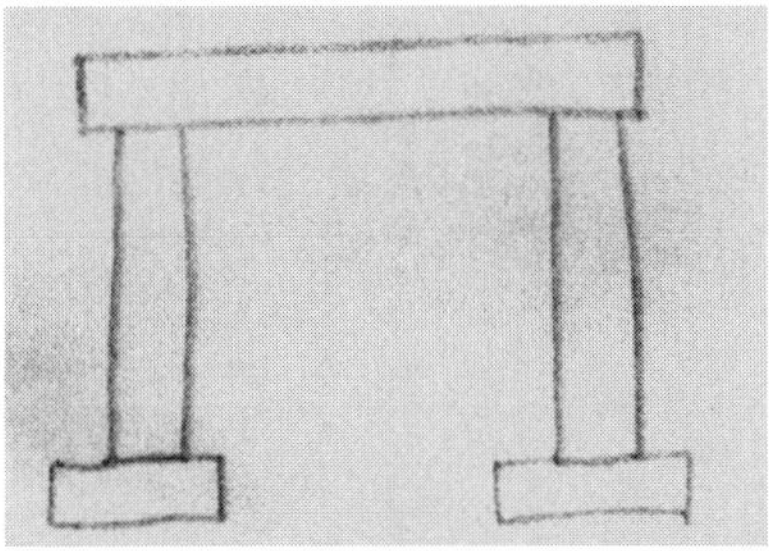

私たちはさらに数百ヤード進み、主採掘場の一つに着いた。坑夫は実際にそこで働いてはいず、二百五十ヤードほど先で仕事をするために、交替組が降りてくるところだった。そこでは、比較的大きい機械が一台あり、それを動かす五人組がいた。その機械には回転する車輪が一つ付いていて、車輪にはさまざまな角度の二インチほどの長さの歯があった。原理的には、歯がごく厚い回転鋸によく似ている。ただ、歯はそれぞれ互いにずっと離れていて、垂直にではなく水平に回る。その機械は五人組によって適当な場所にひきずられる。前の部分はどの方角にも回転し、それを動かしている男によって切羽に押しつけられる。「スカフター」と呼ばれる二人の男が、ゴムのベルトのコンベヤにシャベルで石炭を掬って載せると、コンベヤはトンネルを抜けて、主坑道の石炭運搬用立て桶まで運ぶ。そこで石炭は蒸気運搬機で昇降台に

運ばれる。コール・カッターを操作する男たちが、一ヤードの高さもない場所で働いているということを私はこれまで知らなかった。私たちが切羽まで天井の下を這って行った時、せいぜい跪くことができるだけだった。そのあと、上半身をまっすぐにして跪くこともできなかった。男たちは仕事の大半を腹這いになってせざるを得ないのだと思う。暑さも恐ろしいほどだ——私にわかる限り、華氏約百度だ。五人組は半円形に切り込んで切羽を掘り続ける。そして断続的に機械を前方に引っ張りながら支柱を立てる。どうやって、その化け物じみた機械——もちろん形は平らだが、六フィートか八フィートの長さで数トンあり、車輪ではなく滑り材しか付いていない——が、あれだけの距離のある坑道を通って適切な位置に置かれるのか不思議だった。石炭層が奥になるにつれてその機械を前に引っ張るのさえ、恐るべき労働に違いない。坑夫はそれを、ほとんど横たわりながらしなければならないのだから。切羽の近くの上のほうに何匹かの二十日鼠がいた。鼠はそこにたくさんいるとの話だ。鼠は馬がいる炭坑、またはいた炭坑に一番いると言われている。そもそも鼠がどうやって坑内に降りてきたのか、さっぱりわからない。たぶん昇降台に乗ってきたのだろうが、ひょっとしたら縦坑に落ちたのかもしれない。鼠はどんなに高いところから落ちても怪我をしないと言われているので（体表面積が体重に比べて大きいために）。

戻りは、疲労困憊していたので進み続けることがほとんどできないほどだった。しまいには、五十ヤードごとに立ち止まって休まねばならなかった。いくつも続く梁のところで周期的に体を曲げ、また起こすというのはひどく苦しいので、時たま天井に穴があるおかげでまっすぐに立つことができるというのは、大変な救いだった。時折、跪いたあと、どうしても立てないことがあった。それは、天井の一番低い箇所がたいていは坂になっているので、いっそうひどいことになった。そのため、腰をかがめるだけではなく、少し斜めにも歩かねばならなかった。私たち一同は、そういうことに慣れている案内役の技師と、腰をかがめる必要のまったくなかった二人の少年以外、みなかなり参ってしまった。しかし、私が最も背が高かったので、一番参ってしまった。私くらい背の高い坑夫がいるのかどうか、また、いるのなら、そのために苦労するのかどうか知りたい。炭坑の中で出会った数人の坑夫は実に敏捷に動くことができ、支柱のあいだを四つん這いになって犬のように走り回った。

私たちはとうとう地上に出て、目立った汚れを洗い落とし、ビールを飲んだあと、家に帰って昼食をとり、長いあいだ熱い風呂に入った。炭塵の量と、それを落とす難しさに驚いた。オーバーオールを羽織り、その下に服を着ていたにもかかわらず、体のあらゆるところに炭塵は浸透していた。もちろん、家に風呂のある坑夫はごく少ない——台所の暖炉の前に、湯を入れた盥があるだけだ。ちゃんとした浴槽がなければ、いつも清潔というわけにはいかない。

私たちが着替えた部屋には、カナリヤを入れたいくつかの鳥籠があった。炭坑では爆発にそなえて、空気を調べるためにカナリヤを飼うことが法律で定められている。カナリヤは昇降台で下に降ろされ、もし気絶しなければ空気は大丈夫なのだ。

デーヴィー安全灯はかなりの量の光を発する。てっぺんから空気が入るが、炎は細い線の金網によって遮られる。炎は一定の直径以下の孔を通り抜けることはできない。したがって金網は炎を持続するだけの空気は入れるが、炎を外に出して危険なガスを爆発させることはない。オイルが一杯に入っていれば八時間から十二時間燃えるが、鍵がかかっているので、炭坑の下で消えると、また燃やすことはできない。坑夫は炭坑の中に降りる前に、マッチを持っていないかどうか調べられる。

三六年二月二十七日　水曜日（二十五日）に、ダイナー夫妻(21)とギャレット(22)に会いにリヴァプールに行った。同日の夜に帰ってくるつもりだったが、リヴァプールに着くとすぐに気分が悪くなり、不面目にも吐いた。そこでダイナー夫妻は、ベッドに横になるように、そして一晩泊まるように言ってくれた(23)。昨晩、帰ってきた。

私はギャレットに非常に感心した。彼が『アデルフィ』と、ほかの一、二の場所に、マット・ロウという筆名で書いていることを前もって知っていたなら、もっと早く会う手段を講じていただろう。彼は三十六くらいの大柄で逞しい、リヴァプールに生まれたアイルランド人で、カトリック教徒として育ったが、今では共産主義者だ。過去六年間ほどで約九ヵ月（と思う）働いたと言っている。彼は若者の頃、十年間水夫として傭われ、それから沖仲士になった。戦時中、乗っていた船が魚雷にやられ、船は七分で沈んだが、魚雷にやられるのを予期していたので、ボートを用意していた。応答があるまで持ち場を離れようとしなかった無線技師以外、全員助かった。彼はまた、禁酒法時代、シカゴの違法の醸造所で働き、銃を突きつけてのさまざまな強奪事件を目撃し、街頭の喧嘩で撃たれた直後のバトリング・シキ(24)を見た、等々。しかし、そのいずれも、共産主義の政治ほどは彼の興味を惹かない。彼に自伝を書くように勧めたが、例によって失業手当で妻と一緒に二部屋ほどのところに住み（妻は彼が物を書くのに反対しているようだ）、子供が数人いるので、落ち着いて長いものを書くのは不可能で、短篇しか書けないと彼は思っている。リヴァプールには失業者が溢れているということは別にし、彼はどこでも共産主義者としてブラックリストに載っているので、仕事を見つけるのは不可能に近い。

彼は沖仲士が荷を降ろす仕事に傭われるところを見せに、埠頭に連れて行ってくれた。埠頭に着くと、二百人ほどの男が輪になって待っていて、警官が彼らを押しとどめていた。一隻の果物運搬船が荷を降ろす必要があり、仕事があるという情報が流れると、沖仲士のあいだで喧嘩が起こり、警官がそれを止めに介入せざるを得なくなったらしい。しばらくすると会社（荷役会社と呼ばれている）の代理人が小屋から現われ、その日の早くに傭った連中の名前（というより番号）を呼び始めた。すると、さらに十人ほど必要になったので、輪の前を歩き回り、そこここで男たちを選んだ。彼は立ち止まり、一人の男を選び、肩を押して前に押しやった。牛を売る時にそっくりだ。間もなく彼は、これでお仕舞いだと告げた。残りの沖仲仕から一種の呻き声が起こった。そして彼らは足をひきずるようにして去った。二百人のうちから約五十人が傭われたのだ。仕事にあぶれた沖仲士は、失業手当を貰う手続きを一日に二回しなければならないらしい。そうしないと、働いていたと見なされ（彼らの仕事は主に日給の臨時労働なので）、その日の失業手当は減額される。

　リヴァプールでは、ほかの大半の都市よりもスラム撤去の面でずっと多くのことがなされていることに感銘を受けた。スラムは依然としてひどい状態だが、非常に多くの安い家賃の市営住宅とフラット〔一世帯が専用する同じ階の数室〕がある。リヴァプールのやや外れに、全部市営住宅から成る相当の数の町がある。それは実際、見た目はごく住みやすく良く出来ているが、働く場所から遠いという、お決まりの不満がある。町の中心には、ウィーンの真似をした、労働者用の巨大なフラット群がある。それは大きな輪の形に建てられた五階建てのもので、子供の遊び場になっている、直径約六十ヤードの中庭を囲んでいる。内側にはバルコニーが付いていて、両側に広い窓があるので、どのフラットにもいくらか日が射す。私はそうしたフラットのどれにも入ることはできなかったが、どのフラットも、二部屋か三部屋で[★3]、キチネットと、湯の出る浴槽があるものと思う。家賃は約七シリング（最上階）から十シリング（一階）までさまざまだ。（もちろん、エレベーターはない。）リヴァプールの人々はフラット（彼らは共同住宅《テネメント》と呼ぶ）というものに慣れているが、ウィガンのような場所では、人々は、仕事場に近いところに住むという問題をフラットが解決するのを知っていながら、いかにひどかろうと、自分自身の家を持ったほうがよいと誰もが言う。

　そのことで一、二の興味深い事柄がある。市民に新しい住居を与えるということは、ほぼ完全に市自治体の仕事である。市自治体は私有権に対して実に無慈悲で、スラム街の家々を、補償金なしにどんどん収用する用意があると言われている。したがって、その点では、実際には社会主義的立法措置だ。地元当局によってなされるのだけれども。しかし、リヴァプールの市自治体は九分九厘保守的だ。そのうえ、公債を使って市民に新しい住居を与えるというのは、私の言うように、本質的には社会主義的な手段だが、実際の仕事は私的な工事請負人によってなされる。どこでも同じだが、工事請負人は市自治体の職員の友人、兄弟、甥等である場合が多いと思ってよかろう。したがって、ある点を越えると、社会主義と資本主義を区別するのは難しい。国と資本家が一つに融合する傾向があるからだ。川の向こう側、バーケンヘッド側では（私たちはマージーのトンネルを抜けてそこに行った）、ポート・サンライトがある。それは都市の中の都市で、リーヴァヒューム石鹸工場がすべて造り、所有している。ここでも、かなり安い家賃の優れた家があるが、公的財産同様、制約に縛られている。一方の市営団地と、もう一方のリーヴァヒューム卿〔一九二五年に没した英国の産業資本家。ポート・サンライトは彼が造ったモデル・タウン〕の建物を見ると、どっちがどっちなのかを言うのは難しいのがわかるだろう。

もう一つの事柄は、こういうものだ。リヴァプールは事実上、ローマ・カトリック教徒によって支配されている。ローマ・カトリックの理念は、ともかく、チェスタトン＝ビーチコマー(25)のタイプの作家によって唱えられている理念は、常に私有に好意的で、社会主義的立法措置と、「進歩」全体に反対している。チェスタトン・タイプの作家は、自由な農夫やその他の小自作農が、自分自身が所有する、そしておそらく非衛生的なコテージに住む姿を見たがる。賃金奴隷が、市営の優れた設備の整ったフラットに住み、衛生等に関する規制に縛られている姿ではなく。したがってリヴァプールのローマ・カトリック教徒は、自分たち自身の宗教が意味すると思われていることに反した行動をしているわけだ。しかし、チェスタトンたちと、彼らに類するすべての者は、たとえ社会主義的色彩のものと言われていようと、地元とその他の統治機関の機構をローマ・カトリック教徒が自分たちの意のままにできるのを知ったなら、態度を変えるだろう。

リヴァプールでは、木靴を履いている者も、頭にショールを巻いている者もいない。車で戻ったが、そうした慣習がウィガンの少し西で急になくなるのに気づいた。

ロンドンに船で帰ることにしている。もしGが貨物船に乗れる手筈を整えてくれたなら。

真鍮の燭台二つと、ボトル・シップを買った。燭台に九シリング払った。私は騙されたとGは考えているが、なかなかいい真鍮だ。

三六年三月二日　シェフィールド、ウォレス・ロード一五四番地にて。

やって来る途中、どこも厚く雪に覆われていた。畑と畑の石の境界は、白いドレスの黒いパイピングのように雪の中を通っていた。しかし暖かく、日が照っていた。生まれて初めて、交尾している深山鴉《みやまがらす》(26)を見た。木の上でではなく、地面の上で。求愛の仕方は奇妙だ。雌が嘴《くちばし》を開けて立ち、雄が雌の周りを歩き回っていた。まるで、餌を与えているかのように見えた。

　ウィガンの思い出。山に似たボタの堆積、煙、何列もの黒ずんだ家々、木靴[★4]の跡が十文字についている、ねばねばした泥、ショールに赤ん坊を包《くる》んで通りの角に立っている、ずんぐりした若い女、安売り菓子屋のショーウィンドーにある、山積みのチョコレートの破片。

三六年三月三日　この家——上に二部屋、下に二部屋、十四フィート×十二フィートくらいの居間、かなり狭い客間。居間に流しと銅釜（炊事、洗濯用）、ガス火なし、屋外便所。地方税を含めた家賃、約八シリング六ペンス。二つの地下室もある。夫は失業している（P・A・C(27)——以前は工場の倉庫管理人だったが、工場は閉鎖され、従業員全員解雇された）、妻は一時間六ペンスで日雇い雑役婦として働いている。五歳の子供一人。

　ジェイムズ・ブラウン——四十五歳だが、もっと若く見える。右手が奇形。片方の足も。それは親から遺伝したもので、子に遺伝することを恐れ、彼は結婚しようとしない。その奇形のせいで定職には就かなかった。サーカスで何年か、馬の飼育係、道化、「西部の荒馬乗り」として働いた——どうやら、損なわれた手でも手綱は操れたらしい。今は独り暮らしで、なぜか失業手当を貰っていず、教区と兄からの援助で暮らしている。一部屋に住み、料理をするためには覆いのない暖炉しかなく、オーブンはない。ひどく世を拗ねていて、真正な社会主義者にとって必要な、例のブルジョワジーに対する憎しみの感情、さらには個人に対する憎しみさえも露《あらわ》にする。それにもかかわらず善人で、人助けに熱心だ。彼の政治的感情に、ヨークシャーの人間特有のお決まりの郷土愛が混ざっていて、会話の多くは、ロンドンとシェフィールドとの比較から成っている（ロンドンが不利なのだが）。シェフィールドは、あらゆる面でロンドンを凌駕していることになっている。例えば、一方では、シェフィールドの新しい住宅計画はロンドンより遥かに優れ、もう一方では、シェフィールドのスラム街は、ロンドンのどんなものよりも汚いのだ。北部の人間と南部の人間とのあいだにある、お決まりの憎しみ以外に、ヨークシャーの人間とランカシャーの人間とのあいだにも憎しみがあるのに気づく。さらに、ヨークシャーのさまざまな各町のあいだにも内輪揉めがある。北のここでは、誰もロンドン以外のイングランド南部のどんな場所も聞いたことがないようだ。人が南部から来れば、いかに何度も否定しようとロンドン子と見なされる。北部の人間は、南部の人間を軽蔑すると同時に、南部の人間は生きる術《すべ》について自分たちより知っていて、それで自分たちを感心させようと躍起になっているのではないかという不安を抱いている。

長くて、疲労困憊した一日だった（私は今、この三月四日の項を書き継いでいる）、徒歩と市街電車でシェフィールドのあらゆる場所を案内してもらったので。いまやシェフィールドという都市のほとんど全部を横断した。昼間は、見たことのないほどぞっとするような場所だ。どの方角を見ても、時には黒、時には薔薇色（硫黄のせいだと言われている）の煙を吐き出している、怪物めいた煙突ばかりの同じ風景が目に入る。四六時中、辺りに硫黄の臭いがする。すべての建物は、建てられてから一、二年以内に黒くなる。ある場所で立ち止まり、見える限りの煙突の数を数えたが、三十三あった。しかし、煙っていたと同時に、霧がとても深かった——晴れた日ならば、もっとたくさん見えただろう。町に建築学的にまともな建物があるのかどうか疑う。町は非常に丘が多く（ローマ同様、七つの丘の上に建てられたと言われている）、どこもかしこも、煙で黒ずんだみすぼらしい小さな家が建ち並ぶ通りが急角度で上に続いている。道には丸石が敷かれているが、馬等の足掛かりになるよう、わざとでこぼこに置いてある。夜になると、丘は見事な効果を生み出す、なぜなら、丘の中腹からほかの丘を眺めると、ランプが星のように瞬くのが見えるからだ。巨大な炎が鋳物工場の屋根から周期的に噴出し（目下、多くの者が夜勤で働いている）、煙と蒸気を通して素晴らしい薔薇色を呈する。鋳物工場の中を覗いてみると、巨大な火の蛇さながらに、赤熱の、また白熱の（実際にはレモン色の）鉄が延ばされレール状になるのが見える。町のスラム街の中心部には、「小親方《リトル・ボス》」、すなわち、もっぱら刃物類を作っている零細な雇い主の小さな工場がある。それほど数多くの割れた窓ガラスを、これまで見たことはないと思う。いくつかのそうした工場の窓には、ほとんどガラスが嵌まっていず、中で働いている従業員（ほとんどが若い女）の姿が見えなければ、そこに人が住みうるとは思わないだろう。

町は凄まじい速度で壊され、再建されている。スラム街のどこにも、汚い煉瓦の山のある空き地がある。そこにあった、取り壊しと決まった家々は撤去され、町の郊外の至る所で、新しい市営住宅が建設されている。それは、ともかく見かけは、リヴァプールのものより、ずっと落ちる。また、ひどくわびしい環境に建っている。私が今住んでいるところのすぐ後ろにある団地は、丘の頂上の忌まわしい、ねばねばする粘土質の土の上に出来ていて、氷のように冷たい風に晒されている。スラム街から、こうした新しい家に移る者は、決まって前より高い家賃を払い、かつ、暖を取るためには燃料にずっと多く金を使わねばならないのを忘れてはいけない。また、多くの場合、仕事場からいっそう遠くなるので、前よりもっと交通費を使う。

晩に、メソジスト教会に連れて行ってもらった。そこで、男たちの一種の団体（兄弟同盟《ブラザーフッド》と言う）[28]が週に一回集まり、講演を聴いたり、討論をしたりする。来週、一人の共産主義者が話をする。そのことを告げた牧師は、明らかに困惑していた。今週は一人の牧師が「綺麗な水と汚い水」について話した。彼の講演は、ショーの『黒人少女の冒険』[29]等についての信じられないほど馬鹿げていて、とりとめのない漫談だった。聴衆の大半は、そのひとことも理解できず、事実、ほとんど聴いてもいなかった。そのあとの話と質問はあまりに耐え難かったので、ブラウンと私は、彼の友人のビンズと一緒に会場を抜け出した。そして、背中合わせに建っているビンズの家を見に行った。それについて、メモを取った。Bが言うには、その兄弟同盟のメンバーの大部分は失業者で、数時間暖かい場所に坐っていられるなら、ほとんどなんにでも耐える。

シェフィールドのアクセントは、ランカシャーほどひどくはない。ごく少数の人間しか木靴を履いていない（そのほとんどは坑夫だろうと思う）。

三六年三月五日　リーズ、ヘディングリー、エストコート・アヴェニュー二一番地にて[30]。

私は今朝、十時半にシェフィールドを発った。なんとも恐るべき場所であり、快適な家に戻ることを考えてほっとしていたにもかかわらず、サール夫妻の家を去るのは実に悲しかった。あの二人ほどに自然な上品さをそなえた人物に会ったことはない。二人は私に対してこのうえなく親切で、二人が私を好いてくれたことを望むし、信じる。もちろん、二人のこれまでの全人生を、二人から少しずつ聞いた。サールは三十三歳で、一人っ子だ。若い時軍隊に入り、パレスチナとエジプトを占領していた軍の砲兵隊（あるいは、なんと呼ばれていたにせよ）に加わった。エジプトを鮮明に覚えていて、そこに戻りたいと思っている。その後、短期の仕事にしか就かなかった。例えば、さまざまな工場の倉庫管理人、計量監視人、さらには鉄道の（外の）ポーター。S夫人はもう少し裕福な家の出だ。というのも、彼女の父は、わずか数週間前まで[★5]週五ポンドという実入りのよい仕事をし、そのうえ釣り竿を作る内職をしていたからだ。しかし大家族で（十一人）、彼女は女中奉公をした。そして、家族の反対を押し切って、失業しているSと結婚した。最初、二人は家を借りることができず、一部屋に住んだ。そこで子供が二人生まれ、一人が死んだ。二人の話では、その時、ベッドが一家で一つしかなく、死んだ子供を乳母車に「入棺」した。ついに、恐ろしいほどの苦労をしたあと（その一つの理由は、家主が失業手当の受給者に家をあまり貸したがらず、しかも周旋人にいくらかの賄賂を使わねばならないことだ）、やっとこの家を借りた。家賃は約八シリング六ペンスだ。S夫人は日雇い雑役婦として働いて週に九シリング稼ぐ。そのためSの失業手当からいくら引かれるのかはわからないが、二人の収入は合計三十二シリング六ペンスだ。それなのに、私がそこにいるあいだの生活費を受け取らせるのに非常に苦労した――月曜日の夜から木曜日の朝までの全食事と下宿代として、二人は六シリングしか取ろうとしない。二人は家を非常に清潔に、きちんと保ち、狭い庭も持っている。庭を利用することは、あまりできないが。土壌が痩せているうえに、一方の側に工場の煙突があり、もう一方の側にガス工場があるからだ。二人は大変好き合っている。S夫人が経済情勢と、抽象的概念をよく把握しているのには驚かされた――その点で、大方の労働者階級の女たちと大違いだ。無学から程遠いわけではないと思うが。彼女は自分を傭っている者に対し、憎しみは持っていないようだが――それどころか、彼らは自分に対して親切だと言っている――使用人として仕えることについての本質的な事実を、ごくはっきりと理解している。彼女が話してくれたところでは、先日、昼食の給仕をしていた時、テーブルの上の食べ物（一回の食事で五人分）の値段を計算すると、六シリング三ペンスになった――P・A・Cが彼女の子供にくれる二週間分の額だ。

ブラウンは非常に親切で、「シェフィールド中を案内してもらいたい」という私の頼みを大真面目に受け取ったので、公共の建物、スラム街、住宅団地等を見るために、朝から晩まで私はあちこち忙しなく連れて行かれる。もっぱら徒歩で。しかし、一緒にいると退屈な人物だ。ひどく不機嫌なのは、共産主義者としての信条をあまりに意識しているからだ。ロザラムで私たちは、やや高いレストランで昼食をとる羽目になった。パブ以外、食事ができる場所がほかになかったからだ（Bは絶対禁酒者だ）。そして、そこに入ると、彼は「ブルジョワ的雰囲気」について、汗をかきながら呻くように文句をつけ、こういう類いの食べ物は食べられないと言った。文字通りブルジョワを憎むことが必要だと彼は断言しているので、私のことはどう思っているのか知りたかった。なぜなら、彼はそもそもの初めに、あなたはブルジョワだと私に言い、私の「パブリック・スクールの鼻声」について何か言ったからだ。しかし、私を一種の名誉プロレタリアとして扱うつもりだったと思う。流しで顔を洗う等ということに私が異を唱えなかったためもあるが、それ以上に、シェフィールドに関心があるように見えたためもある。彼は非常に気前がよく、彼の食事代等を払うつもりだということを最初に言っておいたにもかかわらず、二人が一緒の時、いつも私にできるだけ金を使わせまいとした。彼は週に十シリングで生活しているようだ——そのことはサールから聞いた。Bの十シリングがどこから来るのか、私は知らない——そして、彼の部屋代は六シリングだ。もちろん、燃料費を見込むと、残りの額で生活するのは不可能だ。燃料費に一文も使わず、タバコや衣服に一文も使わなければ週に四シリングで、なんとか生活できるだろう（添付したものを参照のこと）[31]。BはSやその他の友人から時々食べ物を貰っているのだと思う。また、比較的よい仕事に就いている兄からも。彼の部屋はきちんとしていて、文化的な趣さえある。彼が自分で作った「骨董的」家具が少しあるし、自分で描いた、粗いが不快ではない何点かの、大半がサーカスの絵があるからだ。彼の恨みがましい気持ちの多くは、性的飢餓から来ている。奇形が女に関してハンディキャップになっている。それが遺伝するのを恐れて結婚しない（子供を産む齢を過ぎた女となら結婚するだろうと彼は言っている）。そして、金が稼げないということが、それをいっそう不可能にしている。しかし、『アデルフィ』誌主催のサマー・スクール〔一週間の合宿制〕で、ある学校教師と知り合った。状況が許せば、彼女は彼の恋人になるだろう。彼女は彼との結婚に乗り気だが、彼女の両親が反対している。サール夫妻が言うには、彼はその女と付き合うようになってから、ずっと具合がよくなった——それ以前は、時折発作を起こしたものだ。

私たちはある晩、サール夫妻の家で議論をした。S夫人が食後の食器洗いをするのを私が手伝ったからだ。男二人は、もちろん、それを非とした。S夫人は迷っているようだった。彼女が言うには、北では、労働者階級の男は女に対し、なんの手助けもしない（女は、たとえ男が失業していても、助けを借りずに家事をすべてすることになっている）。彼女はそれを当然だと思っているが、変えてはならない理由はないと思っている。当節の女は、特に若い女は、男がドアを開けてくれる等のことを好むと思うと彼女は言った。今の状況は異常だ。男はほとんどいつも失業しているが、女は時折働いている。それなのに、女は依然として家事をすべてこなし、男は大工仕事と庭仕事以外は何もしない。男は、単に失職しているからというだけで「メアリー・アン」〔女性的男性〕になるならば男らしさを失うと、男女ともに本能的に感じているのだと私は思う。

シェフィールドのある一つの光景が脳裏から去らない。凄まじい荒れ地（なぜかここでは、荒れ地は、ロンドンでさえあり得ないほどに汚くなる）は、草がまったくなくなるほどに踏みにじられ、新聞や、古いシチュー鍋等が散乱している。右手には、煙によって黒ずんだ、濃い赤のわびしい上二部屋、下二部屋の家の孤立した家並み。左手には、果てしない工場の煙突、煙突、煙突の後ろの煙突。それは、薄暗い黒ずんだ靄《もや》の彼方に霞んでいく。私の後ろには、溶鉱炉の鉱滓で出来た鉄道線路の土手。正面には、荒れ地の向こうに、薄汚い赤と黄色の煉瓦で出来た立方体の建物。「ジョン・グロコック、運送業者」という看板がある。

シェフィールドについてのほかの記憶。煙で黒ずんだ石壁、化学物質で黄色になっている浅い川、鋳物工場の煙突の通風帽から出る、丸鋸の歯のような炎、蒸気ハンマーのドシン、ドシンという音や悲鳴のような音（鉄は打たれて悲鳴を上げているようだ）、硫黄の臭い、黄色い粘土、丘の上に向かって乳母車を押し、力を込めて腰を左右に振っている女の後ろ姿。

サール夫人のフルーツ・ローフ（バターを付けると大変旨い）のレシピを、なくしてしまう前にここに書いておこう。

小麦粉一ポンド。卵一個。糖蜜四オンス。ミクスト・フルーツ（または種なし干し葡萄）。砂糖八オンス。マーガリンまたはラード六オンス。

砂糖とマーガリンをクリーム状にし、卵を強く掻き混ぜて泡立ててそれに加え、糖蜜を加え、それから小麦粉を加え、油脂を塗ったブリキの容器に入れ、三十分から四十五分、中火のオーブンで焼く。

また、スポンジ・ケーキのための彼女の「五四三二一」のレシピ――

小麦粉五オンス、砂糖四オンス、油脂三オンス（バターが最高）、卵二個、茶匙一杯分のベーキング・パウダー。上記のように混ぜ、焼く。

三六年三月七日　ヘディングリー、エストコート・アヴェニュー二一番地のM［マージョリー］とH［ハンフリー］のもとに次の水曜日まで滞在。その間ずっと、中産階級の家（この程度の家であれ）と労働者階級の家との雰囲気の違いを意識していた。本質的な違いは、ここにはゆとりがあるということだ。目下、家に五人の成人と三人の子供と、おまけに動物がいるにもかかわらず。子供がいると安らぎと静けさを確保するのが難しくなるが、ここでは、どうしても独りになりたければ、なれるのだ――労働者階級の家では、昼夜を問わず、そうはなれない。

労働者階級の生活から分かつことのできない不自由の一つは、待つ、ということだ。人は給料を貰う時は、給料は銀行に払い込まれ、必要な時に引き出す。だが、週給の賃金を貰う時は、くれる者の都合に合わせて貰いに行かざるを得ず、おそらく、ぶらぶらして待つことになるだろうし、ともかく賃金が貰えるのはありがたいというふうに振る舞うのを期待されるだろう。ウィガンのホーンビー氏が補償金を引き出しに炭坑に行く時は、なぜか私にはわからないが、毎週、別の日に二度行かねばならず、払ってもらうまで、寒い中で約一時間待たされる。

加えて、炭坑へ市街電車で二度往復するので一シリングかかる。そのため補償金は毎週、二十九シリングから二十八シリングに減る。もちろん、彼はそれを当然のことと思っていた。長いあいだそうした目に遭っている結果、ブルジョワは、ある限度内で、自分の欲しい物が手に入ると期待して人生を送るのに対し、労働者階級の人間は、自分は多かれ少なかれ謎めいた権力の奴隷だと常に感じるようになる。私は、ある統計[32]を貰いにシェフィールドの町政庁舎に行った際、ブラウンもサールも——二人とも私よりずっと強い性格の持ち主なのだが——そわそわし、私と一緒に事務所に入ろうとせず、また、町書記官は情報をくれないと思い込んでいたことに強い印象を受けた。二人は言った。「あんたにはくれるでしょうが、あたしらにはくれませんよ」。事実、町書記官は横柄で、私は頼んだ情報のすべては貰えなかった。しかし重要なのは、町書記官は質問に答えてくれるだろうと私は思っていたのに、二人はそうは思っていなかったことだ。

それが理由で、階級序列がある社会では、非常時にはいつも高い階級の者が前面に出てくる傾向がある、実際にほかの階級の者より才能があるわけではないのだが。彼らがそうするということは、いつでもどこでも当たり前のこととなっているようだ。NB〔注意すること〕、コミューンが鎮圧されたあとの銃殺について書いている、リッサガレーの『パリ・コミューン史』の一節を調べること。政府側は裁判をせずに首謀者を銃殺した。彼らは首謀者が誰なのか知らなかったので、ほかの者よりも上の社会階級の人間が首謀者だという原則に立って首謀者を選び出した。ある者は腕時計を嵌めていたので銃殺され、ある者は「知的な顔」をしていたので銃殺された。NB、その一節を調べること。

きのうHとMと一緒にブロンテ姉妹の家で、今では博物館になっているハワース牧師館に行った。もっぱら、シャーロット・ブロンテの布製のブーツに強い印象を受けた。ごく小さく、爪先の部分は四角で、サイド・レース・アップだ。

三六年三月九日　きのう、HとMと一緒にミドルズムーアにある二人のコテージに行った。荒野《ムーア》の端の上のほうにある。おそらく一年の今頃だけなのだろうが、どんな工業都市からも数マイル離れたこんなところでも、国のこの地域に特有の煙ったような光景が至る所で見られるようだ。芝は冴えない色で、小川は濁っていて、家々は煙のせいか黒ずんでいる。どこにも雪が積もっているが、溶けかかっていて、ぬかるんでいる。羊はひどく汚れている——仔羊はいないらしい。椰子が咲いている。桜草が芽を出している。羊以外、何も動いていない。

三六年三月十一日　最後の二晩、「討論グループ」に行った——週に一度集まる会で、ラジオの講演を聴き、それについて討論する。月曜日に集まった者はほとんどが失業者で、こうした「討論グループ」は、失業者のための職業センターを運営している社会福祉関係者によって始められたか、少なくとも提案されたかだと思う。月曜日の会は礼儀正しく、少々退屈だった。私たちを含めて十三人（M［マージョリー］以外に女が一人）で、一同は公共図書館に隣接する部屋に集まった。講演はゴールズワージーの劇『いかさま勝負《スキン・ゲーム》』[33]についてで、討論の話題は、私たちの大半がそのあと一緒にパブに行ってチーズ付きパンを食べ、ビールを飲むまで変わらなかった。二人の者が集まりを牛耳った。一人はロウという名の強情な大男で、誰かが話すごとにその内容に反論し、本人は呆れるほど支離滅裂なことを言った。もう一人はクリードという、やや若い、非常に物知りな男だった。洗練されたアクセントと穏やかな声と博学らしいことから推して、図書館員ではないかと思った。だが、彼はタバコ屋を経営していて、それ以前は巡回販売員だったことがわかった。戦争中、良心的兵役忌避者として投獄された。別の集まりはパブで催され、出席者は社会的立場がもっと高い者たちだった。こういう手筈になっていた。M［マージョリー］とH［ハンフリー］が携帯ラジオを持ってそこに行き、討論グループのメンバーであるパブの主人が、一晩、部屋を提供する。その時は、講演は「もしプラトンが今生きていたなら」というものだったが、実のところ、Mと私以外、誰も聴いていなかった——Hはベドフォードに行っていた。講演が終わると、パブの主人、頭がすっかり禿げたカナダ人、すでに酔っていた市場向け農園経営者、それにもう一人の男がやってきて、どんちゃん騒ぎが始まった。私たちは一時間ほどあとで、なんとか抜け出した。二晩とも、ヨーロッパ情勢についての話が多く、大方の者が、戦争になるのは確実だと言った（何人かは、そうなるのを期待しているのをうまく隠すことができなかった）。二人を除き、みなドイツ贔屓だった。

今日は滞在場所を決めるためにバーンズリーに行った。労働者クラブ・講習会連合《ワーキングメンズ・クラブ&インスティテュート・ユニオン》の南ヨークシャー支部の幹事が私のためにすべて決めてくれた。住所はアグネス・アヴェニュー四番地。お決まりの上二部屋、下二部屋の家。シェフィールド同様、流しが居間にある。夫は坑夫で、私たちがそこに着いた時は仕事に行っていた。ちょうど洗濯日だったので、家はひどく散らかっていたが、清潔そうに見えた。ワイルドは親切で協力的だが、なんとも摑みどころのない人間だ。一九二四年まで坑夫として働いていたが、よくあることだが、ブルジョワ化した。洒落た服装をし、手袋を嵌め、傘を持ち、訛りはほとんどない——外観からだと、事務弁護士だと思ってしまっただろう。

バーンズリーはウィガンよりやや小さいが——住民は約七万人——少なくとも見かけはウィガンより貧しくないのは明らかだ。ずっと上級の商店があり、もっと商売が繁昌している様子が見て取れる。多くの坑夫が朝の勤務から帰ってくる。ほとんどが木靴を履いているが、爪先が四角なのはランカシャーと異なる。

三六年三月十三日　バーンズリー、アグネス・テラス四番地にて。(34)

この家は、想像していたよりも大きい。一階に部屋が二つと、階段の下に小さな食料置き場があり、二階に三つないし四つの部屋がある。★6 家には八人いる——大人五人、子供三人。客間であるべき表側の部屋は寝室として使われている。十四フィート×十二フィートの居間には、お決まりの料理竈《かまど》、流し、銅釜がある。ガスレンジはなし。一部屋を除き、全部の部屋に電灯あり。屋外便所。

家族——グレイ氏。四十三歳くらいで、背の低い、がっしりした男。粗野な顔立ちで、大鼻で、ひどく疲れた、蒼白い顔をしている。かなり禿げていて、自分の歯を持っているが（その年齢の労働者階級の人間にしては珍しい）、ひどく変色している。ちょっと耳が遠いが、大変話し好きだ、とりわけ、炭坑の技術的なことに関しては。幼い頃から炭坑で働いた。ある時、土か石かが落ちてきて生き埋めになってしまった——どの骨も折れなかったが、彼を掘り出すのに十分かかり、昇降台までひきずって行くのに二時間かかった。彼が言うには、負傷者を事故現場から運び出すための器具（担架等）はない。トロリーのレールの上を走る一種の担架が作れるはずだが、そうなると、それを使っているあいだは石炭のすべての運搬を中止することになるだろう。そこで負傷者は、自分も体を深く折り曲げていて、ごくゆっくりとしか進めない救助人に、昇降台まで運んでもらわねばならない。G氏は切り出された石炭を無蓋貨車に移す仕事をしている——それは「スカフティング」と呼ばれていると思う。彼と仲間は一トンにつき二シリング二ペンスの出来高払いの賃金を貰っている——各人一シリング一ペンスだ。彼はダートン(35)で働いている。四マイルほど離れていて、そこにバスで通っている。交通費は一日六ペンスかかる。だから、フルタイムで働いて手にする正味の賃金は週に約二ポンドだ。

G夫人は夫より十くらい若く、★7 母親タイプで、いつも料理か掃除をしている。訛りは夫ほどひどくはない。二人の女の子、ドリーンとアイリーン（Ireen、綴りはこれでよいのか？）、十一と十だ。ほかの下宿人は、一人の男やもめの指物師（新しいドッグ・レース場の木工の仕事に傭われている）、十一くらいの息子、そして、パブで歌うプロの歌手。バーンズリーの大きいパブでは、歌手とダンサーを多かれ少なかれ恒常的に傭っている

（G夫人によると、そのいくつかは甚だ不道徳的だ）。

この家は非常に清潔できちんとしていて、私の部屋は北のここで下宿をした中で一番よい。今度も綿ネルのシーツだ。

三六年三月十四日　昨夜、G氏と彼の戦争体験について大いに話した。とりわけ、彼が脚に負傷して傷病兵になった時に目撃した仮病の兵士と、それを見抜く医師の抜け目のなさについて。ある男は完全な失聴を装い、二時間続いた審査をうまく誤魔化しおおせた。とうとう彼は、きみは除隊になる、行ってもよろしいということを手振りで言われた。そして、ドアを通り抜けようとした、ちょうどその時、医師はさりげなく、「ドアを閉めて行ってくれたまえ」と言った。男は振り返りドアを閉めた。そして、現役勤務ができるとされた。別な男は狂気を装い、まんまと成功した。何日間も、紐の先に曲げたピンを下げ、魚を釣るふりをしながら歩き回った。とうとう除隊になり、Gと別れる際に、除隊の書類を掲げて言った。「これを釣ろうとしてたのさ」。私はパリのオピタル・コシャン(36)で見た仮病の患者を思い出した。そこには、失業者が病気のふりをして何ヵ月も入院していたものだ。

再びひどい寒さ。今朝は霙《みぞれ》。しかし、きのう列車で来た時は、人は畑を耕していて、土はだいぶ春めいて見えた。とりわけ、土が真っ黒で、この辺りの例の粘土質の土のようではなかった一つの畑では。土は鋤刃で掘り起こされた時は、チョコレート・ファッジがナイフで薄切りにされているように見えた。

この家にいると非常に快適だが、バーンズリーにいると、興味深い事柄をあまり集めることができないと思う。ここではワイルドしか知らないし、彼はまったく摑みどころがない。ここにN・U・W・Mの支部があるのかどうか、わからない。公共図書館はよくない。ちゃんとした参考図書館はなく、バーンズリーのそれぞれ分かれた住所氏名録は出版されてないようだ。

三六年三月十五日　ゆうべ、ワイルドとそのほかの者と一緒に労働者クラブ・講習会連合の南ヨークシャー支部の総会に行った。バーンズリーのクラブの一つで催されたのだ。約二百人が集まっていて、みな忙しげにビールを飲み、サンドイッチを食べていた。まだ午後四時半だったが——彼らはその日のために酒の販売時間を早める許可を取っていたのだ。クラブは大きい建物で、実際のところ、大きなホールのある、拡張されたパブだ。そのホールはコンサート等にも使えるし、そこで集会も開ける。総会は時々荒れたが、ワイルドと司会者は参加者をかなりうまく御していた。そして、例の演壇での言葉遣いと会の進め方に熟達していた。バランスシートから知ったのだが、Wの給料は年に二百六十ポンドだ。これまで、こうした労働者のクラブ、とりわけ北部の、とりわけヨークシャーのクラブの数と重要性を知らなかった。この集会に出席している者は、南ヨークシャーのすべてのクラブから送られた二人一組の代表だ。百五十人の代表がいただろう。したがって、彼らは七十五のクラブと、たぶん、一万人ほどのメンバーを代表していたのだろう。それは、ヨークシャーだけでだ。集会のあと、紅茶を飲むために委員会室に連れて行かれた。そこには三十人ほどいたが、重要な代表なのだろうと思った。私たちは冷たいハム、バター付きパン、ケーキを食べ、ウイスキーを飲んだ。誰もがウイスキーを紅茶に注いだ。

そのあと、Wとほかの者と一緒に、町の中心にある急進的・自由主義的《ラディカル・アンド・リベラル》クラブに行った。私は前にそこに行ったことがあった。一種の喫煙自由の音楽会が開かれていた。パブ同様、こうしたクラブではどこも週末に歌手等を備っている。なかなかよい、どたばたのコメディアンがいて、彼のジョークはお決まりの「双子、義母、燻製ニシン」を種にしたもので、みな、ひっきりなしにかなりの大酒を飲んだ。ワイルドの訛りは、こうした環境にいると、ずっと強くなる。こうしたクラブは、最初、十九世紀中頃に一種の慈善事業として始まった。もちろん、禁酒だった。しかし、財政的に独立するようになることで「禁酒」から逃れ、言うなれば、一種の栄光ある協同組合のパブに発展した。急進的・自由主義的クラブに入っているグレイの話では、クラブの会費は三ヵ月で一シリング六ペンスで、飲み物はすべて一パイント一ペニーか二ペンスで、パブより安い。二十一歳以下の若者は入会を認められず、（私の思うに）女はメンバーになれないが、夫と一緒にそこに行くことはできる。ほとんどのクラブは非政治的であると公言しているが、そのことにおいて、また、メンバーの大半が裕福な労働者タイプであるという事実において——失業している者は比較的少ない——彼らが反社会的目的のために政治的に動員される危険の兆しを予測することができる。

かつては坑夫だったが、今では市自治体のために労働者として働いている男と話した。彼は自分の子供時代のバーンズリーの住宅事情について話してくれた。彼は十一人が住む二軒背中合わせの家で育った（寝室は二つだと、私は思う）。便所まで二百ヤードも歩かねばならず、しかもそれを合計三十六人と共同で使った。

次の土曜日にグライムソープの炭坑に降りる手筈を整えた。それはまさに最新の炭坑で、イングランドのほかのどこにもない機械を備えている。また、木曜日の午後に、「デイ・ホール」〔丘の斜面を水平に掘る横坑。「デイ」は「地表」の意〕という炭坑にも行く。私が話しかけた男が言うには、切羽まで一マイルある。そこで、もし「行程《トラヴェリング》」がひどかったなら、私は目的地まで行き着けないだろう——私はただ「デイ・

ホール」がどんなものかを見たいだけで、この前のようにすっかり参ってしまうようなことをするつもりはない。

Gは炭坑から戻ってくると、食事の前に体を洗う。それが普通のことなのかどうか知らないが、坑夫がクリスティー・ミンストレルのような顔をして坐って食事をするのを何度も見た――食べているうちに綺麗になる真っ赤な唇以外、真っ黒だ。Gは戻ってくると、インクのように黒い。とりわけ頭皮が――そのため坑夫は、たいてい髪を短くしている。彼は大きな金盥に湯を注ぎ、腰まで裸になって体を非常に手際よく洗う。まず両手、次に上腕、次に前腕、次に胸と肩、次に顔と頭。それから体を拭く。そして妻が彼の背中を洗う。臍は依然として炭塵の巣だ。腰から下は、通常、ごく黒いと思う。公衆浴場があり、坑夫はそこに行くが、原則として、週に一回しか行かない――それは驚くには当たらない。坑夫は仕事と睡眠のあいだに、あまり時間がないからだ。新しい市営団地の家は別にして、浴室のある坑夫の家はまずない。ごくわずかな炭坑会社だけが坑口に風呂を備え付けている。

Gがあまり食べないのに私は気づいた。目下、午後番で働いているが、私と同じ朝食をとり（卵一個とベーコン、パン――バターなし――紅茶）、昼食は軽い。十二時半頃、チーズ付きのパンを食べる。あまり食べ過ぎると仕事ができない、と彼は言う。彼が炭坑に持って行くのは、パンと肉汁と冷たい紅茶だけだ。それがいつものことだ。男たちは炭坑の下の息苦しい空気の中ではあまり食べたがらず、加えて、食べる時間が認められていない。彼は午後十時と十一時のあいだに帰宅するが、その時初めて、一日で唯一のたっぷりした食事をとる。

三六年三月十六日　昨夜、モーズリー[37]が公会堂で話をするのを聴きに行った。公会堂の構造は劇場だ。満員に近かった――七百人くらいいたろう。約百人の黒シャツ党員が任務に就いていて、二、三の例外を除けば、みなひょろひょろしていて、若い女たちが『アクション』[38]等を売っていた。モーズリーは一時間半話したが、がっかりしたことには、聴衆はもっぱら彼の言うことに賛成したようだった。最初はブーイングされたが、最後は大きな拍手を浴びた。最初、彼の話の途中で質問しようとした数人の男は、放り出された。その一人――私にわかる限り、ただ質問に答えてもらおうとしていた――は、まったく理不尽な暴力を受けた。数人の黒シャツ党員が彼に襲いかかり、彼がじっと坐って、なんの暴力も振るおうとしていないのに、拳骨の雨を降らせた。Mは話が非常にうまかった。彼のスピーチは例の戯言《たわごと》だったが――大英帝国の自由貿易を実現せよ（モーズリーは、大英帝国の植民地・属領からの輸入品に特恵を与えよと主張した）、ユダヤ人と外国人をやっつけろ、すべての賃金を上げ、労働時間を短縮せよ等々。最初はブーイングがあったが、そのあと、（主として）労働者階級の聴衆はMによって簡単に騙されてしまった。彼はいわば社会主義者の角度から話し、労働者に対する代々の政府の裏切りを非難した。あらゆる事柄の責任は、ユダヤ人の謎めいた国際的徒党にあった。彼らは、とりわけ英国労働党とソヴィエトを財政的に支援しているとMは言った。国際情勢に関するMの言葉。「われわれは英国の争いにおいて、以前ドイツと戦った。われわれはユダヤ人の争いにおいて、[39]いまやドイツと戦うつもりはない」。それは、大きな拍手で迎えられた。そのあと、例によって質問があったが、もし、例えば具合の悪い質問を躱《かわ》すための一連の巧妙な答えを前もって用意しておけば、無教育な聴衆を騙すのはいかに簡単かという印象を得た。Mはイタリアとドイツを褒め上げたが、強制収容所等について質問されると、いつもこう答えた。「われわれには外国のモデルはない。ドイツで起こっていることが、ここで起こる必要はない」。次のような質問、「あなた自身の金が、安い外国人労働力を利用するのに使われていないということが、どうしてわかるんです？」（Mは、そういうことをしていると思われているユダヤ人の財政家を非難したのだ）に対し、Mは答えた。「私の金のすべては、イギリスに投資してある」。それが何も意味しないことを、聴衆の比較的少数の者しか悟らなかったろうと思う。

　冒頭にMは、会場から追い出された者は公開集会法によって告発されるだろうと言った。そのことが実際に行われたかどうか知らないが、おそらく、そうする権限は存在するのだろう。そのことに関連し、建物の中で警官が警備していないという事実は非常に重要なことだ。講演を中断する者は誰であれ襲われ、外に放り出され、おまけに告発されるわけだ。そして、もちろん、何が「中断」という行為なのかを判断するのは責任者、すなわちM自身なのだ。したがって、Mにとって答えにくい質問をする者は袋叩きにされ、同時に罰金を科せられるおそれがある。

　集会が終わると、大勢の群衆が外に集まった。外に放り出された者について、多くの者が憤っていた。私は群衆の中にいて、何が起こるのか見ようと長いあいだ待っていたが、Mとその一行は現われなかった。すると、警官が群衆をなんとか分けた。気づいてみると、私は一番前にいた。すると警官は、立ち去るようにと私に言った。ごく丁寧にではあるが。私は群衆の後ろに回り、再び待ったが、Mは依然として姿を現わさなかった。裏口からこそこそと出て行ったのだと私は結論付けた。そこで、家に帰った。しかし、朝になって『クロニクル』の事務所に行くと、石の投げ合いがあり、二人が逮捕され、拘留されたという話を聞いた。

　Gは今朝、早番に変わった。彼は午前三時四十五分に起き、六時に仕事場、すなわち切羽の現場に着かねばならない。午後二時半頃帰宅する。妻は彼の朝食を用意するために起きることはない。妻にそうさせる坑夫は、ほとんどいないと彼は言う。また、仕事に行く途中で女に出会うと家に引き返す坑夫がいまだにいる。仕事に行く前に女を見るのは運が悪いと考えられているのだ。それは、早番にのみ当てはまるのだと思う。

三六年三月十八日　バーンズリーの公衆浴場は劣悪だ。あまり清潔ではない旧式の浴槽。浴場はひどく不足している。町の様子から判断して、せいぜい五十の浴場[★8]しかない——住民が七万から八万の町で、この数だ。住民は大部分が坑夫で、その誰一人として家に風呂場を持っていない。新しい市営住宅に住む者を除いては。

ある奇妙な偶然。レン・ケイに会いに行くと、トミー・デグナンに会うことを勧めてくれた。デグナンには、ウィガンのパディー・グレイディーにも会うように勧められた。しかし、さらに奇妙なのは、Dがモーズリーの集会で放り出された男たちの一人だったことだ。放り出されるのを私が実際に見た男ではないが。昨夜、Dに会いに行ったが、探し出すのにいささか苦労した。彼はガーデン・ハウスと呼ばれる恐るべき納屋に住んでいる。それは古い、ほとんど朽ちかけた家で、五、六人の失業者が入っていて、一種の下宿屋にしている。D自身は失業していない。目下、「遊んで」いるが。Mの集会で袋叩きに遭う数日前、坑内で落石がちょっと当たったからだ。私たちは、放り出されるところを私が実際に見た男を探しに行った。新聞にそのことを書く前に、細かいことが知りたかったし、打撲傷を見たかったからだ。しかし、彼を見つけることができなかったので、今日、会いに行こうと思う。そして、放り出されるのを私が見た、もう一人の男に通りで出会った。後者が会場から追い出されたというのは、モーズリーのようなタイプの煽動政治家が、どんな混乱も、真実をねじ曲げ自分の都合のよいように利用するという興味深い例だ。ホールの後ろのほうで騒動が起こった時、この最後の男——ヘネシー[★9]という名前だと思う——が演壇に向かって駆ける姿が見られた。そして誰もが、彼が何かを叫んでMのスピーチを中断させようとしたのだと思った。彼は演壇に登ったものの何も叫ばないのに、次の瞬間、当然ながら演壇にいた黒シャツ党員に捕まえられて追い出されたのは妙だと、その時思った。Mは叫んだ。「赤の策略の典型的な例!」今になると、こういうことが起こったようだ。ヘネシーは、ホールの後ろのほうにいた黒シャツ党員がDを殴っているのを見たが、中央には通路がなかったので助けに行くことができなかった。しかし、右側には通路があった。そして、そこに行くには演壇の上を横切るしかなかった。Dは外に放り出されたあと公開集会法によって告発されたが、Hはそうならなかった。別の男、マーシャルがそうなったかどうか、まだわからない。放り出された女は——後ろのほうのどこかで、私は見なかった——トランペットで頭を殴られ、一日入院していた。DとHは軍隊で一緒で、一九一八年、英第五軍[40]が敗北した時、Hは脚を負傷し、Dは捕虜になった。Dは坑夫だったので、ポーランドの炭坑で働かされた。彼が言うには、どの炭坑にも坑口に風呂があった。Hが言うには、フランスの炭坑にも坑口に風呂がある。

　Gは、一人の友人、「日雇い労働者」が、どんなふうに生き埋めになったかについての恐ろしい話をしてくれた。彼は小さな石が落ちてきて埋もれてしまい、仲間たちは彼のところに駆けつけた。彼を完全にそこから出すことはできなかったが、頭と肩は出すことに成功し、彼は息ができるようになった。彼は生きていて、仲間たちに話しかけた。その瞬間、天井がまた落ちてきたので、仲間たちは逃げざるを得なかった。またもや彼は生き埋めになり、またもや仲間たちは彼のところになんとかして行き、頭を落石の外に出した。今度も彼は生きていて、仲間たちに話しかけた。すると、天井が再び落ちてきた。今度は、数時間、彼を落石の外に出すことができなかった。そのあと、もちろん、彼は死んだ。しかし、Gの見解では、この話の要点は、坑道のその箇所が安全ではなく、生き埋めになるかもしれないのを彼が前もって知っていたことだ。「そのことがひどく気になっていたんで、仕事に行く前に妻にキスをしたんですよ。奥さんがあとで私に言ったんですが、彼が奥さんにキスをしたのは、その何年間かで初めてだったんです」

　この近くに非常に年老いた女が住んでいる。ランカシャーの女だ。女は若い頃、炭坑の中で働いていた。引き具と鎖を使い、石炭の入った立て桶を引っ張ったのだ。女は八十三なので、それは七〇年代のことだと思う。

三六年三月十九日　「デイ・ホール」に入ったので、恐ろしいほど疲れている。もちろん、いよいよという時、切羽まで行きたくはないと言い出す勇気がなかったのだ。

　私は午後三時頃、「保安係員《デピュティー》」（ローソン氏）と一緒に入って行き、午後六時半頃出てきた。Lが言うには、私たちは二マイルも行かなかった。私はウィガンでよりもかなり調子がよかった。行きがすこし楽だったからか（そうだったと思う）——たぶん、行程の三分の一は、まっすぐ立つことができたろう——さもなければ老人のLが私の歩調に合わせてくれたからかだ。その炭坑の主な特徴は、「デイ・ホール」なのを別にして、ほとんどの場所がぐしょ濡れだということだ。そこここに相当の水の流れがあり、二つの巨大なポンプを日中、そして夜の大半、動かしていなければならない。水は地上までポンプで揚げられ、相当な池になっているが、不思議なことに澄んでいて綺麗な水で——飲むこともできる、とL

は言った――その池は鷭《ばん》が泳いでいるので大変絵画的だ。私たちは朝組が出てきた時に入った。そして、私にはわからない理由で、午後組の者は比較的数が少なかった。切羽に着くと、男たちは石炭切断機のところにいた。その時は、それは動いていなかったが、男たちは私に動かして見せてくれた。回転チェーンの歯――ほとんどが恐ろしく頑丈で強力な帯鋸――は、切羽の下に切り込み、そのあと巨大な丸石状の石炭が自然に転がり出てくる。そして、立て桶に入れる前に、鶴嘴で砕かれる。砕かれていない丸石状の石炭は、長さ八フィート、厚さ二フィート、高さ四フィートくらいで――石炭層は四フィート六インチだと思う――何トンもあったに違いない。★10 機械は切羽を切る時に、自身の力で、前後に操縦者の意のままに動く。こうした男たちと、砕いた石炭を立て桶に入れている男たちが働いている場所は地獄のようだ。これまで考えてもみなかったのだが、もちろん、機械は作動する際、人をほとんど窒息させ、数フィート先までしか見えなくなるような炭塵を濛々と漂わせる。二、三燭光しかない旧式な安全灯のほか、どんなランプもないので、この男たちは何人かが一緒の時以外、どうやって見て仕事をするのかわからない。男たちは切羽の一箇所から別の箇所に移る時は、石炭の中に穿たれた、高さ一ヤード、幅二フィートの恐るべきトンネルの中を這うのだった。そして、山のような丸石状の石炭の上に坐って仕事をした。もちろん、その際私は安全灯を落としてしまい、安全灯は消えた。Lは作業中の一人の男に呼びかけた。その男は自分の安全灯を貸してくれた。するとLが言った。「記念に石炭を自分で切り出したらいい」（見学者はいつもそうする）。私が鶴嘴で石炭のかけらを切り出している時、私は二つ目の安全灯を二人のあいだに落としてしまった。それには慌てた。ここでは、もし坑道をよく知らなかったら、いとも簡単に道に迷ってしまうということを身に沁みて感じた。

　私たちは支柱等を運んでいる立て桶の脇を通った。立て桶は電気で動くエンドレス・ベルトに載って前後に動いていた。立て桶は毎時一マイル半でしか動かない。この炭坑のすべての坑夫は、杖を持っているようだ。それは約二フィート六インチの長さで、取っ手のすぐ下が空洞になっている。天井がまずまずの高さ（四フィートから五フィート）の時は取っ手で持っているが、うんとかがまねばならない時は空洞に手を入れてしっかりと持つ。足元の地面は、大半、農家の庭のように泥だらけだ。坑夫たちによると、一番いい歩き方は片足を常にトロリーのレールに載せ、もう片方を、見つけられるなら、枕木に載せるというものだ。もちろん、坑夫たちは坑道をかがんで走る。私がやっとよろよろと歩けるような場所を。こつさえ覚えれば、歩くより走るほうが楽だと坑夫たちは言っている。私たちはほぼまっすぐなルートで戻ったのだが、坑夫なら十五分しかかからないところ、私は四十五分かかり、少々屈辱的だった。しかも、私たちは一番近い採炭現場に行ったのだ。坑道の端までの約半分にしか過ぎない。一番奥で働く者は、採炭現場に着くのに一時間近くかかる。今度は、私は新しいヘルメットを貸してもらった。今は、全員ではないが多くの坑夫がそれをかぶっている。そのヘルメットは、見かけがフランスかイタリアの鉄兜によく似ている。私はこれまで、それは金属で出来ていると思っていた。実際には、一種の圧縮した繊維で出来ていて、非常に軽い。私のヘルメットはうんざりするものだった。小さ過ぎるし、うんとかがむと脱げて落ちてしまったからだ。しかし、ヘルメットはなんとありがたかったか！　戻る際、疲れていて、あまりかがむことができなかったので、頭を二十回ぶつけてしまったに違いないが——一回は、石の大きな塊を落下させてしまうほど——まったく何も感じなかった。

Lと一緒にドッドワースに戻った。そこだとバスに楽に乗れるからだ。彼は仕事の往復に、かなり急な坂を二マイル歩く。それに加え、炭坑に着くと、炭坑の中を歩く。しかし、「保安係」である彼は肉体労働はあまりしない。彼はこの炭坑で二十二年働いていて、炭坑を熟知しているので、梁が近づいてきても、顔を上げて見る必要さえない。

鳥が一斉に鳴いている。これまで気づかなかったが、楡《にれ》に小さなピンクの芽が出ている。榛《はしばみ》にたくさんの雌花《めばな》が咲いている。しかし、例によって、オールドミスたちが復活祭の装飾用にすっかり切り取ってしまうだろう。

私が坐ってタイプを打っていると、家族が、特にG夫人と子供たちがみんな周りに集まり、一心不乱に見つめる。私が坑夫の見事な腕前に感心するように、私のタイプの腕前に感心しているようだ。

三六年三月二十日　ファースと話す(42)（彼の家についてのメモを見ること）(41)。彼はU・A・Bから週に三十二シリング貰っている。F夫人はダービーシャーの女だ。二人の子供、二歳五ヵ月と、十ヵ月。二人はまだかなり丈夫だが、こうした子供たちは、大きくなった時より幼児期のほうがずっと元気だというのが真相らしい。というのも、子供は最初の三年ほど小児福祉病院から援助を受けるからだ。F夫人は週に赤ん坊用の食べ物（粉ミルク）を三箱と、ネッスルの牛乳を少し貰う。ある時彼女は、上の子供用の卵を買うために、一ヵ月間、週に二シリング支給された。同家にいたあいだ、私たちはビールを届けさせた。F夫妻が自分たちのグラスからビールを少し子供たちに与えるのに気づいた。もう一人の少女が、F家の赤ん坊の世話をするために家に出入りした。少女の父親は四年前に殺害された。寡婦になった母親は週に二十二シリングの手当を貰っている。その出所はわからない。彼女はそれで、自分と四人の子供を養わねばならない。

これまで知らなかったのだが、Fの話では、炭坑の坑口に風呂がある場合は、それは会社が作ったものではなく、坑夫たち自身が、どの坑夫も金を拠出している福祉基金からの費用で作ったものだ。ともかく、この辺りではそうなのだ——どこでもそうなのか調べる必要がある。ところでそれは、坑夫は風呂に入りたがらず、風呂をありがたがらないという主張に対する、もう一つの反証だ。すべての坑口に風呂があるわけではない一つの理由は、炭坑がほとんど掘り尽くされてしまうと、風呂を作る価値がないと見なされるというものだ。

書き忘れたが、ウェントワースのデイ・ホールでは、湿気のせいで坑道の支柱に生綿《きわた》にそっくりの奇妙な茸が生えていたそうだ。触るとなんにもなくなってしまい、あとに嫌な臭いが残る。ランカシャーの坑夫は、安全灯を首からかける代わりに、肘の上にバンドを締め、そこから安全灯を下げるようだ。

今日、Gはほんの少ししか、もしくは全然稼がなかった。石炭切断機が故障したので、立ち桶に入れる石炭がなかったのだ。そういうことが起こっても、出来高払いで働いている者はなんの補償も貰わない。副業と呼ばれている半端仕事で一シリングか二シリング貰う以外は。

『マンチェスター・ガーディアン』は、モーズリーに関する私の投書を載せなかった。絶対に載せないと思う。『タイムズ』が載せるとは、ほとんど考えていなかったが、M・Gは載せるかもしれないと思っていた。その評判から考えて。

三六年三月二十一日　今朝、グライムソープ炭坑に入った。今度はさほど疲れなかった。見学に来た実業専門学校の生徒とぶつからないよう、一番近い採炭現場に行った。約四分の一マイルしかなく、かがむ必要はほとんどない。

炭坑の深さは、少なくとも私たちが行った箇所では、四百ヤード少しだ。私を案内してくれた若い技師によると、昇降台の降りる際の速度は平均、毎時六十マイルだ。その場合、昇降台は最速八十マイルかそれ以上になるに違いない。それは誇張に違いないと思うが、その昇降台は普通の鉄道列車より速く降りるのは確かだ。この炭坑の目玉は「運搬用ワゴン」で、それによって石炭は特殊な昇降台で直接上に運ばれる。立ち桶で上げるという厄介なことはせずに。石炭を一杯に積んだ立ち桶が、傾斜したレールに沿ってゆっくりとやってくる。すると、レールの横にいる男たちがブレーキで制御する。どの立ち桶も計量機の上で一瞬止まり、重さが記録され、それから立ち桶は動き出し、一度に二つずつ一種のコンテナに入り、コンテナはそれをしっかりと支えて下に運ぶ。それからコンテナはぐるりと回転し、石炭をシュートで下の昇降台にどっと入れる。昇降台は八トンになると、すなわち、約十六の立て桶分の石炭が入ると外に出て、石炭は似たような地上のシュートに入れられる。それから石炭はコンベヤベルトに載せられ、石炭を自動的に選別する篩《ふるい》にかけられ、洗われる。工場等に売られる石炭は、下の鉄道線路に止まっている貨車に直接積み込まれ、貨車ごと計量される。貨車の重量は前もってわかっている。ここはこのシステムで作業をしているイギリスで唯一の炭坑だ――ほかのすべての炭坑は石炭を立て桶に入れて地上に上げる。そのやり方はもっとずっと時間がかかり、もっと立て桶が必要となる。このシステムはドイツとアメリカでは長いあいだ使われてきている。グライムソープ炭坑は一日約五千トンの石炭を産出している。

今度は、フィラー〔コンベヤベルトに石炭を載せる坑夫〕が切羽で実際に働いているところを見た。そして今、個々に行われている、それぞれ違った石炭採掘法（発破以外）を見たので、石炭採掘がどんなふうに行われるのかが多少とも理解できるようになった。石炭切断機は、石炭の鉱脈の底に向かって五フィートの深さに切羽を切る。それから石炭は、鶴嘴を使うと、丸石状になって転がり出る。あるいは――石炭が非常に固い、このグライムソープ炭坑でのように――まず、発破を仕掛けて緩くしてから石炭を引き出す。それからフィラーは（石炭を引き出すこともする）、後ろで動いているコンベヤベルトに石炭を載せる。コンベヤベルトは石炭をシュートまで運び、石炭は立ち桶に入る。こんな具合だ。

可能な限り、その三つの作業は、三つの別々の組によって行われる。石炭切断係は午後組で働き、発破は夜組が行う（坑内にいる者の数が最も少ない時に）。フィラーは朝組で石炭を引き出す。どの坑夫も四ヤードないし五ヤードの広さのスペースを手掛ける。したがって、石炭層が約一ヤードの高さで、石炭切断係がその下五フィートの深さまで切り込んだとすると、どの坑夫も、（例えば）十四×五×三立方フィート、すなわち、二百十立方フィート、すなわち、八立方ヤードの石炭を引き出さねばならない。もし、一立方ヤードの石炭が二十七ハンドレッドウェイトというのが本当ならば、それは優に十トンを超えるだろう――つまり、どの坑夫も一時間に一トン半近くの石炭を動かさねばならない。作業が終わると切羽は五フィート前に進むので、次の組の作業中にコンベヤベルトは解体され、五フィート先のところで再び組み立てられ、新しい支柱が立てられる。

フィラーが働いている場所は、言葉にできないほど凄まじかった。言いうる唯一のことは、ほかの地下の状況に比べて特に暑いわけではなかったということだ。しかし、石炭層がわずか一ヤードか一ヤード少しなので、坑夫は採炭現場まで跪いて行くか這って行くかしかなく、

立ち上がることはまったくできない。跪いた姿勢のまま、絶えず左の肩越しに石炭をシャベルで一、二ヤード投げるというのは、慣れている者にとってさえ非常に辛いのに違いない。それに加え、濛々たる炭塵が絶え間なく喉に入り、視界を遮る。坑夫はズボンと膝当て以外裸だった。コンベヤベルトを抜けて切羽まで行くのは難しかった。コンベヤベルトが止まった一瞬を選んで、素早くすり抜けねばならなかった。戻る際は、コンベヤベルトがまだ動いているうちに、そこに這い登った。私はその難しさについて前もって警告されていなかったので、コンベヤベルトからたちまち落ちてしまった。また、奥のほうに散在していた支柱等にコンベヤベルトが私をぶつける前に、私は引っ張り降ろされねばならなかった。そこで働いている坑夫たちにとってのもろもろの不快さに加え、一分ほどしか止まらないコンベヤベルトは凄まじい騒音を立てた。

今度は電灯だった——坑内ではガスの検査以外、安全灯は使われない。坑夫は炎が青くなることでガスの存在がわかる。そして、炎が青いままでどこまで高くできるかによって、辺りに存在するガスのパーセンテージをおおまかにテストすることが可能だ。私たちが通った坑道のすべては、近道に使われる一、二の水平坑道を除き、高くて丈夫に出来ていて、所々では足元が舗装されてさえいた。私は坑夫が時々抜けるドアがいくつかある理由を、ついに理解することができた。空気は扇風機によって一つの入口から外に吸い出され、別の入口から自然に入ってくる。しかし、もし妨げられなかったなら、空気は坑内のすべてに行き渡らずに、一番短いルートで戻ってくるだろう。だから、空気が近道をとるのを止めるドアがあるのだ。

坑口には素晴らしい浴場がある。千を下らぬ湯と水のシャワーバスがある。どの坑夫も二つのロッカーを持っていて、一つは炭坑用の服のためのもの、もう一つは普段の服のためのものだ（その結果、炭坑用の服がほかの服を汚すことはない）。したがって坑夫は、清潔でちゃんとした服装で往復できる。技師によると、浴場の一部は炭坑夫福祉基金によって、一部は採掘権所有者によって建てられた。会社も金を出した。

今週、Gは落石から二度、危うく逃れた。一回目は、石は落ちる途中、彼を実際に掠《かす》った。こうした男たちは坑内の状況に慣れていて、いつ逃げるかを心得ていなければ長くはもたないだろう。私は地下で見る時の坑夫と、通り等で見る時の坑夫の違いに強い印象を受ける。地上では、体に合わない厚地の服を着ている彼らは、ごく普通の男で、たいていは小柄で、まったく平々凡々で、特有の歩き方（肩を怒らせ、ドシン、ドシンと踏み歩く）と鼻の青い傷跡以外、実際、ほかの人間となんら変わらない。炭坑の中で、半裸になった姿を見ると、彼らは老いも若きも、全員素晴らしい肉体を持っていて、どの筋肉もくっきりとし、見事なほどに腰が小さい。何人かの坑夫が風呂に入るのを見たことがある。思った通り、彼らは頭から足まで真っ黒だった。だから、風呂に入ることのできない普通の坑夫は、少なくとも週に六日、腰から下が黒いに違いない。

ファース一家のような者は何を食べているのだろう。彼らの全収入は、週に三十二シリングだ。家賃九シリング半ペニー。ガス代約一シリング三ペンス。石炭代（単価九ペンスで約三ハンドレッドウェイト）二シリング三ペンス。ほかのちょっとした出費（例。Fは組合費を払い続けている）、約一シリング。それらを差し引くと、十八シリング六ペンス。しかし、F夫人は小児福祉病院から一定の量の小児用食品を無料で貰っている。そうなると、赤ん坊には、それ以外、一シリングしかかからない。残りは十七シリング六ペンスだ。ともかくFはタバコをいくらか吸う、一シリングほど。（週にウッドバインを六箱。）そうしたものを差し引くと、二人の大人、二歳の女児を養うのに、週に十六シリング六ペンス残る、あるいは、一人頭、週に五シリング六ペンスほどだ。そして、それには衣服代、石鹸代、マッチ代等々は入っていない。自分たちはもっぱらパンとジャムを食べている、とF夫人は言っている。一家の一日の食事代のかなり正確な額をF夫人に訊かねばならない。相手の感情を傷つけずにそうできるなら。

三六年三月二十二日　ケイの話では、坑夫だった父（今では年をとっていて働いていない）は、いつも上半身と、足と、膝の上までの脚を洗った。体のほかの部分は、非常に長い期間を置いてのみ洗った。老父は全身を洗うと腰痛症になると信じている。

マーケット・プレースでの共産主義者の集会にはがっかりした。ああしたすべての共産主義者の弁士の困った点は、普通の言い回しをせず、「にもかかわらず」とか「ではあれど」とか「いずれにせよ」とかいった、ガーヴィン[43]調の文句に満ちた、ひどく長い文章を使うことだ。いつもひどい地方訛り、あるいはロンドン訛りで話しているのに——この場合はヨークシャー訛り。彼らは決まり文句を与えられ、暗記するのだろうと思う。その来賓弁士のあとでデグナンが立ち上がって話したが、彼はもっとうまい弁士だった――ごく強いランカシャー訛りで話す。その気になれば社説のように話すこともできるのだが、そうはしない。あらゆる年齢のいつもの男たちの聴衆は、まったく無表情で、ぽかんと口を開け、いつものようにわずかな女たちは、男たちより少しばかり活気があった――女は特に政治に関心がない限り、政治集会には行かないからだと思う。聴衆は約百五十人。モーズリー事件で逮捕された若者たちのために献金が行われ、六シリング集まった。

Fと、名前が聞き取れなかったもう一人の男と一緒に、バーンズリー主炭鉱《メイン・コリアリー》の付近をぶらぶら歩いた。その男の母親は死んだところで、遺体は家にある。母親は八十九で、五十年間産婆だった。彼が笑ったり冗談を言ったりし、パブに一杯飲みに来るなどした際、偽善的なところがないのに気づいた。バーンズリー・メインの周辺の怪物めいたボタ山は、すべて多少とも表面下が燃えている。闇の中で、長い蛇のような炎が、ボタ山の表面中を這い回っているのが見える。赤だけではなく、非常に不気味な青い炎もある（硫黄のせいだ）。炎は消えかけるかに見えると、必ず再びチラチラと燃える。

サフォーク同様、ここでも、「スピンク」という言葉（四十雀《しじゅうから》に対してだと思うが、いずれにせよ、小さい鳥）が使われている。

三六年三月二十三日　マプルウェルにて。私の見た最悪に近い家々。最悪の極の家の中には入れなかったけれども。一部屋か二部屋の石造りの小屋で、二十フィート×十五フィート、高さ十五フィート、あるいは、もっと低いかもしれない。廃墟に近い。こうした家（そのいくつかは炭鉱の所有物）の家賃は約三シリングだと言われている。スプリング・ガーデンズと呼ばれている通りで、住民の怒りが感じ取れた。なぜなら家主たちが、通りの約半分の家に、家賃滞納を理由に（ある場合は、わずか数シリング）、立ち退きを迫っているからだ。（バーンズリーでファースは、わずか五シリングほどの家賃滞納で立ち退きを迫られているが、週に三ペンスずつ返済している。）住民は私たちを案内し、ぜひ自分たちの家を見てくれと言った。恐るべき室内だ。最初の家では（メモを見ること）[44]、老いた父（もちろん失業している）は二十二年間、その家を借りていたあと、立ち退き通告を受けたことに明らかにひどく困惑していて、心配そうにFと私に向かい、助けてもらえるような案は何かないかと言った。母親はかなりしっかりしていた。二十四くらいの二人の息子は立派な大男で、逞しい形のよい体をし、顔は細く、髪は赤いが、明らかに栄養不足のせいで痩せていて、物憂げだ。鈍く、残酷な仕打ちを受けたような表情をしている。二人の姉はほんの少し年上で、二人にそっくりだが、早々と顔に皺が寄っていて、Fと私

をちらちら見た。私たちが助けられるような案がないかと思っているのだ。息子の一人は私たちがいることにまったく注意を払わず、その間、暖炉の前でゆっくりと靴下を脱いでいた。足はねばねばする汚れで、ほとんど黒かった。もう一人の息子は仕事に行っていた。家は恐ろしいほど剝き出しだが——オーバー等以外、なんの寝具もない——かなり清潔できちんとしていた。裏で子供たちが泥の中で遊んでいた。それぞれ五つか六つで、裸足で、シュミーズのようなものを着ている以外、裸だ。Fは借家人に、もしどうしても立ち退けと言われたら、バーンズリーに来て、自分とデグナンに会うようにと言った。私は彼らに、家主ははったりをかけているだけなので、一歩も退かないように、また、家主が裁判沙汰にすると脅したら、家の補修をしていないという理由で訴えると、逆に脅したらいいと言った。正しいことをしたのならいいのだが。

　ブラウンの小説[45]をちょっと読んだ。b――s〔bullshit「戯言」の意〕だ。

三六年三月二十五日　ゴーバーの炭坑に通ずる私設線路に沿って男たちが歩く。粉炭を貨車から降ろすためだ。彼らは言う。炭坑は「粉炭と手が切れねえ」ので、粉炭を蓄えている。それは不吉な兆候と見なされている。もし炭坑がすでに粉炭を蓄えているのなら、炭坑は間もなく操業短縮をするだろう。一台の貨車に約十トン積んであるので、彼らは一日の賃金を貰うには三台の貨車の粉炭を降ろさねばならない。

　この家の中は、さまざまな種類の汚さを上回る、最も汚い場所だと思う——洗ってない陶器類の山、リノリウム張りのテーブルの一面に散乱している各種各様の食べ残し、何年ものあいだに踏みつけられてパン屑が押し込まれてしまった、ぞっとするようなボロ切れのマット——私を一番憂鬱にするのは、床のそこら中に散らかっている新聞の切れ端だ。

　Gは気管支炎に罹っていて、ひどく具合が悪い。きのうは仕事に行かなかった。今朝、まだ病気なのははっきりしているのに、仕事に行くと言い張った。

あす、リーズに帰る。それから月曜日〔三月三十日〕にロンドンに行く。

オーウェルの脚注

★1　H家は地元の水準では裕福である〔オーウェルの手書きの脚注〕。

★2　ジェリー・ケナンは二十か三十と言った。私たちのどちらが正しいのか、わからない〔オーウェルの手書きの脚注〕。

★3　たぶん三部屋だろう——居間、寝室二部屋〔オーウェルの手書きの脚注]。

★4　木靴は廃れたと、ウィガンの誰もが言っている。しかし、貧しい地区では、二人に一人が木靴を履いているように私には思える。そして、木靴しか売らない店が十軒ある（と思う）。

★5　彼は急死したので、妻はいまや老齢年金と保険金以外、生活費がない［オーウェルの手書きの脚注］。

★6　三つ［オーウェルの手書きの脚注］。

★7　実際の二人の年齢は五十歳と三十八歳だった［オーウェルの手書きの脚注］。

★8　実際には十九！［オーウェルの手書きの脚注］。

★9　彼の名はFirthである。彼はHellis Firthとして私に紹介されたので、Henneseyと思ってしまったのだ（Ellis Firth——この土地の人間は、Hについては、きわめて気紛れだ。）［オーウェルの手書きの脚注］。エリス・ファースの週の予算については、『全集』第十巻を参照のこと。

★10　一立方ヤードの石炭は、二十七ハンドレッドウェイト［千三百七十二キロ］あると言われている［オーウェルの手書きの脚注］。

編者注

（1）　プリモ・ブッフォ——チーフ・コミック・シンガー。

（2）　メリデン——古来、イングランドの真ん真ん中の地となっている。第一次世界大戦で戦死したサイクリストを追悼する記念碑がある。

（3）　円錐形の煙突（「ポット・バンク」）——陶器製造用。

（4）　ラドヤード湖——オーウェルはラドヤード湖の湖畔を歩くために回り道をした。ロバート・ファイソン博士は、オーウェルがそうした理由を説明している。一八六三年、ロクウッド・キプリングとアリス・マクドナルドは、そこにピクニックに行った。二人は二年後に結婚し、最初に生まれた子供をラドヤードと名付けた。ラドヤード・キプリングは一九三六年一月十八日に死に、オーウェルは彼を高く評価する文を書いた。それは、一月二十三日に『ニュー・イングリッシュ・ウィークリー』に載った（『全集』第十巻）。その中で彼は、こう書いている。「彼がいまや死んだので、私としては、私の子供時代に非常に重要であったストーリー・テラーに対し、ある種の讃辞——できうるならば礼砲——を捧げることができたらと願わずにはいられない」。身を切るような寒さの中で回り道をしたのは、キプリングに対する彼の讃辞だった。

（5）　フランク・ミード——木工職人合同協会の役員。

彼は『アデルフィ』（同誌は一九三〇年以降、オーウェルの評論のいくつかを載せた）のマンチェスターでの印刷と発送の責任者で、独立労働党の機関紙『レイバーズ・ノーザン・ヴォイス』の営業部長だった。

(6) ジョウ・ケナン――当時、失業中の炭坑夫で、独立労働党の活動家だった。彼は、ジョンおよびリリー・アンダーソン（この日記ではホーンビー夫妻）と一緒にオーウェルのために下宿屋を見つけた。ジョウ・ケナンへの重要なインタヴューについては、『思い出のオーウェル」』を参照のこと。また、注(19)も参照のこと。

(7) N・U・W・M――全国失業労働者運動。

(8) ウォリントン横町――ピーター・ルイスの『ジョージ・オーウェル――一九八四年への道』（一九八一）の五十頁に、その図版がある。ウィガン波止場の図版も、その頁にある。

(9) nyastygumus＝nystagmus――眼球振盪。

(10) ホーンビー家の全収入は、おおまかに言って、今日の百五十ポンドに相当する。

(11) ウォル・ハニントン（一八九六～一九九六）――N・U・W・Mの指導者で、『失業の闘争、一九一九年～一九三六年』と『窮乏地区の問題』（一九三七年十一月にレフト・ブック・クラブから出版された）の著者である。『窮乏地区の問題』は、それより前に出版された『ウィガン波止場への道』のように、真ん中に三十二点の図版がある。オーウェルの平和主義者の友人の一人、レジ・レナルズは、飢餓行進者《ハンガー・マーチャー》について同情的に書いた文章の中で、彼らはロンドンのハイド・パーク・コーナーに着いた時、「飢えているようには、まったく見えなかった――とりわけ、彼らを指揮した、例の頑健な共産主義者ウォル・ハニントンは」と言っている（『わが人生と犯罪』、一九五六）。ハニントンはまた、有益な『議長殿！　集会のやり方と手順の簡略案内』（一九五〇）という本も書いた。集まった一ポンド六シリングは三百十二ペンスである――したがって、聴衆は約二百人だったので、一人平均一ペニー半献金したことになる。

(12) Q・V・＝quod vide＝「参照のこと」（この場合はオーウェルの自身のメモを参照のこと、の意）。

(13) 日記とこの文章の対照は明らかであろう。日記では、オーウェルは汚い路地を歩いて通っている。若い女が顔を上げ、オーウェルの目を捉える時、明らかに直接性がある。本のこの文章では、オーウェルは離れたところにいる。すなわち列車の中にいて窓越しに見ていて、排水管のところにいる若い女から離れて行く。「私はもうちょっとで女の目を捉えることができた」

というオーウェルの言葉によって、対象との距離感が強調されている。

(14) ダーリントン・ロード二二番地——(街《ストリート》と書くべきところを「Rd」と誤ってタイプしてある。)オーウェルはホーンビー夫人が病気になって入院した時、ウォリントン横町《レイン》七二番地を去った。そして、『ウィガン波止場への道』の第一章に書いてあるような、悪名高い臓物屋の二階の下宿を見つけてもらった。それはたいてい、ダーリントン街二二番地ということになっているが、シドニー・スミス(一九〇九年生まれ)は、それはソヴリン街三五番地で、下宿人は隣の三三番地に住んだと言っている。『思い出のオーウェル』を参照のこと。オーウェルが手紙に住所をダーリントン街二二番地と書いたのは確かである。

(15)『ジョン・ブル』——一九〇六年に創刊され、最初は、ホレイショ・ボトムリー(一八六〇~一九三三)によって編集された。同紙は煽情的記事と、比較的高額の賞金のコンクールを売り物にした。ボトムリーは第一次世界大戦中、「兵士の友人」と名乗った。そして、ラムジー・マクドナルド(のちの労働党政府の首相)を投獄せよという運動をしたが、結局、詐欺罪で投獄されたのはボトムリーだった。

(16) ライオンズ——その当時、人気のあったティーショップとレストランのチェーン。

(17) エルンスト・テールマン(一八八六~一九四四)——輸送機関の労働者で、一九二五年からドイツ共産党の議長。一九二四年から三三年まで国会議員で、一九三二年、ヒンデンブルクに対抗して大統領に立候補し、五百万票集めた。一九三三年に逮捕された。裁判は数回延期され、一九三六年、終身、未決拘留されると告げられた。公式には空襲で死んだと報じられたが、実際には、一九四四年八月、ブーヘンヴァルト強制収容所でナチに銃殺された。スペインで共和国のために戦ったドイツ人は、テールマン百人隊《ツエンツウーリア》(のちに、旅団)を結成した。

(18)「おまえさん、それはここじゃできないよ」——オーウェルはこの歌に、「私たちがよく歌った歌」〔一九四六年一月一九日〕(『全集』第十八巻)の中で言及し、それは、「現存の政治的状況を反映している……おそらくヒトラーへの半ば無意識の反応」のように思われると言っている。

(19) ジェリー・ケナン——当時、失業していた炭坑夫で、独立労働党の活動家だった〔失業する前は、ウィガン株式会社の電力部に勤めていた〕。ウォリントン横町七二番地の下宿屋は、オーウェルが酷評しているにもかかわらず、清潔そのものだったと彼は主張し、「オーウェルはもっと悪いところを探すためにそこを去って、臓物屋に行った」と言った。急いでいたにせよいなかったにせよ、オーウェルがウォリントン横町の下宿屋を出たのは、ホーンビー夫人が発病した時に一致する（注の（14）を参照のこと）。ケナンは、著者署名入りの『ウィガン波止場への道』を送ってもらわなかったことに、当然ながら腹を立てたかもしれないが、一方、こう好意的に述べた。「これは公正な本である。状況をまったく誇張していないと思う。そして、一九三六年の工業地帯では状況がどんなものであったかを明確に描いていると思う」（『思い出のオーウェル』）

（20）たぶんオーウェルは手持ち式削岩機のことを言っているのであろう。

（21）ジョン・ダイナーと妻のメイは、『アデルフィ』の仲間のリヴァプール支部を取り仕切っていた。オーウェルは、『アデルフィ』の創刊者のミドルトン・マリーか、リチャード・リースかに二人を紹介された。ジョンは電話技師だった。オーウェルはリヴァプールに着いた時非常に体の具合が悪かったので、思っていたほどリヴァプールを見ることができなかった。彼は二人に、船旅を経験するために船でロンドンに戻りたいと話した。『思い出のオーウェル』の中に、メイ・ダイナーによるオーウェルについての魅力的な思い出が記されている。彼女はこう結論付けている。「彼は実にまっとうな人間でした……私たちは彼と一緒にいても、なんの居心地の悪さも感じませんでした。ただ彼は、自分の本や、関心のある物事について、不景気について話していない時は、あまり喋りませんでしたが……それでも、暖かさを感じました。気遣いを感じたとも言えるでしょう」

（22）ジョージ・ギャレット（一八九六〜一九六六）は失業していた船員で、オーウェルと非常に馬が合った。彼は「マット・ロウ」（すなわち「マトロート〔魚料理〕」）という筆名で『アデルフィ』のためにいくつかの短篇小説を書いた。一九二〇年代の大半をアメリカで過ごした。革命的な産業別労働組合の世界産業労働組合（俗称ウォブリーズ）のメンバーだった。彼はアメリカ英語のアクセントを真似るのがうまかったので、マージーサイド・ユニティー劇場で端役を貰った。

（23）オーウェルはダイナー夫妻の家に滞在していた四日か五日のうち、夫妻に強く言われ、三日間、ベッドで過ごした。

（24）バトリング・シキ（一八九七〜一九二五。本名、アマドゥー・ムバリク・ファル）——セネガルのボクサーで、第一次世界大戦で、フランスの植民地連隊に入り戦った。一九二二年初め、偉大なフランスのチャンピオン、ジョルジュ・カルパンティエを大方の予想に反してノックアウトし、ライトヘビー級の世界チャンピオンになった。その後間もなく、アイルランド人のマイク・マクティーグにタイトルを奪われた。アメリカでボクサーとして名を挙げようというシキの試みは成功せず、ある朝、ニューヨークの裏通りで射殺体で発見された。シキ＝カルパンティエ戦は映画になり、広く上映された。オーウェルが、ビルマに発つ前にそれを見たことは十分にありうる。

(25) チェスタトン＝ビーチコマー――G・K・チェスタトン（一八九七〜一九二五）、ローマ・カトリック教徒の擁護論者、編集者、多作の作家、神父探偵ファーザー・ブラウンの創造者。彼はオーウェルが英語で書いた、プロとしての最初のエッセイを世に出した（『ファージング新聞』、一九二八、『全集』第十巻）。『デイリー・エクスプレス』の「ビーチコマー」のコラムは、やはりローマ・カトリック教徒のJ・B・モートン（一八九三〜一九七九）によって、一九二四年に始められた。そのコラムはやんわりと諷刺的で、オーウェルは、軽蔑したような口調で、しばしばそれに言及している。オーウェルによる、もっと詳しいチェスタトンとモートンの比較については、「気の向くままに」、第三十（一九四四年六月二十三日、『全集』第十六巻）を参照のこと。

(26) 交尾をしている深山鴉（rooks copulating）――『ウィガン波止場への道』のすべての版では、『全集』第五巻が出るまで、「rooks treading」（つがう深山鴉）となっている。再校では「rooks courting」（求愛する深山鴉）となっているが、それでさえ、あまりに露骨だと出版社は思った。一九三七年一月十七日付の、ゴランツ宛のアイリーン・ブレアの手紙によると、オーウェルは最初、この日記にある通り、「copulating」と書いた。

(27) P・A・C――地元当局の公的補助委員会（Public Assistance Committee）。なんの給付金も貰っていない者は、同委員会に財政支援を申請することができた。

(28) 兄弟同盟――『一九八四年』の中でオブライエンは、ゴールドスタインの本を読んだ者は、国家に対抗する「兄弟同盟の正式のメンバーになるだろう」と説明する（『全集』第九巻）。

(29) 『黒人少女の冒険』――ジョージ・バーナード・ショーは『神を探す黒人少女の冒険』（一九三二）において、無邪気だが知的で好奇心の強い黒人少女を借りて、なぜ神は男性なのかというような問いを発しながら、寓意的で哲学的な旅をする。序の中でショーは、南アフリカのクニスナに「一九三二年のアフリカの夏とイギリスの冬」のあいだ五週間滞在していた期間に、この「物語」を書こうと思い立ったと説明している。彼は劇を書くつもりだったが、「その代わり、気づいてみると、黒人少女の物語を書いていた」。書き上げてから、「それが意味するものについて思索し始めた」。

(30) エストコート・アヴェニュー二一番地――オーウェルの姉マージョリー（一八九八～一九四六）と、その夫ハンフリー・デイキン（一八九六～一九七〇）の家。二人は一九二〇年七月に結婚した。彼は国民貯金局に勤務した。オーウェルは時折二人を訪ねた。「いくらか書き物をするためと、姉に面倒を見てもらうために。ハンフリーはそれに腹を立てたようだった」、（『オーウェルの思い出』を参照のこと）。オーウェルは、一九三六年三月二十六日から三十日までデイキン家に滞在した。

(31) 添付したもの――添付したものは、一九三六年三月一日付の『ニュース・オヴ・ザ・ワールド』の切抜きだった。それには、南東ロンドン、リルフォード・ロードのW・リーチという人物が、食べ物に週、三シリング十一ペンス半（十進法の通貨では二十ペンス）しか使えなかったことが書いてある。一九九三年十一月、彼がリストにしているものの費用を私が計算すると、合計は約八・八〇ポンドになった。リーチ氏は言っている――買った人参を煮て食べたいのだが、生で食べた。なぜなら、「湯を沸かすのはあまりに金がかかるから」。その言葉は、リーチ氏の言うことがどのくらい真実なのか、いぶかる気持ちにさせる。さらに詳しいことについては、『ウィガン波止場への道』を参照のこと。

(32) シェフィールド保健医療担当吏員に貰った統計に関する情報については、『全集』第十巻を参照のこと。

(33) 『いかさま勝負《スキン・ゲーム》』――一九二〇年にジョン・ゴールズワージーが書いた三幕の悲喜劇。二家族間の確執を描いたもの。一つの家族は上流階級の旧家で、もう一つの家族は裕福になった下層階級の家族である。一九三一年にアルフレッド・ヒッチコックがそれを映画化した（彼の傑作の一つではない）。ゴールズワージーは、この項が書かれる少し前に死んだ（一九三三年）。

(34) テラス――オーウェルは、十数行上に、「アヴェニュー」ではなく「テラス」と書いた。

(35) バス――最初に書いた「市街電車」を、オーウェルは手書きで訂正している。

(36) オピタル・コシャン――オーウェルは「流行性感冒《ユーヌ・グリップ》」で、このパリの病院に一九二九年三月七日から二十二日まで入院した。その時の経験を、「貧乏人の死に方」（一九四六年十一月六日）に書いている（『全集』第十八巻）。

(37) モーズリー——サー・オズワルド・モーズリー、準男爵（一八九六〜一九八〇）。第一次世界大戦で戦い、生涯、跛者になる。最初、一九一八年に議員に選出され（保守党）、次に無所属議員になり、一九二四年に独立労働党に入るが、一九二九年、労働党議員になる。新党を設立し、次に一九三二年、英国ファシスト連盟を設立した。ミトフォード姉妹の一人、ダイアナと、一九三六年、ヨーゼフ・ゲッベルス博士の家で結婚した。二人は戦争中、拘禁された。

(38)『アクション』——英国ファシスト同盟の機関紙。一九三六年七月九日、オーウェルはヘイスティングズ・ボナラ夫人から、『アクション』のために書いている書評の中で、『牧師の娘』のトラファルガー広場の場面を引用してよいかと訊かれた。彼女は、彼が極端な反ファシストではないことを望む、「そうして、まったく違う」と言ってくれることを望むと手紙に書いた。どうやらオーウェルは、そうしたらしい。その後の手紙の中で彼女は、少なくとも英国ファシスト同盟は、「私たちの〈哀れな人々《ミゼラーブル》〉の境遇を改善する」計画を持っていると主張した。

(39)「ユダヤ人の争いにおいて」——七ヵ月後の十月、モーズリーはユダヤ人排斥の抗議デモの際、ロンドンのイーストエンドにおいて、英国ファシスト同盟のメンバーたちが、反ファシストのデモを押しのけて行進しようとした。そのために起こった激しい対立で、それは「ケーブル街の戦い」として知られるようになった。

(40) 英第五軍——おそらくDは、一九一八年三月二十一日にエーリヒ・ルーデンドルフによって始められた、ソンム川の南でのドイツ軍の春の攻勢の際に捕虜になったのであろう。英第五軍は退却を余儀なくされ、夥しい数の死傷者を出した。

(41)『全集』第十巻を参照のこと（アルバート街、東一二番地）。

(42) U・A・B——失業支援委員会《アンエンプロイメント・アシスタンス・ボード》。詳細については、『ウィガン波止場への道』を参照のこと。

(43) J．L．・ガーヴィン（一八六八〜一九四七）——『オブザーヴァー』の右翼の編集長（一九〇八〜四二）。

(44)『全集』第十巻を参照のこと。

(45) ブラウンの小説——アレック・ブラウン著『アルビオンの娘』（一九三五）。オーウェルはフィリップ・ヘンダソン著『今日の小説』を書評した際、ブラウン

の小説を「凡庸な代物の厖大な束」と評した。bとs

のあいだのダッシュはオーウェル自身が付けたもの。

家事日記

第一巻……一九三八年八月九日〜一九三九年三月二十八日

そのあいだに、

モロッコ日記

一九三八年九月七日〜一九三九年三月二十八日

オーウェルはウィガンから戻ると、ハートフォードシャーのウォリントンにあるザ・ストアーズ〔元は雑貨屋兼郵便局だった〕を借りた。家賃は週七シリング六ペンスだった（今日の約十五ポンドに相当）。その家は原始的だった、とりわけ、今の水準から言えば。しかし敷地は、彼にとっては、二つの大好きなことをするには十分な広さだった——食料になるものを栽培し、山羊と鶏を飼うこと。彼が飼った最初の山羊は、ミュリエルという名前だった——『動物農場』に出てくる山羊の名前である。彼はこの小さな店を戦争が勃発するまで借りた。その店はささやかな家賃を払うに足りるくらいの収入をもたらしたらしい。一九三六年六月九日、彼はアイリーン・オショーネシーと結婚した。そして、『ウィガン波止場への道』を書き始め、原稿を一九三六年十二月二十一日月曜日にヴィクター・ゴランツに届けた。ポートメリオン〔ウェールズにあるイタリア風リゾート村〕の設計者であるクラフ・ウィリアムズ・エリスが、原稿の届けられた頃にたまたまゴランツを訪ね、それに挿絵を入れたらどうかと言った。提案された何人かの挿絵画家の名前が残っている、ゴランツの吸い取り紙を破り取ったものが現存している。その本はレフト・ブック・クラブから委嘱されたものではないが（時に、そう思われているが）、一九三七年初め、レフト・ブック・クラブから出版することが決まった。それは、本が広く売れることを確実にした。そしてオーウェルは、一九三九年十一月二十八日までに、手数料が引かれたあとで、六百四・五七ポンド受け取った——それは、それまでの本に対して受け取った最高額を遥かに超えた額だった（例えば、『パリ・ロンドンどん底生活』では百二十七・五〇ポンド）。

クリスマスにオーウェルは、スペインに向けて発った。パリを通過する際（彼はそこで旅行用書類を受け取った〔パリのスペイン大使館で安全通行証を貰った〕）、ヘンリー・ミラーを訪問した。オーウェルは最初、新聞にスペイン内戦について報告するつもりだったが、アラゴン前線で共和国政府側で戦うために、すぐにPOUM（マルクス主義統一労働者党）の民兵に加わった。アナイリン・ベヴァンの妻で、一九六四年から七〇年まで労働党政府に仕え、のちに芸術大臣になったジェニー・リーは、次のように手紙に書いている。オーウェルは信用証明書もなくバルセロナに自費で来た。そして、肩に掛けてあるブーツを指差したので、すっかり好感を持った。「彼は自分が六フィートを越えているので、自分に合う大きなブーツは手に入らないのを知っていた。それが、スペインで戦うためにやってきたジョージ・オーウェルとブーツなのだ」（『全集』第十一巻）。彼は前線に勤務してから休暇でバルセロナにいたあいだ共産主義者がPOUMを含む革命を目指すすべての党を弾圧しようとした際、POUMのために働いた。彼は前線に戻り、首に貫通銃創を受け、危うく死ぬところだった。そして回復期にあるあいだ、自分と妻、独立労働党の指導者ジョン・マクネア、オーウェルの部隊の最年少のメンバー、スタフォード・コットマンが、一九三七年六月二十三日にスペインから脱出することができるまで、バルセロナに身を隠していなければならなかった。POUMに対する裁判の公式裁判記録の一部を成す、のちに発見されたある文書には、彼らは「凝り固まったトロツキー信奉者」で、したがって共産主義体制にとっては呪わしい存在であると書かれていた。オーウェルはその文書があるのを知らなかった。サー・リチャード・リースは、アイリーンが独立労働党の事務所で働いていた時にバルセロナで彼女に会い、こう書いた。「アイリーン・ブレアの中に、政治的恐怖のもとで生きている人間の兆候を初めて見た」。一九三七年三月八日、オーウェルがまだ前線での任務に就いているあいだに『ウィガン波止場への道』が出版され、次の週末、アイリーンは前線で二日過ごした。「序」に書いたように、オーウェルがスペインにいた時に書いた日記は、おそらく今でもモスクワのNKVDの公文書保管所に仕舞われているだろう。

オーウェル夫妻は七月初めにザ・ストアーズに戻り、オーウェルはスペインで起こっていることの真相を伝えるためのエッセイと評論を書いた。そして、『カタロニア讃歌』を書き始めた。ヴィクター・ゴランツから来た一九三七年七月五日付の手紙に、それは「ファシズムに対する闘いを損ずる」かもしれないので出版しないだろうと書いてあったにもかかわらず。まさに翌日、マーティン・セッカー&ウォーバーグのロジャー・センハウスから来た一通の手紙に、わが社はオーウェルが執筆している本に関心がある、それは「非常に興味のあるものであるばかりではなく、相当な政治的重要性もあるもの」であるから、と書いてあった。そういうわけで、オーウェルとゴランツの縁は切れ、やがて、セッカー&ウォーバーグがオーウェルの出版社になるのである。

一九三八年三月十五日、オーウェルは肺から夥しく出血したので、ケントのエイルズフォード（メイドストーンの近く）のプレストン・ホール・サナトリウムに入院した。結核に罹っているのではないかと疑われたが、たぶん、左の肺の気管支拡張症だろうと診断された。彼は夏のあいだずっと病院にいたが、四月二十五日に、『カタロニア讃歌』が千五百部という少部数で出版された。それは今ではオーウェルの最良の著書の一つ（また、スペイン内戦のきわめて重要な個人的記録）と見なされているにもかかわらず、その少部数の版でさえ、第二版がオーウェルの死後一九五一年に出版されるまで、あまり売れなかった。一九三八年六月十三日、プレストン・ホールにいたあいだにオーウェルは、独立労働党に入った。そして、二十四日にエッセイ「なぜ私は独立労働党に入ったのか」が公表された（『全集』第十一巻）。彼は戦争が始まった時に党を去ったが、それは党の平和主義的立場のゆえであり、また、「彼らは馬鹿げたことを話していると思う」し、そのことが「ヒトラーに物事をやりやすくさせる」ゆえだった。自分は紛れもなく「左翼」だが、作家としては、「党のラベルから自由」であるほうがよい、と彼は述べた（『全集』第十二巻）。彼は八月の末に退院した。そして、冬を暖かい気候の土地で過ごすよう勧められ、彼とアイリーンは、匿名の寄贈者から三百ポンド貰うか借りるかしたので、モロッコを選んだ（たまたま、それは最善の選択ではなかった）。オーウェルはその寄贈者が小説家のL・H・マイヤーズであるのを知らなかった。のちに、その親切な行為に『動物農場』の印税から報いることができたが、それはマイヤーズの死後だった。重病だった父をサウスウォルドに短期間見舞ってから、オーウェル夫妻は九月二日、ティルベリーから汽船ストラシーデン号で発った。

オーウェルは一九三八年、二つの日記をつけた。「家事日記」と、モロッコで自分とアイリーンが過ごした期間（往復の旅も含め）のみに充てた日記である。「家事日記」は、一九三八年八月九日に始まる。「モロッコ日記」は、九月七日に始まる。「家事日記」は手書きで、「モロッコ日記」は大部分タイプで打ったものである（三九年三月十二日の頭注を参照のこと）。些細な間違いは何も断らずに訂正した。オーウェルは新聞の切抜きを「家事日記」に貼った。それらは再録しなかったが、見出し、あるいは短い説明の注は、彼の注意を惹いたのは何かを示すために載せた。そうした切抜きの本文は、ユニヴァーシティー・コレッジ・ロンドンのオーウェル・アーカイヴで見ることができる。オーウェルはいくつかの項に絵を描きもした。たいてい、空白の左の頁に。それらは該当の項に載せてある。日付の位置は統一した（原稿では字下がりで書かれている場合がある）。

家事日記

第1巻……1938年8月9日～1939年3月28日

日記は日付の順に従って並べ替えてある。オーウェルは二つの日記を同じ日に書くことが非常に多かった。二つの日記の項が同日になっていれば、「家事日記〔DOMESTIC DIARY〕」のほうを先にし日付のあとに（D）と記した。「モロッコ日記」の日付のあとには（M）と記した。オーウェルの脚注の番号は、二つの日記を通して付けた。

家事日記、第一巻

一九三八年八月九日（D）　私設車道の脇の多年草を植えてある場所で大きな蛇を捕まえた。約二フィート六インチの長さで、灰色で、鏃《やじり》に似た斑点（⇧）がある。鎖蛇かどうか確かではない。鎖蛇には普通、一種の幅の広い矢印（︽）が背中の上から下まであると思うので。あまり無茶には扱いたくなかったので、尻尾のごく先でつまみ上げただけだった。そうやって持つと、蛇は私の手を嚙みそうになるまで頭を上げることができるが、嚙みつくことはできない。マルクス(1)は最初興味を示したが、臭いを嗅いだあと、怖くなって逃げて行った。土地の人間は、通常、どんな蛇でも殺す。例によって、舌は「毒牙《ファング》」と言われている。(2)

八月十日　霧雨。晩に濃霧。黄色い月。

八月十一日（D）　今朝は、辺り一面、家の中でさえ霧のせいで湿っている。嗅ぎタバコ入れのそこら中に奇妙なものが積もっている。湿り気が漆に影響しているのに相違ない。

非常に暑いが、午後雨。

今朝、男たちが蛇を捕まえたとのことだ――今度はヤマカガシなのは間違いない。男たちを見た者が言うには、彼らは蛇の首に紐を巻きつけ、舌をナイフで切ろうとしていた。そうすれば、蛇は「刺す」ことができないと考えて。

今日、最初のビューティー・オヴ・バース〔黄林檎の一品種〕。

八月十二日（D）　午前中、非常な暑さ。午後、不意の雷雨と豪雨。門から五十ヤード先の道路と舗道は、わずか一時間半の雨で一フィートも冠水。

ブラックベリーが赤くなり始めた。

八月十六日（D）　この数日、不安定な天候。雨、時折暑い。小麦と大麦のあらかたがいまや刈られ、積まれている。子供たちが二日前、やや熟れたブラックベリーを摘んでいた。二晩前、一羽の白い梟《ふくろう》を見た――この二年ほどで初めて。また、遠くに別の鳥がいたが、たぶん小さな梟だろう。マロニエの実は完全に大きくなったが、まだ熟していない。ホップは、榛《はしばみ》の実の大きさ。きのう、動物園[★1]にまた行った。もう一腹のライオンの仔がいた。家庭で飼う猫よりちょっと大きく、体中、斑点がある。ちょうど一年前に生まれたライオンは、セントバーナード犬の大きさほどだ。一頭のライオンの食べる肉の定量は——一日一回しか餌を食べないと思う——六か七ポンドくらいのようだ。

サルデーニャ島のムフロン羊(3)は、山羊のような乳房を持っていて、たぶん、一パイントかそれ以上の乳を出すだろう。キリンの蹄《ひづめ》は、少なくとも前足の蹄は完全に垂直だが、ロバとキリンの合いの子のは馬の蹄のようだ。この合いの子は、キリンの耳よりごくわずかに大きい耳をしているが、そのほかは、体形に関する限り、キリンにほぼそっくりだ。

八月十七日（D）　暖かく、晴。かなり強い風。

二十二エーカーの畑から獲れた大麦は、まだ積み重ねられていないが、小麦は積み重ねられていて、判断できる限り、三十フィート×十八フィート×二十四フィート（高さ）および、十八フィート×十五フィート×二十フィート（高さ）の二つの山になっている。もしこの推計が正しければ、約十四エーカーの土地で一万四千四十立方フィートの山ということになる。一エーカーにつき一トンということにすると、小麦の千立方フィートの山は一トンの穀物を意味しているようである。NB、全部の畑に積み上げられた時にチェックすること。

犬薄荷《いぬはっか》、ペパーミント、艾菊《よもぎぎく》が満開だ。沢菊《さわぎく》と柳蘭《やなぎらん》が実を結びそうだ。いくらかの熟れたブラックベリー。庭《にわ》常《とこ》の実が紫色になり始めた。

オークの幹からではなく大枝から作られた厚板は、劣等《バスタード》オークとして知られ、やや安い。

廃棄された鉄道の枕木は、ここでは十ハンドレッドウェイト、一ポンド一シリングで処分されている。おそらく、それぞれ一シリング、すなわち、一フィート二ペンスになるだろう。

［新聞の切抜き——緑心木の木材に関する短い記事］

八月十九日（D）　麦畑の小麦と大麦を積んだ山について。実際、小麦と大麦が植えてある土地はほぼ同じで、収穫は三十フィート×十八フィート×二十四フィート（高さ）の二つの山と、十八フィート×十五フィート×二十フィート（高さ）の二つの山、合計四つの山を作る。それは、二十二エーカーに対し、約二万八千立方フィートの山になる。きのうは晴れていて、だいぶ風が強かった。かなりの数の熟れたブラックベリー。庭常の色は急速に変わりつつある。榛の実は、ほとんど完全な形になっている。鹿の子草と毛蕊花は盛りを過ぎた。セメントの仕上げを綺麗にする法——

〔使うべき方法を説明した新聞の切抜き〕

今日の天気、寒く、風が強く、かなりの湿気。山査子《さんざし》が真っ赤になりつつある。午後、少し雨。

八月二十一日（D）　きのうは晴れ、比較的暖かかった。午後、「キッツ・コティー」(4)を見に行った。ドルイド〔ケルト族の僧〕の祭壇か何かだ。こんな具合に並べられた四つの石から成っている。

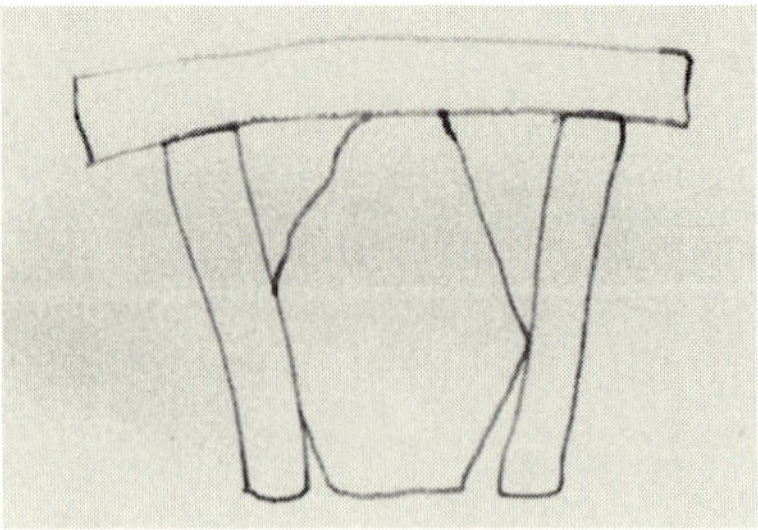

全体は高さが約八フィートで、てっぺんの石は大体八平方フィートで、厚さは一フィートと少しだ。約七十立方フィートの石だ。石炭の一立方ヤード（二十七立方フィート）は二十七ハンドレッドウェイトあるとされているので、てっぺんの石は、もし石炭で出来ているなら、約三トン半の重さがある。たぶん、寸法を正確に計ったなら、もっとあるだろう。それらの石は高い丘の頂上にあり、こことはまったく別のところにあったものであるように見える。

〔新聞の切抜き――「砂糖なしの果物の瓶詰め、古い田舎のやり方」。三八年八月二十九日の項を参照のこと〕

八月二十二日（D）　やや暖かい日。俄雨。夜は次第に寒くなり、秋めいてきた。数本のオークが、ごくわずか黄ばみ始めた。雨後に、大きなナメクジが這い回っていた。一匹は三インチほどあった。大きな孔があった、たぶん、耳穴だろう。頭部の少し後ろ。はっきりと二色に分かれている。明るい淡黄褐色のものと白のものだが、両者ともに、腹部の縁に沿って鮮やかなオレンジ色の帯がある。それから考えると、それらは同一の種で、一匹一匹色が違うのだろう。尾の先端に、水棲蝸牛《かたつむり》の卵の殻に似たゼラチン状の小塊がある。一匹の大きい雌の甲虫。雌の鍬形虫《くわがたむし》の大きさだが、同じではない。臀部の辺りから、その虫自体の長さの管が突き出ている。その管を通して卵を産むのだろうか？

〔スロー・ジンの作り方に関する新聞の切抜き〕

八月二十二日(5)（D）　**サウスウォルド**　今朝は涼しく、一日の大半、雨。

大半の穀物は収穫され、積み上げられた。サフォークのブラックベリーはケントよりも早くはないが、その他の植物の生長には、ほとんど変わりはない。

家禽の翼の先を切り取る時は、片方の翼の先だけを切り取ること。できれば右側（左の翼は卵巣を温かく保っている）。

冷たい紅茶はゼラニウムの肥料としてよい。

八月二十五日（D）　**プレストン・ホール**　サフォークの何もかも、ケントよりもずっと乾いている。私たちがここに着く日までに何週間も雨が降らず、さまざまな穀物が駄目になった。サウスウォルドの近くで、オート麦と大麦のいくつかの畑で収穫作業が行われているところを見た。オート麦も大麦も、たった一フィートか十八インチの高さしかなかった。それにもかかわらず、穂は正常に見えた。世界中の小麦は豊作だと言われている。

一匹の八重葎雀蛾《やえむぐらすずめが》が裏庭で見つかった。コリングズ医師[6]に台紙に留めてもらった。明らかに、大陸から迷い込んできたのだ。過去五十年で、この土地で見られた最初のものと言われている。

この辺りでは、小金眼梟《こきんめふくろう》はごく普通に見かけられる。森梟《もりふくろう》は存在しないようだ。

C医師が言うには、私が捕まえた蛇は「ヨーロッパナメラ」で、無害で、そう多くはいない。

今日はまた暑い。

ジプシーがホップ摘みにやって来始めた。彼らはキャラバンを適当な場所に停めるや否や鶏を放す。どうやら、どこかに行ってしまうことはないらしい。彼らはビスケットのブリキ缶を細く切って洗濯ばさみにする。三人がその仕事をしている。一人が棒の形を整え、一人がブリキを切り、一人がそれを釘で留める。こうした仕事（洗濯ばさみを釘で留めたあと裂くのも含め）を全部一人でやったなら、一時間に十から十五の洗濯ばさみを作ることができるだろう。

今晩、もう一羽の白い梟。

八月二十六日（D）　暑い。早朝、濃い地上の霧。いまや、たくさんのブラックベリーが熟れている。大きくて、かなり甘い。また、相当の数のデューベリーも熟れている。胡桃《くるみ》の実は今、ほぼ完全に大きくなった。店には英国産林檎がたくさんある。

八月二十八日（D）　おとといの晩、一時間の雨。きのうは暑く、曇。今日も同じ。午後にぱらぱらと雨。ホップ摘みは、あと一週間ほどで始まる。

八月二十九日（D）　曇、ひどく肌寒い。昨夜、大雨。今、ダリアが満開。

［新聞の切抜き――果物の瓶詰めの記事に関する切抜き（三八年八月二十一日の項を参照のこと）に対する投書。「多くの場合、それでは不満足な結果になるのに決まっている」］

八月三十日（D）　やや暖かい。

百合樹《ゆりのき》の葉が黄ばみ始めた。向日葵《ひまわり》とグラジオラスが満開。ゴデチアが盛りを過ぎつつある。モントブレチアが咲き始めた。いまやエルダーベリーが熟れ、至る所にある鳥の糞は濃い紫だ。鳥が止まっていた丸太等の上に、紫の染みがある。鳥が、自分たちが食べるものの多くを消化するというのは信じ難い気がする。ここで天竺鼠《てんじくねずみ》を飼っている者は、天竺鼠が眠るのかどうか、よくわからないようだ。彼らが言うには、天竺鼠は時々目を閉じるが、眠っているのかどうか定かではない。今日、最初の食用英国産梨。

八月三十一日（D）　朝は非常に寒かった。のち暖かく、晴。

九月一日（D）　晴、かなり暖かい。

九月二日（D）　晴、かなり暖かい。

九月三日（D）　P&O〔英国の大海運会社〕の汽船ストラシーデン号、二万二千五百トンについて書く。船客用段ベッド番号1063。[7] きのう午後六時、ティルベリー桟橋を出た。今朝記した位置、北緯四九・二五度、西経三・三四度、走行距離二百八十八マイル。今後の航程千七マイル。午後五時頃、左舷の約五から十マイルのところにあるアシャント〔ブルターニュ半島先端の島〕を過ぎた。今、ビスケー湾に入り、真南に向かっている。明日の夜、再び陸が見えるだろう。海は目下、凪いでいる。一、二度、ピルチャードまたはサーディンの小さな魚の群れが、まるで何かに追いかけられているかのように海面から跳び上がった。大壽林《おおじゅりん》か何かの小さな陸の鳥が今朝、陸が見えなくなった時に船上にやってきた。鳩も索具に止まった。

九月四日（D）　今日、ビスケー湾の湾港を横断した。海は少し荒れていて、船はやや横揺れした。船酔いにはならなかった（船酔い防止薬「ヴァサーノ」は確かに効く）。午後五時頃、フィニステレ岬を通過したが、霧のため見えなかった。船の走行距離（十二時から十二時まで）四百三マイル。ジブラルタルはグリニッジの西経五度。時計は月曜日と火曜日に三十分遅らせ、マルセイユでまた進める。船はタンジールに火曜日（六日）の午前七時に、ジブラルタルに午後一時半に着く予定。タンジールまでの千七マイルの航程は、約八十九時間かかる。今日、数頭の海豚《いるか》が船を横切った。きのう、私の知らない鷗を見た。焦げ茶で、白い帯が翼に付いている。ほかには、なんの生き物もない。

　船長は約二百五十ヤードで、幅は一番広いところで約二十五ヤード。喫水線より上に、甲板が七つある。乗組員の数はまだわからない。司厨長を含め、大半がインド人水夫だ。

九月五日（D）　昨夜は霧が濃く、霧笛が絶え間なく鳴った。今朝、海はずっと穏やかで、灰色で、油のようだ。鉛色に近い。時間が経つとひどく暑くなり、海は明るい青になった。午前十時頃、ロカ岬〔ポルトガルにあるヨーロッパ大陸の最西端の岬〕を過ぎたが、霧のため見えなかった。午後六時、セント・ヴィンセント岬のごく近く（約二、三マイル）を通過した。船の走行距離（正午から正午）三百四十二マイル。あす早い時間にタンジールに着く予定。

　ここの鷗は私の知らない種類のものだ。上が焦げ茶か黒で、下が白。海面のわずか数インチ上で獲物を探して飛ぶ。草の上を飛ぶ梟にそっくりだ。陸に近づくにつれ、海藻の塊が見えた。何羽かの燕か岩燕《いわつばめ》（イギリスのものとは違う）が、陸からまだ遠いのに、船を追ってきた。二頭の鯨がきのう見かけられたという話だが、私は見損なった。

　この船は、私が思っていたのとは違い、蒸気タービンの船ではなく、オイル・タービンの船だ。乗組員は約六百人と思われる。ツーリスト・クラス（実際には二等と三等の中間）の船客は、ダイニング・サロン、ゲームが楽しめる二つの甲板、小さな水泳プール、かなり原始的な映画館のほか、三つのラウンジを使うことができる。ローマカトリック教会のミサと、英国国教会の聖餐式が毎日行われる。ツーリストの料金。ロンドン―ジブラルタル間、六ポンド十シリング[8]。

　後記。乗組員の数、五百四十三人。船は八千ないし九千トンの船荷を積んでいる。

モロッコ日記

一九三八年九月七日～一九三九年三月二十八日
〔家事日記がモロッコ日記のあいだにある〕

ジブラルタル　三八年九月七日（M）

　英字新聞はＰ＆Ｏによって四日遅れでジブラルタルに届けられる。地元の英字日刊新聞『ジブラルタル・クロニクル＆オフィシャル・ガゼット』は八頁だが、二頁半が広告で、値段は一ペニー。今日の号は３１２５１。多少とも親ファシスト。地元のスペイン語の新聞『エル・アヌンシアドル』と『エル・カンパンセ』はどちらも四頁、もっぱら広告で、日刊。一ペニー。政治的立場はあまりはっきりしないが、おそらく、ほんの少し親フランコ。ここでは十紙か十一紙の親フランコの新聞が売られている。また、三紙の政府の新聞も売られている。『労働者連帯《ソリダリダー・オブレラ》』も含め。後者は、ここで買う時には少なくとも六日遅れている。そして、ほとんど見かけない。また政府寄りの二紙もタンジールで発行されている。

『未来《ボルベニル》』と『デモクラシア』だ。値段はフランコの為替相場で示してある。

地元のスペイン人の感情を知るのは不可能だ。壁に「ビバ・フランコ」という文句やファランヘ党〔一九三三年に作られたファシスト党〕のシンボル〔軛《くびき》と矢〕があるだけだが、それもごく少ない。

町の人口は約二万、大半がイタリア出身者だが、ほとんどすべての者が英語とスペイン語のバイリンガルだ。多くのスペイン人がここで働いていて、毎晩スペインに戻る。少なくとも三千人がフランコの領土からの亡命者だ。いまや当局は、人口過密を理由に、彼らを排除しようとしている。賃金と食べ物の値段を知るのは不可能だ。生活水準は、どうやらあまり低くはないようだ。裸足の大人はいず、裸足の子供もごく少ない。果物と野菜は安く、ワインとタバコは無税のようだ、または無税に近いようだ（英国の紙巻きタバコは百本で三シリング、スペインの紙巻きタバコは百本で十ペンス）。絹は非常に安い。英国の砂糖やマッチはなく、すべてベルギーのもの。牛乳は一パイントが六ペンス。商店主の何人かはインド人とパールシー〔八世紀にペルシアからインドに逃れたゾロアスター教徒の子孫〕だ。

スペインの駆逐艦、ホセ・ルイス・ディエス号が港に停泊している。喫水線のすぐ上のところの左舷の船腹の、艦首の後方約十五フィートから二十フィートのところに、砲弾による、直径四フィートないし五フィートの大きな穴がある。スペイン共和国の旗が翻っている。船員たちは最初、上陸を拒否されたらしいが、今は一定の時間、海軍の運動場にいることを許されている（つまり、地元の人間と交わることは許されていない）。船を修復しようという試みはなされていない。

地元の英国人居住者の一人が言うことを立ち聞きした。「うまくいっている。ヒトラーはチェコスロヴァキアを間違いなく手にするだろう。今、手にしなければ、手にするまで何度も試みるだろう。今、すぐ奴にやってしまったほうがいい。われわれは一九四一年までには準備が整う」

九月八日（D）ジブラルタル　天候はもっぱら暑く、夜も時折不快なほど暑かった。海は変わりやすく、おおむね、かなり波立っていた。風が凪いでいる時は、海面から少なくとも十フィート下で魚が見える。

バーバリエープ〔尾なし猿の一種〕は、いまやジブラルタルでは稀少になり、厄介な存在なので、当局は絶滅しようとしている。一年のあるシーズンに、彼らは岩山から下りてきて（食べ物の不足のせいだろう）、家や庭に侵入する。彼らは切り株のような、ごく短い尻尾を持った、大型犬に似ている猿と言われている。同種のものが、ちょうど反対側のアフリカの海岸にいるのが発見された。

ここの山羊の種類はマルタ種だ。あるいはいずれにせ

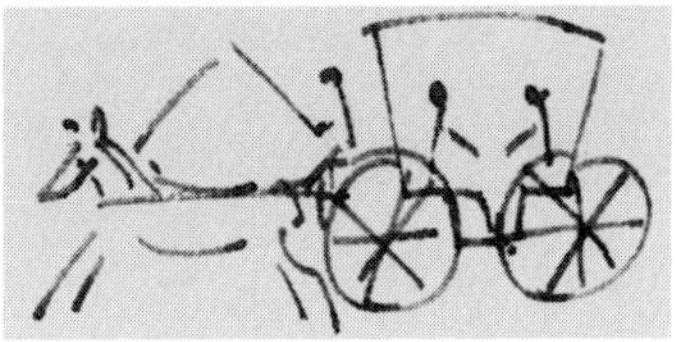

よ主にマルタ種だ。山羊はかなり小さく、体の上半分は、膝の辺りまで垂れている、長く、かなりもじゃもじゃの毛で覆われていて、脚が非常に短いという印象を受ける。耳は低いところにあり、垂れている。山羊のほとんどは角がないが、少数の山羊の角は非常に鋭く後ろに曲がっているので、頭にもたれるような具合だ。そして、たいてい半円形になっているので角の先端は目の横にある。乳房はだらりとぶら下がっていて、ほとんどなんの乳頭もない（あってもやっと二分の一インチの長さ）、単なる袋の場合が多い。色は黒、白そして（特に）赤茶色。一日約一リットルの乳を出すと言われている。山羊はどうやらほとんどどんな草でも食べるらしい。例えば、私が見ていた山羊の群れは、野生の茴香《ういきょう》を地面の根元まで食べた。

　ここのロバは、英国のもののように小さい。この地方独特の乗り物は、一部だけ覆われた小さな馬車で、両側を外したインドの辻馬車にちょっと似ている。

　丘は急で、動物たちは概してひどい扱いを受けている。牛はいない。牛乳は一パイント、六ペンス。果物は今が旬。林檎、オレンジ、無花果《いちじく》、葡萄、メロン、オプンチア〔サボテンの一種。実は食用〕、ブリンジャル〔インド・アフリカ産ナス〕、さまざまな英国の野菜。ここには雌鶏はごく少なく、卵は小さい。「ムーア卵」と、まるで高級なものであるかのように宣伝されている。

　マルタ種の猫。犬はどれも口輪を嵌められている。

九月十日（D）　タンジール　ここの気温は約八十度〔華氏〕以上にはならないと言われている。海はかなり暖かく、海水は非常に澄んでいて、風が吹いていなければ、海面下二十か三十フィートの事物を見ることができる。上げ潮は約一フィート。海と港には魚が一杯いるが、なぜか小さな種類しか捕れないようだ。一種類だけ大きめな魚がいるが、それはたいてい約六インチから一フィートの長さだ。茶色で、ややポラックに似ていて、突堤の石の辺りに大量に現われる。五から二十の群れをなしているが、どの漁師も、釣り針では捕れないと言っている。小さい魚を釣り竿と釣り糸で釣る際の方法は、魚を口以外のところに針掛かりさせるというもののようだ。五、六本の小さな釣り針を背中合わせにして作ったもののすぐ上に、パンか肉の餌を付け、魚の群れの中に沈め、魚がその周りに集まった時に、さっと引き揚げる。網を使う沿岸釣りは次のように行われる。中央が細かい目で、端になるほど粗くなる長さ約百五十フィート、幅六フィートの網をボートで海に運んで仕掛け、浮子《うき》で浮かばせ

る。網の両端には非常に長いロープが結ばれている。たぶん、半マイルか、それ以上あるだろう。そのロープは徐々に手繰られ、両端のロープのところにいる男たちは徐々に接近し、網をカーブ状にする。各ロープには六人か八人の男たちと少年たちがいる。彼らは手でロープを引かない。腰のまわりに紐を巻きつけていて、その紐の端をロープにじかに結びつける。そして、後ろにのけぞり、仕事の大半を右脚でしながら、体でロープを引っ張る。引いたロープはコイル状にする。そして、どの男たちも、コイルが出来ると紐をほどき、前に走り、ロープの海方向の箇所に取り付く。ロープを引き揚げる作業は少なくとも一時間かかる。私が見た引き揚げ作業では、袋には約三十ポンドのサーディン（あるいは、それに似たような小さな魚）、および、約五ポンドのさまざまな魚が入っていた。その中には烏賊《いか》、比売知《ひめじ》、鼻長鰻等々が含まれる。推定価値（漁師にとっての）、約五シリング。またそれは、十五人の男と少年たちにとって約二時間の労働時間を意味する。言い換えれば、合計二十成人労働時間、あるいは一時間三ペンスを。

ここのロバは恐ろしいほど過重な労働をさせられている。ロバの背の高さは九ハンド〔一ハンドは約十センチ〕から十ハンドで、二百ポンドを優に超えるに違いない荷物を、しばしば運ぶ。ロバの背中に相当の荷物を載せたあと、ロバ追いはその真ん中に乗る。ここの丘はたいがい五つか六つのうち一つは極端に急だが、ロバはひどく大きい荷物を運んで丘を登るので、下のほうがほとんど見えなくなる時がある。それにもかかわらずロバは極度に忍耐強く、素直で、普通、馬勒《ばろく》も端綱《はづな》もつけず、御す必要も、牽《ひ》く必要もない。ロバは犬のように主人のあとを歩くか、前を歩くかし、主人が止まると止まり、主人が中に入った家の前で待つ。大多数は去勢してないようだ。多くの馬も同じ（すべて小さく、貧弱）。

ここの匂いは悪くない。暑さと迷路のようなバザールにもかかわらず。

果物は今が旬。オプンチア、多くの種類のメロン、葡萄、ブリンジャル、その他すべてのヨーロッパ産のもの。水は山羊皮の容器で運ばれ、売られる。ここの大きな無花果の木は緑と紫の実をつける。そういうことがあるとは知らなかった。ここで非常によく見かける一種の三色《さんしき》昼顔《ひるがお》属の匍匐《ほふく》植物は、同じ枝に青い花とピンクがかった花をつける。時には、同じ茎に。今、花々が咲いている。カンナ、ブーゲンビリア、ゼラニウム。芝生にするには、ひどく粗い芝。

ここの二種類の燕あるいは岩燕。港には鷗がいない。ここでは午後七時になるずっと前から暗くなる（実際に七時。サマータイムは実施されていない）。

ここのバターは大丈夫だが、新鮮な牛乳はほとんど手に入らないようだ。

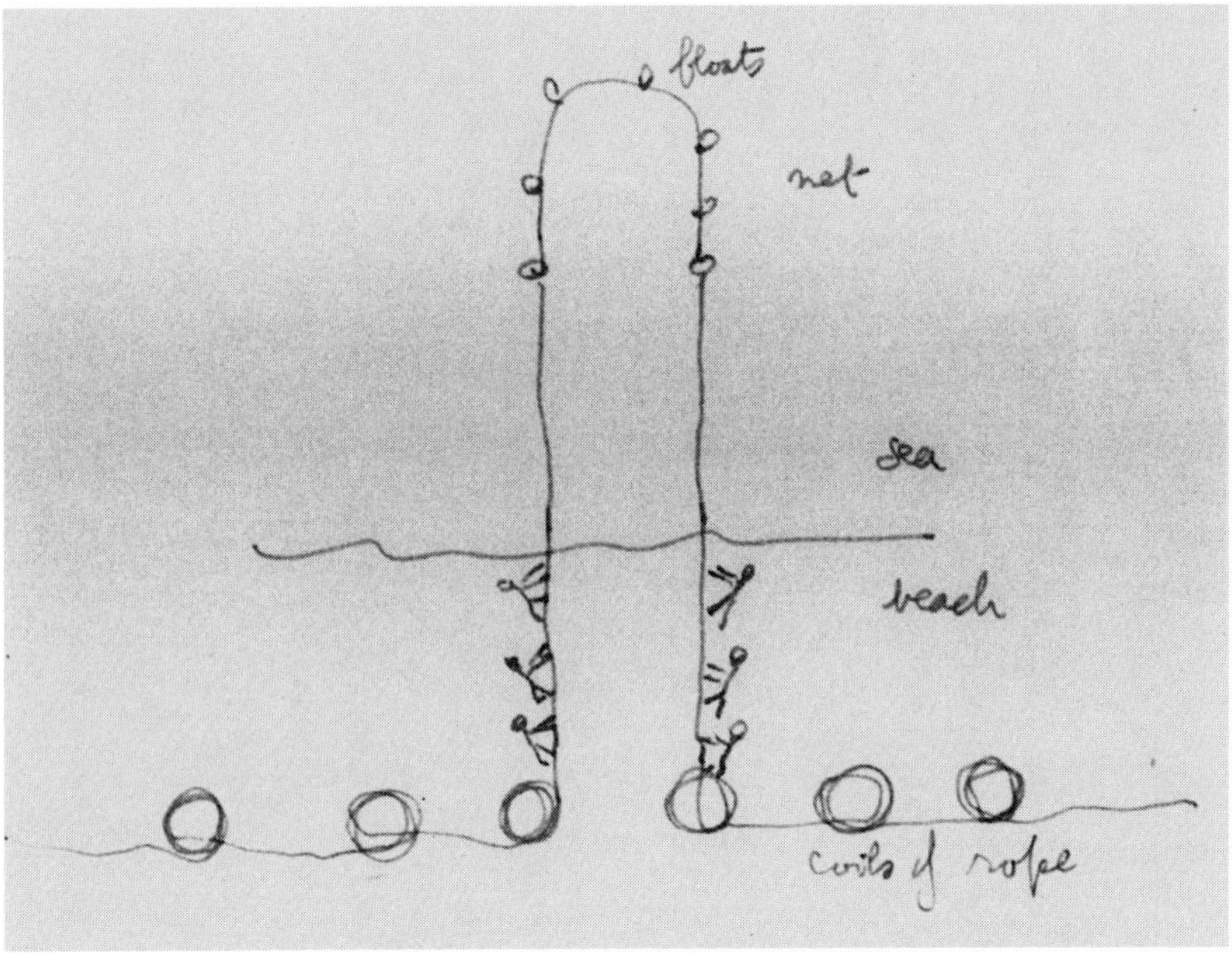

タンジール　三八年九月十日（M）

タンジールで売られている新聞――『ラ・プレス・マロケーヌ』（カサブランカの日刊の朝刊）、きわめてフランコ寄り。『ル・プティ・マロカン』（同）、不偏。『ラ・デペーシュ・マロケーヌ』（タンジールの日刊）、ややフランコ寄り。『ル・ジュルナル・ド・タンジェ』（週刊らしい）、一見、非政治的で、ビジネスに関する情報等。『タンジール・ガゼット&モロッコ・メール』（タンジールの英語の週刊紙、金曜日発売）は、上述のものに照応し、やや反ファシストで、きわめて反日的だ[★2]。また、フランス語とスペイン語のほかのさまざまなものがあるが、見たところ、スペイン語の地元のフランコ支持の新聞はない。

ここでは二つの建物にスペイン共和国の旗が翻っている。その一つはラ・デ・エスパニャだ。それは一種のクラブで、例の政府のポスターを貼っている。何軒かの商店はフランコのポスターを貼っている（「スペイン万歳《アリバ・エスパニャ》」のポスターは、政府のポスターとほとんど同じ）。壁の落書きはあまり見かけられない。フランコ支持と政府支持は、ほぼ同じで、後者のほうが、やや多いかもしれない。総じて、ただ単に「ビバ」、「ムエラ・フランコ〔フランコ、死ね〕」、U・H・P、C・N・Tと書いてあるだけだ。F・A・Iもしくは、ごく稀だがU・G・T。F・A・

I、ファランへ党、J・S・U（一度だけ見かけた）以外、政党のイニシャルはない。こうしたすべての落書きは、例外なくスペイン語だ。ムーア人に対する態度を知る鍵はない。（三六年九月十五日の『プティ・マロカン』の新聞切抜きを見ること★3(9)。）

ここの貧困は、東洋の都市におけるほど極端ではない。それにもかかわらず、乞食行為がひどく蔓延している。町全体が観光業で生活している。実際の乞食は多くはないが、骨董店、売春宿等の客引きがごまんといる。ほとんどの者がスペイン語を喋り、多くの者がフランス語を喋る。観光客相手のいかさまに関わっている者は誰でも英語を少し喋る。地元の人間の体格は非常にいい。とりわけ、ムーア人、スペイン人等の若者は。ヨーロッパ化にもかかわらず、ほとんどすべてのムーア人はバーヌース〔フード付き外衣〕を着、トルコ帽をかぶっていて、若い女の大半はベールをかぶっている。沿岸漁業の漁師たちの推定収入は、一時間に約三ペンス。

四つの郵便局があり、一つはフランス、一つは英国、二つはスペインの局（フランコと政府の局）。切手は英国が追加料金を課したタンジールのものだ。貨幣制度は仏領モロッコと同じ(10)。

マラケシュ　三八年九月十三日（M）

スペイン領モロッコではサマータイムが実施されている。フランス領ではそうではない。駅にいるフランコの兵士はスペイン政府の兵士と、ほぼそっくりの服装をしている。列車の中では手荷物検査が行われているが、典型的なスペインの役人によって、実にいい加減に行われている。別の役人が入ってきて、フランコに好意的な新聞も含め、一切の新聞を押収した。フランス人の旅行者はそれを見て大いに面白がった。役人も同様だった。役人はどうやらその馬鹿らしさに気づいていたようだ。

スペイン領モロッコがフランス領モロッコよりずっと発展が遅れているのは明らかだ。おそらく、その一帯が不毛のせいだろう。ずっと南のフランス領モロッコでは、ムーア人とヨーロッパ人が耕した土地が大きな対照を成している。後者は広大な土地に小麦が植えられ（有色労働者と三千人のフランス人によって百万エーカーが耕されたと言われている）、畑はなんとも広大なので、鉄道線路の両側の地平線まで届いている。肥沃さにおいて、非常に大きい違いがある。所々で土壌は豊かで真っ黒だが、ほかのところでは、ほとんど割れた煉瓦のようだ。カサブランカの南では、土地は一般に貧弱で、その大半は耕されていず、動物用のどんな牧草も生えていない。約五十キロから百キロにわたり。マラケシュの北部は砂と欠けた岩ばかりの地面と丘で、実際には砂漠であり、植物は皆無だ。動物――スペイン領モロッコの端辺りで駱駝《らくだ》が見え始め、次第に数が増え、マラケシュ付近で、ロバと同じくらいよく見かけられるようになる。羊と山羊はほぼ同数だ。馬は多くなく、ラバは滅多に見られない。雄牛は比較的よい地域にはいる。雄牛はマラケシュ付近では耕作に使われているが、北に行くと使われていない。どの動物もほぼ例外なく悲惨な状態にある。（それは、飢饉が一年から二年続いたせいだと言われている）。カサブランカは外見は完全にフランスの町だ（住民は約十五万から二十万人で、三分の一がヨーロッパ人）。どうやら、両方の人種は交わらない傾向にあるらしい。ヨーロッパ人もあらゆる種類の手仕事、卑しい仕事をしているが、ムーア人より高い賃金を貰っているのは確かだ。（映画館ではムーア人だけが一番安い席に坐り、バスでは多くの白人はムーア人の隣に坐りたがらない。）生活水準はひどく低いわけでもないようだ。乞食行為はタンジールやマラケシュより目立たない。

　マラケシュにはヨーロッパ人の住む広い区域を有するが、典型的なムーア人の町だ。ヨーロッパ人はレストラン等以外、実際の卑しい仕事はしていない。★4 カサブランカではタクシー運転手はヨーロッパ人だが、マラケシュではムーア人だ。乞食行為があまりにひどいので、通りを歩くのが耐えられないほどだ。貧困は疑いなくきわめて深刻だ。子供たちはパンを乞い、貰うと貪り食う。バザールのある区域では、夥しい数の者が通りで寝ている。文字通り、どの戸口にも一家全員がいる。盲目はごく普通で、白癬に罹っている者もいるし、かなりの数の不具者もいる。大勢の難民が町の外で野宿している。その何人かは、ずっと南の飢餓地帯から逃れてきた者と言われている。ここでは、タバコを庭で栽培すると罰せられると言われている。★5

九月十四日（D）　マラケシュ

タンジール―カサブランカ―マラケシュ(11)の鉄道の旅で、いろいろな鳥を見た。朱鷺《とき》はきわめて数多く、長元坊《ちょうげんぼう》はかなりよく見られた。また、二羽の鷹または鳶《とび》、イギリスの鳥によく似た、群れから離れた数羽の鳥。鸛《こうのとり》はいない。ここにいると言われているが。ごく少数の山鶉《やまうずら》。

五色鶸《ごしきひわ》（イギリスの鳥に一見そっくりだ）は、マラケシュではよく見かけられる。野兎を持った男を見かけたが、それ以外、野生の四足獣はまったく見ない。フランス領モロッコにわずかな野兎とジャッカルがいる以外、それは文字通り棲息していないと言われている。スペイン領モロッコにわずかな駱駝がいるが、カサブランカの南まで、あまり見かけない。総じて駱駝は十八ハンドの背がある。どれも極端に痩せていて、関節という関節に硬く肥厚した部分がある。ほとんどが口輪をかけられている。マラケシュのロバはタンジールのロバよりも、ほんの少し荷が過重ではなく、さして従順ではない。

棗椰子《なつめやし》がほとんど熟している。部分的に熟した棗椰子は鮮やかな黄色で、棕櫚の樹冠が幹に接するところの茎から、密集した房になって垂れ下がる。一般に、一本の木に約六つの房があり、全体は約二分の一ハンドレッドウェイトある。地上に落ちた棗椰子は、帽子のないドングリにそっくりだ。棗椰子は矮小なのも含め数種類があるらしい。

胡椒木《こしょうぼく》の胡椒の実が熟れかかっている。どうやらそれは「インチキ胡椒」として知られているらしい。普通に使うことができるのだけれども。地元のものらしい胡桃《くるみ》がちょうど熟した。梨と桃はかなり未熟だ。ここのレモンは丸くて緑で、インディアン・ライムに似ている。ただ、もっと大きく、皮が厚いが。ワイン用葡萄はふんだんにあり、非常に安い。

カサブランカの海中の生物は、イギリスのものとほぼそっくりに見えた。巻貝、笠貝、烏帽子貝《えぼしがい》、大蟹《おおがに》、ある種の磯巾着《いそぎんちゃく》は、一見、同一だ。しかし、鷗は見なかった。言い忘れたが、タンジールで非常に大きな鯖が捕れた。マラケシュではローズマリーが大きく育っている。薔薇は良好。ペチュニアは、インドにおけるように、大きな茂みに育っている。百日草も成長している。どうやら、水が十分なら、よい芝が育つらしい。

九月十五日（D）　ここの小さな動物園で、八インチほどの長さの水亀を捕まえた（どうやら中から逃げ出したのではないようだ。それと同じ種類のものが中で飼われているが）。亀は用水路の中にいて、流れに逆らって泳いでいたが、同じところにとどまっているのがせいぜいだった。ひっくり返すと、元に戻れなかった。ひどい臭いがした。活潑で、元気のようだったが。

ここには普通の雀はいないが、フィンチ属の小鳥がいる。胴は茶色で、頭は青っぽく、尾は長く、非常によく見かける。

何本かの紫苑《しおん》が動物園で咲いていたので、驚いた。オリーヴはほぼ熟れている。青みがかった赤になっているものがあるが、たぶん、それが熟れた色なのだろう。オレンジは、まだ緑。それらの木に大量の肥料が必要なのは確かだ。紅花隠元は実っている。故郷とほぼ同じだ。ここの葡萄は貧弱だ。かなり乾いていて味がない。

ここの大きな蟻は半分赤で半分黒で、地面の穴を大きくしていた。一匹は長さ約四分の一インチ、厚さ二分の一インチの豆の形をした石を運んでいた。ここの蠅はひどくうるさい。蚊はかなり多いが、まだ、飛ぶ昆虫の被害はない。

今夜は午後七時までに暗くなった。

マラケシュ　三八年九月十六日（M）

ここで普通読まれている二つの新聞は、カサブランカの日刊紙『ル・プティ・マロカン』（正午頃手に入る）

と、『ラ・ヴィジー・マロケーヌ』(夕方まで手に入らない)だ。両紙ともに愛国主義的で、多かれ少なかれ反ファシズムだが、スペイン内戦に関しては中立的で、反共産主義だ。地元の週刊紙『ラトラス』は、まったくつまらないものらしい。きのう(十五日)、チェンバレンがベルリンに飛んだという、諸新聞が大きく取り上げたセンセーショナルなニュースが報じられたにもかかわらず、ここではそれに対する関心はまるでなく、戦争が迫ってきているということを誰も信じていないらしい。それにもかかわらず、軍隊がモロッコに大移動してきた。マルセイユ―タンジール―カサブランカ間を航行する二隻のフランスの定期船は、ほとんど兵士で一杯だった。最近、地元の空軍が大増員され、百二十五人の新しい将校が到着したと言われている。

九月十九日(D) 鮮やかな色のオレンジとともに売られているのは半ば熟した棗椰子で、やはり鮮やかな紫だ。ブリンジャルの色に近い。石榴《ざくろ》は至る所で山積みになって売られている。いくつかのオレンジが黄ばみ始めた。巨大なペポカボチャが売られている。たぶん、それぞれ二十から三十ポンドあるだろう。また、滑らかで淡い緑の極度に長いペポカボチャのようなものも売られている――胡瓜《きゅうり》の一種だろう。ここでは、黒パンがバザールで作られ売られている。大麦だろうがライ麦に見える。

ここでは五色鶸が非常によく見かけられる。鸛《こうのとり》は渡り鳥らしく、ここでは真冬まで見られない。気温は大きく変動する。今日ときのうは、かなり涼しかったが、おとといは耐え難かった。気温は午後六時でさえ摂氏二十五度(華氏七十七度)。おそらく真昼は摂氏四十度くらいだったろう。ここの室内の最高気温は摂氏四十五度(華氏百十三度)に達すると言われている。午後四時頃涼しくなったあと、決まって六時頃再び暑くなるように思われる。おそらく、暖かい卓越風のせいだろう。夜はシーツ一枚で十分だが、早朝にはたいてい毛布を引っ張り上げる。

ロバの値段は約百フラン(約十二シリング六ペンス)と言われている。ここでは、レタスを育てるのは非常に難しいそうだ。

九月二十日(D) 座部が紐の椅子等を作るユダヤ人の大工が使う旋盤は、ごく原始的なタイプのものだ。二つの締め金があり、左側のは固定されていて、右側のは金属棒の上を滑るようになっている。それぞれに金属の尖頭が付いている。削ろうとする木の棒は二つの尖頭のあいだに固定されるが、回転するようになっている。二つの尖頭は動かない。木の棒は取り付けられる前に、弓の紐で一回巻かれる。大工は可動の締め金を右足で押さえ、右手で弓を動かし、左手に鑿を持ち、左足で鑿を安

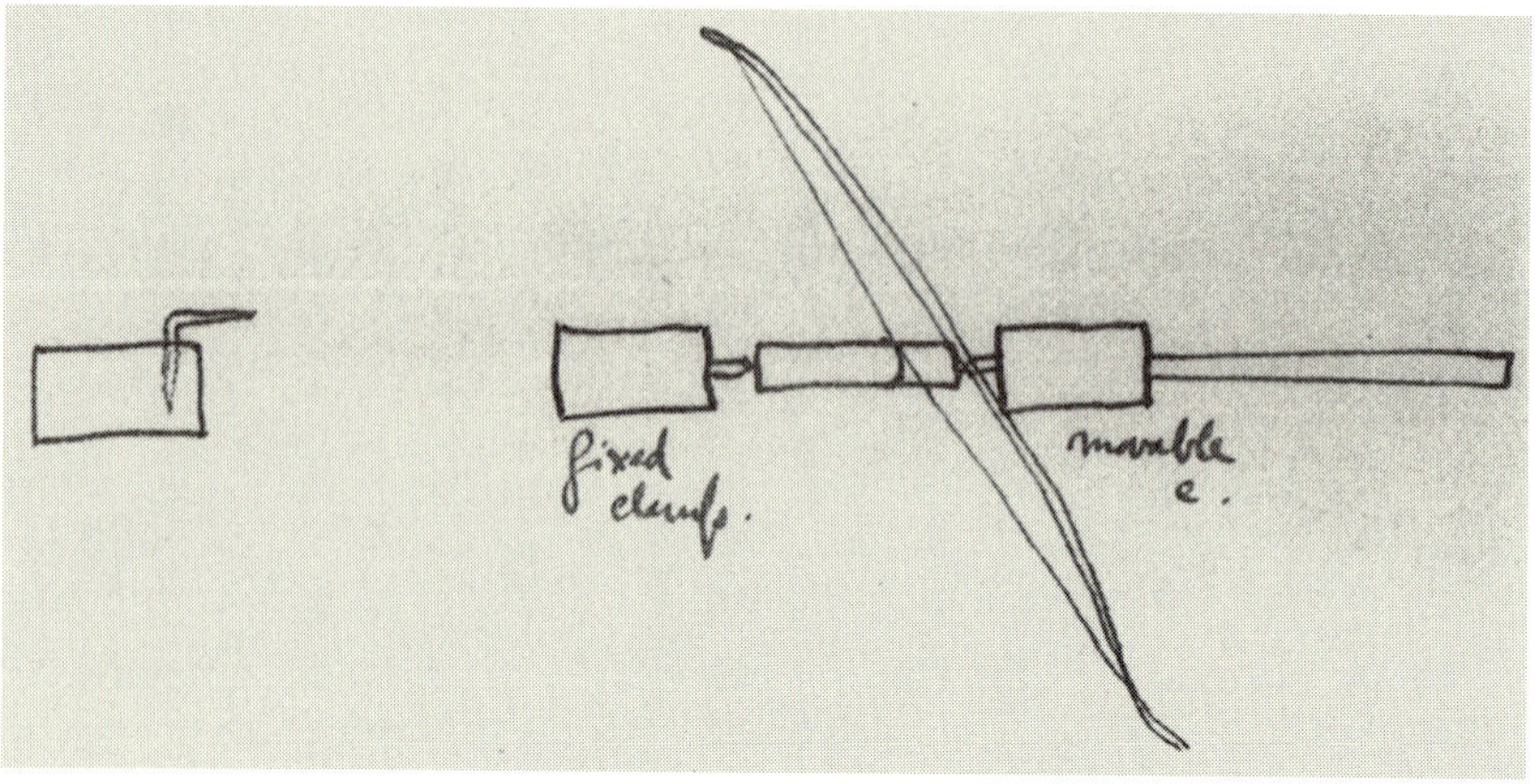

定させる。そうやって大工は、正式の旋盤を使う場合のように、正確に木の棒を削ることができるようだ。目で判断し、約百分の一インチまで正確に。弓を使うと木は驚くべき速さで回転する。

ここの土の壁は、四フィートから六フィートの深さから掘り出した土で出来ている。それが違う土だからか、その深さになると、湿っていて細工しやすい土を見つけるのが容易だからかで。それは奇妙なチョコレート色で、乾くと、この町特有の明るいピンクになる。土は掘り出されると、粗石と少しの水と混ぜられ、木枠の各部分にちょうどセメントのように流し込まれるが、枠に入れられると、大きな突き槌で非常に強く突き固められる。一つの部分が支えなしに立つくらいに土が固くなると、次が作られる。継ぎ目は見えない。泥がセメントのように凝固するのだ。そうした泥の壁は、豪雨が降っても何年も立っていると言われている。

ここの通りに生えているオレンジの木の実は、苦くて食べられない種類のものだ。この種類は、甘いオレンジを接ぎ木するための親木として使われる。

ここのオリーヴの木の何本かには、普通の緑のオリーヴの実のあいだにいくつかの青っぽい赤のオリーヴの実が生っている。ほかの点では、普通のオリーヴに見えるのだが。

佝僂《せむし》に触れると運がいいという迷信は、どうやらアラブ人のあいだにもあるようだ。

今日は正午頃、蒸し暑かった。その後はやや涼しくなった。午後六時半頃まで上着を必要としなかったが。アトラス山脈に雪が積もっているのかどうかわかるほどに晴れた日は、まだない。


九月二十五日（D）　きのうの朝は風が強く、曇っていた。その後、かなり強い俄雨が降った。今日は雨が降らないが、涼しく、まだ風が強い。

駱駝の関節に常に擦り傷があるのは、跪くからだ。たいてい、石等に。ここのほとんどすべての駱駝は、背中にも擦り傷がある。駱駝は、駱駝が覚えている一人の者にしか扱えない場合が多いとか、駱駝を殴るのは絶対に避けねばならないとか言われている。駱駝は体が大きいにしては、ロバよりずっと少ない荷しか運ばない。蠅や蛆が背中の擦り傷に入り込んでいる駱駝もいる。そして、それに気づいていないようだ。子供も、蠅にほとんど注意を払っていない。蠅が子供の目の周りの爛《ただ》れに固まってたかっている時がある。

立葵《たちあおい》は盛りを過ぎたところで、向日葵は終わろうとしている。前者は十から十二フィートの高さになる。

公園の菊が芽を出し始めた。カンナは見事だ。四色。

今のところ、アトラス山脈には雪がない。晴れた日の日没には、アトラス山脈は見事な紫がかった赤い色に染まる。

旋盤に使われる弓は、ドリルにも使われる。それは円筒形の木製のハンドルの付いたドリルで、ハンドルの基部に孔があり、それに鋼鉄の尖頭が取り付けられている。ハンドルは弓で回転し、鋼鉄の尖頭のもう一方の端が、これから孔を明ける木と接しているので、ぐらぐらすることはない。それは、普通のドリルとまったく同じように、かつ非常な速さで動くようだ。

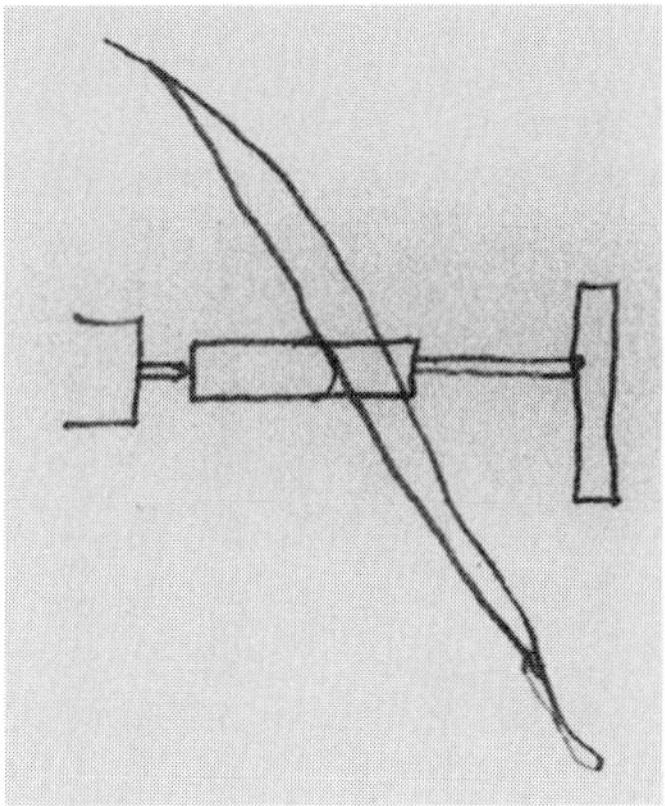

今朝、二羽の雉鳩《きじばと》を買った。二羽で十フラン（ふっかけられた）、約二十インチ×十五インチ×二十インチの竹の鳥籠、十五フラン。合計、約三シリング。この鳥は、至極簡単に飼い馴らすことができそうだ。
普通の黒歌鳥《くろうたどり》もしくはそれに非常に似た鳥が、ここではよく見かけられる。小金眼梟《こきんめふくろう》またはそれに非常に似た

臭も。ここの蝙蝠《こうもり》は大きい、イギリスの蝙蝠のほぼ倍の大きさだ。

今は六時四十五分頃、暗くなる。

九月二十七日（D）　きのうは涼しかった。午後、雷。夕方、一時間間断なく雨が降った。数日、サングラスをかけていない。

マラケシュ　三八年九月二十七日（M）　ここで読まれているほかの日刊紙は『ラ・プレス・マロケーヌ』で、『プティ・マロカン』よりもやや右寄りだ（少なくともさらに反ロシア、親フランコ）。

マラケシュには約一万五千人の兵士がいると言われている。将校と下士官を除き、すべてアラブ人かニグロの兵士だろう。外人部隊の分遣隊以外★6。後者は、よい兵士ではあるが危険なごろつきと見なされているようだ。そして彼らは、特別許可がなければ、町のいくつかの地区を訪れるのは禁止されている。アラブ騎兵隊は（徽章から判断すると、第二アルジェリア先住民騎兵らしい）、かなりよいと思われる。アラブ歩兵連隊は、あまりよくない。おそらく、二流のインド連隊と同程度だろう。ここには相当の数のセネガル歩兵連隊がいる（狙撃歩兵《ティライユール》と呼ばれている――たぶんライフル部隊だろう――徽章は錨《いかり》★7だ）。彼らは立派な体格をしていて、行進がうまいと言われている。町のある区域の哨兵として使われている。それに加え、地元の砲兵分遣隊（規模はわからないが、最近、大きな野戦砲をそなえた砲兵中隊が行進するのを見た。七五ミリ砲よりも大きかったろう）にはニグロが配置されている。彼らは白人の下士官のもとで運転手等を務めているに過ぎず、大砲の狙いのつけ方は教わっていない。アラブ人はそうした目的のために使われてはいない。彼らがあまりに知り過ぎてしまうのを止められないからなのは自明だ。ここにいるすべての軍隊は待機中で、命令があり次第即座に行動を起こすと言われている。町のすぐ西の要塞のある丘に、「トラブルが生じた場合にそなえ」、アラブ人の居住区を見下ろしている大砲がある。それにもかかわらず、地元のフランス人はヨーロッパの危機にはまったくなんの関心も示さないので、戦争が勃発すると彼らが信じているとは考えられない。誰も新聞を争って読もうとはせず、促されなければ誰も戦争の話題を持ち出そうとしない。戦争が話題の会話をカフェで耳にしない。あるフランス人は戦争の話題について訊かれると、ここの連中は戦争になったら「フランスにいるよりここにいたほうが安心だ」ということをよく知っていると言う。誰もが動員されるだろうが、若者だけがヨーロッパに送られるだろう。学校の再開は、フランスとは違い、延期されなかった。ここの貧困の程度を絶対的な正確さで知るのは容易ではない。田舎が二年連続の旱魃のせいで非常にひどい期間を過ごしたのは疑う余地がない。そして、これまで耕されてきた四方の畑は、最近、ほぼ砂漠の状態に戻っていて、完全に干上がり、草さえ生えていない。その結果、多くの産物、例えばジャガイモはごく少ない。旱魃地帯からの大勢の難民が行き来している。フランス人は彼らに、ともかくもいくらかの食料を与えてきた。広大なフランス人の小麦畑は、もっぱら女性の労働で維持されていて、不作の時は仕事を失った女が町になだれ込んでくると言う。その結果、売春が激増するそうだ。ヨーロッパの水準からすると町自体の貧困は非常に深刻だ。何百人、何千人という者が通りで寝る。そして乞食や、とりわけ子供が至る所に群れている。そうした光景は観光客が普通よく訪れる場所にだけではなく、純粋に土着の人間が住む場所（そこにヨーロッパ人が入れば、すぐさま子供がぞろぞろついてくる）にも見られるということは注目すべきである。大方の乞食は一スーですっかり満足する（二十スーは一ペニー半に等しい）。二つの実例となる事件。十歳くらいの少年にタクシーを呼んでくれと頼んだ。少年がタクシーと一緒に戻ってきた時、少年に五十サンチームやることにした（それは三ファージングだが、地元の水準から言えば払い過ぎ）。その間、十数人のほかの少年たちが集まってきて、私がポケットから一摑みの小銭を取り出すのを見ると、彼らは猛然とそれに飛びかかってきたので、私の手から血が出た。なんとか身をふりほどき、初めの少年に五十サンチーム与えると、ほかの何人かの少年がその少年に飛びかかり、少年のてのひらをこじ開け、金を奪った。別の日、公園でガゼルにパンをやっていると、近くで土方仕事をしていた、地元の当局に傭われていたアラブ人がやってきて、パンをくれないかと言った。パンをやると、男はありがたそうにポケットに入れた。こうしたすべてのことについて湧いた唯一の疑問は、住民のある者、ともかく若い者は、観光事業によって救い難いほどに堕落させられていて、ヨーロッパ人は非常に金持ちで、簡単に騙されると思うようになったのではないか、というものだ。多くの若者は、うわべはガイドや通訳として生計を立てているが、実際には一種のゆすりをしているのだ。

　ここの種々様々なしがない職人や出来高払いの労働者、すなわち大工、金属細工師、荷担ぎ人足等の稼ぎを推定すると、総じて、一時間約一ペニーまたは二ペンスになる。その結果、多くの産物は非常に安いが、いくつかの主要産物はそうではない。例えば、手に入ればどのアラブ人も食べるパンは非常に高い。劣悪な四分の三ポンドの白パンは、一フランまたは一ペニー半もする（ヨーロッパのパンはもっと高い）。それはたいてい、半分にして売られる。家もなく通りで暮らす者は最低一日二フランで生きられると言われている。貧しいフランス人居住者は、アラブ人の召使の賃金として一日十フラン、さらには八フランが適当と見なしている（その賃金から召使は自分の食べ物を買わねばならない）[8]。

　ユダヤ人地区の貧困は、アラブ人地区よりもっとひどい。ともかく、もっと目立つ。大通り（といっても非常に狭い）以外の居住地の路地は幅が六フィートかそれ以下で、ほとんどの家には窓がまったくない。人口過密が信じられない程度に進んでいるのは明らかで、悪臭はなんとも耐え難く、最も狭い路地周辺に住んでいる者は、いつも通りで、あるいは壁に向かって放尿する。それにもかかわらず、大金持ちがこうした何もかもが汚いところに住んでいることが多い。町には約一万人[9]のユダヤ人がいる。彼らは大半の金属細工、多くの木材工芸に携わっている。彼らの中には、きわめて富裕な者が何人かいる。アラブ人は、ヨーロッパ人に対してよりもユダヤ人に対してずっと強い敵意を抱いていると言われている。ユダヤ人は、アラブ人よりも服装と体が不潔なのが目立つ。彼らがどの程度ユダヤ教正統派かはわからないが、全員、ユダヤの祭礼の日を祝い、ほとんど全員が、ともかく三十歳以上の者がユダヤの服装（黒いローブと頭蓋用帽子《ヤムルカ》）をしている。貧しいにもかかわらず、ユダヤ人地区ではアラブ人地区より物乞いはひどくない。

　ここマラケシュでは、アラブ人に対するフランス人の態度は、例えばカサブランカにおけるよりも、インドにおける英国人の態度に非常に似ている。「土着人《アンディジェーヌ》」という言葉は「ネイティヴ」に正確に照応し、新聞で盛んに使われている。ここのフランス人はカサブランカのフランス人とは違い、タクシー運転手のような卑しい仕事はしない。カフェにフランス人の給仕がいるけれども。ユダヤ人地区には非常に貧しいフランス人住民がいて、その中には「原住民と同じ生活をする」ようになった者もいるようだが、彼らをユダヤ人と区別することは完全にはできない。彼らのほとんどは肌がごく白い。フランス語を話すアラブ人の割合は英語を話すインド人より遥かに高い。事実、ヨーロッパ人と盛んに接触するアラブ人は、誰でもある程度フランス語を話す。フランス人はアラブ人と話す際、ほとんどいつも「お前（tu）」を使って話す。そしてアラブ人も、そのニュアンスがわかっていようといまいと、同じようにする（アラビア語の二人称にはそうしたニュアンスはない）。ここに長く住んでいるフランス人のほとんどは、いくらかアラビア語を話すが、おそらくそううまくはないだろう。フランス人将校が下士官に話す時はフランス語で話す、ともかくも、ある場合には。

九月二十八日（D）　夜、だいぶ涼しくなった。昨夜一晩中、毛布を使った。赤いハイビスカスが咲いている。

十月一日（D）　今日、アトラス山脈に雪。昨夜降ったらしい。

駱駝はそれぞれ大きさが非常に異なる。色もそうだ。ほとんど黒のもいる。ロバも同じで、赤みを帯びた淡黄褐色から、ほとんど黒のものまであり、後者はごく一般的な色だ。きのう、完全に成長しているらしいのだが背が三フィート以下のロバを見た。それに乗っていた男は片足を地面に着けていた。

アトラス山脈は三千二百メートル（約一万フィート）だと言われている。（実際には約一万三千五百。）

十月二日（D）　ここの夜鷹はイギリスのとよく似ている。今日、孕んでいて大きい腹をしている雌のロバが、かなりの量の木材と主人を運んでいた。載せている量は二百ポンド以上、それに加え腹の仔。

アルジェリア騎兵は雄馬に乗る。アラブ式の鞍を置いているが、側面目隠しは付けない。それぞれ違った色の馬。ここのロバは、雄の場合、去勢されていないのが普通。

十月四日（D）　昼頃はまだ非常に暑い。バザールでは駱駝の脂肪の巨大な塊（瘤から取ったものだろう）が売られている。豚肉の脂肪のように真っ白だ。「山岳地帯の人間」しか食べないと言われている。

ここの木製のスプーンは、木を小さな手斧《ちょうな》で削って作られる。まず、手斧を非常に巧みに使って木からスプーンをほぼ完全に刳《く》り抜き、そのあと、丸鑿に似た道具（ただし、横に刃がある）を使い、その次にサンドペーパーを使う。そうしたスプーンのあるものは長さが二フィートないし三フィートあり、頭部は朝食用カップくらい大きい。これを作るのは、もっぱら子供だ。木製の鋤《すき》を作るのも、もっぱら子供だ。（非常に原始的なもので大量に売られているので、毎年買い替えねばならないのではないかと思う。）

十月六日（D）　きのうは耐え難いほど暑かった。暑さは今朝の六時頃まで続いた。ベッドで毛布の必要を感じた。蝿と蚊がまだ非常に多い。

一日中、我慢できないほど暑かった。どうやら、これは一年の今頃にしてはきわめて異常らしい。生後六ヵ月くらいと思われる駱駝の仔は、早くも背が五フィートほどある。彼らは相当の大きさなのに、まだ乳を吸っている。これまで聞いていたのとは違い、駱駝はかなり御しやすいようだ。例えば、持ち主が替わっても、ごく正常に振る舞う。若い駱駝のみ怯える傾向がある。駱駝はそれぞれ大きさと色が異なるだけではなく（白から黒に近いものまである。後者は、たいてい小さい）、外被の性

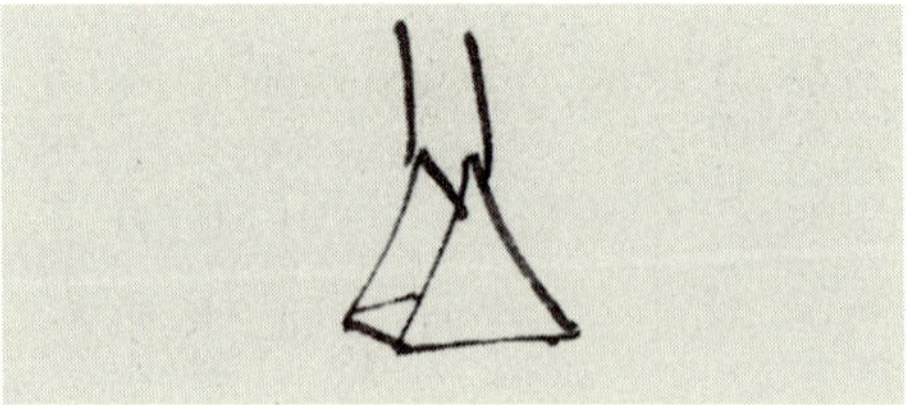

質も異なる。縮れ毛のものもあれば、滑らかなものもある。ひげのようなものを首の下までずっと生やしている駱駝も少しいる。駱駝は臭いがほとんどしない。

馬は時に外見が素晴らしい。どれも去勢してない。アラブ式の鞍はメキシコ式の鞍に似ているが、アラブ人はかなり短い鐙《あぶみ》で乗る。鐙は長くて平らな鋼鉄製で、鋭い角は拍車の役をする。アラブ人は鞍にさほど優雅には乗らないが、馬を完全に乗りこなしている。馬は、すべて緩い手綱と、どうやらもっぱら乗り手の声で前進し、歩調を変え、止まる。人はラバには常に後軀に乗る。ここの動物が従順なのは、子供時代から絶えず扱われているからだ。

十月九日（D）　おとといも耐え難いほど暑かった。きのうは少し涼しかったが、夜はひどく蒸した。今日は正午頃、非常に暑く、午後には激しい砂嵐があり、雷が盛んに鳴った。その後、かなりの大雨が一時間ほど降った。その結果、バザールが恐ろしいほどぬかるんだ。雨後、空気はずっと爽やかになった。

アラブ人が使っている原始的なドリルは——木にのみ使われるのか、石や陶器にも使われるのかは定かではない——次のような構造になっている。ドリルは、五ポンドから十ポンドの重い丸い石を貫通する直立材に取り付けられている。その上に、直立材に密着しているが可動な横木がある。横木の両端から紐が直立材のてっぺんに行く。そして紐は直立材に巻きつけられ、横木は上下に動かされる。その結果、直立材と、したがってドリルは回転する。石は単に重しの役をするだけである。

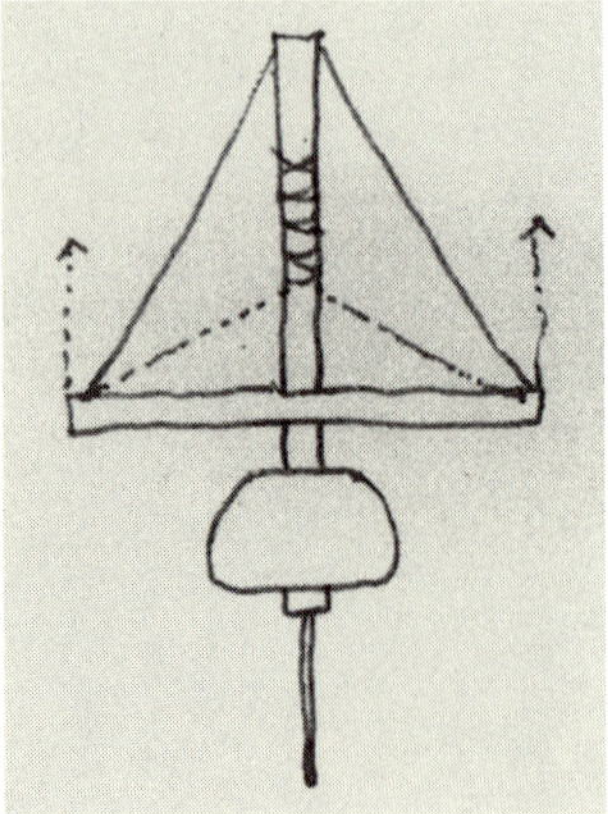

アラブの薬、キフ[12]は一種の陶酔感を与える効力を持っていると言われている。長い竹のパイプで吸うが、尖端にはシガレット・ホルダーくらいの大きさの陶器の頭部が付いている。その薬は短く切った芝に似ている。不快な味がし——私に関する限り——なんの効果もない。そ

れを売るのは違法だそうだ。約大匙一杯分が一フランでどこでも手に入るのだが。

ここで滅多に嗅げない匂いは大蒜《にんにく》の匂いだ。アラブ人は大蒜をあまり使わないらしい。今売られているオリーヴの大半は紫色だ。たぶん、それが黒オリーヴになるのだろう。棗椰子はよく熟れ始めている。かなり乾いていて、質が悪そうだ。

マラケシュ　三八年十月九日（M）

時折手に入るほかの日刊紙は、カサブランカで出ている挿絵入りの『マロック・マタン』だ。他の諸紙よりずっと左翼的だ。紙質と印刷が貧弱。売れていないのは明らかで、あまり目立たない。実際、稀にしか手に入らない。

戦争の危機が過ぎたあと、ここの誰もが心底《しんそこ》ほっとした様子で、問題が起こっているあいだよりも、その危機についてずっと鈍感ではなくなった。私たちが個人的に知っていて、公的立場にある、教養豊かなあるフランス人女性は、ダラディエ[13]を賞讃する手紙を新聞に書いている。新聞の論調から推して、白人プロレタリアートのいる大都市においてさえ、チェコスロヴァキアのために戦争に行くという考えに少なからぬ熱意があったのは、ごくはっきりしている。

真鍮工芸等はもっぱらユダヤ人によってなされると考えたのは間違いだった。実際には、ユダヤ人とアラブ人が同じような種類の仕事をしているようだ。木製の鋤、木製のスプーン、真鍮および銅の用具の製作、さらには鍛冶屋のある種の仕事も、幼い子供によってなされている。六歳以上であるはずのない子供が、そうした仕事の簡単な部分のいくつかをしている。約八歳から十歳の子供が、手斧《ちような》と鑿を使い、非常に勤勉に、実に巧く仕事をしている。立つこともできないくらい小さい子供が、山積みにした果物から蝿を追い払うといった仕事をさせられている。アラブ人の木工はかなり粗っぽく、かつひどく原始的な道具を使って行われているが、なかなかよい。だが、彼らはほとんどいつも、ほどよく乾燥していない木材を使うので、出来たものは当然ながら歪みやすい。鋤の柄は若い大枝を切っただけのものだ。それはおそらく、資金の欠乏と貯蔵場所がないためだろう。また、農夫が毎年新しい鋤を買わねばならないのも、はっきりしている。

女の召使は男の召使より賃金が安い。マダム・V［ヴェラ］は、料理、家事一般をする召使、アイチャに一日六・五フラン払うが、五フランのほうが普通らしい。ある場合には三・五〇フランか、さらには三フランだ。どんな場合でも、それだけの賃金を貰う召使は、食べ物も部屋も貰えない。Aはきわめて優秀な簡易料理人《プレーン・クック》〔日常の家庭料理だけを作る料理人〕で、イギリスにいたなら年に五十ポンドと生活費を貰うだけの価値があると見なされるだろう(14)。

　ここのほとんどの者が乗るための動物と荷物運搬用の動物は、ごく安い。次の値段は、バブ・エル・ケミスの動物市での相場だ（そのいくつかは交渉次第で値引きされる）。十分に成長しているが小さめな駱駝は三百フラン。十五ハンドから十六ハンドの背の高さで、見かけが良好の乗用馬は二百七十五フラン。ロバは七十五〜百五十フラン。乳の出る状態の雌牛は六百五十フラン。ラバは二百五十〜千フラン★10。ラバが高いのは、金持ちが乗るからだ。事実、ラバは富の印なのだ。山羊（ごく貧弱）は三十〜五十フラン。

　ここでは盲人が非常に多い。ごく貧しいいくつかの地区では、五十ヤード行くと三人か四人の盲人に出会う。盲人の乞食の何人かはおそらくペテン師だろうが、盲目の主な原因は、どの子供の目の周りにいつも何匹もたかっている蠅のせいなのは疑いない。奇妙なことに、一定の年齢、例えば五歳以下の子供は、蠅に気づかないようだ。

　アラブ人の女はほぼ例外なくベールをまとっているが、恥ずかしがり屋ではまったくなく、喧嘩や取引等を一人でするのに異存はなく、ベールに束縛されていることは、まるでないようだ。アラブ人は人に触れたり、触れられたりすることに、大方の東洋人より重要性を認めていないようだ。アラブ人の男は手を繋いでよく歩き、時には女と手を繋いで歩く（ほかの東洋の人種では考えられない）。バスの中では、アラブ人の女とヨーロッパの男が、軽くいちゃつく。飲酒を禁じるマホメットの教えは厳しく守られているようで、酔っ払いは聞いたことがない。一方、キフと呼ばれる一種の麻薬が盛んに吸われているが、ともかくそれには、麻酔性の効果がある。それは違法だと言われているが、どこでも手に入る。ここではどのヨーロッパ人も、モスクに入ることは許されていない。

　フランス当局は、治安警察《シユールテ》と呼ばれる警察、すなわち一種の特別巡査を使っている。彼らは警棒で武装し、犯罪者が検挙されると呼び出される。信頼できる具体的な情報はまだ得ていないが、この警察か、正規の警察かが泥棒等の鞭打ちの刑を即決で命ずることができ、残酷な鞭打ちの刑は裁判なしに執行されるらしい。

　大勢の外人部隊の兵士を見た。さほど危険なならず者には見えない。ほぼ例外なく貧弱な体格をしている。制服でさえ、徴集兵のものより悪い。

　公立学校で土着の少女に教える若い女教師の公式の募集広告。女教師が軍の将校か何かの娘であるのが期待されているのがわかる。賃金は一ヵ月九百フラン（約一週二十五シリング）。

　フランス映画『レジョン・ドヌール』は『ベンガルの槍騎兵』に照応するプロパガンダ映画。フランス領サハラを扱ったもの。いくつかの社会的相違は面白い。フランス人将校がトゥアレグ族に、主に通訳を介して話す。特殊な任務を与えるために二人の男を呼びにやる際、彼は二人の名前ではなく番号を言う。将校たちは（多少貴族的に描かれている）バンドを付けたままで葉巻を吸い、非番の時でも、例えば帰国する船の中でも、軍服を着ている。

今度の危機のあいだのイギリスの新聞を手に入れたので読んだが、地元のフランスの新聞が、見え透いた理由から、事件全体を意図的に矮小化したのは明らかだ。

バザールで、四分の一オンスから二分の一オンスのわずかな一捻《ひね》りの量の茶（中国の緑茶で、アラブ人は大量に飲む）と、約十オンスの砂糖が二十五サンチームで買える。そんな量で物を買うのは、大半のヨーロッパ諸国では、まったく考えられない。一カップの水の値段は一スー。それは、スーは水しか買う力がないのを意味するととってよいだろう。

インドの都市で絶えず目にしたような、ヨーロッパ人に対する敵意の徴候を、ただの一つもまだ見ていない。

三八年十月十日（D）　今日の正午の気温（室内）、二十六度、すなわち華氏約七十八度。この数日よりずっと涼しいことを意味する。今夜は上着を着るほどに涼しい。

三八年十月十二日（D）　大変涼しい。アトラス山脈には、今は雪が見えないが、たぶん、雲で隠されているのだろう。

雌鶏と山羊を購入した。雌鶏はインドの鶏に似ているが、色はさまざまだ。冠毛のものもあり、白いのは非常に綺麗だ。これらは卵を産む若鶏なのだが、まだ産んでいない。二十羽が二つの小さな籠に押し込まれて持ってこられたのだが、ロバの背に載せられ約五マイル移動してきたのだ。着いた時には一羽が死んでいた。どうやら、ほかの鶏につつかれて殺されたらしい。鶏はトウモロコシが好きではないようだ。おそらく、慣れていないのか、または、砕かないと食べるには大き過ぎるのかもしれない。アラブ人はいつも、まったく草のない飼育場で鶏を飼う。青物を少しやってみたが、鶏はあまり熱心には啄《ついば》まなかった。あとで好きになるのを期待する。

山羊は小さい。市を隈なく探しても、ちゃんとした大きさのものや、大きな乳房を持ったものを見つけることができなかった。丘の斜面で草を食む群れの中に、そう悪くはない山羊を何匹か見かけるのだが。ここの種類は非常にけむくじゃらで、外被を汚す傾きがある。うちで飼っている、ごく小さい赤毛の一匹の山羊が間もなく子供を産むだろう。それよりやや大きいほかの山羊は、乳の出る状態になっていると思っていたが、まずは、一日二分の一パイント以上の乳を出すかどうか疑わしい。十日間、たっぷり餌をやれば一パイントの乳を出すだろう。

アラブ人はみな、どんな種類であれ穀物を山羊にやる等という考えに呆れた。そして、草しかやってはいけないと言った。穀物を与えると山羊はやたらに水を飲み、膨れてしまうそうだ。なかなかいい、細かく切った家畜の飼料（紫馬肥《むらさきうまごやし》だと思う）がバザールで一束十フランで売られている。青物に関する限り、二匹の山羊の一日分として、一フラン分で十分だろう。最初の餌として、大麦と麩《ふすま》を与えた。山羊たちはこれまでそんなものを見たことがないらしく、見向きもしなかった。そのあと、匂いを嗅いでから食べ出した。ここの山羊は地面から食べるのをなんとも思っていない。非常に臆病だがとても小さいので扱いやすく、角を使おうとはしない。互いに優しくしていて、食べ物のことで喧嘩はしない。山羊はロバの背に振り分けて付けた一対の籠に入れられて家に連れてこられた。ロバの持ち主は背の真ん中に坐っていた。

ここで家禽に与えられる唯一の混合飼料は麩だ。ここの乾物屋も、どうやらほかの誰も、スエット（牛・羊の腎臓・腰部の硬い脂肪）のことは聞いたこともないらしい――つまり、プディング等に使うものだが。

シモン氏[15]のオレンジがちょうど熟れ始めた。棗椰子はもう熟れているが、かなり乾いていて貧弱だ。胡桃は非常にいい。石榴《ざくろ》の中身は精妙な色だ。鮮やかな黄色の時に非常に多くの棗椰子を摘み集めるのは、それが料理に使われる種類のものだからだと言われている。

奇妙なことに、ここの動物が一般的に哀れな状態にあるのに、羊は非常によい。ここの羊は尾の長い種類で、かなり大きく、見かけは太っていて（肉はなかなか旨く、柔らかい）、外被は非常に厚く、しっかりしている。彼らはごく従順で、一箇所に固まる傾向がある。そのため扱いやすい。男は羊を買うと両肩にかける。羊は巨大なナメクジのように、すっかりおとなしくなる。男は自転車に乗り、そんなふうに羊を担いで運ぶ。

三八年十月十三日（D）　今日はかなり涼しい。午前十時頃まで日蔭にいると、肌寒いくらいだ。今夜はまた激しい砂嵐があり、そのあと雨。

三八年十月十四日（D）　むっとするが、さほど暑くはない。今日初めて、小さい山羊（たぶん、孕んではいないだろう）の乳を搾った。長い時間をかけても、なんの乳も得られなかった。乳房は大きく、乳が入っているのは間違いないのだが。普通のやり方で手で乳頭まで乳房をこする代わりに、乳房全体を摑み、スポンジを搾るようにして搾ると、乳がごく楽に出ることをついに発見した。どうやら乳房の構造が違うらしい。二匹の山羊を合わせても、わずか二分の一パイントほどしか搾れなかった。しかし、よく食べているので、すぐにもっと出る

ようになるだろう。

熟れた胡椒が胡椒木《こしょうぼく》から落ちている。卵なし。


三八年十月十六日（D）　カサブランカ街道、ヴィラ・シモン　きのうは耐え難いほど暑かった。晩に雷雨と豪雨。地面に雨水が数インチ溜まった。

今朝は悲惨。一羽の雌鶏が死に、もう一羽が見るからに死にかけている。病名は忘れた。喉に関係している何かだ。その鶏は立つことができず、頭を前に垂らしている。死んだ鶏は夜間、止まり木に止まっていて落ちたのに違いない。雨の中で止まり木に止まっていたことに関係があるのかもしれない。どの鶏もそうしたように。覆いの下に、別の止まり木を作ったのだが。

山羊は少し馴れてきた。オレンジ栽培場で働いていて羊の世話をしているアラブ人の妻は、茶色の山羊は確かに孕んでいると言っている。


三八年十月十八日（D）　つつかれて死んだらしい一羽に加え、三羽の鶏をなくした。症状はみな同じ――脚の力がなくなり、頭が垂れる。明らかに麻痺状態。アラブ人によれば、それは鳥に感染する黒い寄生虫のせいだとしているけれども。ここでは、原因と結果は確かではない。アラブ人の治療法は、木炭の灰、塩、水を混ぜたものでこすること。効き目があるようだ。ともかく今日、ややおかしくなった二羽の鶏はよくなったらしく、駆け回ることができた。残りの八羽の鶏はいまや良好な状態に見えるが、体が小さいことを考えても、食が細い。鶏たちは、煮なければトウモロコシを食べない。擂《す》り餌《え》はあまり好きではない。

山羊は従順になった。小さいほうの山羊は一日に一回しか乳を搾らない。二匹から一日に約二分の一パイント搾れる。この量でさえ、数日前より多い。きのう、小さいほうはちょっとした下痢に罹った、おそらく、青物の飼料を食べ過ぎたのだろう。そこで今、紫馬肥を乾燥させて一種の干し草にしている。ほぼ同時に、シモン氏の羊の一匹が不可解な死に方をした――雨後にどっと生えた牧草を食べ過ぎたせいとされている。山羊はほとんどなんでも食べる。例えば、オレンジの皮。そして、一定量の紫馬肥は、煮て混合飼料と混ぜれば山羊に与えることができる。ここでは、フレーク状にした紫馬肥は手に入らない。山羊は早くも自分たちの家畜小屋に行く道を覚えた。

今朝、窓ガラスを這い登っている蜥蜴《とかげ》を見た。長さが四インチほどで、かなりずんぐりしていて、鰐に似ていて、棘の多い尻尾をしている。モロッコで初めて見た蜥蜴だ。

ちょっと涼しい。今日は非常に静かだ。

大きな蟻は、二つの胡椒の実と、それがついている小枝を引きずることができる。さまざまな大きさの蟻が、それぞれ小麦の一粒を引きずっている。

　昨夜初めて、鶏が新しい止まり木に止まった。


三八年十月二十日（D）　雉鳩《きじばと》がほぼ二日してから、自分たちの家を離れる勇気を奮い起こして飛び立ち、たちまち見えなくなった。雉鳩は帰ってこないだろうと、アラブ人は言っている。ところが、雉鳩は穀物を求めて毎日やってきて、家の後ろにある胡椒の木で眠る。

　シモン氏の羊は、オレンジの木のあいだで草を食べるのを許されている。どうやら、羊はオレンジの木の葉は食べず（たぶん苦いのだろう）、雑草を食むという考えかららしい。実際には、時折オレンジの葉を囓る。

　涼しくなった。早朝は爽やかな秋の感じだ。山羊は確かに前より多く乳を出している。二分の一パイント以上。毎日一回、茶色の山羊の乳を搾っているだけだが。

　雌鶏はどれも元気だが、卵は産まない。これらの雌鶏は、大きさを考慮に入れても、異常なほど食が細い。

　この辺りのアラブ人は、ごく辛い大きな緑のチリに加え、ほとんどすべてのイギリスの野菜を育てている（人参、二十日大根《はつかだいこん》、レタス、キャベツ、トマト、紅花隠元、クラウン・アーティチョーク、ペポカボチャ）。野菜の大半はかなり貧弱だ。棗椰子は非常に乾いていて貧弱。ここの羊は半ば熟した棗椰子を食べる。

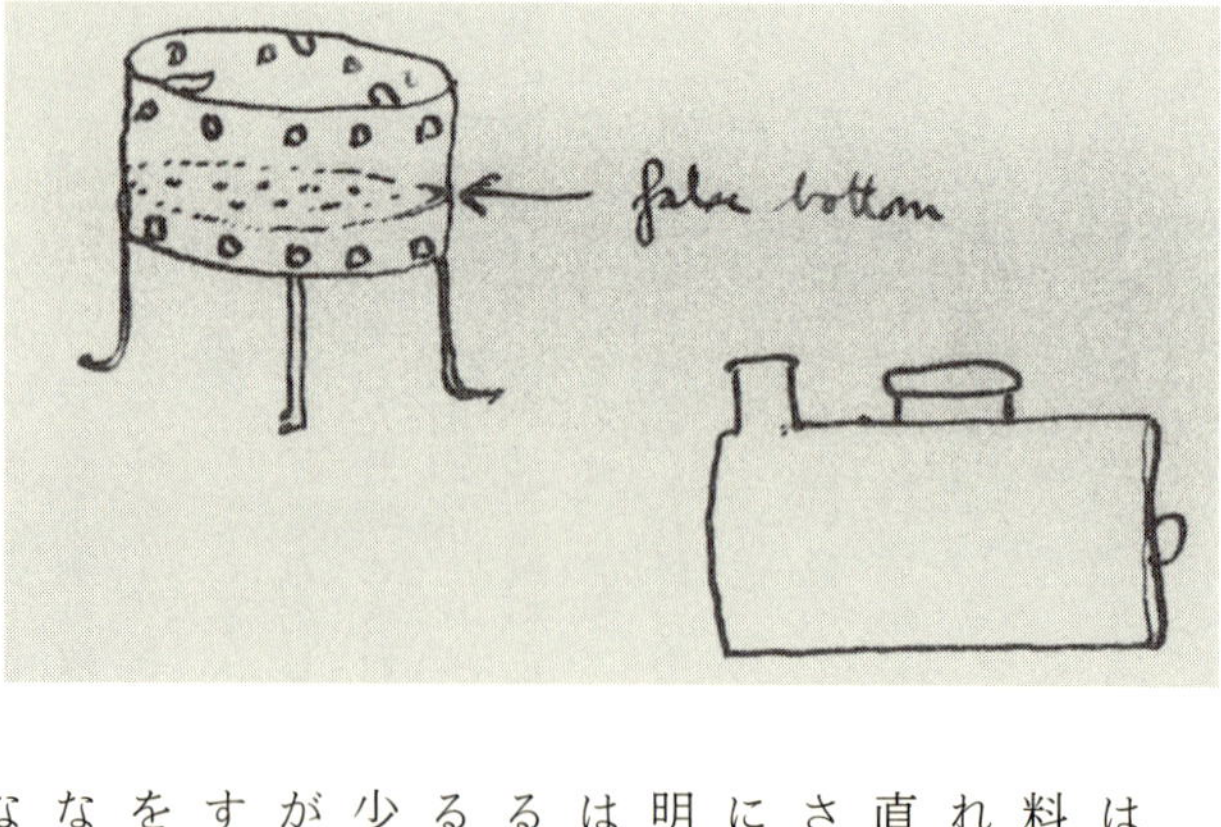

　木炭を入れる火鉢は、ここでは一般に、料理に大変重宝がられている。たいてい、直径一フィート、深さ八インチで、側面に非常に多くの孔が明いているか、またはてっぺんに孔のある二重底になっているかだ。木炭はごく少量の紙か木片で火が点き、何時間もくすぶる。鞴《ふいご》で数回風を送ると猛烈に熱くなる。一番上に小さなブリキのオーブンを置くと、なんでもかなりうまく焼ける。

三八年十月二十一日（D）　きのう、ここから約二キロのところにあるウェド・テンシフト川に行った。この辺では一番大きな川だ。幅が約五ヤード、深さが一フィートから三フィートだが、かなりの渓谷にあるので、一年のある時期には、たぶんもっと深くなるのだろう。質の悪い水だが小魚がいるという話だ。堤も底もぬかるんでいる。淡水貽貝《いがい》はテムズ川にいるものにそっくりだが、泥の中をあちこち動き、深い跡を後ろに残す。赤脚鴫《あかあししぎ》と羽白小《はじろこ》千鳥《ちどり》、またはそれに非常によく似た鳥が泥の上に棲息している。イギリスでは庭の生け垣に使われる羽毛のような灌木（アルブッス(16)属の灌木と考えられる）が、至る所に生えている。芝生はイギリスの芝生と、ほぼ同じだ。

まだ非常に暑い。昨夜は夜も更けるまで耐え難いほど暑かった。

ここの水はほとんど飲めない。泥の臭いがするうえに、ひどくしょっぱい。

ここで接ぎ木の台木として栽培されている橙《だいだい》は、マーマレードにするとよいそうだ。それならばたぶん、サワーオレンジと同じなのだろう。

この辺の山羊のあるものは、明るい銀白色をしている。一級のスペイン産山羊は五百フランすると聞く。

三八年十月二十三日（D）　ここの水にいくらかのミネラルが入っているのは確実で、そのせいで、私たちはここに来て以来、ほとんど絶え間なく腹痛に悩まされているのだ。

ウェド・テンシフト川の近くで気づいたのだが、水が引いているところでは、何かの白い沈殿物が残っていた。たぶん、エプソム塩〔下剤用〕に似たものだろう――ともかく、煮ても変わらないのだから微生物ではないのは確かだ。マラケシュの水道を引く手筈を整えている（その水道水は大丈夫で、アトラス山脈から来るそうだ）。

各種各様の瓶詰めの食卓用ミネラルウォーターは考えられぬほど高い。実際、一番安いワインより高い。

ここの土壌はきわめて深く、四フィート掘っても成分は変わらない。かなり軽く、赤っぽく、乾くと煉瓦のようになり、たくさんの肥料が必要だと言う。

小さいオレンジ（「マンダリン蜜柑《みかん》」）のいくつかが黄色になっている。ほとんど熟れているレモンもあるが、ほかのは花が咲いているだけだ――違った種類(17)のものだろう、たぶん。

今日は一日中、ずっと涼しかった最初の日だ。曇っていて風が強く、イギリスの九月のじめじめした日のように、ちょっと雨が降った。おとといは雨が少し降り、雷が盛んに鳴った。

時折、鳩が家に来る。とても馴れていて、ちょっと促すだけで人の手から餌を食べる。

きのう、敷地に山鶉がいるのを見た。

今日、金蓮花《きんれんか》、フロックスD(18)、およびパンジーの種を蒔いた。

フライトックスは非常にいい。蝿を無数に殺す。そうでなければ、蠅は実に我慢ならない。

赤唐辛子が干すために畑に広げられていた。巨大な赤い絨毯のようだ。


三八年十月二十五日（Ｄ）　だいぶ涼しい。きのうは一日中曇っていて涼しかった。時折、激しい俄雨。夜、強風と豪雨。昨夜と今朝は暖炉に火。絶対に必要というわけではないが、悪くない。

茶色の山羊は乳を搾るのにひどくてこずるだけではなく、ほとんど乳を出さない。おそらくその山羊は仔を産む準備として乳があがったのだろう。それならば、たぶん数週間のうちに仔を産むだろう。

今朝、鳩は自分から鳩舎に入った。私たちはここに来た最初の日に鳩をそこに入れたのだ。鳩は今、非常に馴れている。

山羊は煮た小麦とトウモロコシを喜んで食べている。


三八年十月二十七日（Ｄ）　火曜日（二十五日）の午後、凄まじい雨。熱帯地方におけるのとよく似ているが、雨が非常に冷たいという点が違う。雨水があらゆるところで数フィート氾濫したので、地面はまだ乾いていない。ウェド・テンシフト川はいまや相当の流れになっていて、その周辺の低い地面は沼地になってしまっている。今日、ウェド・テンシフト川の近くで、一種の大きな池に出くわした。野鴨の群れが泳いでいた。脅かすと飛び立った。十六羽いて、そして盛んに旋回したあと、まっすぐ頭上に来た。イギリスのものと同じか、非常に似ているものだ。そのあと、別の大きな群れを遠くに見た。ここで見た最初の猟鳥と言っていい。

普通の雀がここの庭ではかなりよく見られる。マラケシュ自体の中では、雀は見かけなかった。

一インチほどの小翅《こばね》ゴキブリが至る所を這っている。雨のせいで出てきたのだ。向日葵《ひまわり》、スイートピー、マリゴールドの種を蒔いた。ほかの種はまだ芽を出していない。だいぶ涼しかったからだ（毎晩、暖炉の火を起こしている）。ここの地面は仕事をするにはでこぼこで不愉快だが、今のところ、雑草は多くない――おそらく、雨のあと、もっと生えてくるだろう。数種類の雑草はイギリスのものと同じだ。例えば、三色昼顔と芝麦。しかし、繁茂してはいない。ここでは白楊またはそれに非常に似た木が生えている。ここのトマトは、大きな畑に支柱なしに育っている。葉や茎は非常に貧弱で、くたっとしているが、やたらにある。

きのう、茶色の山羊の乳を搾っていてわかったのだが、乳が酸っぱくなり、かなり濃い状態で出てきた。それは、一日に一回しか乳を搾らず、じっとしていないため二日、十分に乳を搾らなかったせいだ。悪い乳を地面に染み込ませた。今夜は、乳の出はまたよくなった。もう一羽の鶏の脚が、今晩、悪くなった。調べてみると、巨大な黒虱を見つけた。処置が前のような効果を発揮してほしい。縞模様の山羊の乳の分量が増えたが、ごくわずかで、まだ一日、二分の一パイントをさほど超えない。その山羊は非常に痩せている。よく食べるのだが。今与えている固形の餌は、朝と晩の二摑みの大麦と麩、それに、週一回ほどの煮たトウモロコシと麩の混合飼料。鳩は実をほぐしてあればトウモロコシを喜んで食べる。

今日、鳩舎にいる何羽かの鳩を見た。卵があった。

家の前の噴水は雨後、水が一杯になっていて、ぼうふらが急速に増えている。

きのう、卵一個（初めて）、今日、なし。

三八年十月二十八日（D）　卵一個。たくさんの小翅ゴキブリが道路で潰れていた。内側は鮮やかな朱色だ。
雨後、男たちが雄牛のチームと一緒に耕作をしていた。惨めな犂《すき》だ。車輪がなく、土を掻き起こすだけだ。

三八年十月三十日（D）　晴、そう暑くはない。卵一個。

三八年十月三十一日（D）　きのうと同じ。卵一個。またも中が悪くなっている。

ここで苺によく似ている果物が売られているが、種が一杯で、不快な酸っぱい味がする。

きのう、噴水の水にパラフィンを入れた。約三十平方フィートで、一カップほどのパラフィンで足りた。ぼうふらは今朝までにはみんな死んでいた。

ここで使われている犂には横木が付いていて、それは二頭の役畜の腹の下を通っている。それに軛《くびき》が付けられている——雄牛用は木製、馬用は袋用麻布等。雄牛、ラバ、馬、さらにはロバでさえ、耕作に使われる。時には、二頭の違った動物が一緒に軛を付けられている。

農夫はすでに耕された側を歩き、取っ手を片手で持ち、畝と畝の溝ごとに持つ手を替える。犂刃は空洞の鉄製の尖ったものが木製の棒に取り付けられたものに過ぎない。その構造物全体を肩に楽に担ぐことができる。車輪がないので、動物を誘導するのがきわめて難しい。

三八年十一月一日（D）　晴。まったく暑くない。人が至る所で耕している。犂は約四インチから六インチの深さに土を掻き起こす。土は実に多種多様で、見たところかなりよいものもある。数年前に耕されたのかもしれぬ大きな畑は浸食されていて、岩が突き出している。雨が降ったあと、ある種の雑草（双子葉植物）が至る所にあっと言う間に芽を出し、程なく、たくさんの牧草地になるのだろう。地面に落ちたオリーヴの実は真っ黒だ。石榴はいまや終わりに近い。石榴の木は小さくて、ひど

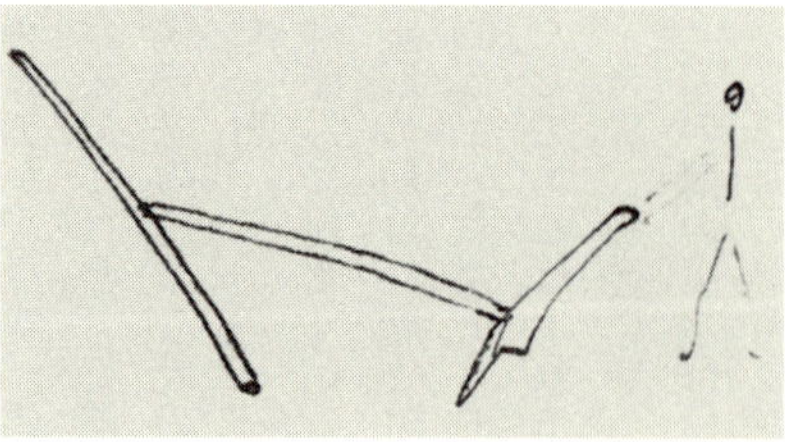

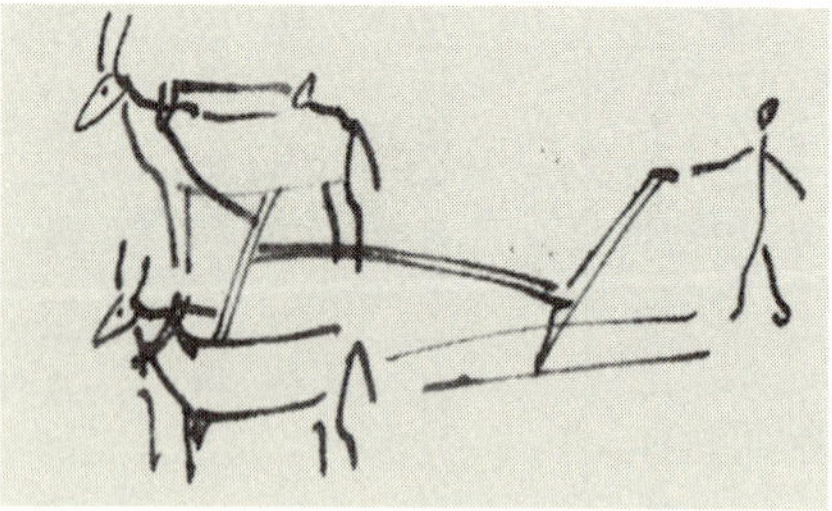

く見栄えがしない。山査子《さんざし》の灌木によく似ている。小麦（または、あるほかの穀物）が、ちょうど芽を出した。イギリスとほぼ同じ時期に蒔かれた秋蒔き小麦だろう。

今日、羊と山羊の群れの前を通ると、一匹の山羊が仔山羊を産んだところだった。羊飼いは仔山羊を拾い上げて運んだが、母親は胎盤をぶら下げたままで仔山羊に向かって鳴きながら、羊飼いと仔山羊のあとをよろよろと追った。山羊たちはオプンチア〔サボテンの一種〕の葉を食べる。山査子の茂みを食んでいたほかの山羊たちは緑の葉を食べようと、猫のように四つん這いになって山査子の下を這って抜けた。

金蓮花とマリゴールドの種が発芽している。ほかのはまだだ。

別の種類のオレンジが旬になったが、まだ完熟はしていない。大きめの酸っぱい種類で、かなり皮が厚く、髄が多いが味はいい。

カサブランカ街道、ヴィラ・シモン　三八年十一月一日（M）　ここの土地制度がどういうものなのか、まだはっきりわからない。この辺りの土地はすべて、いくつかの丘の突出部を除いて、耕されているか、耕すことができると見なされているかだ。私たちの住まいはマラケシュの北側の、数千エーカーはあるに違いない広大な椰子栽培場の縁の、ちょうど内側にある。椰子の木のあいだの土地は畑と同じように、大半が耕されている。しかし境界はないか、ごく少ないかで、農夫が自分たちの区画を所有しているのか、借りているのか、どの土地も共有なのか、今もってわからない。いくらかの土地は共有に違いないのではないかと思う。休閑中の畑は、草が生えている箇所がいくつかあるために牧場と見なされる。たぶん、羊と山羊の群れが至る所で草を食んでいるので。耕作用の個人の区画があるが、どの羊も山羊も草を食むことのできる共有権があるのだろう。椰子の木はまったく無秩序に植えられているので、個人が所有しているとは思えない。私たちの家の周辺は、主に野菜園と果樹園だ。その相当に広い畑を耕し、かなり整然とした状態に保っている農夫が何人かいるらしい。また、大きくて手入れの行き届いた市場向け農園もあるが、それは一般に壁で囲われ、ヨーロッパ人か裕福なアラブ人かが所有している——たいていは後者だと思う。彼らの土地と普通の農夫の土地を比べてみると、水の導管があるかないかで大きな違いが出るのがわかる。

最近の大雨のあと、今、至る所で耕作が行われている。畑の大きさから推して、いくつかはある穀物のためのものだ。そこここに、小さな小麦か、ほかの何かの穀物が蒔かれた秋蒔き小麦だろう。地元の犂は惨めな代物で、芽を出している。たぶん、イギリスとほとんど同じ頃に犂刃以外全部木で出来ている。犂刃は横木の上に取り付けられた単なる一種の鉄の尖ったものに過ぎない。その器具全体は、肩に楽に担いで運べる。犂刃は約四インチから六インチの深さまで土を掻き起こす。それより深い土の大半は、おそらく耕されることはないのだろう。それにもかかわらず、土のあるものは見たところ悪くない。所々で、例えば私たちの家の周りのオレンジ林では、耕された土は非常に深く、四フィートくらいある（すなわち、表土）。犂に車輪が付いていないので、人と獣は大いに苦労し、まっすぐに溝を耕すのは、ほとんど不可能だ。主に雄牛が使われるが、駱駝以外のほかの動物も使われる。雄牛とロバは一緒に軛に繋がれることもある。軛に繋がれた二頭の雄牛は、一日に半エーカー耕すことができるだろう。

ここの主な農作物——椰子、オリーヴ、石榴、トウモロコシ、チリ、アルファルファ、大部分のヨーロッパの野菜（豆、キャベツ、トマト、ペポカボチャ、豌豆、二十日大根）[19]、茄子、オレンジ、何種類かの穀類（何かはまだ知らないが）。オレンジは主にヨーロッパ人によって栽培されているようだ。レモンも。石榴はほとんど終わっていて、棗椰子は終わりに近づいている。急速に生長し、一フィートくらいになると刈られるアルファルファは、一年中栽培されているように思う。それはここでは主要な家畜の飼料で、約三インチの厚さの束が十サンチームで売られる。家畜の飼料として使われるトウモロコシも、おそらく一年中栽培されているようだ。また、ほとんどの野菜も。大部分の作物の質は劣悪だ。土壌が貧弱であること、それ以上に設備を整える金がないことが原因だ。例えばトマトは、支柱なしで栽培されるので見るも哀れだ。動物について言えば、羊は惨めな牧草地で最善を尽くしているように見える。なかなか旨いマトンになるだけではなく、優れた羊毛も提供してくれる。ほかの動物の大半は哀れで、乳を出す動物のどれも、どんな大きさの乳房も持っていない。上質のスペイン産山羊は雌牛くらいの値段がするが、それは乳を出す雌牛の質を示唆している。家禽はインドの家禽に似ている。動物はすべてひどい扱いを受けているが、驚くほどにおとなしい。農具は極端なほど原始的だ。鋤《すき》もなく、ヨーロッパの股鍬《またぐわ》もない。インド流の長柄の鍬があるだけだ。耕作は水が不足しているせいでひどく骨が折れる。なぜならどの畑も、水を保存するために、あいだに土手のある小さな区画に分けられねばならないからだ。小さな子供だけではなく老婆も畑で働く。少なくとも六十、ひょっとしたら七十に違いない女たちが鶴嘴《つるはし》で根っこ等を取り除く。典型的なアラブ人の村は、高い泥の塀で囲まれた大きな囲い地で、一軒の巨大な家に見える。塀の中は、例によって惨めないくつもの小屋で、屋根は大半が藁か椰子の葉で葺かれ、蜜蜂の巣箱の形をしていて、幅八フィート、高さ七フィートくらいだ。ここの住民はみな泥棒を恐れているようだ。また、夜は外界と隔絶していると感じるのが好きなようだ。熟れた穀物を見張るのに使われる、畑の仮小屋で以外、誰も村の囲い地の外では眠らない。穀物の値段が非常に高い本当の理由は、まだわからない。例えば市場では、約四十ポンドの重さの一デカリットル〔十リットル〕の小麦が三十フランする、あるいは、イギリスの金でも一ポンド一ペニー以上する。パンもそれに応じて高い。(先月、小麦の値段は公式に、百キログラム、百五十八フランと定められた。三八年十月九日付のV・M[20]の切抜きを参照のこと。)

ラマダーンが始まった。ここのアラブ人は断食の慣習をかなり厳密に守っているようだが、禁じられたものを時には食べるのではないかと思う。例えば、自然死を遂げた動物を時には食べるのではないかと思う。うちの召使と、S〔シモン〕氏の管理人は、ほかの鶏につつかれて死んだ鶏は食べてもいいと思っていた。二人は飲酒に関しては厳しいようだ[21]。

軍隊が近くの射撃場に行くためによく通過する。彼らはなかなか立派で、士気が非常に高く、行進のスタイルは思っていたよりよい。また、普通のフランスの徴集兵よりよい。ズアーヴ兵として軍務に服したハロルド・マラルが言うには、後者はもっぱらアルジェリアのユダヤ人で、ほかの連隊から大いに軽蔑されている。モロッコでは、本当のユダヤ人は新兵として徴集されないと思う。ここの至る所に、アラブ人のあいだだけではなくヨーロッパ人のあいだでも、ユダヤ人に対する敵意の徴候に出会う。ユダヤ人は、競争相手より物を安く売り、人を騙し、他人の仕事を横取りする等々と言われている。(三八年十月十八日付のP・M[22]の切抜きを参照のこと)。

三八年十一月三日(D)　きのう、卵一個。見事な日没。緑色の空。

金蓮花とマリゴールドが相当伸びた。

夜、家の中はひどく不快だった。

かなり暑い。一インチほどの長さの木目《もくめ》天社《しやち》蛾《ほこ》〔大型の蛾〕の幼虫を白楊の木に見つけた。死んだ亀の甲羅を見つけた。その亀は生涯のある時点で怪我をし、甲羅の一部が砕けて凹み、その場所にまた甲羅が出来たのだ。

　最近シモン氏が買ったと思われる、半ば飢えたロバが、山羊に大麦が与えられていることを発見し、それを盗みにやってくる。

　野鴨が泳いでいるのを見た水溜まりは、すでにあらかた干上がっている。

　今日は卵一個。

　大麦がなくなりかけている。二十から二十五ポンドほどあった大麦は三週間もった。すなわち、山羊は一匹ごとに一日約二分の一ポンド食べる。


三八年十一月四日（D）　卵一個。

三八年十一月五日（D）　卵一個。


三八年十一月六日（D）　卵二個。

　最近、夜になるとかなりの雨が降る。日中は晴れていて、ちょっと暑い。午後、晴れ渡った空から雨粒が落ちてきた。すると雷雨になり、相当激しい雨が降った。

　最近の雨のあと、畑の小川の水嵩がぐんと増し、水亀が至る所にいる。今日、十四から二十四見た。水亀はたいてい泥の上に坐っていて、人が近づくと水に飛び込む。しばらくすると水面に浮かび上がってくるが、スペインの蛙同様、目と鼻を水面からちょっと出したままだ。少しでも驚くと、たちまち飛び込む。非常に素早く動くことができるようだ。

　山羊たちはほとんど乳が出ない。二日ほど大麦を食べていないせいだろう。大麦が届くまで、ほかのもの、例えば煮たトウモロコシを与えたのだが。

　金蓮花は今、とても大きくなった。スイートピーが一つ、芽を出した。草夾竹桃《くさきょうちくとう》や菫《すみれ》は芽がでない（約二週間）。だから、どうやら駄目な種だったのだろう。

　地元の棗椰子のあるものは大変いい。非常に光沢があって、粘りがあって、丸みを帯びていて、大きな胡桃くらいの大きさと形だ。

　家の中は、やや快適。


三八年十一月七日（D）　今日は雨が降らなかった。きのうより少し涼しい。真っ黄色の月。

　今日、オレンジの木々の中で、農夫が一匹のロバを使って耕作をしていた。彼らは小さな軽い犂を持っている。車輪はないが、犂刃はヨーロッパのと同じように、ごく鋭い。チェコスロヴァキア製で、一ポンドから二ポンドしたろう。重労働だが、丈夫なロバには大した仕事ではないようだ。ロバは、一回にかなりの広さの区画を耕すことができる（それは多かれ少なかれ草地に戻ってしまった、約二十五ヤード×五ヤードの土地だ）。

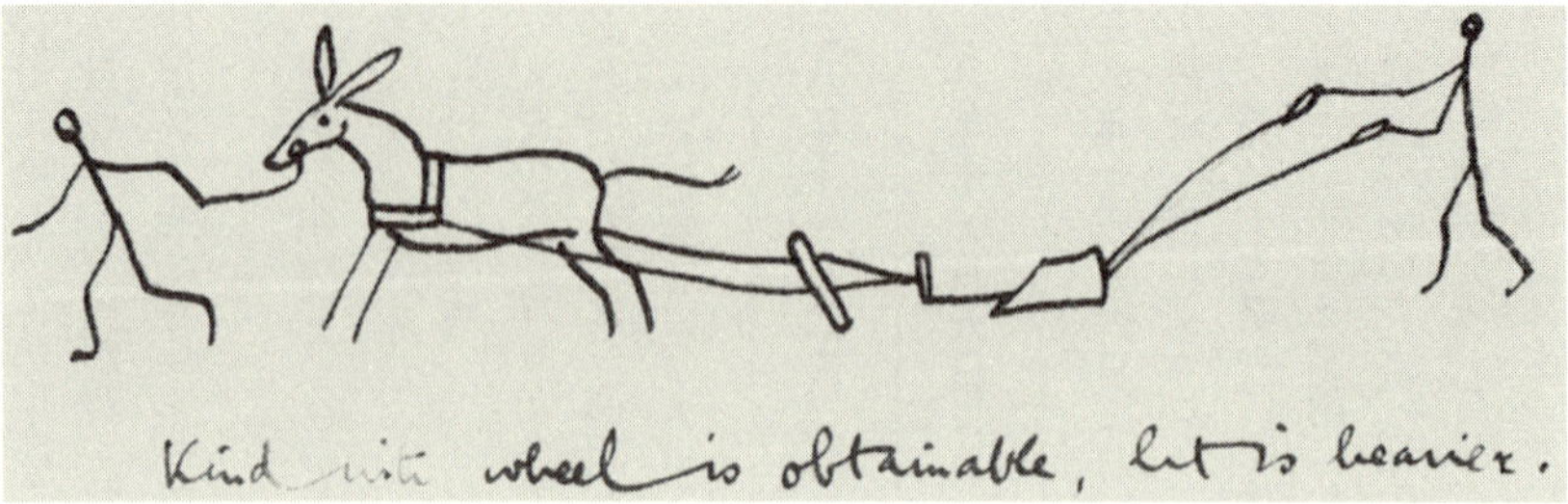
Kind with wheel is obtainable, but is heavier.

オレンジはいまやほとんど熟している。先日、そのいくつかを食べてみた（タンジェリン・タイプのもの）。

今日、新しい大麦約三十ポンドを十七・五〇フランで、つまり、一ポンドにつき一ペニーより少し安く買った。前に払った額より少ない。

家の近くの石の古い水槽に、犬かもしれぬもの（しかし、ジャッカルだと思う）の朽ちた頭部があった。この地方にはジャッカルが何匹かいると言われている。どちらにしても完全な頭蓋骨だ。昆虫にすっかり綺麗にしてもらおうと、棒に結んだ。

三八年十一月八日（D）

晴。かなり暑い。昨夜、少し雨が降った。何本かのスイートピーが芽を出した。

卵一個。

泥に付いた亀の足跡は、兎の足跡に間違えやすい。

三八年十一月九日（D）　スイートピーの種を蒔いた（ほかのは半ダースほどしか芽が出なかった）。それとカーネーション、角《つの》菫の種。

三八年十一月十日（D）　石竹《せきちく》、ゴデチヤ、さんじ草の種を蒔いた。

一日中、雨催い、曇だが、かなり暖かい。見事な日没。緑色の空。至る所で椋鳥の大群が飛んでいる。

三八年十一月十二日（D）　卵一個。

ここで使われている灌漑の方法。灌漑を必要とする作物を作る畑の土は、四ヤード×三ヤードほどの小さな苗床に分けられる。小川に接続しうる灌漑用の溝が、その縁を取り囲む。もし、苗床Aに灌漑したければ、溝を堰き止めてから、Aを囲んでいる土手の一部を刳り抜く。水はAに流れ込み、十分な水が流れ込むと、土手は再び塞がれ、溝の堰が取り除かれ、水は、必要とするほかのどんな場所にも流れて行く。

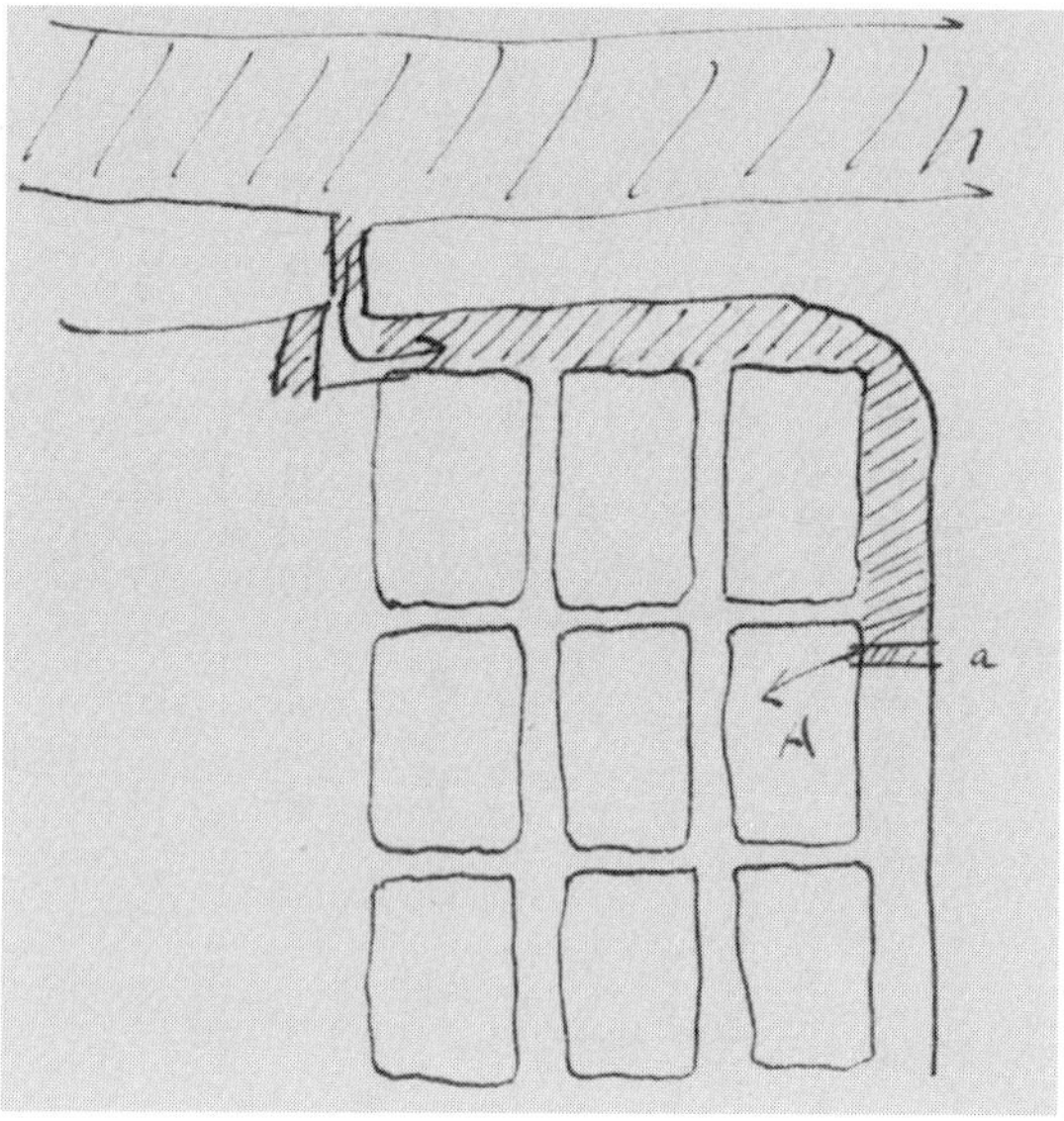

三八年十一月十三日（D）　卵一個。

縞模様の山羊はまったく乳が出なくなった。

最近は、おおむね日中は非常に暑い。夜、暖炉の火を起こすが、実際には必要ではない。椋鳥の数多くの群れ（一群れに三千羽はいるだろう）が始終、オリーヴを攻撃している。木に生っているオリーヴはいまや熟している。アラブ人は終日オリーヴの林にいて、椋鳥を脅して追い払おうと怒鳴る。E［アイリーン］は、椋鳥の囀り声は絹のドレスの衣擦《きぬず》れの音に似ていると言う。

先日、灌漑用水槽の中に、たくさんの亀を見た。三インチの長さのものから、一フィート近いものまであった。一匹の小さなのを捕まえた。追いかけても亀たちは速くは泳げない。陸亀と比べると、彼らはさほど首を引っ込めることができず、捕まえても首と四肢を出したままだ。そして、尾を引っ込める力はない。彼らはマフラーのような一種の円柱の皮膚の中に首を引っ込める。空気を求めて[23]上がって来ずに、長いあいだ水中にいることはできないようだ。その水槽の中の石の下に、四分の一インチほどの小さな蛭《ひる》を見つけた。この国に来て初めて見た。

昨夜、花壇の中に非常に大きな蟇蛙《ひきがえる》を見つけた。ここで見た最初のものだ。イギリスの蟇蛙の二倍近くある。疣《いぼ》だらけで、相当の距離を跳ぶことができる。

畑の分葱《わけぎ》がほぼ熟れた。農夫が何本かの若い韮葱《にらねぎ》を持ってきてくれた。

今日、道端で死んだ犬を見た。数日前、餌を求めてやってきたのと同じ犬ではないかと思う。おそらく、飢え死にしたのだろう。

どうやらここの農夫は砕土機も耕耘機も使わず、ただ、土を耕してから、雑な畝に種を蒔くだけのようだ。奇妙なことに、その結果は、穀物は列に蒔かれたという印象を与える。もちろん実際にはばら撒かれたのだが。今、たくさんの小麦の芽が出ている。空豆は約六フィートの高さ。

三八年十一月十四日（D）金蓮花を移植した。

三八年十一月十六日（D）卵一個。

三八年十一月十七日（D）卵一個。

三八年十一月十九日（D）卵二個。

三八年十一月二十一日（D）卵二個。

三八年十一月二十二日（D）卵一個

ヴィラ・シモン　三八年十一月二十二日（M）

数日前、英国領事を訪ねた。領事（名前はロバート・パー）は四十くらいの男で、教養があり、非常に人当たりがよく、既婚者で、ゆとりのある暮らしをしているようだ。フランス語をごく慎重に、文法的に非常に正確に話すが、非常に強い英語風アクセントと話し方で話し、話しながら文法的規則を頭の中で確かめているような具合だ。領事補または副領事は宣教師の息子の若いイギリス人で、どうやらモロッコで育ったらしい。それにもかかわらず、例えばインドで育ったイギリス人より典型的なイギリス風のアクセントと話し方で話す。

戦争の危機に対する地元のフランス人の態度について、私は間違っていたとパーは考えている。彼らは戦争が近づいていると心から信じていて、うんざりし切ってはいるものの、最後まで戦い通す覚悟だったと、パーは思っている。彼らが見かけは無関心だったのは、単なる表面上の鈍感さに過ぎない、というわけだ。ここしばらくは総選挙はないと彼は信じている。航空省を巡るスキャンダルは非常なマイナスで、誰もが知るところとなっていて、[24]政府は選挙という危険を冒す前に、そのスキャンダルの償いをしたいと思っていると、彼は言う。政府の外交政策に不安を覚えるようになっている、一応普通の保守党議員の数に強い印象を受けたと言っている。また、近い将来、昔の自由党を復活させようという試みがあるかもしれないと考えている。彼自身の見解は適度に保守的なもののようだ。政府に仕えている者として、今、起こっていることの内情に彼が通じているかどうかは、よくわからなかったが、通じてはいないと思う。

前述の小麦の値段に関する参考メモ。一キンタルは約二ハンドレッドウェイト。最近、一袋の小麦（一デカリットルだと思う）に三十一・五〇フラン払った。四十ポンドの重量があるようだ。これは、イギリスとほとんど同じ値段になる、すなわち、一ポンド、約十サンチームだ。七十サンチームはイギリスの金の約一ペニーなので、ここの小麦の値段は、ほぼイギリスの値段の水準にある。完全な値段表はまだ手に入れていないが、ここで安い物は（つまり、フランがその公式の交換価値を持っている場合）、肉、幾種かの果物と野菜、地元の手細工職人の製品の大部分（革、陶器、ある種の金属細工、厚手の毛織物）、そしてもちろん、家賃。輸入品はすべて高い。とりわけ肥料は。どんな種類の油も相当高い。

セネガルのニグロはフランス市民であるようだ。モロッコのアラブ人はそうではない。虚構だが、この地方はいまだにシェリフィアン帝国〔モロッコの古名〕と呼ばれている。セネガルでは、すべてのニグロはフランス人同様、兵役に服さねばならない。モロッコでは、フランス国民、すなわちヨーロッパ人だけが義務兵役に就く。アラブ人の兵士は志願兵で、長い期間兵籍に入る。彼らは長期間兵役に就いていたことで（地元の水準からすると）相当な年金が貰えるようだ。例えば、うちの召使、マジューブ・マホメドはアラブの戦列連隊に十五年勤務していたので、一日約五フランの年金を貰っている。もっと早く書くのを忘れていたが、マラケシュの入口に関税徴収所があり、入ってくるトラック等は積荷を降ろし、販売目的で持ってきたすべての品物の税金を払わねばならない。それは、農夫が市場に持ち込むすべての野菜にも適用される。税金の額は知らないが、町の外で野菜等を買えば、値段に相当の差が出る。

三八年十一月二十三日（D）　卵一個。

天候は晴、暖かい。特に暑くはない。何日か晩に暖炉の火を起こした。空が一応晴れると、いまやアトラス山脈の頂の雪が非常に近くに見えるので、わずか数マイル先にあると思ってしまうだろう（実際には五十〜百マイル先だと思う）。マリゴールド、スイートピー、金蓮花以外の、ほとんどすべての種は駄目で、大半は発芽しなかった。何年も取っておいたせいに違いない。ここでは小さな花を育てるのが非常に難しいようだ。小さな花は暑さと旱魃で簡単に枯れてしまう。どこの庭もほぼ灌木中心だ。

一袋の小麦に三十一・五〇フラン払った（およそ四十ポンド＝一ポンド約一ペニー）。

十六日以来、病気（胸）。きのう、起きた。今日、ややよい。

三八年十一月二十四日（D）　卵一個。

きのう、ブタガスのボンベが空になった。五週間もったことになる。それはかなり規則正しく三つのガス灯の炎（その一つは、ほかのものより燭光が多い——六十だと思う）を出してくれた。時には四つ目のも。

三八年十一月二十五日（D）　卵二個。

三八年十一月二十七日（D）　卵一個。

三八年十一月二十八日（D）　卵二個。

三八年十一月二十九日（D）　卵一個。

三八年十一月三十日（D）　卵二個。

三八年十二月一日（D）　卵二個。（三八年十月二十六日以来、これで三十個になる。）

三八年十二月二日（D）　陽気がだいぶ涼しくなった。何日かはすっきりと晴れ、イギリスの春によく似ている。時々濃い霧。おととい、かなり激しい雨が降った。晴れ渡った日には、アトラス山脈がごく近くに見える。山の輪郭のすべてを識別することができる。ほかの日は、まったく見えない。

花の種では、ほとんど成功しなかった。金蓮花、スイートピー、マリゴールド、カーネーション、ごくわずかな石竹、さんじ草だけが発芽した。草夾竹桃、三色菫、角《つの》菫、ゴデチア、罌粟《けし》、向日葵は、まったく芽を出さなかった。土の状態等はよかったのだが。おそらく、種を何年も取っておいたせいだろう。

二つのパチンコのうち弱いほうは、石（鹿弾に劣る）をせいぜい九十ヤードしか飛ばせないことがわかった。強力なパチンコ(25)なら、鹿弾を約百五十ヤードは飛ばせるはずだ。

卵三個。

三八年十二月三日（D）　卵二個。

一番高い椰子の木は、高さが約二十五ヤードだ（葉の根元のところまで）。

三八年十二月四日（D）　卵二個。

三八年十二月五日（D）　十月三十日か、その一日二日前かに耕されているのを見た畑の区画で、穀物がいまや四から六インチの高さになっている。

目下、オレンジが熟していてどこでも売られている。今売られている石榴は熟し過ぎていて、まったく違った色をしている。赤ではなく茶色だ。

三八年十二月六日（D）　卵二個。この頃は夜はめっきり肌寒くなった。

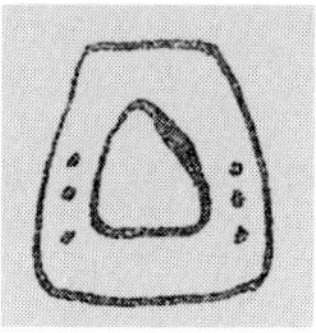
ここで使われているロバの蹄鉄。

三八年十二月七日（D）　卵二個。

きのうの午後は、ぐんと暑くなった。

ここの小川の川床を見ると、小川が非常に狭くなったのが、はっきりしている。それが最近のことかどうかはわからないが。きのう、私たちが畔《ほとり》を歩いた小川には、実際に三つの川床があった。水が実際に流れている川床。幅六フィート、深さ一フィート。幅十フィートくらいの川床。一年の最も雨の多い季節には、その中に水が増えるだろう。その外に、白亜に溝が出来ている広い川床。それは、過去のある時期、今の細流が相当大きな川だったことを示していた。

この頃は、さらに多くの小鳥が来る。そのうちの何種かは渡り鳥だと思う。

石榴の木の葉が黄ばみ始めた。

三八年十二月八日（D）　卵二個。

午前中、砂嵐。その後、かなり激しい雨。午後は寒く、霧。イギリスそっくりだ。

三八年十二月九日（D）　卵二個。

畑を掘っている男の周りに朱鷺《とき》がいつも集まるのに気づいた。そして、非常に馴れている。たぶん、虫等を探しているのだろう。朱鷺は、ビルマではそうではなかった。おそらく、ここの小川には餌がないも同然なのだろう。

三八年十二月十日（D）　卵一個。

ヴィラ・シモン　三八年十二月十日（M）

ここの土地保有権がどういうものなのか、農夫は自分の畑の区画を所有しているのか借りているのか、さっぱりわからない。土地は二ないし三エーカー以上の区画で保有されているようだ。共同の牧草地があるのは明らかで、また、水の配分について共同の取り決めがあるのも間違いない。小川は要求に応じてそれぞれ違った方角に向けられ、畑にある溝と小さな土手で、水をほとんどどんな場所にも流すことができる。それにもかかわらず、農夫の区画と、ヨーロッパ人と富裕なアラブ人の農園では、水の供給の点で大きな差がある。水を巡る問題ゆえに、仕事の量が途方もなく増える。ここの所々の土は一種の軟らかい白亜で、その約二十フィート下を水が流れている。そこに達するために——数インチの深さの流れの場合が多い――間隔を置いて井戸が掘られている。畑の縁に沿って、数ヤード置きにそうした井戸を時々見かける――なぜそんなに多いのかわからないが、かなりの数の畑でそれを見た。例えば、ある畑には縁に沿って十二の井戸があった。最近、水の供給が非常に減ったという証拠がある。いくつかの小川には三つの川床がある。すなわち、今、水が流れている川床、最も雨が降る季節のあとに水が流れると思われる、もっと広い川床、過去のある時期に水が流れていた、ずっと大きい川床。最近耕された畑のいくつかは、耕作されなくなっているように思われる。絶えず土に水をやらないと、小さな種を発芽させるのは非常に難しいようだ。

ここの農夫はどうやら砕土機を使わないようだ。しかし、それぞれ違った方向に数度耕すらしい。だが、そんなふうにしても、最後には畝と畝のあいだに溝は出来る。それには、種（散布されたもの）が直線に並ぶという利点がある。また、たぶん、水がよりよく保たれる。

冬作穀物が（大麦だと思う）、いまや四から六インチの高さになった。ここでは樹木のほうが小さな農作物より勢いがいい。例えば、オリーヴ（黒く、苦いので知られている）は勢いがいい。それなのに、栽培されているもの、椰子、オリーヴ等以外、ほとんどどんな樹木もないと言っていい。すでに割られていて質のいい薪は、[★11]千キロ（約一トン）で約七十から八十フラン（約八シリング）する。ここの唯一の燃料は木材と炭だ。ここの近くに、フランス人の経営する、オリーヴ等の大きな新しい農園がある。アラブ人労働者のための一種の苦力《クーリー》用バラックがある。なかなかいい。それに相当するインドのものより遥かにいい。村に住むアラブ人は、わずかな富裕な者を除き、ほとんど全員が、藁か棕櫚の葉で葺いた小さな小屋に住んでいる。蜜蜂の巣箱に似ていて、間口が約八から十フィートだ。少数の野蛮な顔つきの者が小さなテントに住んでいる。それは、柱に布を張っただけのもので、壁もなければ垂れ布もない。周囲に小さな囲いを作っているので、一応、永続的なものらしい。通常、村は棘のある植物をてっぺんに植えた泥の壁に囲まれている。ビルマ同様、耕すのは男だけだが、女は畑のほかの仕事をすべてする。とりわけ、草取りのような退屈な仕事を。子供たちは喋ることもできないくらい幼い頃から働く。たいていは、家畜の番のような仕事をして。子供たちは驚くほどに役に立ち、仕事の現場を決して離れず、自分たちがしなければならないことを正確に理解しているようだ。農夫の多くはヨーロッパ人が通りかかると出てきて金を乞う。彼らの何人かは、ヨーロッパ人を見ると反射的にそうするらしい。たいてい二十フランで十分に満足する。農夫の女の誰も、少なくとも、働いているところを見かける女の誰も、ベールをかぶっていない。

『プティ・マロカン』の頁を調べてみると、こういう具合だ。全部で十頁（ある日は十二頁）、すなわち六十コラム。そのうち、三分の一ちょっとが広告で占められている。偶数頁と、最後から二頁目は広告のみ。主な広告はパーシル〔フランス人が発明・命名したリーヴァー社の石鹸〕その他のリーヴァー〔英国の石鹸・洗剤会社〕の製品（リーヴァーの製品はフランス製だと包装に必ず書いてあるのに気づく）、ネッスルのミルク、さまざまな船舶会社、いくつかの目薬、その他の売薬。原則として第一面には出ないモロッコのニュースのために特別頁が取って置かれている。書評欄はない。体裁等はいいが、文章の全体的調子は普通のフランスの新聞に比べ冴えない。

ここの新聞すべて、きわめて愛国的だ。例えば、リョーテ元帥[26]の像がカサブランカに持ってこられた際、『プティ』と『プレス』の両紙は三週間にわたって、少なくとも一コラム、しばしば一頁の大半をリョーテに対する阿諛追従《あゆついしょう》に充てた。像が実際に据えられた当日、『プレス』は第一面全部をそのことに充てた。『ラ・プレス』は、共産党を弾圧せよとしばしば要求するが、『プティ』はそうではない。ダラディエ[27]〔前出の注（13）を参照のこと〕が同紙の英雄で、ラロックについて共感をもって伝えるけれども。マラケシュで一番広く読まれているフランス語の新聞は、週刊の『カンディード』のようだ。それはどこの通りでも売られている。買ってみると、ファシストの新聞だということがわかる。左翼のフランス語の新聞は、ここでは手に入らないようだ。

シモン氏はフセインを馘《くび》にした。どうやら、怠け者という理由で。ここの仕事は（二人の男の場合）、オレンジとレモンの木が植わっている約二エーカーの土地と、木々のあいだの土地の一部（たぶん、二十から三十ロッド〔一ロッドは三十と四分の一平方ヤード〕）と、ペポカボチャ等の植わっている土地の管理をすることだ。また、少数の羊の世話をすることだ。ヨーロッパの水準からすれば、フセインは一生懸命働いたと言えよう。フセイン（明らかにニグロの血も混ざっている）はシュルー族[28]だとシモン氏は文句を言っている。彼らは愚鈍で不精等々だと言われている。アラブ人はまた、彼らを貪欲だと非難している。どうやら、ヨーロッパ人もその偏見を共有しているようだ。そうした仕事に対する賃金がいくらかは知らないが、おそらく、一日十フラン以上ではないだろう（宿舎に住まわせるが）。

三八年十二月十一日（D）　卵二個。

肌寒く、曇。午後雨。

三八年十二月十二日（D）　一晩中、大雨。寒く、曇。イギリスの十一月の天候によく似ている。E〔アイリーン〕は神経痛に罹っている。きのう、雨の中を外出したせいだろう。

一日の大半、雨。

卵二個。（三八年十月二十六日以来、三個、三八年十二月一日以来、二十三個。一羽の雌鶏が今、卵を抱きたがっている。）


三八年十二月十三日（D）　卵二個。


三八年十二月十四日（D）　卵三個。

肌寒く、晴。最近は露が深い。


三八年十二月十五日（D）　卵二個。

快晴、暑くない。


三八年十二月十六日（D）　卵二個。

晴、涼しい。ここの家畜はほとんどなんでも食べる。ロバはゴミの山から、乾き切ったペポカボチャの葉を食べる。牛、山羊、羊はクラウン・アーティチョークの屑の葉を与えられる。山羊と羊が一緒に集められると、山羊は仲間同士で喧嘩をするが、羊を攻撃しようとはしないのに気づいた。

かなり大きな鷹が吐きだした不消化物の塊を拾った。昆虫（大半は草鞋虫《わらじむし》）の翅鞘《ししょう》等のみ。モロッコではまだ蛇を見ていない。最近私たちは蛇の抜け殻を拾ったが。


摘み頃になったオレンジをしばらく木にそのままにしておいても、落ちない。オレンジの卸値は（ともかく地元では）、一ダースで二・三〇フランか三フラン。

先日、死んだロバを見た——初めて見たのだ。哀れな獣は、マラケシュからウェドに至る小径の脇で斃《たお》れ、持ち主にそこに置き去りにされたのだ。数匹の犬がそれを食べようと、周りでうろうろしていた。しかし、後ろめたそうだった。


三八年十二月十七日（D）　卵一個。

夜、豪雨。午前中は寒かった。午後、三十分ほど太陽が顔を出したが、それから雨。何もかもが水で覆われ、ウェド・テンシフト川の水嵩は相当増した——川床は所々幅が五十ヤードになっている。

ロバ（死んでいるのを三八年十二月十一日に見たもの）は、いまやほぼ完全に綺麗な骸骨になっている。犬は頭部を最後まで残すのに気づく。


三八年十二月十八日（D）　卵二個。


三八年十二月十九日（D）　卵二個。

夜、豪雨。今日は寒く、曇。激しい俄雨と猛烈な風。


三八年十二月二十日（D）　夜、豪雨。一日中、降っ

たり止んだり。しばらく前、私たちが上流に沿って歩いたことのある小川が（その時は水がちょろちょろとしか流れていなかった）、いまやは幅十ヤードの奔流となっている。今日、二つの虹が平行に空に出ているのを見た。これまで、そういうのは見たことがない。


三八年十二月二十一日（D）　卵二個。

やや晴、涼しい。ぱらぱらと雨。

鳩の一羽が死んだ――原因不明。


三八年十二月二十二日（D）　午前中はやや晴、午後は雨。

生き残った鳩（たぶん雌）は、巣に坐っている。今後生き残ることができるかどうかわからないが、もう一羽雄の鳩を手に入れることができるかもしれない。

いまやウェド・テンシフト川は、流れ込んでいる渓谷全体に溢れ、そのため、橋のところでは約三百ヤードの幅になっている（それまでは約十ヤード）。渓谷の草木の状態から判断すると、これは異常だと思う。


ヴィラ・シモン　三八年十二月二十二日（M）　この数日のような大雨が降ったあとでは、川の水嵩は一気に増す。通常は約十ヤードの幅のウェド・テンシフト川は、流れている渓谷全体を満たし、約三百ヤードの幅になる。しかし、渓谷の草木の状態から判断すると、こういうことは滅多に起こらない。

ここのアラブ人の葬式は、見たこともないほど惨めだ。死者は粗末な木製の棺台に載せられ、布を掛けられ、友人と親戚によって運ばれる。それが貧困のためなのか、マホメット教徒は棺を持たないことになっているためなのかはわからない。二フィートもない深さの穴が地面に掘られ、遺体はその中に投げ落とされ、上に土がかぶせられるだけだ。そして、たいてい、煉瓦か割れた壺が端に置かれる。たぶん、頭のところだろう。埋葬地は原則として塀で囲われていない。そして、金持ちの墓以外は、それが埋葬地だとは誰も気づかないだろう――地面がちょっと盛り上がった場所にしか見えない。墓の上には死者の身元を示すようなものは何もない。ある墓の上に、たぶん能筆家の墓だろうが、ペンと角製のインク入れが置いてあるのを見つけた。そのほかは割れた壺等だけだった。また、別の墓にはエナメルを引いた錫のマグがあった。いくつかの空の墓がいつもある。子供のための小さなものを含めて。どうやら、女は葬式に出ないらしい。

広く読まれているほかのフランス語の週刊紙は『グランゴワール』[★12]だ。かつてはゴシップ記事の多い文芸紙だったが、今では『カンディード』によく似ている。こうした新聞はどうやら大いに売れていて、たくさんの広告を載せているが、ポルノ風の広告を載せるのを恥じない。

そして、自社の方針に反し、多少とも「左翼」の筆者による一連の短篇小説等を載せている。あるカフェの便所の壁に、ごく小さい字で「ブルムを殺せ」[29]と書いてあった。フランス領モロッコで最初に見た、政治的落書きだ。

三八年十二月二十三日（D）　鳩が二つの卵を産み、その上に坐っている。

寒く、晴。ウェド・テンシフト川は、元の二倍の大きさに縮まった。

卵三個。

三八年十二月二十四日（D）　卵四個。

鳩の卵は二つとも割れた――どうしてかはわからない。おそらく猫が巣に登ろうとして、鳩を怖がらせ、飛び立たせたのだろう。どうやら受精卵らしい。血の縞が付いている。

快晴。

三八年十二月二十五日（D）　夜、ひどい霜が降りた。今朝は何もかも白い。水溜まりに薄氷が張っている。木に実っているオレンジとレモンが霜に覆われ、レモンの花が固く凍っている光景は奇妙だ。霜が大きな被害をもたらしたのかどうかは、まだわからない。ブーゲンビリアの花は大丈夫そうだ。霜がここでは普通とは思わないが、目下、寒波が世界中を覆っている。山脈はここしばらく低い傾斜面までも雪に覆われている。

卵四個。

三八年十二月二十六日（D）
十二月二十七日
十二月二十八日
　　病気だった。卵の数は定かではないが、約九。
　　天候は快晴。

ブタガスの二つ目のボンベが三八年十二月二十七日に空になった。正確に三週間（前回と同じ）[30]。

三八年十二月二十九日（D）　卵二個。

快晴。雄の鳩を買い（四・五〇フラン）、慣らせるために雌と一緒に鳩舎に入れた。雌は雄の頭を優しくつつき始めた。虱を啄《ついば》んでいるのだろうと思う。

三八年十二月三十日（D）　鸛《こうのとり》か鶴の大群（約二百羽）が上を飛んで行った。大きな白い鳥で、羽の縁が黒いらしい。北に向かって飛んでいたが、たぶん、落ち着く場所を探して旋回しているだけなのだろう。ヨーロッパからの渡り鳥に違いないので。

まさに快晴、肌寒い。無風。

卵二個。

三八年十二月三十一日（D）　卵三個。（三八年十月二十六日以来、卵百二個、または週に卵、ほぼ十二個。）

一九三九年

三九年一月一日（D）　卵三個。

かなりしょげていた雄の鳩（鳩舎に閉じ込められ、羽を縛られていたせいなのは疑いない）が元気になり、少し飛ぼうとした。雌の鳩は最初、雄に求愛し、雄の周りを歩いたり、お辞儀をしたりした。

もう一匹の死んだロバの内臓を、二匹の犬が引きちぎっていた。私の見た三匹目の死んだロバだ。ここでは死んだロバを埋めないらしい。

九月頃、実が熟しているのを見た胡椒木《こしょうぼく》は、今、新しい実をつけている。霜でやられた金蓮花は、大部分枯れた。ペポカボチャも同じ。茄子の葉は全部萎れた。

快晴、特に寒くはない、心地よい日光、風はない。E［アイリーン］は、さらに四羽の鸛を見た。

オレンジその他と、どうやらレモンの花さえ、霜の被害をまったく受けなかったようだ。

三九年一月二日（D）　卵二個。

三九年一月三日（D）　卵三個。

三九年一月四日（D）　卵三個。

快晴、総じてかなり寒い（薄手の肌着、木綿のワイシャツ、プルオーバー、上着、薄手のパンツ、グレーのフランネルのズボンを身につけている）。この服装が大げさとは思わない。おとといの夜、飛ぶ力をやっと取り戻しかけていた雄の鳩がいなくなった。どうやら、アラブ人の犬にやられたようだ。きのう、もう一羽買った（六フラン）。この鳩の翼は大丈夫だ。一晩鳩舎に入れた。朝、雌の鳩が外に出ていた。ドアを開けると、二羽が一緒に飛び去った。

三九年一月五日（D）　卵二個。

三九年一月六日（D）　卵三個。

三九年一月七日（D）　卵三個。今、三羽の雌鶏が巣につきたがっている。鳩は大丈夫。

きのう、数人の男がウェド・テンシフト川で釣りをしているのを見た。サーディンくらいの大きさの、惨めな小魚。餌は川のそばの泥にいる、小さなミミズの一種だ。

おととい、数人の男が雌のロバの脇で立っているのに出くわした。ロバはウェド川に架かる橋の中央で倒れたのだ。まさに仔を産むところらしかった。腹は大きく膨れ、生殖器からわずかに血が出ていた。ロバは横倒しになり、驚いたような様子で頭をもたげ、くんくん臭いを嗅いでいた。しかし、痛くはないようだった。一時間かそこらあとでも、まったく同じだった。今日、そこを通ってみた。地面に血が夥しく溜まっていて、血まみれの何かが引きずられた跡があった。おそらく仔は死産だったのだろう。

まさに快晴、蔭にいると寒い。日の当たるところにいると暖かい。私たちは今、毎晩ベッドで、湯たんぽと三枚の毛布と上掛けを使う。

三九年一月八日（D）　卵三個。

ヴィラ・シモン　三九年一月八日（M）　四個のかなり重い小包をイギリスに送る費用、約四百フラン(31)。それほど重くはない、ほかの二つは二つで約百フラン。この郵便局の官僚的形式主義はフランスよりもひどい。E［アイリーン］と私が個人的に送った二つの小包は、手続きが済むまで二時間以上かかった。まず、窓口まで行くのに三十分。クリスマスのせいではないのだ。いつもクリスマスにはそんな具合だが。それから書類に延々と記入し、例によって局員が、どの書類を使うべきかを見つけるために大きな本を例によって調べた。それから、小包がしっかりしていないと、例によって文句を言った。一つの小包は紐が十分に太くなく、もう一つの布でくるんだ小包は布を縫い合わせねばならないというわけだった。私たちは外に出て紐、針、糸を買い、布を縫い合わせた。すると、小包が密封されていないと文句を言われた。またもや、封蠟を買いに外に出た。こうした類いのことは、フランスの郵便局とは切り離せないもののようだ。気づいたのだが、ここの小吏（インドではインド人であるような種類の）はフランス人だ。例。すべての郵便局員と、ほかの局の事務員、さらには、交通取り締まりの巡査の大半。土着の事務員は存在しないようだ。ヨーロッパ人と接触するほとんどのアラブ人は少しフランス語を話すが、完璧なフランス語を話すアラブ人に会ったことはない。

ここでは、クリスマス・イヴにはひどい霜が降り、それは大きな被害をもたらした。草木の状態と、アラブ人の言うことから判断して、それが普通のこととは考えない。しかし、オレンジとレモンがそれにほとんど影響されなかったことに気づいた。

ここのフランス人は、フランスにおけるよりもクリスマスに注意を払わないように見える。彼らは新年を祝う。アラブ人は誰でも新年の祝いをよく知っていて、金をねだる口実に使う。今年は例年より観光客が少ないそうだ。

ここでは、紫馬肥《むらさきうまごやし》を鎌で刈らず、手で引き抜く。そうすると、一インチか二インチ得をするのだ。この家の近くの、塀で囲まれた小さな村の者たちは、土地を共同で所有しているという印象を受ける。全員が集まって同じ仕事をするからだ。草取り、耕作等を一緒にする。

最近、泥の塀で囲まれた小さな場所にある、かなりの金持ちだったに違いない男の墓を調べてみた。いつもの型のコンクリートの墓で、頭部に、燔祭《はんさい》の生け贄用に違いない、小さなオーヴンのようなものがあった。墓にはなんの名前もなかった。墓の上の一本の木に、さまざまなお守り、毛糸の房等が懸かっている。お守りの一つを盗んだ。小さな革の財布のようなものだ。中に毛糸の房と、何か書いた紙が入っていた。

三九年一月九日（D）　卵二個。田鳧《たげり》の大群を見た。イギリスのと同じらしい。快晴。午後、かなり暖かい。

三九年一月十日（D）　卵三個。

三九年一月十一日（D）　卵一個。

三九年一月十二日（D）　卵三個。

三九年一月十三日（D）　卵二個。（三八年十月二十六日以来、百三十五個。）

ここの近くの小さな丘の一つの北側にある岩の割れ目に、アンゼリカのような植物が生えている。円い葉の多肉質の植物で、苔がたくさん付いている。どうやらこの植物は、日中、日が射さないところにのみ生えるようだ。

三九年一月十四日（D）から
三九年一月十七日まで　卵四個（雌鶏のうち約四羽が、今、巣につきたがっている）。

先日、一羽の鸛が朱鷺のあいだに立っているのを見た。途轍もなく大きい——イギリスの青鷺《あおさぎ》は、その脇にいれば小さく見えるだろう。

ここに、ヨーロッパ同様、五色鶸《ごしきひわ》だけではなく青河原《あおかわら》鶸《ひわ》もいるのは間違いない。

この辺りで生えている空豆は非常にいい。ブユは全然いない。タンジェリンは霜にやられたようだ。普通のオレンジは大丈夫だが。

ヴィラ・シモン　三九年一月二十七日（M）

マラケシュから約九十五キロのアトラス山脈のタデールという村で一週間過ごしたあと、戻ってきたところだ。タデールは標高千六百五十メートル、すなわち約五千フィートのところにある。平地から約二千フィート登ると（平地自体、海抜約千フィート）、違ったタイプの草木に出合う。オークや樅は少々いじけているが草はかなりよく、傾斜牧草地のタイプのものだ。四千フィート以上になると、胡桃の木が夥しく生えていて威勢がいいが、野生ではないのは明らかだ。無花果《いちじく》の木は約五千フィートのところに確かに生えていることは生えているが、どうも、あまりよくないようだ。アーモンドは元気がいいらしい。概して、山の斜面には一木一草もなく、本道の通っている渓谷の上、約千フィートのところで樹木に覆われるようになる。村の上、約五百フィートの斜面の下のほうは完全に何もないことが多く、ボタ山のように、砕けた石灰岩があるだけだ。それはおそらく、一つには山羊のせいだろう。フランス政府は今、森林再生について何かをし始めているらしく、丘のある箇所では家畜が草を食むのを禁止しようとしている。どうやら、自動車道路の近くのこの一帯でさえ、正確に測量されている最中に過ぎない。測量技師たちのための境界標識が新たに設置されたばかりなのだ。道路はあまり広くないが、整備されている。バスはマラケシュからタデールまで三時間で行き、約二時間半で戻ってくる。山には鉄鉱石に見えるものがやたらにあるが、どうやら、まったく利用されていないようだ。人の住んでいる渓谷には、下のここのようなひどい水不足の問題はないらしい。

高い頂から見回すと、自動車道路の周辺でさえ、二十に一つの渓谷にしか人が住んでいないのがわかる。渓谷の大部分は単なる割れ目で、土は一日の大部分日が当たるところしか耕すことができないのは明白だ。一年の今頃では、霜は毎晩降り、一日の大半、日の射さない場所に残っている。雪の吹きだまりは至る所にあるが、約六千フィート下にはない。そこでは雪のせいで、丘は通行できない。耕作は段々畑方式で行われている。ビルマの丘のものとよく似ている。段々畑は非常にうまく作られていて、石垣はスペインのように石灰岩で出来ている。土は四フィートかそこらくらい深いようだ。もちろん、それは人工的に作られたのだが。

やや蔭になっている渓谷と、小川の土手沿いに、牛のためのなかなかよい牧草地がある。山羊は丘のまさに頂上で草を食んでいる。山羊は下のここと同じだが、羊はたいていまったく違った種類のもので、毛が非常に絹めいている。地元の人間の言うことと全体の様子から判断して、すべての村人は自分の狭い土地を持っているようだ。もちろん、家畜に草を食ませるのは無料《ただ》だ。どうやら各村は、そのための決まった場所を持っているようだが。正確な判断はできないけれども、人口の一人頭一エーカー以上は耕されていないと思う。大麦は冬から春にかけて作られ（今、大麦が芽を出している。下のここほど伸びてはいないが）、六月に刈り取られ、そのあとトウモロコシの種が蒔かれる。地元のフランス人は、シュルー族はよい耕作者だと考えている。彼らはたくさんの肥料を使うようだ。耕作は、ここと同じように、牛とロバを使って行われる。彼らはたくさんの動物を飼っていて、主食が大麦と山羊の乳なのは疑いない。

山の村人は、平地の住民とは大違いだ。彼らは塀で囲まれていない。家は泥で（ごく稀に石灰岩で）出来ていて、四角く、屋根は平らだ。屋根は野生の金雀枝《えにしだ》で葺かれ、その上に土がかぶせられる。雨が少ないので、それが可能なのだ。上から村を見ると、概して、同じ高さの地面にある家々は、すべて共同の屋根を持っているのがわかる。屋根の下では、それぞれ別なのだが。そのことは、ある程度、共同生活が営まれていることを示している。実際、どの家にもガラス窓がない。わずかな木工部は、非常に粗雑に出来ている。

シュルー族はかなり瞠目すべき人々に思える。男たちの外貌はアラブ人と大差はないが、女はひどく印象的だ。総じて女はかなり色白で、時にはあまりに白いので頰に赤みが差すほどだ。髪は黒く、目は際立っている。どの女もベールをかぶっていない。全員、頭に布を巻き、青か黒の紐で結んでいる。女たちの服の主な色は赤と青。女は全員、顎と、時には両頰の下のほうに刺青《いれずみ》をしている。女たちの挙措には、大方のアラブ人の女に比べ臆病なところがずっと少ない。シュルー族のほぼ全員襤褸《ぼろ》をまとっていて、ある者がほかの者よりずっと裕福だという証拠は何もない。子供たちはたいてい、襤褸の毛布以外、何も身にまとっていない。物乞いはほぼ一般的で、女は自分たちの作った宝石類（琥珀と粗悪な銀の細工物。そのいくつかは非常に見事に作られている）を、ヨーロッパ人が好むのを知り、銀自体の価格を、そう上回らない値段で売る。子供たちは歩けるようになるとすぐ物乞いをし、一スーが貰えることを期待して、山の小径を数マイルも歩く。タバコは喫煙者に大いにありがたがられているが、非常に多くの者がタバコを吸わないのに気づいた。女は誰もタバコを吸わない。子供たちはパンをくれとせがみ、貰うと喜ぶ。それにもかかわらず、本当はどのくらい貧しいのかを正確に知るのは難しい。ひょっとしたら、実際の貧困はないのかもしれない。とにかく、誰も宿無しではないし、まったく無一物でもない。胡桃の木の下に、たくさんの実が腐るがままになっているのを見た。それは、深刻な飢えを示していない。しかし、誰であれ生活水準が低いのははっきりしている。山のいくつかの場所では、絨毯、革細工等が作られる。タデール付近では、農業は別として、主な商いは炭焼きのようだ。この辺の者は、もちろん、良質の木材（もっぱらオーク）を無料《ただ》で手にする。おそらく政府は今後、それに介入するだろうが。彼らは恐ろしく原始的な土の竈《かまど》で炭を焼き、大きな麻袋に入った炭を十二フランで売る（マラケシュでは約三十五フラン）。地元民の体格はかなりいい。彼らは特に大柄ではなく、見かけは非常に強壮というわけではないが。全員、歩くのが達者で、女は急な丘の斜面を、大きな薪の束や、水の入った三ガロン入りの石の壺を持って楽々と歩く。住民は誰でも、自分たちのベルベル方言のほかに、みなアラビア語を話すが、フランス語を話す者はわずかか、まったくいないかだ。少数の者は赤毛だ。たいていの村に、一人か二人のユダヤ人がいるようだ。ほかの住民と簡単に見分けることはできない。

墓地はアラブ人の墓とまったく同じというわけではない。村の住民はマホメット教徒だが。墓地は一般によい芝の生えている場所で、牛が墓のあいだで草を食んでいる。そこには石が豊富にあるので、概して石塚で覆われている。ことは違い単なる土饅頭ではない。しかし、故人の名前も、故人を偲ばせるものもない。陥没したいくつかの墓から判断して、まず平板状の岩で洞窟のようなものにしてから墓を覆うのが普通らしい。最初はたぶん、野生動物から護るためだったのだろう。いくつかの墓は非常に長い。八フィートか十フィートだ。葬式を一回見た。友人の一行が行う普通のものだ。その一人が何かを小声で唱え続けた。女は例によって加わらない。一行は百ヤード離れた見えるところで岩に坐り、嘆き悲しむような声をかなりおざなりに出した。

タデールで、外人部隊にいる一人のドイツ人と何度か話した。私には理解できなかった、ある仕事で彼はそこにいた。ある電気設備に関する仕事だ。愛想のいい知的な男で、フランス語を上手に話す。外人部隊に八年いるが、特に不満な様子はない。わずかな年金を貰うため、兵役の期間が満了するまで残っているつもりだ。フランスの軍隊では無料《ただ》のタバコはくれず、給料が一日一フランになるまでにさえ、しばらく勤務しなければならないので、新入りは普通、タバコは吸えない。彼は特に政治的意見を持っていない。彼がドイツを去った時、五百万の失業者がいた、また、脱走兵として手配されているのでドイツに戻ることはできないと言っている。ヒトラーについては、どんな意見も口にしなかった。スペイン内戦では、やや政府寄りのようだ。

今日、バルセロナが陥落したというニュースが届いた。マラケシュの誰も、さして関心を持っていないようだ。新聞はそのことを派手に書き立てているが。モロッコには少なくとも社会主義の週刊紙が二紙あるのを知った。『デペーシュ・ド・フェズ』と、もう一つ、名前が思い出せない新聞。どっちも過激ではなく、明らかに反帝国主義ではない（事実、そのために、フランスの社会主義の新聞の発行が許されていて、アラブの新聞がそうではないのだ）。しかし、その二紙とP・S・E[32]の『プレス』は、相手を口汚く罵るというフランスの新聞の伝統を引き継いでいる。穏健な新聞はそうではない。例えば『デペーシュ』は、ドイツ側がフランスの新聞に賄賂を贈ったことを、関係者の名前を挙げて非難している。イギリスの新聞でもインドの新聞でも、訴えられずにそうすることはできないだろう。もっとも、新聞はたぶん罰金を科されるだけだろうが。一方、見たところ、モロッコのどんな新聞も、弾圧されることなしには、モロッコは独立すべきだ、ということが言い出せない。もし新聞が真実を伝えているなら、タンジールにいるスペイン人は、バルセロナ陥落を祝う示威運動をした。どんな種類の反示威運動もなく。しかし私は、タンジールでは、政府寄りのスペイン人のほうが、そうではないスペイン人より数がやや多いという印象を受けていた。タデールのホテルはパリの安ホテルに瓜二つだし、道路沿いの一、二のカフェも同じだ。また、出会った人々も、普通の中産階級の下のフランス人にそっくりだ。彼らは少しばかりアラビア語を話さねばならないという以外、フランスにいた時とまったく同じ暮らしをしている。

三九年二月十八日（D）　アトラス山脈の上方千六百五十メートルのタデールで一週間過ごした。マラケシュから約九十五キロ。それ以来三週間近く病気だ（約十日、寝ていた）。

タデールについての最も重要なことは、ほかの日記㉝に書いてある。そこの鳥は以下の通りだ――渡鴉《わたりがらす》（下のここのいわゆる鳥も、渡鴉ではないかと思う）、ヨーロッパ山鶉《やまうずら》（かなりよく見かける）、鷹、ほかの、ずっと大きい捕食性の鳥、たぶん鷲（遠くから見ただけ）、河原鳩、森鳩、青雀《あおがら》、その他、下のここの鳥とよく似た鳥。しかし、鸛《こうのとり》も朱鷺《とき》もいない。野生動物はいない。山頂の小径の雪の中に、ムフロン〔野生羊〕と思われるものを見つけた。しかし、たぶん山羊だろう。鶏等を殺しに来るようなブレットまたはビレット（おそらくアラビア語だろう）という動物の話を聞いた。ホテルで飼われている、人に馴れた孔雀は元気のようだ。家畜の種類はこことよく似ている。ただ羊は別で、あそこの羊は非常に違っていて、毛がごく絹に近い。駱駝も使われているが、主要道路で使われているだけだ。ロバは、ほとんどどんな丘でも登れるらしい。

樹木等――オーク（小さめ）、非常に小さい矮性オーク、野生金雀枝《えにしだ》、スペインにあるのと同じような一種のヒース、ブラックベリー、野生ラッパ水仙（またはある種の野生チューリップ――今は花が咲いていない）、トネリコの種類、小さな樅の木、山頂に生える、弁慶草属の各種植物、いくつかの非常に美しい花、雛菊。胡桃の木は繁茂しているが、野生ではない。アーモンドは生長し、元気のようだ。無花果の木は五千フィート辺りのところで生え始めるが、元気ではない。春の穀物は大麦で、それは六月に刈り取られ、次にトウモロコシが収穫される。芝は所々で非常に元気で、イギリスのとよく似ている。芝は小川の畔《ほとり》にのみ生えているが、手を入れねばならないのは明らかだ。芝の中に、サラダに使われる食用の酸葉《すいば》の類いが生えている。

二日前に降った雨のせいで、川は再び水嵩が非常に増している。先日、水が非常に澄んでいて、四インチほどの長さのバーベル〔ヨーロッパ産コイ科の淡水魚〕の類いの小さな魚（川底で餌を探していた）を見ることができた。水嵩がまた減ったら、釣ってみよう。雑草がひどく伸び、畑はかなり緑になった。うちの二、三本の金蓮花が咲き、スイートピー等はかなり元気に育っているが、すっかり庭をなおざりにしてしまった。

病気だったので、卵の数を数えなかった。雌鶏は今週、私たちがいないあいだ、十九個の卵を産んだ。目下、一羽くらいしか産んでいない。

十日ほど連続で、乳脂が大蒜の味がした。食べられないほどにきつい大蒜の味がした日も何日かあった。どうやら牛は、野生の大蒜を見つけたらしい。ウィリアムズ[34]は、モロッコで最後のライオンが殺されるのを一九二四年に見たと言っている。豹とガゼルは、アトラス山脈の南では、まだ比較的よく見かけられると言われている。

三九年二月二十日（D）

匂紫羅欄花《においあらせいとう》（よいもの）が、ここの近くのカフェで花を咲かせている。石榴の木は芽を出し始めたところだ。鮮やかな赤。雑草は至る所でかなり密生している。たぶん、この国で最も緑のものだろうが、依然として、相当に乾いた土地の箇所がある。きのう、まだ緑の小麦を見たが、穂はかなりよかった。

この地方では、牛が勝手に歩き回らぬよう、角の根元から膝の下にかけて草のロープを巻きつける。

今日、二羽の鸛《こうのとり》が巣作りをしていた。巣は巨大で、青鷺の巣のほぼ二倍ある。深さは数フィートで、小枝の大きな塊が、大きな木の叉の部分全部を占めている。どうやら雌鶏は卵を産むところで、雄鶏がその脇に立っていた。間もなく雌鶏は立ち上がり、二羽は並んで立った。うちの雌の鳩は、さらに二個の卵を産み、その上に数日坐っていた。すると、雌の鳩も雄の鳩もなぜか殺され、姿を消した――いくらかの羽毛しか残っていなかった。猫の仕業と言われているが、人間の仕業ではないかと思う。これで、私たちの失った鳩は四羽になる。もちろん、私たちはもう鳩を飼わない。ここでは、鳩は容易に繁殖する。カフェでは、三羽か四羽の鳩が今、卵を産んでいる。

　ひときわ暑くなってきた。蝿がまた、うるさくなってきた。

　言い忘れたが、タデールでは住民は駱駝の毛のロープを使う。非常に柔軟で丈夫のようだ。

三九年二月二十二日（D）　きのうの朝は濃い霧。総じて、めっきりと暑い。今、たくさんの野の花が咲いている。マリゴールドの類いの二つのもの。一種の雛菊、さまざまなほかのもの。

三九年二月二十四日（D）　昨夜と今朝は、かなり激しい雨。

　茴香《ういきょう》の小枝を見つけた。どうやら、ここに生えているようだ。非常に大きく、動作が緩慢な白と黒の鳥を見た。鷹と同類のものらしい。書き忘れたが、人の影の奇妙な特性に、タデールで気づいた。人は時々、影が数百ヤード下に落ちている突出した岩に立つことがある。もし、その縁に立つと、当然ながら人の影は、突出した岩の影の向こうに落ちる。ところが、岩の影は黒くてくっきりしているのに、人体の影は五十フィート以上先になると、かすかで、ぼやける。低木の影のように。短い距離では、それは目立たず、影はくっきりしているように見えるが、長い距離だと、例えば二百フィート以上だと、人はほとんどなんの影も持っていないように見える。ある一定の距離では、人体全体は一種の影を持っているが、例えば、腕自体はなんの影も持っていない。それは、岩に比べ人体は不透明ではないせいなのか、単に大きさの問題なのかわからない。

三九年三月四日（D）　だいぶ暑い。しかし蝿は、今度はそうひどくはない。たぶん、雨のためだろう。

　一人の少年が鶉《うずら》をくれた。それは少年が先日捕まえたばかりのものだ。スペインの鶉とほぼ同じ。

　今、多くの野花が咲いている。イギリスのと同じか、ほとんど同じのがある。罌粟《けし》、ベーコン・アンド・エッグ[35]、イギリスの雛菊に似ていなくもない一種の小さなマーガレット、プリムラまたはプリムラポリアンサの類いの非常に小さな花、タンポポに似た小さな花、ジギタリスの花弁に似ていなくもないが、もっと小さい花弁の紫の花。さらに、牛の舌草《したぐさ》と「鳥の目〔和名「イヌフグリ」〕」[36]。野生のマリゴールドは最もよく見られ、至る所に群生している。

　多くの畑にある大麦はまだ緑だけれども、よく実っている。私の見たほとんどすべての穀物は、わかる限り、大麦だ。さまざまではあるが、概して出来がよいらしい。どこの桜桃も咲いている。林檎は葉を出し始めた。石榴の木の芽は大きくなりつつある――どうやら、花より先に葉を付けるらしい。レモンの木は、花が咲いて実が熟すまでのすべての段階で、花と実を同時に付ける。それは一年中続くようだ。無花果の芽が出たところだ。空豆（緑）はもうすぐ摘み頃で、レタスは今、非常に元気だ。また、豌豆、人参、かなり小さい蕪も。どうやらここでは、ある野菜はほぼ一年中作れるらしい。野菜にはほんの少しの害虫しか付かないのは注目すべきだ。男たちが小麦か大麦に似ている丈の高い草を刈っているが、そのどちらでもなく、おそらく、家畜の飼料用だろう。また、至る所で人が、そこかしこに急に生えてきた雑草を刈り、ロバに載せて家に運んでいる。

　先日、このくらいの大きさか、ひょっとしたらもっと小さい若い水亀を捕まえた。

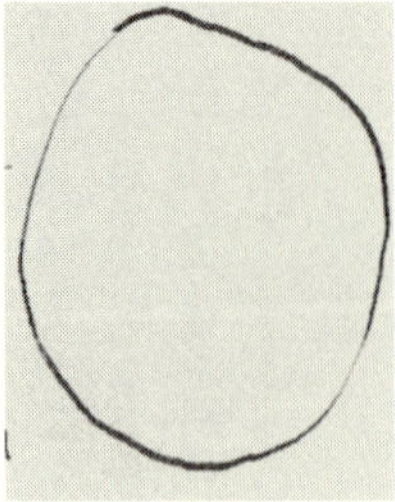

　完全に亀の形になっていたが、そのくらいの年齢では、尾が比較的大きい。おそらく、卵から出て間もないのだろう。だから、今は繁殖期に違いない。ここしばらく、大人になった亀を見ていない。きのう、三から四インチくらいの百足《むかで》を一匹見た――ここで初めて見たものだ。

三九年三月九日（D）　かなり暑いが、今日は曇。金蓮花のほとんどが花を咲かせ、ほかの何もかもが急速に伸びている。

　蚊は相当ひどい。

　シモン氏は相当量の家畜の血をオレンジの木の肥やしとして使う（彼は肉屋なので、それが手に入る）。

三九年三月十一日（D）　きのう、二フィートくらいの死んだ蛇を見つけた。モロッコで見た最初の蛇だ。非常に暑い。今年は例年より雨が多かったと言われている。だから、よい年に違いない。

　今、よく見かける、もう一つの野花は、真ん中が濃い黄色で、幅が約二インチの淡い黄色の花だ。小さな向日葵に似ている。

三九年三月十二日（M）　**ヴィラ・シモン**

　三月十二日の項から三月二十八日の項（M）の四行目から五行目の「日本人で」までの「モロッコ日記」の部分は、肉筆原稿とタイプ原稿の両方が現存している。ともにオーウェルが書き、タイプしたものである。以下はタイプ原稿である（明らかな誤りは訂正した）。

演習から戻ってきた兵士が家の前を通り過ぎるのを数日前に見た。兵士の数は約五千人で、その半分以上がセネガル人だった。アルジェリア騎兵はなかなか立派で、全員の体格はここの平均的な住民より優れている。馬の背の高さは約十四ハンドで、強健だが大した品種ではなく、毛色は多種多様だが、白とグレーが大半だ。見たところ、去勢されているものもあれば、されていないものもある。しかし、雌馬はいない（この国では雌馬には乗らない）。射撃場では、どの馬も発射音に慣れているのに気づいた。彼らが一団になって行進しているのを見ていると、セネガル人の歩兵のほうがアラブ人の歩兵より優れているとは、今は思えない（以前はそう思っていたが）。彼らは大同小異だ。騎兵隊は小口径の速射砲の一種を持っていた――帆布で包まれていたので、そのメカニズムは見ることができなかったが、速射砲の口径が一インチかそれ以下なのは間違いなかった。車輪にゴムのタイヤが付いていた。輸送四輪車は大きなオールスチールの円盤車輪を備えていて、三匹のラバで引っ張られる。加えて、山岳砲兵隊のスクリュー砲〔二つの部分をねじで留める大砲〕があった。その大砲は口径が約三インチ、たぶん七五ミリだろう。もちろん、野砲の七五ミリ速射砲とは違うが。大砲、弾薬等全部を運ぶには、どうやら六匹から八匹のラバが必要らしい。大砲の砲尾は一匹のラバが運ぶ。私たちが見たような小隊は、山岳地帯を除いて、この国のどこででも苦労せずに演習ができるだろう。兵士は重いカーキ色の外套等を着たまま演習に参加させられるが、昔ほどは重い荷を持ってはいないようだ。ほとんどの兵士は、四十ポンドから五十ポンドの荷物を運んでいるようだった。

外人部隊の五人のイギリス人とアメリカ人が、時々私たちの家にやってくる(37)。

クレイグ――アイルランド人だが、オレンジ党〔アイルランドのプロテスタントが組織した秘密結社〕の党員。かなり上の労働者階級で、父はいい給料の会社員で、自分もそうだったと言っている。二十五くらいで、健康で体格がいい。こうしたタイプの人間はえてしてそうだが、妄想症のはっきりした徴候がある（過去の栄光等を自慢するといった）。二年半外人部隊にいるが、二度脱走しようとした廉《かど》で、その半分を捕虜収容所等で過ごした。ほとんどフランス語が話せない。やや「反赤」で、マクストン(38)の名が出ると敵意を示す。フランス人を好まず、もし戦争になっても戦おうとはしないだろう。

ウィリアムズ――アメリカ人、黒っぽい髪、おそらく黒い血が少し入っているのだろう。健康だが、体格はあまりよくない。十五年の勤務を終えるところだ。終えれば少額の年金（ひと月約五百フラン）を貰う。モロッコにずっといるつもりだ。今は、将校用食堂の当番兵だ。あまり教育は受けていないが気立てはよく、どうやら思慮深いようだ。

ロウランズ――年齢は三十から三十五くらい。「エリート」タイプ。ユーラシア人のものらしい奇妙なアクセントで話す。可能な時は酒を飲む。外人部隊に入って五年かそこらになるが、辞めることを考えている（兵士は三年の契約で入隊するが、希望すれば再契約ができる）。どうやら、あまり問題を起こさなかったらしい。おとなしい性格。思慮深いタイプだが、知的ではない。

スミス――アメリカ人。年齢は四十くらい。軍楽隊員として傭われている。酒好き。かなり長いあいだ勤務している。知的ではないが、善意の人間らしい。

さらに、若いスコットランド人――前に一度会ったことがある。どうやら、この部隊（第四）には、ほかに二、三人のイギリス人とアメリカ人しかいないらしい。イギリス人等がうまくやっていけず、辛い状況等に耐えられず、また、フランス語を学ぶ能力がないことでハンディを背負ってもいるのは、はっきりしている（ドイツ人のほうがフランス語を学ぶ能力がある）。上述の全員、まだ兵卒だ。外人部隊の大多数はドイツ人で、下士官は普通、ドイツ人だ。外人部隊での生活は、いまやまったく退屈なのだ。上述の誰も、どうということのない小競り合い以外、どんな戦闘も見たことがない。時折兵士のあいだで喧嘩が起こるが、かつては流行っていた決闘は禁止された。一年かそこら勤務しても、外人部隊の隊員は依然として一日約一フラン（三ペンス）しか貰わず、もし下士官にならなければ、それよりずっといい給料は貰えない。軍曹はひと月千二百フラン貰えるが、食費は払わねばならず、また、服にもいくらか払わねばならない。制服は寸法がひどく合わないが、兵士はかなりの量の衣服が貰える。そして、自分で洗濯をしなければならない。各兵士は一日、二分の一リットルのワインが貰える。タバコの無料の支給はなく、新兵はたいてい最初の半年はタバコが吸えない。

カタロニアが陥落すると、『プティ・マロカン』は直ちにずっとフランコ寄りになった。私たちがイギリスから受け取る新聞とフランスの新聞を比べるたびに、フランスと英国の大衆は非常に違った形のニュースを読むことになっていて、どちらか一方が、またはさらに確実に両方が恒常的に嘘をついているのがはっきりする。例えば地元の新聞は、イギリスの新聞に書いてある、カタロニアで難民が機関銃で撃たれたことを書いてない。外人部隊の隊員たちの噂から判断すると、まだ戦争が起こる気配がある。一度、彼らが今夜動員されるという噂が流れた。この数日のうちに、彼らはここの兵站部《へいたん》で大量の機関銃の積送品を受け取った。増援部隊がやってくるかのように。フランスの軍艦がカサブランカに寄港するごとに、大勢の水夫がマラケシュに、自発的にまたは強制的にやってくる。マラケシュで兵士と親しく交わるのだ。

　いくらかの大麦の穂が出ていて、かなりよいようだ。地元の水準からすると、今年は雨が大量に降り、穀物の出来はよいと期待されている。

三九年三月十六日（D）　きのうはそれほど暑くなく、曇っていて、埃が濛々と立ち込めた。今日も同じ。雨の降る前兆だろう。

　ここのほかの野花——小さな松虫草の一種、いくつかの烏野豌豆。その一つは非常に可憐で、花は豌豆豆の大きさで、ピンクと紫紅色だ。この数日に新しい野花を見たが、名前はわからない。敷地は今、多くの場所でそれらの花に文字通り覆われている。圧倒的に多いのは野生のマリゴールド、油菜《あぶらな》らしい、淡い黄色の花、イギリスのに似ていなくはない小さな雛菊。きのう、三羽の青《あお》河原鶸《かわらひわ》（雄が一羽、雌が二羽）が電話線に止まっていた——

　第一の青河原鶸、「リトル・ビット・オヴ・ブレッド」
　第二の青河原鶸、「リトル・ビット・オヴ・ブレッド」
　第一の青河原鶸、「リトル・ビット・オヴ・ブレッド」
　第二の青河原鶸、「リトル・ビット・オヴ・ブレッド」
　第三の青河原鶸（雄）、「チーイーイーイーズ！」

　まだ所々で耕作している者がいる。きのう、ごく幼い駱駝の仔を見た。どうやらたった数日前に生まれたらしい。臍《へそ》の緒をまだ付けていたからだ。それなのに、脚は母親の脚くらいに長かった。

　きのう、騎兵隊が通った。全部の馬が雄のようなのに気づいた。

三九年三月二十一日（M）　オテル・デ・ネゴシヤン、マラケシュ

　きのう、スルタンが公式訪問でやってきて、町を車で通った。町は旗等で前もって飾られていて、数千人の兵士が通りに並んでいた。明らかにこれは、現在の危機に関連した、忠誠パレードとしての意図も持つものだ。この人々、すなわちアラブ人は、スルタンに対する強い忠誠心を持っている。通常はアラブ人があまり多く住んでいないグエリズ地区においてさえ、人々は大いに熱狂していた。夥しい数の弱小首長とその家来が、変則的な騎兵隊のようなものを編成していた。全員、前装銃で武装していた。どうやらフランス人は、そうした銃（たぶん、二、三百ヤードは大丈夫らしい）が地方にばら撒かれていても怖くはないようだ。完全にフランスの言いなりになっているスルタンに対してアラブ人が忠誠だということは、フランスにとっては大いに事をやりやすくしている。マダムV［ヴェラ］の話では、アラブ人はラジオでスルタンの声を聞くと、恭順の意を示す仕草さえする。

スルタンは三十から四十くらいの、小柄で、あまり冴えない男だ。セネガルの兵士たちは、集団になると大変見場がいい。外人部隊の分遣隊が行進して行くのを見た。この前の印象とは反対に、体格と挙措は非常によかった。

今度は、戦争の危機に前より大きな関心が払われている。ここのフランス人は、そのことを自発的に口にする。この前はそうではなかったが。アラブ人でさえ、そのことについて話している。例えば、うちの召使のマジューブ・マホメド。彼は私たちに、「戦争になるだろう」と、敵はこの前と同じ、つまりドイツだと言った。どうやらマジューブは、大戦の際、ヨーロッパで戦ったようだ。彼はどんな言語も読めないが、地理についてはいくらか知っている。例えば、ヨーロッパに行くには海を渡らねばならないということを知っている。

E［アイリーン］が言うには、アラブ人の子供はどんな玩具も持っていない。それは本当のようだ。アラブ人地区では、どんな種類の玩具も売っていない。人形も凧も何やかやも。アラブ人の子供が手にしているのを見る、ごく少数の玩具（時にはボール）はヨーロッパ製だ。いずれにしろ、彼らはあまり遊ばないようだ。非常に大勢の子供が六歳くらいから働いていて、大半は、歩けるようになるや否や、金の価値を知るようだ。外人部隊の兵士は、特別の許可がなければ、薬屋に入るのは許されない（麻薬と毒薬のせいで）。


三九年三月二十八日（D）　ビスケー湾の靖国丸（N・Y・K）[39]に乗船。

以下は、三九年三月二十一日にマラケシュで書いたもので、日記の入った荷物を開けた時に、それに書き写すつもりだった。

今日の午後まで、ここ三、四日は驚くほど寒かった。二日前、暴風雨のさなかに、数分間雹《ひょう》が降った。公園では多くの動物が交尾していた。亀が交接していたが、雄はほとんどまっすぐに立ち、雌は動くと雄をひきずり回した。たぶんそれだから、亀は相手の甲羅の縁をぐるりと越えるほど長い柔軟なペニスを持っているのだろう。

駝鳥は交尾の気配を見せている。雄は雌を隅まで追い詰め、雌に跨《また》がり（飛ぶ鳥のような番《つが》い方ではない）、雌は怯えると、捕まった野兎のように隅に頭を隠す。だから、駝鳥が砂の中に頭を隠すという話には、いくらかの真実があるのだろう。おそらく、その二羽は同じ種類なのだろうが、雄と雌は外観が非常に違う。雄の羽毛は黒で、雌のは汚らしい灰色だ。雄の首は赤く、雌の首は灰色だ。両方とも首と腿は剝き出しだ。どちらも背は七フィート少し。パンは食べない。蛙が非常にうるさい。すでにオタマジャクシが辺りにいるのだが。雄の孔雀はディスプレーをする際羽柄《うへい》を振るわせ、サラサラという音を立てる。まるで風がその中を吹き抜けたように。一匹の猿（尻尾のない、やや狒々《ひひ》のタイプの平地に棲む猿）が赤ん坊を産んだ。どうやら生後二日くらいで、自分で動き回ろうとするが、母親がそれを許さない。母親が四つん這いになって駆け回ると、赤ん坊は四本の脚で逆さまに母親にしがみつき、顔を逆さにして前方を見る。その毛は黒い。両親の毛は黄褐色なのだが。赤ん坊の指は、両親の指と異なり、毛がなく、大人の猿の指より人間の指にずっと似ている。明らかに父親である猿と、もう一匹の雄の猿が、赤ん坊に非常な興味を示し、赤ん坊を優しく扱い、あちこち調べ、互いに怒っている時のように赤ん坊に対して歯ぎしりをしたが、赤ん坊は怯えた風を見せなかったので、それはたぶん、敵対的なジェスチャーではないのだろう。赤ん坊は、私とE［アイリーン］の姿を見ると、怖がって悲鳴を上げた。二回、そういうことがあった。

　亀が卵を産んだ。亀の石の箱の中で産んだので、おそらく孵らないだろう。

　父親の猿が母親の猿と交尾した、または、そうし始めた。その時、母親は赤ん坊を抱いていた。

　私たちは三九年三月二十六日午後四時にカサブランカを離れ、二十八日午前七時、フィニステレ岬を通過した。二十九日午前七時にアシャントを通過する。この十二時間で三百七十八マイル走った（この船に関するメモは、もう一つの日記に記した）。カサブランカを出たあとは海は波立っていたが、湾を航行している今は、非常に穏やかだ。つまり、このくらいの噸《トン》数の船を揺らすほどには荒れていない。湾を三度航行したが[40]、海が荒れたのは一度だけだ。カサブランカから船を追ってきた鷗と、北に向かって飛んでいる鴨の群れを除き、なんの生き物も見ていない。鴨の幾羽かは陸から少なくとも五十マイル離れていた。船酔いはしていない。最初の二十四時間は、ヴァサーノを嚥《の》まなかったら船酔いになったくらい船は揺れたが。

　カサブランカでの最後の数日は、ひどく寒かった。M［マラケシュ］からC［カサブランカ］に列車で行くと、景色が変わるのに驚く。どこもかしこも今、緑なのだ。農作物はかなりよいようだ。場所によって非常に異なるが。広大な畑に野花が咲いていて、アラブ人の小屋の周りの狭い敷地は雑草にすっかり覆われているので、小屋自体がほとんど隠れている場合もある。E［アイリーン］は駱駝が耕作をしているのを見た。私はそれをこれまで見たことがなく、そんなことはあり得ないと思っていたが、どうやらそれは、かなり普通のことらしい。リョーテの像の台座に彫られているものの一つだからだ［三八年十二月十日の項と、注（26）を参照のこと］。この船にある数種類の植物、椰子タイプのもの、月桂樹タイプのもの、例の日本の樅の木の盆栽は、うまく育っていて、丈夫そうだ。

三九年三月二十八日（M）　ビスケー湾を横断する靖国丸の船上にて

　靖国丸は一万一千九百五十トンだ。まだわからないが、振動から判断してこの船は内燃機船らしい。ブリッジ以外、喫水線の上に三つのデッキしかない。キャビンとその他の設備はかなりいいが、乗組員とスタッフが全員日本人で、高級船員以外、ほとんどの者が英語を話さないという難点がある。カサブランカ―ロンドン間の船賃は六ポンド十シリング。船は通常、ジブラルタルからロンドンまで直行するが、今回は茶の積荷を降ろすために迂回する。ジブラルタルからの船賃は、たぶん同じだろう。P&Oのツーリストクラスはロンドン―ジブラルタル間、六ポンド十シリングだ。この船の食事はP&Oで出るものより、ほんの少しいい。しかし、この船のスチュワードには、船客がほとんどいないという利点がある。スペースが比較的限られているため、飲酒の施設やデッキのゲームは、あまりよくない。

　客室がどのくらいあるのか知らないが、たぶん、少なくとも五百はあるだろう。目下、二等船客はわずか十五人、三等船客は約十二人。一等船客は多くはないようだ。何人かは知らないが。二等と三等の船客の二、三人はデンマーク人かほかのスカンディナヴィア人で、一人か二人はオランダ人だ。その他はイギリス人。その中に、ジブラルタルで乗船した数人の兵卒がいる。航海のあいだ中、船はこのくらい空いているらしい。日中戦争以来、極東から帰ってくるイギリス人は日本の船には乗らない。その結果、どのP&Oの船も混んでいるそうだ。

　この二十四時間の船の航行距離は三百七十八マイル。これは、気候条件がかなりいい場合だ。三九年三月二十六日、午後四時にカサブランカを離れたが、ロンドン川〔テムズ川のこと〕[41]の満潮を待つ時間を入れても、三十日の晩か三十一日の朝には埠頭に着きそうだ。

　この船では、毎日、歯車式鉄筆でニュースを書いた一枚の紙をくれる。映画が時折上映される（まだ観ていない）。

　カサブランカでは何度か映画を観に行き、フランス政府が戦争を予期しているのが、ほぼ確実にわかる映画を観た。最初の映画は、ある兵士の生活を撮ったもので、生活のそれぞれ違ったあらゆる面を紹介しているが、マジノ線の内部の様子の非常に優れたショットがあった。どうやらその映画は急いで作られたようだが、この種の映画としては通常よりもずっと細かい部分まで撮影されていた。もう一つはパテ社のニュース映画で、解説のアナウンサーは、ドイツを非難する政治演説と言ってよいものをした。それから、さらに多くの英仏の兵士等のシヨットがあった。問題なのは、観客の態度だった――まったく無感動で、ほとんど拍手をせず、二、三、敵意の籠もった文句を口にした。

今度は、すべてのフランス人は戦争が起こるのを確信している。何人かはそのことについて自発的に私たちに話し始めた。全員、将来を悲観していた（例えば、一、二のケース。「戦争は、われわれにとっていいことはない。戦争で得をするのは金持ちだけ」等々）。時々、ヒトラーを「下劣な奴《サロー》」と言ったけれども。

自発的協力者を求める、A・R・P〔防空警備隊〕（つまり、F・A・P・A・C〔「防空警備隊」のフランス語の略称〕）のビラが、三月二十日頃、初めてマラケシュに貼られた。息子がサンシールにいるマダムMによると、そこの士官候補生でさえ戦争を望んでいない。もちろん、戦争のための準備はしているが。

オーウェルのマラケシュ・ノート

五と四分の一インチ×三と八分の三インチの大きさの小さな手帖。頁の一番上にミシン目があり、各頁に二十五本の薄い色の線がある。オーウェルは、値段を書き留めることができるよう、それを持ってマラケシュを歩き回ったのだろう。彼は各頁に番号を付けた。六頁が使われた。当時、約百七十五フランが一ポンドだった。四十フランが一米ドルだった。

※（地元で作られたもの。）†（この国のもの。）

※幅約二フィート、重さ約十五ポンドの銅製トレイ、百七十五フラン。

※ロバ、七十五－百五十フラン。

※駱駝（小）、三百フラン。値段はおそらく、千ポンドまで行くだろう。

※ラバ、二百五十－千フラン（または、もっと）。

※乳の出る状態の雌牛、約六百フラン。

※馬（乗馬用）、二百フラン以上。

※蠟燭用ランタン、四－五フラン。

※女性用の柔らかい革のスリッパ、十－十五フラン（上質のもの）。

※幅約一フィートの銅製トレイの中古品、使い古したもので重くない、三十五フラン。

※六フィート×四フィートの全部がウールの毛布、四十フラン。

※小麦、一ブッシェルで重さ約四十ポンドという多めの量、三十フラン。不当な値段かどうか定かではない（デカリットル）。

※山羊、若い雌、非常に貧弱だが、ほぼ平均的な水準のもの、三十フランと三十五フラン。よい山羊は（も

し手に入れば）六十フランすると言われている。

※　刻んだ紫馬肥《むらさきうまごやし》、十サンチーム。約三―四インチの幅の束。

※　ロバの借り賃、一時間、約二―三フラン。

※　卵を産む初年鶏、よいと思われているもの、一羽七・五〇フラン（かなり高い値段だと言われている）。

自転車の借り賃、一日六フラン（おそらく不当な値段だろう、四ないし五フランが妥当だろう）。

襖《ふすま》、キロ当たり一・三五フラン。

四分の三インチ×四分の三インチの木材（たぶん輸入品だろう、鋸で挽いてはあるが鉋はかけてない）、一メートル、二フラン。

六インチ×四分の三インチ（同）、一メートル、五フラン。

合板（粗悪な品質）、一平方フィート、約一・七五フラン。

薪（一応切ってあるもの）、千キロ（一トン）、八十フラン。

トラックの借り賃、約二時間、十マイルで百二十五フラン。

ブタガスのボンベ（キャラーガス〔家庭用液化ブタンガス〕よりやや小さい）、八十五フラン（ガスの値段だけ）。

食卓用ミネラルウォーター、各種、一リットル、約三・五〇フラン。

※　「マンダリン」オレンジとレモン（十月二十日）、一個、約五十サンティーム。

※　ほかのタイプのオレンジ（十月二十一日に、ちょうど入ってきた）、六個、三・五〇フラン。

カナダ林檎、一キロ約七フラン。

※　オレンジ（三八年十一月十日）、十個、三・五〇フラン。

蠟燭（一番安いもの）、一キロ五フラン。

豌豆（三八年十一月十三日）、一キロ、五フラン。

※　オール・ウール（たぶん駱駝）の染色毛布、手で紡いで織ったもの。約八フィート×六フィート、百五十フラン。

※　銅製トレイ、幅約二フィート六インチ、重さ約二十五ポンド、三百フラン。

※　座部が紐の椅子（出来上がるまで七時間かかったと推定される）、七フラン。（四フラン（?））

※　中古品の斧の頭部、約六ポンド、七フラン。

※　イギリスでは二シリングから三シリング六ペンスの値段のタイプの籠。五フラン（不当な値段）。

※　球状の無釉《むゆう》の陶器のボウル、蓋付き、四フラン。

※　一パイント入りの無釉の白い陶器のカップ、一フラン。

※　一パイント半入りの赤い陶器の花瓶、内側は雑に施釉、三フラン（おそらく不当な値段）。

やや安めのオール・ウールの毛布、大きさは前記のものと同じ、百フラン。

† 安めの毛布、ウールと木綿、六フィート×四フィート、三十フラン。

小さなケトル（錫製ではない、錫製のものはここでは売られていないようだ）、九・五〇フラン。

※ 鞴《ふいご》（イギリスでは二シリングから三シリング六ペンスのもの）、七フラン。

釘、長さインチ半、キロ当たり二フラン。

水飲み用カップ、五サンティーム。

† 並みのワイン、一リットル、三から四フラン（フランスでの値段と、ほぼ同じ）。

† 並みの紙巻きタバコ、「ファヴォリト」、二十本入り、一・五〇フラン（フランスでの値段、約二・五〇から三フラン）。

※ 革のサンダル、誂え（イギリスでの値段、約五シリング）、二十五フラン（おそらく不当な値段）。

オーウェルの脚注

★1 メイドストーンの近く。

★2 NB。英国はモロッコとの貿易において一九三四年以降、日本に大きく負けた。当時、英国は第二位の輸入国だった。今では日本が二位で、英国は六位である（D・H・ウォー『今日のモロッコ』）。

★3 三九年一月二十三日付の『ル・タン』は、スペイン戦争が終わったならば、フランスはスペイン領モロッコを占領したらどうかと真剣に提案した社説を書いたと言われている（私は見ていないが）。

★4 ヨーロッパ人に見える大勢の給仕その他が、互いにアラビア語で話している。たぶん、ユーラシア人なのだろう。

★5 ある一定の場所以外でさえ。

★6 どうやら、白人の下士官だけではなく、白人の兵士も何人かいたらしい。

★7 錨は砲兵隊である。

★8 女の召使は一日三から五フラン貰う。

★9 一万三千。

★10 それらを購入するたびに十パーセントの税金が課される。

★11 常にオリーヴの木、たいていは根。

★12 『グランゴワール』は発行部数五十万と言っているが、正しいようだ。

編者注

（1） マルクス――オーウェル夫妻の犬で、黒のプードル。グルーチョ・マルクスにあやかって名付けられたのか、カール・マルクスにあやかって名付けられたのかは、議論の余地がある問題である。

（2）毒牙——毒蛇は、この場合のように、二本の毒牙によってではなく、叉状の舌によって毒を注入すると古くは考えられていた。『リチャード二世』の中でシェイクスピアはこう書いている。「そこに毒蛇をひそませておいて、その二股の毒舌を利用し、お前の君主の仇敵に死を投げつけてやれ」（第三幕第二場、二十〜二十二行）［坪内逍遙訳］。八月十一日の日記の項も参照のこと。

（3）サルデーニャ島のムフロン羊——サルデーニャ島とコルシカ島の山に生息する野生の羊。広義で、野生の大きな、角の大きい羊を指す。

（4）キッツ・コティー・ハウス〔「キッツ・コティー」は村名〕は長い古代の古墳の埋葬室で、エイルズフォードの少し北のブルー・ベル・ヒルにある。説明付きのオーウェルのスケッチは、立石〔先史時代の石の記念物〕の姿をほぼ正確に伝えている。

（5）八月二十二日（D）——前の項も八月二十二日となっているので、この項はたぶん二十三日に書かれたものだろう。オーウェルは北アフリカに発つ前に、両親に会いにサウスウォルドに行った。

（6）コリングズ医師——ブレア夫妻の主治医。彼の息子、デニスはオーウェルの友人だった。「ホップ摘み日記」の序を参照のこと。

（7）ストラシーデン号は、P&Oのためにバローで建造され、一九三八年に就役した。全長六百六十四フィート、重さ二万三千七百二十二トンで、四百四十八人のファースト・クラスの船客と、五百六十三人のツーリスト・クラスの船客を運んだ。オーストラリアまで五十五回往復し、最後に帰ってきたのは一九六三年九月だった。戦時中は軍隊輸送船として使われた。六年間ギリシャ人が船主だったが、一九六九年、解体された。

（8）六ポンド十シリング——今日の約二百五十ポンドに相当するだろう。

（9）フランスが降伏した一九四〇年、スペインはタンジール全体を支配するようになった。戦後タンジールは、一九五六年にモロッコ王国の一部になるまで、国際的地位に戻った。CNTは無政府主義サンディカリスト労働組合だった。FAIは無政府主義前衛、UGTは社会主義者労働組合、JSUは合同青年運動、UHPは「¡Unios, Hermanos Protetarios!」——「団結せよ、プロレタリアの兄弟よ！」の頭文字で、その呼びかけは、一九三四年、アストゥリアスの坑夫の蜂起の最中、最初に使われた。

（10）　オーウェル夫妻は一九三八年九月十一日にモロッコに着いた。マラケシュの英国領事ロバート・パーの前での宣誓証書が示しているように（『全集』第十一巻を参照のこと）。同証書ではオーウェルの生年は一九〇三年ではなく一九〇二年となっている。彼は一九三八年二月十二日付のA・H・ジョイスに宛てた手紙に、パスポートに誤って自分の生年を一九〇二年と記入してしまったと書いている。オーウェル夫妻は半年と少し滞在し、一九三九年三月二十六日にカサブランカからイギリスに向けて発った。一九三八年九月十八日、オーウェルはエリック・ブレアと署名して、「une villa et une piece de domestique, route de casa, apartenant a Monsieur Simont, Boucher a Marrakech」〔「マラケシュ在住の肉屋、シモン氏所有のカサブランカ街道にある別荘および使用人部屋」。正しくは「piece」は「pièce」、「apartenant」は「ap-partenant」、「a」は「à」〕を、最低六ヵ月間、月に五百五十フランで、一九三八年十月十五日から借りることにした。別荘はマラケシュから約五百キロのところにあった。R・A・ビッドウェルはこう記している。フランス・フランは一九三八年三月には一ポンドに対して百六十五で（一ドルに対して三十一）、一九三九年一月までにはレートは、一ポンドに対し百七十六・五になった（一ドルに対して三十九・八）。そのレートは翌年の一月まで変わらなかった（『通貨換算表』、一九七〇）。例えば、五百五十フランはその六ヵ月のあいだ、約三・二五ポンドだった。ウォリントンのコテージの家賃は週に七シリング六ペンスあるいは四週間で一・五〇ポンド（現在の十進法で）だった。オーウェル夫妻はシモン氏の別荘に住むことができるようになるまで、マラケシュのエドモン・ドゥート街にあるマダム・ヴェラの家に滞在した。

（11）　マラケシュ――オーウェルは「Marakech」と「Marakesh」の両方の綴りを使っていて、sと書こうとしたのかcと書こうとしたのか、はっきりしない場合がある。

（12）　キフ（kiff）――悦楽、幸福、夢心地を意味するアラビア語の「カイフ」から来た語で、インド大麻、マリファナのこと。ケフ、キーフ、kifとも。

（13）　エドゥアール・ダラディエ（一八八四～一九七〇）――フランスの社会主義者の首相（一九三八～四〇）。彼は一九三八年九月三十日、ズデーテン地方をドイツに割譲するというミュンヘン協定に、チェンバレン、ヒトラー、ムッソリーニと一緒に署名した。

（14）　もし彼女が週に七日働いたなら、週に四十五フラン貰っただろう。年五十ポンドは、週に約百七十フランだった。

（15）　オーウェルの家主で、マラケシュの肉屋。別荘はオレンジの果樹園の中にあった。

（16）　アルブッス——オーウェルがここで何について言っているのか定かではない。なぜなら、アルブッスの葉は羽毛のようではなく、革めいているからだ。それは九分九厘、御柳《ぎょりゅう》属の灌木だろう。それは、オーウェルが書いているような状況で生えることがある。

（17）　レモン……違った種類——レモンの場合、開花と結実のすべての段階は、一本の木で同時に起こるのをオーウェルが知らなかったことは明らかである。しかし、のちに彼はこの結論に至る。「家事日記」、三九年三月四日の項を参照のこと。

（18）　フロックスD——たぶん、いくつかの変種のある一年生の phlox drummondii「桔梗撫子《ききょうなでしこ》」であろう。

（19）　三八年十一月一日の項の余白にオーウェルの手書きの注があるが、それがどこに入るのかを示すものはない——「ジャガイモ（貧弱）」。

（20）　V・M——La Vigie Marocaine〔『モロッコの見張り番』〕、地元の新聞。

（21）　余白にあるオーウェルの手書きの注（この一節に正確に関連してはいないが）——「Mはまた、私たちのテーブルの食べ残しをも食べる」。そうした食べ残しを食べるのはラマダーンの期間中は禁止されていた。Mは「マジューブ・マホメド」のこと。「うちの召使」については「モロッコ日記」、三八年十一月二十二日の項を参照のこと。オーウェルが山羊の乳を搾るのを手伝っているマジューブの姿は、『失われたオーウェル』の図版十一にある。

（22）　『ル・プティ・マロカン』——カサブランカの日刊の朝刊。

（23）　空気を求めて上がって来ずに——この文句を、『空気を求めて』（オーウェルはモロッコにいるあいだにこの小説を書いた）のジョージ・ボウリングの台詞と比べるとよい。「私がどんなふうに感じたか、わかるだろう。空気を求めて上がって来たのだ！　脚で水を掻いて海面に上がってくる時の大きな海亀のようだ。鼻を海面から突き出し、海藻と蛸のあいだに再び沈んで行く前に、空気をぐっと肺一杯に吸うのさ。われわれは誰でも、ゴミ箱の底で息苦しい思いをしているんだが、私はてっぺんに行く道を見つけたのだ」。オーウェルは、この小説の題について、それが一九三九年六月十二日に出版されるまで言及していない。

（24）　航空省を巡るスキャンダル——それは、一九三八年五月十二日に、議員が英国の防空の状況についての調査を要求したことを指しているのだろう。英本土航空決戦《バトル・オヴ・ブリテン》で戦闘機司令部の指揮をしたサー・ヒュー・ダウディング（一八八二～一九七〇）は、ネヴィル・チェンバレンがヒトラーと取引をして（それがいかに惨めなものであろうと）ミュンヘンから戻ってきた時、安堵した旨を表明したと言われている。スピットファイアの製造が軌道に乗っていなかったからである。

(25)『失われたオーウェル』の図版十は、オーウェルがモロッコでパチンコを打っている写真。

(26)ルイ＝ユベール＝ゴンザルヴ・リョーテ元帥（一八五四〜一九三四）――フランスのモロッコ総監として、モロッコの発展に大きく寄与した。彼は一九一六年から一七年までフランスの陸相を務め、一九三一年、パリの植民地展を開催した。

(27)フランソワ・ド・ラロック大佐（一八八五〜一九四六）――「火の十字団《クロワ・ド・フー》」という、反マルクス主義、反資本主義グループを率いた極右の指導的人物。活動禁止になったが、「フランス社会党」（一九三六〜四〇）として再建された。彼は反ドイツで、協力者にはならなかった。「戦争までの諸事件の日記」の三九年八月六日の項も参照のこと。

(28)シュルー（オーウェルは Cleuh、Chleuh、時には、Shleuh、Shluh と綴っている。）――もっぱら、モロッコのアトラス山脈に住んでいたベルベル人の人種グループ。「モロッコ日記」の一九三九年一月二十七日の項の、「自分たちのベルベル方言」と「みなアラビア語を話す」というオーウェルの言及を参照のこと。

(29)レオン・ブルム（一八七二〜一九五〇）――一九三六年から三七年までと、一九三八年にフランスで初の社会主義者の首相になり、人民戦線内閣を統轄した。一九四二年から第二次世界大戦が終わるまで、フランスとドイツで投獄され、一九四六年から四七年まで、再び首相になった。

(30)その前のボンベは五週間もった。三八年十一月二十四日の項を参照のこと。

(31)四百フラン――当時の約二・三五ポンド（今日の九十ポンドの価値）。

(32)P・S・F――フランス社会党。注(27)を参照のこと。

(33)ほかの日記――オーウェルの「モロッコ日記」（それと「家事日記」は、ここでは間に差し込まれている）。

(34)ウィリアムズ――ほぼ確実に、「モロッコ日記」の一九三九年三月十二日の項に記述されている、フランスの外人部隊に所属したアメリカ人。彼はたぶん、『失われたオーウェル』の図版十六の三人のグループの一人であろう。

(35)ベーコン・アンド・エッグ――ジェフリー・グリ

グソン著『イギリス人の花』によると、サマセットシャーで言う「水生馬の足形」(Ranunculus fluitans)。また、ウィルトシャーで言う「細葉柳穿魚《ほそばうんらん》」(Linaria vulgaris)。さらに、球根状の「金鳳花《きんぼうげ》」を意味するとも考えられる。

(36) 牛の舌草、鳥の目――グリグソンによると、「鳥の目」は十六の植物の俗称となっている。

(37) 外人部隊の隊員と、オーウェルが日記に書いている女たちの幾人かは、『失われたオーウェル』の図版十二から十六に写っている。

(38) ジェイムズ・マクストン(一八八五〜一九四六)――一九二二年から四六年まで独立労働党の議員、一九二六年から三一年、一九三四年から三九年のあいだ、独立労働党の委員長だった。ミュンヘンでの英仏独伊の四ヵ国会議にヒトラーが同意したという、ネヴィル・チェンバレン首相の声明を、一九三八年九月二十八日、議会で了承した。

(39) N・Y・K――ニッポン・ユーセン・カイシャ(日本郵船会社)。靖国は「平和な国」を意味する。同社の船は、さまざまな神社にちなんで名付けられた。この神社には、明治維新のあいだ、および以後に戦死した軍人の魂が祀られている。そのことで、最近、同神社は歓迎されざる注目を惹いている。靖国丸は横須賀からトラック諸島に向かう途中、一九四四年一月三十一日、アメリカの潜水艦「トリガー」に撃沈された。(アキヒロ・ヤマダ教授提供の情報による。)

(40) オーウェルはビスケー湾をビルマに行く途中と、モロッコの行き帰りに二度、横断した。エルンスト・ロベルト・クルティウスの『フランスの文明』を書評した際(一九三二年五月)、オーウェルは次のように書いた。「サッコとヴァンゼッティが処刑された日［一九二七年八月二十三日］の数日前、私はマルセイユのイギリスの銀行の石段に立っていた」

(41) のちに追加――(三十日の朝)、(埠頭に午前九時頃着=カサから埠頭まで八十七時間)。

オーウェルとアイリーンは、一九三八年九月十四日にマラケシュに着き、その二週間後、ミュンヘン会談でドイツは、ヨーロッパの平和が保たれることになるかもしれないと考えた（それは空しかったが）英仏から、チェコスロヴァキアを犠牲にすることに対する同意を得た。この「宥和政策」のゆえにチェンバレンを非難するのは、あまりに安易である。モンス、ガリポリ、ソンム、イーペル、パシャンデールの記憶が、彼に重くのしかかっていたに違いないのだ。彼はその殺戮に直接関わっていなかったので、いっそう強く、それを感じたのだろう。彼はそのような苦しみを、新しい世代の青年男女に味わわせることになるのを恐れたのに違いない。独立労働党の党員であるオーウェルでさえ、その頃は平和主義者だった。アイリーンは友人に宛てた手紙に、こう印象的に書いている。「チェンバレンが私たちの唯一の希望だと感じるのはとても奇妙ですが……あの人は確かに勇気を持っています」（一九三八年九月二十七日）。チェンバレンには多くの面で限界があったにせよ、英国空軍は、もしチェンバレン政府が、その時、戦争を始める決意をしたとしても、ドイツ空軍に立ち向かえる状態にはなかったというのが、不愉快ではあれ真実だった。十月十日、ドイツはチェコのズデーテン地方を占領した。ほぼ半年後の一九三九年三月十五日、ドイツはチェコスロヴァキア全土を占領し、三月二十八日、マドリッドはフランコの軍に降伏し、スペイン内戦はファシスト側が勝利を収めて終結した。

オーウェルはモロッコ滞在中に『空気を求めて』を書いた。オーウェルとアイリーンは、一九三九年三月二十六日にカサブランカからイギリスに向けて出帆した。船上でオーウェルは、『空気を求めて』のタイプ原稿を作成していた。彼はイギリスに着くとすぐ、タイプ原稿をヴィクター・ゴランツに渡した（彼はまだ、その小説の執筆契約をゴランツと結んでいた）。そうしてから、重病に罹っていた父を見舞うためにサウスウォルドに行った。オーウェル夫妻は四月十一日にウォリントンに戻った。その小説は一九三九年六月十二日に出版された。部数は二千だった。同じ月に、さらに千部が刷られた。六月末にオーウェルの父が死んだ。オーウェルは父のかたわらにいた。オーウェルの父は死後、慣習に従って瞼にペニー銅貨が載せられた。葬式のあとオーウェルは、サウスウォルドの遊歩道を歩きながら、その二枚の銅貨をどうしようかと考えた。それを使う気にはなれなかったので、結局、海に放り投げた。

三九年四月十日（D）　サウスウォルド　三九年四月一日以来ここにいるが、先週の大半をベッドで過ごした。

一週間前にここに着いた時は、天候はおおむねやや寒く非常に穏やかで少し霧が出ていた。三九年四月二日は、海上に濃い霧。所々で橉木《りんぼく》が咲いている。桜草がふんだんにある。野生のラッパ水仙もたくさんあるが、大半は花が完全に開いていない。果樹はかなり勢いよく芽を出している。なんの種類かわからない花（紫がかった色）が隠れた場所で咲いているのを、二日前に見た。薔薇、草本性植物等が勢いよく芽を出している。三九年四月二日、椋鳥がまだ群れをなしている。雲雀《ひばり》が盛んに鳴いている。いくつかのアスパラガスの頭が地面から数インチ出た。

三九年四月十二日（D）　ウォリントン　きのうはひどく暑く、晴れていた。この七十年のその日としては最も暑い日だったと言われている。今日はさらに暑い。うちには今、雌鶏が二十六羽いる。一番若いのは生後約十一ヵ月だ。きのうは卵七個（鶏はやっと最近、また卵を産み始めた）。何もかもなおざりになっていて、雑草等がはびこっている。地面は非常に固く、乾いている。それは、大雨のあと、数週間雨が全然降らなかったせいだ。

海から内陸のほうに行くにつれ、生け垣の灌木等の生長が季節に先立っているが、全体として春は遅れている。

今、庭では花が咲いている。プリムラポリアンサ、紫薺《むらさきなずな》、ルツボ、ムスカリ、酢漿草《かたばみ》、わずかな水仙。たくさんのラッパ水仙が野原に咲いている。これは八重咲き水仙だが、どうやら本物の野生のものではなく、偶然そこに落ちた球根から生えたものらしい。ダムソンスモモとプラムは花が咲き出した。林檎の木は芽を出しているが、花はまだだ。梨の木の花は満開だ。薔薇はかなり勢いよく芽を出している。枯れた立木の一本の根から芽が出ているのに気づいた。だから、若枝が枯れても、根株は生きているようだ。芍薬《しゃくやく》は勢いよく芽を出している。クロッカスは盛りを過ぎたところだ。数本のチューリップが芽を出している。庭に数本の韮葱《にらねぎ》とパースニップがあるが（後者はすっかり覆わなくとも冬を生き延びた。てっぺんはまだ緑だ）、ほかには野菜はまったくない。厳しい霜のせいで、地元では冬の青物はないようだ。蝙蝠《こうもり》が至る所にいる。まだ、どんな鳥の巣も見つけていない。

野花が咲いた。菫、桜草、草の王、アネモネ。

一本の小さな大黄《だいおう》が芽を出した。黒房スグリ等の灌木は大部分非常に貧弱になってしまった。おそらく、雑草を掘り起こさなかったせいだろう。苺はどれも地面を這っていて雑草に覆われているが、かなり丈夫そうに見える。

コスレタスの種を蒔いた。

腐葉土（橅《ぶな》）を一九三七年末に作ったが、今、十分に腐った。

生け垣の下に鶫《つぐみ》の卵を二個見つけた――巣はない。やや謎めいているが、たぶん、子供がそこに置いたのだろう。

今日、刈り取ったものの山が脱穀されていた――オート麦で、見たところ、溝鼠はまったくいず、二十日鼠(42)はごく少なかった。生きた二十日鼠の赤ん坊をマルクスにやってみた。マルクスは臭いを嗅いで舐めてみたが、食べようとはしなかった。

鳩が急角度で空に交配飛翔をし、それから下に滑空してきた。

卵四個。

三九年四月十三日（D）　あまり暖かくない。晩に、ちょっと小雨。非常に暗い夜。わずかな数のパンジーと匂紫羅欄花《においあらせいとう》が咲き始めた。パンジーはマリゴールドとほとんど同じように、自然播種で広がった。赤い雪下《ゆきのした》が咲き始めた。

卵十個。

三九年四月十四日（D）　曇。ごくわずかな俄雨。暗くなってから寒かった。

二羽の燕を見た（岩燕ではない）。この地方にしては、また、鳥の姿を見るのが遅い年にしては、かなり早い。ほかの誰もまだ燕を見ていない。

一日中、苺の手入れをした。去年以来、手をつけていなかったのだ。一本の苺の木から、十二本から十五本の匍匐枝《ほふくし》が出るようだ。これらは、非常に固い土に根を下ろした時に最良の根を伸ばすようだ。その何本かを、隙間を埋めてもう一畝作るのに使った。根付くかどうか疑わしいが、ティトリー(43)が言うには、手遅れではない。蔭になっている場所の匂紫羅欄花が満開だ。林檎の花はまだどこにも咲いていない。

ホリングズワース一家がうちの二十四個の卵から得た十二羽の初年鶏（ホワイト・レグホン×バフ・オーピン

トン／サセックス種）が去年の秋以来、千五百個の卵を産んだ。月に一羽が約二十個の卵を産んだ勘定だ。それらは普通の産卵用の飼料ではなく、豚用の餌でずっと育った。同時期に、うちの同じ交配の初年鶏は卵を産んでいなかった（つまり、やっと今産み始めたということ）。それは、餌を十分に与えなかったせいだ。

卵八個。

今日、初めてM[44]は一クォートの乳を出した。

三九年四月十五日（D）　晩は肌寒く、風が強かった。ちょっとした俄雨。大黄《だいおう》の畑の手入れを始めた。それ以外は鶏舎を動かすので忙しかった。鶏舎を移動した直後に、鶏舎の中か、すぐ近くで餌を食べるように仕向ければ、非常に手が省けるようだ。そうしないと、鶏は常に元の場所に戻る。

M［ミュリエル］は盛りがついたように振る舞う。確かではないが、日付を記録しておこう（次は五月五日から六日だろう）。

もう一羽の燕を見た。鶫《つぐみ》がうちの生け垣の中で卵を産んでいる。開花した枯れた刺草《いらくさ》。橉木《りんぼく》の花は実に可憐。二年前に生け垣の中に植え、野生林檎だと思った小さな木が（林檎の木の下で見つけ、吸枝だと考えたので）、ダムソンスモモか野生のプラムになった。

卵八個。

三九年四月十六日（D）　かなり肌寒く、時折日が射す。風はあまりない。午前中、ごく弱い俄雨。

黄花の九輪桜がそこここに咲いている。少々早いように思われる。ブルーベルも咲き始め、いくつかは満開に近い。疑いもなく例年より早い。西洋実桜《せいようみざくら》は満開。シカモアの葉が出始めている。林檎の花は開くところだ。もう一羽の鶫が生け垣の中で卵の上に坐っている。卵のある、黒歌鳥の巣を見つけた。これまでに見つけた巣は、それだけだ。

教会のそばの池はひどく淀んでしまったので、もはや青浮草《あおうきくさ》は生えていない。浮き滓のような緑の植物だけだ。それにもかかわらず、まだ数匹のイモリがいる。

今日、サマータイムが始まった。したがってMの朝の乳の出は少ないが、夕方には回復した。

卵十個。（きのう売れた卵の値段、一スコア〔一スコアは二十〕で一シリング九ペンス。）

三九年四月十七日（D）　かなり肌寒い。いくらか風がある。時折、俄雨。

胡桃の木の芽が出始めた。三〇年四月十二日に蒔いたレタスの種が発芽している。何本かのチューリップが咲き始めるところだ。

卵十個。（今週は五十七個。）

三九年四月十八日（D）　晴だが肌寒い。

空豆の種を蒔いた。前に蒔いたものは、よく育っている。岩薺《いわなずな》と金魚草を植えた。

孵化した鶉《うずら》の卵を一個見つけた――今年最初。

卵五個。

三九年四月十九日（D）　快晴、かなり暖かい。

椋鳥がこの数日、求愛行動をし、藁を嘴でくわえて飛び回っている。雄らしい一羽の椋鳥が首の羽毛をまっすぐに立てて大枝に坐り、いつもの歌声のほかに、素早くカチカチという音も出している。かなりの数の燕が飛び回っている。岩燕はまだ見ない。

豌豆の種を蒔いた（ノットカット種苗店のリンカン種、一フィート半〔茎の長さ〕）。今日、抱卵用の卵が来たが、巣につきたがる雌鶏は、まだ手に入らない。M〔ミュリエル〕は落ち着かず、食欲がない。おそらく、まだ発情していないのだろう。

午後六時二十八分に始まる日蝕（金環蝕）を見るには非常によく晴れた天候。午後七時十五分の最大の日蝕時には、太陽の半分が隠された。辺りはやや暗く、寒くなったが、鳥等が反応を示すほどではなかった。鶏は鶏舎の中に入って行かなかった。

卵九個。（今日の値段、一スコアで一シリング八ペンス。）

三九年四月二十日（D）　晴。終日、非常に暖かかった。

至る所にブルーベリー。多くの花弁を持つ、白い星形の単弁花（大甘菜《おおあまな》〔英名「ベツレヘムの星」〕か？）が今咲いている。庭には、勿忘草《わすれなぐさ》、チューリップ、二つか三つのアネモネが咲いている。

ダムソンスモモの木の近くにいる雌の鶫《つぐみ》が、予想に反し、巣を見捨てていない。したがって、鶫は巣から相当の時間離れても、卵が冷たくなることはないようだ。

林檎の花がちょうど開き始めた。

どこでも、巣につきたがる鶏を手に入れることは不可能だ。誰もそういう鶏を持っていないらしい。

卵十個（プラス、十四日頃以降に外〔鶏舎の外〕で産んだ卵五個）。

三九年四月二十一日　終日晴、暖かかった。非常に乾いている。

今日、今年初めてだと思うが、三色昼顔の芽を見た。どうなっているのかを見ようと、畑の刺草《いらくさ》を大鎌で刈った。年に三、四回大鎌で刈ると、刺草は根絶できるということだ。塩素酸ナトリウムで処理したものは枯れている。

ブロッコリー、縮緬キャベツ、韮葱《にらねぎ》、芽キャベツ、コスレタスの種を蒔いた。

卵十三個。

三九年四月二十二日　寒く、風が強い。時折、晴。小雨。

菖蒲《あやめ》の芽が出た。林檎の花がいくつか満開だ。

早生《わせ》のジャガイモを植えた（エクリプス、約十ポンド）。

巣につきたがる雌鶏を二羽手に入れたが、確かめるため、明日まで卵を抱かせない。

雌鶏に一羽三シリング六ペンス払った。

どうやら池の鷭《ばん》は巣を持っているらしい。

卵十二個。

［新聞の切抜き。「刺草も役に立つ」――野菜として。ビールを作るため］

三九年四月二十三日　終日雨、しかし、さほど大降りではない。

ライラックが咲きかけている。三色昼顔の勢いがいい。

いわゆる、「巣につきたがっている鶏」は非常に厄介だ。一羽は最初あまり気が乗らなかったが、卵を抱き始めた。しかし、たった八個の卵を抱いただけだ。もう一羽は全然巣につこうとせず、逃げ出して、ほかの鶏のあいだに入ってしまった。その抱卵用の卵は無駄になるだろう（一ダースで二シリング六ペンス）。その鶏がほかの鶏のあいだに戻ると、ほかの鶏はいつもとは異なり、敵対的な態度は示さなかった。たぶん、雄鶏がいないからだろう。トム・リドリー[45]が言うには、雌鶏を待って卵を取って置く際には、孵卵器の場合のように、毎日卵をひっくり返さねばならない。

キャラーガスのボンベを取り替えた。

卵十三個。（ティトリーは卵一スコアで二シリング貰っているようだ。）

三九年四月二十四日（D）　おおむね晴。時々雨。晩は冷える。

もっと塩素酸ナトリウムを使った。以前、それを使った刺草は黒ずんでいた。

一羽の鶏が巣につくのを拒んだ。それを元のところに返した。馴染んだ環境に戻れば、また巣につきたがるかもしれないからだ。ほかのは十一個の卵をちゃんと抱いている。その鶏は餌を食べようと降りた際、卵を一個割ってしまったので、巣についているほかの鶏から卵を取って与えた。その効果のほどはわからない――ほかの鶏より十二時間から二十四時間遅れているだろう。

チューリップ等のために土の準備をした。去年ジャガイモを植えたところには、ほとんど雑草がなかった。

いくらかの苺が咲き始めた。
卵十四個。（今週は七十六個──次の土曜日から、週の終わりを土曜日にする。）

［四月二十五日から五月九日まで、アイリーンの手で書かれている。］

三九年四月二十五日（D）　ほぼ終日、雨。寒い。卵十四個。

三九年四月二十六日　夜のうちに厳しい霜。雨。朝、雪が少し降った。一羽の鶏が夜のあいだ卵を抱いたものの、結局、巣についているのではないのがわかった。孵化するかどうか、これからも卵を鶏の下に入れて結果を見よう。
卵十五個（最高の数）。一スコアで一シリング十ペンス。

三九年四月二十七日（D）　夜のうちに厳しい霜。鶏用の水が凍る。ほぼ終日、雪と霙《みぞれ》。時折、わずかに日が射す。花はやられていないようだ。
多年生のアリッサムが咲き出した。ルツボとムスカリが終わろうとしている。
椋鳥が巣を作ろうと、大忙しで藁を集めている。アンダソン夫人は(46)五時四十五分に郭公《かっこう》が鳴くのを聞いた。台所で鶫を一羽捕まえた。傷つけずに。成鳥で、嘴の中は真っ黄色。
卵十六個（最高の数）。

三九年四月二十八日（D）　卵九個。

三九年四月二十九日（D）　卵十二個。

三九年四月三十日（D）　卵十四個。グリニッジに来た。

三九年五月三日　ミラー病院(47)の前で、椋鳥と雀が樹皮を剝がしていた。巣を作るらしい。何本かの小さな主枝が完全に裸になった。

三九年五月八日（D）　ウォリントンを訪ねる。プラムの花は終わり、林檎の花が盛りだ（夥しい数）。最初の豌豆、高さ二分の一インチから一インチ。一番蒔きの隠元豆、三インチ。二番蒔きの隠元豆は、まだ出てこない。大黄《だいおう》は伸びてはいるが、よくない（上作にするには保護する必要がある。A氏(48)は自分の大黄を全部タブに入れている）。苺の花が咲いた。この三日間、本来の収穫時のジャガイモ、葱、人参、蕪、二番蒔きの隠元豆、二十日大根の種を蒔いた。

生け垣の鶫の巣の中に、四羽の雛。

花が咲いたもの——匂紫羅欄花《においあらせいとう》、チューリップ、パンジー、旗竿（満開、装飾的）、黄色アリッサム、紫薺《むらさきなずな》、勿忘草、何本かの水仙。薔薇の芽はまだ出ない。スグリは主に霜と鳥にやられてしまった。剝き出しの畑に芝の種を蒔き、芝生用の砂を散布した。

鶏は八日間で卵を九十二個産んだ。

三九年五月九日　病院の窓の外の巣に若い鳩。

［五月十六日から、日記は再びオーウェルの手で書かれている。］

三九年五月十六日　ロンドン　天候は俄雨が多く、時折晴れ間。グリニッジ・パークでは、栗の木、ピンクの栗の木（スペイン種ではない）が花を咲かせた。また、ライラック、山査子《さんざし》も。何羽かの野鴨が仔を産んだ。幾本かの薔薇が芽を出した。チューリップと匂紫羅欄花がほぼ盛りだ。次のような名前のチューリップに注目した。すべて優良な種類——ヴィーナス（淡紅色）、アラード・ピアソン（明るい深紅色）、ミス・ブラーンチ（クリーム色）、ウィリアム・ピット（鮮やかな深紅色）、ルイ十四世（茶がかった藤色）、ハーレムの誇り（鮮やかなピンク）、リメンブランス（淡い藤色）、アンブロジア（デイリー・メール薔薇の色）、バーティゴン（封蠟の赤）、ノーティカス（紫紅色）、ユーバンク師、スルタン（黒に近い焦げ茶色）。

［新聞の切抜き。サワーミルクを使ったレシピ—「クリスマス・ケーキに似たもの」、「デンマークのレシピ」、「ユーゴスラヴィア風ヨーグルト」、「スウェーデン・フィル・ミョルク」、「サラダ・ドレッシング」、「ラトヴィアのスカバ・パトラ」。こうしたレシピと、オーウェルが切り抜いたほかの案は、読者が新聞に投稿したものである。］

三九年五月二十一日　今日ときのうは晴。しかし、さほど暖かくない。ここの薔薇はすっかり芽が出て、花が咲きそうだ。蟻巻《ありまき》はひどい。ルピナスは咲きかけている。日蔭雪下《ひかげゆきのした》（大きな雪下）は咲いている。ここの庭師(49)が言うには、薔薇の種類の数は非常に誇張されている、流行遅れになり、ほとんど忘れられた古い種類が時々新しい名前で復活するので。きのう、雨燕《あまつばめ》と雉鳩を見た。病気だったので、今年初めて見た。山査子がよく咲いている。ことにピンクのが。干し草はかなりよさそうだ。

三九年五月十九日に動物園(50)に行ったが、マナティーに大いに関心を惹かれた。これまで漠然としか聞いたことがなかった。大きな海豹《あざらし》くらいの大きさの動物で、後ろに幅の広い尾があり、前に二つの鰭《ひれ》状の前肢のようなものがある。頭部は犬の頭部に似ていて、目は小さく、体の表面は象のそれに似ているが、水中にいるので、ぬるぬるしている。動作は非常に緩慢だ。特徴は口で、縁にたくさんの毛が生えている。口は何かを食べる際、吸い込むような動きをする。この動物はごくおとなしく、人に触らせる。唯一のベジタリアンの水棲哺乳動物らしい。淡水に棲むのか塩水に棲むのか、またはその両方に棲むのか、わからない。

象は二十日大根を食べようとしない。鹿も猿も喜んで食べるが。何匹かの南米の猿は、ほとんど尾だけで、つまり、尾と片手か片足かでぶら下がることができるのに気づいた。北アフリカ産のムフロンは、動物園で非常に自由に育ち、マラケシュのムフロンよりいい状態に見える。目下、仔のいるライオンの二家族がいるが、ライオンと虎を交雑させる試みがなされているようだ。(51)

三九年五月二十五日（D）　きのうとおといは非常に暖かかった。今日は曇、火を起こすほど肌寒く、雨が少し降った。

約三週間留守にしていたが、きのう戻ってきた。(52) 土は非常に乾いていて、雑草は菜園以外、ひどいものだ。畑はいまや刺草と毒人参で、ほぼ完全に駄目になっているが、わずかな干し草が作れるくらいの、約二百平方ヤードの小さな畑が一枚か二枚ある。どこの芝も青々として濃い緑だ。林檎の木に多くの実が生りかけている。実際、菜園にはスグリもグズベリーもないが、花壇には妙な灌木が生えている。一番蒔きの（矮性）豌豆は約四インチの高さ、二番蒔きの豌豆（もっと高くなる）は約二インチ、一番蒔きの空豆は六インチか八インチの高さ。いくつかの早植えのジャガイモが芽を出している。二番植えのジャガイモ、二番蒔きの隠元豆、人参、葱等は芽を出していない（これらすべて、非常に遅く種を蒔いた）。二十日大根は芽を出している。苺にはたくさんの花が咲いている。去年の葡萄枝のいくつかにさえ。チューリップと匂紫羅欄花は終わりに近づいている。花々は満開だ――紫薺、黄色アリッサム（非常によい）、勿忘草、雪下、パンジー。芽が出たもの――チェダーピンク、芍薬、アメリカ撫子、ブッシュ・ローズ（蔓薔薇ではない）。ローガンベリーにたくさんの花が咲いた。

三九年五月九日から三九年五月二十三日まで通して、二百個の卵があった。三九年五月二十四日には、十四個あった。今日は十七個。今度の日曜日から新たに数え始めるが、私たちが記録しなかったものはないと思う。生後十日から十二日の六羽のひよこは健康だが、大きさに関しては遅れているようだ。最初、この一孵りの雛（十一個の卵）が何羽かいなくなったのは、小屋の下を掘ってやってきたモグラの仕業らしい。死んだ雛を埋めた。最近、卵は非常にいい。ひと月前よりずっと大きい。きのうは、鷭《ばん》の卵の大きさくらいの小さな卵があった（地元では、二重卵の場合のように、それは「いつも、一孵りの雛の最初か最後」のものから産まれると言われている）。三羽が巣につきたがっている。

M［ミュリエル］は元気のようだ。少し痩せたが、食欲は旺盛。依然として一パイント半以上の乳を出す（乳の出る状態になって、いまや一年近い）。三羽の鶏が巣につきたがっている。きのう、一ダースのカーネーションを植えた。

三九年五月二十六日（D）　暖かい。地面はひどく乾いている。蝿がチューリップのあいだにいる。林檎が生りかけている。あと二週間くらいで、苺に鳥よけの網をかぶせなければならない。

ティトリーはすでにジャガイモを掘り出した。彼が言うには、カトリオナ〔ジャガイモの品種〕の種はあまりもたないが、丁寧に扱えば、ちゃんと蓄えておける。菖蒲が咲いている。スグリのいくつかは、実を摘んでもよい頃だ。卵のほかの一組から、五羽の雛が孵った。卵を抱く雌鶏が見つかるまで三週間あり、その雌鶏が一週間後に卵を抱くのをやめ、別の雌鶏に卵を抱かせたので、雛は一羽も孵らないと思っていた。

胡麻葉《ごまのは》草《ぐさ》を植えた。

卵十四個。

N・B。四月十二日から五月二十六日まで通して、卵五百五十個（雌鶏二十六羽）。

編者注

(42) マルクス——オーウェル夫妻の犬。注（1）を参照のこと。

(43) ティトリー——隣人。

(44) M——ミュリエル。オーウェルの山羊。ミュリエルは、もちろん、『動物農場』の山羊の名前である。

(45) トム・リドリー——隣人。

(46) アンダソン夫人——オーウェル夫妻の身の回りの世話をした隣人。『思い出のオーウェル』の中でモニカ・ボールドが書いているところによると、アンダソン夫人は、彼が作家なのは間違いない、なぜなら彼は時折、小切手で金を受け取り、そのたびにアイリーンが、「これでみんなに支払えたわ」と言ったから、と話したものだった。

(47) グリニッジ。ミラー病院——オーウェルが、アイリーンの兄のロレンス・オショーネシー医師の住んでいたグリニッジとミラー病院に言及している事実と、日記がアイリーンの手で書かれていたということは、オーウェルがオショーネシー医師の指示で検査を受けていたことを示唆しているのかもしれない。また、彼は一日か二日、入院さえしていたかもしれない。三九年五月九日の項の「病院の窓の外」の鳩の巣についての言及と、三九年五月二十一日の項の「病気だったので」という言葉を参照のこと。ロレンスは、紛らわしいが、「エリック」とも言及されている。

(48) たぶん、ウォリントンの隣人、アンダソン氏であろう。

(49) ここの庭師——たぶん、オショーネシー家の庭師か、グリニッジ・パークの庭師だろう。

(50) 動物園——リージェント・パークのロンドン動物園。

(51) ライオンと虎を交雑させる——ロンドン動物園では、タイゴンを作るのに成功した。(タイゴンは野生で存在する。)

(52) きのう戻ってきた——ウォリントンのザ・ストアーズに。

「家事日記」第一巻はここで終わる。

家事日記

第二巻……一九三九年五月二十七日～一九三九年八月三十一日

そのあいだに

戦争に至るまでの諸事件の日記

一九三九年七月二日～一九三九年九月三日

三九年五月二十七日（D）　午前中曇、午後晴、暖かい。青い鍬形草と金瘡小草《きらんそう》が至る所に生えた。金鳳花《きんぽうげ》はほぼ一番高くなっている。タンポポが実を結んでいる。大きなトゥードストゥール〔からかさ状の毒茸〕が野に出た。

苺に敷き藁をした。胡桃の木の下の残りの畑に、塩素酸ナトリウムを撒いた。

きのう、鶫が平らな石の上で蝸牛《かたつむり》を割っているのを見た。これまで考えていたのとは違い、蝸牛をつつくのではなく、拾い上げてから石の上に叩きつけるのだ。

卵十五個。今日、それだけ売った。これまでに一度に売った最大の数だ。（一スコアで一シリング十ペンス。）

これまでの卵の数（第一巻参照のこと）、五百六十五個。

週は、あす始まる。

［新聞の切抜き。「ゼラチンの流し型」――石膏模型用。「種蒔きのこつ」――古いココアの缶を使う。「雀蜂の女王蜂の捕まえ方」］

三九年五月二十八日（**聖霊降臨祭**）（D）　早朝はひどく冷える。あとは快晴。ゆうべ、何本かのサルビアを植えた。デイリー・メール薔薇が今、まさに咲きかけていて、ドロシー・パーキンズとアルバティーンの芽が出た。デルフィニウムの芽が出かかっている。芍薬《しゃくやく》が咲くのも間もなくだ。

卵十三個（プラス、外で産んだ卵七個＝二十）。今日から、新しい卵ウィークが始まる。

三九年五月二十九日（D）　晴天、暖かい。苺に藁を敷いた。M［ミュリエル］を雄山羊のところに連れて行ったが、ミュリエルは盛りがついていないのではないかと思う。N氏[1]が言うには、山羊は通常、秋にしか盛りがつかない。Mは牛をひどく怖がる。一方、牛はそこにい

た半分成長した雄山羊の仔を怖がった。

卵十六個。

「新聞の切抜き――「産卵期のための、どろどろの擂り餌」。「ひよこの餌」、「仔鴨の餌」」

三九年五月三十日（D）　晴天、暖かい。トマトを植え（十二本）、太陽から守るために粗麻布を掛けた。一本のチェダーピンクが咲いた。午前中、しばらく霧雨が降った。苺に網を掛けても、蜂は全然防げないことに気づく。

卵十四個。

三九年五月三十一日（D）　晴、暖かい。しかし、日が沈み始めるや否や、ひどく肌寒くなる。トマト（粗麻布で太陽から守られている）は大丈夫。いくつかの莢隠《さやいん》元《げん》と紅花隠元《べにばないんげん》が芽を出している。

Mの交尾はうまくいかない。家に連れて帰ると、そこに連れて行って以来、乳を搾っていないことがわかった（つまり、四十八時間）。乳房がひどく膨脹していた。乳を搾ると、一クォートの乳が取れた。酸っぱくもなっていず、その他の点でも不満足ではなかった。それでミュリエルの乳の出が元に戻るかどうか、わからない。

卵十七個（卵五十個、一スコア二シリングで売れた）。

今晩、白い梟を見た。

三九年六月一日（D）　朝のうちは寒かったが、あとで暖かくなった。風が非常に強い。豌豆の支柱を立てた。新しい止まり木を新しい鶏舎に作った。トマトの網を外した。

卵十一個。

三九年六月二日（D）　非常に暑く、空気が非常に乾いていて、風が強い。若い実生《みしょう》が垂れ下がる傾向にある。ティトリーの芍薬と苧環《おだまき》は満開。忍冬《すいかずら》も満開。そこここのアメリカ撫子が咲き始めている。グレナディエ林檎はほぼビー玉の大きさ。Tの桜桃も同じ。

乾いた刺草《いらくさ》をゴミとして積み上げた。十個の家鴨の卵を雌鶏に抱かせた。レタスのために畑に手を入れた。ひよこを移動させた。

Mはショックを受けたので、乳の出がぐんと減った。きのうは一パイント以下だった。

卵十五個。いくつか卵の目方を計ってみたが、二オンス以下だったのは、ほんのわずかだった。

Mは一パイント半ほどの乳を出した。だから、正常に戻りつつあるのだろう。

三九年六月三日（D）　非常に暑く、乾いている。Tのレタスを二十本と、私たちのを約一ダース（やや小さ

い）植えた。トマトの場合同様、粗麻布で守った。Ｅ［アイリーン］は七本のダリアを植えた。

雌鶏は家鴨の四個の卵を押しやった。卵は非常に冷たくなっていた。

卵を一つどけ、別の雌鶏に抱かせた。そうやると、それらの卵（二十四時間抱かれていた）が死ぬかどうかは、よくわからない。

卵十二個。一スコア二シリングで、四十個売った。今週の合計、九十八個（＋七個＝百五個）。


三九年六月四日（Ｄ）　なんともひどく暑く、乾いている。鶏のために、前より広い飼育場を作り、日よけとして、粗麻布を掛けた。レタスから粗麻布をどけねばならなかった。覆われていたため萎れてはいなかった。いくつかのアメリカ撫子が咲き出した。別の非常に小さい撫子が咲き始めている。そうした花は夜は閉じるが、チェダーピンクはそうではない。たくさんの蟻巻《ありまき》が薔薇にたかっている。石鹸水を浴びせた。Ｍは今日、一パイント四分の三、乳を出した。だから、正常に戻りつつある。

卵十四個。

Ｅ［アイリーン］は、ゆうべ、白い梟を再び見た。


三九年六月五日（Ｄ）　耐え難いほど暑い。何もかもが乾き切っている。アメリカ撫子が咲いた。仙翁《せんのう》が咲いた。

豌豆（イングリッシュ・ワンダー）の種を蒔いた。トマトの根囲いをした。莢隠元と紅花隠元は発芽の具合が非常に悪い。そこで、それを補うために箱に種を蒔く。新ジャガが掘ってもいい状態だ。いくつかの主要作物が芽を出している。

卵五個！（おそらく、暑さが関係しているのだろう。）

ＮＢ、豌豆の半パイントの種で一畝（約十二ヤード）に厚く蒔ける。


三九年六月六日（Ｄ）　庭で仕事をするには暑過ぎる。早植えのジャガイモを掘った。

私たちは、鶏の餌をフル＝オー＝ペップ〔家畜の飼料のブランド名〕に変えるつもりだ。クラークの産卵用飼料よりも幾分安い。また、トウモロコシ等をハンドレッドウェイトで買うつもりだ。そうすると、少し節約になる。ＮＢ、フル＝オー＝ペップの各ハンドレッドウェイトをトウモロコシに混ぜたものを、今日与え始めた。それぞれ一日三ポンドだと、七月十二日頃までもつはずだ。巣につきたがる鶏はひどく厄介だ。給餌時間になると、ほかの鶏と一緒になろうとする。しかし捕まえて小屋に入れると、卵のところに戻る。

この辺には、雉鳩がたくさんいる。

卵十一個。

三九年六月七日（D）　空気がひどく乾燥していて暑いが、少し風がある。夜にはかなり露が降りる。

灌木ペポカボチャを二つ植え、ブリキ缶をかぶせた。E［アイリーン］は芝を植木鋏で刈ってから、芝刈り機を使う。それをH[2]が研いでくれた（研ぎ賃、一シリング六ペンス）。豌豆の支柱を立てる仕事を続けた。

Mは一クォート近くの乳を出す。もう一匹、山羊を取り寄せた。ブリティッシュ・アルパイン交雑種で、先月産まれたものだ。三ポンド。

卵九個（プラス、外で産んだ卵五個＝十四個）。卵を一スコア売った（二シリング）。

三九年六月八日（D）　空気が非常に乾いている、さほど暑くはない。

もう一つのペポカボチャの苗床を作った。今度はあまり深く掘らず、芝を細かく切ったものを四インチの厚さにかぶせた。このタイプの苗床の結果を、ほかの苗床に比べてみよう。莢隠元と紅花隠元の周りの土の雑草を抜き、草搔き〔長い柄の先に鍬形の刃が付いたもの〕で掘り起こした。その半分少しが芽を出している。レタスの粗麻布の覆いを外した。グレナディエ林檎を間引いた。六十くらいが残ったが、おそらく十くらいしか枝に付いていないだろう。

DM薔薇[3]は満開。デルフィニウムはほとんど開いた。

Mはどんな固形食もほとんど食べないが、乳の量は減っていない。

卵十二個（プラス、外で産んだ卵七個＝十九個）。

家鴨の卵は孵るまで二十八日かひと月かかると言われている。したがって、これらの卵は六月三十日から七月二日までに孵るだろう。

三九年六月九日（D）　空気が非常に乾いている。あまり暑くない。雨の気配はない。

さらに二つのペポカボチャを植え、ほかのものから覆いを外した。もっと草取りをした。蕪はすっかり消えてしまい、玉葱はほんの少ししか残っていない。そのいくつかは萎れている。雨が降ったあとで、種を蒔き直し、また植えよう。レタス以外、苗床で芽を出したものはほとんどない。例。一袋の種から十一本のブロッコリーしか芽が出なかった。本来の収穫時のジャガイモは、いまやほとんどが勢いがよく、かなりよさそうだ。

E［アイリーン］は巣につきたがっている六羽の鶏を、金網の檻のようなものに入れた。たぶん、それで治まるだろう。

新しい山羊が来た。どうやら乳を搾っていなかったようなので、乳を搾り、一パイント半の乳を得た。今夜、もう半パイント、乳を得た。三パイントから四パイント出すと思われるが、そんなことをすれば、数日前のM同様、うんざりさせるだろう。今はMの乳を搾り尽くすのはやめている。徐々に、一日に一回、乳を搾るようにし、餌も少なくするつもりだ。Mは非常に嫉妬深く、新しい山羊を頭で突き、その食べ物を盗んだりする。新しい山羊（名前はケート）は抵抗しない。

卵十個。

三九年六月十日（D）　空気がひどく乾いていて、かなり暑い。本来の収穫時のジャガイモを鍬で掘り起こし始めた。ジャガイモのほとんどは盛りを過ぎている。レタスとペポカボチャは大丈夫のようだ。庭のたくさんの花が萎れている。雨水用水槽は今、ほとんど空だ（こんなことは初めてだが、Eは去年の夏、ここに一人でいた）。

Kが綱を杭に巻きつけてしまった。綱は後ろ脚に絡まり、首の後ろのところに巻きついて捻れ、ひどくきつくなったので、首輪を外してKを自由にしなければならなかった。その結果、ひどくびっこを引くことになり、足首の関節の部分が腫れたが、どうやら骨はどこも折れていないようだ。Kの今日の乳の量は二パイントと二パイント半のあいだ。Mは約一パイント半（乳を搾り尽くさなかった）。

卵八個（プラス、外で産んだ卵九個＝十七個）。四十個を、一スコア二シリングで売った。

今週の卵の数——九十。

三九年六月十一日（D）　昨夜、四時間から六時間、かなり激しい雨が降った。おかげで、いろいろな物が非常に新鮮になった。今日は曇っていて、やや涼しい。

今、野花が咲いている——ヨーロッパ野茨、罌粟《けし》、矢車菊（少し）、エッグ・アンド・ベーコン、松虫草（少し）、庭常《にわとこ》、sanfoin[4]。野生のプラムの木に、いくらか実が生っている。Kの脚はよくなってきているが、乳は二パイント四分の一しか出ない。そこで、餌の量を増している。卵十五個。

三九年六月十二日（D）　昨夜のうちに雨が少し降ったようだ。今朝は曇っていて、かなり肌寒かった。すると、午後の四時から六時まで、大雨が降った。

本来の収穫時のジャガイモを鍬で掘り起こす作業は終えた。ジャガイモはほぼ全部掘り起こした。（エピキュアが四畝、レッド・キングが十畝、キング・エドワードが二畝。エピキュアを除き、ジャガイモが三ハンドレッドウェイト獲れるはず。）

家鴨の卵を抱いている雌鶏は、小屋の別のところに卵を二度どけてしまった。おそらく、地面の下を掘っているモグラが気になったのだろう。しかし、ちゃんと卵を抱いているようだ。

E［アイリーン］はロベリアを移植した。

卵十二個。


三九年六月十三日（D）　曇、時々晴。雨少々。

成長を止めるため、チューリップを移植した。水仙も。新しい鶏舎を置くことにした（店ざらしのもので、値段は十七シリング六ペンス。それは、クレオソートも染み込ませてなく、屋根葺きフェルトもない状態で届けられた。十羽から十二羽の十分に成長した鶏を入れることができる。H老人(5)はさらに多くのレタスを移植した。早植えのジャガイモを掘り起こし始めた。二度目だ。四畝のうち隙間が一つ。巣につきたがる鶏を外に出した。少なくとも数羽は、巣につきたがるのをやめるだろうと期待して。家鴨の卵を一個（今は、わずか八個）捨てねばならなかった。雌鶏がそれをどけたので。

一羽の黒丸鴉が小屋の周りを二度、うろついた。ひよこを狙っていたらしい。

卵十一個。


三九年六月十四日（D）　新しい八羽のR・I・R(6)の初年鶏を買った。三ヵ月から三ヵ月半で、成長が早いものだ。一羽四シリング六ペンス。

新しい鶏舎を備え付け終えた。まだクレオソートを染み込ませてもいないし、屋根葺きフェルトもないし、ドアも調整が必要だけれども。最初の数羽のひよこを守っている老いた雌鶏は目が何かに感染しているので、おそらく始末しなければならないだろう。

三番目に蒔いた豌豆（矮性、三九年六月五日に蒔いたもの）が芽を出し始めた。三九年六月六日に種を蒔いた紅花隠元と蔓無し隠元が、芽を出しかけている。

E［アイリーン］が檻に入れた、巣につきたがる雌鶏は、きのう出したが、すべて（七羽）正常に戻った。

Kは今、一回の給餌の時に十一摑み分の餌を食べる。乳の量はほんの少し多くなった（二パイント半に近い）。

卵十二個。一スコア二シリングで三十個売った。


三九年六月十五日（D）　風が強く、やや寒く、時折霧雨。紅花隠元用の紐を張るため、支柱と針金を取り付けた。鶏舎のドアをしっかりしたものにし、鶏舎を地面から少し上げた。

Kの乳はわずかに増えつつある。

卵十五個。

（NB、きのう、新しい瓶の鉄分の錠剤を飲み始めた。）

三九年六月十六日（D）　夜間、大雨。一日の大半、降ったり止んだり。午後五時頃、晴れた。大雨で戸外ではあまり仕事ができなかった。隠元豆用の紐を張り（隠元豆はあまりに低い）、旱魃で駄目になったチューリップに代わるチューリップのための畑の用意を始めた。

　鶏に粗砂と貝殻を与えている――今度が初めてだ。白亜質の土の上では必要はないと考えていたのだ。しかし最近、卵の殻のいくつかが、薄くはないものの、ちょっと色が悪いのだ。新しい鶏舎は地面から少し上がっているので、初年鶏は朝になると縁から出てしまう。だから、床を張るまでは、狐にやられる恐れがある。

　わずかだが、苺が赤くなった。風鈴草《ふうりんそう》はよく伸びたが、支柱が必要だ。芝は雨のあと、ずっとよくなった。本来の収穫時のジャガイモには隙間がないようだ。

　卵十五個。

　［新聞の切抜き。「山羊の乳からクリーム・チーズを作る」］

三九年六月十七日（D）　晴、かなり暖かい。

　カーネーションの種を蒔いた（多年生の混ざり）。鶏舎に屋根葺きフェルトを張った。フェルト一ヤードにつき九ペンス払った。

　二匹の山羊の乳の出がひどく悪くなった。きのう、草を食むことができなかったせいに間違いない。小屋の中にいることが、固い餌に対する食欲に影響するようだ。

　卵十四個。一スコア二シリングで三十個売った。

　数、今週九十四。

　［新聞の切抜き。門と垣根のための支柱の作り方］

三九年六月十八日（D）　午前中、晴、午後のほとんどかなりの大雨。

　今日、最初の熟れた苺。網をかぶせたにもかかわらず、早くも鳥が熟れかけた苺をついばんでいる。

　Kの乳は依然として少ない。今日は約一クォートだけ。

　卵十三個。

三九年六月十九日（D）　午前中、おおむね晴。午後はほとんど雨。寒くはない。地面は今、すっかり濡れているので、庭ですることはあまりない。列に隙間が出来たので、そこに紅花隠元を移植し、アメリカ撫子と匂紫《においあ》羅《ら》欄花《せいとう》の種を蒔き、フレームを直し、ガラスをウィンドライト〔細線の金網にプラスチックをコーティングしたもの〕に替えた。ウィンドライトには小さな孔が明きやすいのに気づいているが、修理できるのかどうか、わからない。人参を間引き始めたが、旱魃のせいで、すでに大きな隙間が出来ている。

　Kの乳の出がまたよくなってきた（約四十七オンス）。

　卵十五個。

三九年六月二十日　午前中、晴、午後激しい雨。地面がすっかり濡れているので、あまり庭仕事はできな

い。ブロッコリーを一畝に植える準備を始めた。芍薬《しゃくやく》は咲きかけている。蔓薔薇（黄色）は、よく咲いている。
　卵十六個。

〔反対側の頁。オーウェルの手書き〕
コンクリートの平板のための型。陰をつけた部分は釘で留める（ほぞを作るより簡単）。AとCは、どっちも別々に作り、Bに密着させる。側面部は溝孔に固定し、両端に重しをぐっと当てる。AとCはコンクリートが固まり始めたら取り外してよい。Bを除き、どれも二インチ×二分の一インチの板。

三九年六月二十一日（D）　寒く、風が吹き、霧雨少々。一日中、家の中で火を起こす。戸外では何もしなかった。寒いので、山羊は外に出さなかった。多年生の風鈴草（ごく貧弱な花）はよく咲いている。
　卵十一個。スコア二シリング二ペンスで四十個売った。

三九年六月二十二日　一日中寒く、強風。午前中、濃い霧。庭仕事は何もしなかった。
　卵十四個。

三九年六月二十三日（D）　曇で霧雨、しかし、寒さ

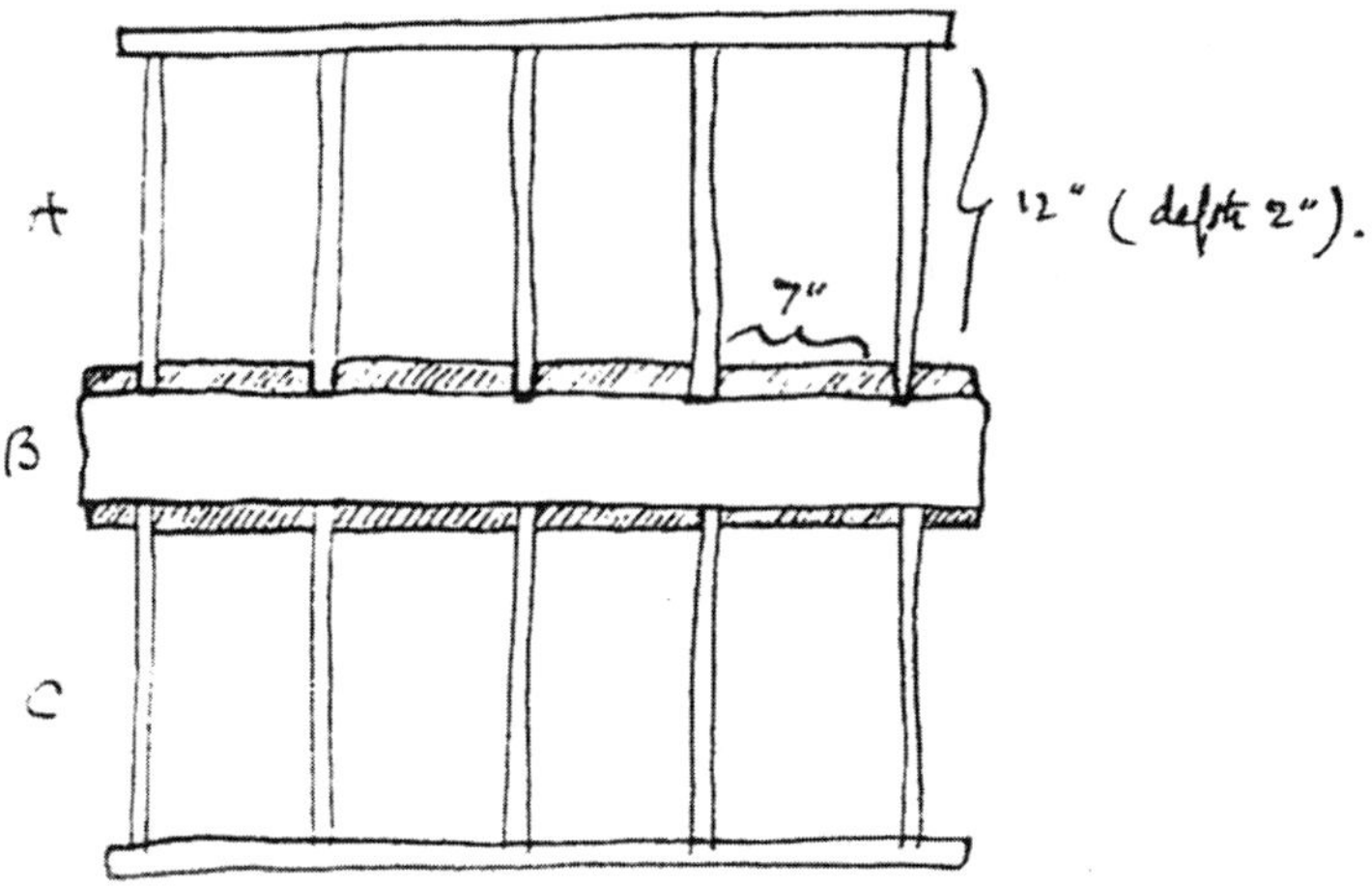

はやや和らぐ。庭仕事は何もしなかった。三九年六月十九日に蒔いた（フレームの中に）匂紫羅欄花が芽を出し始め、一日早く蒔いたカーネーションも芽を出しかけている。雨が降ったおかげで、いくつかの人参が、それまでは隙間だったところに芽を出し始めている。イネス〔ザ・ストアーズの真向かいに住む農場経営者〕の干し草の多くが家に運び込まれ、積まれた。芍薬が咲いた。B夫人の庭の毛蕊花《もうずいか》が咲いた。

卵十三個。

〔六月二十四日、オーウェルは重病の父のそばにいようとサウスウォルドに行った。六月二十八日、リチャード・ブレアは直腸癌で死んだ。オーウェルは父の病床の脇にいた。六月三十日にウォリントンに帰った。六月二十四日から三十日にまでの日記は、アイリーンの手によって書かれている。〕

三九年六月二十四日（D）　午前中、曇、しばしば俄雨、しかし、のち時々晴、そう寒くはない。山羊は今週初めて一日中外にいた。生け垣の低木の列に松虫草がいくつか咲いたが、野花は一、二週間前よりずっと少ない。アルバティーン薔薇《ローズ》(7)は色づいてきたが、花はまだ咲いていない。これとブッシュ・ローズは二週間かそれ以上、芽を出している。本来の収穫時のジャガイモを掘り始めた。隙間はないが、育ち具合は不揃いだ。

卵十四個。今週の合計、九十六。

三九年六月二十五日（D）　終日晴、夕方までかなり暖かかった。アメリカ撫子、二つの赤薔薇と一つのアルバティーン薔薇が満開。弁慶草は不規則に花が咲くようだ。ひと群れは二週間か三週間前から咲いているが、ほかのは（すべて同時に植えたもの）はまだ蕾《つぼみ》だ。

卵十五個。

三九年六月二十六日（D）　暖かく、晴れた朝。午後雷雨の兆しがあったが、雷は鳴らず、雨もほとんど降らなかった。ジャガイモを掘った。莢隠元の畝の隙間を、フレームの箱の中に種を蒔いた、追加の分で埋めた。追加の分を十日ほどあとで箱に蒔いたのは、最初に蒔いた種の発芽の状態がよくなかったからだ。両者の成長の具合には、差がまったくと言っていいほどない。ブユが早くも空豆の約四分の一にたかっている。夥しい数ではないが。生長点〔茎や根の先端〕を摘み取った。紅花隠元用の紐が、雨と風でこんがらがってしまった。どうやら、一畝に四本か五本の支柱が必要らしい。いまや三インチか四インチの高さになっている玉葱の周りの雑草を抜き、草掻きで掘り起こした。しかし、畝にはたくさんの隙間がある。隠元と豌豆は急に生長し、幾本かの紅花隠元の巻きひげは土曜日以来、二インチほど伸びた。
　卵十二個。

三九年六月二十七日（D）　非常に暑く、快晴。人参を間引き、豌豆等の周りの雑草を草搔きで掘り起こした。いくつかの貧弱なアメリカ撫子を取り除き、四十八本の飛燕草《ひえんそう》を移植した。どうやらアメリカ撫子は数年間枯れずに伸びることもあるらしいが、人為的にそうさせることはできない。
　卵十五個＋巣の中にあったもの八個。

三九年六月二十八日（D）　ぐんと涼しく、時折俄雨。H［ハチェット］氏は今日、干し草を刈り終え、集めた。蕪の種を蒔き、苗床から持ってきた混合野菜を一畝に移植した。雛鶏と一緒にいた、巣につきたがっている二羽の雌鶏は、今日、卵を産んだ。一羽（一番若い雌鶏）は三個ほかに卵を産んだが、それは小屋の奥に隠されていた。
　卵十四個＋小屋の中の三個。

三九年六月二十九日（D）　暑く、一日の大半、快晴。今朝、一羽の家鴨が孵《かえ》った。そのあと、雌鶏を新しい鶏小屋に移し、もう一羽の巣につきたがっている雌鶏に、まだ孵っていない卵を残した。夕方までに、七羽の家鴨が孵った。八個目の卵は孵る兆しがないが、ひと晩、雌鶏の下に入れることにした。最初に産まれた家鴨たちは、身震いして羽毛を膨らませるが、歩き回ろうとする気配は見せない。どうやら家鴨の仔は、ひよこよりも歩くのがずっと遅いようだ。「脚が弱い」（R夫人）[8]せいだ。調節できる麻袋の覆いで日よけを作り、水飲み用の平らな皿を鶏小屋に置いた。
　ついに伸び始めた葱の周りの雑草を草搔きで取った。ペポカボチャも大きくなり始めた、一つはぐんぐん。白薔薇が咲いた。
　卵十五個。

三九年六月三十日（D）　今朝、家鴨の仔はまだ雌鶏の下にいたが、午後になると餌を食べるために出てきた（牛乳でぐずぐずにし、鶏の餌で少し水分を取った黒パン）。
　雷の来そうな天気。激しい俄雨。
　卵十四個。

三九年七月一日（D）　午前中、ほぼ晴、午後、非常に激しい俄雨。庭はおおむね良好な状態。いくらかの苺が熟れ、少しの空豆は摘み頃。葱はよくなってきている。紅花隠元は、ちょうど紐に這い登り始めたところだ。干し草は刈られて六フィート×五フィートくらいの小さな

山に積み重ねられたが、これを保存しておくことができるかどうか、まだ確かではない。Mの乳の量は相当減った。家鴨の仔は全部健康で元気だ。ひよこも順調に育っている。スグリが熟し始めている。

マリゴールド（少し）の花が咲いた。野生の松虫草が生えてきた。

卵十個（プラス、外で産んだ卵十四個＝二十四個）。

今週、七十二個の卵を二シリング二ペンスで売った。

今週の合計＝百二十個。

三九年七月二日（D）　ほぼ終日曇。午後、激しい俄雨、火を起こすほど寒かった。

ひよこを守っている二羽の雌鶏は卵を産み始めた。若いほうは迷い出る癖がある。そこでE［アイリーン］がそれをほかの雌鶏のところに入れ、すべての雛鳥をほかの雌鶏と一緒にした。今朝、一番若い雛鳥のうちの二羽が、ひどくつつかれた。とりわけ、なぜか白い雛鳥が。その二羽を隔離したが、すぐにほかの鶏から引き離すつもりだ。もっと前に産まれた雛鳥は、早くも止まり木に止まっている。

一ポンド半ほどの苺を摘み、空豆をいくらか食べた（若く、莢ごと食べた）。その二つが菜園の最初の作物と言ってよい。いくつかのローガンベリーが赤くなった。グレナディエの林檎がゴルフボールくらいの大きさになった。さんじ草が咲き始めた。

卵十一個。

三九年六月八日に使い始めたキャラーガスのボンベが、今日、空になった。

三九年六月六日に使い始めた、貯蔵用大箱の中のハンドレッドウェイトのフル＝オー＝ペップが少なくなった。三九年七月十二日までもつはずだ。実際には八日か十日までもつかもしれないが、そのいくらかを初年鶏に時々与えてきた。

編者注

（1）N氏——おそらくニコルズ氏であろう。隣人で、山羊を飼っていて、オーウェルによれば、ミュリエルに交尾させるには不適当な「衰弱した、おいぼれ山羊」を所有していた。

（2）アルバート・H——「H」は、たいてい「オールド・ハチェット」のことなので、アルバート・Hは、ウォリントンの別の隣人、アルバート・ホリングズワースかもしれない。三九年八月二十一日の項を参照のこと。

（3）D・M——デイリー・メール。三九年五月十六日と三九年五月二十八日の項を参照のこと。

（4） sanfoin——これは、オーウェルが好んだ「sainfoin」の綴りである。それは「健全な干し草」を意味し、多年生のハーブ、onobrychis salva または viciaefolia のことである。それは、「永久草」または「フランス草」として知られる、マメ科の飼料用植物である。オーウェルは『空気を求めて』の中で、それに数度言及している。例えば、次の文章である。「本を読むのに私のお気に入りの場所は、裏庭の奥のロフトだった……麻袋が山積みになっていて、そこに横になることができた。そして、sanfoin の匂いと混ざった、漆喰のような匂いがした……」

（5） H老人——隣人のハチェット老人。

（6） R・I・R——ロード・アイランド・レッド・ヘン。

（7） アルバティーン薔薇——これはオーウェルがウルワースで六ペンスで買ったものである。彼は『気の向くままに』の8（一九四四年一月二十一日）に、それについて書いている。それは約五十年後にも元気だった。

（8） R夫人——たぶん、隣人のリドリー夫人だろう。

戦争に至るまでの諸事件の日記

一九三九年七月二日〜一九三九年九月三日

「戦争に至るまでの諸事件の日記」は、おおむね、一九三九年七月二日から、ドイツがポーランドに侵攻した九月一日に至る、新聞の抜粋の手書きリストである。それは、当時の状況を要約した九月三日の項で終わる。九月三日は、ドイツがポーランドから撤退するのを拒否したので、英国がドイツに宣戦布告をした日である。この日記に扱われている日々のうちの十日間の記録は作られなかった。しかし、特に記録されなかった日々の出来事は、のちの日記の項に含まれている場合もある。八月二十五日から二十七日までの空白のあと二十八日に、その間の要約がある。原稿は五十五頁から成り、各頁には横に罫が引かれていて、上半分には事件が記録され、下半分には情報源が記録されている。日記は五つの欄に分かれていて、それぞれ一番上に、「外国および一般」、「社会」、「政党政治」、「雑」、「評言《リマーク》」〔実際には脚注〕と書かれている。八月二十四日の項以外（その項には二頁充てられている）、一日一頁になっている。文字は小さくて読みにくい場合が多い。ここに再録されたトピックスの配置と情報の並べ方は恣意的な場合があるが、オーウェル自身がそうしたのである。オーウェルが情報源と日付を記している時は情報源は角括弧に書かれているが、日付は各セクションの見出しと違っている場合のみ書かれている。オーウェルの評言は、それが関連している項のあとに書かれている〔本訳書では章末〕。いくつかのごく些細な訂正は特に断らなかった。二つの日記の情報源が同一の日付の場合は、「家事日記」の項が「戦争に至る諸事件の日記」の前に来る。

　オーウェルは、二百九十七の項のために四十一の情報源から引用している。そのうち、百三十八（四六・五%）は『デイリー・テレグラフ』からのものである。その後、『ザ・タイムズ』と『ニューズ・クロニクル』（その二紙は自由党寄り）に関する言及が目立って増え、オーウェルが八月二十四日に、リングウッドのL・H・マイヤーズの家に泊まりに行った時には、『デイリー・

テレグラフ』に関する言及は、それと反対に減る。どうやらオーウェルは、そうした何ヵ月かのあいだ、事実に関する情報は『デイリー・テレグラフ』で得ようとしたらしい。そうした情報源のうち、『社会主義通信』と『革命的プロレタリア』は、注目するに値する。『社会主義通信』は、左翼のILPの内部の「右翼の反対派」によって出されていた。メンバーはニコライ・ブハーリンの信奉者だった。ブハーリンは一九三八年に世論操作のための裁判にかけられ、処刑された。メンバーの中にはW・W・ソーヤーがいた。ソーヤーはマンチェスター大学の数学者で、『数学者の歓び』という、ポピュラーなペンギンブックの著者だった。『社会主義通信』は八頁から十六頁の八折版で、その何頁かは空白だったが、「貸します」と書いてあった。そして、自らを「マルクス理論の機関」と称した。『革命的プロレタリア』は、元は一九二五年一月一日に創刊された『ラ・レヴォリューシヨン・プロレタリエンヌ』だった。一九三九年、三〇一号が出たあと発禁になった。三〇二号は一九四七年四月に発行された。その方針は反スターリン主義だった。一九三七年九月二十五日付の二五五号には、オーウェルの「バルセロナの目撃者」の仏訳が載った。それはバルセロナにおけるPOUMの弾圧に関するもので、『ニュー・ステーツマン』は掲載を拒否したが、ILPの機関紙『論争』に掲載された。

オーウェルの「戦争に至るまでの諸事件の日記」の項目のあいだには、「家事日記」の項目が入る。「諸事件」(EVENTS)の項は、日付のあとに(E)と記されている。「家事日記」の項は、日付のあとに(D)と記されている。

三九年七月二日（E）

外国および一般

一、ポーランドは、ダンツィヒ[1]の独逸国《ライヒ》への復帰にダンツィヒ議会が賛成しなければ、ダンツィヒは占領されるだろうと言っている。『サンデー・タイムズ』

二、労働党のN・L・C[2]はドイツ語で放送したが、九月危機の時と、ほぼ同じ言葉を使った。

政党政治

シンクレア[3]、ラムジー[4]、エイメリー[5]、イーデン[6]、クリップス[7]、バーギン[8]は、ドイツの侵略への抵抗に関して、ほとんど同じ声明を出している。『サンデー・タイムズ』

三九年七月三日（D）　やや暖かい、一日の大半、晴。カボチャを植えた（少々遅過ぎ、場所があまりに日蔭）。本来の収穫時のジャガイモの北側を掘った。隙間はないが、幾株かはひどく未熟。チューリップの球根を取り出した。早植えのジャガイモ一株が萎《しぼ》んだ――病気ではないと思う。蕪（三九年六月二十八日に種を蒔いたもの）が芽を出している。初年鶏がびっこをひいている。
卵十五個。

三九年七月四日（D）　晴、暑い。いくつかの木苺が赤くなっている。草夾竹桃が芽を出した。今朝、山羊が逃げ出し、たくさんの果樹の若枝、薔薇の若枝、草夾竹桃の若芽を食べた。初年鶏はまだびっこをひいている。ある種の麻痺ではないかと心配だ。そのほかは良好な状態に見えるが。家鴨の飼育場に門を作り、家鴨の仔が小屋から出てもよいようにした。今日、新しいハンドレッドウェイトのフル＝オー＝ペップと、ハンドレッドウェイトの穀類を使い始めた。初年鶏は穀類も食べているが、もちろん、産卵用の擂り餌は食べていない。一方、四羽の古い鶏は、今日、売った。したがって、擂り餌は二十四羽の鶏にやり、穀類は三十二羽の鶏にやるわけだ。したがって、擂り餌は約三十五日、穀類もほぼ同じ日数、もつはずだ（一羽につき一オンス半与えるとすると）。どのくらいもつか確かめるため、次に新しいものを注文する前に、最後まで使い切ってしまおう。今の分は、八月八日、火曜日になくなるはずだ。今日、雌鶏にカーズウッド社のスパイスを与え始めた。

卵十個。

三九年七月四日（E）

外国および一般

一、満州国(9)とモンゴルの国境で戦闘があったことが伝えられた。［『デイリー・テレグラフ』］

社会

一、失業者は今、約百三十五万人に減った。［『デイリー・テレグラフ』］

二、一九三七年のイングランドとウエールズの卵の生産高、約三十二億個。［『スモールホルダー』、三九年六月二十四日付］

三九年七月五日（D）　暑い。夕方、少し俄雨。ベルガモットの芽が出た。白い雛鳥は具合が悪そうだ。びっこをひいている初年鶏もよくなっていない。ローガンベリーのいくつかは、摘んでもよいくらい熟した。鶏舎にクレオソートを染み込ませ始めた。二十日大根、コスレタス、パセリの種を蒔いた。E［アイリーン］は莢隠元の種を蒔いた。
卵十個。二シリング六ペンスで、二スコア売った。

三九年七月五日（E）

外国および一般

一、満州国国境で、さらに戦闘が行われたと報じられている。『デイリー・テレグラフ』

政党政治

一、保守党議員たちが、チャーチル[10]の入閣を懇請。D・T[11]の記事によると、その趣旨の多数の手紙が来た。『デイリー・テレグラフ』

三九年七月六日（D）　強風、一日の大半、小雨。雨のせいで外では何もできなかった。金蓮花が咲いた。薔薇は今、きわめていい。苺、もう二ポンド（今日まで三ポンド半――あのスペースで採れる果物の重さを知るために、量を記録している）。

卵十一個。

三九年七月六日（E）

外国および一般

一、英国は、ポーランド、トルコ、ルーマニアに一億ポンドの武器購入費を貸与する。『デイリー・テレグラフ』

二、ポーランド、トルコ、中国政府は、スターリンが本気で条約を結ぼうと望んでいると信じている。『デイリー・テレグラフ』

政党政治

一、マクガヴァン[12]は、議会でまた、L・P[13]を攻撃した。『デイリー・テレグラフ』

三九年七月七日（D）　午前中、小雨。午後は暑い。できるだけ葱を植え替えたが、まだ隙間がある。今日、キャラーガスのボンベを使い始めた。

卵九個。一個一ペニー半で八個売った。

三九年七月七日（E）

外国および一般

一、満州国国境での戦闘について、今度はロシアの情報源から伝えられた（タス通信）。『デイリー・テレグラフ』

政党政治

一、I・F・T・U[14]のチューリッヒでの会議で、英国の労働組合の指導者は、今、ロシアの労働組合との連携を提唱している。『マンチェスター・ガーディアン・ウィークリー』

三九年七月八日（D）　一日の大半、雨。夕方には晴れ間があり、強風。もういくつかローガンベリーを摘んだ。立葵《たちあおい》の一つが咲き始めた。いくつかの紅花隠元の芽が出た。トマトが花を咲かせた。いくつかのペポカボチャも。二、三の金魚草が咲き始めた。どうやら初年鶏に餌をやり過ぎているらしく、擂り餌を少し残す。びっこをひいている初年鶏はよくならない。ほかの点では見たところ健康なのだが。だから、あす、隔離しよう。根こそぎにした、いくつかの自然播種のジャガイモは、ビー玉くらいの大きさしかない。今日から、家鴨の仔に擂り餌をやり始めた。

卵十個。二分の一スコアを二シリング六ペンスで売った。今週の卵の数、七十六。

三九年七月八日（E）

外国および一般

一、今日、公報リーフレット第一号（民間防衛対策）が郵便局から発行された。大規模なA・R・P(15)訓練が、今晩、南東ロンドンで行われる。［情報源の言及なし］

政党政治

一、I・F・T・Uは現在、ロシアとの連携を拒否しているらしい。フランス、メキシコ、ノルウェー、英国は賛成（ノルウェー、英国は条件付き）、アメリカと、ヨーロッパのほとんどの国は反対。［『デイリー・テレグラフ』］

二、今日、フリアン・ベステイロ(16)の裁判★1がマドリッドで始まる。（J・Bはカサード(17)革命評議会に加わった。）［『デイリー・テレグラフ』］

雑

一、英国の鼠の数は四百万から五百万と推定されている。［『スモールホルダー』、三九年七月七日付］

三九年七月九日（D）　暖かく、雨は降らず。小さな林檎の木（グレナディエ・ピピン★2）が、実が重いせいで撓んでいたので、枝に支柱をしなければならない。ケートは具合がよくなく、今晩は餌を食べようとせず、吐いたり、喰い戻しを出したりした。ミュリエルもあまり食べない。日蔭のない暑いところに繋がれていたためではないかと思う。

野生の風鈴草を見つけた。森鳩はまだ巣に坐っている。今年は大きな野生林檎の木に実が生っていない。庭の林檎はどれもいいが。どうやら、野生の桜桃はないようだ。鳥が、わが家の庭にある赤実のスグリを啄《ついば》んだ。夕方、さまざまな発育段階にあるイモリの幼生を捕まえて、家に持ってきた。前脚が先に生えてくるが★3（蟇蛙《ひきがえる》は後ろ脚から先に生える——蛙については定かではない）、どの手にも指が四本ある。イモリは蟇蛙よりずっと敏捷で、追われると泥の中に飛び込む。エディー・W(18)によれば、成長したイモリを幼生のいる水槽に入れると、幼生を食べてしまう。殻が私の人差し指の第二関節までの大きさの水棲蝸牛《かたつむり》を見つけた。それほどの大きさになるものは、これまで見たことがない。

蔓薔薇の接ぎ穂を植えたが、早過ぎたと思う。★4 もっとローガンベリーを摘んだ。

卵十二個。

三九年七月九日（E）

外国および一般

一、マダム・タブウィー[19]の考えでは、いまやロシア＝フランス＝英国が完全な条約を結ぶ見込みは少ない。彼女は、ロシアがバルト諸国で帝政ロシアの地位を取り戻したがっていると仄めかしている。

社会

一、現在のスコットランドの人口は五百万以上。『サンデー・タイムズ』

二、I・F・T・Uはロシアと連携するようにという動議を否決した。ただし、絶対多数ではなく。★5『サンデー・タイムズ』

三九年七月十日（D）　曇で暖かく、穏やか。立葵がいくつか咲いている。マドンナ・リリーとベルガモットが咲きかけている。雑草を抜いた以外、菜園では何もしなかった。Kの食欲はやや増したが、今日、乳の出はひどく落ちた（一と四分の一パイントだけ）。

三九年七月十日（E）

外国および一般

一、ドイツはルーマニアの全小麦の収穫物と、さらに一九三八年の収穫物の残りの一部も要求していると言われている。『デイリー・テレグラフ』

二、土曜日の夜の大規模な灯火管制訓練[20]は成功したと言われている。『デイリー・テレグラフ』

社会

一、徴集兵部隊に入る友人同士はばらばらに分けられている。[21]それはW・O[22]が説明を求められるほど目立っている。『デイリー・テレグラフ』

政党政治

一、チャーチルを内閣に入れよと七月三日にアピールした新聞は、『デイリー・テレグラフ』、『ヨークシャー・ポスト』、『ニュース－C』、『マンチェスター・ガーディアン』、『デイリー・ミラー』。この数ヵ月、Cを内閣に入れよと要求してきたあとで共産党は、そうなりそうなので慌てているそうだ。［三九年七月八日付『社会主義通信』］

二、ベーラ・クン[23]はモスクワで銃殺されたと、また報道された。

三九年七月十一日（D）　暖かいが、さほど晴れていない。九十本の匂紫羅欄花《においあらせいとう》（赤紫）を苗床から移植した。T[24]の考えでは、びっこの初年鶏は「病気」かもしれず（おそらくコクシジウム症）、絞めたほうがよいだろう。絶対確実な症状は黄色い糞だが、たいていの場合、左脚のびっこから始まるらしい。

山羊に綿の実の締粕《しめかす》を与え始めた。食べるかどうか見るためだ。Kの乳はまた正常（二パイント半）。苺二ポンド。サセックス種の雌鶏の羽根毛が抜け変わりつつある。

卵十二個。

三九年七月十一日（E）

外国および一般

一、満州国国境の戦闘に関する報告がさらにもたらされたが、それは戦闘（おそらく長引くだろう）が実際に起こったことを、はっきりと示している。『デイリー・テレグラフ』

二、チェンバレン[25]は演説で、ダンツィヒで政変が起こった場合には、英国はポーランド人を支持すると繰り返したが、イニシアティヴはポーランド人に任せているようだ。『デイリー・テレグラフ』

三、ドイツが報じているところによると、ロシアの潜水艦隊は予期していたよりも大きい。戦艦はスターリン運河[26]を初めて使っている。『デイリー・テレグラフ』

政党政治

一、チャーチルを入閣させよという、さらに多くの投書がD.Telにある。しかし、それらはチェンバレンに対する痛烈な批判を示唆してはいない。D.Telは反対意見の投書も載せている。『タイムズ』は賛成の投書を何も載せていないと言われている。『デイリー・テレグラフ』

雑

一、ハヴェロック・エリス[27]が八十歳で死んだと、D.Telの第一面に小さく出ている。『デイリー・テレグラフ』

三九年七月十二日（D） 暑い。マドンナ・リリーが咲いた。ブライヤーに虫瘤が出来た。山羊は締粕をやるたびには食べない。だから、週に一度やることにしよう。卵十二個。一スコア半、二シリング八ペンスで売った。

三九年七月十二日（E）

外国および一般

一、イタリア領のチロルから外国人が締め出されたが、アメリカ人は含まれていない[28]。その目的は、イタリアに入るドイツ軍部隊の動きを隠すためだという噂がある。『E・スタンダード』の通信員は、それは「あとで誤りとわかる大発見」だと断言している。

二、チェンバレンの演説は、世界のほとんどあらゆるところで真剣に受け取られているらしい。［『デイリー・ヘラルド』］

社会

一、J・A・スペンダーはサー・A・シンクレアを攻撃する投書を『タイムズ』に載せた。シンクレアの答えは掲載を拒否された。今日、さまざまな自由党の大物が、そのことを暴く連名の手紙をD.Telに送った。D.Telはそれを掲載した。[29]［『デイリー・テレグラフ』］

二、農場労働者の最低賃金を二ポンドにするという（現在は平均三十五シリング）、農業発展法案に対する労働党の修正案は、わずか四票の差で否決された。［『デイリー・ヘラルド』］

政党政治

一、『ユニヴァース』が代表するカトリックの新聞は、いまや激しい反ナチだが、まだ反イタリアというわけでもなく、スペインに関しては依然として激しく反赤だ。［『ユニヴァース』、三九年七月七日付］

三九年七月十三日（D）　暑い。びっこの雌鶏は経過を見るために隔離した。

三九年七月十三日（E）

社会

一、J・A・スペンダーはシンクレアに対する攻撃を続けている。『タイムズ』は同じ趣旨のほかの投書を掲載している。どれも内容は同じだ。[30]［『ザ・タイムズ』］

政党政治

一、労働党はI・L・P[31]との条件付連携を一応拒否した。どうやらI・L・Pは、ほとんど無条件の連携を考えているらしい。［『ザ・タイムズ』。『ニュー・リーダー』、三九年七月十四日付〔週刊紙の場合、日付が実際の発行日より早い場合がある〕］

三九年七月十四日（D）　暖かいが雨。苺の網を外し、雑草を抜き始めたが、三色昼顔が伸びているせいで、ほとんど不可能。

草夾竹桃（多年生）が咲き始めた。

卵十二個。

三九年七月十四日（E）

外国および一般

一、今日、公報リーフレット第二号（窓を覆う等）が出た。ドイツからの訪問者たちの話では、ドイツではまだ防毒マスクが配布されていない。［情報源の言及なし］

社会

一、『M・G・ウィークリー』はスペンダーの手紙と、ボナム・カーター(32)等からの手紙に関する事実を報じている。『マンチェスター・ガーディアン・ウィークリー』

政党政治

一、『M・G・ウィークリー』は保守党内部のチャーチル支持の動きは阻止されたと考えている。『マンチェスター・ガーディアン』

二、徴兵制反対の共産党のパンフレットは、三週間後に頒布が中止になった。『レフト・フォーラム』、一九三九年七月」

三九年七月十五日（D）　暖かい。夕方、ごく短時間弱い俄雨。苺の周りの雑草をできるだけ抜き、熟れているものを摘んだ。さらに多くの実が生りつつあるが、網を取ってしまったので、これから先実が採れるかどうか疑問。★6 きのう、時季外れの鶫《つぐみ》の巣を見つけた。卵が一つ入っていた（その上に鶫がいた）。一羽の白い雌鶏がいなくなった――おそらく、どこかの巣に坐っているのだろうが、行方不明ではないかと思う。きのうからいないのだから。

卵十四個。二スコアを二シリング八ペンスで売った。今週の合計、八十六。★7

肉屋が言うには、鶏はまた以前よりたくさんの卵を産んでいる。したがって、卵は下がるだろう［値段が］。

三九年七月十五日（E）

外国および一般

一、東京で英国大使館に対する大がかりなデモがあった。『デイリー・テレグラフ』

二、バスティーユ牢獄占拠百五十周年の祝典には、英国の兵士も含め、三万の兵士による分列行進が含まれていた。『デイリー・テレグラフ』

三、香港では十八歳から五十五歳までのすべての者を徴集すべしという命令が発せられたが、どうやらその命令は、その言葉遣いから判断すると、主に中国人に向けられていて、白人の大半には向けられていないようだ。『デイリー・テレグラフ』

社会

一、スティーヴン・キング＝ホール司令官(33)のドイツ語の回状は、五万人のドイツ国民に届いたと思われている。その際、ゲシュタポの目を誤魔化すため、それぞれ違った大きさの封筒に入れ、違った畳み方をした。『デイリー・テレグラフ』

二、フランスで（アメリカと比較のこと）、右翼の新聞に関わっているさまざまな人間を逮捕することによって、大がかりなスパイ摘発が行われ始めているらしい。『デイリー・テレグラフ』

政党政治

一、経済連盟〔一九一九年に設立された、自由企業を守る目的の英国の団体。反共産主義活動をした〕は、P・P・U(34)を、ナチのプロパガンダの手段になっているとして非難している。『デイリー・テレグラフ』

二、N・C・L(35)の個人会員は現在、四、五百人と言われている。提携している組織――二百八十一の女子協同組合、三十の労働組合協議会および労働組合の支部、三十七の「労働党および女性」の部会、十の協同組合党等、五十三のP・P・Uの支部その他。共産党の新聞はN・C・Lはファシスト団体だと非難している。『徴兵制反対』、一九三九年七月―八月、『デイリー・ワーカー』、三九年六月十三日付

雑

一、イートン校対ハロー校の試合(36)の観衆は推定一万人で、この数年で最もきちんとしていたと言われている。〔新聞名の言及なし〕

三九年七月十六日（D）　午前中、激しい俄雨。それ以外、かなり暖かい。白い雌鶏が姿を現わした。外のどこかで寝ていたようだ。イネスが干し草作り機の鎖、ボルト等に銅をかぶせている。私が実験的に釘にしたように。だから、それは結局、さほど非実用的ではないのだろう。私が銅をかぶせたところはボルトのねじ山が詰まってしまったので、回らない。

森のすべての小さな池は干上がってしまった。一つの池に一羽の鷭《ばん》が巣を作ってしまったので、池が干上がった時、それを片付けねばならなかった。

ブルーベルに実が出来ている。ブライヤーに実が生っている。

卵十二個。

〔反対側の頁に、オーウェルの手で〕

ガラスに孔を明ける方法（『スモールホルダー』による）――小さなねじれ錐《きり》を使う。明ける箇所にガラス切りで印をつけ、ねじれ錐を二、三度回してからグリースを塗り、金剛砂《エメリー》またはカーボランダム粉を振りかけ、ねじれ錐を、押しつけずに、そっと回す。

三九年七月十六日（E）

外国および一般

一、一万一千人の海軍の予備兵が、七月三十一日、約七週間、召集される。『サンデー・タイムズ』

二、英露協定は失敗に終わるというのが、一般の印象だ。『サンデー・タイムズ』、『サンデー・エクスプレス』

三、『サンデー・エクスプレス』の言うところでは、チャーチルを内閣に入れるという運動は、実はチェンバレンを追い出す運動である。『サンデー・エクスプレ

ス』」

社会

一、きのう召集された三万人の民兵の中に、異議を唱えた者がいたかどうかについての言及はない。「情報源の言及なし」

二、『サンデー・エクスプレス』に、リデル・ハート[37]の書いた、多少とも世間を騒がせるような記事（潜水艦の脅威についての）が載った。「『サンデー・エクスプレス』」

政党政治

一、自由党は北コーンウォールの議席を維持。以前のわずかな差が、やや大きくなった。双方の候補者の獲得投票数が大幅に増えた。「『デイリー・テレグラフ』、三九年七月十五日」

二、ビーヴァブルックの新聞[38]は記事を誤って引用しながら、P・P・Uはナチ寄りだと言って非難している。「『ピース・ニュース』、三九年七月十四日付」

雑

一、イートン校とハロー校の試合は、最後は喧嘩になった。一九一九年以来、初めてか？[39]「『サンデー・エクスプレス』」

三九年七月十七日（D）　午前中はやや暖かく、午後の大半、雷雨と大雨。最初の豌豆を摘んだ。約一ポンド。チューリップを間引いた。それは非常によく、蠅にやられていない。青物のための一区画を掘り始めたが、大雨で大した仕事はできなかった。

外に巣を作った雌鶏たちは、篠突く雨のさなかでも、そこに坐り続けるらしい。水槽に入れたイモリのごく小さな幼生は、消えてしまったようだ。大きなイモリが食べてしまったのではないかと思うが、もしそうなら、それは夜だけに起こることに違いない。水棲蝸牛《かたつむり》はどうやってか水面まで登り、そこにそのまま浮いていることに気づいた——それとも、生まれつき浮揚性があり、吸水する場合のみ下にいるのかもしれない。[★8]

卵十一個（二重卵一個——ここ当分なかった）。

三九年七月十七日（E）

外国および一般

一、英国は巡洋艦を送り、青島《チンタオ》[40]での反英デモを前もって阻止している。東京での非公式会談は、どうやら行き詰まっているようだ。「『デイリー・テレグラフ』」

二、英露協定はD.Telの一面に載っているだけだ。「『デイリー・テレグラフ』」

社会

一、D.Telにはっきりと書いてあるが、土曜日の民兵の徴兵（三万四千人）で一人も欠席者がいなかった（病気等の場合を除いて）。『デイリー・テレグラフ』」

政党政治

一、インド国民会議派《コングレス》の左派（『コングレス・ソーシャリスト』によれば）は、これまで以上に強く戦争に反対している。トロツキー主義者の角度からC・P[41]を激しく攻撃した記事を載せているが、別の記事は超党派的議員連合を要求している。『コングレス・ソーシャリスト』。日付なし」

二、平和主義的革命の論議に関して、I・L・Pの内部で深刻な問題が起こっている。また、I・L・Pのメンバー（ロンドンのグループ）からの長文の声明が『社会主義通信』に載っている。同紙はマクガヴァンを攻撃してもいる。『社会主義通信』

三九年七月十八日（D）　ほとんど終日雨。大雨で外で仕事はあまりできない。

最初に種を蒔いたペポカボチャの雌花《めばな》が咲いた。

卵十一個。

三九年七月十九日（D）　俄雨、しかしおおむね晴。今、何もかも非常に速く生長している。たくさんの豌豆。ビー玉くらいの大きさのトマトが少し。ピーナツくらいの大きさの二つか三つのペポカボチャ。

一羽の初年鶏が早々と卵を産み始めたのか、まだ雛鳥の囲いにいる母鶏（小さな卵を産む）が外で産んだのかどうかわからないが、今日、その養鶏場で卵を一個見つけた。

風鈴草の種を蒔いた（おそらく遅過ぎるだろうが、三年生植物として扱えば非常にうまくいく）。

卵十三個（二個はごく小さい）。三十五個を四シリング三ペンスで売った（一スコア、二シリング六ペンス——四シリング四ペンス半のはず）。

三九年七月十九日（E）

外国および一般

一、政府は、保存の利く食料品を蓄えておくよう、すべての世帯主に助言している。そのことに関するリーフレットが間もなく発行される。『デイリー・テレグラフ』

二、D.Tel は英国の全艦隊の縮尺の図を二頁にわたって載せている。『デイリー・テレグラフ』

三、モスクワにいるドイツの経済使節団は、英露協定同様、行き詰まっていると言われている。それは三つ巴《どもえ》の交渉が行われていることを示唆している。［情報源の言及なし］

政党政治

一、ハイズ〔ケントの市場町〕の補欠選挙で、初めて人民党が出現した。『デイリー・テレグラフ』

二、リデル・ハートの本『英国の防衛』は、ホーア＝ベリーシャの後押しをしている。[42]［『デイリー・テレグラフ』、三九年七月十八日付］

雑

一、今年の作物の収穫は、小麦だけではなく（去年のように）、全般的に良好だと推測されている。［情報源の言及なし］

三九年七月二十日（D）　午前中、やや晴。その後、終日ほとんど小止みなく雨。外で何もできなかった。こういう天候だと、雌鶏はいつもあまり食べないことに気づいた。麻袋の下の干し草の一番上は、絶えず雨が降っているのに、依然として乾いている。山羊は濡れた草を食べたせいで、やや下痢気味だ。今日、D.Tel の投書に、あらゆる目的に電気を使う者一人に対し（暖をとるために定期的に石炭を燃やすことは除き）、千八百から二千ユニットが年間最小消費量であると書いてあった。

卵十二個（一個は非常に小さい――こうした卵を産むのは母鶏だ）。

三九年七月二十日（E）

外国および一般

一、今日、公報リーフレット第三号（疎開[43]）が発行された。この村から夜間、四つ以上のサーチライトが見える。［情報源の言及なし］

二、ダンツィヒからのニュースを読むと、そこの誰もが、ダンツィヒが近い将来、ドイツ人の手に落ちることを予期している。［『デイリー・テレグラフ』］

三、フランスは英露協定のロシア側の条件を受け入れるのに賛成していると言われている。その協定はバルト諸国に関しては変更がない。［『デイリー・テレグラフ』］

社会

一、『ユマニテ』[44]の編集者の一人が、スパイ摘発に関してパリの警察から尋問されたが、報告からは、単に忠告を受けただけなのか、共謀を疑われたのかはわからない。［『デイリー・テレグラフ』］

二、最近、W・O[45]の規則によって、士官が辞任するのを禁じた。どうやら、下士官が金を払って除隊するのを禁ずる手段が取られているようだ（現在の値段、三十五ポンド[46]）。［『デイリー・テレグラフ』］

三九年七月二十一日（D）　午前中は晴れ間もあったが曇っていてじめじめし、午後には雷雨。小麦が黄色になってきた。韮葱《にらねぎ》（一畝に三十八）を間引いた。どこもかしこも雑草だらけ。今朝、ペポカボチャの雌花の花が咲いた。夕方、また閉じた。だからたぶん、受粉したのだろう。山羊の乳の量は、きのうのことがあるので減った。スグリはほとんど熟した。

卵十三個。

三九年七月二十一日（E）

外国および一般

一、ポーランド人の官吏がダンツィヒ国境で暗殺された。その結果「緊張」[47]。『デイリー・テレグラフ』

社会

一、『タイムズ』は社説でスペンダーの手紙問題を説明している（あまり満足できないが）。『ザ・タイムズ』、三九年七月二十日付

二、『M・G・ウィークリー』はアビシニアのイタリアの体制を讃える長い手紙と、それに答える別の手紙を載せている。『マンチェスター・ガーディアン・ウィークリー』

政党政治

一、保守党は減少した過半数でハイズの議席を獲得した。投票率はわずか三七パーセント。人民党の候補は五百から六百票を獲得した。『デイリー・テレグラフ』

二、ロンドンI・L・Pの内紛の真相は、いまだにはっきりしないが、どうやら、平和主義者を党に引き寄せたいと思っているE・Cと[48]、多少ともトロツキー主義のロンドン地区評議会との喧嘩になってしまっているらしい。どうやら、後者を追放する見込みがあるようだ。『ニュー・リーダー』

三、パレスチナ、違法移民等に関する議会での討論は、予想されたほどの騒ぎはなく終わった。『デイリー・テレグラフ』

三九年七月二十二日（D）　曇、鬱陶しい。夕方、一時間ほど大雨。E［アイリーン］は早植えのジャガイモの根を引き抜いた（たった三ヵ月前に植えたもの）。三つの根にわずかなジャガイモ。約一ポンド。しかし、たくさんの若いジャガイモが出来つつある。

卵十二個。二シリング六ペンスで一スコア半売った。今週の合計、八十四個。

三九年七月二十二日（E）

外国および一般

一、近々、英米がドイツと取引をするという噂がある。それはヘル・ヴォールタートの来英に関連していると言われているが、内閣はまだそれを支持してはいない[49]。国際的監視のもとに軍備縮小をする見返りに、一千万ポンド貸与し、原料を提供するという条件だ。『デイリー・テレグラフ』

二、ロシアの船隊の演習は、どうやらバルト諸国を威圧するためのもののようだ。『デイリー・テレグラフ』

社会

一、D.Telのゴシップ欄に、百人近くの保守党議員は、

国防義勇軍、英空軍志願予備軍等の士官だと書いてある。『デイリー・テレグラフ』

政党政治

一、ケイポ・デ・リャノ[50]が解任された。『デイリー・テレグラフ』

二、私の小説の好意的な書評が『デイリー・ワーカー』に載った。[51][『デイリー・ワーカー』、三九年七月十九日付]

三九年七月二十三日（D） 夕方、小雨。そのほかはからっとしていたが、曇っていて、あまり暖かくない。たくさんの糸沙参《いとしやじん》。最初の熟れたデューベリーを見つけた。いくつかの畑ではオート麦がほぼ熟している。小麦の粒はまだ乳熟期にある。海鷗が辺りを飛んでいる――ここでは普通、見かけない。リドリーの家のダリアが一本、咲いている。

卵十二個。

三九年七月二十三日（E）

外国および一般

一、今日の新聞によると、昨日この欄で言及した申し出について、実際に話し合われたらしい。しかし、非公式にのみ。内閣はそのことについて何も知らないと言っているが、どうやら、すべて知っているようだ。国民がどうそれを見るかを知るために、情報が洩れるままにしたと考えられる。条件は、ドイツの部分的軍縮とチェコスロヴァキアからの撤退の見返りとして、ドイツへの資金貸与（額は述べられていない）と原料の提供をし、英国がアフリカに所有している、ある共同管理地を与える。『サンデー・タイムズ』、『サンデー・エクスプレス』

二、いまやロシアとの協定が実現しないのは明白だ。

三、国防義勇軍兵士と海軍予備軍を召集しているということは、危機的瞬間は八月の最初の週だということを示唆している。『サンデー・タイムズ』

政党政治

一、ケイポ・デ・リャノが解任された原因は、スペインを枢軸国に結びつけることに反対し、アンダルシアの独立を宣言すると脅したことであると言われている。[52]『サンデー・エクスプレス』

二、国民自由党はブレコン[53]〔ウェールズの町〕の補欠選挙で、政府の票を分断するつもりだ。

三、ファシスト寄りの『エアロプレーン』の編集長（グレイ[54]）は辞職した。その理由は説明されていない。[55]『サンデー・エクスプレス』

四、いまやビーヴァブルックの新聞は、ここ数ヵ月よりも公然とロシアとの協定に反対し、孤立主義に賛成している。[情報源の言及なし]

三九年七月二十四日（D）　午前は晴、午後は寒く惨め。野花がいまや真っ盛り。金水引草《きんみずひきそう》、明点弟切草《おとぎりそう》、姫《ひめ》踊子草《おどりこそう》、丸葉保呂志《まるばのほろし》、ハコベ。教会の墓地の芝の中で野生の蜂の巣を見つけた。苔の巣で、山鼠《やまね》が作ったような巣だ。ダリアが芽を出した。今日、わが家の初のレタスを摘んだ。きのう、初の熟したスグリを摘んだ。たくさんの梨。

卵十四個（一個は小さい）。夕方、小雨。

三九年七月二十四日（E）

外国および一般

一、R・S・ハドソン（海外貿易省）はヴォールタートと会談し、翌日、その結果を首相に報告した。その件が洩れるのを許したというのは、明らかに意図的だ。それ（ドイツとの提携）は、ソヴィエトに脅威を与えるためのものであるとイタリアの新聞は示唆していると報じられている。英露協定は、また第一面に取り上げられていて、スターリンはそれを本気で望んでいると書いてある。ドイツとの貿易に関する話し合いも続けられている。たぶん、イギリスに脅威を与えるためだろう。『デイリー・テレグラフ』

二、モンゴル地方の国境での戦闘は、どうやら本物らしい。『デイリー・テレグラフ』

三、日本の新聞は、天津[56]を巡って英国に突きつける条件を、前もって予測している。それが受け入れ難いのは言うまでもない。『デイリー・テレグラフ』

三九年七月二十五日（D）　晴、かなり暑い。干し草をなんとか積もうとした。卵十二個（一個は小さい）。

一九三九年七月二十六日頃、オーウェルは「科学的家禽飼育者協会」に手紙を出し、同協会が会員に対して行っている「飼料購入計画」について訊いた。彼の手紙は残っていないが、「有限会社・科学的飼育者協会（供給業者）」の総支配人で幹事のS・R・ハーヴィーからの手紙（七月二十八日付）には、鶏の餌の割引の詳細が書かれている。また、同協会の会員になる手続きの仕方が詳細に記されたものが同封されている。

三九年七月二十五日（E）

外国および一般

一、英日協定は非常に曖昧な言葉遣いだが、結局英国側が譲歩したものだ。事実それは、中国人を助けないということと同じだ。チェンバレンは英国の政策が変更したことを否定している。『デイリー・テレグラフ』

二、英露協定は、また第一面に取り上げられていて、前より実現性があるように見える。『デイリー・テレグラフ』

社会

一、I・R・A対策の法案は、外国人の入国禁止、外国人の国外追放、外国人の強制登録に対する権限を与えるものである。さらにそれは、緊急時に容疑者を令状なしに取り調べる権限を警察に与える。その法案は、二年限りのものと言われている。激しい反対はなし（賛成二百十八、反対十七で通過）。『デイリー・テレグラフ』

三九年七月二十六日（D）　晴、暖かい。干し草を藁葺き屋根型に積み終わった。できるだけうまくやったつもりだが、あまりよくない。しかし、もっと干草があれば、またそうやってみる。積んだ干し草は約八フィート×六フィート、一番高いところは五フィート。キャベツと蕪の周りの雑草を草掻きで掘り起こした。どちらも元気。

卵十一個（一個は小さい）。三十五個を一スコア二シリング六ペンスで売った（四シリング三ペンス――四シリング四ペンス半でなくてはいけなかった）。

三九年七月二十六日（E）

外国および一般

一、グレート・ブリテンは東京協定で譲歩したというのが、世界の新聞の一般的印象だ。『デイリー・テレグラフ』

二、二百四十機の飛行機がフランスで再び示威飛行をした。仏英共同飛行機生産は、いまやドイツと肩を並べると言われている。『デイリー・テレグラフ』

社会

一、N・U・J[57]をT・U・C[58]と連携させるという案は、ごくわずかの差で否決された（投票総数は実際の過半数を示しているが、三分の二の過半数ではない）。『デイリー・テレグラフ』

政党政治

一、どうやらフランコは枢軸国に与えた言質を守ろうとしていて、デ・リャノ[59]とヤグエその他を六月に粛清したのは当然のように思える。『デイリー・テレグラフ』

二、リトヴィーノフ[60]は不興を蒙ったらしい。『デイリー・テレグラフ』

三九年七月二十七日（D）　暑い。夕方、ほんの少し雨。

鶏舎の赤ハダニがひどい。二、三日暑い日が続いたせいでもあるのは疑いない。効果があるだろうと思い、あとで熱湯と硫黄で処理した。NB、鉛管工用のブローランプが一番よいだろう。暑いので、雌鶏の食欲が例によって衰えた。コスレタスを数株移植した。そのほか、雑草を抜いた以外何もしなかった。カボチャは根付いたが、まだ小さい。水棲蝸牛が卵を産んだ。こうした生物が雌雄同体なのかどうか知らない。

NB、タンク等に貯蔵する目的のためには、二十ガロン[★9]のスペースに、粗挽き粉の一ハンドレッドウェイトが入るだろう。または、もっと多くの穀物が（例えば、一と四分の一ハンドレッドウェイト）。

卵十四個（二個は小さい――一羽の初年鶏が今、産んでいるのだろうと思う）。

三九年七月二十七日（E）

外国および一般

一、満州国国境でさらに戦闘があった。日本はサハリンのロシア側の半分を封鎖することを考えていると言われている。『デイリー・テレグラフ』

二、仏英露の参謀の会談の手配がなされている。バルト諸国の問題は、どうやら未解決のようだ。『デイリー・テレグラフ』

三、今日、公報リーフレット第四号（食品貯蔵）が発行された。［情報源の言及なし］

政党政治

一、保守党がモンマス〔ウェールズの町〕の選挙区で、以前より少ない過半数を獲得した。両党の得票数は減った。『デイリー・テレグラフ』

二、ケイポ・デ・リャノがアルゼンチン大使に任命された(61)。『デイリー・テレグラフ』

三、さまざまな反戦グループの活動の要約が、『ニュー・イングリッシュ・ウィークリー』（三九年七月二十日、二十七日）に載っていた。

四、I・R・A法案に反対票を投じた議員（十九名）に、ギャラハー、プリット(62)、クリップスが含まれていた。

［『ニュー・リーダー』、三九年七月二十八日付］

三九年七月二十八日（D）　昨夜、少し雨。暑い。雑草を抜き、薊《あざみ》等を刈る以外、何もしなかった。

卵九個。

三九年七月二十八日（E）

外国および一般

一、アメリカは日本との通商条約の破棄通告をすることを決定したようだ。『デイリー・テレグラフ』

社会

一、政府は老齢年金の引き上げを考えているらしい。総選挙を睨んでのことに違いない。『デイリー・テレグラフ』

二、金が豊富に埋蔵されている場所がカナダのグレート・スレーヴ湖の近くで見つかったと言われている。『デイリー・テレグラフ』

三、どうやら小自作農と小農場主は、徴兵制度のせいで不便を感じているようだ。M・T条例[63]によって最初に開かれた特別法廷では、二十人の良心的兵役拒否者が裁かれた。そのいずれも、どうやら政治的理由による者ではなかったらしい。『スモールホルダー』、『デイリー・テレグラフ』

政党政治

一、モスクワで新たに粛清があった。粛清された者の中に、外モンゴル担当のソヴィエトの大臣タリオフも含まれていた。『デイリー・テレグラフ』

二、フランスは、八百万ポンド相当のスペインの金をフランコに引き渡した。『デイリー・テレグラフ』

三、P・P・U、N・C・L、フレンド会、「和解の親睦《フェローシップ・オヴ・リコンシリエーション》」は、M・T条例によって開かれた最初の法廷に代表を出すことができた。『デイリー・テレグラフ』

三九年七月二十九日（D）　夜のうちに小雨が降ったらしい。今日は暑い。刺草《いらくさ》を刈った。卵六個！（おそらく暑さに関係があるのだろう。）一スコア二シリング六ペンスで二十五個売った。今週の合計、七十八個。

三九年七月二十九日（E）

外国および一般

一、フランスの総選挙は法規命令によって二年間延期された（つまり、一九四二年まで）。『デイリー・テレグラフ』

二、どうやらスペインでは、枢軸国支持者たち（スーニエ[64]）と伝統主義者（特に将軍たち、ヤグエ等）のあいだでかなり熾烈な争いが起こっていて、戦争が勃発した場合、フランコが中立のままでいる可能性があるようだ。『マンチェスター・ガーディアン・ウィークリー』、『デイリー・テレグラフ』

社会

一、フランスにおけるドイツのスパイ行為について新聞に盛んに書き立てた廉で、試訴として裁判にかけられていた『ユマニテ』の編集長は、釈放された。反ユダヤの記事を書いた、別のジャーナリストに対する逮捕命令が出された。[★10]『デイリー・テレグラフ』

政党政治

一、労働党はコルン・ヴァレーの選挙区で、前回より多い過半数で勝った。（労働党の票は約千票増え、自由党と保守党は、それぞれ二千から三千票減った。）『デイリー・テレグラフ』

二、M・Gに載った数字によると、五月以降、カタロニアでは毎週、三人から三百人（共和国主義者）が銃殺されている。[65]『マンチェスター・ガーディアン』

雑

一、近衛隊が、きのう初めて三列[66]で軍旗敬礼分列式をした。『デイリー・テレグラフ』

三九年七月三十日（D）　昨夜一晩中、小雨。今日は暑い。風鈴草の種が芽を出した。今日、最初の人参を引き抜いた。いまや挟虫《はさみむし》はひどく厄介だ。

卵十個（二個は小さい）。

三九年七月三十日（E）

外国および一般

一、議会が十月まで再召集を前もって決めずに閉会になるだろう。[67]『サンデー・タイムズ』

二、いまやダンツィヒには六万人のドイツ兵士がいる（警察、突撃隊等を含めて）。『サンデー・タイムズ』

三、信頼できるらしい『S・タイムズ』の記事には、こうある。戦争になった場合、ユーゴスラヴィアは間違いなく中立を守るだろうが、もし、ロシアとの協定が結ばれ、クロアチア人が、彼らの欲する一定の自治権を与えられれば連合国寄りになるだろう。千四百万の人口には、五百万のセルビア人、五百万のクロアチア人、五十万のハンガリア人、五十万のドイツ人を含む。あとはたぶん、スロヴェニア人だろう。貧しい階級のあいだには、汎スラヴ主義の感情が強い。『サンデー・タイムズ』

社会

一、ダラディエ[68]の下した命令の一つは、首相の管理のもとで、独立した宣伝省を作るというものだ。公務員の勤務時間は四十時間から四十五時間に引き上げられた。

フランスの正貨準備高は、アメリカに次ぐと言われている。フランス銀行の現在の金保有高は五億六千万ポンドだと言われている。『サンデー・タイムズ』

二、I・R・Aの容疑者のかなりの数の者が、すでに国外退去になっている（これまで二十人）。『サンデー・タイムズ』、『デイリー・テレグラフ』、三九年七月二十九日付」

三九年七月三十一日（D）　一日の大半、曇。正午頃、激しい俄雨と雷雨。玉葱の周りの雑草を抜いた。三十五本のカーネーションを苗床から移植した。三九年七月十一日に植えた匂紫羅欄花《においあらせいとう》が三インチほどの高さになった。花の咲きかけている一本の立葵《たちあおい》は白い。したがって、元は黒っぽい種から四色になった（濃い赤、薄い赤、淡いピンク、白）。豌豆は出来が非常にいい。私たちには食べ切れないほどだ。最後のハンドレッドウェイトの穀類が、今朝、終わってしまった。三九年七月四日に使い始めたのだから、計算では八月十日あたりまでもつはずだ

ったが、八羽の初年鶏にこの三週間それをやり、さらに六羽の次の雛にもある程度やったのだ。同時に買ったフル＝オー＝ペップは三分の二ほど減っただけだ。
　卵十一個（三羽の初年鶏？　どうやら少なくとも一羽の初年鶏が卵を産んでいるようだ）。

三九年八月一日（D）　暖かい。小雨。匂紫羅欄花（黄色）とアメリカ撫子を苗床から移植した。おおまかな計算だが、豌豆の各畝（約十二ヤード）は十五から二十ポンドの実をつけるだろう。今日、新たにハンドレッドウェイトの小麦と粗挽きのトウモロコシの実を与え始めた。これは二十三羽の成長した鶏と八羽の初年鶏（ほぼ大人だ）にやるためのものだ。一日一羽一オンス半だと、九月八日くらいまでもつはずだ。
　卵十個（三個は小さい——三羽の初年鶏が今、卵を産んでいる）。

三九年八月一日（E）

外国および一般

　一、たぶん今週、軍事使節団がモスクワに発つだろう。団長（プランケット＝アーンル＝アール＝ドラックス[69]）は、第一次世界大戦の直前、帝政ロシアへの使節団に加わっていた。『デイリー・テレグラフ』
　二、ポーランド政府はダンツィヒに対する経済制裁をする。それはいくつかの工場の製品を輸入することを拒否することだ。『デイリー・テレグラフ』
　三、英国当局は、天津の租界に隠れている、テロリストと目されている四人の中国人を引き渡すことに同意したらしい[70]。

社会

　一、七月の失業者数は約百二十五万人で、一九三八年の同時期より五十万人[★11]少ない。保険に入っている被雇用者数は千三百万人に近い。一年前より五十万人以上多い。『デイリー・テレグラフ』
　二、最初に召集された民兵のうち、無許可離隊したのはわずか五十八名だった。『デイリー・テレグラフ』
　三、酒類醸造販売禁止令がボンベイ州《プレジデンシー》[71]で施行された。『デイリー・テレグラフ』

政党政治

　一、ケイポ・デ・リャノはイタリアへのスペイン軍事使節団の団長に任命された。『デイリー・テレグラフ』
　二、『社会主義通信』の主張するところではI・R・A条例に反対票を投じた労働党議員は議員団から懲罰処分されるおそれがある。『社会主義通信』、三九年七月二十九日」
　三、P・O・U・M[72]の青年グループが、なんとかしてリーフレットを出した。『社会主義通信』、三九年七月二十九日付」

雑

一、刈ることに加え塩素酸ナトリウムで蕨《わらび》を除去する新しい方法によって、一エーカー当たり、わずか二十ポンドの塩素酸ナトリウムを使っただけで蕨を根絶することに成功。『デイリー・テレグラフ』、『ファーマー＆ストックブリーダー』

二、今年のヨーロッパの小麦の生産高は、ソ連を除き、四千四百万メートルトン〔一メートルトンは千キログラム〕。平均よりやや多いが、昨年より一四パーセント少ない。『デイリー・テレグラフ』

三九年八月二日（D）　一日の大半、曇、かなり肌寒い。雑草抜き等のみ。

卵十二個（二羽の初年鶏？）。一スコア二シリング六ペンスで三十個売った。

三九年八月二日（E）

外国および一般

一、今日、食糧配給カードがすでに印刷され、用意が出来たと公表された。『デイリー・テレグラフ』

二、チェンバレンの演説がソ連邦中に放送された[73]。『デイリー・テレグラフ』

三、ウクライナの指導者の何人かがポーランドで逮捕された。『デイリー・テレグラフ』

社会

一、徴集兵部隊の待遇に対する労働党議員による議会での苦情は、民兵がテントに八人で寝ているというような事柄に向けられている。『デイリー・テレグラフ』

二、ドイツ系ユダヤ人の難民は、ロンドンのある地区、例えばゴールダーズ・グリーンに大勢住み、たっぷり持っている金で家を買っている。［個人[74]］

政党政治

一、パリにいるスペインの難民の上層部のあいだで金銭を巡っての喧嘩が起こっているという噂と、ネグリンとプリエトのあいだで意見が食い違っているという噂がある[75]。［個人（R・R[76]）］

二、ニューカースル＝アンダー＝ライムのウェッジウッド大佐[77]のカトリックの選挙区（五千人弱。大半が労働者）は、自分たちは彼に反対投票をするという考えを発表した。［個人］

三九年八月三日（D）　早朝から午後八時頃まで小止みなく雨。今、二、三株のダリアが咲いている。きのう、一年の今頃よく見かける大きな黒いナメクジ（体を伸ばすと約四インチ）を調べると、頭のちょっと後ろに奇妙な孔があり、それが幾分リズミカルに開いたり閉じたりし、中にサゴ・プディングに似た白っぽい組織がある。ナメクジの呼吸孔ではないのだろうか？

オート麦を少し刈った。大麦はほぼ熟していて、見たところ非常によい。小麦はどれも熟していない。細葉《ほそば》柳穿魚《うんらん》が咲いている。野生のプラムの木にわずか二つか三つのプラムが生っている。

M［ミュリエル］に駆虫粉剤を与えた。非常に苦労した。一日中、ほとんど餌をやらなかった。

卵十二個（一個は小さい――初年鶏の一羽が今、前より大きい卵を産んでいる）。

三九年八月四日（D）　一日の大半、雨。晴れ間はあったが風は強い。地面はびしょびしょだ。何もかもが非常に速く成長している。早植えのジャガイモ（約三ヵ月半）をいくつか、もっと引き抜いた。どの根にもあまり実がない。今朝、行方不明だった雌鶏をまた見かけた。A［アンダソン］夫人は何日か朝、その鶏を見たことがあると言う。そして、その鶏は畑の西端の茂った灌木の中にいると考えている。その鶏は餌を食べるために時折出てくる。たいてい、朝のごく早い時間に。問題は、その鶏が卵を抱くのを終える前に、狐か犬にやられてしまうのではないかということだ。

卵十三個（三個は小さい）。

三九年八月四日（E）

外国および一般

一、明日、仏英軍事使節団は速度の遅い定期船で出発する。レニングラードに着くまで一週間かかる。『ザ・ウィーク』[78]は、その行動は真剣に意図されたものではないのではないかと書いている。フィンランドの諸新聞と、スウェーデン外相の演説からの引用は、バルト諸国が心から不安を感じていることを示唆している。［『デイリー・テレグラフ』、『マンチェスター・ガーディアン・ウィークリー』、『ザ・ウィーク』、三九年八月二日付］

二、ドイツはハンガリーをポーランドから引き離すために、スロヴァキアをハンガリーから譲渡することを考えていると言われている。[79]ドイツはスロヴァキアから木材、食糧、機械を組織的に奪った。［『マンチェスター・ガーディアン・ウィークリー』］

社会

一、マンダー議員（自由党[80]）は、英独友好協会[81]は親ドイツ団体であると断言し、内務大臣はその活動を禁止することができないかどうか尋ねた。ホーア[82]は団体が法を犯さない限り何もできないと答えた。［『デイリー・ニュース』］

政党政治

一、労働党はブレコンとラドナーで二千五百票の過半数で勝った。[83] 労働党の票は約七百五十票増えた。政府への票は約四千票減り、投票総数は下がった。『デイリー・テレグラフ』

雑

一、私の一番新しい本の出版の手配をしてくれているアルバトロス・プレス[84]は、ヒトラーに関する非友好的ないくつかの箇所（全部ではない）の削除をしなければならない。わが社の本はドイツで多数出回るのでそうせざるを得ない、と同社は言っている。また、戦争が間近に迫っていると書いた頁の一節も削除しなければならない。［F。[85] 個人］

三九年八月五日（D）　午後六時半頃まで、ほとんど間断なく雨。日中、時折豪雨。ボールドック本通りは冠水したそうだ。ペポカボチャは非常に速く膨らんでいる。莢隠元と紅花隠元は三インチないし四インチの長さ。林檎は急速に育っている。

三九年七月七日に使い始めたキャラーガスのボンベが、きのう空になった（二十七日）。今日、新しいボンベを使い始めた。

卵九個（二個は小さい）。一スコア二シリング六ペンスで三十個売った。今週の合計、七十七個。そのうち十五個は小さい。

三九年八月六日（D）　雨は降らず、かなり暖かい。小径にある大きな野生林檎の木には一つも実が生らなかったが、ほかのには実が生っていた。ブラックベリーはまだ花だけだ。榛《はしばみ》の実はまだ中が固い。イネスのところの牛が間もなく仔を産む。まだ鷭《ばん》はごく小さな雛と一緒にいる。若い兎が多い。小径に死んだ猫を見つけた。雌鶏が大きな黒いナメクジを食べるのに気づいた。木曜日に、鴲《しめ》に違いない鳥を見たことを書き忘れた。青河原鶸《あおかわらひわ》が鶏舎に時々いるが、五色鶸《ごしきひわ》はここでは珍しい。

卵十一個（三個は小さい）。

三九年八月六日（E）

外国および一般

一、ズデーテン[86]の指導者の粛清が行われているが、どうやらチェコの圧力の結果であり、今後はもっと穏やかないくつかの手段が取られるだろう。『サンデー・タイムズ』

二、いまやポーランド政府はロシアに自国の空港を使わせる用意があるようだ。『サンデー・タイムズ』

三、『S・エクスプレス』は、フランコは枢軸側につくことを決定したと考えているが、これまで彼に五百万ポンド貸したフランスとスイスの銀行は、これ以上は貸さないことで彼に圧力をかけていると仄めかしている。

［情報源の言及はないが、『サンデー・エクスプレス』なのは明らかである］

社会

一、徴集兵部隊の中で食べ物を巡って問題があるようだ。最初の徴兵で、自分は良心的兵役拒否者だと名乗った者の数は二パーセント。［『サンデー・タイムズ』］

二、さまざまな政治家の閣僚等の地位で生涯に稼いだ額は、ピーター・ハワード(87)の推定によると、こうだ。ランシマン、七十一ポンド。ロイド・ジョージ、九十四ポンド。ボールドウィン、七十ポンド。ホーア、七十九ポンド。サイモン、七十八ポンド。チャーチル、九十二ポンド（すべて千単位(88)）。［『サンデー・エクスプレス』］

政党政治

一、ピーター・ハワードの考えでは、サー・A・ウィルソン(89)は親ドイツ感情を持っているので、ヒッチン選挙区では不人気になりつつある。★12［『サンデー・エクスプレス』］

二、モーズリー(90)のアールズ・コート・スタジアムでの集会には二万五千人が出席したと言われている。Mはイーストエンドの労働者階級の支持をいくらか失ったが、小企業主等のあいだで信奉者を得たと言われている。［『レフト・フォーラム』、八月］

三、「リンク」(91)は積極的に親ナチで、P・P・Uからも推薦されている。［『レフト・フォーラム』、八月］

四、どうやら、フランスのスパイのスキャンダルは、ある程度、公式に抑えられた。ラロック(92)は次のような法規命令を通過させるようダラディエ(93)に要請している——商業的目的以外に外国の金を受け取るのを犯罪にする法律を。［『オブザーヴァー』］

五、『サンデー・エクスプレス』は日本について好意的な記事を載せている（ゴシップ記事）。［『サンデー・エクスプレス』］

三九年八月七日（D）　やや晴。午前中はかなり寒く、小雨が降った。午後は曇で暖かかった。冬の青物に対する畑の準備を終えた。ナメクジがどんな種類の食べ物を一番好むか知ろうと、用意した箱にナメクジを入れた。きのう、死んだイモリを道路で見つけた。今年の蛙が数匹出た。紅花隠元くらいの大きさだ。

卵九個（一個は小さい）。

三九年八月七日（E）

社会

一、Soc.Correspは、徴集兵部隊の営舎内の食べ物等についての不満を繰り返している。兵士が多かれ少なかれ故意に手荒く取り扱われているということを仄めかしている。［『社会主義通信』］

二、マドリッドにおける最近の政治的殺害に関連し、五十七人が銃殺されたと報じられている（殺害された者の数は、どうやら三人らしい）。『デイリー・テレグラフ』

政党政治

一、P・S・O・Pの[94]メンバーが、反戦活動に関連してフランスで逮捕された。C・Pはナチの手先等を非難している。『社会主義通信』、『ザ・ウィーク』、三九年八月二日付」

二、ベーラ・クン[95]が銃殺されたことが、また報じられた（今回はウィーンから）。『デイリー・テレグラフ』

三、「リンク」の会長サー・バリー・ドンヴィル提督[96]は、ホーアとマンダーが言ったことは嘘であると述べている[97]。そして、二人がそれを議会の外で言うことを望んでいる[98]。『デイリー・テレグラフ[99]』

三九年八月八日（D）　少し雨が降り雷が鳴ったが、一日の大半、暑くはなかったものの、かなり晴れていた。山羊の乳の出は悪く、二匹から一クォート足らず。数日、草を食まなかったせいなのに違いない。この頃、目立って日が短くなってきた。

卵十二個（三つは小さい）。

三九年八月八日（E）

外国および一般

一、中国ドルはいまや四ペンス以下に下がった。『デイリー・テレグラフ』

二、ダンツィヒの議会は、ポーランド人の税官吏を巡っての論争で譲ったように見える。『デイリー・テレグラフ』

三、アストゥーリアスの兵士は山の中でまだ頑張っていると、また報じられた[100]。『デイリー・テレグラフ』

社会

一、D.Telで一欄全部が「リンク」に充てられている。第一面に少しある記事のほかに。自分たちは宣伝機関ではないという、主催者の弁明等。ローリー教授は『ドイツの言い分』に対しドイツの出版社から百五十ポンド受け取った、なぜなら、英国の出版社が、同著は「親ドイツ的」という理由で出版を断ったので、という弁明。「リンク」のリーズ支部は自主的に解散した、ドイツ側がナチの統制下に入ったので、という弁明。『デイリー・テレグラフ』

二、D.Telは一欄（新しいセクション）を充て、『ドイツが戦争をする確率[101]』という本の要約をしている。それはハンガリー語から翻訳されたゴランツの本で、それを出版した著者はハンガリーで迫害されている。『デイ

リー・テレグラフ』〕

雑

一、レナード・メリック[102]死去のニュースがD.Telの第一面（片隅）に載っている。〔『デイリー・テレグラフ』〕

三九年八月九日（D）　夕方、小雨。その時以外は暖かかったが、曇。少し遅くなったが、六十個のブロッコリーを移植した。どれもかなりひょろ長く、見込みがないが、根付くことを願っている。ケール等を手に入れるのは不可能だ。もちろん、それには遅過ぎるが。

卵十個（二つは小さい）。一スコア二シリング六ペンスで三十個売った。

三九年八月十日（D）　一日の大半、雨。トマトの側枝を切った（ずっと前にしておくべきだったのだが）。青物用にもう一つの畑の準備を始めた。家鴨のための小屋を作った。今では七羽の家鴨を一つの小屋に押し込めておくことはできないので。山羊の新しい肥《こえ》は積み上げると熱を発することに気づいた。馬の肥ほどではないようだが。

卵十二個（二個は小さい）。

三九年八月十日（E）

外国および一般

一、フランコは独裁者としてほぼ完全な権力を握っている。〔『デイリー・テレグラフ』〕

二、国王が百三十三隻の戦艦の予備戦艦を視察。〔『デイリー・テレグラフ』〕

社会

一、デヴォンでの徴集兵部隊の不平（あまり重要性はない）は、多数の予備兵が教官として召集されたことを暴露している。〔『デイリー・テレグラフ』〕

二、十四人のC・O〔良心的兵役拒否者〕が法廷で裁かれた。厳しくは扱われなかったが、国家的重要性のある仕事をするよう言われた。質問はこの前の大戦の時とほぼ同じ。C・Oが宗教的・道徳的理由を述べたという報告はない。南ウェールズ炭坑夫同盟の幹事が裁判にかけられている。〔『デイリー・テレグラフ』〕

三、『エッグズ』[103]に反ヒトラーのジョークが載っている。〔『エッグズ』、三九年八月八日付〕

四、ロンドンのバスの車内の明かりに、空襲に備えて取り外し可能の青い覆いが取り付けられた。〔『デイリー・テレグラフ』、三九年八月九日付〕

政党政治

一、オランダは六週間内閣がなかったあと、いくつかの党から成る挙国一致内閣を作った。その中には二つの社会民主党が含まれる。『デイリー・テレグラフ』

二、I・L・Pの全国評議会は九月の会議で、L・P[104]との無条件連携を唱えると報じられている。『デイリー・テレグラフ』

三九年八月十一日（D）　暖かく、晴。貯水池で一羽の非常に小さな雛と一緒の鷭に出くわした。それは縁に近いところでじっとしていて、毒人参の茎でつついてもひっくり返しても全然動かなかったので、死んだものと思った。すると突然水の中に潜り、数分、水中にいた。

水棲蝸牛の卵は孵ったらしく、幼生が動き回っているが、それはまだゼリー状で、一種の胚の状態にあり、私の考えていたのとは異なり、完全に発達して外に出てくるのではない。

今日、最初のペポカボチャを切り取った。今、かなりの量の隠元豆が出来ている。

卵十一個（三つは小さい）。

三九年八月十一日（E）

外国および一般

一、中国ドルは約三ペンス半に達した。『デイリー・テレグラフ』

二、二十人のブルガリアの議員がモスクワで迎えられた。『デイリー・テレグラフ』

三、英仏軍事派遣団がレニングラードに到着した。『デイリー・テレグラフ』

社会

一、良心的兵役拒否者の法廷での裁判について新しい情報が伝えられたが、いずれの場合も、拒否の理由が政治的なものではないのを示している（通常、キリストアデルフィアン派〔十九世紀に出来た、原始教会に戻ることを目指したキリスト教の一派〕等の教会の会員）。『デイリー・テレグラフ』

二、『タイム&タイド』に「リンク」を攻撃する記事。それは同団体が活動を禁止されるべきだということを示唆している。『デイリー・テレグラフ』

三、卸売業同盟による『タイム』の発禁要求に政治的意図があることが再び否定された。どうやら、その意図があるらしいが。『デイリー・テレグラフ』

政党政治

一、I・L・Pの全国評議会は無条件の連携を再び口にしているが、L・P内部の意図に言及し、再軍備等に関するL・Pの現在の方針に真っ向から反対することになる活動は、おそらく受け入れられないだろうと言っている。『ニュー・リーダー』

二、メンナ・ショツァト[105]の下院のレセプションに、ユダヤ＝アラブ統一同盟を代表して出席した者の中に、H・W・ネヴィンソン、チャーマーズ・ミッチェル、ファリンドン卿、ウィルソン（セシル）、ランズベリー、A・マクラレン(106)（最後の三人は議員）がいた。『ニュー・リーダー』

三、反戦、反帝国主義に関連して、フランスでさまざまな者が逮捕された。その中には、ルシアン・ウィーツ(107)、R・ルーゾン(108)（十八ヵ月）がいる。『ニュー・リーダー』

三九年八月十二日（D）　暖かく、晴。何本かのカーネーションがよく咲いている。

卵十個（二個は小さい）。一スコア二シリング六ペンスで二十五個売った。また、一スコア二シリング二ペンスで十個（初年鶏）売った。

今週の合計。七十三個（十六個は小さい）。

三九年八月十二日（E）

外国および一般

一、M・Gの通信員の伝えるところでは、ドイツでは動員が八月半ばで完了するだろう、また、ポーランドを脅かす何かの試みがなされるだろう。戦争が最もありうることだと書いてある（きのうの『タイム&タイド』にもそう書いてある）。印象的なのは、どんな新聞でも、こうした文句が、あたかもそんなことは起こらないのを心の中で確信しているかのように、さりげない調子で書かれていることだ。『マンチェスター・ガーディアン・ウィークリー』、三九年八月十一日付。オーウェルは誤って三九年八月十二日付としている〕

二、張鼓峰事件(109)以来、満州国国境での戦闘はかなり激しいものの、決定的ではないように思われる。『マンチェスター・ガーディアン・ウィークリー』、三九年八月十一日付（三九年八月十二日付と誤記されている）。『ラ・レヴォリューション・プロレタリエンヌ』、日付なし〕

社会

一、難民問題がロンドンで、とりわけイーストエンドで深刻になっていると書かれている。しかしモーズリーは、信奉者を大きく増やしてはいないと言われている。〔個人〕

二、逓信省当局は、手紙を開封せずに内容を裁定するのに十分なだけ手紙を読むことができるようになったようだ〔それは左翼系グループのあいだに流布したデマらしい〕。〔個人〕

雑

一、今朝、オベリスク・プレス(110)から来た私のすべての本は警察に押収され、そうした本をまた輸入したなら起訴されるかもしれないと、公訴局長官から警告された。彼らは、オベリスク・プレスに宛てた私の手紙(111)を、どうやらヒッチンで開けたらしい。宛先のせいなのか、いまや私自身の郵便物が調べられているせいなのかは、わからない。

二、アメリカで、ジャガイモとトマトをうまく交雑させることができたと報じられている。［『スモールホルダー』］

三九年八月十三日（D）　暖かく、晴。

卵十個（二個は小さい）。

三九年八月十四日（D）　暖かく、晴。ドメスチカスモモ（数は少ないが）がほぼ熟している。畑に青物を植える準備を終えた。いなくなった雌鶏をとうとう見つけた。十三個の卵の上に坐っていた。その雌鶏はちょうどひと月いなかったのだ。今、巣につきたがっている鶏は合計六羽（二十三羽の雌鶏のうち）。今日の午後、その全部をE［アイリーン］の檻に入れた。きのう、非常に苦労して、一羽の家鴨の目方を計った。間違っていなければ三ポンド四分の三（六週間半）。そこで、いくらになるか見るため、明日、一番大きい二羽を市場に出すつもりだ。

卵十個（三つは小さい）。

ハンドレッドウェイトのフル＝オー＝ペップが今日空になった。三九年七月四日に使い始めた——約四十日だ。三十五日で空になるはずだったのだから、ちょっと餌のやり方が少なかったのだろう。一方、暑い天候では、鶏は与えられたもの全部は食べない。

今朝、一羽の郭公《かっこう》を見た。郭公たちはここしばらく鳴かず、飛び去ろうとしている。死んでいる尖鼠《とがりねずみ》を道路で見つけた。なぜだかわからないが、一年の今頃、死んだ尖鼠をいつも見かける。

三九年八月十四日（E）

外国および一般

一、ポーランド問題に対する独伊の「妥協案」が作られたと言われている。明らかにポーランドには受け入れられない形で。［『デイリー・テレグラフ』］

二、モスクワで参謀会談が始まった。［『デイリー・テレグラフ』］

社会

一、きのうの『サンデー・エクスプレス』は、ユダヤ人の難民が違法にパレスチナに入っているという「脅かし記事」を載せた。それは実際、反ユダヤ宣伝だ。［『サンデー・エクスプレス』、三九年八月十三日付］

二、左翼政党に関係している人物への手紙を開封するということは、いまやあまりに普通のことになってしまったので、誰も何も言わない。［E・H[112]］

三、G・K[113]が言うには、C・Pはフランスの警察その他の公共機関に深く入り込んでいるので、政府は彼らに対し何もできない。［ファイルS・P　1］

政党政治

一、G・Kによると、PSOPのメンバーは、いまやわずか四千人だ。［ファイルS・P 1］

二、E・Hによると、バーモンドジーの反戦会議はなんら明確な結論に達しなかった。平和主義者と関係を持とうとせず、平和主義者を敵に回すほど、激しい口調でその旨を言った数人のトロッキストの行動のせいで。［E・H］

三、E・Hによると、I・L・Pの古参メンバーは概して連携に反対で、新しいメンバーは賛成しているが、断固として反対しているI・L・Pの指導的メンバーは、C・A・スミスだけだ。(114)［E・H］

三九年八月十五日（D）　暑い。いくつかドメスチカスモモをシチューにしてみた（かなり酸っぱい）。地面は非常に速く乾く。少数の飛燕草が花を開き始めた。薔薇が二度目の盛りを迎えている（今年の胴枯れ病のせいで、その大半はよくない）。カボチャの一番大きい若枝は今、一ヤードほどあり、雌花が一つ咲いている。ちょうどよい頃に生長できるかどうか確かではない。つまり、あと六週間から八週間で。もう一匹、死んだ尖鼠を見つけた。雀蜂が厄介になり始めた。新しい蝸牛がたくさんの卵を産んだ。巣につきたがっていた白い雌鶏が巣を離れたので、何かが卵を見つけて食べるだろう。猫が怪しいが、鼠、黒丸鴉《こくまるがらす》、またはほかの雌鶏かもしれない。

四ポンド半の重さの生後七週間の家鴨の雛は、それぞれわずか二シリング十一ペンス（手数料なしだと二シリング八ペンス）。この割合だと、どの鳥の利益もほんの数ペンスだが、私たちは擂り餌を少量ずつ買っている。一ポンドにつき一シリング半ペンス。フル＝オー＝ペップの値段（一ポンドにつき一シリング十ペンス）で、もっと買える。

卵十一個（二個は小さい）。

三九年八月十六日（D）　暑い。草掻きで苗床の玉葱と花の周りの雑草を取り除き、カボチャとトマトに水をやり、空豆を切り落とした。空豆は大きくなり過ぎ、熟れるのを待つ価値がなくなったのだ。いくつかの蕪はもう抜いてもいい頃だ。二つ目のペポカボチャを切り取った。E［アイリーン］が刈った芝は、今、とてもいい。

卵十個（三個は小さい）。一スコア二シリング六ペンスで二十五個売った。

熟したプラムは、今、たった一ポンド二ペンス。

三九年八月十七日（D）　暑い。ブラックベリーがいくつか赤くなった。茸をいくつか見つけた。穀物の大半はいまや刈られたが、よい天気が続くあいだに残りを刈ろうと、誰もが急いで仕事をしている。山鶉《やまうずら》の親子連れの一群は、たいていの場合大きいが（八羽から十二羽）、幼い山鶉はかなり小さく見える。種類のわからない鳥を見た。大きさ、色、飛び方から見て鷭《ばん》に似ているが、どうやら鷭ではないらしい。あまりによく飛び、あまりにも楽々と飛び去り、水のそばにはいなかったからだ。一羽の雌の雛と一緒に飛び立ったが、どんな発育段階であれ雛ではない。マルクスが山鶉の一群を狩り出した時、親鳥はよく知られたトリックを使った（そんなことは実際には起こらないと否定される時もある）。かなり低く飛んでギャーギャー鳴いてMを誘い出し、その間に幼い山鶉は別の方向に飛んで行った。野原鶫《のはらつぐみ》と思われる鳥を見た。それにしては、ひどく早いようだが。番《つが》う相手を呼んでいる五色鶸は、「チーワ」というような声を出す（青河原鶸のそれより「チーズ」に似ていない）。

卵八個（三個は小さい）。

三九年八月十七日（E）

外国および一般

一、国民登録制度の計画がいまや整ったという発表があった。(115)（『デイリー・テレグラフ』）

政党政治

一、I・L・Pは「リンク」に対するP・P・Uの友好的な態度から手を切ろうとしている。「『ニュー・リーダー』、三九年八月十八日付」

二、ネグリンとプリエト(116)のあいだで争いがあるという、さらなる証拠がある。三九年八月二日の項を参照のこと。

三、キア・ハーディー(117)の記念式典で演説をする者――マクストン、ダグラス（L・P・E・C）(118)、エビー・エドワーズ（T・U・C）、ジェイムズ・バー議員、ダンカン・グレアム議員。「『ニュー・リーダー』、三九年八月十八日付」

三九年八月十八日（D）　暑い。鶏舎のドアを修理。

卵十個（三個は小さい）。

三九年八月十八日（E）

外国および一般

一、M・Gの外交問題記者は、戦争になった場合、スペインは九分九厘、中立を守るだろうと考えている。新内閣は軍人とファラヘン党員の数をほぼ同じにしている。『マンチェスター・ガーディアン・ウィークリー』

社会

一、テロリストとされている四人の中国人は、ほぼ確実に日本に引き渡されるようだ。人身保護令状を求める嘆願書がロンドンで出されたにもかかわらず。(119)『マンチェスター・ウィークリー』

二、国民登録制の詳細が決まったが、実際の登録は戦争が勃発した場合以外は行われない、もしくは、おそらく一九四一年の国勢調査の時以外は。『マンチェスター・ガーディアン・ウィークリー』

三、メキシコへのスペインからの移住は、非常にうまくいっていると言われている。

三九年八月十九日（D）　暑い。芽キャベツ、縮緬キャベツ、紫ブロッコリーを、それぞれ一スコア、移植した。各一スコアに三ペンス払ったもの。あまりよいものではなく、非常に乾いているが、根はかなりよい。したがって根付くはずだ。そうした植物の一つに根瘤病が発生している疑いがあるので（これまで、ここではそんなことはなかった）、それを捨てた。白い蕪のいくつかは、抜いてもよい頃だ（三九年六月二十八日に種を蒔いたもの）。

『スモールホルダー』によると、人参の苗床等の米搗《こめつき》虫《むし》の幼虫は、ナフタリンと硝石灰を混ぜたものを一平方ヤードに二オンス撒けば退治できる。

卵九個（三個は小さい）。一スコア二シリング六ペンスで二十個、一スコア二シリングで十個売った。

今週の合計、六十八個（十九個は小さい）。

三九年八月十九日（E）

外国および一般

一、ドイツは即時配達で大量の銅とゴムを買っている。ゴムの値段が急騰している。『デイリー・テレグラフ』

二、モスクワでの参謀会議で、ある種の意見の相違がある兆しがある（極東と関連のあるものではないとタス通信は伝えている）。『デイリー・テレグラフ』

三、スペインは中立を守るだろうという、多少とも公式の声明がマドリッドであった。［情報源の言及なし］

社会

一、アメリカにおいてブント[120]の活動が調査されている。ここでの「リンク」の調査のようなものだ。次の二つのことは明白だ。i、そうしたすべての協会はナチの宣伝に使われてきたということ。ii、ドイツと民主国家とのあいだの文化的関係を断絶する試みが漸次なされるだろうということ。『デイリー・テレグラフ』

二、警察は「政略結婚」（ドイツの女性のために英国籍を得る手段としての）に気づき始めていて、そうした場合、国外追放を促すつもりだ。『デイリー・テレグラフ』

三、これまでに追放されたI・R・Aの容疑者は約九十人。『デイリー・テレグラフ』

四、多くの民兵が完全に無学だということが判明したと言われている。『ニューズ・クロニクル』

雑

一、農務省が発表した一九三九年前半についての報告は、次のような結果になっている。作付けのしてある土地と牧草地のエーカー数は約二千四百七十五万で、約八万エーカー減少したが、耕地は五万エーカー増大し、また、永久牧草地は十三万エーカー減少した。（この変化は、耕作に対する補助金制度が実施される以前に起こったものだと言われている。）

小麦の作付面積は十五万エーカー減少し、ジャガイモの作付面積は約二万エーカー減少し、豌豆とキャベツの作付面積も減少し、空豆の作付面積は増大し、オート麦と大麦の作付面積は、五万六千エーカー、二万五千エーカー、それぞれ増大した。

大部分の家畜は大幅に増えたが、豚と役馬は、五万頭、一万四千頭、それぞれ減少した。家禽は二十万羽増えた。『スモールホルダー』

三九年八月二十日（D）　午前中、暑かった。その後、雷と激しい俄雨。山羊は雷にひどく怯えた。M［ミュリエル］は自分で鎖を外した。

カボチャの生長点を摘み取った。玉葱の最後の間引きをした。最初に蒔いた隠元豆はほとんど終わった。飛燕草が咲いている。トマトの側枝が非常に速く生長しているので手に負えない。

卵八個（四個は小さい――もう一羽の初年鶏が産んでいるらしい）。

三九年八月二十日（E）

外国および一般

一、ダンツィヒ危機はもうすぐ頂点に達すると、ロイド・ジョージは予言している。また、もしポーランド人が熟慮して譲歩するなら、われわれには行動を起こす義務はないとも仄めかしている（『S・エクスプレス』はそのことを目立った活字で印刷している）。『サンデー・エクスプレス』

二、東京会談は、グレート・ブリテンが中国の通貨問題に関して他の諸国に相談する必要があると主張したため中断した。『サンデー・タイムズ』

社会

一、スペンダーの書いたものを巡っての騒動は、『サンデー・タイムズ』でまだ続いている。『サンデー・タイムズ』

政党政治

一、ピーター・ハワード[121]は総選挙が行われることを一応決まったことのように話している。そして、老齢年金の増額は、政府の「ご機嫌取り」政策の一つになるだろうと予言している。

二、総選挙が今秋にあった場合、現在危機的状況なので、現政府を選挙期間[122]中、存続させる法案が通るだろう。『サンデー・タイムズ』

三九年八月二十一日（D）　夕方まで暑く、その後、激しい雷雨。トマトの側枝を切り、焚き火の灰をその根の周りに少し埋め、最初に種を蒔いた矮性豌豆の群れを刈り取って燃やし、その区画を掘り起こし始めた。韮葱を植えるにはいいだろう。ホリングズワース夫人がくれた黄色い花（一種の春菊）のいくつかを植えた。すでに花が咲いているものがあるので、根付くかどうかはわからないが。飛燕草に液体肥料をやった。そこら中にたくさんの自生の胡麻葉草《ごまのはぐさ》が生えている。

あす市場に出す、残りの五羽の家鴨の目方を計った。五羽でちょうど二十四ポンド。一番重いのは約五ポンド四分の一。どれも、ちょうど生後七週間半。

卵八個（二個は小さい）。

三九年八月二十一日（E）

外国および一般

一、アメリカI・P・O[123]が新たに行った調査は、アメリカが世界戦争に巻き込まれると思っている者の数が非常に増えたことを示している（約七五パーセント）。アメリカがヨーロッパに派兵すると考えている者の数は、まだわずか二五パーセント。『デイリー・テレグラフ』

二、日本は香港を封鎖しようとしている。銀と通貨問題に関してロンドンに圧力をかけるためなのは明らかだ。『デイリー・テレグラフ』

三、ドイツとソヴィエトのあいだで、ドイツの製品とロシアの原料を交換するための、二年間一千万ポンドの貿易協定が調印された。『デイリー・テレグラフ』

四、ダンツィヒから東プロイセンに入る戦略上の橋が完成した。『デイリー・テレグラフ』

社会

一、最低賃金五十シリング[124]を要求しての鉄道ストライキが、来週か再来週に行われるだろう。『デイリー・テレグラフ』

二、戦争が起こった場合、イギリスは光学ガラスを自給できると言われている。『デイリー・テレグラフ』

三九年八月二十二日（D）　午前中、霧雨。その後は晴、暑い。この頃、早朝は霧が深い。韮葱のための区画を掘り、飛燕草等に液体肥料をやった。E［アイリーン］はもう少しゴデチヤを植えた。合計二十四ポンドの重さの五羽の家鴨が、わずか十一シリング。完全な計算は卵帳簿に書いてあるが、次のことはここに書いておくに値する。家鴨に最初の週に与えた牛乳とパンは別にして、擂り餌の九十一ポンド（実際にはもっと——そう、九十五ポンド。なぜなら家鴨はほかの鳥の食べ物もいくらか食べることもあったからだ）は、肉の三十二ポンドに相当する。または、餌の約（あらゆるものを勘案し）

三ポンド四分の一は肉の一ポンドに相当する。

イモリの一匹がいまや大人になった。鰓《えら》の形成物はなくなり、多くの時間、水面にいて、頭を上に突き出している。きのう、水棲蝸牛はイモリにやった生肉を吸っていた。

マルクスは虱《しらみ》だらけなのがわかった。耳は虱の幼虫で一杯だ。一つには暑い気候のせいに違いない。E［アイリーン］はマルクスに消毒石鹸、蚤取粉を使っている。また、酢も使っている。酢を使うと虱の幼虫が耳から離れやすくなり、櫛で梳いて出すことができる。

卵十一個（四個は小さい）。今日、ハンドレッドウェイトの穀類を使い始めた。

三九年八月二十二日（E）

外国および一般

一、明日、リッベントロープ(125)がソ連と不可侵条約に調印するためにモスクワに飛ぶ、とベルリンで公式に発表された。そのニュースはタス通信によってのちに裏付けられ、条約が結ばれることが明確になった。どの新聞にも、それについてのコメントは、ほとんどない。そのニュースは、どうやら今朝の明け方に入ってきたらしく、ロシア側がそれを認めたということが、新聞の印刷開始後に挿入した最新ニュースだったからだ。それはロシアの策略（英仏をあとについて来させるための）かもしれないとワシントンでは考えられていると報じられたが、ほかの誰もがそれを額面通りに受け取っている。全般的に株は下がった。ドイツは依然としてセラック等を盛んに買っている。きのう、軍事会談はまだ続いていた。『デイリー・テレグラフ』、『デイリー・メール』、『ニューズ・クロニクル』、『デイリー・ミラー』

社会

一、「ドイツの自由《フライハイト》」運動の放送(126)にやや似た違法の放送が、反徴兵制のプロパガンダを流している。P・P・Uの幹部（ラウントリー？★13）はそれについては知らないと言っているが、放送されていることとの関係を否定してはいない。逓信省の技術者は、放送施設の場所が数軒の家のどれかにあることがわかったので、間もなく突き止めるだろうと言っている。違法放送の出所を突き止めるのに少なくとも数日かかるらしい。『デイリー・テレグラフ』

政党政治

一、『レッチワース・シティズン(127)』はサー・A・ウィルソン(128)に関する長い記事を『サンデー・ピクトリアル』から再録している。明らかに賛成しながら。『レッチワース・シティズン』

二、『社会主義通信』は戦争問題に関するComm.Opp(129)の長い声明を載せている。それは反ファシスト戦争を支持しながら、同時に労働者階級等々を幻滅させるような、救いようのないほど複雑な計画を述べたものだ。しかしその声明によると、赤軍はいまやほかの軍隊とほぼ同じだが、予備兵はいまだに革命軍の訓練を一応受けている[130]（それはたぶん本当だろう。タルハイマーとその他の者は、ともかく数年前のロシアの状況を知っているだろうから）。さらに、三組のイニシャル（その一つはオードリー・ブロックウェイのもの）[131]で署名されたI・L・Pに対する激しい攻撃も載っている。それは、第四インターナショナル[132]のスローガンを述べたものだ。『社会主義通信』

三九年八月二十三日（D）　暑い。韮葱用の区画をもう少し掘り起こし、若い雄鶏（五羽）を小さな檻に移し、鶏舎の虱を駆除した。赤ハダニを駆除するのに非常に苦労する。赤ハダニは今の天候では凄まじい速さで繁殖する。燃やし尽くさねばならないのだが、それでも完全に駆除するのはとても難しい。鉛管工用のブローランプが必要だ。鶏舎に害虫がはびこると、鶏は入ろうとしない。外で産んだ十四個の卵（ロード種の雌鶏の）がまとまってあるのを見つけた。どうやらあまり新しくはないようなので売れないし、帳簿にも記入しない。試しに食べてみたのは、悪くはなかったけれども。

　卵八個（四個は小さい）。二シリング六ペンスで二十個、一スコア一シリングで十個売った。

三九年八月二十三日（E）

外国および一般

　一、議会はあす開会される。非常時権限法が通過するだろう。ある階級の予備兵が召集された。国王はロンドンに戻る。仏独で予備兵が召集された。ドイツにこれ以上ニッケル、銅等が買われるのを阻止するための立法措置が議会で早急に通される。ほとんどすべての株が下落したが、そのことを予測したからに違いない。D.Tel に引用されている世界の新聞のコメントはきわめて曖昧な調子のものだが、枢軸国がロシアの政策転換に大喜びであることははっきりしている。『デイリー・テレグラフ』

社会

　一、鉄道ストライキは数日のうちに始まる手筈が整っている。『デイリー・テレグラフ』

政党政治

　一、共産党の党員は一万七千人と言われている。[★14] 昨年より二千人増加した。C・Pは再びL・P[133]に加入することを申し入れた。『デイリー・テレグラフ』

三九年八月二十四日（D）　暑い。二畝に韮葱を植えた（約七十五本）。五つの違った色の飛燕草の花が咲いた。

卵九個（四個は小さい）。

三九年八月二十四日（E）

外国および一般

一、独ソ不可侵条約が調印された。それに関してベルリンで発表された条件（ファイル、戦争等[134]）は、それが厳しくて、「免責」条項のないものなのを示唆している。今夜のラジオのニュースは、モスクワでも同じ条件を裏付けていることを報じている。「両国の敵」はロシアとドイツを敵対させようとしていると、モスクワから公式の声明があった。駐独英国大使はヒトラーを訪問したが、英国のいかなる行動もドイツの決定になんの影響も与えないと言われた。日本では、ドイツが防共協定を破ったことに対する激しい怒りがあるようだ。スペイン（フランコの）でも、どうやら同じような影響があるようだ。ルーマニアは中立を宣言したと言われている。放送で報じられたチェンバレンの演説は非常に強い調子のもので、ポーランドを援助することから逃れる抜け穴がほとんどないように見える。

今日、E［アイリーン］はW・O[135]に行った際、戦争が起こるのは、ほぼ確かだという印象を得た。今朝、兵士の宿舎の手配をするために警察がやってきた。午後、何人かの者（外国人）が部屋を探しにやってきた――三日で三組。パブ等でじっと耳を傾けても、今の状況に対するなんらかの自発的な発言や、ごくわずかであれ関心を示す言葉を耳に挟むのは不可能だ。質問をすると、ほとんど誰もが、戦争になると信じている事実があるにもかかわらず。［『ザ・タイムズ』、『デイリー・テレグラフ』、『ニューズ・クロニクル』、『マンチェスター・ガーディアン』、『デイリー・エクスプレス』、『デイリー・ヘラルド』、『デイリー・メール』、『ロンドン・イヴニング・ニュース』］

社会

一、さして問題もなく非常時権限法が通過したようだ。それには予防的逮捕、令状なしの捜査、裁判官室での非公開裁判が許されるという箇条が含まれている。しかし、産業徴発はまだ含まれていない。［午後六時の放送[136]］

二、モスクワ空港はリッベントロープの到着を歓迎するため、鉤十字《スワスティカ》の旗で飾られた。それらの旗はモスクワ以外の者から隠すために遮蔽されていたと『M・ガーディアン』は付け加えている。［『マンチェスター・ガーディアン』］

政党政治

一、C・Pは、平和への手段だと宣言されている独ソ不可侵条約を希望的に解釈している。そして、これまで同様、英ソ不可侵条約の締結を要求している。『D・ワーカー』は条約の条件を載せてはいないが、「免責」条項を含む、以前のロシア＝ポーランド不可侵条約の一部を再録している。それは、独ソ不可侵条約も同じものを含んでいるに違いないという印象を与えるためだ。

二、今日の討論で、シンクレアとグリーンウッド[137]は政府を支持して熱弁を振るった。マンダー[138]は「内閣の強化」を要求する演説をした。マクストン[139]は戦争になった場合I・L・Pは政府を支持しないと明言した。［午後六時のラジオ］

三九年八月二十八日（E）

［分類見出しなし］

この数日旅行等[140]をしていたので、日記をいつものやり方でつけることができなかった。

事態の主な展開は、次のようなものだ。

ヒトラーはある種の案を持ち出し、N・ヘンダソン[141]が飛行機で英国に持ち帰ったその案について、内閣のいくつかの会議で論議された。きのう（日曜日）の会議もその一つだが、ヒトラーの申し出の内容について、政府はなんの声明も出していない。しかし、そうではあっても、H[142]の申し出か政府の返答かが公衆に伝えられることを確実に示すものがない。さまざまな新聞がそれについて書いているが、そのどれも根拠がないと公式に言われている。

独ソ不可侵条約の意味が何かをはっきりと示すものが、まだない。それは大したことはないと左翼系の諸新聞は仄めかし続けているが、ロシアはドイツに原料を提供するだろうということ、また、おそらく、ヨーロッパをドイツに渡し、アジアをロシアに渡すという大規模な取引が行われたのは当然だと、一般に考えられているようだ。モロトフ[143]が間もなく声明を発表するだろう。英国は自分たちを騙していて、英仏露不可侵条約を本当には望んでいなかったと、ロシアは説明するだろう、ともかく最初は。ソ連の国民は方針転換に依然として、やや驚いていると言われている。西欧の左翼も同様だ。左翼系新聞はチェンバレンを非難し続ける一方、スターリンを擁護しようとしているが、うろたえているのは明らかだ。フランスでは、共産党に対する考えが変わってきたのは明白で、共産党から大量の脱党者が出たと言われている（D.Tel はロイターを引用している）。『ユマニテ』は一時的に発行停止になった。英仏軍事使節団はすでに帰途についている。

ドイツとポーランドでは、いまやほぼ完全に動員されている。フランスはさらに数階級の予備兵を召集した。そして、四百万★15の兵士がいると言われている。英国では予備兵の追加の召集はまだない。海軍省はすべての船舶を統轄することになった。ロンドンの主要な建物には砂嚢が用意されている。外国の株の売買は政府に統制されている。今日、子供の避難訓練が避難地域で行われた。ロンドンには、人が興奮している様子は、ほとんど、または、まったく見られない。この二、三日、町の人間が今の状況について話すのを立ち聞きするのは可能だが、誰もが「戦争はあるのだろうか？」と言うだけだ。きのうの午後、内閣の会議が行われているあいだ、ダウニング街に約千人が集まったが、ほとんどが野次馬で、横断幕などはなかった。ハイドパークでデモはなかった。ハイドパーク〔同公園のスピーカーズ・コーナー〕で政治問題について話していたのはたった一人で、トロツキスト(144)だった。かなりの者が聞いていた（約二百人）★16。鉄道駅から集団大移動はないが、厖大な量の手荷物が運ばれるのを待っていた。それは外見から判断すると、かなり裕福な者の手荷物だ。

L・M(145)の考えはこうだ。もし、われわれがイタリアを戦争に参加させなければ、われわれが苦境に陥り、ヨーロッパの小さな国々を離反させてしまうまでイタリアはじっとしていて、それからドイツ側につくだろう。また、こうも考えている。富裕階級のほぼ全部はまったく信用ができず、戦争が起こらなくとも、または短い擬似戦争のあとであれ、ドイツと喜んで取引をするだろう、その取引は名誉ある平和ということになり、イギリスにファシズムが押しつけられるのを許すだろう★17。スペインは目下、中立宣言をしているが、トルコは依然としてフランスとイギリスの側に立つと宣言している。

金の価格が記録的高値になった（一オンス約百五十五シリング(146)）。小麦の値段は依然として極端に安い（卸売り市場の最近の値段は一ハンドレッドウェイトあたり四シリング）。

P・P・Uはどうやら完全に活動を中止しているようで、何もするつもりはないらしい。I・L・Pは戦争になった場合は政府を支持しないという公式の声明を発表した。

非常時権限法は四百票対四票で通過した。反対票を投じたのは、マクストン（ほかの二名のI・L・P議員は投票計算係を務めた）、ランズベリー、セシル・ウィルソン、一人の独立労働党員(147)だった。ギャラハーは棄権した(148)。何人かの過激派、例えばエレン・ウィルキンソン(149)、A・ベヴァン(150)は賛成票を投じた。

〔『デイリー・テレグラフ』、『ニューズ・クロニクル』、『デイリー・ミラー』、『デイリー・エクスプレス』、『ニュー・ステーツマン』、『サンデー・タイムズ』、『オブザーヴァー』、『レナルズ・ニュース』、『エンパイアー・ニュース』。日付なし〕

三九年八月二十九日（E）

外国および一般

一、N・ヘンダソンは英国政府の返答を持ってベルリンに戻った。議会は今日の午後開かれるが、おそらくその問題が説明されるのだろう。

二、E・P法(151)が施行される。海軍省は船舶を統轄することになっただけではなく、英国のすべての船舶に対し、地中海とバルト海から出るよう命じもした。

三、学童の疎開訓練はうまくいったそうだ。学期中ではないが、子供たちは学校で待機する。

四、独ソ不可侵条約が結ばれた結果、日本の内閣は総辞職した。どうやら、日本の政策は親英的になりそうだ。

〔一、二、三、四は括弧で括られ、その隣に、『ザ・タイムズ』、『ニューズ・クロニクル』――共に三九年八月二十九日付――また、『ボーンマス・エコー』[152]。三九年八月二十八日付。それとは別に、『デイリー・テレグラフ』、三九年八月二十九日付。および放送、日付なし〕

社会

一、この数日、個人で自動車を所有している者はガソリンを大量に買っている。〔情報源の言及なし〕

政党政治

一、労働党は連立内閣を組むのを拒否すると、依然として宣言している。戦争になった場合、労働党の代表は内閣入りを受け入れるが、党が決めた条件によってのみ受け入れる、ただ、その条件はあまりに厳しいので、おそらく政府には受け入れられないだろう、と言われている。〔『ニューズ・クロニクル』〕

雑

一、信頼できる個人的情報によると、サー・O・モーズリーは性生活において極端なタイプのマゾヒストらしい。〔個人〕

三九年八月三十日（E）

外国および一般

実際、なんのニュースもない。情報は飛び交っているが、内閣は何も明かさない。議会は一週間、休会に入った。ベルギー国王が調停を申し出て、ポーランドはそれを受諾し、ドイツはそれに理解を示したが、その間、ドイツの軍隊は移動し続け、国境での暴力行為も続いている。ルーマニアはロシアとの国境の防備を固めている。二十万人から三十万人のロシア兵士が西部国境に移動していると言われている。

ソ連の議会は今週末まで条約を批准しないだろう。その時の状況次第でそれを違ったふうに解釈するためなのだ。もし必要なら、彼らはまだ批准を拒否することができるわけだ。ソヴィエトの民主主義を誇示するのに使うために。

ハロルド・ニコルソン[153]が言うには、戦争になった場合、ソ連はドイツに大量の石油を供給することはできない。株式取引所経由の、二者を介して入手した情報[★18]は、ヒトラーが身動きできないことに、内閣は三日前までは自信を持っていたことを示している。一方、L・M〔マイヤーズ〕は言っている。数週間前、W・チャーチルはドイツの将軍たちとの会談にもとづき、きわめて悲観的な見

方を彼に示した。『ザ・タイムズ』、『ニューズ・クロニクル』、『デイリー・ミラー』、日付なし。ラジオ。〔個人〕

社会

一、一週間の議会の休会は何の反対もなく通過した。『ザ・タイムズ』

三九年八月三十一日（D）　リングウッド（ハンプシャー）。三九年八月二十四日〜二十九日　暑い。きのうと今日、かなり激しい雨。この辺りではブラックベリーが熟している。フィンチが群がり始めている。早朝、非常に濃い霧。

三九年八月三十一日（E）

外国および一般

一、はっきりとしたニュースは何もない。ポーランドはさらに予備兵を召集したが、まだ完全な動員には至っていない。ドイツによるスロヴァキア占領は続いている。現在、十万人の兵士がポーランド国境の戦略地点に集結していると言われている。ヒトラーはリッベントロープを含めず六人の実力者グループを結成した。

一万六千人の児童がすでにパリから疎開した。ロンドンの児童の疎開も間もなくだと考えられている。独ソ不可侵条約の批准に関するニュースはまるでない。条約が批准されるだろうという、ほんのわずかな兆候はあるが。ドイツでのユダヤ人迫害はやや下火になったと言われている。ニューヨークの万国博覧会で、反ドイツの映画がソ連のパヴィリオンから撤去された。ソ連はポーランドに武器を供給するだろうとヴォロシーロフ[154]が言ったと報じられている。『デイリー・テレグラフ』、『ニューズ・クロニクル』、『デイリー・ミラー』

社会

一、サー・J・アンダソン[155]は、余分な食料の買い溜めはしないよう、手持ちの食料を保存するよう公衆に求めている。そして、食糧不足はないとも言明している。『デイリー・テレグラフ』

二、A・E・U[156]は労働希釈〔不熟練工を用いること〕に同意している。『デイリー・テレグラフ』

政党政治

一、ハイドパークでの演説についてE〔アイリーン〕が話してくれたところでは、共産党はいっそう左翼の路線をとっているが、独ソ不可侵条約について徹底的に論ずるのに熱心ではない。演説者（テッド・ブラムリー）は、非常時権限法に反対票を投じたのはギャラハー、ウィルキンソン、A・ベヴァンほか十名だと言った[157]。（実際には、マクストン、ランズベリー、C・ウィルソンほか十名だった。）〔個人〕

三九年九月一日（E）

ポーランド侵攻が今朝始まった。ワルシャワが爆撃された。英国では総動員令が布告された。フランスも同様。それに加え、戒厳令が敷かれた。［ラジオ］

外国および一般

一、ヒトラーがポーランドに突きつけた条件とは、要するに、ダンツィヒの返還と、回廊地帯[158]において、一九一八年の国勢調査にもとづく住民投票を一年後に行うというものだ。条件が提示された時間にいささかのインチキがある。その条件に対し、三九年八月三十日の夜までに回答しなければならなかったのだ。その条件はすでに拒否されたとH[159]は主張している。［『デイリー・テレグラフ』］

二、海軍の予備兵と陸軍の残りの兵と空軍の予備兵が召集された。児童の疎開等が今日始まる。三百万人が関わっていて、三日かかるとされている。［ラジオ。日付なし］

三、独ソ不可侵条約が批准された。ロシアの軍隊はさらに増加する。ヴォロシーロフの演説は、独ソの提携は考慮されていないことを意味すると受け取られている。［『デイリー・エクスプレス』］

四、ベルリンからの報告によると、ロシアの軍事使節団は同地に間もなく到着する。［『デイリー・テレグラフ』］

三九年九月三日（E）（グリニッジ）

また、旅行等をしていた。今日、この日記を閉じよう。この日記はこのままで、戦争に至るまでの諸事件の日記になるだろう。

われわれは今朝の午前十一時から交戦状態に入ったようだ。ポーランド領域から撤退せよという要求に対して、ドイツ政府は返答をしていない。イタリア政府は紛争を平和的に解決するための会議を開こうという、一種の土壇場の訴えかけをした。そのため、今朝になってもいくつかの新聞は、戦争が本当に起こるのかどうかについて、かすかな疑念を表明している。ダラディエはイタリアの「高貴な努力」について感謝の念に満ちた言及をした。それは、イタリアの中立を尊重するという意味にとってよいだろう。

どんな軍事行動が実際にとられているのかについて、なんのはっきりとしたニュースもない。ドイツはダンツィヒを占領し、南北の四つの地点から回廊地帯を攻撃している、というニュースだけだ。そのほかは、いつものことながら、空襲、撃墜された飛行機の数等についての情報と、それを否定する情報だけだ。『サンデー・エクスプレス』ほかの報告によると、ワルシャワへの最初の空爆は、町自体には達しなかったのは明らかなようだ。

すでに英軍がフランスにいるという噂がある。完全装備の兵士の部隊がウォータールー駅から絶えず出発しているが、厖大な数ではない。宣戦布告がなされた直後、今朝、防空演習が行われた。うまくいったように思われる。本物の空襲だと思った者が多かったが。いまや夥しい数の公共防空壕が出来ている。その大半は完成するまでに、あと二、三日かかるだろう。防毒マスクが無料で配られている。公衆はそれを真剣に受け止めているようだ。志願消防団等はどれも活動的で、非常に能率的に見える。警官は今後、鋼鉄のヘルメットをかぶる。パニック状態は見られないが、一方、なんの熱意も感じられず、また、実際にあまり関心もない。気球阻塞《そさい》(160)がロンドンをすっかり覆っていて、どうやら低空飛行を不可能にしているようだ。夜の灯火管制はほぼ完全だが、当局は違反に対して非常に厳しい。三百万人（ロンドンからだけで百万人以上）の疎開が迅速に行われている。その結果、列車の運行が乱れている。

　チャーチルとイーデンが内閣に入る。当面、労働党は連立内閣を組むのを拒否している。下院の労働党議員たちは英国に対する忠誠を宣言しているが、左翼の新聞の論調は非常に不機嫌だ。どうやら、自分たちが鼻をあかされているのを自覚しているからだろう。独ソ不可侵条約についての論争がある程度続いている。『レナルズ』(161)に載ったすべての手紙はその条約を称揚したが、それが「平和への行動」だということを強調することから、それがソ連の自己防衛であることを強調することに変化している。三九年九月二日の『アクション』は、依然として戦争反対を熱心に論じている。まだ、残虐行為の話や、激しい宣伝ポスターはない。M・T条例(162)は十八歳から四十一歳のすべての男子に適用されることになった。しかし、当局はまだ大量の男子を必要としているのではなく、誰であれ自分たちの選ぶ者を採用することができ、また、あとで産業徴発を強制する目的で、その条例を通しているのだ。

戦争に至るまでの諸事件のオーウェルの記録は、ここで終わる。

オーウェルの脚注

★1　三十年。

★2　グレナディエは料理向きの果物で、これまで思っていたような生で食べる果物ではない。

★3　このことについてはあまり確かではない。イモリはまだ二分の一インチから四分の三インチの長さの時に、四本の脚全部を持っているように見える。

★4　ちゃんと根付いた。しかし、一九四〇年一月の霜で枯れた。

★5　大多数の票が得られたのは、ひとえに、A・F・Lのグリーンに多くの票が入ったためだと言われている［以上オーウェルの注］。ウィリアム・グリーンは、一八八六年に結成された米国労働連盟の会長だった。同連盟は一九三五年、分派が出来たことで分裂した。その分派は産業組合を提唱して産業組織会議を作った。その二つは一九五五年に合併し、AFL－CIOを結成した。

★6　網を外すまでは、一ポンド六ペンスで約七ポンド半＝三シリング九ペンス。

★7　先週、十個増えた。三九年七月四日以来、カーズウッド社のスパイスをやっている。

★8　その気があると水面に上がってこられ、また、何にも摑まらずに底にいることができる。

★9　NB、どうやら、二十ガロンはほぼ正確に三立方フィートに等しいようだ。

★10　禁固刑。

★11　一ヵ月前の推定より十万人少ない。

★12　『ハーツ・ピクトリアル』（三九年八月十五日付）は何もコメントせずにこのことを繰り返している。

★13　パーマー。

★14　その四〇パーセントはロンドンの住民で、工業地帯の会員数はごくわずか（C・Pのパンフレット）。

★15　今日（三九年八月二十九日）は三百万人と報じられた。

★16　三九年八月三十一日（E）（政党政治）を参照のこと。

★17　NB。その考えは共産主義者のジェフリー・パークに負うとL・Mは言っている［イタリアの意図に関するマイヤーズの判断は正しいことが証明された］。

★18　個人。

編者注

（1）　ダンツィヒ（現在のポーランドのグダンスク）は、最初、約千年前、ポーランドの一部と言われたが、その後ポーランド領であったり、ドイツ（プロイセンを含め）領であったりした。それはヴェルサイユ条約（一九一九年）によって自由都市になったが、ポーランドとドイツのあいだの紛争の種になった。とりわけ、ナチが台頭してきてからは。それがドイツにとってポーランド侵攻の口実になり、一九三九年に第二次世界大戦を引き起こした。

（2）　これはおそらく、NCL（全国労働会議）の間違いだろう。三九年七月十五日（E）の「政党政治」二を参照のこと。意味は曖昧だが、NCLが「なぜ互いに殺し合うのか?」という題でドイツ国民に対して行った訴えかけを指しているらしい。その要約は一九三九年七月一日、土曜日の夜、BBCによってドイツ語、フランス語、イタリア語、ポルトガル語、スペイン語で放送された。NCLはまた、大陸の秘密放送局からドイツの労働者に向けて放送する手配をし、地下組織を通じて、その訴えかけを印刷したものを配布した。

(3) アーチボールド・シンクレア(一八九〇~一九七〇。一九五二年、初代サーソウ子爵になる)は自由党議員(一九二二~四五)で、ウィンストン・チャーチルの親友で、チャーチルが植民相だった時(一九二一~二三)、政治的個人秘書になった。その後シンクレアはスコットランド国務大臣になったが(一九三一~三二)、一九三九年七月、チェンバレンに関連する政府の方針を強く非難するに至り、チャーチルとイーデンの側に立った。それは激しい議論の応酬になり、『ザ・タイムズ』がシンクレアの答えを紙面に載せるのを拒否したことに議論は集中した。三九年七月十二日の「社会」を参照のこと。

(4) ジョン・ラムジー・ミュア(一八七二~一九四一)はマンチェスター大学の現代史教授で(一九一三~二一)、政治家だった。最初は自由党員で、党が内部分裂してからは、一九三一年以降、国民自由党員になった。そして、国民自由連盟の議長、総裁を務めた。

(5) レオポルド・チャールズ・モーリス・エイメリー(一八七三~一九五五)は保守党議員で、軍備縮小に反対し、一九三五年、アビシニア危機を解決するための英仏ホーア・ラヴァル案を支持した。一九四〇年五月、エイメリーは、ノルウェーがドイツによって陥落させられたあと、クロムウェルが長期議会(一六四〇~五三)に対して言った言葉をチェンバレンに向けた。「諸君はどんなによいことをしていたにせよ、ここに無駄に長く居過ぎている……頼むから出て行ってくれ!」。彼の『わが政治人生』(一九五三~五五)は、三十年代の政治的事件を語っている。

(6) アントニー・イーデン(一八七九~一九七七)は保守党議員で、外務大臣を務めたが(一九三五~三八)、チェンバレンの宥和政策に抗議して辞職した。一九四〇年、陸相になり、次いで戦時内閣の外務大臣になった(一九四〇~四五)。一九五五年から五七年まで首相になったが、一九五六年、スエズ運河地帯を占領しようとして英国が大失敗した結果、再び辞職した。

(7) サー・スタフォード・クリップス(一八八九~一九五二)は弁護士(一九二七年、最年少の勅撰弁護士になった)、かつ労働党の政治家で、一九三一年に議員になったが、一九三九年から四五年まで労働党から除名された。一九四〇年から四二年まで駐ソ大使になり、一九四二年から四五年まで航空機生産大臣を務め、一九四七年から五〇年まで労働党政府で大蔵大臣を務めた。彼が大使に任命されたことに関しては、オーウェルの「戦時日記」、四〇年六月八日の項を参照のこと。また、四一年六月十四日の項の注(184)と、四二年三月十四日の項の注(1)をも参照のこと。

(8) レズリー・バーギン博士(一八八七〜一九四五)は法律家で、一九三〇年から自由党(のちに国民自由党)議員。一九三七年から三九年まで運輸大臣、一九三九年から四〇年まで軍需大臣を務めた。一九四〇年、短期間軍需省に勤めていたハロルド・ウィルソンは『首相たちについて首相が書く』の中で、「バーギンの大臣の指示のもとの機関では、フィッシュ・アンド・チップス店も運営できなかったろう」と書いた。

(9) 満州国は日本が満州を占領して造った傀儡国家だった(一九三二年〜四五年)。

(10) サー・ウィンストン・チャーチル(一八七四〜一九六五)は政治家、軍人、ジャーナリスト、著述家で、半世紀近く自由党、保守党政府で要職にあったが、三〇年代には、独裁者たちに対して宥和政策をとることに強く反対したため、追放され、戦争挑発人という烙印を押された。ドイツが一九四〇年に侵攻してノルウェーを陥落させたあと、当然ながら首相に選ばれた。戦争指導者として成功したにもかかわらず、一九四五年、総選挙に敗れて辞職したが、一九五一年から五五年まで、平和時の政府の首相に返り咲いた。

(11) 『デイリー・テレグラフ』。

(12) ジョン・マクガヴァン(一八八七〜一九六八)は独立労働党の議員(一九三〇〜四七)、労働党の議員(一九四七〜五九)。一九三四年、グラスゴーからロンドンまで、飢餓行進の先頭に立った。

(13) 労働党。

(14) 国際労働組合連盟(International Federation of Trade Unions)は一九〇一年に設立されたが、第一次世界大戦を生き延びることができなかった。一九一九年に再結成された同連盟は、ソヴィエトの影響を受けた赤色国際労働連盟と軋轢を起こすようになった。共産主義者の労働組合と非共産主義者の労働組合とは、第二次世界大戦が終結しても、その違いを解消することはできなかった。ソヴィエトの労働組合とアメリカの労働組合は短期間合同したが、一九四九年、非共産主義者の組合は離脱し、国際自由労働組合連盟を設立した。上記のニュース記事は、基本的齟齬が数十年も続いていたことを示している。

(15) 防空。

(16) フリアン・ベスティロ（一八七〇～一九四〇）は一九三一年までUGT（スペイン、社会主義労働組合）の会長を務め、その後スペイン議会の議長になり、同年、一時、スペイン大統領になった。フランコ政府によって三十年の懲役刑に服しているあいだに、一九四〇年、刑務所で死んだ（したがって、オーウェルは★印の注を付けた）。

(17) シヒスムンド・カサード・ロペス（一八九三～一九六八）は中央共和国軍の司令官で、共和国大統領のネグリンに反対する運動を組織し、内戦の終わり頃、フランコから有利な条件を引き出そうとして失敗し、英国に逃れた。のちにスペインに戻ったけれども。

(18) エディー・W――エディーはリドリー夫人の娘。Wは彼女の夫、スタンリーの姓の頭文字。

(19) ジュヌヴィエーヴ・タブウィー（パリ、一八九二～一九八五）は、外交、国際問題を扱うジャーナリスト。一九三二年以来、『ルーヴル』の外信編集長で、『サンデー・ディスパッチ』の通信員だった。一九四〇年六月二十三日、パリ陥落後、彼女がボルドー経由でロンドンに逃れてきた話を、同紙は掲載した。その話は、ヒトラーが言ったとされる言葉で始まっていた。「私が今日する演説を、彼女は昨日知っていた」。彼女は一九四一年から四五年まで、週刊紙『勝利のために《プール・ヴィクトワール》』をニューヨークで監督し、政治的事件の成り行きを正確に予想する、不気味なほどの才能で注目された。

(20) 空襲に対する備えの一部として、通りに明かりが洩れないようにするために窓は完全に覆われていなければならず、街灯は消され、必要不可欠な明かり（車のヘッドライト、交通信号）は遮蔽された。灯火管制の心理的影響については、短いが雄弁なマルコム・マガリッジの『三〇年代』（三〇五頁）を参照のこと。戦争が起こってから二ヵ月後、灯火管制による死傷者は、陸海空軍全部の死傷者の二倍に近かったと書いている。三九年八月十日の（E）の「社会」四を参照のこと。

(21) オーウェルは最初、「分けられてきている」と書いた。

(22) 陸軍省。友人同士、とりわけ同じ地方から来た友人同士をばらばらに分けるやり方は、もし、ある部隊が大損害を蒙った場合、多くの死者が同じ町、同じ都市の者ではないようにするためのものだった。この方針は、ソンムの戦い（一九一六年七月～十月）で、恐るべき数の死傷者が出たあとに採用された。その戦いでは、一緒に訓練を受けた、同じ地方出身の兵士から成る部隊（例えば「エクセター・ボーイズ」）は一緒に戦場に出て、数秒のうちにほぼ潰滅させられた。そのため、故郷の人々の悲しみはひとしお強かった。一九四二年十一月十三日、米艦「ジュノー」が沈没してサリヴァンの五人兄弟が死んだ時の反響は、ソンムの戦いの第二次世界大戦版である。

(23) ベーラ・クン（一八八六〜一九三九?）はハンガリーの共産主義的革命運動の指導者で、一九一九年、短期間政権の外務人民委員を務め、その中心的人物だった。ハンガリーから逃亡したあと、第三インターナショナルのメンバーとして、ドイツとオーストリアで革命を煽動しようとした。彼は人気を失い、スターリンに粛清された。彼が処刑されたことに関するのちの報告については、三九年八月七日（E）の「政党政治」二を参照のこと。

(24) たぶんティトリー氏であろう。

(25) ネヴィル・チェンバレン首相は、三〇年代にヒトラーとムッソリーニに対して宥和政策をとったことに結びつけられていた。彼のスタンスは、後知恵で彼を批判することになる多くの者を含め、大多数の英国市民のスタンスだったろう。『オブザーヴァー』の右翼の編集長だった（一九〇八〜四二）J・L・ガーヴィンは一九三九年元日、次のように論じた。「チェンバレン氏は犠牲を払ったとはいえ、ミュンヘンで世界の平和を救ったという点で、千倍も正しかった」（オーウェルの友人のロバート・キーが『われわれが遺した世界』の中に引用している）。アイリーン・ブレアは一九三八年九月二十七日付の手紙の中で、こう書いている。「チェンバレンが私たちの唯一の希望だと感じるのはとても奇妙ですが、彼も目下、戦争を望んでいません。あの人は勇気を持っています」

(26) アルハンゲルスクとレニングラードを結んでいる、白海＝バルト海運河。一九三一年から三三年にかけて強制労働者によって建設され、約百四十マイルに及び、二千五百マイルの航行をしなくても済むようになった。それは二十五万人の囚人によって建設され、そのうちの二十万人近くが死ぬか処刑されるかした。

(27) ヘンリー・ハヴェロック・エリス（一八五九〜一九三九）は心理学者、編集長、著者で、とりわけ、性と社会との関係の著作で知られている。オーウェルは一九四〇年五月、彼の『わが人生』（一九三九）を書評した。

(28) イタリア政府はドイツとの国境の市、ボルツァーノから外国人を追放した。イタリア外務省の次官、シニョール・ジュゼッペ・バスティニアーニによれば、その命令にはすべての国の外国人が含まれていた。そして、その意図は「政治的、軍事的」なものだった。それで最も影響を受けたのは二百人から三百人いるスイス人で、その多くはホテル経営者だった。彼らはホテルを売らざるを得なかったが、支払われたリラをイタリアから持ち出すことができなかった。

(29) ジョン・アルフレッド・スペンダー(一八六二〜一九四二)、「敬われている老自由主義者」(連名の手紙は、彼をそう評した)は、自由党の党首アーチボールド・シンクレアを、「法外な言葉でネヴィル・チェンバレンを攻撃し、優柔不断な無能な人物だと痛罵した」廉で痛烈に批判した。まず、レディー・ヴァイオレット・ボナム・カーター(三九年七月十四日(E)の注(32)を参照のこと)が署名し、そのあと八人が署名した連名の手紙は、シンクレアの演説は、そんなふうには解釈できないと主張していた。しかし、とその手紙は続いていた、「われわれが全員一致していることと、また、われわれの政府が真剣であることを外部の世界に納得させる」ための十分な手段がとられたかどうかを、多くの者(労働党および自由党の者だけではなく)が疑っている。

(30) 『ザ・タイムズ』は、同紙の行動を擁護する二つ目の社説の中で、次のことにも触れている。「内閣にチャーチル氏をすぐに入れよという……いまやお馴染みの喧騒」。その喧騒から、『『ザ・タイムズ』は絶えず距離を置いてきた』。同紙は、「チャーチル氏が政府の中で大いに必要とされるかもしれない」ということは強く感じているが、「彼の友人たちは、すでに彼にとって計り知れない不利なことをした」。『ザ・タイムズ』が七月十三日に掲載した投書は「どれも内容は同じ」とオーウェルが記しているのは正しいが、いくつかの投書は、ほかの日に何回かにわたり掲載された。

(31) 一八九三年にキア・ハーディー(三九年八月十七日(E)の注(117)を参照のこと)が設立した独立労働党は、一九〇〇年にILPと労働組合によって結成された労働党よりも古い。オーウェルはILPのメンバーだった。彼の「なぜ私はI・L・Pに加わったか」(『ニュー・リーダー』、〇八年六月二十四日付)を参照のこと。当時、ILPと労働党は分裂していて、下院にそれぞれ別の代表を出していた。ILPの性格についての説明に関しては三九年八月十日(E)、「政党政治」二を参照のこと。

(32) レディー・ヴァイオレット・ボナム・カーター(一八九七〜一九六九)は一九〇八年から一六年まで自由党首相だったH・H・アスキスの娘。自由党の中で相当の力を持ち、一九三六年から三九年まで、チャーチルのグループ、「自由と平和防衛フォーカス」のメンバーだった。

(33) スティーヴン・キング゠ホール司令官(一八九三

〜一九六六）は、一九二九年に英国海軍を引退した。一九三九年に独立国民党の党員として議員になった。一九三六年、『K－H・ニュース・サーヴィス・レター』（一九四一年から『ナショナル・ニュース・レター』）を創刊した。右翼で歯に衣を着せなかった彼は、事件を個性的に解釈した政治評論家として高く評価された。

（34）平和の誓い連合《ピース・プレッジ・ユニオン》は一九三四年に創刊された『ピース・ニュース』の発行元。マックス・プラウマン（一八八三〜一九四一）はその熱心な支持者で、一九三七年から三八年まで書記長だった。オーウェルは『ピース・ニュース』に書評を一つ書いた。プラウマンは第一次世界大戦で戦い、回想録『ソンムの少尉』を出版した。また、『ブレイク研究序説』と、『平和主義と呼ばれる信念』をも書いた。妻ドロシーはオーウェルの生涯にわたる友人だった。

（35）徴兵反対連盟。

（36）この二校の年次クリケット試合は、ロンドンのローズ・クリケット場で六月初旬に行われた。オーウェルは、一九二〇年、『コレッジ・デイズ』のこの試合のための特別号の共同編集者だった。この試合の結果については三九年七月十六日の項の（E）の「雑」を参照のこと。ローズ・クリケット場は二万五千人収容できたが、満員になるのは特別な場合だけだった。

（37）大尉、サー・バジル・ヘンリー・リデル・ハート（一八九五〜一九七〇）は三十冊以上の本を書いたが、その中に『第二次世界大戦史』（一九七〇）が含まれている。一九二五年から三五年まで『デイリー・テレグラフ』の、一九三五年から三九年まで『ザ・タイムズ』の従軍記者になり、一九二九年の『エンサイクロペディア・ブリタニカ』の軍事関係の編集者だった。その後、一九三七年、陸軍省の個人顧問になった。歩兵操典を書き、叢書『次の戦争』全六巻（一九三八）を編集した。オーウェルは彼について次のように書いている。「知識人から最も好まれている二人の軍事評論家は、リデル・ハート大尉とフラー少将である。ハートは、防御は攻撃よりも強いということを教え、フラーは、攻撃は防御よりも強いということを教える。この対立は、公衆が二人を権威として受け入れるのを妨げていない。二人が左翼の人間のあいだで人気がある秘密の理由は、二人とも陸軍省と不和だからだ」。オーウェルのエッセイ「ナショナリズムに関するノート」（一九四五年十月）を参照のこと。

（38）ビーヴァブルック卿が所有していた右翼の諸新聞は『デイリー・エクスプレス』、『サンデー・エクスプレス』、『イヴニング・スタンダード』を含む。オーウェルの一九四一年四月十五日の「ロンドン便り」を参照のこと。
(39) イートン校対ハロー校のその恒例クリケット試合で、ハロー校が快勝した。『サンデー・エクスプレス』は第一面でそれを大きく扱い、こういう見出しを付けた。「ここ何年かで最悪の帽子叩き／われらが〝紳士〟大いに楽しむ」。そして、こう書いた。「山高帽は千切られ、傘はばらばらにされ、ズボンでさえ剝ぎ取られた」。そして、こう結んだ。「一九一九年［オーウェルがイートン校にいた年］の試合以来、そうした光景は見られなかった。その結果、再びそうした喧嘩が起これば、恒例の試合はキャンセルされるであろうという警告が発せられた」
(40) 青島は一九三〇年代に、天津と張り合うために造られた中国北部の港。一九三八年から四五年まで日本軍が占領した。三九年七月二十四日（E）の注（56）を参照のこと。
(41) 共産党。
(42) B・H・リデル・ハートの『英国の防衛』は一九三九年に刊行された。レスリー・ホーア＝ベリーシャ（一八九三～一九五七）は政治家、法廷弁護士、ジャーナリスト（特にビーヴァブルックの新聞に寄稿した）で、一九二三年から四五年まで自由党議員で、一九三一年、スタンリー・ボールドウィン（保守党）とラムジー・マクドナルド（労働党）の率いる「国民政府」を支持するため、国民自由党を組織するのに貢献した。商務省の大臣になり、次に一九三四年から三七年まで交通大臣を務めた。一九三七年、チェンバレンは彼を陸軍大臣に任命し、軍隊を近代化するという任務を与えた。彼は大臣を一九四〇年まで務めた。三九年七月二十九日（E）の「雑」の注（66）を参照のこと。
(43) 多数の子供たちが、空襲から避難するために都会から田舎に分散された。多くの子供は、戦争が終わるまで、疎開先の家庭に滞在した。また、三九年八月二十九日（E）の「外国および一般」三、三九年八月三十一日（E）の「外国および一般」、三九年九月一日（E）の外国および一般、二も参照のこと。
(44) フランスの代表的な日刊共産党機関紙。
(45) 陸軍省。
(46) 軍人は許可を受ければ、入隊時に同意した勤務年限を、除隊の資格を買うことによって短縮することができた。この慣習は今でも続いている。
(47) ポーランドの税官吏ヴィトルト・ブジェヴィツは、二人のナチを伴ったダンツィヒの税官吏に誰何された直後、射殺された。当時、誰が発砲したのかわからなかった。それは、ヒトラーに武力介入の口実を与えるために、ダンツィヒに危機感を醸成する意図のいくつかの事件の一つだった。

(48) 執行委員会（Executive Committee）——ＩＬＰの分裂については「戦争に至るまでの諸事件の日記」の頭注を参照のこと。

(49) ヘルマン・ゲーリングの経済顧問だったヘルムート・ヴォールタート博士は、捕鯨会議のために英国を訪れていた。また、海外貿易省のＲ・Ｓ・ハドソンとも話し合ったのは間違いない。今では、それぞれが自分の意思で行動したことは知られているが、その時は疑念が生じた。チェンバレン首相は、七月二十四日、下院に対し、相互の利害に関する事柄についての非公式な話し合い以上のものがあったことを明確に否定し、貸与の申し出をしなかったことを下院に請け合った。

(50) ゴンザロ・ケイポ・デ・リャノ・イ・セラ（一八七五〜一九五一）はフランコの南部の軍を指揮した。本来共和主義者だったが、一九四七年、侯爵の称号を貰った。国境警備兵の監察長官の職を解かれた理由については、三九年七月二十三日（Ｅ）の「政党政治」一を参照のこと。

(51) 『空気を求めて』——オーウェルは、一九三七年に『デイリー・ワーカー』に攻撃されたので驚いたのである〔『デイリー・ワーカー』は、労働者階級の人間は臭いとオーウェルが言ったと攻撃した〕。一九三七年八月二十日付のヴィクター・ゴランツ宛の手紙を参照のこと（『全集』第十一巻）。

(52) ケイポは一九三七年、スペインの国民会議のメンバーだったが、一九三八年初頭のフランコの内閣からは外されていた。

(53) 国民自由党は、ボールドウィンとチェンバレンの政府において保守党と密接な同盟関係にあった。しかし国民自由党は保守党の候補者に対立する候補者を立てることによって、政府寄りの票を分断した。三九年八月四日（Ｅ）の「政党政治」一を参照のこと。

(54) チャールズ・グレイ（一八七五〜?）は航空問題に特別な関心を持っていたジャーナリストで、一九一一年に『エアロプレーン』を創刊し、一九三九年まで編集長を務めた。その年、いくつかの新聞の航空通信員になった。飛行機について数冊の本を書き、『世界の航空機』（一九一六〜四一）を編集した。

(55) クロード・コウバーンは、彼の共産党寄りの雑誌『ザ・ウィーク』の中で、『エアロプレーン』を「あからさまに親ナチ」だと評した。三九年八月四日（Ｅ）の注（78）を参照のこと。

(56) 天津は中国北部の港で、英国とフランスは一八五八年の条約によって特権を与えられた。その特権はのちにドイツと日本にも与えられた。天津は一九三七年から四五年まで日本に占領されたが、ゲリラと「テロリスト」の抵抗が続いた。日本がスポンサーになっている連邦準備銀行の中国人の支店長が殺された事件が起こり、日本の当局は容疑者の四人の中国人を探したが、四人の中国人は英国の租界に逃げ込んだ。英国側が彼らの引き渡しを拒否すると、日本は一九三九年六月十四日から英仏の租界を封鎖した。物資の搬入は入念に検査されたあとでのみ許可された。一九三九年七月十五日の『ザ・タイムズ』が報ずるところによると、牛乳を租界に搬入することがついに認められた。三九年八月一日(E)の「外国および一般」三と、三九年八月十八日の「社会」一を参照のこと。

(57) ジャーナリスト全国組合(National Union of Journalists)。

(58) 労働組合会議(Trades Union Congress)——一八六八年に設立され、それと連携するすべての組合を代表した。

(59) ブランコ・デ・ヤグエ大佐(一八九一~一九五二)は、国家主義者の司令官として成功した。ヒュー・トマスが報じるところでは、一九三八年四月十九日に行われたファランヘ党の晩餐会で、彼は共和国側の戦闘能力を讃え、国家主義者、ドイツ人、イタリア人を「猛獣」と呼んだ。

(60) マクシム・リトヴィーノフ(一八七六~一九五一)は一九一七年以来、ソヴィエト連邦を数多くの資格で代表した。一九四一年から四三年まで非公式の駐英大使を務め、さらに駐米大使も務めた。ユダヤ人で著名な反ナチ主義者だった彼は、ヒトラーに対して各国が結集して行動を起こすことを勧めた。一九三九年五月三日、外務代表を解任された。

(61) しかし、三九年八月一日(E)の「政党政治」一を参照のこと。

(62) ウィリアム・ギャラハー(一八八一~一九六五)は、一九三五年から五〇年まで共産党議員だった。デニス・ノエル・プリット(一八八七~一九七二)は弁護士、著者、労働党議員(一九三五~四〇年)だった。政策面で意見が合わなかったプリットは労働党から除名され、一九五〇年まで独立社会党議員を務めた。一九五四年、レーニン平和賞を受賞した。オーウェルはプリットが好きではなかった。一九四〇年四月十一日付のハンフリー・ハウス宛の彼の手紙を参照のこと(『全集』第十二巻)。

(63) 軍事訓練条例(Military Training Act)は、国民を召集することを許し、良心的徴兵拒否者を斟酌することを認めた。

(64) ラモン・セラーノ・スーニェ(一九〇一~二〇〇

三）はフランコの義弟。内務大臣で、フランコに次ぐ重要人物だったが、一九四二年に解任された。共和国軍の囚人になった経験は一生忘れることのできない苦い経験だった。ヒュー・トマスが書いているように、その経験は、「彼の目を哀れみに対して閉ざす」ようなものだった（『スペイン市民戦争』）。

(65) イタリアの外相ガレアッツォ・ツィアーノ伯爵（一九〇三〜一九四四）は、一九三九年七月にスペインを訪れ、次のように報告した（トマスの引用による）。「ほとんど即決と言えるような速さで毎日裁判が行われている……夥しい数の者が今でも銃殺されている。マドリッドだけで、一日、二百人から二百五十人が銃殺され、バルセロナでは百五十人が、セビリアでは八十人が銃殺された」。トマスはこうコメントしている。「セビリアは戦争中、国家主義のスペインの中にあった。こんな速さで銃殺するだけの住民が、どうしてまだいたのだろう?」。一九四四年、十九万三千人が処刑されたと伝えられたが、トマスの考えでは、それは死刑宣告の数で、何人かは減刑になった。また、その数は戦争中に処刑された者の数も含んでいる。

(66) 歩兵連隊は、陸相のホーア＝ベリーシャによって行われた一九三七年の改革まで、四列だった。その改革の中に、複雑な動きの多かった教練を単純化し、教練の過程を速めるための変更が含まれていた。オーウェルがここで記している変更は、三列に整列するというもので、それは今でも踏襲されている。ホーア＝ベリーシャの改革には、戦闘服を導入し、巻きゲートルを廃止するということも含まれていた。

(67) 議会の閉会については、三九年八月三十日（E）の「社会」一を参照のこと。

(68) エドゥアール・ダラディエ（一八八四〜一九七〇）はフランスの社会主義者の首相（一九三八〜四〇）。「モロッコ日記」の注（13）を参照のこと。

(69) サー・レジナルド・エイルマー・ランファリー・プランケット＝アーンリ＝アール＝ドラックス提督（一八八〇〜一九六七）は一九三九年から四一年までザ・ノア〔テムズ河口の砂洲〕の司令長官。陸軍の代表一人と、英空軍の代表一人が彼に同行した。彼は才能のある人物だったが、その使節の役目についてよく事情を知らなかったので、モスクワで笑い物になった。ヴォロシーロフ〔注（154）を参照のこと〕は彼が「バス」勲爵士であるのを辛辣にからかった〔「バス」は「風呂」と同じ綴り〕。彼は自分では簡単に「ドラックス」と署名した。『太陽熱暖房』（一九六五）という本も書いた。

(70) 三九年七月二十四日（E）の「外国および一般」三と、三九年八月十八日の「社会」一を参照のこと。

(71) 東インド会社が管理していた時のインドの三つの管区の一つ。あと二つはベンガルとマドラス。「プレジデンシー」という名称は東インド会社がなくなったあとも続いた。

(72) 統一マルクス主義労働党《パルティド・オブレロ・デ・ウニフイカシオン・マルクシスタ》はスペインの革命的共産党で、反スターリンだった。オーウェルはスペインで同党と一緒に戦った。共産党がＰＯＵＭを根絶しようとしたことについては『カタロニア讃歌』を参照のこと（特に付録Ⅱ）。

(73) 七月三十一日に下院で行われたこの演説でチェンバレンは、ソヴィエトと軍事に関することを論議するために使節をモスクワに送ると言った。また、その演説で、八月一日の『ザ・タイムズ』が次のように要約している政府の目的を繰り返して述べた。「平和と正義……その方法は〝平和戦線〟の構築」。

(74) たぶん、シリル・ライトであろう。ライトとその女友達のミキール・スミスはオーウェルの友人で、二人は、ライトの住んでいるベドフォードからウォリントンまで車でよくやってきて、本について話し合った。ライトは菓子製造業者の父のために一九三七年から三九年までセールスマンとして働いた。その後、商店用ブラインドの製造会社ディーンズのセールスマンになった。オーウェルはセールスマンの生活について、ジョン・スキーツからと同様、ライトからもいくらかの知識を得、それが『空気を求めて』を書くうえで役立ったと考えられる。ライトはＩＬＰのメンバーではなく、一度、労働党のために選挙運動をした。

(75) フアン・ネグリン博士（一八八九〜一九五六）は一九三六年九月から一九三八年三月までスペイン共和国の社会主義者の首相だった。フランスに逃亡し、亡命中に死んだ。インダレシオ・プリエト・トゥエロ（一八八三〜一九六二）はネグリンの内閣で社会主義者の国防大臣を務め、メキシコに亡命中に死んだ。

(76) オーウェルの友人のリチャード・リースか、レジナルド・レノルズ（一九〇五〜一九五八）であろう。レノルズはジャーナリスト、著述家、クエーカー教徒、平和主義者で、スペインの非共産党員の共和国主義者を支持した。ＩＬＰのために雄弁を振るった。

(77) ジョサイア・クレメント・ウェッジウッド（一八七二〜一九四三）は一九〇六年から四二年までニューカースル＝アンダー＝ライム選出の議員。最初は自由党、のちに労働党。一九二一年から二四年まで労働党の副委員長。

(78) 『ザ・ウィーク』は個人が発行していた週刊紙で、表向きは独立していたが、実際には親共産主義の会報で、編集者は共産主義者のジャーナリスト、クロード・コウバーン（別名フランク・ピットケアン、一九〇四〜八一）だった。一九三八年、彼は北モロッコのテトワーンでフランコに対する武力蜂起があったというニュースをでっち上げるのに力を貸した。この共産主義者の宣伝は、フランコが敗れる可能性がまだあるという印象を与え、フランスに国境を開けさせることを意図したものだった。彼はオーウェルが一緒に戦ったPOUMに断固として反対していた。BBCが一九八四年に放送した「アリーナ」（ドキュメンタリー・シリーズ）のテレビ・インタヴューで、彼はこう言った。「自分が与えることのできる、どんな損害でも与えるつもりだった。間違いなく。ぐずぐず言わずに。つまり、あなた方が銃で人を撃つ用意があるのと同じ具合に。そう、私の場合はタイプライターがライフルよりやや強力だった」。彼の『スペインのリポーター』（一九三六）、『越境』（一九五六）を参照のこと。後者にはテトワーンの反乱でっちあげ事件が言及されている。『ザ・ウィーク』は一九三三年三月二十九日から、政府の命令で発行停止になった一九四一年一月十五日まで発行された。新しいシリーズは一九四二年十月に発行を許され、一九四六年十二月まで続いた。彼の『ザ・ウィークの歳月』を参照のこと。

(79) この遠回しの要約は、ミュンヘン協定の「副作用」に関するものである。意味を成すためには、「ハンガリーから」ではなく「ハンガリーに」でなければならない。ミュンヘン協定のあと、チャーチルは言っている。「十一月初旬、ドイツは戦利品を形式的に分割した。ポーランドはその機に乗じて、シレジア地方のテッシェンを占領したが、ドイツから干渉されなかった。ドイツによって手先に使われたスロヴァキア人は、不安定な自治を獲得した。ハンガリーはスロヴァキア人を犠牲にして一片の肉を貰った」（『第二次世界大戦』第一巻）。

(80) ジェフリー・マンダー（一八八二〜一九六二。ナイト爵、一九四五）は一九二九年から四五年まで自由党の議員だった。

(81) もう一つの親独団体「リンク」については、三九年八月六日（E）の「政党政治」注（91）を参照のこと。

(82) サー・サミュエル・ホーア（一八八〇〜一九五九。テンプルウッド子爵、一九四四）は保守党議員。一九三五年六月に外相に任命されたが、アビシニア危機を解決するための自分の案が反対に遭い、十二月に辞任。一九三六年六月、海軍大臣になり、のちに内務大臣になった。ミュンヘン協定の支持者であった彼は、一九四〇年五月、チェンバレンと共に失脚した。のちに駐スペイン大使になり、スペインの刑務所から、約三万人の連合国側の囚人と難民を解放する交渉をした。

(83) 三九年七月二十三日(E)の「政党政治」二および注(53)を参照のこと。

(84) アルバトロス・コンチネンタル・ライブラリーはドイツの出版社で、ペーパーバックの英語の本をヨーロッパ大陸で発行した。ドイツの出版社であったが、『空気を求めて』の出版契約書はパリで作成された。契約書には、同書は一九四〇年八月以前に発行されることと書かれていた。四〇年六月十五日の「戦時日記」を参照のこと。

(85) 不明。

(86) モラヴィアとボヘミアの一部であったズデーテン地方は、ヴェルサイユ条約によってチェコスロヴァキアに併合されたが、コンラート・ヘンライン(一八九八～一九四五、自殺)のもとのズデーテン・ドイツ党に率いられ、ドイツに再び統一されることを望んだ。それは、ヒトラーによって援助され、唆《そそのか》された動きだった。一九三八年九月三十日に調印されたミュンヘン協定によって、チェコスロヴァキアはズデーテン地方を一九三八年十月十日までに割譲せざるを得なかった。

(87) ピーター・ハワード(一九〇八～一九六五)は著述家、ジャーナリスト、劇作家、農場主。一九三三年から四一年まで、諸エクスプレスの新聞(ビーヴァブルック・グループ)のための政治コラムニストになった。

(88) ウォルター・ランシマン(一八七〇～一九四九、子爵、一九三七年)は一八九九年から一九三一年まで自由党議員、のち国民自由党議員。多くの役職に就いた。それには商工会議所会頭も含まれている(一九一四～一六、一九三一～三七)。彼は一九三八年、チェコスロヴァキアへの使節団の団長を務めた。

デイヴィッド・ロイド・ジョージ(一八六三～一九四五、初代ロイド・ジョージ・オヴ・ドワイフォー伯爵、一九四四)はカーナーヴォン選出の議員になり(一八九〇)、のち蔵相(一九〇八～一五)、軍需相(一九一五)、陸相(一九一六)、首相(一九一六～二二)を務めた。彼はペタンのように、第一次世界大戦で有能な首相であることを証明したので、英雄的指導者として仰がれた。英海軍に船団方式を採用するよう説得し、大西洋でドイツのUボートから船を守るのに功績があった。第一次世界大戦後、ドイツと懐柔的平和条約を結ぼうとした少数派の一人だった。蔵相だった時、福祉国家の先駆的な制度である老齢年金制度と国民保険を導入した。二つの世界大戦間の老齢年金受給者は、「ロイド・ジョージを受け取る」と言ったものだった。

スタンリー・ボールドウィン（一八六七～一九四七、ボールドウィン伯爵、一九三七）は三度保守党の首相を務めた（一九二三～二四、一九二四～二九、一九三五～三七）。そして、国王エドワード八世の退位によって生じた危機をうまく処理した。しかし、差し迫った戦争に対して英国が準備不足だったのは彼の責任だと、世間から非難された。

サミュエル・ホーアについては、三九年八月四日（E）の注（82）を参照のこと。

サー・ジョン・サイモン（一八七三～一九五四）は一九〇六年に自由党員として下院議員になり、一九三一年に国民自由党を結成するのに力を貸した。一九三一年から三五年まで外相だった。一九三五年から三七年まで内相を務め、一九三七年から四〇年まで蔵相、一九四〇年から四五年まで大法官だった。彼はヨーロッパ大陸での紛争に巻き込まれたくなかった。

ウィンストン・チャーチルについては、三九年七月五日（E）の注（10）を参照のこと。

（89）サー・アーノルド・ウィルソン（一八八四～一九四〇）は、一九三三年から四〇年までヒッチン選出の保守党議員だった。そして、一九三六年から三八年まで「防空施設に関する内務省委員会」の委員長を務めた。

（90）オズワルド・モーズリーは英国ファシスト同盟の指導者。「『ウィガン波止場への道』日記」の注（37）を参照のこと。

（91）「リンク」は、英独の文化的友好協会と公言していた。三九年八月四日（E）の「社会」と、三九年八月七日の「政党政治」を参照のこと。

（92）フランソワ・ド・ラ・ロックについては、「モロッコ日記」の注（26）を参照のこと。

（93）エドゥアール・ダラディエについては、「モロッコ日記」の注（13）を参照のこと。

（94）Parti Socialiste Ouvriers et Paysans〔社会主義労働者・農民党〕は社会党（労働者インターナショナル・フランス支部）の左翼分派。三九年八月十一日（E）の注（107）を参照のこと。

（95）三九年七月十日（E）の注（23）を参照のこと。

（96）サー・バリー・エドワード・ドンヴィル提督（一八七八～一九七一）は海軍から身を引いた。

（97）三九年八月四日（E）の「社会」を参照のこと。

（98）下院の中での発言には特権が与えられていて、中傷・誹謗の廉で訴えられることはない。

（99）ビーヴァブルック卿の八月七日付の新聞『デイリー・エクスプレス』の見出しは、大胆にもこう断言した、「今年は戦争なし」。

(100) スペイン北部のアストゥリアスの炭坑夫は一九三四年に革命を企てた。スペイン内戦中、一九三七年九月と十月に、ドイツは同地に、一般市民を無視して「絨毯爆撃」をした。フランコの軍は国家主義者のためにアストゥリアスの石炭資源を確保するのに成功したが、ゲリラは、一九四八年まで闘い続けた。

(101) 一九三九年八月にゴランツから出版されたイヴァン・ロヨウシュの本の完全な題は、『ドイツが戦争を起こす確率――ドイツの公文書をもとに』だった。

(102) レナード・メリック(一八六四～一九三九)、本名ミラーは、今ではほとんど忘れられた小説家だが、一九一八年には彼の小説の全集が出版され、そのどの巻にも著名な著述家が序文を書いた。サー・ジェイムズ・バリーは彼を評して「小説家好みの小説家」と言い、ウィリアム・ディーン・ハウエルズは彼をジェイン・オースティンの次の地位に置いた。『ペギー・ハーパーの立場』(一九一一)がセンチュリー・ライブラリー叢書の一冊として再刊されることになり、オーウェルはその序文を書いた。一九四八年の日付のある校正刷りが残っている。たぶん、オーウェルはその序文を一九四五年に書いたのであろうが。その巻は出版されなかった。

(103) 『エッグズ』は「科学的家禽養育者協会」の公的機関紙で、一九一九年、週刊紙として創刊された。オーウェルは、一九三九年七月二十六日から二十七日頃、雌鶏の餌について同協会と文通していた。

(104) 労働党が条件付連携を拒否したことについては、三九年七月十三日(E)の「政党政治」を参照のこと。

(105) メンナ・ショツァトは帝政ロシアにおける先駆的革命家で、投獄と亡命を経験した。一九〇五年に脱獄してパレスチナに行き、さまざまな労働運動に携わった。ユダヤ人とアラブ人の統一を主張し、アラブの農民のために働いた。I・L・Pは英国の帝国主義に対して、ユダヤ人とアラブ人の大衆が団結して対決するための仕事をしようとした。近隣のアラブ諸国が同盟して労働者国家を建設することを望んで。また、ヨーロッパで迫害されているユダヤ人労働者が、パレスチナだけではなく、英国と英国の自治領にも入ることのできる権利のために活動した。

(106) ヘンリー・ウッド・ネヴィンソン(一八五六～一九四一)は多作の著述家、ジャーナリスト、外国通信員で、一九三一年、市民的自由擁護評議会の会長になった。

サー・ピーター・チャーマーズ・ミッチェル(一八五六～一九四一、勲爵士、一九二九)。著名な動物学者で、ロンドン動物園の大部分を再建し、「開放式」ホイップスネード動物園を作るのに貢献した。引退してマラガに住んだが、スペイン内戦でイギリスに戻らざるを得なかった。オーウェルは、彼が翻訳したアルトゥーロ・バレアの『鍛冶場』を、一九四一年六月二十八日付『タイムアンド・タイド』と、一九四一年九月の『ホライゾン』で書評した。第二次世界大戦中、ミッチェルはソヴィエト救援両院協議会の出納方を務めた。

アレグザンダー・ギャヴィン・ヘンダソン、第二代ファリンドン男爵（一九〇二〜一九七七）はイートン校でオーウェルと同期生で、一九三六年、スペイン不介入調査委員会の出納方を務め、一九四〇年から四五年まで、市民的自由全国評議会の出納方を務めた。

セシル・ヘンリー・ウィルソン（一八六二〜一九四五）。一九二二年から三一年まで、一九三五年から四四年まで労働党議員だった。

ジョージ・ランズベリー（一八五九〜一九四〇）。一九三一年から三五年まで労働党の党首で平和主義者だったが、平和主義者であるという問題で党首を辞任した。

アンドルー・マクラレン（一八八三〜一九七五）は、一九二二年から二三年、一九二四年から三一年、一九三五年から四五年までＩＬＰの議員だった。

(107) ルシアン・ウィーツはパリで発行された『インデペンデント・ニュース』の編集長で、定期刊行物『反ファシスト国際連帯』（Solidaridad Internacional Antifascista）とも繋がりがあった。オーウェルはその後援者だった。ウィーツと、その定期刊行物およびフランスにおけるＩＬＰの兄弟機関、社会主義労働者・農民党（三九年八月七日（Ｅ）の注（94）を参照のこと）およびその機関紙『三六年六月』と繋がりのあった、その他数名は、フランスのモーター製造会社がドイツに密かに製品を売ったことを暴いた記事を載せ、反軍国主義のパンフレットを配布した廉で投獄された。

(108) ロベール・ルーゾンは、ルシアン・ウィーツその他と一緒に投獄された。逮捕されたと『ニュー・リーダー』に報じられた九人からオーウェルがその二人を選んだのは、二人を個人的に知っていたからか、または、二人の書いたものを読んでいたからかであろう――ウィーツは『インデペンデント・ニュース』に書き、ルーゾンは『ラ・レヴォリューション・プロレタリエンヌ』に書いた。また、『資本主義経済』という本も書いた。

(109) 一九三八年七月二十九日、三千人のソヴィエト兵士が百台のタンクと共に、ウラジオストックの南西約百マイルのところの張鼓峰を中心にした、四百マイルの戦線を攻撃した。彼らは押し返され、約四百人の兵士を失った。日本軍は約百二十人の兵士を失った。八月六日、駐日ドイツ大使とイタリア大使が介入し、「反コミンテルン三国」がロシアと衝突することにならないよう、平和的に争いを解決するために日本側の自制を求めた。(『ザ・タイムズ』、一九三九年月九日)

(110) パリのオベリスク・プレスは、ヨーロッパ大陸で売るための英語の本を出版した。英国当局はそのうちの何冊かを猥褻と見なした。そうした本を英国に輸入するのは法的措置に訴えられるおそれがあった。ジャック・カーヘン『書籍密売人の回想録』(一九三九)と、ニール・ピアソン『オベリスク――ジャック・カーヘンとオベリスク・プレスの歴史』(二〇〇七)を参照のこと。

(111) 所在不明。

(112) 不詳。たぶん、ILPの誰かであろう。

(113) たぶん、オーウェルがスペインにいた時の司令官、ジョージ・コップであろう。

(114) C・A・スミスは、階級なき社会の実現を目指す社会主義的月刊誌『論争』(のち『レフト・フォーラム』、さらに『レフト』と改題)の編集長だった。彼はオーウェルその他と一緒に、一九四六年のニュルンベルク裁判で、トロツキーと会ったと言っていることに関してルドルフ・ヘスを尋問するように運動した。

(115) そのために、四六時中携行していなければならない身分証明書(ほとんどが写真のないもの)が発行されることになった。個人の身分証明書の番号は、身分証明書はとっくに廃止されたにもかかわらず、政府のいくつかの目的のために一九九〇年代まで使用された。

(116) ネグリンとプリエトについては、三九年八月二日(E)の注(75)を参照のこと。

(117) ジェイムズ・キア・ハーディー(一八五六〜一九一五)は、議員に選出された最初の社会主義者だった(一八九二)。下院で、一九〇六年から一五年まで労働党の党首を務めた。

(118) 労働党執行委員会。

(119) 三九年七月二十四日(E)の注(56)を参照のこと。八月十二日、政府は四人の中国人を日本側に引渡し、日本が牛耳っている法廷で裁かれることを決定したと伝えられた。政府は日本側が東京で提出した新しい証拠に納得した。日本側は最初、天津でそれを提出するのを拒否したが。

(120) 「独米ブント」はナチの隠れ蓑になる組織だった。その指導者フリッツ・クーンは、協会の資金を着服した廉でニューヨークで有罪になり、その年、投獄された。
(121) 三九年八月六日（E）の注（87）を参照のこと。
(122) オーウェルは最初、「期間」ではなく「危機」と書いた。
(123) アメリカ世論協会（American Institute of Public Opinion）。一般にギャラップ調査として知られる世論調査を一九三五年から行っている。ギャラップ調査という名称は、同協会の創設者ジョージ・ギャラップ（一九〇一～一九八四）にちなんでいる。
(124) 五十シリング（二ポンド十シリング）。二〇〇九年の通貨購買力で、ほぼ週に百ポンドに相当する。
(125) ヨアヒム・フォン・リッベントロープ（一八九三～一九四六）は、一九三八年から四五年までドイツの外相だった。一九三九年、モロトフと一緒に独ソ不可侵条約の交渉に尽力した（三九年八月二十八日（E）の注（143）を参照のこと）。ニュルンベルクの国際軍事法廷で有罪になり、戦争犯罪人として絞首刑に処された。
(126) 三九年七月二日（E）の注（2）を参照のこと。その注にある日付の三ヵ月後も「ドイツ自由放送」は、ヒトラー体制から自らを自由にするようにというドイツ人に対する訴えかけを依然として放送していたと報じられた。
(127) 『レッチワース・シティズン』は、オーウェルがウォリントンで読んでいた地方紙だった。
(128) 三九年八月六日（E）の注（89）を参照のこと。
(129) パリに本部のあった国際共産党反対派（International Communist Opposition）。I・C・Oの衰退が、『社会主義通信』の七月の増刊のテーマだった。
(130) アウグスト・タルハイマー（一八八四～一九四八）は、国際共産党反対派の指導者の一人で、一九三七年八月二十日付の『ニュー・リーダー』で、「共産党インターナショナルが設立された時の基盤を築いた理論を書いた者の一人」と評された（彼はその号に、「革命的社会主義者同盟への呼びかけ」という文を寄稿した）。長年彼はドイツの共産党の党首だったが、労働組合運動を、そのライバル、赤色労働組合を作って分裂させるという破滅的なやり方に反対したため、共産党インターナショナルの執行部によって党首の座を追われた。『ニュー・リーダー』は彼の見解を公表する機会を歓迎した。「なぜなら、そのことは、国際革命的社会主義者同盟事務局に属する諸派（I・L・Pも含めて）と、共産党インターナショナル反対派とが密接に協力し合う余地があることを示しているからである」
(131) オードリー・ブロックウェイ（一九一六～一九七四）は、I・L・P青年団の幹事で、I・L・Pのトロツキー主義者のグループのメンバーの一人、ジム・ウッドと結婚した。
(132) 第四インターナショナルは、トロツキー信奉者によって一九三八年に結成された。彼らは、来るべき戦争が、世界革命にとって有利な条件を作り出すことを願っていた。トロツキーは一九四〇年、メキシコ・シティーで暗殺者に襲われて死にかかっていた時、「私は第四インターナショナルの勝利を確信している。前進せよ!」と言ったと伝えられた。
(133) 労働党。
(134) たぶん、オーウェルがこの問題に関して作っていたファイルであろう。おそらく、彼が「ファイルS・P 1」と言及しているものに関係しているのであろう。
(135) アイリーンは陸軍省の検閲部に勤めていた。
(136) BBCの国内ニュースは午後六時に放送された。
(137) アーチボールド・シンクレアについては、三九年七月二日(E)の注(3)を参照のこと。アーサー・グリーンウッド(一八八〇~一九五四)は、一九二二年から三一年まで、一九三二年から五四年まで労働党議員だった。一九三五年に副党首になった。一九二〇年から四三年まで、党の調査部の幹事になった。全体主義体制に反対していたので、一九三八年、ヒトラーから名指しで攻撃された。
(138) ジェフリー・マンダー――三九年八月四日(E)の注(80)を参照のこと。
(139) ジェイムズ・マクストン(一八八五~一九四六)は一九二二年から四六年まで独立労働党議員。一九二六年~三一年、一九三四年から三九年まで独立労働党の委員。「モロッコ日記」の三九年三月十二日の注(38)も参照のこと。
(140) 八月二十四日、オーウェルはハンプシャーのリングウッドに旅行した。同地で、小説家L・H・マイヤーズ(一八九一~一九四四)の家に泊まった。マイヤーズについては、三九年八月二十九日(E)の注(152)を参照のこと。九月三日には、オーウェルはグリニッジにいた。同地にオショーネシー一家が住んでいた。彼が九月一日と二日にどこにいたのかを知るのは不可能である。
(141) サー・ネヴィル・ヘンダソン(一八八二~一九四二)は、一九三七年から三九年までベルリン駐在の英国大使だった。彼の『使命の失敗』(一九四〇)を参照のこと。
(142) ヒトラー。
(143) ヴャチェスラフ・モロトフ(一八九〇~一九八六)。一九三〇年~四一年までソ連の人民委員会議議長、一九三九年から四九年まで、また一九五三年から五六年まで外務人民委員を務めた。一九三九年八月、リッベントロープと一緒に独ソ不可侵条約の交渉をした。のちに、国連代表になった。

(144) オーウェルは最初、「共産主義者」と書いた。

(145) L・H・マイヤーズに違いない。オーウェルは彼の家に泊まっていた。マイヤーズは共産党員で、彼の情報源も共産党だった。

(146) 一九三九年一月の金の値段は一オンスが百五十シリング五ペンス(七・五二ポンド)だった。六月までには百四十八シリング六ペンスまで下がった。一九四〇年一月には、百六十八シリング(八・四〇ポンド)だった。一九四五年六月から、一九五四年三月に自由市場が再開されるまで、二百四十八シリング(十二・四〇ポンド)の公定価格が維持された。R・L・ビッドウェルの『通貨換算表』(一九七〇)を参照のこと。一九三九年一月には、一ポンドは四・六三ドルだった。その後ポンドの価値は下がり、一九六七年まで約二・八〇ドルだった。

(147) ジェイムズ・マクストンについては三九年八月二十四日(E)の注(139)および「モロッコ日記」の三九年三月十二日の項の注(38)を参照のこと。ジョージ・ランズベリーとセシル・ウィルソンについては三九年八月十一日(E)の注(106)を参照のこと。

(148) ウィリアム・ギャラハー。三九年七月二十七日(E)の注(62)を参照のこと。

(149) エレン・ウィルキンソン(一八九一〜一九四七)。一九二〇年に共産党を設立したメンバーの一人。一九二四年から三一年まで労働党議員に選出された。一九三三年、ジャローから再選出された。一九三六年、ジャローからロンドンまでの失業者の行進を組織した。スペイン内戦中、ドイツ空軍がバレンシアを爆撃するのを、クレメント・アトレーと一緒に目撃した。そして戦時連合政権のもとで働き、一九四五年、労働党政府で教育相に任命された。彼女は二つの小説と、ジャロー行進《マーチ》の経緯を説明した『殺害された町』を書いた。また、燃え立つような赤毛の髪でも有名だった。

(150) アナイリン(ナイ)・ベヴァン(一八九七〜一九六〇)。トリディーガ〔ウェールズの町〕の坑夫だったが、一九二七年、南ウェールズのエブー・ヴェイル選挙区から労働党の下院議員に選出され、死ぬまで議員を務めた。熱弁を振るった彼は左翼の大半のアイドルで、多くの保守党議員から嫌われ、恐れられた。一九四五年から五〇年まで保健相だった彼は、国民健康保険制度を作るのに功績があった。一九五一年、戦後の第二次労働党政権と軍備縮小問題で意見が合わず、辞職し、一九五五年、党首の座を失った。彼は『トリビューン』を発刊した。オーウェルはその機関誌に寄稿した。ベヴァンはその時の党の政策に反することとさえ言う完全な自由をオーウェルに与えた。彼は『恐怖の代わりに』（一九五二）の中で自分の哲学を述べている。「戦時日記」第二巻の四二年三月二十七日の注（13）も参照のこと。

（151）非常時権限法——三九年八月二十八日の項の最後のパラグラフを参照のこと。

（152）リングウッドの地元紙——オーウェルは少なくとも八月二十四日から三十一日まで、リングウッドのL・H・マイヤーズの家に泊まっていた。日記からわかるように、ウォリントンに戻ったのは九月五日だった。九月一日にドイツがポーランドに侵攻した結果、英国が宣戦布告をした二日後である。彼は九月一日か二日にグリニッジに行ったのかもしれない。九月三日にそこにいたのは確かである。三九年八月二十八日（E）の注（140）を参照のこと。オーウェル夫妻がフランス領モロッコで一九三八年から三九年にかけての冬のあいだ過ごせるように金を貸したのは（実は贈与のつもりで）、マイヤーズだった。オーウェルは誰が金を貸してくれたのか、マイヤーズが死んでから二年後の一九四六年まで知らなかった。その年、彼は借金だと思っていたその金を分割払いで返済し始めた。彼はその金を仲介者のドロシー・プラウマンに送った。彼が彼女に宛てた一九四六年二月十九日付の手紙を参照のこと。

（153）ハロルド・ニコルソン（一八八六〜一九六八、勲爵士、一九五三）は外交官（一九二九年まで）、伝記作家、小説家で、一九三五年から四五年まで議員だった。彼の『日記と手紙』（息子のナイジェル・ニコルソンが編集したもの。全三巻、一九六六〜六八）は、三〇年代の政治生活がどんなものであったのかをよく伝えている。A・J・P・テイラーは『英国の歴史、一九一四年から一九四五年まで』の中で、ヒトラーがミュンヘンで四強国会議を開くことに同意したことを、チェンバレンが一九三八年九月二十八日に下院で告げると、議場が騒然としたことを記録している。「議員たちは立ち上がり、歓呼し、啜り泣いた。アトレー［労働党党首］、自由党党首シンクレア、I・L・Pのマクストンは、チェンバレンが使命を果たしたことを讃えた。共産党員のギャラハーだけが、それに激しく反対した」。テイラーは脚注で、「誰が席に坐ったままだったか？」と訊いている。その一人がギャラハーだったのは確かであるが、テイラーはR・W・シートン＝ウォトソンの著書から引用し、チャーチル、イーデン、エイメリーを加えている。さらに、J・W・ウィーラー＝ベネットの言葉も引用されている。「ハロルド・ニコルソンは周囲の者からの脅しにもびくともせず、坐ったままだった」。ニコルソンの翌日の記憶では、立たなかったことで自分を叱責したのは、一人の保守党議員だけだったと、テイラーは言っている。ニコルソンは一九三一年にモーズリーの新党に入党したが、翌年、英国ファシスト同盟が結成されると脱党し、のちに国民労働党の議員になった。

(154) クリメント・ヴォロシーロフ（一八八一～一九六九）はソ連邦元帥で、一九二五年から四〇年まで国防人民委員を務め、一九五三年から六〇年まで国家元首だった。一九四一年九月から四四年一月までの九百日のレニングラード包囲戦のあいだ防衛態勢を組織した責任者の一人。

(155) ジョン・アンダソン（一八八二～一九五八。子爵、一九五二）は一九三八年から五〇年まで、スコットランドの諸大学選出の議員（当時、数名の議員は、大学で直接選出された）。一九三八年十一月、チェンバレンによって王璽尚書《おうじしようしよ》に任命され、軍事動員可能総人口数と、民間防衛対策の特別の責任を負った。のちに「アンダソン」防空シェルターと呼ばれたものを考案した。そのシェルターは家庭の裏庭に置かれた。戦争が勃発すると、内相兼国家治安相に任命された。のちに一九四〇年から四三年まで枢密院議長を、四三年から四五年まで蔵相を務めた。『ライオンと一角獣』の中でオーウェルは言っている。「チェンバレンを追い出すにはパリ陥落が必要だったが、サー・ジョン・アンダソンを追い出すには、または部分的に追い出すには、イーストエンドの何万という［アンダソン式シェルターに隠れている］人々の不必要な苦しみを必要とした」。そのシェルターは極端に不快で、雨水が入りやすかった。一九四〇年九月三日、チャーチルはアンダソンに手紙を書き、「国民がアンダソン式シェルター（それは君にとって大変名誉なものだが）の水を掻い出すのに、われわれは大いに手を貸さねばならない……」と言った。

(156) 合同工学技術連合（Amalgamated Engineering Union）。

(157) 三九年八月二十八日（E）の最後のパラグラフを参照のこと。

(158) ポーランド回廊は一九一九年から三九年のあいだ、ポーランドにとってバルト海への出口になった。それはドイツと東プロイセン地方を分断する形になっていて、摩擦の種になり、戦争勃発の口実になった。

(159) ヒトラー。

（160） 防空手段の一つは阻塞気球だった。それは無人の気球で、気球を繋留したケーブルのために、低空の急降下爆撃を不可能にするような高さに飛ばした。

（161） 『レナルズ・ニューズ』は一八五〇年五月五日に創刊された。大衆的な、社会主義寄りの日曜新聞だった。一九四四年八月二〇日、『サンデー・シティズン』と合併し、その名称になった。『サンデー・シティズン』は一九六七年六月一八日に廃刊になった。

（162） 軍事訓練条例。

家事日記

第二巻［続］……一九三九年九月五日～一九四〇年四月二十九日

三九年九月五日（D）　あちこち旅行をしていたせいと、戦争等によって引き起こされた混乱のせいで、日記をつけることができなかった。気候はおおむね暑く、穏やかだ。三九年九月二日の夜、凄まじい雷雨がほとんど一晩中続いた。

十日間留守をしたあとウォリントンに戻ってくると、雑草がひどい状態だった。蕪は出来がよく、いくつかの人参はいまや非常に大きくなった。紅花隠元はかなりいい。豌豆の最後のものは大したことがなかった。いくつかのペポカボチャ。玉突きの球くらいの大きさのカボチャ一個。グレナディエの林檎はほとんど熟している。ドメスチカスモモとダムソンスモモが熟した。冬野菜の全部が根付いた。早生《わせ》のジャガイモはかなり貧弱で、一株にわずか五、六個のジャガイモしか付いていないが、晩生《おくて》のジャガイモはよさそうだ。玉葱はかなりいい。レタスはどれも花が咲き終わり、種が出来ている。苗床の花（二種類の匂紫羅欄花《においあらせいとう》、アメリカ撫子、カーネーション）は大丈夫だ。立葵《たちあおい》とマリゴールドはほとんど終わった。薔薇（蔓薔薇ではないもの）は再び咲いている。飛燕草はなかなかいい。ベルガモットは終わり、草夾竹桃はほぼ終わった。ダリアは満開。いくつかの紫苑《しおん》が咲いている。芝は十日のあいだに非常に伸びた。

三九年八月二十四日以降（つまり十二日間）、鶏はわずか八十五個の卵しか産まない。大半が大きい。古い雌鶏の全部、羽毛が生え替わっている。クラークが先週、穀類を配達してくれなかったので、山羊は一週間、草だけを食べているが状態はよく、まだ適当な量の乳を出している。

三九年九月六日（D）　非常に暑い。莢隠元の最初に播種したものを引き抜き、その区画を掘り起こした。春キャベツを作るにはいいだろう。トマトの側枝を切った。そうしたトマトはまったくよくない。葉と茎ばかりで巨大な大きさになり、まっすぐ立っていられないほどだ。実はわずかで貧弱（今、二、三個が熟している）。動物の糞をやり過ぎたのと、陽が十分に当たらないせいだろう。

卵十個。

三九年九月七日（D）　非常に暑い。最初に種を蒔いたブロッコリーの周りの雑草を抜き、そのあいだを掘った。林檎の木の下の刺草《いらくさ》を刈り、一ポンドの塩素酸ナトリウムを撒いた。林檎がたくさん生っているが、あまりよくもないし、大きくもない。風で落ちたものが多い。風で落ちたもので、二から三ポンドの林檎ゼリーを作った。

卵八個（一個は小さい）。

書き忘れたが、リングウッドで数回、五色鶸《ごしきひわ》の大群を見た。三十羽以上の群れも一度見た。

NB、計算すると、今週の初めの数日、鶏は卵を一日七個産んだことになる。私たちが留守のあいだ、鶏は十二日で八十五個産んだのだから。

三九年九月八日（D）　暑い。ブラックベリーはまだ熟れていない。早生のジャガイモの残りを引き抜いた。非常に貧弱で、一つの根に五個くらいのジャガイモしか付いていていない。

卵八個。

［新聞の切抜き。「山羊の皮の保蔵処理法」[1]、「手の届かない果物の採り方」］

三九年九月九日（D）　非常に暑い。三番蒔きの豌豆を掘り起こし、そこをならした。赤ハダニはまたもやひどい。レグホンの大半は羽毛が抜け替わっているが、ロードアイランドはそうではない。鶏の食欲はこういう天候ではいつも衰える。山羊も同じ。山羊はあまり水を飲まないが。

卵十一個。一スコア三シリングで三十五個売った。今週の合計、五十八個。

［新聞の切抜き。「自家製の食べ物で給餌」］

三九年九月十日（D）　やや暖かいが曇。キング・エドワードのジャガイモの二畝を掘った（実際には、そのほとんどはK・Eではなく、別のもっと大きい種類、たぶんグレート・スコットだろう）。これも非常に貧弱。早生よりいいが。一番いいのは、根まで十六個のかなり大きいジャガイモを付けていた。平均は約八個。ぶよぶよだったので、非常にたくさんのものを捨てねばならなかった。ここの誰もが異口同音にこぼしている。どうやら、ある病気が蔓延しているらしい。最初に種を蒔いた灌木ペポカボチャに大量の実が生った。すでにその二つか三つを切ったが、今、さらに四個のかなり大きい実をつけている。ほかの実も生りかけている。カボチャがついに根付き、急速に膨れつつある。したがって霜が降りる前にかなりの大きさになるだろう。

　卵八個。

　NB、M［ミュリエル］は八日と九日に盛りがついた。だから、三十日頃、またそうなるだろう。

三九年九月十一日（D）　やや暖かさが減った。曇。夕暮れに、ほんの少し雨。昨夜の雨は土になんの影響もなかった。

　玉葱の周りの雑草を取った。玉葱は二、三週間で採れるが、質はよくない。胡桃の木の向こうの刺草に塩素酸ナトリウムを撒いた。ドメスチカスモモ一ポンドと、ダムソンスモモ三ポンド四分の三、採った。ドメスチカスモモはほぼ二ポンドのジャムになったので、ダムソンスモモは五ポンドか六ポンドのジャムになるだろう。二畝のジャガイモの株から、麻袋三つ分のジャガイモが穫れた。五十ポンドか、多くて六十ポンドだろう。もし本来の収穫時のジャガイモの出来も悪ければ、多くてあと三百ポンドだろう。それではあまり十分ではない。

　あす、市場に持って行くために、ボイルするのに適した鶏を二羽選んだ（年取った軽いサセックス種と、二度目のひよこを孵した母鶏）。

燕が電線に集まり始めている。

　卵九個。

三九年九月十二日（D）　肌寒く（火を起こすほど）、曇で風が強い。夕方、小雨。土を掘る準備として、本来の収穫時のジャガイモをすっかり始末し茎を切る作業を始めた。しかし、あと二週間放っておいて、皮が固くなるまで地中にそのままにしてもよいかもしれない。ティトリーの家の春キャベツは、移植するにはまだ若過ぎるが、二週間経てば移植できるかもしれない。したがって、三九年九月二十五日[2]あたりが、その時期だろう。六畝か七畝の余裕があるはずだ、つまり、百から百五十株植える余裕が。ドメスチカスモモは四ポンドのジャムにしかならなかった。

　ボイルするのに適した二羽の年取った鶏を、二羽六シリング六ペンスで売った。つまり、約七シリング六ペンスだが、そこから手数料が引かれる。

　今朝、山鴫《やましぎ》にほぼ間違いのない鳥の群れが飛んでいるのを見た。たぶん、移動するために群れているのだろう。八時半頃、十二羽ほどの飛行している鳥が頭上を通った。長い嘴《くちばし》と全体の形から、杓鴫《しゃくしぎ》だと一瞬思ったが、杓鴫はこの辺では決して見かけない。しかし、杓鴫にしてはほんの少し小さく、飛ぶ速度もちょっとばかり速い。私から少し離れたところで特徴的な斜めの急降下をしたので、山鴫だとわかった。それが山鴫かどうか、いまだにほんのちょっと自信がないのは、鳥が十二羽ほど一緒に飛んでいたせいではなく、あまりに早い時期に飛んでいたせいだ。サフォークの海岸にやってきたのを見た山鴫は、十月に来た山鴫だった。

NB、本来の収穫時のジャガイモを掘る際、種芋（約二十八ポンド）を取っておくこと。

卵九個（初年鶏の卵を別にリストにするのはやめた。今ではその卵は前よりやや大きくなり、ほかの卵と同じ値段で売れるので。ティトリーが言うには、モス商店から一スコアで三シリング四ペンス貰っている）。

三九年九月十三日（D）　午前中は曇、午後は晴れ間があった。その後、少し霧雨。ジャガイモ畑の片付けを終え、トマトの隣の小さな区画を掘り起こし始めた。二、三羽の若い雄鶏は市場に出してもいいくらいに大きい。

卵七個。一スコア三シリングで三十個売れた。

三九年九月十四日（D）　曇、ほんの少し霧雨、しかし、かなり暖かい。レッド・キングの最初の畝を引き抜いた。その区画全体に石灰を撒く必要があるからだ。ジャガイモは一遍に引き抜いたほうが簡単だ。貧弱だがK・エドワードよりちょっといい。その中の二、三個が腐っているだけだ。トマトは全然駄目そうなので、廃棄するつもりだ。鶏を全部売り払うつもりだ。私たちが週末にしかここに来られず、家畜を飼い続けるのは不可能だからだ。たぶんN氏[3]に山羊を贈るだろう。

卵八個。

三九年九月十五日（D）　雨模様。時折晴れ間、時折強風。

レッド・キングの残りを引き抜いた。なんとも貧弱。推測できる限りでは、多くとも三百ポンドだろう（十畝——二百株）。トマトを廃棄した。家に近いほうの畝にある、地下茎を残して置く価値のあると思われる木苺を、思い切って短く切り落とした。あとで肥料をたっぷり施そう。その畝の地下茎によいかもしれないから。たぶん、ほかの畝のは廃棄するだろう。木苺の隣の区画を掘り起こし始めた。ホリングズワース夫人から六ペンスで買った、約二ポンドのブラックベリー（園芸用）から二ポンドのブラックベリー・ゼリーが出来た。書き忘れたが、グレナディエ林檎を採った。その木は樹齢五年だと思う。二十二個の林檎の目方は、七ポンド半。大きな木に生っている林檎は大半腐りかけているが、いくつかは大丈夫だ。

卵八個。

三九年九月十六日（D）　午前は肌寒く、霧が濃かっ

た。日中は晴れたが、さほど暖かくなかった。午後、俄雨。

最後の豌豆を抜いて焼き、抜いた跡の区画を掘り起こした。八羽の三月の初年鶏を一羽五シリング六ペンスで売り払う手筈を整えた（全部で四シリング六ペンスで買ったもの）。

卵十一個。一スコア三シリングで売った。今週の合計、六十個。

三九年九月十七日（D）　風が強い。ジャガイモを麻袋に入れた、約三百ポンドのようだ。ブロッコリーに木の灰をやった。山羊を始末する手筈を整えた。約二ポンドのブラックベリーを摘んだ。

卵六個。

三九年九月二十八日（D）　家を留守にしていたので、日記をつけることができなかった。[4]しかし、卵の数は鶏手帖に書いてある。いくつかの数は記録されなかったと思うが。

典型的な秋日和。ただ、最近、朝は霧が深くないが。毎晩、夜は空が非常に晴れていて、満月を少し過ぎた月は非常にいい。かなりの葉が黄ばみかけている。

今日、春キャベツを移植した。一スコアに二ペンス払った。正面の花壇をすっかり片付ける作業を続けた。一番厄介なのは、垣根に沿って生えているローガンベリーだ。今、移すには古過ぎるだろう。いくつかの茎は十五ないし二十フィートに伸びている。紫苑は花が咲いているが、菊はまだだ。カボチャはサッカーボールくらいの大きさだが、その大きさで熟すのではないかと思う。葉の色が少し変わってきているので。若いブロッコリー等は元気だ。先週、E［アイリーン］はそれに過燐酸肥料をやった。さらに三ポンド半の林檎ゼリーを作った。

結局、年取った雌鶏を処分しないことにした。もし春にも私たちがここにいるなら、今、若い雌鶏がいる養鶏場を小さくし、それを繁殖用の囲いに使うことにする（レグホン×ロード）。空いた土地はジャガイモ用に耕せばよい。もし実際にここにいるなら、兎や蜜蜂を飼うかもしれない。肉屋が言うには、人は概して人に馴れた兎を食用に買わないが、肉が不足すれば考えを変えるだろう。ティトリーが言うには、この前の戦争の終わりの時期に、兎で大儲けをした。

卵四個！（今日を含め、今週までに三十六個。）

フィールドその他の者が、刈り取ったばかりの干し草を取り込んでいる。それには、いくらかの栄養価がまだあると言う者もいる。

三九年九月二十九日（D）　曇だが寒くはない。このところ夜と早朝は適度に暖かい。主な花壇の片付けを終えてから、台所の前の花壇を片付けた。『スモールホルダー』は、今、空豆の種を蒔き、分葱《わけぎ》を植えるよう勧めている。だから、時間があればそうするつもりだ。

卵六個。

林檎ワインを作るために林檎を漬けた。

三九年九月三十日（D）　晴。穏やかで、かなり暖かい。片付けを続け、トレリスの近くまで達した。白い蔓薔薇がそこここに重なり合っている。ブロッコリー全部に、硝酸カリウムを施した。さらに多くの林檎を捥《も》いだ。木にはまだ十ポンドから十五ポンドの林檎があるが、どのくらいがもつのか、わからない。大きめなのだけもつようにしている。
卵五個。一スコア三シリングで十五個売った。（水曜日にも十五個売った。）今週の合計、四十七個。これは今年としては低い記録に違いない。

三九年十月一日（D）　晴れだが、かなり肌寒い。さらに二ポンドの林檎ゼリーを作った。ブラックベリーをいくらか摘んだが、よい場所に行くだけの時間がなかった。もういくつかの林檎を捥いだ。木には今、大きなものはあまり残っていない。日を遮るために麻袋の後ろの棚に十ポンドから十五ポンドの林檎を置いた。ともかく、ひと月かふた月もつことを願って。
卵五個。

三九年十月二日（D）　晴。かなり寒い。橅《ぶな》の木の実が今、熟した。きのう、かなりたくさんの若い雉《きじ》を見た。かなり大きくなっていた。

あす、市場に持って行くために、二羽の若い雄鶏を選んだ。二羽とも約十ポンド。

花壇の片付けを続け、納屋まで達した。片付けはあす終えることができる。そうしたら、肥料を撒き、肥料が梳《す》き込むまで数日放っておこう。

卵四個。

一ポンドか二ポンドのブラックベリー・ジャムを作ったが、かなりどろっとなった。


三九年十月三日（D）　晴。肌寒い。午後、ほんの少しぱらぱらと雨。庭の片付けを終え、邪魔なわずかな小さい植物を移した。だから、あす、肥料を撒くことができる。

卵五個。二羽の若い雄鶏で六シリング六ペンス得た（すなわち、七シリング引く手数料）。そうすると、一ポンド約八ペンスの勘定だ。

［新聞の切抜き。「練炭の作り方(5)」］

三九年十月四日（D）　かなり寒い。強風。今日、熟れた最初の胡桃《くるみ》を採った。しかし、ごく少なかった。肥料を撒いた。韮葱の周りの雑草を草掻きで取り除いた。春キャベツは旱魃のせいで、根付きがあまりよくない。玉葱を引き抜いた。非常に貧弱だ。

卵六個。一スコア三シリングで十四個売った。

約三ポンドの林檎ジンジャーを作った。残念ながら生姜《しょうが》の味が少しばかり強過ぎる。

三九年十月五日（D）　夜、少し雨。日中は曇で、かなり蒸し暑い。午後、弱い俄雨が一、二度。地面は数インチ中まで、まだ非常に乾いている。小さな花壇以外、全部の花畑を掘り起こした。地面が落ち着けば、新しい花が全部植えられる。

卵六個。

三九年十月六日（D）　夜、さらに少し雨、今朝、小雨。時折晴れ間、寒くはない。

花畑の仕事、完了。二畝にキャベツを植えた（三十六株）。スグリを植える場所を片付けた（動かすにはまだ早過ぎる）。炭粉と粘土で試しに少し練炭を作ってみた。もし、うまくいったら型と篩《ふるい》を作り、もっと大がかりに練炭を作ってみよう。どうやら、細かい炭粉だけを使うのが肝腎らしい。また、それを混ぜるための大きな金属の容器が必要だ。

今夜、一種の燐光性の虫または馬陸《やすで》を見つけた。これまで見たことも聞いたこともないものだ。芝生に出ると、ある燐光に気づいた。そして、それが絶えず大きくなる光の筋を作っているのに気づいた。蛍に違いないと思ったが、あとに燐光を残す蛍は見たことがなかった。懐中電灯で探してみると、体の両側に多くの細い脚を持ち、頭に二つの触角に似たようなものを持った、長く、ほっそりした虫のような生き物だった。全長は約一インチ四分の一。なんとか捕まえて試験管に入れ家に持って帰ったが、燐光は間もなく消えた。

卵五個。

反対側の頁。

淡い黄色、非常にくねくねしている。（脚はこの絵より少し細い。）

三九年十月七日（D）　霧がかかっている。穏やか。ほんの少しぱらぱらと雨。橅の木の実が熟した。大きめなペポカボチャの皮を取り、髄（約長さ十八インチ）を取り出した。そうしたあと、果肉はたった二ポンド半くらいなのに気づいた。アドコ〔合成肥料〕を七ポンド、二シ

リング三ペンスで買った。それは七ハンドレッドウェイトの堆肥を作るのに十分だということになっている。しかし、ゴミと一緒に木質のものや、非常に大きい根を入れてはいけない。堆肥のための浅い穴を掘り始めた。練炭は石炭と一緒に燃やすとかなりよく燃える。だから、もう少し作る用意をしよう。作り方は、どろどろになるまで粘土と水を掻き混ぜてから炭粉を混ぜ、炭粉が非常に固い糊状になるのに必要なだけ粘土を使う、というものらしい。型は非常に丈夫でなくてはいけない。材料を強く突き固めなければならないので。

卵七個。一スコア三シリングで十五個売った。今週の合計、三十八個。（NB、キャラーガスのボンベを、今日使い始めた。）

三九年十月八日（D）　ブラックベリーを二ポンド半、摘んだ。ゴミ用の穴を掘り終えた。最初の二層にアドコを使った。天候は靄が立ち込めていて、穏やかで、かなり寒い。

卵六個。

三九年十月九日（D）　午後四時まで小止みなく大雨。烈風。風は何本かの薔薇の木をぐずぐずにし、何株かのブロッコリーを地面から引き抜きかけたほど強かった。ブロッコリーの何株かに支柱をかった。そのほかは雨で何もできなかった。

卵五個。

三九年十月十日（D）　非常に穏やかで暖かく、かなり日が照った。夕方、ほんの少しの雨。地面はぐしょ濡れで、たくさんの菊が風でばらばらになった。空豆のために溝を掘ったが、地面を種が蒔ける状態には、まだできない。その部分（紅花隠元の向こう）は細かい粘土の塊で一杯だ。一番ひどいところを掘り出し、砂と木の灰を埋め込んだ。肥料を、もっと大きな容器に移した。元の容器を腐葉土入れに使いたいので。鶏舎を移した。きわめて貧弱な玉葱を家の中に持ってきて、乾かすために吊した。わずか十の大きな束で、そのうち三つか四つしかもたないだろう。胡桃の実をいくつか拾ったが、今年はひどく少ない。

きのう、二ポンドのブラックベリーのゼリーを作った。二ポンド半のブラックベリー＝二パイントのジュース＝二ポンドのゼリー（実際には、もう少し多い）。

卵五個。

三九年十月十一日（D）　穏やかで、日が照っていて、暖かい。地面はだいぶ乾いた。十株の風鈴草、約二十株のアメリカ撫子、二十株のカーネーション、二十五株の匂《におい》紫羅《あら》欄花《せいとう》（深紅）を移植した。もし雨が降らなければ、

あすも続ける。堆肥の山にもう少し加えた。菊等のいくつかに支柱をかった。T［ティトリー］がまだ杭の用意が出来ていないので、鶏舎を仕上げることができなかった。きのう、鋤の柄が折れたが、鋤全体を買わなければ新しい柄は手に入らないらしい。林檎ジャムを試しに少し作ったが、大成功とはいかなかったようだ。合計、約二十五ポンドのジャムを作った。

卵八個。一スコア三シリングで二十五個売った。

三九年十月十二日（D）　きのうのような秋日和。さらに二十五株の匂紫羅欄花、数本の立葵の苗木、購入した二十個のチューリップの球根（二個は黒）、約十五個の私たち自身の球根、約三十株のラッパ水仙（購入したものと私たち自身のもの）を移植した。ペポカボチャを熟させるために、葉を切った。どの一株にも一枚の葉を残した。その一枚は非常に大きい。

卵八個。

三九年十月十三日（D）　霧がかかっているが寒くはない。何羽かの燕がまだこの辺りにいて、非常に高く飛んでいる。芝生を刈った。また長く伸びたので、あまり効果がなかった。しかし、これが今年の最後の芝刈りになるはずだ。トレリスの脇の小さな区画の手入れをし、芝の縁を刈って小径を作る以外、花畑ですることはもう何もないが、そうしたことは鋤の修理が終わるまでできない。掘る前に大黄《だいおう》のある区画をすっかり片付けた。すべてのブロッコリー等に過燐酸肥料を施した。これが、そうしたものにやる最後の肥料だろう。何株かの縮緬キャベツはもう切り取ってもよい頃で、数株の芽キャベツはほぼ食べごろだが、最初に取れるものは、ごく貧弱だ。二ダースのスノードロップの球根を植えた。鶏の堆肥を乾かすために納屋に置いた。炭粉と茶の葉を紙袋の中で混ぜてみた。多少とも燃えるだろう。だから、その目的のために砂糖のカートンを取っておこう。

卵五個（一個は二重卵）。

三九年十月十四日（D）　昨夜一晩中、また今朝午前中、豪雨。午後少し晴れた。大黄の脇の区画を掘り起こし始めた。そのほかは戸外で大したことはできなかった。

卵八個。

三九年十月十六日（D）　快晴、ごく穏やか、かなり暖かい。昨夜、ほんの少し霜が降りたと思う。昨夜、白い梟《ふくろう》をまた見た。空いている区画の一部に石灰を撒いた。木苺に一番近いところだ。そこには堆肥はやらない。根菜作物用にするつもりだからだ。大黄の脇の区画を、もう少し掘り起こした。ここの土壌はかなり酸性なので、掘る時、石灰を撒かねばならない。紅花隠元の木を切り、堆肥の山にもう一層加えた。庭の小径を少し延ばした。

　四羽の若い雄鶏を九シリングで売った。安い値段だが、その四羽は非常に小さい。

　卵三個！

三九年十月十七日（D）　穏やかで、ほぼ晴れているが寒くはない。ボールドックに行き、根掘り鍬を六シリングで買った。ナフタリンも少し買った。それは、同量の石灰と混ぜると除草剤としてよいと言われている。ブラックベリーを植える場所をすっかり片付けた。どの楡《にれ》の木も黄ばみ始めている。橅の木はそれほどでもない。
　卵六個。

三九年十月十八日（D）　かなり寒い。激しい俄雨。戸外では大したことができなかった。小径の一部を片付け、ブラックベリーに数本の支柱をかった。あと二本の支柱が必要だ。
　卵七個。一スコア三シリングで二十個売った。

三九年十月十九日（D）　晩遅くまで、ほぼ小止みなく雨。戸外で大いに仕事をするのは不可能だった。大黄の苗床をもう少し掘り起こし、小径の残った部分を片付けた。しかし、もっと石炭の燃え殻を手に入れるまで、そこにまた砂利を敷くことはできない（この十日間、石炭の配達はない）。石灰とナフタリンを試しに混ぜてみた。[★1]また、岩塩を砕いてみた。両方とも除草剤としてはよいと言われている。最近、四十雀《しじゅうから》が家の周りをよく飛んでいる。野原の楡の木々のあいだで、ある種の鳥が毎晩、鋸《のこぎり》を引くような声で鳴く。梟なのかどうなのか、わからない。

　できれば、次のことを十一月末までにやらねばならない。[6]

　鶏用の囲いの金網を移す。

　新しい区画と、古い庭に接しているわずかな区画の雑草をすべて取り除く。

　腐らせるために芝を積む。

　新しい区画を大まかに掘り起こす。

　すべての果実の灌木を移植する。

　果実の灌木があった区画を片付け、掘り起こす。

　小さな空き地、大黄の苗床の空いている部分、そして果実の灌木があった場所に石灰を撒く。

　生け垣の下の残っている区画を片付け、蔓薔薇のために苗床を用意する。

　菊が枯れたら、その大部分を移す。

　ダリアの根を保存する。

　分葱《わけぎ》を植える。

　空豆の種を播く。

草夾竹桃、紫苑を植える（早過ぎでなければ）。
薔薇、蔓薔薇、野茨を植える。牡丹を移植する。
林檎の木を移植する。
ブラックベリーを手に入れ、植える。
麻袋数枚に入れる枯葉を集める。
苺の苗床を片付ける。
また、可能ならば[7]、
菜園に小径を作る。
門の脇に新しい苗床を作る。
卵五個。

三九年十月二十日（D）　晴、穏やか、日は照っているが格別暖かいわけではない。大黄の苗床を掘り起こすのは終え、枯葉のための枠の準備をし、小径をもう少し作り、最後に種を蒔いた莢隠元を掘り起こした。T［ティトリー］は支柱を手に入れることができないので、鉄の支柱を買わねばならないだろう。
卵五個。

三九年十月二十一日（D）　快晴、澄んだ空の穏やかな秋日和。靄が少し。朝晩はめっきり肌寒くなった。E［アイリーン］とリディア[8]と私は四ポンド半のブラックベリーを摘んだ。胡桃はすでに熟して落ちたようだ。オークは今大半が黄色で、山査子《さんざし》とトネリコの葉は散っている。
卵七個。一スコア三シリングで十五個売った。今週の合計、四十一個。

三九年十月二十二日（D）　濃霧、寒くはない。午後、束の間日が射した。無風。麻袋のジャガイモをいくつか出して調べた。K・エドワードの数個が悪くなっていたが、レッド・キングは悪くなっていなかった。または、悪くなっていてもその数はごく少ない。悪いのを捨て、新しい麻袋に入れ替え、ジャガイモの山に石灰を少し撒いた。ひどく駄目になるのを、これで十分防ぐことができるのを願う。紫薺《むらさきなずな》の数株を移植した。熟しかけているカボチャを切り取った。たった十ポンドほど。T［ティトリー］は第一級の料理用林檎（地元ではミートロップというような名で呼ばれている――これまで、この林檎は見たことがない）を一ポンド一ペニーで、食用林檎（ブレンハイム）を一ポンド一ペニー半で売っている。今日、最初の縮緬キャベツを切り取った。うちの卵を一スコア三シリング六ペンスで売る手筈を牛乳屋に整えた。肉屋に三シリングで売っていたのだが。Tが言うには、市場では三シリング八ペンスで売れる。しかし、その場合、手数料を取られる。
卵六個。

三九年十月二十三日（D）　寒くはなく、ほぼ晴れているが、夕方、小雨。ロックガーデンとトレリスのあいだの狭い区画を片付けて一種の花壇を作り、二十株の勿忘草《わすれなぐさ》を植え、蔓薔薇を植えるための花壇を作った。目下、花畑に花（草夾竹桃等）を植え（その時期が来たら）、小径を作り、たぶん草をまた刈る以外、すべきことは何もない。きのう、林檎ゼリー二ポンドを作った。マッチの頭くらいの大きさの、白っぽくて半透明の、虫か蝸牛《かたつむり》の卵を見つけた。

　卵六個。


三九年十月二十四日（D）　昨夜、大雨が降ったらしい。今日は曇っているが寒くはない。午後、ほんの少し雨。今は葉がどんどん落ちている。

　今日、ボールドックに行った。小さな篩を買った。金網を張るための鉄の支柱は入手不可能。材木もほぼ手に入らない。鶏舎の囲いの門柱用のごく貧弱な支柱二本は、なんとか手に入れた。今日の夕方、それを立て、あす、雨でなければ今までの支柱から金網を外して移そう。芝を刈ろうとしたが、今の状態の芝刈り機ではまったく駄目だった。春までそのままにしておかねばならないだろう。春になったら大鎌で刈ろう。K氏(9)が壊れた股鍬《またぐわ》の柄を使って鋤を直してくれた。なかなかよく直っているが、鋤が少々短くなった。一シリング払った。土が具合よくならないので、空豆を播くのはまだ駄目だ。今日、クラーク商会(10)から分葱《わけぎ》を送ってきた。時間があったら、試しに植えてみよう。NB、二ポンドの分葱＝約六十の球根（一畝）。今、ずんぐりとした楡の木に二羽の面梟《めんふくろう》が棲んでいて、鋸を引くような音は、その二羽が立てるらしい。それはかつて金切り声梟《スクリーチ・アウル》と呼ばれていたものだと思う。普通の茶色の梟は、ホー、ホーと鳴く。

　卵六個。今日、★2雌鶏にカーズウッドの家禽用スパイスを与え始めた。また、さらに多くの貝殻の粗粉も与え始めた。


三九年十月二十五日（D）　快晴、風が冷たい。古い庭と新しい小径のあいだの空き地を片付け始めた。ゴミを少し燃やした。また別の細長い区画に石灰を撒いた。さらに、大黄《だいおう》の区画にも。しかし、そこには石灰を地中に梳き込むことはしなかった。最初の一袋分の枯葉を集めた（無）。茶色の雌鶏が、一二日間、どこかで巣についているのに気づいた。今日、その雌鶏の巣を見つけた——卵十個、一個は割れている。卵を取った。受精していないので、いい卵だろう。今夜、その雌鶏は空の巣に戻った。今朝、鶏舎の囲いの金網を外して移した。柱は門柱には長さが足りないが、いくらか材木が手に入れば、余分に木を足すことができる。きのう、柱を立てるための穴を掘っていると、白亜が地面からわずか約六インチ下にあるのに気づいたが、この区画全体にあるのではないだろう。

　卵四個。三シリング六ペンスで二十個売った（牛乳屋に）。

三九年十月二十六日（D）　昨夜、非常に厳しい白霜が降りた。日中は曇で、時折、短い晴れ間。かなり寒い。今朝、鶏用の洗面器の水が固く凍っていた。それを捨てたが、夕方、まだ氷が少し残っていた。ダリアが、たちまち黒ずんだ、そして、熟れるまで放っておいたペポカボチャは駄目になったのではないかと思う。変な色になったので。家の中に持ってきて、茎を堆肥の山に加えた。堆肥の山は、まだ花畑にある古い麦藁を積んでないだけで、あとは完成した。荒れている区画の片付けを終わり、芝を山積みにし、小径がどこに通ずるのか、印をつけた。あとは、もう一ヤードの幅の地面だけだ。分葱用にいいので、そこを掘り起こし始めた。もう一つの麻袋分の枯葉を集め、その中に硝石を少し撒いた（『スモールホルダー』で勧めていた）。どのくらいの量の腐植土になるのか知るために、枯葉を集めた麻袋の数を記すことにしよう。老Hが今年の早くに積み重ねた芝は腐って美しい見事な壌土《ローム》になったが、分葱用の場所に最初、塩素酸ナトリウムを使って草を枯らしたと思うので、おそらく、今積んでいるものは、そう速くも、完全にも腐らないだろう。空豆用の場所に木の灰を撒いた。そこがうまくいかなければ、どこかほかのスペースを見つけ、悪い粘土質の区画に石灰をたっぷりやらねばならない。巣につきたがっている雌鶏が、毎晩、自分の巣に行く。昨夜、その雌鶏は、私がたまたま見つけなければ凍死しただろう。今日、庭に相当の数の五色鶸がいた。

　卵七個。

三九年十月二十七日（D）　昨夜、また、ほんの少し霜が降りたに違いない。今日の正午頃、大きなゴロゴロという音がした。雷か砲声に間違いない。そのすぐあと、霙《みぞれ》交じりの大雨が降った。午後、さらに俄雨が降った。地面がまたひどく水浸しになった。雨のせいで、戸外では大したことができなかった。分葱のための区画を少し掘り起こした。

　卵六個。

三九年十月二十八日（D）　昨夜、また霜（以前より厳しくはない）。今日は終日、ほぼ小止みなく雨。戸外では何もできなかった。今日、二重卵一個。

　卵六個。今週の合計、四十一個。

三九年十一月三日（D）　先週の日曜日（二十八日[11]）

以降、留守にしていて、今晩帰ってきたばかりだ。何もかもがずぶ濡れだ。もう少しクロッカスの球根を植え、ダリアの根を引き抜いた。それは取っておく価値があるかもしれない。今の時期、鶏はどうやら卵を二十八個しか産まなかったらしい。一日に五個以下だ。日曜日にここを出る前には気がつかなかった。一スコアを四シリングで売った。

三九年十一月四日（D）　じめじめしているが、大した雨は降っていない。分葱のための土を掘り（まだ非常に濡れていて、乾くには数日晴天でなければならないだろう）、大黄に肥料をやり、薊等のための新しい区画を片付け始めた。昼間、白い梟を見た。今、野原に非常に美しいトードストゥールが出ている。淡い青緑色で、やはりその色の茎はほっそりとし、かさの裏側の襞《ひだ》は藤色で、トードストゥール全体がねばねばしたもので覆われている。堆肥の山に麻袋半分の枯葉を加えた。

卵五個。今週の合計、三十三個（A［アンダソン］夫人があまり餌をやらなかったのは明らかだ）。

三九年十一月五日（D）　午前中、いくらか風があったが、それからは快晴。地面がやや乾いてきた。夕方、強風が吹き、小雨が降った。風は実際に、小さな鶏小屋の屋根を吹き飛ばした。一時《いちどき》に数万羽の椋鳥の大群が大雨のような音を立てて頭上を飛んだ。木々の葉は、今では大半が落ちた。庭常《にわとこ》の葉が落ち始めた。覚えているところでは、今年は、楡はほとんどの木よりも早く裸になっている。

スグリの灌木を移植した。傷めなかったことと思う。二、三本はまだ緑か緑っぽい葉を付けていた。ほかのものは根が地中に深く張っているので、引き抜く時に根を相当傷めてしまった。そこ（庭の端）の土壌は、所々地面のわずか一フィート下が純粋の粘土だ。それをいくらか掘り出し、砂と芝の腐植土で、できるだけ軽くした。それから灌木のあいだの地面を掘って石灰を施し、灌木を少し刈り込んだ。風が灌木を全部、またぐずぐずにしないことを願う。さらに、麻袋一杯分の枯葉を加えた。

卵九個（そのいくつかは、きのう産んだものだろう）。一スコア四シリングで三十個売った。

［枯葉の麻袋の合計は反対の頁にある――三袋半。］

三九年十一月六日（D）　昨夜一晩中、大変な大雨が降ったようだ。今日は風が強く、何度か俄雨が降ったが、一日の大半は晴だった。牡丹を移植した。牡丹は移植にはあまり耐えられないと言われているが、萎れてしまっていたのだ。どの根にも土をたっぷり付けた。蔓薔薇の挿し木を植えた。植木鉢に入っていたものだ。それはよく根付いたが、もちろん、非常に小さい。最初の何株かのスグリを植えるために溝を掘って肥料を施したが、ぐしょぐしょの地面がもう少し乾くまで、植えたくはない。もう一つの小さな区画に石灰を施した。書き忘れたが、きのう動かしたスグリの灌木の一本が根付いた。どうやら、時々、自然にそうなるようだ。

　卵五個。

三九年十一月七日（D）　雨。戸外ですべきことがあまりに多い。夕方、相当の雨。スグリを最初の畝に植えた（六株は赤、五株は黒）。産卵箱に麦藁の代わりに籾殻を使い始めた。費用が嵩み過ぎることになるかどうかわからないが、片付けて腐らせるには手間がかからないだろう。

　卵六個。

　野鼠の巣がスグリの灌木の根にあった。スグリを引き抜くと、五匹一遍に逃げ出した。二十日鼠よりも太っていて、色が明るく、尻尾が長い（これまで、野鼠の尻尾は短いと思っていた）。動作はかなり緩慢で、ひょいと跳ぶような動きをした。どれも私から逃れたが。

三九年十一月八日（D）　空気が乾燥している。晴。寒くない。辺りにたくさんの五色鶸がいる。残っている刺草を新しい小径から取り除いた（ほとんど）。ブラックベリー用にもう二本の支柱を立てた。もう一つの区画に石灰を撒いた。麻袋一つ分の枯葉を加えた。［合計は反対側の頁――四袋半。］

　卵六個。四シリング四ペンスで二十個売った。

三九年十一月九日（D）　晴、穏やか。何もかもまだびしょ濡れのようだが、昨夜は雨が降らなかったようだ。小径をもう少し作った。一輪手押し車が駄目になりかけていて、それを直そうとしていたので、ほかに大したことはできなかった。

　卵五個。

三九年十一月十日（D）　快晴、穏やかな天候。新しい小径の最初の溝を掘った。分葱を植え（二畝に植えるには数が足りなかった）、蔓薔薇の三本の挿し木を移植した。一本はアルバティーン、黄みがかった白の種類、もう一本はなんの種類かわからない。トレリスのところまで小径を作った。ティトリーが言うには、ダリアの球根を保存するうえで大事なのは、茎を下にしてしばらく吊すことである、なぜなら、そうしないと湿気が茎の孔を通って根に達して球根が腐るからである。さらにもう少し林檎（ブレンハイム）を買った。まだ一ポンド一シリング半。卵一スコアで四シリング六ペンス貰っている、とTは言っている。

　卵九個。

三九年十一月十一日（D）　きのう同様、快晴。どの鳥もまるで春になったかのように鳴いている。野原にいる雌馬とその仔の糞が非常に濃い色、ほとんど黒なのに気づいた。おそらく、穀類を食べず草ばかり食べているせいだろう。もう麻袋一つ分の枯葉を足した。［合計は反対側の頁——六袋。］

卵五個。一スコアを四シリング四ペンスで売った。今週の合計、四十五個。

三九年十一月十二日（D）　無風、靄、太陽がやっと見える、かなり肌寒い。森の中に無数の茸。その中に、ある段階で白いふわふわしたウドンコ黴《かび》のようなものが生え、傷んだ肉のような臭いを発するものがある。無数の森鳩と、飛んでいる椋鳥の大群。野原で雑草のように見えるものに出くわした。しかし、それは山鶉のためにこの辺で時折作っている蕎麦かもしれない。ミニチュアの橅の木の実に似た、小さな黒い三角形の種。一種の粗い苔を少し家に持って帰り、庭の石にくっつけた。増えるといいのだが。今日の午後三時、四十雀のために脂肪の塊を外に吊した。午後五時前、四十雀はそれを見つけた。

卵五個。

三九年十一月十三日（D）　美しい、穏やかな晴れた日。昨夜は全然寒くなかった。分葱が地面から顔を出す際、それが自然なのか鳩の仕業なのか定かではない。分葱が種を蒔いたところから一インチほど離れたところに移っていることがある。新しい区画の二畝を掘り起こし、堆肥の山を崩し、別の区画に石灰を施し、さらにもう一つの麻袋分の枯葉を足した。［合計は反対側の頁——七袋。］一羽の雌鶏が、明らかに巣につきたがっている。

卵六個。

三九年十一月十四日（D）　かなり風が強い。正午頃、雨が降りそうだったが、実際には降らなかった。新しい区画にさらに二つの溝を掘った。真ん中に白亜質の石のような層があり、それを砕くのが難しいので、それ以上速く仕事ができなかった。残りの黒房スグリのために溝を掘った。

卵六個。

三九年十一月十五日（D）　昨夜、少し雨。今日は晴、穏やかで暖かい。もう二つ、溝を掘った。草本の植物のいくつかを切り倒した。草夾竹桃のいくつかは分離させる必要がある。また、二重卵。見たところ、最近の二重卵は同じ鶏から産まれているようだ。地元では、二重卵は産まれる卵の最初か最後だと、いつも言われているが。

卵九個。一スコア四シリング四ペンスで売った。


三九年十一月十六日（D）　昨夜、少し雨。今日は終日、ほとんど小止みなく小雨。戸外では大したことができなかった。別の細長い区画に石灰を施し（石灰がなくなりつつある）、二株のスグリの灌木を移植した。ほとんどの木々は今、完全に裸だ。楡の木にはまだ少し葉が残っている。落葉樹のうち、トネリコの葉が最後まで残るようだ。

卵四個。


三九年十一月十七日（D）　穏やかな日和で曇っているが、雨はほんの少しぱらぱらと降っただけだ。残っているスグリの灌木を移植した。かなり青い葉が残っている二株以外。灌木の一株が根付いた。取り木〔地中に差して根が生えた若枝〕を切り取り、試しに植えてみた。別の細長い区画に石灰を施した。石灰は、空いている区画の残りに撒くだけの量は辛うじてあるが、灌木があった場所に撒くだけはない。石灰を庭全体に撒くにはハンドレッドウェイトか、それ以上の量が必要だろう。また、麻袋一杯分の枯葉を集めた。［合計は反対の頁――八袋。］堆肥の山に、少し追加した。

卵七個（実際には八個だが、一個は割れていた）。


三九年十一月十八日（D）　かなりの雨。ボールドックに行ったが、薔薇の灌木は買えなかった。そこで牡丹の根を買ったが、薔薇の代わりに庭の隅に植えることができるだろう。クラーク商会の話では、戦争が原因の穀類の不足、または穀類をあちこちに送る難しさは、新聞に書いてあるより実際は深刻だ。胸黒《むなぐろ》に違いないと思う鳥を見た。私の知っている限りでは、胸黒はこの辺では見かけないが。鴫《しぎ》よりほんの少し大きく（鴫ではないのは確かだった）、赤脚鴫《あかあししぎ》のような飛び方だが、背は茶色っぽかった。遠過ぎて嘴《くちばし》は見えなかった。疑わしく思った唯一のことは、その腹がほとんど白だったことだ。

卵九個。一スコア四シリング四ペンスで売った。（クラーク商会によると、政府が値段を四シリングに統制している）。今週の合計、四十六個。


三九年十一月十九日（D）　昨夜、少し雨。今日は穏やかで、かなり晴れている。冬時間（戦争で二ヵ月遅れた）が今日始まる。だから、鶏の夕方の餌は午後三時頃与えなければならない。溝を一つ掘り、小さな薔薇を移植し（ラベンダーが生《お》いかぶさっていたもの）、牡丹を植えた（根の値段、六ペンス）。それは一般的に翌年は花が咲かない。三本をくっつけ過ぎたかもしれない。

卵五個。（きのうのように、雨の日のあとは、ほとんどいつも鶏はあまり卵を産まないのに気づいた。）

三九年十一月二十日（D）　晴、穏やかで、まずまず暖かい。六本のルピナスを植えた（九ペンス払った）。混ざった色とのことだ。NB、T［ティトリー］が言うには、ルピナスの場合、根をあまりに深く地中に挿さずに、広げなければならない。最後の小さな区画に石灰を施し、掘り起こし始めた。土壌が非常に酸性で雑草だらけなので、ほかの区画より手間がかかるだろう。残りの草夾竹桃を切り倒し、風で吹き倒された菊の何本かを束ねた。もう冬なので、この頃は午後に多くの仕事ができない。今、菊が満開だ。大半は濃い赤茶色だ。わずかだが醜い紫と白のものがあるが、それは取っておくつもりはない。薔薇はまだ花を咲かせようとしているが、そのほか、今は庭にはどんな花もない。紫苑《しおん》は咲き終わった。そのいくつかを切り倒した。芽キャベツ（三九年八月十九日に、小さい時に植えたもの）の二番目のものの芽が出た。また、同じ時に植えた縮緬キャベツの幾株かも少し元気になってきた。それはすべて、小さい種類のものだ。ブロッコリーはまだまったく結球していない。よく育ってはいるのだが。Tが言うには、オークの葉は一番よい腐植土になる。楡の葉も。

　卵八個。各二ペンスで八個売った（間違い――値段は計算違い）。

三九年十一月二十一日（D）　穏やかな天候で、曇、かなり肌寒い。戸外の仕事は何もしなかった。今日、新しいハンドレッドウェイトのフル＝オー＝ペップを使い始めた。クラーク商会が言うには、現在不足している穀類はトウモロコシの実と、ダリ（ウィーティングズ）[12]だ。前者はアルゼンチンから来る。後者は普通、すでに挽《ひ》いた状態で輸入された。目下、イギリスの製粉所では、小麦《ウィート》が不足していないのに、ダリを盛んに生産していない。

　卵八個。

三九年十一月二十二日（D）　きのうとほぼ同じ。石灰を施した区画をもう少し掘り起こし、残っている黒スグリを移植した。またもや二重卵が一個。そして、『スモールホルダー』が「吹き出物だらけ」と呼んでいる種類の卵が一個。トム・R［リドリー］は、きのう、うちの庭から鼠が一匹出てくるのを見たと言っている。

　卵九個。

三九年十一月二十三日（D）　昨夜は雨。終日小雨。寒い。戸外で多くのことはできない。石灰を施した区画をもう少し掘り起こした。

　卵八個。

三九年十一月二十四日（D）　晴、穏やか、かなり寒い。石灰を施した区画の掘り起こしが終わった。林檎の木を移植した。根から引き抜くのに大変な苦労をした。根をひどく傷つけたのではないかと心配している。残りの紫苑を切り倒し、灌木の一つの茂みを移植した。十一個の卵のある巣を見つけた。抱いていた卵ではなく、大丈夫そうだ。だから家で食べるにはいいだろう。しかし、卵帳簿には記入しない。

三九年十一月二十五日（D）　昨夜は厳しい霜。午後四時頃から降り始めた。今朝、午前十時頃に溶けた。終日、寒く、惨めだった。鶏用の洗面器から捨てた氷の塊は、夕方になっても凍ったままだった。焚き火をした。腐った干し草を少し、堆肥の山に足した。これでアドコは使い切るが、説明書にあるように七ハンドレッドウェイトの堆肥は作れないだろう。しかし、あまりに気前よく使ったのかもしれない。

　卵七個。二十個を四シリング四ペンスで売った。今週の合計、四十九個。プラス、外で産んだもの十二個＝六十個。

三九年十一月二十六日（D）　寒く、風が強い。日中、時折雨。野薔薇の根を試しに埋めてみたが、さほど大きくないので、根付くかどうかはわからない。来年、芽接ぎ法を試してみたいので、もっと植えてみよう。

　卵十個。各二ペンスで四個売り、五個一組を一シリングで売った。

三九年十一月二十七日（D）　昨夜から今日の午前中一杯、大雨。午後は天気が回復し、無風。何もかもずぶ濡れ。もう一つ溝を掘った。新しい区画でやろうと思っていたことは、ほぼ終わった。野薔薇の根をもう二本埋めた。違った高さの六つほどのものを植え、どうなるか見てみよう。もう一つの麻袋分の枯葉を集めた。これだけの量なら（麻袋約十）、枠に一杯になるだろう。それに細かい土をかぶせ、来年までそのままにしておこう。

　卵七個。

三九年十一月二十八日（D）　まだそれほど暖かくない。夜、いくらかの霜。新しい区画の準備が終わった。五畝か六畝にジャガイモが植えられるだろう。T［ティトリー］にブライヤーストックを見せた。彼が言うには、側枝を切り、春に出てくる側枝に芽接ぎをしなければならない。

　卵七個。

三九年十一月二十九日（D）　昨夜、雨。今日は晴、

まずまず暖かい。灌木があった区画を掘り起こし始めた。その区画はひどい状態で、掘り起こすのに長い時間がかかるだろう、また、貧弱な白亜質の土壌なので、大いに肥やす必要がある。泥がひどいので、鶏舎のための小径を作り始めた。
　卵六個。一スコア四シリング四ペンスで売った。

三九年十一月三十日（D）　至極温暖で穏やか。ほんの少し小雨。蝙蝠《こうもり》が飛んでいた（最近、霜が降りているにもかかわらず小虫が飛び回っているのに気づいた）。小径の前の部分を作り終えた。白い蔓薔薇を剪定した。正しく剪定した雑草の生えた区画をもう少し掘り返した。ここしばらく、梟の鳴くのを聞いていない。
　卵八個。

三九年十二月一日（D）　きのうより少し風が強く、寒い。もう少し雑草抜きをし、堆肥の山を崩し、もう一つブライヤーの根を植えた。今度はずっと古いものだ。
　卵九個。

三九年十二月二日（D）　晴、穏やか、あまり暖かくない。
　卵九個。二十個売って四シリング四ペンス。今週の合計、五十六個。

三九年十二月三日（D）　昨夜、霜。今日は晴、風が強く、やや寒い。共同小道は所々、ほぼ膝まで水浸し。もう一つ、野薔薇の根を植えた。三九年十月十八日にハンマーで打って立てた支柱に、茸が生えているのに気づいた（水平に生えている、耳そっくりの固い種類）。幅が一インチほどなので、こうしたものはかなり急速に大きくなるようだ。
　卵七個。

三九年十二月四日（D）　昨夜、宵に大雨、その後霜。今朝は小雨。風が強く寒い。
　卵十個。一スコア四シリング四ペンスで売った。

三九年十二月五日（D）　風が強く、曇。めっきり寒くなった。灌木に檞木《りんぼく》の類の実がまだいくつか付いている。千鳥が地面に坐って鳴いている。
　卵十個。

三九年十二月六日（D）　昨夜は寒かったが、霜は降りなかった。今日は晴、寒い。
　卵五個。一スコア四シリング二ペンスで売った。

三九年十二月七日（D）　昨夜は非常に厳しい霜。午後まで溶け始めなかった。夕方、濃霧。R［リドリー］氏は霜の降りた地面を掘り返し、霜を中に入れている。氏の話では、そうすると米搗虫《こめつきむし》の幼虫等が死ぬ。

卵九個。

三九年十二月八日（D）　終日、雨。

卵十個。

三九年十二月九日（D）　晴、かなり寒い。夕方、小雨。

卵八個。今週の合計、五十九個。

三九年十二月十日（D）　午前中は晴、午後は曇。寒くはない。野薔薇の根をもう一つ移植した。四羽の若い初年鶏を大きな鶏舎に移した。

卵八個。

三九年十二月十一日（D）　冷湿で肌寒く、一日の大半、濃霧。

卵七個。

三九年十二月十二日（D）　（ロンドンにて）寒く、曇。

三九年十二月十三日（D）　寒く、曇。風は強くない。

三九年十二月二十八日（D）　ウォリントンに戻った。非常に寒いが、無風。ロンドンではいくらか霜が降り、クリスマス時期に非常に濃い霧が立ち込め、交通がほとんど不可能になった。きのう以来、ここでは凍りつくようにひどく寒く、今日は終日、雪。ごく細かい粉雪があらゆるものに積もっている。金網にさえも。雪が積もって一番美しい植物はラベンダーだ。雪が積もると、波板でさえも魅力的に見える。雪の中の白いレグホンの雌鶏は、ごく濃い黄色に見える。

私たちが留守にしていたあいだ、つまり三九年十二月十二日以来、百一個の卵が産まれたらしい――数は減ったが、思っていたほど悪くはない。週に何個かは推測するよりほかはないだろうが、実際の総数は正しく計算できる。私の留守に、二十日鼠が家の中で暴れ、新聞等を食い破った。毒殺しなければならない。

卵四個（寒さのせいなのは疑いない）。

［NB、卵の数の計算について――私たちがここを留守にする二日前に鶏が産んだ卵（記録していない）と今日の卵を含め、卵の総数は百二十個。この二週間は一週四十五個で記録した。したがって、今週の金曜日から土

曜日までの卵の数に、あと三十個付け足す必要がある。つまり、今週の卵の数は、金曜日と土曜日の卵の数＋三十個となる。これで、各週の卵の数は不正確でも、合計は正しくなる。[13]］

三九年十二月二十九日（D）　凍りつくように終日ひどく寒かったが、雪は降らなかった。今朝、水道管が凍った。兎が水溜りの氷の上を走って行くのを見た。農場ではオート麦の山が脱穀されている。

卵四個。

三九年十二月三十日（D）　雪解けなし。粉雪がちらちら降った。

卵五個。今週の合計（上記の項を参照のこと）、三十九個。きのう、五個を一シリングで売った。

三九年十二月三十一日（D）　かなり暖かさが増し、午後、氷が溶けたが、今夜また凍えるようだ。

卵五個。

一九四〇年

四〇年一月一日（D）　昨夜、また凍えるように寒かった。今日は日向では氷は溶けているが、蔭になっているところでは凍ったままだ。子供が池の氷の上で滑って遊ぶことができる。所々の畑で人が耕している。土があまり固くなく、トラクターで耕せるところで。土に浸み込んだ霜は土壌にとっていいと言われているが、雪はよくない（つまり、ねばつく土にとってよくないのだろう）。牧草地を耕すと支給される一エーカーにつき二ポンドの補助金は、労力を含め、耕作の費用を償うに足りると言われている。トラクターは一エーカーを耕すのに約十ガロンの灯油を使うそうだ。

卵三個！

四〇年一月二日（D）　雪解けなし。トネリコの落ちた大枝の皮が、兎に齧られ、すっかり裸になっている。平鍋に入れて一日中外に出しておいた水が、夕方までには厚く凍った。

卵六個。

四〇年一月九日（D）　一週間近くロンドンにいたあとで、家に戻った。霜はもう溶けているが、まだ寒く、全体的に湿っていて、靄がかかり、池には氷がまだたくさんある。W・Cの氷はやっと溶けたが、水槽にはまだ氷がある。菊は萎れてしまったので切り倒し、悪い色のは取り除こう。ほかのも春に取り除き、分けねばいけないが、おそらく時間がないだろう。

雌鶏は七日間で二十五個しか卵を産まなかったらしい。以前より遥かに悪い。A［アンダソン］夫人がまたも餌をあまりやらなかったようだ。A夫人は一スコアを三シリング四ペンスで売った。

［反対側の頁］

卵の数を合計すると——週末まで二十七個。

四〇年一月九日までの新しい週（九日も含む）——十二個。

（私が留守にする前に産まれたものを含む十二十五個）。


四〇年一月十日（D）　また、凍るように厳しい寒さ。たった一、二時間前に外に出しておいた水に氷が張った。教会の脇の池の氷は私が乗っても大丈夫だろうが、ウォレンと呼ばれる野原の池の氷はそうではない。貯水池は全然凍っていない。兎が二匹、野原に現われた。兎はそこに穴を持っているのだが、使っているのかどうか、よくわからない。教会の壁のところで、懸巣《かけす》と灰色栗鼠《りす》の死骸を見つけた。おそらく誰かに撃たれ、そこに捨てられたのだろう。灰色栗鼠がこの辺にいるということ、また、こんな天候なのに冬眠から覚めて出てくるということを知らなかった。菊を切り倒した。何度か焚き火をしようとしたが、霜の降りるような天候では薪《たきぎ》は見た目ほど乾いていない。分葱《わけぎ》（三九年十一月十日に植えたもの）の二、三本から芽が出始めた。初年鶏（五月に孵ったもの）の一羽が卵を産むようになった。

卵七個。


四〇年一月十一日（D）　雪解けなし。教会の池でスケートができるだろうが、残念ながら、私はここにはスケート靴を持っていない。ほかの池ではスケートはできない。水生甲虫（脚が櫂のような形をしたもの）が氷の下で動き回っているのを見ることができる。煉瓦が浅い水の底にあると、その上の氷に、煉瓦自体の大きさと形の奇妙な形態が現われる。たぶん、それは投げ込まれた時の煉瓦の温度が水の温度よりも高いことに関係があるのかもしれない。共同小径に一羽の山鴫《やましぎ》が現われた。今日は野原に兎はいなかった。鳥は非常に大胆で、飢えている。深山鴉《みやまがらす》が菜園にいた。普段はそこに来ないのだが。二、三本の桜草とプリムラポリアンサが、霜に覆われているにもかかわらず芽を出した。楡の木の一本から茶色いものが流れているようだ。樹液か何かだろう。その氷柱《つらら》状のものが垂れ下がっている。タフィーのようだ。牛乳は凍ると、薄片状のペストリーのように奇妙な薄片状のものになる。

卵七個。


四〇年一月十二日（D）　午後の一、二時間、凍えるような寒さがなくなるように思えたが、それ以外、雪解けの気配はなかった。穏やかで晴。鶏糞の肥料は固く凍り、砕くのが容易だったので、それを一区画に撒いた。あとで掘り返せばいい。その区画（木苺のこちら側、肥料を施してない区画の隣）は玉葱にいいだろう。

卵九個。

四〇年一月十三日（D）　午後、日が少し当たり、雪が少し溶けた。すると、また凍えるように寒くなった。

卵四個。一スコア売った（たぶん、三シリング四ペンス）。今週の合計、三十九個。

四〇年一月十四日（D）　雪解けなし。濃霧。至極穏やか。太陽は見えないが、特に寒くはない。

卵八個。

四〇年一月十五日（D）　今日はいくらか日が射した。午後しばらく、日が当たって少し雪が溶けた。そのほかのどこも、固く凍っている。この一晩か二晩、霜がさらにひどかったようだ。家の中の水道管が、また凍ったからだ。台所の流しに置いておく皿の水は、今ではほぼ固形のように凍る。これは、一九一六年から一七年以来、最も長くてひどい急激な寒さに違いない。あの時は今にそっくりの天候だった（一九一七年二月末頃）。

卵九個。

霧氷が雪とほぼ同じように、どこにでもある。今日、一個の卵が鶏舎から転がり出て、凍った。それを割ってみると、白身が泡のあるゼリーのようになっていて、黄身は固いパテのような密度になっていた。

四〇年一月十六日（D）　雪解けなし。午後、非常に冷たい風が激しく吹き、雪が少し降った。

卵六個。

四〇年一月十七日（D）　雪解けなし。夜、雪が少し降り、一インチほど積もった。昨夜はこれまでで一番厳しい霜が降りたらしく、村のポンプでさえ凍った。雪は非常に乾いていて、踏むとバリバリという音がする。鶏舎の中の糞が非常に固く凍っていたので、それを崩して、もう一つの細長い区画に撒いた。隠元豆か豌豆を作るのにいいだろう。

卵五個。一スコア三シリング六ペンスで二十五個売った。

四〇年一月十八日（D）　雪解けなし。凍った水道管等の氷を溶かすのは不可能。今日、一羽の小さな梟を見た——これまで、この辺では見かけなかったものだ。

卵十一個。

四〇年一月十九日（D）　雪解けなし。昨夜、また少し雪が降った。台所の蛇口の氷を溶かすことはできないが、排水管のまっすぐな部分に湯を注ぎ、曲がった部分に湯たんぽを下げて、排水管の氷を溶かすことはできる。ゴミを埋めるために穴を掘ろうとしたが、鶴嘴《つるはし》でやってみても駄目だった。六インチの深さでも、地面は石のようだ。

卵九個。

四〇年一月二十日（D）　雪解けなし。今、ウォレンの池でみんなスケートをしている。物置から持ってきたジャガイモは中まで凍っていて、皮の下に厚い氷の殻のようなものが出来ている。それは覆いをかけなかったものだ。覆いをかけたものは見てみなかった。

卵七個。今週の合計、五十七個。一スコア三シリング六ペンスで売った。

四〇年一月二十一日（D）　きのうより寒く、風も強い。軽く、かなり湿った雪が盛んに降った。トム・リドリーが言うには、水道管の氷を溶かす最良の方法は、ブローランプの炎を管に沿って走らせることだ。

卵十二個（この数ヵ月で最良のもの）。

きのうは華氏十一度[14]だったと言われている。

四〇年一月二十二日（D）　昨夜、さらに少し雪が降り、四インチほど積もった。今日も少し降った。今日は実際には雪解けにはならなかったが、寒さが和らいだのは確かだ。台所に石油ストーブを出すと、水道管の氷が溶けた。すると、その一本が破裂しているのがわかった。何が起こっているのか気づく前に、台所と小部屋が一インチ、冠水していた。

森鳩が菜園を歩き回っていたが、飛べなかった。おそらく、飢えと寒さのせいだろう。キャベツ等をつついていたが、追い払う気になれなかった。

卵八個。一スコア三シリング六ペンスで売った。

四〇年一月二十三日（D）　夜間にもう少し雪が降ったらしい。きのうより穏やかだが、雪解けなし。

卵六個。初年鶏の小屋に産んであって割れていたのは、勘定に入れない。

［新聞の切抜き――「メーコンの作り方」、すなわち、羊肉の代用ベーコンの作り方。ベーコンは当時、不足していた。］

四〇年一月二十四日（D）　雪解けなし。かなり風が強い。

卵六個（割れた一個を含めず）。一スコアを三シリング六ペンスで売った。

四〇年一月二十五日（D）　雪解けなし。穏やかで寒くない。

卵十一個（三羽の初年鶏が産卵しているのに間違いない）。

四〇年一月二十六日（D）　雪解けなし。午後、相当に強い風が吹き、非常に冷たい雨が少し降った。雨は地上に落ちるや否や、あらゆるものに薄い氷の皮膜を張った。その後、牡丹《ぼたん》雪が激しく降った。

卵四個。

四〇年一月二十七日（D）　雪解けなし。昨夜は寒さが和らいだのは確かだ。すると牡丹雪が激しく降った。夕方はまた凍えるようにひどく寒くなった。鳥たちはひどく飢えている。今日、鶫《つぐみ》が物置の辺りをうろついていた。どうやら、飢えて弱っているらしい。

卵九個。今週の合計、五十六個。一スコア三シリング六ペンスで売った。

四〇年一月二十八日（D）　非常に寒い。昨夜は大雪。約一フィート積もった。一日の大半、小雪。

卵八個。

四〇年一月二十九日（D）　これまでで一番寒い天候。昨夜、大雪。何もかもが雪に覆われ、所々に雪が四フィートから六フィート、吹き寄せられている。道路はほとんど通行不能で、そのため終日、どんな種類の車も通らなかった。強風。こうしたことにもかかわらず、村のポンプの蛇口は凍っていない。今朝、ポンプはほぼ完全に雪に埋まっていたのだが。湯でポンプの氷を溶かしたあと数日間、麻袋でポンプをくるんだ。その後、ポンプは凍らない。

卵五個。

一九四〇年三月十三日まで日記は中断している。

一九四〇年三月十一日、ヴィクター・ゴランツは『鯨の腹の中で、およびその他のエッセイ』を出版した。わずか千部印刷されただけで、その何部かは空襲で焼失した。オーウェルは同書の刊行時に二十ポンド受け取った。

四〇年三月十三日（D）　流感等のために長いあいだ留守にしていたあと、この日記を再開する。

四〇年一月三十日に私たちがここを発った日、道路は完全に雪に覆われていたので、ボールドックまでの三マイル半のうち、約半マイルしか道路を進むことができなかった。あとは雪が固く凍っていて、雪の吹き溜まりのあまりない野原を横切らねばならなかった。道路では所々少なくとも雪が六フィート積もっていた。雪が両側の土手のてっぺんを覆っているので、道路がどこにあるのかわからないことがあった。時には二十匹ほどの野兎の群れが野原をうろついていた。

霜のせいで、いくつかの芽キャベツ以外のあらゆるキャベツが、すっかり駄目になった。春キャベツは枯れただけではなく、まったく姿を消してもいた。鳥に啄《ついば》まれたのに違いない。韮葱《にらねぎ》は生き残った。惨めな姿になってしまったが。匂紫羅欄花《においあらせいとう》の大半は生き残った。そのままにしておいた二年経ったいくつかのものは、すべて枯れた。古いカーネーションも枯れたが、若いのは全部大丈夫だ。薔薇の挿し木は、一本を除き、すべて生き残った。スノードロップは花を咲かせていて、いくつかのクロッカスと数本のプリムラポリアンサは花を開こうとしている。チューリップとラッパ水仙の芽が出始めている。大黄もちょうど芽を出したところだ。牡丹も同じ。黒房スグリの芽は出ているが、赤実のスグリはそうではない。アドコで作った堆肥はあまり完全には腐らなかった。どこの芝も焦げ茶で、病的だ。土壌は霜のために非常によく、砕けやすくなっている。

卵の数を正確に数え損なったので、卵帳簿は閉じよう。しかし、それは七ヵ月以上にわたって正確な数を記録したものなので、将来の参考にはなるだろう。牛乳屋の話では、雌鶏たちは、四〇年一月二十九日以来、二百七十個の卵を産んだ（約六週間）。きのうは十個。今は供給過剰なので、卵を売るのは難しい。だから、いくつかは水を張ったガラスの容器に入れておこう。この数日、晴れて春のような陽気。今日はやや寒く、午後は大雨。

少し土を掘り返した。草搔きで韮葱の周りの雑草を取り除いた。

卵十四個。

四〇年三月十四日（D）　夜と日中のほとんど大雪。汚らしい霙《みぞれ》。長くは積もらないが、すべてのものをひどく汚らしくする。戸外で何かをするのは不可能。

試しに卵をガラスの広口瓶に入れ始めた。産まれてから五時間から十二時間経った卵を使わねばならないようだ。もし、卵が産まれてから一日か二日経っているものを使うと、良好な状態でいる期間が数ヵ月減るからだ。二十から三十の古い卵（産まれてから六日くらい）をガラスの広口瓶に入れた。これは、最初に使うことができる。新しい卵には大きな琺瑯《ほうろう》引きの平鍋を使っている。それには産まれてから二十四時間以上経ったものは入れないことにしよう。

卵十六個。

四〇年三月十五日（D）　夜、ひどい霜。今朝、道路は非常に滑りやすかった。今日はほぼ晴れていて、暖かい。雪が急速に溶けているが、芝生の大半はまだ雪に覆われている。いくつかの青いクロッカスが咲いた。

卵十六個。

四〇年三月十六日（D）　ほぼ晴れた日。雪はほとんどなくなった。

卵十九個。今週（五日）の合計、七十五個。

四〇年三月十七日（D）　一日の大半、雨。いまや何もかもぐしょ濡れ。薔薇の芽は元気に出ている。アルフレッド・H［ハチェット］が言うには、ブラックベリーの匍匐枝を植えるのには遅過ぎない、今年はあまりよくないだろうが。

卵十六個。

四〇年三月十八日（D）　やや空気が乾いている。ぱらぱらと雨。玉葱の苗床のための地面を股鍬で掘り返し、過燐酸肥料を撒いた。いくつかの匂紫羅欄花が、ちょうど芽を出し始めた。しかし、霜に実際にやられなかったものはごく少ない。

卵十五個。

四〇年三月十九日（D）　強風。時折、小雨。空豆のために一畝用意した。カリフラワーのためにも一畝用意したが、表面の土を細かくすることは、まだできなかった。

卵十六個。

四〇年三月二十日（D）　やや空気が乾いているが、何度か俄雨。もう少し掘り返し、ブラックベリーのための場所を用意した。

卵九個。

四〇年三月二十一日（D）　空気が乾きつつあるが、ごくゆっくりだ。またも何度か俄雨。ジャガイモを選り分けた。そのうち少なくとも三分の一が、霜のせいで腐った。しかし、もし残りが腐らなければ、現在の食べ具合では数ヵ月はもつ。もう少し掘り返した。小さな紫《むらさき》薺《なずな》が咲き始めた。いくつかのルッボも。多年生植物はかなり勢いよく芽を出している。水を張ったガラスの容器の中の卵の数、約百。

卵十六個。

四〇年三月二十二日（D）　やや空気は乾いているが、ぱらぱらと雨。三本のブラックベリー（匍匐枝）と二本の大黄《だいおう》の根を植えた。苺の苗床を片付け始めた。今、青と白のクロッカスが咲いている。

卵十三個。

四〇年三月二十三日（D）　最初の春らしい爽やかな日和と言っていい、午後、俄雨が一、二度降ったが。ドメスチカスモモの木の芽が出た。

卵十三個。今週の合計、九十八個。

四〇年三月二十四日（D）　ほぼ一日中、爽やかな春の日和。尾状花と、山査子《さんざし》の雌花が咲いている。交尾をしている数匹の蛙を見つけた。そこここで蛙はすでに卵を産み、卵のいくつかは大きくなりかけている。そのいくつかを家に持ち帰った。庭で桜草が咲いたが（プリムラポリアンサも）、森では一つも見つけられなかった。私たちが会った[15]ニコルズ夫人は、ごくわずかだが、それを見つけた。菫も。アネモネはまだ咲かない。

卵十八個。

四〇年三月二十五日（D）　ほぼ一日中、晴天。夜、湿気が多くなった。苺の苗床を片付けた。

卵十五個（二シリングで三十個売った）。

四〇年三月二十六日（D）　終日、ほぼ小止みなく雨、かなり寒い。家に持ち帰ったオタマジャクシは、早くも形が出来かかっていて、卵から出ようとしている。

卵十五個。

四〇年三月二十七日（D）　やや晴。まだ種は撒けない。もう少し土を掘り返し、玉葱用の苗床に木灰を撒いた。オタマジャクシは完全に形が出来、尾を振り始めている。

卵十六個。一スコア二シリング十ペンスで売った。

四〇年三月二十八日（D）　夜、厳しい霜。しかし、植物にはなんの害も及ぼさなかったようだ。今日は晴だが、かなり寒い。苺の苗床をもう少し片付け、玉葱の苗床を整えた。あす、種が撒けるかもしれない。何匹かのオタマジャクシが泳ぎ回っている。野原のラッパ水仙が初めて咲いた。うちの庭のはまだだ。ほかの家のはいくつか咲いているが。私が植えた野薔薇の六つの根株が芽を出し始めた。

卵二十個。

四〇年三月二十九日（D）　玉葱の種を蒔いた（三畝、ジェイムジーズ・キーピング種）。二オンスの種は二百フィート蒔けることになっているが、約百フィートしか蒔けなかった。あまりに厚く蒔いたからに違いない。今日は寒く、風が強く、午後、小雨。

卵十七個。

四〇年三月三十日（D）　爽やかな春の天候。人参の種を一畝蒔いた。苺の雑草を取り終わり、少し肥料を施した。空豆用の場所は種を蒔いてもよい状態だ。

庭の二、三本のラッパ水仙の花が咲いた。番小屋《ロッジ》の向こうのイネスの牧場以外、補助金のおかげで、ウォリントンからボールドックまで、すっかり耕されている。

卵十九個。今週の合計、百二十個（二十五羽の雌鶏――たぶん、うちの産卵記録だろう）。

四〇年三月三十一日（D）　かなり寒く、終日強風。何本かの桜草が咲いた。白と青の菫と草の王も咲いた。そのほかの野草は咲いていない。二匹の生まれたての仔羊を連れた羊を見た。今年初めて見た。池の蛙の卵（一週間前、その少しを持ってきたのだが）は、まだほぼ同じ段階にあるのに気づいた。それに反して私が家に持って帰ったものは大きくなり、オタマジャクシが泳ぎ回っている。水温の差のために違いない。

卵十八個。

四〇年四月一日（D）　強風が土を大いに乾かしたが、午前中は美しい春の天候。至る所で夥しい数の菫が咲いている。夕方は曇ったが、雨は降らなかった。雲雀《ひばり》が鳴いている。今年初めて聞いた。たいていは今頃よりずっと早く聞くのだが。山鶉が番《つが》っている。深山鴉《みやまがらす》と鷗はまだだが。何本かのチューリップが花頭を作っている。旗竿がよく咲いている。土の中にそのままにしておいた人参の何本かが霜にやられていないのに気づいた。大半はどろどろになってしまったが。

空豆の種を蒔いた。また、隙間を埋めるために箱にいくらか蒔いた。豌豆とパースニップを取り除く予定の地面を片付けた。もう少し土を掘り起こした。

卵十七個。

四〇年四月二日（D）　一日の大半、よい天気。しかし夕方、約三十分続いた激しい俄雨。昼頃、弱い俄雨。何本かのムスカリが花頭を作っている。いくつかの匂紫《においあ》羅欄花《らせいとう》の花が咲きかけている。一匹の蝙蝠《こうもり》を見た。今年初めて見たものだ。果樹がかなり勢いよく芽を出している。アーティチョークのための区画の手入れをした。もし晴れていれば、あす、種を蒔くことができる。大きな花壇の雑草を抜いた。

卵十五個。三スコアをそれぞれ二シリング七ペンスで売った（七シリングから手数料を引いた額）。

四〇年四月三日（D）　昨夜、一晩中大雨が降ったよ

うだ。午前中、ずっと小雨。午後の大半、晴。新しい区画にアーティチョークの種を蒔いた。その区画は非常に石ころが多いが、この目的のためには、たぶん大丈夫だろう。種は七ポンド使ったが、まだ七ポンド残っている。ドメスチカスモモの木の下に積んでおいた芝に雑草が生えたので刈り取った。それは、ペポカボチャの苗床に役に立つだろう。鳩がクークー鳴いている。

　卵十六個。二シリング六ペンスで一スコア売った。

四〇年四月四日（D）　早朝、小糠雨。のち晴、強風。日中、二時間ほど雨。その後再び晴、強風。もう少し土を掘り返した。土はまたも、ひどくぐしゃぐしゃ。硝酸カリウムを韮葱と、貧弱な分葱に施した。胡桃の木には、小さな樅の球果に似たものが出来ている。それはたぶん、雄花だろう。ハチェット氏から貰った多年生向日葵の根を植えた。

　卵十五個。二シリング六ペンスで一スコア売った（牛乳屋？）。

四〇年四月五日（D）　曇だが、実際には雨が降っていない。もう少し土を掘り返し、苺の周りの雑草を草掻きで除き、向日葵の根をもう少し植えた。

　卵十五個。

四〇年四月六日（D）　昨夜、厳しい霜。美しい穏やかな晴れた日だが、また夕方、かなり寒くなった。もう少し土を掘り返した。霜のおかげで土壌が相当よくなった。スグリと苺のあいだの区画の雑草を草掻きで取り、石灰を施した。（約七ポンドから十ポンドの石灰の代金として、ティトリーに六ペンス払った。）石灰を土に梳き込んだあと、その区画を六月まで休めておけばよい。六月になったら、そこで冬の青物を作ろう。鉢にペポカボチャとカボチャの種を蒔いた。NB、ペポカボチャは道路に一番近い鉢にある。

　卵十九個。二重卵一個。二シリングで二スコア売った（値引き）。今週の合計、百十個。

四〇年四月七日（D）　晴。日中のほとんど、まずまず暖かい。地面はだいぶ乾いた。林檎の木は、芽がよく出ている。ジャガイモの区画と豌豆のための場所の掘り返しを終えた。石灰を撒いた区画以外、掘り返すところはない。梟が吐き出した不消化物の塊を野原で拾った。非常に大きい。だからたぶん、面梟《めんふくろう》がまた戻ってきたのだろう。旗竿がよく咲いている。

　卵十三個。

四〇年四月八日（D）　寒く、曇で、小糠雨。地面が

よく乾いていないので、豌豆の種を蒔くことがまだできない。石灰を施した区画を掘り返し、非常に荒れた状態にしておいた。そのまま二ヵ月ほど放っておいてよい。もう、これ以上、掘り返すところは残っていない。土の中にたくさんの三色昼顔の根を埋めておいたが、どれもまだ芽を出していない。大半の多年生の雑草よりあとで芽を出すようだ。勿忘草《わすれなぐさ》の周りの雑草を抜いた。

卵十七個。

四〇年四月九日（D）　晴だが、かなり寒い。野兎が交尾している。鷂《はいたか》が空で求愛しているのを見た。人参（ショートホーン）とパースニップの種を蒔いた。それぞれ一畝ずつ。豌豆の種は、あす蒔ける。

卵十六個。

四〇年四月十日（D）　昨夜、ほんの少し雨。今日は寒く、風が強い。豌豆の種を蒔いた（二十五日頃蒔く予定の隣の場所）。

卵十七個。二シリングで一スコアを売った。二シリング六ペンスで一スコアを売った（牛乳屋？）。

四〇年四月十一日（D）　昨夜、厳しい霜。今日は晴れて穏やかで日が照っているが、特に暖かくはない。地面は今、よく乾いている。最善を尽くして芝生を刈った。物置のそばの花壇の雑草を抜いた。立葵等に堆肥のマルチをやった。三本の矮性紫苑を植えた。（それぞれに二ペンス払った）。

卵十七個。落としてしまい、全部割れた。例外なくすべて割れるなどということはないと思ったが、全部割れたのだ。

書き忘れたが、二日前、ピーター・ホリングズワースは卵が三つ入った鵲《かささぎ》の巣を見つけた。農夫の一人は卵の入っている駒鳥の巣を見つけた。その二つの巣は今年初めて耳にしたものだ。私は何も見つけていない。鵲の卵は黒歌鳥の卵に似ているが、もう少し黒っぽい。つまり、深山鴉《みやまがらす》の卵に似ているのだ。そして、黒歌鳥の卵より大きくはないが、非常に尖っている。

四〇年四月十二日（D）　昨夜、小雨が降ったらしいが、午後には空気はすっかり乾いた。矮性紫苑のための支柱となる棒切れを集めた。カナリア蔓《づる》の種を蒔く（約十日後に）ための場所を用意し、少しばかりゴミを燃やし、匂紫羅欄花に液体肥料をやり、ジャガイモを植える地面を大雑把に熊手で搔いた。そこはまだ惨めな状態だが、種を蒔くにはいいだろう。約二百五十から三百の植物のための余地があるようだ。二ストーンの種しか注文しなかったので、もう一ストーン注文したほうがいい(16)。

黒歌鳥が巣に坐っているのを見た。森鳩は巣を持っているらしい。桜草、菫、草の王以外の野花はまだ見えない。植物の芽が、かなり勢いよく出ている。ブルーベルが、いくつかの庭で咲いている。

卵十五個。二シリングで一スコア売った。

四〇年四月十三日（D）　穏やかで、あまり暖かくはない。曇だが雨は降らない。ケール、縮緬キャベツ、芽キャベツ、コスレタス、二十日大根の種を蒔いた。（ブロッコリーの種は蒔かなかった。私の持っているのは遅蒔きのもので、五月から六月あたりに蒔くことになっている。）また、韮葱《にらねぎ》と小紫羅欄花《こあらせいとう》、ジギタリスの種も蒔いた。一スコアのコスレタスを移植した。（四ペンス払った。）生き残るかどうか、わからない——厳しい霜が降りれば、おそらく駄目だろう。それに、粗麻布の雨よけをかけた。芝に少しの化学肥料（ウルワースで六ペンスで買った）を施した。今、土にちょっと雨が降るといいのだが。

卵十九個。今週の合計、百十四個（そのうち十七個は割れていた）。

[反対側の頁]　苗床に入れるものの順序（薔薇の挿し木から始まる）——ケール、根株、芽キャベツ、レタス、縮緬キャベツ、韮葱、ジギタリス、二十日大根、さんじ草。

四〇年四月十四日（D）　晴、空気は乾いている、特に暖かくはない。芝生の剥き出しの部分を熊手で掻き、芝の種を蒔いた。ブラックベリーのために金網を立てた。さんじ草の種を蒔いた（苗床に）。草取りを少しした。

卵十七個。一スコア二シリング六ペンスで四十四個売った。

四〇年四月十五日（D）　昨夜、小雨が降ったらしい。今日は非常に変わりやすい天気だった。一日の大半、風が強く、少し日が射したが、あまり暖かくなく、ちょっと雨が降った。そして午後に少し霙《みぞれ》が降り、そのあと午後六時頃、雹《ひょう》が激しく降った。芝をならし、芽が出ているコテージ・チューリップに液体肥料をやり、三つのペポカボチャの苗床の準備をした。

卵十七個。

四〇年四月十六日（D）　昨夜、また霜が降りた。一日の大半晴れていたが、あまり暖かくはなかった。午後、雪か霙が少し降った。ムスカリ（わずかだが）が、今、よく咲いている。分葱を分枝した。二十八ポンドの種芋を植えた（マジェスティック種）。十二畝になった。約二百二十五個。もう四畝の余地があるので、あと十ポンドの種芋を買おう。たくさんのジャガイモを半分に切らねばならなかった。その作業は好きではない。そのうえ、大した芽を出していなかった。中に悪いのが少しあった。土壌は肥えていないので、何やかやで、何かが出てくるまで長い時間がかかるだろう。蕪のための場所を用意した（二畝）。

卵十八個。

四〇年四月十七日（D）　昨夜、霜。今日は穏やか、晴れていて、かなり暖かい。芝を刈り、タンポポ等の一番悪いもののいくつかを抜き、カナリア蔓の種を少し蒔き、さんじ草等の種を蒔くための場所を用意した。煙草の粉は、雀を種から遠ざけるのにあまり役に立たないようだ。頭に白い部分のある一羽の鶫《つぐみ》が庭によくやってくる。鳥を見分ける手段をいささかでも持っている者は、どの鳥も自分の領域を持っていて、同じ鳥がいつも、ほぼ同じ場所にいるのに気づく。

卵十六個。一スコア三シリングで五十個売った。

四〇年四月十八日（D）　ほとんど終日強風、ひどく寒い。午後、一時間ほど大雨。その後、やや暖かく、穏やかになった。水仙が咲いた。伊吹麝香草《いぶきじゃこうそう》も咲いた。ラッパ水仙は枯れ始めている。スイートピー、さんじ草、草夾竹桃、向日葵（矮性）の種を蒔いた。すべて、これから花を咲かせる場所に。いくつかの薔薇の支柱を替え、風鈴草に支柱をかった。ひどい寒さと大雨で、戸外で多くのことができない。

卵十七個。

四〇年四月十九日（D）　昨夜、またかなりの大雨が降ったようだ。今朝は曇、午後は穏やかで晴れて、かなり暖かかった。夕方また雨が降ったが、以前の雨と違い、春雨に似ていた。午後、今年最初の燕を見た（二羽。間近で見たのは岩燕ではなく、普通の燕だった。私はたいてい、小洞燕《しょうどう》を最初に見る）。それはいつもより少し遅いが、一週間も遅くはない。向日葵の種を、もう少し蒔いた。芝生をならした。

卵十九個。

四〇年四月二十日（D）　曇だが特に寒くはない。今朝、郭公《かっこう》が鳴くのを聞いた者が何人かいるが、私は聞かなかった。正午頃、少し雨。生け垣の灌木はまだひどく剝き出しだ。秋蒔き小麦は、たいていの場所で良好のようだ。チューリップがいくつかの庭で咲いている。黒房スグリが花をつけつつある。三本のルピナスの根を植えた（たぶん根付くだろうが、今年は花は咲かないだろう）。もう十ポンド、種芋を購入した（K・エドワード、一ストーン二シリング三ペンス）。今朝、九時少し過ぎ、爆発音を聞いた。夕刊が伝えるところでは、ロンドンの軍需工場がおよそその時刻に爆発した。だから、その爆発音に違いない。直線距離にして約四十五マイル離れている。

卵十四個。今週の合計、百十八個。

玉葱（四〇年三月二十九日に種を蒔いたもの）が密に生えてきた。何本の人参も（四〇年三月三十日に種を蒔いたもの）。

四〇年四月二十一日（D）　晴、暖かい。最初の本当の春らしい日。黄花《きばな》九輪桜が咲き始めた。蔓日日草《つるにちにちそう》は咲いている。勿忘草に花が出来つつある。郭公はまだ来ない。E［アイリーン］はゴデチヤと矢車草の種を蒔いた[17]。二、三本の豌豆が（四〇年四月十日に種を蒔いたもの）が芽を出しつつあるが、空豆はまだだ。

卵十八個。一スコア三シリング三ペンスで六十八個売った。（実際には、一スコア二シリング三ペンスで五十個売り、二シリング九ペンスで十八個売った。）

四〇年四月二十二日（D）　晴、ごく暖かいが、風が非常に強い。こういう日にはチューリップの開花を見ることができる。数時間毎にはっきりとした違いがわかる。蕪（二畝、白）、豌豆（イングリッシュ・ワンダー――ほかのものに比べて少し早いが、種を水に漬けてなかったので、二、三日発芽が遅れるだろう）の種を蒔き、残りの種芋（K・エドワード）を植えた。これで二十から二十五の株の畝が十六になる。つまり全部で約三百五十株だ。もし、一応順調に育つなら、約五ハンドレッドウェイトの収穫があるだろう。

ブラックソーンがいくつかの場所で咲きかけている。野生のドメスチカスモモに少し花が咲いている。卵十八個。

四〇年四月二十三日（D）　穏やかで曇、暖かい。午後、ほんの少し雨。チューリップ、勿忘草、匂紫羅欄花が咲き始めた。スグリとグズベリーの実が生りかけている。プラムと梨の花が満開だ（非常に遅い――例年より三週間ほど遅い）。深山鴉が巣に坐っている。野生の隠元豆がすっかり大きくなっている。一スコアのカリフラワー（小さい種類だと思う）を植えた。

卵十三個（午後三時頃集めた）。

四〇年四月二十四日（D）　きのうの夕方から今晩まで、ほとんど小止みなく小糠雨。十日から十五日にかけて蒔いたいろいろな種が芽を出している。たった一週間前に蒔いたさんじ草も芽を出している。

卵二十個（いくつかは、きのう産まれたものだろう）。

四〇年四月二十五日（D）　美しい春の天候。郭公が

鳴くのを聞いた（初めて）。今、たくさんの揺蚊《ゆすりか》が飛び交っている。ドメスチカスモモの花がかなりよく咲いている。芝を刈り、三畝の豌豆のために溝を掘り、苺にもう少し肥料を施した。苺の周りにはもう雑草はない。三色昼顔が芽を出し、一年生の雑草が生え始めたあと、もう一度丹念に雑草を抜けば、藁を敷き、網で覆うことができる。いくつかの空豆の芽が出た。

卵十六個。三シリング三ペンスで一スコア売った（牛乳屋？）。

四〇年四月二十六日（D）　またも美しい日。カボチャの一つの種が芽を出している（四〇年四月六日に蒔いたもの）。四〇年四月九日に種を蒔いた人参が生えてきたが、パースニップはまだだ。あまりよくない韮葱を、一畝だけ残して全部抜き、紅花隠元のために溝を掘った。苺の周りの雑草を草掻きで除いた。グズベリーにはごくわずかな実しかないようだ。おそらく、動かしたせいだろう。スグリはややよくなった。

卵十四個。

四〇年四月二十七日（D）　昨夜、雨。午前中は晴で、かなり暖かかった。夕方、俄雨。野生のプラムの木が、たくさんの花を咲かせている。雉鳩らしいものの、百羽の大群が電線に止まっているのを見た。たぶん、やってきたばかりの渡り鳥だろう。二ダースの金魚草（濃い赤と深紅）と、一ダースのストック（混合）を移植した。一ダースにつき八ペンス払った――非常に高いが、かなり早いのだ。現在、塩素酸ナトリウムの値段は一ポンド十ペンス半（戦前は八ペンス）。

卵十八個。二シリング六ペンスで半スコア売った。今週の合計、百十七個。

タンポポが咲いている。踊子草も咲いている。

四〇年四月二十八日（D）　昨夜、雨。今日は晴で暖かく、穏やか。二、三本の金蓮花《きんれんか》（自生）の芽が出てきた。四〇年四月二十二日に種を蒔いた蕪の芽が、ちょうど出てきた。蠅が早くもこうしたものや、芽キャベツ等の実生にたかっている。何本かのパースニップ（四〇年四月三日に種を蒔いたもの）の芽が出た。二、三本のアーティチョーク（四〇年四月三日に種を蒔いたもの）の芽が、ちょうど出た。塩素酸ナトリウムを胡桃の木の脇の荒地に施した。隠元豆のために紐を張り始めたが、畝全部に張り終える時間がなかった。一ダースのごく小さいレタスを移植し、麻布で保護した。さんじ草の間引きをしようとしたが、あまりに小さくて、そうできなかった。

卵十七個。

四〇年四月二十九日（D）　夜間に少し雨が降ったと思う。終日曇、時折、雨に近い細かい霧が立ち込めたが、そう寒くはなかった。垣根を修繕したが、支柱が足りないので完全にはできなかった。T［ティトリー］から買った一ダースの大きめなレタス（一ダース二ペンス）を移植した。小さなレタスの覆いを取った。オタマジャクシを逃がしてやった。何日家を留守にするか、よくわからないからだ。芝をちょっと刈った。韮葱が芽を出したところだ。いくつかの庭では、林檎の木が花を咲かせている。満月には（つまり五月には）、いつも霜が降りると地元では信じられていて、地元の人間はそれを参考に蔓植物の種を蒔く、ということを発見した。
卵十五個。

これで、この「家事日記」は終わる。

オーウェルの脚注

★1　［ティトリー］の考えでは、それは結局は雑草を増やしてしまう。しかし、この混合物は米搗虫《こめつきむし》等の幼虫を駆除するのによいと言われている。

★2　三九年十一月十四日まで続いた（雌鶏二十六羽）。

編者注

（1）「山羊の皮の保蔵処理法」——オーウェルはこの問題に特別な関心を抱いていたのかもしれない。『ビルマの日々』の中で、フロリーがエリザベス・ラカースティーンのために豹の毛皮を保蔵処理しようとして大失敗する話を書いていることから見て。彼はのちにジュラ島で、皮を保蔵処理するのに成功した。

（2）三九年九月二十五日——この日付に下線（訳文では傍線）が施されているのは、忘れないためであろう。オーウェルは九月二十八日の日記の項（六十株の春キャベツを植えたことをそこに記している）を書くまで十日間家にいなかった。

（3）N氏——たぶん、ニコラス氏であろう。彼は「衰弱した、おいぼれ山羊」とオーウェルが言った雄の山羊の所有者だった。「家事日記」第二巻の注（1）を参照のこと。

（4）「家を留守にしていた」——オーウェルがどこに行っていたのか、何をしていたのか、わかっていない。しかし、オーウェルは一九三九年十月六日のレナード・ムーア宛の手紙に、アイリーンは政府機関の仕事を見つけたが（ホワイトホールの検閲部）、「自分はまだ見つけていない」と書いている。九月九日にオーウェルは戦争遂行に役立ちたいと陸軍省に申し出たが、たぶん、そうした仕事を探していたのだろう。

(5) 戦中および戦後長いあいだ、石炭は供給が不足することが多かった。オーウェルは練炭を作ろうと試みた——三九年十月六日の項を参照のこと。そうするのに役に立つ型を買うことは可能だった。練炭は大変心が和むように赤くぼっとなったが、配給される質の悪い石炭よりもずっと熱が弱かった。

(6)「十一月末までに」——「果実の灌木があった区画を片付け、掘り起こす」と、「空豆の種を播く」という項には十字記号が付いているが、それ以外のすべての項には照合印が付いている。「そして果実の灌木があった場所」と「紫苑を植える……」には、なんの印も付いていない。

(7)「また可能ならば」——そのあとの二つの項目には照合印も十字記号も付いていない。

(8) リディア・ジャクソン（旧姓イブルトヴィチ、一八九九〜一九八三）はレニングラード大学で教育を受け、モスクワのフレンド教会のために働き、その後一九二九年にイギリスに来た。永住するつもりはなかったが、一九二九年、ケンブリッジ大学の法学の講師メレディス・ジャクソンと結婚した。二人は一九三五年に離婚した。彼女はユニヴァーシティー・コレッジ・ロンドンで心理学を学び始めた（そこで一九三四年にアイリーンに出会い、二人は友人になった）。彼女は一九四二年に卒業し、一九四九年にオックスフォード大学から博士号を授与された。その後、心理学について講演した。そして、エリザヴェータ・フェンの筆名でチェーホフの劇を訳し（一九五一〜五四）、一九五九年、一巻本でペンギン・ブックスから出版した。アイリーン、ウォリントン、アイリーンとオーウェルの関係についての優れた記述である彼女の『一ロシア人のイギリス』（一九七六）を参照のこと。アイリーンはロンドンで働いていて、週末にやってきた。この時は明らかにリディアと一緒だった。十月二十一日は土曜日だった。

(9) K氏—氏名不詳の隣人。

(10) クラーク商会——種子商、家禽の餌の製造者。

(11) 日曜日（二十八日）。日曜日は実際は二十九日だった。

(12) ダリ（ウィーティングズ）——ダリあるいはドゥラはインドの小豆《あずき》モロコシ。「ウィーティングズ」は、挽いた小麦の滓の商標。一九三一年に出来た言葉。

(13) 各括弧の中はオーウェルの書いたもの。

(14) 摂氏の氷点下約十二度。テムズ川は一八八八年以来、初めて凍った。

(15)「私たちが会った」——たぶん、アイリーンが週末にロンドンから来ていたのだろう。二十四日は日曜日だった。

(16) 一ストーン＝十四ポンド（重量）。

(17) 四月二十一日は日曜日だったので、アイリーンは週末をコテージで過ごすためにロンドンからやってきたのだろう。

戦時日記

一九四〇年五月二十八日～一九四一年八月二十八日

九月一日にドイツがポーランドに侵攻したのに続き、英国は九月三日にドイツに宣戦布告をした。九月九日、オーウェルは戦争遂行に協力することを申し出た。彼のその手紙は残っていないが、彼がそう申し出たことは、労働・国民兵役省からの返事の手紙が残っているのでわかっている。同省は、文筆家のみを対象とする登録簿に彼の名前を載せたと告げた。彼の協力は一度も求められなかったようである。アイリーンは（皮肉なことに）、ホワイトホールの検閲部で働き、週日はグリニッジの兄の家に泊まり、週末にウォリントンでオーウェルと一緒になった。オーウェルはウォリントンで日々を過ごし、菜園の世話をし、書評を書き、エッセイを書いた。そうしたエッセイは、一九四〇年三月十一日にゴランツから出版された『鯨の腹の中で』に纏められた。エッセイには、「チャールズ・ディケンズ」、「少年週刊誌」および題名のエッセイが含まれている。彼は三部で出版される長篇小説を書こうという考えを漠然と抱いていた。そして一九四〇年一月三十日から六週間グリニッジで過ごしたが、その間、インフルエンザに罹っていた。彼は書評の仕事を続けたが、有意義な戦争協力ができないことで次第に焦燥感が募った。一九四〇年五月一日、彼とアイリーンはリージェント・パークの近くのドーセット・ガーデンズ一八番地に移った。五月十日、ドイツはオランダ、ベルギー、ルクセンブルクに侵攻し、その結果、フランスが陥落し、英軍はダンケルクから撤退した。

「戦時日記」は二つとも最初は手書きだったが、のちに、たぶんアイリーンによってタイプされたらしい（一九四二年九月に）。タイプをした際、何箇所か削除されたが、それは四つから六つの省略符号によって示されている。それはオーウェルのいつものやり方だった。最初の「戦時日記」の手書き版は残っていない。オーウェルとイーネズ・ホールデン（一九〇六～一九七四。著述家、ジャーナリスト）は、当時の記録として、二人の日記を一緒にしたものを出版するという計画を立てていた。その計画は実を結ばなかった。というのも、彼女がオーウェルの日記の賛同できない箇所、また、不正確だと思った箇所を変更したがったからだ。彼女の日記は一九四三年、『当時は違っていた』という題で出版された。ゴランツが、読者を怒らせてしまうのではないかと恐れてオーウェルの日記の出版を断ったことを、彼女は回想している。イーネズ・ホールデンは『オーウェル全集』のために、いくつか注を施している（したがって、本書のためにも）。「戦時日記」という題は、オーウェルの付けたものである。

オーウェルは、劇評家、映画批評家として短期間活動を始める一週間前、また、ダンケルクの海岸から三十三万八千二百二十六人の英国と連合軍の兵士が撤退を開始してから二日後に、この日記をつけ始めた。撤退作戦は一九四〇年六月四日に完了した。ドイツ軍は六月十四日にパリに入り、フランスの降伏申し入れは六月二十二日に受諾された。

四〇年五月二十八日　今日は新聞のポスターが完全になくなった最初の日だ……早刷り版の『スター』[1]は、第一面の半分をベルギー降伏に充て、もう半分を、ベルギー国民は頑張っていて、国王が国民を支持しているという意味のニュースに充てていた。それはおそらく、紙不足のせいだろう。それにもかかわらず、早刷り版の『スター』の八頁のうち六頁が競馬に充てられている。

この数日、本当の意味でのニュースはまるでなく、何が実際に起こっているのかを推測することが、ほとんどできない。考えられること――(i)フランスは実際に南から反撃しようとしていた。(ii)フランスはそうしようと思っていたが、ドイツの爆撃機のために、軍を集結させることができなかった。(iii)北部のフランス軍はもちこたえることに自信を抱いていて、ドイツ軍の攻撃が終わるまで反撃に出ないほうがよいと考えていた。(iv)北部の情勢は実際には絶望的で、北部のフランス軍は戦いつつ南に行くか、降伏するか、絶滅するか、海に出て退却し、その間、大損害を蒙るかだった。今になってみると、第四のみがありうるように思える。フランスの公式発表は、ソンム川とエヌ川の前線を安定させるということについて述べている、まるで、北部で孤立している軍が存在しないかのように。恐ろしい考えだが、私はB・E・F[2]が降伏するよりは粉砕されることを願う。

人は戦争のことを前より少し多く話すが、ほんの少しだ。これまでいつもそうだったが、パブ等で戦争についての話を立ち聞きするのは不可能だ。昨夜、E［アイリーン］と私は九時のニュースを聞きにパブに行った。女バーテンは、私たちが頼まなければラジオをかけなかったろう。また、見たところ、誰もラジオを聴いていなかった。[3]

四〇年五月二十九日　当今、暗示と仄めかしによってしか、どんな重要なニュースもわからない。昨夜、一番驚いたのは、九時のニュースの前に、「苦い丸薬に糖衣をかぶせる」ためにダフ＝クーパー(4)が戦意昂揚の話(なかなかよかった)をしたことと、チャーチルが演説で、来週の初めのいつか、現状について再び報告するということ、および下院は、「暗い、重大な知らせ」を聞く心の準備をしなければならないということを告げた事実だ。それはたぶん、撤退しようとしていることを意味するのだろうが、「暗い知らせ」が甚大な被害を意味するのか、B・E・Fの一部の降伏を意味するのか、あるいはなんなのか誰も知らない。トーチ劇場(5)で、ハイブラウと言っていい劇の幕間に、そのニュースを聴いた。観客は、パブの客の場合より、ずっと注意深く聴いていた。

E［アイリーン］が言うには、彼女の働いている検閲部の連中は、すべての「赤」新聞をいっしょくたにして、『トリビューン』(6)を、『デイリー・ワーカー』(7)とまったく同じ類いのものとして扱っている。最近、『デイリー・ワーカー』と『アクション』(8)が輸出禁止になった時、彼女の同僚の一人が彼女に訊いた。「『デイリー・ワーカー・アンド・アクション』って新聞を知ってる？」

最近の噂――ビーヴァブルック(9)は任命されて以来、万難を排して航空機をさらに二千台空に飛ばした。おそらくロンドンが目標だろうが、空襲が二日以内に始まる。ヒトラーの英国侵攻計画は、機雷原を乗り越えることのできる数千台の快速モーターボートを使うというものだ。ライフル銃がひどく不足している（これはいくつかの情報源から聞いた）。前線にいる、普通のドイツ軍歩兵の士気は哀れなほど低い。ノルウェー問題の際、陸軍省はおそろしく情報不足だったので、ノルウェーの夜が短いということさえ知らず、真昼間に上陸しなければならない軍隊は闇の帷《とばり》に包まれるだろうと想像した。

四〇年五月三十日　B・E・Fはダンケルクで退却した。何人が逃れられるかだけではなく、何人がいるのかさえ推測することができない。昨夜、ベルギーから戻った大佐がラジオで話した。残念ながら私は聴かなかったが、アイリーンの話では、アナウンサー自身が口を挟み、次のことを聴取者に知らせたとのことだ。英軍は(a)フランス軍に裏切られ（彼らは反撃しなかった）、(b)貧弱な装備しかくれなかった母国の軍当局によって裏切られた。フランス軍に対する非難はどの新聞にも載っていず、二晩前のダフ＝クーパーのラジオ放送は、特にそのことについて警告していた……今日の地図を見ると、ベルギーにいるフランス分遣隊は、B・E・Fを逃すために自分たちを犠牲にしているようだ。

ボルケナウ(10)が言うには、イギリスはいまや間違いなく革命の第一段階にある。それに言及してコナリー(11)は、最近、難民と少数の普通の船客を乗せた一隻の船がフランス北部からやってきつつあると言った。難民の大半は子供で、機関銃で撃たれた等々のあとで悲惨な状態だった。船客の中にレディー――(12)がいた。彼女は船に乗る際、列の先頭に割り込み、戻るように言われると憤然として言った。「私が誰だかご存じ?」スチュワードは答えた。「あんたが誰かなんて知ったこっちゃない、馬鹿女。列にちゃんと並ぶんだ」。本当だとしたら面白い。

戦争に関して興味深い証拠はまだない。しかし、補欠選挙、国民への訴えかけに対する反応等は、人の感情がどんなものかを示している。人は自分たちが危険に晒されていることをまったく理解できないようだ。イギリスへの侵攻が数日のうちに試みられるかもしれないと考える十分な理由があり、どの新聞もそう書いているにもかかわらず。人は爆弾が落ちてくるまで何もわからないだろう。そうなると人はパニック状態に陥るとコナリーは言うが、私はそうは思わない。

四〇年五月三十一日　昨夜、デニス・オグデンの劇『静かな宿』を観に行った。なんとも恐るべき陳腐な劇だ。興味深いのは、この劇の時代は一九四〇年なのに、直接的にも間接的にも戦争に言及している箇所がないことだ(13)。

今でさえも召集された者の数が少ないのを奇異に感ずる。概して、通りを見回してみると、軍服姿を見るのは不可能だ……鉄条網が多くの戦略地点、例えば、トラファルガー広場のチャールズ一世像の脇に張られつつある……ライフル銃の不足について実に方々から聞いているので、それは本当だと思う。

四〇年六月一日　昨夜、「エリック」(14)に関するなんらかの情報が得られるかもしれないと思い、ウォータールー駅とヴィクトリア駅に行った。もちろん、まったく不可能だった。本国に送還された兵士は、一般市民と話してはいけないと命じられていて、ともかくも、できるだけ速やかに鉄道駅から離される。実際、英国兵士、すなわちB・E・Fの兵士はごくわずかしか見なかったが、夥しい数のベルギーあるいはフランスからの難民、少数のベルギーあるいはフランスの兵士、少数の海軍軍人を含む何人かの水兵は見た。難民は大半が商店主・店員タイプの中流の人間で、ごくこざっぱりとした服装をしていて、いくらかの手荷物を持っていた。ある家族は、鸚《おう》鵡《む》の入った籠を持っていた。一人の難民の女は泣いているか、泣きそうになっているかだったが、大半は群衆と辺りの見慣れぬ様子に戸惑っているように見えた。相当の数の群衆がヴィクトリア駅を見守っていたが、難民その他の者が通りに出られるよう、警官に制止されていた。

難民は黙って迎えられたが、どんな階級の水兵もみんな熱烈に歓迎された。水に浸かった軍服を着、一人の兵士の装具の一部を持った一人の海軍将校がバスに向かって急いだが、女たちが彼に向かって叫び、彼の肩を叩くと、彼は微笑みながら鉄兜の縁に軽く手を触れた。

海兵隊の一個中隊が駅を通ってチャタム行きの列車に乗るところを見た。彼らの見事な体格と態度、軍靴の響き、将校の非の打ち所のない物腰に驚いた。それは、私を一九一四年に連れ戻した。その年、どんな兵士も私には巨人に見えた。

今朝の朝刊各紙は、B・E・Fの五分の四ないし四分の三がすでに移動したと報じた。選んだか、もしくは偽造した写真に、新品に近い装備に身を固めた元気そうな兵士が写っている。

四〇年六月二日　B・E・Fの何人が実際に帰還したのかを言うのは不可能だが、各紙に出ている記事は、約十五万人だということを示唆している。また、最初にベルギーに入った兵士の数は三十万だということを示唆している。どのくらいの数のフランス兵が彼らと一緒にいたのかを示すものはない。数紙には、ダンケルクから完全に撤退する代わりにダンケルクにしがみついているつもりかもしれないと書いてあった。それは、夥しい数の飛行機を一箇所にとどめておかない限り、まったく不可能に思える。しかし、もし十五万人を実際に移動したのなら、もっと大勢の者を移動するのは、たぶん可能だろう。イタリアは六月四日以降、いつでも参戦すると、目下予想されている。おそらく、それに口実を与えるために一種の和平の申し入れをして……ドイツがイタリアと一緒になってフランスを手早く片付けようとしているあいだに、陽動作戦としてだけであれ、イギリスに侵攻する試みがいまやなされるだろうと、一般に思われている。ドイツ軍がアイルランドに上陸する可能性を、ヴァレラ[15]を含め多くの者が信じているのは明らかだ。数日前まで、その考えはほとんど口にされなかった。最初からわかり切っていたのだが。

いつも通りの日曜日の群衆が、あちこちにそぞろ歩きをしている。乳母車、サイクリング・クラブ、犬に運動をさせている者、通りの角でぶらぶらしている若者の群れ。こうした連中は、自分たちが数週間以内に侵攻されるということを理解していると言われているが、それを示すものはどの顔にも何にもない。今日のどの日曜新聞も、彼らにそのことを告げているのに。ロンドンから子供を疎開させよという新たな訴えかけに対する反応は、ごく弱い。「この前、空襲はなかった、だから今度もない」というのが理由なのだ。しかし、こうした者たちはいざとなれば、何をすべきか教えられさえすれば勇敢に振る舞うだろう。

今日の日付の『ピープル』[16]の広告の大まかな分析――新聞は十二頁[17]――八十四欄。そのうち、大体二十六欄半（四分の一以上）が広告。広告は次のように分けられる。

食べ物と飲み物――五と四分の三欄。
売薬――九と三分の一欄。
煙草――一欄
賭け――二と三分の一欄。
衣服――一と二分の一欄。
雑――六と四分の三欄。

食べ物と飲み物の九つの広告のうち、六つが不必要な贅沢品の広告。二十九の薬の広告のうち十九がインチキか（禿治療等）、多かれ少なかれ心身に有害なものか（クルシェン塩〔緩下剤〕、バイル・ビーンズ〔緩下剤〕等）、脅迫めいたものか（「あなたのお子さんの胃はマグネシアを必要としている」）だ。いくつかの薬の場合は「証拠不十分のため無罪」になってきた。十四の「雑」のうち四つは石鹸の広告、一つは化粧品の広告、一つは休日の行楽地の広告、二つは政府の広告（国民貯蓄の大きなものを含む）。すべての種類のうち、三つだけが戦争を利用して儲けようとしている。

四〇年六月三日　戦時経済の問題について、レディー・オックスフォード[18]が『デイリー・テレグラフ』に宛てた投書――

「ロンドンの大半の館《やかた》が空き家になっているので、なんの愉しみもない……いずれにせよ、大部分の者は自分たちの料理人と別れ、ホテル住まいをせざるを得ない」

どうやら、こういう輩に、ほかの九九％の国民が存在しているということを教えることはできないだろう。

四〇年六月六日　ボルケナウも私も、ヒトラーは次にイギリスではなくフランスを攻撃すると考えていたが、それは正しかった。ダンケルク撤退作戦は、もし戦艦が飛行機を搭載していれば、敵の飛行機は戦艦を沈没させることができないということを、はっきりと証明したとボルケナウは考えている。三十三万人近くの兵士が撤退した際、六隻の駆逐艦と、ほかの種類の約二十五隻の船が失われたという数字が発表された。撤退した兵士の数はたぶん正しいだろう、そして、失われた船の数を倍にしたところで[19]、状況は飛行機にも有利だったことを考えれば、その数字は、あのような大規模な作戦では大した損失ではないだろう。

ボルケナウの考えでは、ヒトラーの計画はフランスを叩きのめし、フランスの艦隊を講和条件の一部として要求するというものだ。そのあとで、兵士を海上輸送してイギリスを侵攻するということはありうる。

バスの横腹に巨大な広告。**「健康、体力、剛勇のための戦時の応急手当。リグリー社のチューインガム」**

四〇年六月七日　新聞のポスターが目下制約されているが、[20] 新聞売りがポスターを出しているのを、かなりしばしば見かける。古いのを再利用しているらしい。「英空軍、ドイツを爆撃」とか「ドイツ、甚大な損害」とかいった見出しのものは、ほとんどいつでも使いうる。

四〇年六月八日　毎日数千人が殺されていると思う恐るべき戦闘の只中にあって、人は、なんのニュースもないという感を抱く。夕刊は朝刊と同じ内容で、朝刊は前夜の夕刊と同じ内容で、ラジオは新聞に書いてあることを繰り返している。しかし、ニュースの真実性に関して言えば、ニュースはまったくの嘘を伝えているのではなく、報道を制約されているのだろう。ボルケナウの考えでは、ラジオは戦争を比較的正直に伝えていて、これまでの唯一の大掛かりな嘘は、沈没させた英国の船の数に関するドイツの報道である。その数がでっち上げであるのは確かだ。最近、ドイツの報道に触れたある夕刊紙は、十日のうちに英国の二十五隻の主力艦をドイツは沈没させたと言っているが、その数は英国が所有する主力艦より十隻多いと指摘した。

ついこのあいだ、スティーヴン・スペンダーは私に言った。「この十年間のいつであれ、例えば内閣より、事件を予測できると感じないかい？」私は同意せざるを得なかった。それは一つには、階級の利害によって目が見えなくなってはいないという問題だ。例えば、経済的利害関係のない者なら誰でも、ドイツとイタリアにスペインを支配させるのは、イギリスにとって戦略的に危険だということは一目でわかる。ところが、多くの右翼は、さらに職業軍人は、この明々白々の事実を理解することができない。しかし、われわれのような人間が、いわゆる専門家よりも現状を理解することができると感じるのは、特定の事件を予測する能力があるからではなく、われわれがどんな種類の世界に生きているのかを理解する能力があるからだ。とにかく私は、未来は破滅的なものに違いないということを、一九三一年くらいから知っていた（スペンダーは一九二九年から知っていたと言っている）。私はどんな戦争や革命が起こるのかを正確には言えなかったが、その二つが起こった時、驚きはしなかった。一九三四年以来、英独のあいだで戦争が起こるのを私は知っていたし、一九三六年以来、完全な確信をもってそれを知っていた。[21] それを腹の底から感じていた。片や平和主義者のお喋りや、片や英国がロシアに対する戦争準備をしているのではないかと恐れるふりをした人民戦線の連中には、私は騙されなかった。同様に、ロシアでの粛清のような恐ろしい出来事も私を驚かせなかった、なぜなら私は、それ——正確にそれではないとしても、それに似たもの——がボリシェヴィキ体制に内在していると、いつも感じていたからだ。私は彼らの書くものにそれを感じることができた。

……どんなものであれウィンストン・チャーチルに政治的な将来があると、七年前に誰が信じただろう？　一年前、クリップス[22]は労働党の「悪童」で、労働党は彼を追い出し、彼の弁明を聞こうともしなかった。一方、保守党の観点からは、彼は危険な「赤」だった。今、彼は駐モスクワ大使だ。ビーヴァブルックの新聞が、彼を駐モスクワ大使に任命せよという声を真っ先に挙げた。彼が適任者かどうかは、まだ言えない。もしロシアがわれわれの側につく気になれば、彼はたぶん適任者だろうが、もしロシアが依然として敵対的であれば、ロシアの体制を讃美していない者を送ったほうがよかっただろう。

四〇年六月十日　たった今、イタリアが宣戦布告をしたということを聞いた。新聞には載っていないが……連合軍はノルウェーから撤退しつつある。その理由は撤退した部隊をほかで使うことができるということと、占領後のナルヴィク〔ノルウェー北部の不凍港〕はドイツ軍にとって無用のものになったということになっている。しかし事実、ナルヴィクは冬になるまで連合軍にとって必要ではないだろうし、ノルウェーが中立ではなくなった時、ともかくあまり役に立たなくなっただろう。そして、連合軍は大いに意味のあるほどに十分な軍隊をノルウェーに駐留させたと私は思っていなかった。たぶん本当の理由は、軍艦を無駄にしたくないということだろう。

今日の午後、一九三六年にパリであったタクシー運転手とのいざこざを非常に鮮明に思い出し、それについてこの日記に何か書こうとした。しかし、今はとても悲しくなって書けない。何もかも崩壊している。こんな時に書評等を書くことを考えると、いたたまれない気持ちになる。そして、そんな時間潰しがまだ許されているということに怒りさえ覚える。土曜日の陸軍省での面接は、何かの結果を生むかもしれない。もし私が医者をうまく騙せるなら。いったん軍隊に入ったなら、スペイン戦争の時の経験からわかるのだが、私は公的事件に対する関心を持たなくなるだろう。現在はファシストがマドリッドに迫ってきた時のような気持ちだ。もっとひどい気持ちだが。しかし、いつか、あのタクシー運転手のことを書こう[23]。

四〇年六月十二日　昨夜、E〔アイリーン〕と私は、イタリア人経営の店等に対する破壊行為が新聞に報じられた通りなのかどうか知ろうとソーホーに行った。新聞では誇張されて報じられたようだが、私たちは破壊行為の跡を見たと思う。三軒の店のショーウインドーが粉々に割られていた。大多数の店が、急遽、「英国」だということを掲示していた。イタリア人経営の食料品雑貨店の〈ジェナリ〉には、「当店は完全に英国の店です」という、印刷されたプラカードがそこら中に貼ってあった。イタリアの食料品の専門店〈スパゲッティ・ハウス〉は〈英国食品店〉という名前に変えた。もう一軒の店はスイスの店と名乗り、フランスのレストランでさえ、英国のレストランと名乗った。興味深いのは、こうしたすべてのプラカードは、どうやら前もって印刷されて用意されていたようだということだ……なんの罪もないイタリア人の店主に対するこうした攻撃は気色の悪いものではあるが、興味深い現象ではある。なぜなら、英国人、すなわち、商店を略奪しそうな類いの連中は、概して外国の政治に自発的な関心を持っていないからだ。アビシニア戦争の時にはこのようなことは何もなかったと思うし、スペイン戦争は大衆になんの影響も与えなかった。また、この一、二ヵ月前まで、イギリス在住のドイツ人に対する大衆の反撥はなかった。あの時に宣戦布告をしたムッソリーニの下劣で冷血な卑しい振る舞いは、概して新聞をほとんど読まない者たちにも強い印象を与えたのに違いない。

四〇年六月十三日　きのう、ローズの委員会室で開かれたL・D・V[24]のグループ会議に行った……この前ローズに行ったのは、一九二一年のイートン校対ハロー校の試合の時だったと思う。M・C・C[25]のメンバーではないのだから、選手用のクラブハウスに入るのは祭壇に小便をするようなものと、あの時は感じていたはずだ。その後何年か経っても、クラブハウスに入るのは起訴されうる違法行為だという漠然とした考えを持っていたものだ。

工兵募集のポスターの一枚に、「そいつを踏んづけろ」という文句が鉤十字の横に書いてあるのに気づいた。それは、スペイン戦争の時のスペイン政府のポスターの剽窃だ。つまり、アイディアの剽窃だ。もちろん、それは俗っぽく、漫画的なものになっているが、ともかくそれが出現したということは、政府が学ぼうという意欲を抱き始めたことを示している。

補欠選挙で共産党の候補がボウ[26]で約五百票獲得した。これは最低票の新記録だ。もっとも黒シャツ党はそれより票が少なかったことがよくあったが（ある時は約百五十票）。ボウはランズベリー[27]の選挙区なので、いっそう驚く。数多くの平和主義者がいるわけなのだが。しかし、全体の投票数は非常に少なかった。

四〇年六月十四日　ドイツ軍は予定より一日早くパリに入っているのは確実だ。それは、ヒトラーが間違いなくヴェルサイユ宮殿に行くと解釈してよい。奴がそこにいるあいだに、なぜヴェルサイユ宮殿に地雷を仕掛け、爆破しないのか？　スペイン軍はタンジールを占領した。イタリア軍にそこを基地として使わせる目的なのだ。フランス領モロッコからスペイン領モロッコを征服するのは、たぶん、今の時点では容易だろう。ほかのスペインの植民地の場合も同じだ。そして、ネグリン[28]か、その同類に別の政府を樹立させれば、それはフランコにとって大打撃だろう。しかし、現在の英国政府でさえ、そんなことをしようとは夢にも思わないだろう。人は、連合軍側の政府が率先して事を進めることができると、ほとんど思わなくなってしまったのだ。地下鉄の駅を歩くと、広告にいつもうんざりさせられる。じっと人を見つめる愚かしい顔と、あくどい色彩[29]。無用な贅沢品や有害な薬を消費することによって労力と資源を浪費する気に人をならせようとする必死の努力。もし、われわれがこの夏を乗り切ることができさえすれば、この戦争でそうしたガラクタが一掃されるだろう。戦争はまさに文化生活の反対であり、そのモットーは「悪よ、汝、わが善となれ[30]」である。そして、現代生活の非常に多くの物が実際には悪なので、平均して戦争が害を及ぼすかどうかは疑問である。

四〇年六月十五日　パリ陥落はアルバトロス・ライブラリーの終焉を意味するのだろうかと、ふと考えた。そうだろうと思う[31]。もしそうなら、私は三十ポンドの借金がある。こんな時世に、長期契約、公債株式、保険等に、いまだになんらかの重要性を認める人間がいるとは信じ難い。今すべき理に適ったことは、金を方々から借り、しっかりした物を買うということだ。ちょっと前、E「アイリーン」はミシンの分割払い購入について調べ、二年半にわたって払ってもよいことを知った。

　P・W[32]の話では、ユニティー・ミットフォード[33]はドイツにいたあいだにピストル自殺を図っただけではなく、これから出産もする。それを聞いた、皺くちゃな顔の小男（名前は忘れた）は叫んだ。「総統はそんなことはしない！」

四〇年六月十六日　今朝の各紙は、ともかくU・S・Aは大統領選挙が終わるまで何もしない、つまり宣戦布告をしないということを一応明確にしている。事実、U・S・Aの宣戦布告が重要なのだが。というのも、もしU・S・Aが実際に戦争に加わらないなら、武器生産の速度向上計画と労働を十分にコントロールできないだろうからだ。この前の戦争では、U・S・Aが交戦国であってさえ、それが問題だった。

　ドイツがイギリスを征服した場合どうすべきかを決めるのは、まだ不可能だ。私がしないであろう一つのことは、逃げ出すということだ。ともかく、アイルランドより遠くへは。それが可能だとして。もし艦隊が無傷で、戦争がアメリカと大英帝国内の自治領から続けられるようなら、われわれはできれば生きていなければならない、必要なら強制収容所にいても。もしU・S・Aも征服に屈するようなら、闘いながら死ぬほかはないが、とにもかくにも、みな闘いながら死なねばならない。そして、まず敵の誰かを殺して満足しなければならない。

きのう、私はL・D・Vの私の班のユダヤ人メンバーの一人、M[34]と話した際、現在の危機が去った時には、保守党の中でチャーチルに対する反乱が起こり、賃金を再び引き下げさせようとする試み等がなされるだろうと言った。その場合、革命が起こるだろう、「あるいは少なくとも自分はそう願う」と彼は言った。Mは製造業者で、かなり裕福だと思う。

四〇年六月十七日　フランスが降伏した。そのことは、昨夜の放送で予測できたし、事実、フランス人がパリを防衛できなかった時に予測できたはずだ。パリはドイツの戦車を止めることができたかもしれない一つの場所だ。戦略上、すべてはフランス艦隊にかかっている。それについてのニュースは、まだない……

フランス降伏に関して、人々は相当に興奮している。至る所で人々がそのことを論じているのを聞くことができる。決まり文句、「われわれに海軍があるのは、ありがたい」。この前の戦争でメダルを貰った一人のスコットランドの歩兵がほろ酔い気分で、地下鉄の車輌の中で愛国的な演説をした。ほかの乗客はちょっと気に入ったようだった。夕刊に人が群がっていたので、四回目にやっと手に入れた。

近頃、書評を書く時、タイプライターの前に坐り、そのままタイプで打つ。最近まで、実際には半年前まで、そんなことはしたことがなく、自分にはできないと言っただろう。私の書いたほとんどすべてのものは少なくとも二度書き直されていた。本も、全体を三度書き直した——個々の節は五回も六回も。実際は、流暢に書けるようになったわけではなく、ただ単に、自分の書くものが校閲にパスし、金が入る限り、文章に気を遣わなくなっただけの話なのだ。それは、戦争の直接の影響による堕落である。

カナダ館〔カナダ高等弁務官事務所であったところ〕に相当の群衆がいた。G[35]が子供をカナダにやることを考えているので、私が調べにそこに行ったのだ。母親は別として、十六歳から六十歳までの者はカナダに行くことは許されない。人がパニック状態になって殺到するのを恐れているのだろう。

四〇年六月二十日　国防についてどういう考えを持っているのか知ろうと、社『ニュー・ステーツマン』[36]に行った。今では実際にそこの大物になっているC[37]は、「国民を武装させる」という考えに反対で、その危険は、考えうる利点を上回ると言った。もし、侵攻してきたドイツ軍が武装した市民を見つけたら、市民をすっかり怯えさせるような残虐な振る舞いをし、誰もが進んで降伏する気持ちになるだろう。彼は普通の市民が勇敢だと思い込むのは危険だと言って、グラスゴーで暴動が起こった例を挙げた。それは、一台の戦車が町を走ったせいなのだが、誰もがひどく臆病な態度で逃げ回った。しかし、状況は違っていたのだ。なぜなら、その場合、市民は丸腰で、首にロープを巻きつけられて闘っているのを意識し、例によって内輪揉めをしていたからだ……Cが言うには、チャーチルはある点までいい人間だが、必要とされていることができず、これを革命戦争にすることができない。そのため、チェンバレンとその仲間たちを庇《かば》い、国全体を闘争に引き込むのを躊躇している。もちろん、私はチャーチルが私たちとまったく同じような物の見方をしているとは思わないが、戦争に勝つためには必要だと思うどんな手段（収入の平均化、インドの独立）も彼は辞さないと思う。もちろん、今日の秘密会議でチェンバレンとその仲間たちが永遠に追い出されるかもしれないということは、ありうる。私はその希望があると思うかとCに訊いてみた。全然ない[38]、と彼は言った。しかし、覚えているのだが、英国がナムソスから撤退し始めた時、下院からちょうど出てきたベヴァンとストラウス[39]に、チェンバレンを追い落とす見込みはあるのかと私が訊くと、二人とも、全然ない、と言った。しかし、一週間ほどのち、新しい政府が作られた[40]。

指導者の上層部に直接的な裏切り行為があるという考えが、いまや危険なほどに広まっている……私個人は、意識的な裏切り行為は、貴族階級の親ファシスト分子と、おそらく、軍の司令部に見られるのみだと信じている。もちろん、私たちをこうした状況に追い込んだ無意識の生産妨害と愚行、例えばイタリアとスペインの問題の愚かしい扱い方は別問題である。R・H[41]が言うには、彼と話した、ダンケルクから帰還した兵卒はみな、将校の振る舞いに文句を言った。将校は車で逃げ、苦境に陥った自分たちを見捨てた、等々。こうした類いのことは敗北のあとでいつも言われるが、本当かもしれないし、本当でないかもしれない。それは、死傷者リストを調べればわかるだろう。もしそれが完全な形で公表されたなら。しかし、そうしたことがともかくも言われるというのは、不意に恐慌状態に至らない限り決して悪いことではない。なぜなら、社会全体を新しい階級基盤の上に作り直す絶対的必要があるからだ。新しい軍隊では、中産階級の人間が将校として支配するのは必定だ。例えば彼らは、スペインの市民軍においてさえ、そうだった。しかし、非ブリンプ化〔退役軍人のブリンプ大佐は漫画の登場人物で、尊大で頑迷な保守主義者〕が問題なのだ。L・D・Vでも同じだ。緊急事態という圧力のもとで、私たちは非ブリンプ化をするだろう、もし時間があれば。だが、時間がすべてなのだ(42)。

きのう、ふと思った。世界で最小の軍隊しか持たないイギリスに、なんでこんなに多くの退役大佐がいるのだろう？

私の会うすべての「左」の知識人は、もしヒトラーがここにやってくれれば、私たちのような人間を労を惜しまずに銃殺し、望ましからぬ人物のごく詳細なリストを作るだろうと信じている。C(43)が言うには、ロンドン警視庁にある私たちの警察記録（私たち全員が載っているのは疑いない）を破棄させる動きがある(44)。まず見込みはない！　警察はヒトラーが勝ったことを確信したなら、まさしくヒトラー側につく人間たちなのだ。そう、もし私たちがあと数ヵ月なんとかもつならば、一年以内に、赤の市民軍がリッツ・ホテルを宿舎とするだろうし(45)、チャーチルかロイドがその先頭にいるのを見ても特に驚かないだろう。

ヘブリディーズ諸島の私の島のことを、いつも考える(46)。それを所有することも、見ることすらもできないと思うが。コンプトン・マッケンジーが言うには、今でさえ、島々の大半は無人で（五百の島があり、通常、その一割にしか人が住んでいない）、島々の大部分には水と、耕しうる少しの土地があり、山羊が生存できる。R・Hによると、空襲を避けるためにヘブリディーズ諸島の島の一つを借りた女が、戦争の爆撃による最初の犠牲者だった。英空軍が誤ってそこに爆弾を落としてしまったのだ。本当だとしたら、いい話だ。

グレート・ブリテンに対する最初の重大な空襲は、おとといの夜の空襲だった。十四人が死んだ。ドイツの飛行機七機が撃墜されたと発表された。各紙にはドイツの飛行機三機の残骸の写真が載っている。たぶん発表は正しいのだろう。

四〇年六月二十一日　本当の意味でのニュースはない。きのうの新聞で、シャップ(47)がパリ市議会の議長に選ばれたのを知った。ドイツの圧力によるのだろう。ヒトラーが労働者階級の友だとか、富豪階級の敵だとかいう主張は、そんなものだ。
きのう、L・D・Vの私たちの小隊の最初の演習があった。彼らは実際に称賛に値した。全隊員（約六十名）のうち老兵ではない者は、三人か四人しかいなかった。馬鹿にしようとやってきたらしい何人かの将校は、すっかり感心していた。

四〇年六月二十二日　ドイツがフランスに突きつけた条件について、正確なニュースはまだない。その条件は「あまりに複雑」なので、長い論議が必要だと言われている。私の思うに、実際に起こっているのは、一方にドイツが、もう一方にペタン(48)とその仲間たちが、植民地のフランスの司令官たちと海軍を降伏する気にさせるような方策をなんとか作り出しているということだろう。ヒトラーは事実、フランス政府を通して以外、こうしたことになんの力も持っていない……われわれはみんな、ヒトラーがいまやイギリスに侵攻してくると、少々早急に思い込んでしまったと、私は思う。実際、その思い込みがあまりに広く浸透してしまったので、その結果、ヒトラーは結局侵攻してくるのを思いとどまるかもしれないと人は思ってしまうほどだ……もし私がヒトラーなら、スペインを縦断し、ジブラルタルを確保し、それから北アフリカとエジプトを掃討する。もし英国が、例えば二十五万人の流動的軍隊を持っているなら、適切なやり方は、その軍隊をフランス領モロッコに派遣して不意にスペイン領モロッコを確保し、共和国の旗を立てることだ。その他のスペインの植民地は、あまり苦労せずに片付けることができるだろう。残念ながら、そんなことが起こる気配もない。

どうやら、共産主義者は反ナチの立場に戻りつつあるようだ。今朝、ペタンとその仲間たちによるフランスに対する「裏切り行為」を非難するリーフレットを見た。一、二週間前までは、リーフレットを書いたそうした連中は、ほぼ公然と親ドイツだったのに。

四〇年六月二十四日　ドイツ側の休戦条件は、おおむね予期していたようなものだ……このこと全体で興味深いのは、忠誠と名誉の伝統的パターンが崩れつつあることだ。皮肉な話だが、ペタンは「敵は通さない」《イル・ヌ・パスロン・パ》という文句を口にした人物だ（ヴェルダンで）。それは非常に長いあいだ反ファシストのスローガンだった。どんなフランス人でも、二十年前にそんな休戦条約に署名したなら、そのフランス人は極左か、極端な平和主義者に決まっていただろう。そして、その時でさえ、不安はあったろう。いまや、戦争の真っ最中に実際に寝返っているのはプロの愛国主義者だ。ペタン、ラヴァル[49]、フランダン[50]とその仲間たちにとっては、戦争全体が気違いじみた、互いに殺し合う闘争に見えたのに違いない。本当の敵が人をやっつけようと待ち構えている、まさにその時に……したがって、イギリスの地位の高い有力者が、彼らと同じような裏切り行為を準備しているのは、ほぼ確実だ。そして、例えば、——が——であるあいだは、ドイツのイギリス侵攻がなければ彼らが成功しないという保証はない。こうしたこと全体でよい一つのことは、自分は貧しき者の友人だというヒトラーの口実の化けの皮が剝がれたということだ。実際に彼と喜んで取引をしようとしている者は銀行業者、将軍、司教、国王、産業資本家等々である……。ヒトラーは、資本家階級の凄まじい反撃の指導者だ。そして資本家階級は巨大な法人に自らを化しつつある。彼らはその過程で特権をある程度失うが、依然として労働者階級に対する権力を保持している。このような攻撃に抵抗する段になると、イギリスの資本家階級の者は誰であれ、裏切り行為、または半裏切り行為をせざるを得ないし、本当の戦いを挑むよりも、最も恐るべき不名誉を甘受するだろう……広い戦略的な側面からであれ、地域防衛の最も瑣末な観点からであれ、どっちを見ても、本当の闘争は革命を意味するということを人は理解するだろう。どうやら、チャーチルはそのことを理解することも受け入れることもできないらしいので、権力の座を去るべきだろう。しかし、イギリスが征服されることから救われる前に彼が権力の座を去るかどうかは、いかに早く一般大衆が本質的事柄を理解することができるか否かにかかっている。私が恐れるのは、彼らは手遅れになるまで行動を起こさないだろうということだ。

戦略的に言えば、すべては、冬まで私たちがもちこたえるかどうかということにかかっている……その時までには、至る所のドイツの占領地に厖大な数の兵士がいるので、食糧はほぼ確実に不足になり、征服した国の国民を強制的に働かせるのは難しいので、ヒトラーは具合の悪い立場に置かれるに違いない。彼がペタンを利用してブリンプ階級に対抗させたように、弾圧されているフランスの共産党を復活させ、北フランスの労働者階級に対抗させようとするかどうかは興味深い。

もしドイツが侵攻してきて失敗したなら万事結構だ。明確に左翼の政府と、支配階級に刃向かう意識的な動きが生まれるだろう。だが、もしわれわれが革命的な政府を持ったなら、ロシアはわれわれに対してもっと友好的になると思うなら、それは間違いだと思う。スペインのことがあるので、ロシアが、すなわちスターリンが、真の意味で革命を実現している国に対して敵意を抱くに違いないと私は感じざるを得ない。彼らは反対の方向に動くだろう。革命というものは、自由、平等という観念が広く伝播した時に始まる。すると、少数独裁政治が徐々に芽生える。それは、ほかのどんな支配階級とも同じように、その特権を保持するのに多大な関心を抱く。そうした少数独裁政治は、どこであれほかの革命に対して必然的に敵意を抱くに違いない。革命というものは、自由と平等という観念を不可避的に再び覚醒させるので。今朝の『ニューズ・クロニクル』は、上官に対する敬礼が赤軍において復活したと伝えている。革命軍というものは敬礼を廃止することから始まるものだが、この些細な事柄は全状況の象徴だ。敬礼とかそうしたものが、たぶん必要ではないだろうというわけでもないが。

軍隊で必要なので、すべてのリボルバーを警察に渡すようにという命令がL・D・Vに下った。ドイツが機関銃を持っている時に、リボルバーのような役に立たない武器に固執するというのはいかにも英国の軍隊らしいが、その命令の真意は、武器が「間違った」手に渡るのを防ぐことだと思う。

E［アイリーン］もGも、[51]最悪の事態になったら、生き残って私の信念のプロパガンダ活動を続けるためにカナダに行けとしきりに勧める。私は何か目的があれば行くだろう。例えば、政府がカナダに移り、私に何かの仕事があれば。しかし、難民として行く気はないし、また、安全な距離から抗議する国外在住のジャーナリストとしても行く気がない。そうした亡命「反ファシスト」は、すでに多過ぎるほどいる。必要とあらば死んだほうがいい。また、たぶん信念のプロパガンダとして死んだほうが、外国に行き、他人の慈悲に縋《すが》って多かれ少なかれ望まれずに生きるよりは役立つだろう。といって、死にたい訳ではない。虚弱だし子供もいないが、生きてすべきことが非常にたくさんあるのだ。

今朝、空襲による負傷者の扱い方に関する、もう一つの政府発行のリーフレットを読んだ。そのリーフレットは文章の調子と言葉遣いがずっとよくなっている。放送もよくなっている。とりわけ、ダフ＝クーパーの放送が。それは事実、週五ポンドのレベルの者までの誰にとっても理想的なものだ。しかし、実のところ、実際に民衆的なスピーチには依然としてなんの内容もない。貧しい労働者階級を動かすものも、確実に理解できるものさえもない。教育を受けた大部分の者は、抽象的な言葉が、平均的な人間にほとんどなんの感銘も与えないことを、まったく悟っていない。アクランド〔リチャード・アクランドは自由党の下院議員だった〕は頑迷な「素朴な男のマニフェスト」（彼自身が書き、自分で選んだ「素朴な男」という名で署名したもの）を回した際、最初の草稿を世論調査員に見てもらったと私に言った。世論調査員はそれを労働者に読ませると、途轍もない誤解が生じた……イギリスで新しい事態が実際に起こっていることを示す最初の兆候は、ラジオから、忌まわしい、あの朗々として気取った声が消えるということであろう。パブで観察していると、労働者は民衆的な声でのスピーチが聞こえてくる時のみ放送に注意を払う、ということに気づいた。しかし、無教育な人間は、実際には理解できないが、印象的だと感じる荘重な言葉遣いのスピーチに感動することが多いとE［アイリーン］は言う。それには、いささかの真実があると思う。例えば、A夫人[52]はチャーチルのスピーチに感動した。全部の言葉の意味はわからなかったが。

四〇年六月二十五日　昨夜、午前一時頃、空襲警報が発令された。ロンドンに関しては誤報だったが、どうやら、どこかで本当の空襲があったらしい。私たちは起き上がり、服を着たが、シェルターには行かなかった。それは、誰もがしたことだ。つまり、起き上がって、ただ突っ立って話したのだ。それはひどく馬鹿げたことのように思う。しかし、サイレンの音を聞くと起き上がるのは自然のことだと思う。そして、高射砲の音がしたり、人を興奮させるようなことが起こったりしないと、シェルターに行くのに気恥ずかしさを覚える。

きのうの新聞の一紙に、アメリカでは防毒マスクが配布されていると書いてあった。金を払わねばならないのだが。おそらくイギリスの市民には防毒マスクは役に立たないだろう。アメリカでも、九分九厘そうだろう。防毒マスクを配布するというのは、単に国民の団結の象徴に過ぎないのだ。誰もが制服を着るということへの第一歩なのだ。戦争が始まるや否や、防毒マスクを携行しているか否かは、社会的、政治的意味合いを帯びた。最初の数日、私のように防毒マスクを携行しない者はじろじろ眺められ、おおむね、「左」と見なされた。そのうち、防毒マスクを携行する習慣は廃《すた》れ、防毒マスクを携行している者は極度に用心深いタイプ、郊外の地方税納付者と見なされるようになった。悪いニュースが流れると、防毒マスク携行の習慣は復活した。今では二割の者が携行していると思う。大空襲が始まり、ドイツは実際には毒ガスを使っていないということが理解されるまで、防毒マスクの携行の程度は、戦争のニュースが公衆に与えている印象を知るうえの、かなりよい指標だろう。

今日の午後、徴募事務所に名前を登録するために国内軍《ホーム・サーヴィス》大隊に行った。身体検査を受けるために金曜日に再び行かねばならないが、三十歳から五十歳の者が対象なので、基準は低いと思う。私の名前等を書き取った者は例によって低能で、この前の戦争で貰ったメダルを下げた老兵だった。彼はほとんど字が書けなかった。大文字を書く際、実際、一度ならず逆さまに書いた。

四〇年六月二十七日　おとといの晩、空襲警報が出されているあいだ、ロンドン中の多くの者が、警戒警報解除のサイレンで目を覚まし、それを警戒警報と間違えてシェルターに行き、警戒警報解除を待ちながら、そこで朝まで過ごしたようだ。戦争が始まってから十ヵ月経ち、空襲警報について何度も説明があったのにこの始末だ。

政府は今回は新兵募集のキャンペーンをしないで済むという事実が、プロパガンダに悪い影響を及ぼした……目立つのは、ファシズム等に対する闘いを扱った、一般的なプロパガンダのポスターがないということだ。[53]誰かが、スペイン戦争で使われたポスターをM・I・Oに見せればいいのだが。その点になれば、フランコ側のポスターでもいい。しかし、どうしてああいう連中に、ファシズムに反対する機運を国民のあいだに起こすことができるだろうか、彼ら自身、主観的には親ファシストで、イタリアが参戦する間際までムッソリーニに取り入っていたのだから。スペインがタンジールを占領したことに関する質問に答えてバトラー[54]は言う。英国政府は、タンジールの中立を守るためだけにスペイン軍はそうしているという、スペイン政府の「言葉を受け入れた」――そのあと、タンジールの「征服」を祝うファランヘ党の示威行進がマドリッドで行われたのだ……今朝の朝刊は、マドリッド駐在のホーアが休戦に関していろいろ打診しているということを「否定」したという記事を載せている〔ホーアは、スペイン政府を介して英独の休戦を画策していると思われていた〕。言い換えれば、彼はまさに、そうしているのだ。唯一の質問――われわれは、手遅れにならないうちに、数週間以内にああいう連中を排除することができるだろうか？

　実際には階級闘争である状況において、英国の支配階級の無意識の裏切り行為はあまりにも明々白々なので、口にする価値もないほどだ。難問は、どのくらいの意識的裏切り行為が存在するかだ……そうした連中を知っている、あるいは少なくともそのすべてに会ったことのあるL・M[55]は、チャーチルのような個々の例外は除いて、英国の全貴族はすっかり堕落していて、ごく当たり前の愛国心に欠け、事実、自分の生活水準を維持することにしか関心がない、と言っている。また、彼らはひどく階級意識も強く、ほかの国の富裕な連中と利害を共有していることを、はっきりと認識している、とも言っている。ムッソリーニが没落するかもしれないという考えは、彼らにとって常に悪夢だったと、彼は言う。これまで、戦争についてのL・Mの予言は非常に正しかった。彼はこう言ったのだ。冬のあいだは何も起こらず、イタリアは非常にうやうやしく取り扱われるが、突如、イタリアはわれわれに反旗を翻す。そしてドイツの目的は、イギリスに傀儡政府を押しつけ、英国の大衆が何が起こっているのか理解できぬうちに、ヒトラーがその政府を通して英国を支配することができるようにすることだ……L・Mが間違っていた唯一の点は、私同様彼も、ロシアがドイツと協力し続けると考えていたことだ。それは今では起こり得ないように見える。しかしロシアは、フランスがそれほど不意に陥落するとは、おそらく思っていなかったろう。ペタンとその一味は、ロシアが以前イギリスに対してしたような裏切り行為をロシアに対してしている、もし、それがうまくいくならの話だが。独ソ不可侵条約が結ばれた当時は、ほとんど誰もが、条約はすべてロシアにとって有利で、スターリンはなんとかヒトラーを「止めた」と思ったのは興味深い。そんなことはないのを理解するには、地図を見さえすればよかったのだが。西ヨーロッパの共産主義と極左は、今は総じて、ほぼ完全に自慰行為のようなものだ。さまざまな出来事に対して実際になんの力も持っていない者は、自分たちはともかく出来事を左右しているふりをして、自らを慰める。自分に納得させることができる限り、ほかのことはどうでもいい。ロシアが条約から息をつく暇以上のものを得たのかどうか、いまや疑わしい。ロシアは、そのことをわれわれがミュンヘンでやったより、ずっとうまくやったけれども。たぶん、イギリスとソ連は、結局のところ同盟を結ばざるを得ないだろう。それは実際の利害が、心からのイデオロギー的憎悪に勝《まさ》った興味深い例だ。

今、『ニュー・リーダー』(56)はペタンとその一味による「裏切り」と、ヒトラーに対する「労働者の闘争」について書いている。おそらく同紙は、もしヒトラーがイギリスに侵攻してくれば「労働者」のレジスタンスを支持するだろう。で、労働者はどんなもので闘うのか？　武器で。だがI・L・Pは武器工場で生産妨害をすることを同時に求めている。こうした連中は自慰的妄想にほぼすべて生きている。自分たちの言動が、どんな事象にも、たった一つの砲弾を作ることにさえも影響しないという事実に慣らされているのだ。

四〇年六月二十八日　事態の展開にひどく気が滅入っている。今朝、医療局に行ったが、はねられた。私の等級はCで、現在、その等級の者はどの軍団にも入れない……呆れるのは、健康状態は平均以下だが、少なくとも病人ではない者に何か役に立つ場が与えられない組織の想像力の欠如だ。軍隊は厖大な量の事務的仕事を必要としていて、そのほとんどは、完全に健康だが半文盲の者によって行われている……政府が概して政治的に信頼できないインテリゲンチャを使わないというのは許せる。一国の軍事動員の可能な総人員を動員しようとし、奢侈品製造業から生産的仕事に人を移そうとしているなら。そういうことは、まったく起こっていない。どんな通りを見ても、それはわかる。

ロシア軍がベッサラビア〔ソ連邦とルーマニア国境の地方〕に入った。実際、それは世間でなんの関心も掻き立てなかった。それに関して立ち聞きできたわずかな言葉は一応肯定的なもので、少なくとも敵意に満ちたものではなかった。ロシア軍がフィンランドに侵攻した時は、大衆は非常に憤激した。その違いは、フィンランドとルーマニアは問題が別のせいだとは思わない。それはおそらく、われわれ自身が苦境にあるという事実のためと、ロシアのその動きがヒトラーを当惑させるかもしれないという考えのためだろう——しかし、それはどうやらヒトラーに承認されているに違いないと、私は思う。

四〇年六月二十九日　英国政府はドゴール(57)を承認したが、明らかに曖昧な態度で。つまり、英国政府はペタン政府を承認しないと、はっきり言っていないのだ。

非常に希望の持てる一つのことは、新聞がわれわれの側に立っていて、その独立性を保持しているということだ……しかし、それに含まれているのは、新聞の「自由」が実際には既得権益と、もっぱら（広告を通して）

奢侈品業界に依存しているという難点だ。直接的裏切り行為には抵抗するであろう新聞は、チョコレートや絹の靴下を宣伝して生きているので、奢侈品生産を減らすということについて、強硬な態度がとれない。

四〇年六月三十日　今日の午後、リージェント・パーク[58]で、全「ゾーン」のL・D・Vのパレードが行われた。全「ゾーン」とは、建前はそれぞれ約六十人から成る十二の小隊（実際には、現在それよりやや少ない）である。大多数が老兵で、平服で演習に加わる者がいつもいるという惨めな外観を考慮しても、ひどい連中ではなかった。たぶん、二五パーセントは労働者階級だろう。リージェント・パーク地区でそのパーセンテージなら、ほかの地区では、もっとずっと高いパーセンテージに違いない。L・D・Vが、労働者階級の手に全指揮が委ねられねばならない非常に貧しい地区で分遣隊を作るのを避ける傾向があるのかどうかは、私はまだ知らない。今のところ、全組織は変則的で混乱した状態にあり、多くの違った可能性を持っている。すでに人々は自発的に地元の防衛団を結成しつつあり、おそらく手榴弾がアマチュアによって製造されているだろう。上層部がこうした傾向に非常な恐れを抱いているのは疑いない……パレードを閲兵した将軍は例によって老齢の低能で、実際、よぼよぼだった。そして、これまで聞いたことのないほどに、なんとも気の抜けたスピーチをした。しかし隊員たちは、鼓舞されたくてうずうずしていた。ライフル銃がついに届いたという知らせを聞くと、大喝采が起こった。

きのう、バルボ[59]が死んだというニュースがビラ広告に書いてあるのを、C[60]とM夫妻[61]と通りを歩いている時に見た。Cと私はすっかり嬉しくなった。Cは、バルボとその友人たちがサヌーシー教徒〔戦闘的なイスラム教の一派〕の指導者を飛行機に乗せて空から投げ落としたと言った。M夫妻でさえ（ほとんど純粋な平和主義者なのだが）嬉しくなくはなかったろうと思う。E［アイリーン］も喜んだ。その後、夕方（私は夜をクルームズ・ヒル[62]で過ごした）、私たちは、二十日鼠が流しの下に滑り落ち、側面を這い上がってこられないのを見た。二人は、鼠が登ってこられるようにと、非常な苦労をして鱗片石鹸等の箱で階段のようなものを作った。しかし、その頃には鼠はひどく怯えてしまい、流しの端の鉛の細長い板の下に逃げ込み、動こうとしなかった。二人が三十分ほど放っておいても動かなかった。とどのつまり、Eが指で鼠をそっと抓《つま》み出し放してやった。こうしたことは大したことではない……しかし、いかにテティス号[63]の惨事が、実際、食欲がなくなるほどに自分の気持ちを乱したかを思い出すと、敵の潜水艦が海底に沈んだということを聞いて実際に嬉しくなるのは、戦争の恐るべき影響だと思う。

四〇年七月一日　新聞はいまや六頁、つまり三枚に減った[64]。活字も小さくなった。今日の『ニューズ・クロニクル』の大まかな分析――六頁＝四十八欄。そのうち（第一面の見出しのほか、小さな広告は除外）、十五欄または約三分の一が広告。そのうち約一と二分の一の欄が求人広告等で占められているが、広告の大部分は多かれ少なかれ無用な消費財の広告である。経済欄も広告と重なっているが、おそらく、重役会議等の報告は会社自体が金を出して書かせているのだろう。

今日の『エクスプレス』は六頁、四十二欄から成り、そのうち十二欄が広告で占められている。

今日の全紙は、バルボは実は味方にやられたという噂を載せている。ちょうど、フォン・フリッチュ将軍[65]のように。近頃は戦闘で著名な人物が死ぬと、こうした推測が必然的に生まれる。スペイン戦争の場合は、ドゥルーティとモラ将軍だった[66]。バルボに関する噂は、バルボが死んだとされる空中戦について何も知らないという英国空軍の声明から生まれた。もしそれが嘘なら（十分にありうることだが）、英国のプロパガンダがもたらした最初の上々の手柄だ。

四〇年七月三日　物を考える人間のあいだで、絶望感に近い感情が至る所に見られる。それは、政府が何も行動を起こさないためと、指導層の中に、死せる精神を持った者と親ファシストが依然としているためだ。この状況を確実に正す唯一のことは、ドイツが侵攻してきて失敗することだという認識が高まっている。そして、これと一緒に、ヒトラーが結局はイギリスに侵攻して来ず、アフリカと近東に侵攻するのではないかという懸念が強まっている。

四〇年七月五日　オラン[67]でのフランスの戦艦に対する攻撃で、ほぼまったく英国側に死傷者が出なかったという事実は、フランスの水兵が大砲を発射するのを拒否したか、あるいは少なくとも、いい加減に大砲を発射したかであるのを、かなり明確にしている……新聞は「フランス艦隊、戦闘力喪失」等々と書き立てているが、実際に書かれている船のリストを見ると、フランス海軍の約半分が仕留められていない。潜水艦の半分以上も、間違いなく。しかし、何隻が実際にドイツかイタリアの手に落ちたのか、何隻が依然として航行しているのかについては、新聞は何も書いていない……ドイツのラジオが凄まじい怒りを爆発させた放送をしたことは（もし報道が正しければ、チャーチルをトラファルガー広場で絞首刑にしろと英国民に実際に呼びかけた）、その作戦行動がいかに正しかったかを証明している。

四〇年七月十日　英国海軍はダカールの港に停泊していたフランスの戦艦リシュリュー号を航行不能にした(68)。しかし、フランス領西アフリカの港を占拠する動きはない。それらの港が堅固に守られていないのは確実だ……ヴァーノン・バートレット(69)によれば、ドイツは私が以前予見したような線に沿って和平を提案しようとしている。つまり、イギリスはヨーロッパから手を引くが、大英帝国はそのまま保持し、チャーチル政権はヒトラーが容認できる政権に替える、というものだ。その提案に同意したがっている一派がイギリスに存在していて、影の内閣が結成されているに違いない、とドイツは憶測しているのだ。大衆がそんな取り決めを認めるなどと想像するのは信じ難い。まず、行き詰まるまで闘わない限りは。ウィンザー公(70)はバハマ総督として船で送り出された。事実上の流刑だ……ゴランツが出版した本、例によってミュンヘンの一味を「弾劾」した『罪を犯した男たち』は飛ぶように売れている。『タイム』によると、アメリカの共産主義者は、アメリカの武器がイギリスに行くのを地元のナチとぐるになって妨げようとしている。さまざまな共産主義者が、地方でどのくらいの行動の自由を持っているのか、定かにはわからない。ごく最近まで、そんな自由はまったく持っていないように見えた。しかし近頃、彼らはそれぞれ違った国で、矛盾する政策を追求していることがある。彼らは、「方針」に厳密に固執することが消滅を意味するなら、その方針を捨てることが許されているということは考えうる。

四〇年七月十六日　この数日、本当の意味でのニュースがない。英国政府が日本に半ば降伏したということ以外。すなわち、一定期間、滇緬公路《ビルマルート》沿いに軍需物資を運ぶのをやめるという協定を結んだのだ。しかしそれは、あとの政府が取り消せないほど決定的なものではない。F(71)が考えるには、それは日本を宥和する英国政府の最後の努力（つまり、香港等に投資している者の最後の努力）で、そのあと、彼らは中国をはっきりと支援せざるを得なくなるだろう。そうかもしれない。しかし、なんという物事のやり方だろう——追い込まれるまでは適切な行動を起こさず、起こした時には、世界中の国がその動機が正直なものであるのを信じなくなっている。

W(72)が言うには、ロンドンの「左」のインテリゲンチャは、いまや完全に敗北主義者で、現状を絶望的なものと見なし、降伏することを願っているのも同然だ。彼らが人民戦線を結成してファシズムに対抗せよと喚いていた時、いざとなると怯えてしまうということを見抜くのは、いかに容易だったことだろう。

四〇年七月二十二日　この数日、本当の意味でのニュースがない。今の主な出来事は、始まったばかりの汎アメリカ会議と、ロシアによるバルト海諸国併合だ。それは、ドイツに対抗するためのものに違いない。クリップスの妻と娘はモスクワに行くところだ。だから彼は、そこに長期滞在するつもりらしい。スペインは石油を大量に輸入していると言われている。ドイツが使うためなのは明らかだ。それなのに、われわれはそれを阻止しない。今朝の『ニューズ・クロニクル』に、フランコが今の戦争で中立を望んでいるとか、ドイツの影響に対抗しようとしているとかといった戯言《たわごと》が多く載っていた……私の言った通りになるだろう。フランコは親英であるという見せかけを強調しているが、それは英国政府がスペインを手柔らかに扱い、どんな量でもスペインからの輸入品を認める理由に使われるだろう。だが最終的には、フランコはドイツ側につくだろう。

四〇年七月二十五日　なんのニュースもない、実際……自分の子供をカナダにやった者たちは、すでに後悔している[73]。空襲による先月の犠牲者、つまり死者は約三百四十人だと発表された。もし本当なら、同じ期間の交通事故による死者の数より相当少ない……L・D・Vはいまや百三十万人を擁すると言われていて、新兵の補充をやめている。そして、国土防衛軍《ホーム・ガード》という名称に変わる。N・C・Oとして働いている者は、正規軍から来た者に取って代わられるという噂がある。それは、当局がL・D・Vを戦闘力として真剣に扱い始めたか、それとも、L・D・Vを恐れているかを示しているようだ。

目下、ロイド・ジョージ[74]がイギリスのペタンになる可能性がある、という噂がある……イタリアの新聞も同じ主張をしていて、L・Gの沈黙がそれが正しいことを証明していると言っている。もちろん、L・Gが本当の悪意や嫉妬からその役割を演ずると想像するのは容易だ、なぜなら、仕事が与えられなかったから。しかし、実際にそうしたコースを喜んでとるであろう保守主義の輩と彼が協力すると想像するのは、それほど容易ではない。

いつものことだが、通りを歩きながら、どの窓が機関銃巣に向いているだろうと、知らず知らず考えている。D[75]は自分もそうだと言っている[76]。

四〇年七月二十八日　今日の夕方、一羽の青鷺がベイカー街を飛んでいるのを見た。しかしそれは、一、二週間前に見たことほどに信じ難い光景ではない。つまり、ロード・クリケット場の真ん中で長元坊《ちょうげんぼう》〔小型の隼〕が雀を殺していたのだ。戦争が、すなわち交通の減少が、ロンドン中心部での鳥の生活範囲を広げるのだ。

名前をいつも忘れてしまうのだが、ある小柄な男が、ファシスト党[77]の分派の、世間でホーホー卿と言われているジョイスを知っていた。彼が言うには、ジョイスはモーズリー[78]を激しく憎んでいて、印刷を憚るような、なんともひどい言葉でモーズリーについて話した。モーズリーはイギリスにおけるヒトラーの第一の支持者だが、ヒトラーがモーズリーの一味の一人ではなくジョイスを使っているというのは興味深い。それは、ボルケナウが言ったことを裏付けている。つまりヒトラーは、あまりに強力なファシスト党がイギリスに存在するのを欲していない[79]。どうやらその動機は、分裂させること、分裂した者をさらに分裂させることのようだ。ドイツの新聞はペタン政府を攻撃しているが、どんな動機で攻撃しているのか定かではない。また、ドイツの統制下にあるフランスの新聞の何紙かも同様だ。もちろん、ドリオ[80]がこの点で目立っている。パリにいるドイツ軍がベルジュリ[81]を利用しているという記事を『サンデー・タイムズ』で読んだ時も、私はショックを受けた。しかし、こうしたことを私は用心して受け取る。こうした小さな反体制の左翼の党は、右翼にも公式の左翼にも同様に習慣的に欺かれているからだ。

四〇年八月八日　エジプトに対する、というよりむしろ英領ソマリランドに対するイタリア軍の攻撃が始まった。まだ本当の意味でのニュースはないが、ソマリランドは、同地に駐屯しているわれわれの部隊ではもちこたえられないということを、新聞は仄めかしている。重要地点はペリムだ。そこを失えば、紅海は事実上閉鎖されてしまう。

H・G・ウェルズ[82]はチャーチルをよく知っていて、彼は善人で、金銭ずくでも、出世主義者でさえもないと言っている。彼はいつも、「ロシアの人民委員のように」暮らし、自動車や何かを「徴発」するが、金には無頓着だ。しかし、［H・G・ウェルズは］言う、チャーチルは現実に対して目を閉じる傾向がある、また、個人的友人を決して裏切らないという弱点を持っているので、そのため、さまざまな人間の馘《くび》を切らないという結果になる。［ウェルズは］難民に対する迫害について、人とすでに相当の言い争いをした。そして、すべての戦争遂行妨害《サボタージュ》の中心は陸軍省だと見なしている。反ファシストの難民を投獄するというのは、完全に意識的なサボタージュで、それは、そうした難民の何人かがヨーロッパの地下運動と接触していて、いつか「ボリシェヴィキ」革命を起こすのではないかという考えから生まれていると、彼は信じている。支配階級の観点からは、そういう事態は敗北よりずっと悪いのだ。スウィントン卿[83]が最も責められるべきだと、彼は言う。それは卿［スウィントン］の意識的な行動だと思うか、彼に訊いた。そういうことを断定するのは、常にきわめて難しいのだ。卿［スウィントン］は自分が何をしているのか完全に自覚していると信じる、と彼は言った。

今夜、ダンケルク作戦に従事した一人の将校の、スライドを使った講演に行った。ひどく下手な講演だった。彼が言うには、ベルギー人はよく闘った、通告なしに降伏したというのは本当ではないと言ったが（事実、三日前に通告した）、フランスについては悪く言った。民家で略奪行為を働いてから大急ぎで逃走してゆくズアーヴ兵の連隊の写真を一枚、彼は持っていた。一人の男は舗道で泥酔して寝ていた。

四〇年八月九日　家計がまったく耐えられないものになりつつある……所得税の係[84]に長文の手紙を書き、こう指摘した。戦争のせいで実際に生計が立たなくなったと同時に、政府がどんな種類の仕事もくれない。作家に本当に関連のある事柄、すなわち、この悪夢のような状態が続いているうちは本を書くことが不可能だという事実は、公的にはなんの重みもない……政府に対して私はなんの良心の咎めも感じずに、できれば税金逃れをするだろう。しかし、イギリスには自分の命を、すぐにでも捧げる、もし必要だと考えたなら。だが税金については誰も愛国的ではない。

　この数日、本当の意味でのニュースはない。空中戦に関するニュースばかりで、もし報道が正しければ、英国がいつも、いわば大量点を挙げている。英国空軍の将校の誰かと話し、そうした報道が正しいのかどうか知りたいものだ。[85]

四〇年八月十六日　ソマリランドでは事態がどうやら悪化しているようだ。エジプト攻撃の側面作戦が、という意味だ。海峡の上で大規模な空中戦があり、もし報道が少しでも正しいなら、ドイツの損害は甚大だ。例えば、約百四十五機がきのう撃墜されたと報じられている……ロンドンの中心の連中は、どう行動すべきかを学ぶのに、一度本物の空襲を体験するといい。目下、みんなの行動は極度に馬鹿げている。交通以外の何もかも止まってしまうが、なんの用心もしていない。最初の十五秒ほどは大騒ぎで、ホイッスルが吹かれ、子供は家の中に入れと怒鳴られる。すると人々は通りに集まり始め、敵機を予期するような格好で空を見つめる。人は、日中は爆弾の炸裂する音が聞こえる前にシェルターに入るのは恥ずかしいと思っているようだ。

　火曜日と水曜日の二日は、ウォリントンでは素晴らしい日だった。新聞もないし、戦争のことを口にする者もなかった。人はオート麦を刈っていた。私たちは二日とも、兎を追わせるためにマルクスを外に連れて行った。そうすると、マルクスは意外なほど速く走った。そうしたことは、私を子供時代にすっと連れ戻した。おそらく、もう二度と経験することのない、ああした生活の最後の名残だろう。

四〇年八月十九日　空襲の際の特徴は、遠く離れた場所の被害について、ほとんど誰もがごくあっさりと信じ込んでしまうことだ。ジョージ・M[86]は最近ニューカースルから帰ってきた。ニューカースルは手ひどくやられたと世間では信じられているが、彼の話では、被害は大したことはない。一方、彼はロンドンが壊滅状態になっているのを予期して帰ってきたが、帰ってきて最初に発した質問は、「ひどい目に遭ったかどうか」だった。アメリカのような遠い場所にいる者が、ロンドンは炎に包まれているとか、イギリス人は飢えているとか信じているのは、容易に理解できる。同時に、こうしたことから、ドイツ西部に対するわれわれの空襲による損害が、報道されているよりずっと少ないのではないかという推測もできる。

四〇年八月二十日　新聞はソマリランドからの撤退を希望的に解釈しているが、実は深刻な敗北で、英国の領土の、この数世紀で最初の喪失だ……新聞は（ともかくも今日読んだ唯一の新聞である『ニューズ・クロニクル』は）、断固、そのニュースをよいものとして扱うことにしているのは残念だ。それは、政府にさらにいくつかの失敗を重ねさせる、もう一つの要因になるかもしれない。

いまや空襲が日常的なものになっているのに、歩哨に鉄兜が支給されていないので、国土防衛軍のあいだに不満が高まっている。マクナマラ将軍はこう釈明している。正規軍でもまだ三十万個の鉄兜が不足している――戦争が始まって一年近く経っているのに。

四〇年八月二十二日　ビーヴァブルックの新聞は、私の見たほかの新聞の見出しと比べると、トロツキー殺害[87]はG・P・Uによって実行されたのではないかという考えを軽く扱おうとしているようだ。事実、今日の『イヴニング・スタンダード』は、トロツキーについていくつかの別々の記事を載せているが、その考えについては言及していない。間違いなく、同紙[88]は依然としてロシアに気を配っていて、ロウの諷刺漫画が載っているにもかかわらず、なんとしてでもロシアのご機嫌が取りたいのだ。しかし、その下にもっと巧妙な策略があるのかもしれない。『スタンダード』の現在の親ロシア方針の責任者たちは犀利《さいり》なので、人民戦線「路線」がロシアとの繋がりを確保する方法では実際はない、ということを知っているに違いない。しかし、そうした責任者たちは、左翼系の考えを持っているイギリスの大衆が、反ファシスト政策がロシアを味方につける手段であるのを当然と見なしているのも知っている。したがって、ロシアを褒めそやすのは、世論を左にもって行く手段なのだ。私がいつも、他人のこうした狡い動機を見つけるのは奇妙な話だ。私は狡猾ではまったくなく、間接的手段を使うのは、たとえ必要だと思ってさえ、自分にとって難しいからだ。

今日、ポートマン広場で四輪馬車を見た。ちゃんと手入れがされていて、立派な馬で、御者も文句なく一九一四年以前のタイプだった。

四〇年八月二十三日　今朝、午前三時頃、警戒警報が発令された。起き上がって時計を見、何もできないと感じたので、すぐにまた寝た。当局は警報システムを変えることを口にしているが、そうせざるを得ないだろう、もし、警報が出るたびに、浪費された時間、失われた睡眠等で数千ポンドの損失になるのを当局が防ぐつもりなら。目下、ドイツの飛行機がある一箇所に来ているだけなのに、広範囲に警報を出すというのは、人が必要もなく起こされたり、仕事から引き離されたりすることになるだけではなく、空襲警報は常に誤りだという印象を広めることにもなる。それは明らかに危険だ。

国土防衛軍の制服を貰った。二ヵ月半後だ。

昨夜、――[89]将軍の講演に行った。彼は約二十五万人を指揮している。軍に入ってから四十一年経つと言った。フランドル作戦に参加したが、無能だったので limogé[90]されたに違いない。彼は国土防衛軍が静的な防衛力であることを詳説し、われわれが「地形を利用して身を隠す」演習や、「匍匐前進」の演習をするのは無意味だと、軽蔑した口調で、かなり露骨に言った。オスタリー・パークの訓練所[91]を当てこすったのは言うまでもない。われわれの仕事は、と彼は言った、殉職することだ。銃剣訓練についても詳しく話し、正規軍の階級、敬礼等が間もなく導入されるということを仄めかした……こうした惨めな老いぼれ太っちょどもは、あまりにも愚かで耄碌していて、肉体的勇気以外のあらゆることにおいて退化していて、ただもう哀れな人物でしかなく、もし、われわれにとって迷惑至極な存在でなければ、同情してしまう。こうしたひとりよがりの激励演説に対する下士官兵の態度は、熱意を示したくてうずうずし、喝采し、冗談に対して笑おうとするというもののはずだが、下士官兵はその間ずっと、何かが間違っているということを半ば感じている――それは、私にはいつも惨めに思える。今こそまさに、演壇に飛び乗り、いかに自分たちの時間が無駄にされているか、いかに戦争で負けているか、それは誰のせいなのかを話し、立ち上がり、太っちょどもをシャベルでゴミ箱に投げ入れるように聴衆に呼びかけるべき時なのだ。彼らがそうした愚劣な話を聴いているのを見ると、若い仔牛が糞を食べているのを見たという、サミュエル・バトラーの『手帖』の例の一節をいつも思い出[92]す。その仔牛は自分がそれを好んでいるのかどうか、よくわからない。必要なのは、経験豊かな牛が、角でその仔牛を突いてやることだ。そうしてやれば仔牛は、糞を食べるのはよくないことだということを一生忘れないだろう。

きのう、ロシアという国は、トロツキーなしにどうやっていくのだろうと、ふと思った。または、ほかの国の共産主義者は。たぶん彼らは、トロツキーの代わりを作らざるを得ないだろう。

四〇年八月二十六日　（グリニッジ）。二十四日の空襲は、私に関する限り、ロンドンに対する最初の本格的な空襲だった。つまり、爆弾の音を聞いた最初の空襲という意味だ。私たちが玄関のところで見ていると、東インド埠頭《ドック》が爆撃された。日曜の新聞には、埠頭が空襲を受けたということは書いてない。とすると、どうやら重要な目的物が被弾した時は、当局は隠すようだ……それは大きなバーンという音だったが、大地が震えるといった印象はまったくなかった。したがって、彼らが落としているのは、それほど大きな爆弾ではないようだ。モンフローリーテ〔スペイン北東部の村〕の病院に入院していた時、ウエスカの近くに二発の大きな爆弾が落ちたのを覚えている。最初の爆弾は四キロも離れたところに落ちたのだが、家を揺るがす恐ろしい轟音がし、私たちみんな驚いてベッドから飛び出して逃げた。たぶん、二千ポンド爆弾[93]だったのだろう。目下落とされている爆弾は、五百ポンド爆弾だ。

当局は警報の範囲を限定することについて、早急に何かしなければならないだろう。現在、一機の飛行機がロンドン上空のどんなところに現われようと、そのたびに数百万の者が目を覚ますか、仕事から引き離されるかだ。

四〇年八月二十九日　この三夜の空襲警報は、合計十六時間から十八時間になる……こうした夜間空襲が、もっぱら嫌がらせのつもりなのは言うまでもない。そして、サイレンの音を聞いたら、誰もがシェルターに逃げ込むことが当然とされている限り、ヒトラーは無期限にわれわれの仕事を中断させ、眠りを奪うために、一度に五、六機の飛行機を送って寄越せばいいのだ。しかし、そんなことを気にする者は、すでにいなくなりつつある……二十年間で初めて、バスの車掌が癇癪を起こし、乗客に無礼な言葉を吐くのを耳にした。例えば先日の夜、闇の中から声がした。「このバスの車掌は、奥さん、俺かね、あんたかね？」この前の戦争の終わり頃をすぐに思い出した。

E［アイリーン］と私は空襲に最小限の注意しか払わないようにしてきた。私は正直なところ、空襲はまったく心を乱さないという気持ちでいた。空襲が引き起こす混乱以外は[94]。ところが今朝、警備勤務から戻ってきて、いつものように二時間ほど寝たが、爆弾が近くに落ち、震え上がったという、実に不愉快な夢を見た。私たちのスペイン滞在も終わりに近づいた頃によく見た夢は、なんの隠れ場所もない草の土手にいて、臼砲の砲弾が周りに落ちるというものだった。

四〇年八月三十一日　今では、二十四時間毎に五、六回ほど空襲警報が鳴るが、うんざりしてきた。大規模な爆撃で、自分の居住区に対するもの以外、空襲を無視すべきだという意見が急速に広まっている。リージェント・パークを散歩している者の少なくとも半数が空襲警報に注意を払わないと思う……昨夜、私たちが寝ようとした、ちょうどその時、かなり大きな爆発音がした。そのあと、凄まじい大音響で目を覚ました。メイダ・ヴェイル[95]に爆弾が落ちた音だとのことだ。E［アイリーン］と私は、大きな音だと言っただけで、また眠りに落ちた。高射砲が発射されていると漠然と思いながら眠りに落ちると、心はスペイン戦争の頃に戻っていた。眠るのに具合のいい麦藁、乾いた足、これから数時間は休息できるという見込み、遠くの砲声。砲声は遠くのものであれば、眠気を催させる。

四〇年九月一日　最近、略帽〔通常軍装の時の歩兵の帽子〕を買った……サイズ7以上の略帽は滅多にない。どうやら当局は、兵士はすべて頭が小さいと思っているらしい。それは、パリでR・R[96]が軍隊に入ろうとした時、ある高官が彼に言った言葉と符合する――「いやはや、前線で僕らが知的な人間を必要としていると君は思っているんじゃなかろうね？」国土防衛軍の制服は首回りが二十インチだ……どの店も国土防衛軍で一儲けしようとし始めている。カーキ色のワイシャツ等が「国土防衛軍向き」という札を付け、途方もない値段で陳列されている。バルセロナの場合と同じだ。初めの頃は、民兵だというのが当世風だった。

四〇年九月三日　きのう、最近カーディフから帰ってきたC夫人[97]と話した。そこでの空襲はほとんど絶え間なく、とうとう、埠頭での仕事は空襲のあるなしにかかわらず続行されることが決定された。そのほぼ直後、一機のドイツ軍機が船の船倉に爆弾を命中させた。C夫人によると、そこで働いていた七人の遺体は、「バケツで運び出されねばならなかった」。直ちに埠頭でストライキが断行され、そのあと、空襲の際には彼らは再び避難することになった。こうしたことは新聞には載らない。いまやあらゆる方面から、ごく最近の空襲、例えばラムズゲートに対する空襲での死傷者の数は公式に少なくされていると言われている。それは、百人が死んだ等々なのに「損害はごくわずか」という文句を読むのは好きではない地元民を、ひどく怒らせている。今月、つまり八月の死傷者の数を見るのは興味深いだろう。一ヵ月約二千人なら当局は真実を語るだろうが、それを超えると、数字を隠すだろう。[98]

マイケル[99]は自分の衣類工場（個人経営の小さなものらしい）で、先週の空襲によって無駄になった時間は、五十ポンドに相当すると推定している。

四〇年九月七日　空襲警報は今では頻繁に出され、長く続くので、人は今、警戒警報が出されているのか、警戒警報解除のサイレンが鳴ったのか絶えず忘れてしまう。爆弾と高射砲の音はごく近い時（二マイル以内を意味するだろう）以外、いまや睡眠や会話の通常の背景音として受け取られている。自分がじかに巻き込まれているると感じるような爆弾の音は、まだ聞いていない。

チャーチルの演説では八月中に空襲で死んだ者は千七十五人だ。たとえそれが本当だとしても、市民の死者しか含まれていないのだから、非常に控え目な数字だろう。空襲に関する当局の秘密主義は驚くべきものだ。今日の新聞は、一発の爆弾が「ロンドン中心部」の広場に落ちたことを報じている。それがどの広場だったのかを知るのは不可能だ。何千人もの人間が知っているはずだが。

四〇年九月十日　この数日の気違い沙汰について多くを書くことはできない。問題なのは、爆撃自体が怖いというより、普段の仕事を続けなければならないのに、空襲があるたびに交通が混乱し、電話が頻繁に不通になり、店が閉まる等々のせいで、人は疲弊し、生活は失った時間を取り戻そうと絶えずあせるものになるということだ。爆弾等について、ここに二、三書いて置く――

私は約十二フィート以上の深さの漏斗孔《じょうご》を見たことがない。グリニッジの家の真ん前のは（空襲で中断。四〇年九月十一日に書き継いだ）、スペインで見た、一五センチ砲の砲弾によって出来た漏斗孔くらいの大きさでしかなかった。爆発音は総じて凄まじいが、ウエスカに落とされるのを見た巨大な爆弾の爆発音ほどに掛け値なく衝撃的なものではない。「悲鳴《スクリーミング》」爆弾〔落下する時に悲鳴のような音を発したドイツの爆弾。効果がなかったので、のちに使われなくなった〕は勘定に入れないとして、私は爆弾のヒューという音をこれまでに何度も聞いた。それを聞くと、自分は最大、爆弾から一マイル以内のところにいるはずだと思う。そのあと、圧倒的に大きいとは言えない爆発音がする。概して、彼らは小型の爆弾を使っていると私は結論付ける。オールド・ケント・ロードで被害の大半を与えた爆弾は、奇妙なほどに限定的な効果しか持っていなかった。しばしば、小さな家は煉瓦の山に化してしまうが、隣の家の煉瓦はほとんど欠けていない。焼夷弾についても同じことが言え、家の内部を完全に焼き尽くすが、正面はほぼ無傷という場合がある。

遅延作動爆弾は非常に厄介だが、軍はその大半の位置を特定し、爆弾が破裂するまで近所の住民全部を避難させるのに成功したようだ。南ロンドンの至る所で、陰気な顔をした小さな群れの人々が、スーツケースや包みを持ってうろついているが、家を失った人々か、このほうが多いケースだが、不発弾のせいで当局から立ち退かされた人々だろう。

注目すべきこれまでの損害。四〇年九月七日と八日に埠頭で、四〇年九月九日にチープサイドで凄まじい火災。イングランド銀行は煉瓦が少し欠けただけ（壁から約十五フィートのところに漏斗孔）。グリニッジの海軍兵学校も煉瓦が少し欠けただけ。ホールボンでは大きな被害。メリルボンの貨物操車場に爆弾。[100] タッソー蠟人形館の映画館は倒壊。ほかにいくつかの大火災。多くのガス本管と電線、切断。道路交通の迂回。ロンドン橋とウェストミンスター橋の数日間の使用不能。二、三日徐行をせざるを得ないほどの鉄道交通の被害。南ロンドンのどこかにある発電所に爆弾。そのため路面電車はほぼ半日運転中止。ウリッジ[101]が非常な被害を受けたという話。四〇年九月七日、火柱と煙から判断すると、テムズ川河口の二本か三本の巨大な石油運搬用ドラム缶に爆弾。牛乳と手紙の配達はある程度遅れ、新聞は大半数時間遅れ、すべての劇場（地下にあるクライテリオン座[102]以外）は四〇年九月十日に閉鎖された。すべての映画館も閉鎖されたと思う。

昨夜の大半、公共シェルターで過ごした。約十五分置きに、そう遠くないところで爆弾のヒューという音と破裂音が繰り返されたので、そこに行かざるを得なかったのだ。混み過ぎているので、なんとも不快だった。もっとも、設備は整っていて電灯も扇風機もあったけれども。大半が年配の労働者階級の人々は、椅子が固いことや夜の長いことをひどくこぼしていたが、敗北主義的な話は一切しなかった……いまや人々は、毎日夕暮れ時になると寝具を持ってシェルターの入口に列を作る。最初に来た者が床の場所を占め、たぶん、一応快適に夜を過ごすのだろう。日中の空襲は別にして、空襲の時間はかなり規則的に午後八時から午前四時半までだ。つまり、日没から夜明け少し前までだ。

この四夜のような激しさで三ヵ月連続空襲されれば、誰でも士気を失ってしまうだろう。しかし、それほどの規模で三ヵ月も攻撃をし続けることができるのかどうか疑問だ。とりわけ、攻撃する側も苦しんでいるのだから。

四〇年九月十二日　本格的な空襲が始まるとすぐに、人々が通りで赤の他人に以前より、ずっと気軽に話しかけるようになったのに気づいた……今朝、汚いオーバーオールを着た二十歳《はたち》くらいの青年に出会った。自動車修理工場の工員だろう。彼は戦争を苦々しく思っていて、敗北主義者だった。彼が言うには、チャーチルはエレフ

ァント[103]近くの爆撃された一帯を訪れ、二十二軒のうち二十軒が破壊された場所を見て、「そう悪くもない」と言った。青年――「奴がそう俺に言ったなら、奴の首っ玉をねじってやる」。彼は戦争について悲観的で、ヒトラーが間違いなく勝ち、ロンドンをワルシャワと同じような状態にしてしまうと思っている。また、南ロンドンで家を失った人々について悲痛な調子で話し、ウェストエンドの空き家を彼らのために徴発すべきだと私が言うと、わが意を得たようだった。戦争はすべて金持ちの利益のために戦われていると彼は思っているが、この戦争はたぶん革命で終わるだろうという点では、私に賛成した。そうではあっても、彼は非愛国的ではなかった。彼の不満の一部は、この半年で四回空軍に入ろうとしたが、いつも拒否されたことだった。

今夜と昨夜、軍は高射砲で連続砲撃をするという新しい手法を試していた。どうやら盲滅法に撃っているのか、ただの空砲を撃っているのかのどちらからしい。砲弾を破裂させる高さを推定する音響探知機のようなものがあると思うのだが……砲声は凄まじく、ほぼ連続的だが、私は気にしない。味方がやっているのだと思うと。昨夜はS[104]のところで過ごした。一晩中、広場の砲列が短い間隔で発射していた。あそこではどんな爆弾の音も聞こえなかったので、気楽に眠り通した。

イーストエンドと南ロンドンの大混乱は、誰から聞いても恐ろしいものだ……昨夜のチャーチルの演説は、目睫に迫った敵の侵入の危険に、非常に深刻に言及したものだった。もし侵入が実際に試みられ、見せかけでなかったなら、おそらく彼らの考えは、南海岸の空軍基地を壊滅させ、そのあと、地上防衛施設を徹底的に爆撃し、同時に、ロンドンと、その南への交通機関をできる限り混乱させるか、あるいは、われわれの防衛軍をできるだけ南に引き寄せておくかしてから、スコットランドか、またはアイルランドに攻撃をしかけるというものだろう。

一方、国土防衛軍のわれわれの小隊では、三ヵ月半経ったあと、ほぼ六人に一人しかライフル銃を持っていず、ほかに焼夷弾以外、なんの武器も持っていない。また、四人に一人しか制服を持っていないだろう。結局、当局は各人にライフル銃を家に持って帰らせるのをあくまで認めなかった。[105]ライフル銃は全部一箇所にまとめて置かれているので、いつか夜、爆弾ですっかりやられてしまうかもしれない。

四〇年九月十四日　高射砲が弾幕を張った最初の夜、[106]それが最も激しいものだったが、高射砲は五十万発の砲弾を発射したと言われている、つまり、砲弾一個が平均五ポンドなので、二百五十万ポンド使ったわけだ。しかし、その価値は十分にある。士気に影響したのだから。

四〇年九月十五日　今朝、飛行機が撃墜されるのを初めて見た。飛行機は機首を下にして、雲間からゆっくりと落ちてきた。頭上の高いところで撃たれた鴫《しぎ》にそっくりだ。それを見ていた人々は大喜びをした。そして時折、こう訊く者がいた。「あれがドイツ機なのは確かなんだろうか？」与えられている指示は非常にわかりにくく、飛行機の機種が多種多様なので、どれがドイツの飛行機なのか、どれが味方の飛行機なのかということさえ誰も知らない。私の唯一の見分け方は、もし爆撃機がロンドン上空で見かけられればドイツの飛行機に違いなく、戦闘機であれば味方機である可能性が高い、というものだ。

四〇年九月十七日　昨夜、この一帯で午後十一時頃まで激しい爆撃があった……私はこの家の玄関で、二人の青年と、彼らと一緒にいた一人の少女と話していた。三人の心理的態度は興味深かった。三人は大っぴらに、恥ずかしげもなく怯え、膝がガクガクする等と話していたが、それなのに、興奮していて好奇心に満ち、爆撃の間隙に、何が起こったのか見ようと、ドアからさっと出て、爆弾の破片を拾ってきた。そのあと、階下のC夫人の補強された小さな部屋に行った。夫人の娘と、女中と、やはりここに下宿している三人の若い女がいた。女中を除いて女たちは全員、爆弾が通り過ぎて行くたびに一斉に金切り声を出し、互いに手を繋ぎ、顔を覆った。しかし、それ以外の時はごく楽しそうで正常で、会話も弾《はず》んだ。犬は何かおかしいということを知っているので、おとなしく、見るからに怯えている。マルクスも空襲のあいだそうした状態だ。つまり、おとなしく、不安そうだ。だが、空襲のあいだ狂乱し凶暴になるので、射殺しなければならない犬もいる。ここでは、みなそうだと断言している。E［アイリーン］はグリニッジでも同じだと言い、また、公園にいるどの犬も、今ではサイレンが鳴ると家に向かって駆け出すとも言っている。

きのう、シティで髪を刈ってもらっていた時、空襲の際も仕事をするのかと理髪師に訊いた。そうだと彼は答えた。誰かのひげを剃っている時でもかと私は訊いた。そうですとも、剃る手は休めませんよ。いつの日か爆弾が近くに落ちて彼は跳び上がり、客の顔の半分を殺《そ》ぎとってしまうだろう。

そのあと、バスを待っているあいだに、一人の男に話しかけられた。巡回販売員らしき男で、悪相だった。男は自分と妻がロンドンから逃げ出すということ、いかに神経が参っていて、胃の不具合に悩まされているか等々について、とりとめもなく話した。こうした類いのことがどのくらいあるのか、わからない……もちろん、イーストエンドから集団的大移動があり、毎晩、十分なシェルター施設がある場所に群衆が移っている。二ペンスの切符を買って深い地下鉄の駅、例えばピカデリーで夜を過ごすというやり方が次第に広まっている……私が話した誰もが、ウェストエンドの家具付きの空き家は、家を失った者のために使われるべきだということに賛成する。しかし、金のある強欲な連中は、そうなるのを妨ぐことができるだけの手づるを、まだ持っている。先日、数人の区議員に率いられたイーストエンドの五十人の住民がサヴォイにずかずかと入り、防空壕を使わせるよう要求した。ホテル側は空襲が終わるまで彼らを追い出すことができなかった。空襲が終わると、彼らは自主的に立ち去った。はっきりと革命的な戦争になりつつある状況で、金持ちがいかに依然としてこれまでのように振る舞っているかを見ると、一九一六年のサンクトペテルブルグのことを考える。

（晩）。こうしたひどい騒ぎの最中に物を書くのは、ほとんど不可能だ。（電灯が消えたところだ。幸い、蠟燭が数本ある。）この地区の非常に多くの通りが（電灯がまた点いた）、不発弾のせいで立入禁止になっているので、ベイカー街から三百ヤードほどの距離を家まで歩くのは、迷路の真ん中に辿り着く道を探すようなものだ。

四〇年九月二十一日　この数日、この日記を続けるために、もう一冊ノートを買おうとしたが駄目だった。すぐ近くにある三軒か四軒の文房具店の一軒を除き全部が、不発弾のせいで立入禁止になっているからだ。

当節の日常的な風景——きちんと掃き寄せて積んだガラス、石と燧石《すいせき》の破片の屑、漏れ出るガスの臭い、交通遮断線のところで待っている一群の見物人。

きのう、近くの通りの入口で、わずかな群衆が黒い鉄兜をかぶった空襲警報係の男と一緒に待っていた。凄まじい轟音がし、巨大な濛々たる煙が昇った。黒い鉄兜をかぶった男が空襲警報本部のほうに走ってくると、白い鉄兜をかぶった別の男が、バター付きパンをむしゃむしゃ嚙みながら現われる。

黒い鉄兜をかぶった男。「ドーセット広場です」

白い鉄兜をかぶった男。「オーケイ」（ノートに照合印を付ける。）

これと言って特徴のない人々がうろついている。遅延作動爆弾のせいで家から避難させられたのだ。きのう、顔がひどく汚れている以外、外観が非常に優雅な二人の少女に通りで呼び止められた。「ここがどこなのか、教えて下さいますか？」

それにもかかわらず、ロンドンの広大な一帯は、ほぼ正常で、誰もが昼間は大変楽しそうで、やってくる夜のことは考えないように見える。少しの食べ物と、日の当たる場所がある限り、将来のことは考えられない動物に似ている。

四〇年九月二十四日　きのう、オックスフォード街に行った。オックスフォード・サーカスからマーブル・アーチまで、車は一台も走ってはいず、ほんのわずかな歩行者がいるだけで、午後も遅い太陽が、がらんとした道路にじかに照りつけ、割れたガラスの無数の破片をキラキラ光らせていた。ジョン・ルイス(107)の前には、石膏のマネキン人形が山になっていた。濃いピンクで、写実的で、死体の山にそっくりで、ちょっと離れたところから見ると、死体の山と見間違えてしまう。バルセロナでもまったく同じ光景が見られた。ただバルセロナでは、神聖を汚された教会から持ち出された石膏の聖人だったが。

自分のほうにまっすぐに向かってくる爆弾（つまり、ヒューという音）が聞こえるかどうかについて議論百出である。すべては爆弾が音より速いか否かにかかっている……私が解いた一つのことは（満足のいくように、と思う）、爆弾が落ちるのが自分から遠いほど、ヒューという音を長く聞く、ということだ。したがって、短いヒュッという音は、急いで物蔭に隠れなければならない音だ。それは実際に、砲弾を避ける際に通用する原則だと思うが、人はそのことを、一種の本能で知っているようだ。

飛行機は数分置きに戻ってくる。東洋の国にそっくりだ。蚊帳の中の最後の蚊を殺したと思っていると、電灯を消すたびに、別の蚊がブーンと飛び始める。

四〇年九月二十七日　今日の『ニューズ・クロニクル』は、はっきりと敗北主義的だ。ダカールに関するきのうのニュースのあとでは無理もない。(108)『ニューズ・クロニクル』は、ともかくいずれ敗北主義的にならざるを得ないし、もっともらしい講和条件が提示されれば、すぐさま目立った動きをするだろうという感じがする。こうした連中は、英国の支配層に対する、究極的に非国教徒的良心にもとづいた伝統的な嫌悪感以外、明確なポリシーも、責任感も、何も持っていない。こうした連中は、『ニュー・ステーツマン』等のように、単なる「騒ぎ立て屋」に過ぎない。こうした連中はすべて、戦争の状況が耐えられないものになると、すっかり参ってしまうと思ってよい。

昨夜、多くの爆弾が落ちた。この家から半マイル以内では一つも落ちなかったと思うが。爆弾が空を通って行くだけで起こる振動は驚くべきものだ。テーブルの上の物がガタガタ言うほど家全体が揺れる。もちろん、敵は今では非常に大きい爆弾を落としているのだ。リージェント・パークにある不発弾は「郵便ポスト」くらいの大きさだと言われている。ほぼ毎晩、少なくとも一回は停電する。接続部分が壊れた時のように不意にパチッと消えるのではなく次第に消えていき、たいていは五分ほどでまた点く。爆弾が近くを通る時に、なんで電灯が暗くなるのか、誰も知らないようだ。

四〇年十月十五日　ウォリントンでこれを書いているが、腕に毒が入ったため、二週間ほどやや体の具合が悪かった。あまりニュースはない――つまり、世界的に重要な事件だけで、私個人に大きな影響を与えるニュースは何もないという意味だ。

現在、ウォリントンには十一人の疎開児童がいる（十二人来たのだが一人は逃げ出し、家に送り返さねばならなかった）。彼らはイーストエンドからやってきた。ステプニーから来た小さな少女が言うには、祖父は七回、爆弾で家から追い出された。彼らはいい子のようで、ここに馴染み始めているようだ。それにもかかわらず、ある家の者はお決まりの苦情を言っている。――夫人のところにいる七歳の少年が、その例だ。「あの子は汚らしい餓鬼よ。ベッドを濡らすし、半ズボンを汚す。あたしがあの汚い餓鬼の親だったら、それに鼻をこすりつけてやるわ」

ボールドックのユダヤ人の数について、不平が聞かれる。――は[109]、地下鉄に避難している者のあいだでユダヤ人が飛び抜けて多いと断言している。そのことを確かめてみよう。

今年は乾燥した天候にもかかわらず、ジャガイモの出来が非常にいい。よいことだ。

四〇年十月十九日　毎朝、一年前の新聞で火を点け、楽観的な見出しが煙と化すのをちらりと見ると、口にできないほど気が滅入る。

四〇年十月二十一日　地下鉄の駅の広告、「男らしくあれ」（強壮な男性に向かって、そこに避難していないで、女子供に場所を譲れと呼びかけている）等について、そうした掲示を英語で印刷するのは間違いだという冗談がロンドンで広まっている、とDは言う[110]。

日曜日の夜のプリーストリーの放送[111]は暗に社会主義的プロパガンダだが、放送が中止になった。どうやら、保守党の依頼によるようだ……いまやマージソン[112]とその一味が返り咲きを果たそうとしているらしい。

四〇年十月二十五日　先日の夜、チャンセリー・レイン、オックスフォード・サーカス、ベイカー街の地下鉄の駅の群衆を観察した。全員がユダヤ人ではないが、ユダヤ人の割合は、このくらいの群衆に普段見られるより高かった。ユダヤ人の悪いところは、目立っているばかりではなく、わざと自分を目立たせようとすることだ。漫画新聞に登場するような典型的な恐るべき一人のユダヤ女が、オックスフォード・サーカスで電車から降りてきて、自分の邪魔になる者すべてに拳骨を食らわせた。それを見て、昔のパリのメトロを思い出した。

物の見方が明確に左翼のDが、今、広まっているユダヤ人に対する反感を共有している気味があるのを知って驚いた。Dが言うには、実業界のユダヤ人は親ヒトラーになりつつあるか、または、そうなる準備をしているかだ。信じ難いような話だが、Dによると、彼らは常に自分たちをやっつける者を賞讃する。私が感じているのは、どんなユダヤ人でも、つまりヨーロッパのユダヤ人でも、われわれの社会制度よりもヒトラーのような社会制度を好む、もし、ヒトラーがたまたま彼らを迫害しないとしたら、ということだ。ほとんどどんな中央ヨーロッパ人でも、例えば難民でも同じだ。彼らはイギリスを避難所として利用しているが、イギリスに対して非常に深い軽蔑の念を抱かざるを得ない。彼らの目にそれを見ることができる、たとえ、口ではっきりそうとは言わないでも。島国の人間の物の見方と大陸の人間の物の見方はまったく相容れないというのが事実だ。

F[113]によると、空襲の際、外国人のほうがイギリス人よりも怖がるというのは、まったく正しい。これは自分たちの戦争ではなく、したがって、彼らには戦争を支持するなんの理由もない。それは、労働者階級の人間のほうが中産階級の人間より怖がっているという事実――それは口にしてはいけないが、事実なのはほぼ確信している――をも説明しているのではないかと思う。

同じような絶望感が、フランス、アフリカ、シリア、スペインでの切迫した事態に感じられる――これから起こるに違いないことを予見し、それを防ぐことができないという感覚、また英国政府が、先制攻撃をするような具合に行動できないのは絶対的に確かだという感じが。この数日、空襲は、ずっと減った。

四〇年十一月十六日　砲声に無感覚になるとは思っていなかった。しかし、そうなった。

四〇年十一月二十三日　おととい、――の[114]編集長、H・Pと昼食をとった。H・Pは戦争についてかなり悲観的だ。彼の考えでは、「新秩序[115]」に対抗する策はない、つまり、この政府はどんな対案も出すことができず、ことアメリカの国民は、その「新秩序」を簡単に受け入れるようになるだろう。国民はなんであれ、そうしたドイツ側の講和の提案を罠だと見ることは確かにないのだろうかと訊いてみた。H・P――「いやまったく、私だったら国民に対してそれを史上最大の勝利に見せかけることができるんだが。国民にそう信じさせることもできるんだが」。それは本当だ、もちろん。すべては、人々にどういう形で示すか、ということだ。わが国の新聞が卑劣なことをしない限りは、国民はヨーロッパからの呼びかけに、まったく無関心だろう。しかしH・Pはこう確信している。――[116]とその一味は裏切り行為を画策している。――[117]は検閲されてはいないが、すべての新聞は現在、スペインに対する政府の政策を解釈したものを載せないように警告されている。数週間前、ダフ＝クーパー[118]は新聞通信員を招いて、「私の名誉にかけて誓うが」、「スペインの事態は実際、非常にうまくいっている」と請け合った。せいぜい言えるのは、ダフ＝クーパーの名誉にかけての誓いは、ホーアのものより価値があるということだ。

H・Pが言うには、フランスが崩壊した時、戦争を継続すべきか、講和条件を探るべきかを決める内閣の会議があった。投票の結果は、キャスティングボートを除き、五十―五十だった。H・Pによれば、そのキャスティングボートはチェンバレンが握っていた。もし真実なら、それが今後公表されることがあるかどうか疑わしい。それが、哀れな老チェンバレンの最後のおおやけの行動だった。哀れな老人の。

冬の戦時特有の音――雨粒が鉄兜に当たる音楽的なポツ、ポツという音。

四〇年十一月二十八日　きのう、『フランス』の編集長、C[119]と昼食をとった……驚いたことに彼は上機嫌で、何の不平も言わなかった。フランス人の難民は食べ物等について果てしなく苦情を言うと思っていたのだが。しかしCはイギリスをよく知っていて、以前、イギリスに住んだことがあるのだ。

彼が言うには、イギリス人が考えているより、ずっと多くの抵抗運動が、フランスの占領下の地区と非占領の地区の両方で行われている。新聞はそのことを控え目に書いているが、ヴィシー政権とイギリスの関係が続いているせいなのは疑いない。彼が言うには、フランスが陥落した時、どんなヨーロッパ人も、イギリスが戦い続けるとは思っていなかった。そして一般的に、アメリカ人も、そう思っていなかった。彼はどうやら、ややイギリス贔屓で、君主制はイギリスにとって非常に有利だと考えている。彼によれば、君主制こそが、ファシズムがここに根付くのを防いだ主な要因なのだ。また、エドワード八世が退位したのは、S夫人[120]がファシストと繋がりがあることが知られていたからだと、彼は考えている……概して、イギリスにおいては反ファシストの者は親エドワードなのだが、Cはどうやら、ヨーロッパ大陸で広まっている説を繰り返しているようだ。

Cはラヴァルの政権下[121]で情報・新聞局長だった。一九三五年、ラヴァルは彼に向かい、イギリスはいまや「見かけだけ」だがイタリアは本当に強い国なので、フランスはイギリスと手を切り、イタリアと協力しなければならない、と言った。仏ソ相互援助条約に調印して戻ってきたラヴァルは、スターリンこそヨーロッパで最も権力のある男だと言った。総じて、ラヴァルの予言は当たっていなかったようだ。彼は利口な男ではあるが。

コヴェントリーが蒙った被害について、目撃者の話が完全に食い違う[122]。遠くから爆撃の実態について真実を知るのは不可能のように思える。私たちがここで静かな夜を過ごしていると、多くの者がかすかに後ろめたく感じているのがわかる。なぜなら、工業都市では人々は実際にひどい目に遭っていると感じているからだ。また、誰もが心の奥で、自分たちはいまや空襲にすっかり慣れているが、ほかの地方の士気は、さほど信頼できないと感じている。

四〇年十二月一日　あのろくでなしのシャップ[123]が死んだ。誰もが喜んでいる、バルボ[124]が死んだ時のように。ともかくも戦争は、数人のファシストを片付けてくれる。

四〇年十二月八日　おとといの夜の放送[125]……そこで一人のポーランド人に会った。明かそうとはしない、ある地下のルートでポーランドから逃げてきたばかりだ……彼が言うには、ワルシャワが包囲された時、約九五パーセントの家が損害を受け、約二五パーセントの家が破壊された。すべての公共施設、電気、水道等は駄目になり、ついに市民はドイツ軍機に対してまったく防衛できなくなった。さらに悪いことに、砲撃に対しても。彼が話すには、市民は砲弾で死んだ馬の肉を削ぎ取ろうと駆け出すが、また砲弾が飛んでくるので引き返す。そして、再度、馬のところに駆け出す。ワルシャワが完全に遮断された時、市民は英軍が助けに来てくれるという信念に支えられていた。そして、その間ずっと、ダンツィヒに英軍が入った等々の噂が流れた……

アルバニアのイタリアの司令官がピストル自殺をしたという意味の新聞報道は誤植のせいだという話が、一週間ほど前に広まった。

爆撃されている嫌な期間中、爆撃自体によってよりも、妨げられた睡眠、中断された電話での会話、通信の困難等々によって誰もが半ば正気を失っている時、ナンセンス詩の断片が絶えず頭に浮かんでくるのに気づいた。一行か二行だけで、爆撃が収まりかけると浮んでこない傾向があるが、例えば次のようなものだった——

　モーニングトン・クレセントに住んでいた、
　一人のルーマニアの老農夫

そして、

　そうして鍵は合わず鐘は鳴らないが、
　俺たちみんな立ち上がり、国王陛下万歳[126]〔英国国歌〕

そして、

　自治区の測量技師が寝に行った
　自分の棒か棹か止まり木の上で。

四〇年十二月二十九日　空襲に関する新聞の記事より（皮肉にあらず）。「爆弾は天来の恵みのように降ってきた」

一九四一年

四一年一月二日　右翼の反動が目下盛んで、マージソンが入閣したことは、ウェイヴェルがエジプトで勝利を収めたことを意図的に利用したものだ。滑稽な話だが、私が数ヵ月前に書いた、ウェイヴェル著のアレンビー〔一八六一～一九三六、英国の軍人。南ア戦争、第一次世界大戦で勲功があった〕の伝記の書評が、シーディ・バラーニ〔エジプト北西部の村〕のニュースが報じられた、ちょうどその時に『ホライズン』に載った。私はその書評で、ウェイヴェル自身が本の中で非常に重要な存在になっているので、この本の主な興味は、この本が彼自身の知能に投げかけている光であると書き、私が彼の知能をあまり買っていないということを仄めかした。だから、笑われるのは私である――自分が間違っていたのは、まさしく喜ぶべきだが。[127]

　いまや「blitz〔電撃的集中爆撃〕」という言葉が、何に対するどんな種類の攻撃にも至る所で使われている。この前の戦争では「strafe〔猛爆撃〕」だった。「ブリッツ」は、まだ動詞としては使われていない。使われるようになるのを期待している。[128]

四一年一月二十二日　――は、[129]人民会議[130]騒ぎの危険は非常に過小評価されていて、人はそれに対して闘うか、それを無視すべきだと確信しているが、それは正しいだろう。彼が言うには、何千もの単純な連中が人民会議の魅力的な綱領に騙され、人民会議がヒトラーを助けることを意図した敗北主義者の策略だということに気づいていない。彼はカンタベリー監督[131]の手紙を引用した。「私は戦争に勝つのを心の底から願っているということ、ウィンストン・チャーチルは戦争が終わるまで、われわれにとって考えうる唯一の指導者であると信じていることを、あなた方に理解してもらいたい」（そういった意味の言葉）。それなのにカンタベリー監督は人民会議を支持している。そのような人間が数千人いるようだ。

　――の話で思い出したが、人民会議の連中がどこかからたくさんの金を集めたというのは事実だ。彼らのポスターは至る所にあるが、『デイリー・ワーカー』も新しいポスターをたくさん貼っている。貼る場所は無料だが、それにしても印刷代等が相当かかるだろう。きのう、そういうポスターを何枚か剥がした。そんなことをしたのは初めてだ。ところで、夏に私は「チェンバレンを馘にせよ」等と壁に白墨で書いた。バルセロナではＰＯＵＭ

が弾圧されたあと、「万歳《ビスカ》POUM」と白墨で書いた(132)。通常の時ならば壁に書いたり、誰かほかの者が書いたものに干渉したりするのは、私の本能に反する。

玉葱不足のせいで、誰もが玉葱の匂いに非常に敏感になっている。一個の玉葱の四分の一を細かく刻んでシチューに入れると、きわめて強い玉葱の匂いがする。先日E［アイリーン］は、私がキスをすると、私が約六時間前に玉葱を食べたことを即座に知った。

値段が統制されていない品物が不足すると起こる不正な金儲けの一例は、目覚まし時計の値段だ。今手に入る一番安いのは十五シリングだ。それはドイツ製の安物で、かつては三シリング六ペンスで売られていたものだ。かつては五シリングで買えたフランス製の小さなブリキのものは、今では十八シリング六ペンスで、ほかのすべてのものも、それに照応する値段だ。

『デイリー・エクスプレス』は「ブリッツ」を動詞に使った(133)。

今朝のニュース——トブルク〔リビア北東部の港市〕の敵の防衛線突破(134)。『デイリー・ワーカー』、発売禁止(135)。後者については至極曖昧に喜ぶ。

四一年一月二十六日　今週の『ニュー・ステーツマン』の紙面の割り振り——

トブルク陥落（二万人の捕虜）——二行。

『デイリー・ワーカー』と『ザ・ウィーク(136)』の発売禁止——百八行。

……物を考えるすべての人間は、戦争のこの末期の「中休み」に不安を覚えている。新しい何か悪魔的行為が準備されているのは確実だと感じているのだ。しかし、大衆の楽観主義は、おそらくまた強まるだろうし、数日でも空襲が途絶えるということには、それなりの危険がある。先日、誰かの電話での会話を聞いていると(137)（近頃では混線するので、人はいつもそうしている）、二人の女が、「もう長くはないわね」等々という意味のことを話しているのを聞いた。翌朝、J夫人の店に行き、戦争はおそらくあと三年続くだろうと、たまたま言った。J夫人はびっくりし、ぞっとしたようだった。「まさか！　そんなことはないわ！　今では敵を退却させるんですもの。バルディアを占領したから、そこからイタリアに進軍して行けるわ、それがドイツに入る方法なんでしょ？」J夫人は異例なほどに鋭く、分別のある女なのだ。それにもかかわらず、アフリカが地中海の反対側にあるのに気付いていていない。

四一年二月七日　近頃、人々の意見が次第に分かれてきている。その問題は最初から内在していたのだが、つい最近、人はそれに気づくようになったのだ——われわれはナチに対して戦っているのか、ドイツ国民に対して戦っているのか。それは、イギリスは戦争の目的を宣言すべきなのか、あるいは、なんであれ戦争の目的を持っているのか、という問題に結びついている。まともな意見と呼べるような意見を持っている者は誰でも、戦争になんらかの意味を与えるのに反対だ（「われわれの仕事は、ドイツ野郎を叩きのめすことだ――話すに値する戦争目的は、それだけだ」）。そして、それはおそらく、公式の方針にもなるのは必定だ。ヴァンシタートの「ドイツを憎め」という主旨の小冊子(138)は飛ぶように売れているという話だ。

　フランスからは、なんのはっきりしたニュースもない。ラヴァルを入閣させることについてペタンが折れるのは間違いない。そうなると、非占領下のフランス、アフリカの基地等を通して軍隊を送るということに関して新たな騒動が起こるし、「決然たる態度」をとるかと思うと、また折れるということも起こるだろう。すべては時間の問題なのだ、つまり、アフリカにいるイタリア軍がついに崩壊する前にドイツ軍がアフリカに足場を作ることができるかどうかだ。おそらく大砲は次にスペインに向けられるだろう、そして、フランコは「決然たる態度」をとっていると、われわれは告げられるだろう。また、それはスペインに対する英国政府の懐柔策がいかに正しかったかを示しているとも告げられるだろう。ところがやがてフランコはドイツに折れ、ジブラルタルを攻撃するか、ドイツ軍に自分の領土を通過するのを許すだろう。あるいはおそらく、ラヴァルが権力を握ったなら、さらに厳しいドイツ側の要求に短期間抵抗し、ラヴァルは不意に悪漢から、今のペタンのように、「決然たる態度」を示している愛国者に変身するだろう。重要なのは、英国の保守党員が、右翼の軍隊はなんの力も持っていず、ただ倒されるためのみにあるということを理解しようとしないことだ。

四一年二月十二日　アーサー・ケストラー(139)が今週召集され、工兵隊《パイオニアズ》(140)に徴兵されるだろう。彼はドイツ人なので、ほかの部隊には入れない。呆れるばかりの愚行だ。私の知らないほど何ヵ国語も喋れ、ヨーロッパについて、特にヨーロッパの政治情勢について本当に詳しい有能な若者がいるというのに、煉瓦をシャベルで掬《すく》うことにしか使えないというのは。

　今日、セントポール大聖堂の周辺の大混乱には、ぞっとした。これまで見ていなかったのだ。セントポール大聖堂はほとんど無傷で、岩のように屹立していた。ドームの天辺の十字架が、あのような装飾的なものなのは残念だと、初めて思った。剣の柄《つか》のように突き出ている、あっさりしたものであるべきだ。

　奇妙な話だが、あの老いぼれのアイアンサイドが「アルハンゲリスクのアイアンサイド卿」という称号を貰ったことについて、なんの反響もないようだ。[141] それは恐るべき厚かましい行為で、ロシアの体制についてどう思っていようと、抗議すべきことだ。

四一年三月一日　たった数週間前にロンドンにやってきて、「ブリッツ」を見たことのなかったB夫妻が言うには、ロンドンはすっかり変わってしまった、誰も彼もひどくヒステリックな調子で喋り、以前よりずっと甲高い調子で話す、等々。もしそうなら、それは徐々に起こること、渦中にいては気づかぬことだ。子供が成長する時のように。空襲が始まって以来私がはっきりと気づいたのは、人が前よりずっと気安く通りで他人に話しかけるということだ……地下鉄の駅は今では嫌な臭いがまったくしないし、新しい金属製の寝棚[142]は大変いい。駅にいる人々は、寝具は一応整っていて、すべての面で満足し、いつもの通りに見える――しかし、それがまさに私を不安にする。こうした人間以下の生活を数ヵ月にわたって毎晩毎晩、敵機がロンドンの近くに来ない三週間かそれ以上の期間を含め、数ヵ月も続けている人々をどう考えたらいいのか？……子供たちがまだすべての地下鉄の駅にいて、そのことを当たり前のことと見なし、インナー環状線《サークル》をぐるぐる、ぐるぐる乗り回して大いに楽しんでいるのを見ると不気味だ。少し前、D・J[143]がチェルトナムからロンドンに来た時、二人の子供を連れた若い女が乗っていた。女は西部地方のどこかに疎開させていた子供たちを連れ戻したのだ。列車がロンドンに近づくと空襲が始まり、女は列車に乗っているあいだ中、涙を流していた。その当時、一週間かそれ以上、ロンドンには空襲がなかったので、「もう大丈夫」と思い、子供を連れ戻そうと決心したのだ。そうした者たちの心理をどう考えたらいいのか？

四一年三月三日　昨夜、G[144]と一緒にグリニッジ教会の地下聖堂にあるシェルターに行った。例によって木製の撓《たわ》んだ寝棚があり、汚く（暖かくなれば虱《しらみ》が湧くのは疑いない）、照明が暗く、臭いが、その夜はあまり混んでいなかった。地下聖堂は地下納骨所のあいだを狭い通路が通っているだけのもので、地下納骨所には埋葬されている家族の名前があった。一番新しいのは、一八〇〇年くらいのものだ……Gとほかの者は、あんたは最悪の時の有り様を見ていない、混んでいる夜には（約二百五十人）、悪臭はほとんど耐えられないものになる、と言い張った。しかし私は、ほかの者は誰も賛成しなかったが、子供が生きた人間のある程度の臭いに我慢しなければならないより、死体で一杯の地下聖堂で遊ぶほうが遥かに悪いという自説に固執した。

四一年三月四日　ウォリントンにて。クロッカスが至る所で咲いている。いくつかの匂紫羅欄花《においあらせいとう》が蕾《つぼみ》を持っている。いまやスノードロップが盛りだ。野兎のいくつかのカップルが秋蒔き小麦の中のあちこちに坐って、互いに見詰め合っている。この戦争で、数ヵ月の間隔で、いわば鼻を水面からしばらく突き出すと、地球がいまだに太陽の周りを回っているのに気づく。

四一年三月十四日　この数日、バルカン諸国で「何かが起こる」、つまり、われわれがギリシャに派遣軍を送るという噂が至る所に流れているし、新聞もそのことを仄めかしている。もしそうなら、今、リビアにいる軍隊に違いない、または、その大部分に(145)。ひと月前、メタクサス(146)は死ぬ前に、十個師団送ってくれとわれわれに頼んだ、そしてわれわれは四個師団送った、ということを聞いた。どこであれジブラルタル海峡以西に軍隊を送るという危険を犯すのは恐ろしい間違いに思える。そうした作戦についてなんらかの価値のある考えを持つには、ウェイヴェルがどのくらいの兵を割くことができるか、リビアを保持するにはどのくらいの兵が必要か、船舶の位置はどうなのか、ブルガリアからギリシャまでの後方連絡線はどんな具合なのか、ドイツはどのくらいの機甲化部隊をヨーロッパに持ち込んだか、シチリアとトリポリのあいだの海を誰が牛耳っているかを知らねばならないだろう。もし、われわれの主力部隊がサロニカで動きがとれないあいだにドイツ軍がシチリアから海を渡り、イタリア軍が失ったものをすべて奪回したらば、ぞっとするような破滅的事態になるだろう。ギリシャに軍隊を置くというのは大変な危険であり、あまり明確な利益にならない。もしトルコが参戦すれば、われわれの戦艦が黒海に入れるということを除いて。一方、もしギリシャを見捨てれば、われわれはヨーロッパのどこの国の独立を保つことも、その手助けもできないことを、はっきりと示してしまう。私が一番恐れるのは、ノルウェーの場合のように、中途半端に介入して失敗するということだ。私は、大失敗をする危険を冒しても一つのことにすべてを賭けることに賛成だ。なぜなら、狭い軍事的意味での敗北や勝利よりは、われわれは強者に対して闘う弱者の味方であるということを示すほうが重要だと思うからだ。

　問題は、ヨーロッパ人の反応を理解するのが次第に難しくなってきているということだ。ヨーロッパ人も、われわれの反応が理解できないらしいのと同じように。私が話したドイツ人の多くは、戦争の初期の段階で、われわれが直ちにベルリンを爆撃せず、ただ単に間抜けなリーフレットを撒き散らした、呆れるほどの過ちを、声を大にして指摘した(147)。ところが、私は信じているのだが、すべてのイギリス国民は、その行為を喜んだのだ（当時、そのリーフレットの内容が戯言《たわごと》であるのを知っていたとしても、なおかつ喜んだであろう）、なぜなら、それは、われわれはドイツの一般市民と喧嘩をしているのではないことを示していると思ったからだ。一方ハフナー(148)は、われわれが出版したばかりの彼の本の中で、きわめて重要な基地をアイルランドに提供させなかったのは、われわれの愚行であったこと、また、われわれはそうした基地をさっさと取り上げるべきだったことを、はっきりと述べている。彼が言うには、アイルランドのような見せかけの独立国に、われわれに反抗するのを許していることを、ヨーロッパ中の人間が嗤《わら》っている。それが、英語圏国民を理解していないヨーロッパ人の見方なのだ。実際、もしわれわれが、前もって長い一連のプロパガンダ活動を行わずにアイルランドの基地を力ずくで奪えば、アメリカのみならずイギリスの世論にも重大な影響を与えるだろう。

　アビシニアに関する政府の発言の調子は気に入らない。彼らは、皇帝〔ハイレ・セラシア〕が復位した時に英国の総督代理をアビシニアに送り込むと、もぞもぞと言っている。ちょうど、インドの宮廷の場合と同じように。もし、英国は自分自身のためにアビシニアを攻撃しているのだと、もっともらしく言われただけで、その影響は恐るべきものかもしれない。もし、イタリア軍をすぐさま追い出すことができれば(149)、体面上素晴らしく有利なチャンスを手にし、われわれは自分自身の利益のためだけに闘っているのではないということを、議論の余地なく示すだろう。それは、世界中に伝わるだろう。しかし、彼らはそうする勇気または良識を持っているだろうか？　われわれはそれに確信は持てない。アビシニアをわれわれ自身のために奪おうとしているとか、隷属させようとしているとかいった戯言《たわごと》を支持する、まことしやかな議論がなされるのをわれわれは予見することができる。

　この数夜、かなりの数の独軍機が撃墜された。たぶん夜空が晴れていて、戦闘機に有利だったのだろう。しかし、使われていると言われている、ある「秘密兵器」について、みなが非常に興奮している。世間の噂では、それは針金で出来ている網《ネット》で、空に打ち上げられ、飛行機はそれに絡まれる(150)。

四一年三月二十日　昨夜、かなり激しい空襲があったが、撃ち落とされたのは一機だけだった。だから、「秘密兵器」についての噂は、どれも戯言《たわごと》だったのに違いない。

　グリニッジにたくさんの爆弾が落ちた。その一発は、私が電話でE〔アイリーン〕と話している時に落ちた。会話が不意に止み、チリン、チリンというような音がした。

　私――「あれは、なんだい？」

　E――「窓が落ちただけ(151)」

　爆弾は家〔アイリーンの泊まっていた兄の家〕の向かいの公園に落ち、阻塞に出なかった。

タンジールにドイツ領事（一九一四年以来、初めて）。アメリカの世論に敬意を表して、われわれはもっと食糧をフランスに送ることにしている。それを監督する中立の立場の委員会のようなものが出来ても、フランス人には役に立たないだろう。ドイツはわれわれが送る小麦等はフランス人に与え、それに相当する量のものを、どこかほかの場所に隠しておくだけだろう。われわれは食糧輸送船がフランスに来るのを許す用意があるが、政府は見返りに何かを要求していない——例えば、北アフリカからドイツの政府機関の職員を退去させるというような。正しいやり方は、フランス国民が飢餓状態になる寸前まで待ち、その結果としてペタン政府を揺さぶり、それから、実質的な譲歩、例えばフランス艦隊の主要部隊をわが国に引き渡すという条件で、本当に大量の食糧を供給する、というものだろう。そのような政策は、もちろん、今のところまったく考えられない。——、——および彼らのような連中が実際に裏切り者なのか、あるいは単なる馬鹿なのか、はっきりさせることができさえしたらいいのだが。

この日記を読み返してみると、最近、書き始めた頃よりも、中断する期間がずっと長く、公的事件についての記述がずっと少ないのがわかる。誰の心の中にも、絶望感が次第に募ってきている。必要とされる世論の変化は、もう一つの災害が起こることによってしか、いまや起こらないと人は感じている。われわれはそんな災害には耐えられないし、したがって、それをあえて望みもしない。最悪なのは、迫っている危機は飢餓という危機で、イギリス国民は飢餓を本当には経験していないということだ。もう間もなく、武器を輸入すべきか食糧を輸入すべきかという問題になる。最悪な時期が夏にやってくるだろうというのは救いだが、国民を飢餓に直面させるのは、ひどく難しいことだろう。彼らにわかる限り、この戦争にはなんの目的もなく、金持ちが依然としてこれまでのような暮らしをしていて、金持ちに対して断固たる処置をとらなければ、もちろん、これからもそういう暮らしをするであろう時に。侵攻してくる敵を撃退するというのが問題である時は、戦争の目的がないということは重要ではない。なぜなら、一般市民の目から見れば、外国人をイギリスから締め出すというのは、戦争の目的としては十二分だからだ。しかし、アフリカで戦う目的で戦車を作るためにきみたちの子供を飢えさせてくれと、一般市民にどうして頼めるのか？　現在、彼らが聞かされているどんな話にも、アフリカあるいはヨーロッパでの戦いがイギリスの防衛となんらかの関係があるのをはっきりさせるものは皆無なのだから。

南ロンドンの壁に、ある共産主義者か黒シャツ党員かが、「チーズだ、チャーチルではない」と書いた。なんという愚かなスローガンだろう。それは、チャーチルのために死ぬ覚悟のある者はいるが、誰もチーズのために死ぬ者はいないということを、今になってさえ理解していない、そういう連中の心理的無知を要約している。

四一年三月二十三日　きのう、国民祈禱日に参加するために、多少とも義務的な国土防衛軍教会パレードに連なった。A・F・S、(152) 英国空軍士官候補生、W・A・A・F等々(153)の派遣団も入っていた。催し全体の感情的な愛国主義と独善性にぞっとした……私は教会が戦争を宥《ゆう》恕《じょ》していることには驚いていない。多くの者は驚いていると公言しているが――そういう者がほとんどいつも、自分では宗教の信者ではないのに、私は気づいている。もし政府を受け入れていれば、戦争も受け入れることになり、戦争を受け入れれば、ほとんどの場合、どちらかが勝つことを望む。私は連隊旗等を祝福する主教に、なんの嫌悪感も抱くことができない。そうした嫌悪感はすべて、闘いは自分の敵を愛するということと相容れないという感傷的な考えにもとづいている。実際、ある状況において敵を喜んで殺す場合にのみ、敵を愛することができる。しかし、こうした式典でおぞましいのは、自己批判がまったく欠如していることである。どうやら神は、われわれはドイツ人より良いという理由で、われわれを助けてくれることになっているようだ。この式典のために作られた規定の祈りでは、神はこう頼まれる。「われらが敵の心を変えさせ給え、われらが敵を赦すのを助け給え。彼らにおのが悪事を悔いさせ、進んで償いをさせ給え」。敵がわれわれを赦すということには、まったく言及されていない。キリスト教的態度は、こういうものだろう、われわれは敵よりも良いというわけではない、われわれはみな、惨めな罪びとである。しかし、もしわれわれの大義が勝つならもっといいことであり、したがって、そのために祈るのは正しい……この式典の意図は、敵にも言い分があることを国民に悟らせるのは士気にとって悪い、というものだと思う。だが、私の考えでは、それも心理学的に間違っている。おそらく当局は、式典に参加している人々に及ぼす効果を第一に考えているのではなく、ただ単に、全国的な規模の祈禱運動、天使に対する一種の対空十字砲火から直接的な成果を求めているだけなのだろう。

四一年三月二十四日　大西洋にドイツの重巡洋艦が出没しているという報告は、どうやら英国の主力艦を引き離すための偽りの噂のようだ。(154) それは、侵攻の前兆かもしれない。ドイツが侵攻してくるかもしれないという考えは、だいぶ減った。なぜなら、英国の海軍と空軍が前もって非常に弱体化されていない限り、いまやヒトラーは、どんな軍をもってしてもイギリスを征服することはできない、と一般に感じられているからだ。たぶん、その通りだろうと私は思うし、ヒトラーはほかのところで目覚しい成功を収めるまで侵攻はしてこないと思う。なぜなら、侵攻自体失敗に見られるだろうし、それを相殺する何かが必要だろうからだ。しかし、そう、十万人、さらには五十万人の死者を意味する、不首尾に終わった侵攻は、彼を確実にお陀仏にするかもしれない、なぜなら、それは産業と国内の食糧供給を完全に麻痺させてしまうかもしれないからだ。もし、数万人の兵士が上陸でき、三週間でももちこたえられたら、数千回の空襲よりも大きな損害を、わが国に与えるだろう。しかし、その影響はすぐには明らかにならない、したがってヒトラーは、事態が彼にとってきわめて有利になった時にのみ、侵攻を試みるだろう。

どうやら、国土防衛軍の装備、つまり武器がひどく深刻に不足しているようだ。一方、アフリカで捕獲した武器の量は厖大なので、その目録を作るために専門家が派遣されるという話だ。そうして、図取りがなされ、その仕様に従って新しい武器が作られるだろう。捕獲した武器は、まったく新しい軍備をするための土台になるのに十分だろうから。

四一年四月七日　きのう、ベルグラードが爆撃された。今朝、英軍がギリシャにいるという最初の公式発表があった——十五万人だということだ。そういうわけで、リビアの英軍がどこに行ったのかの謎は、ついに解けた。もっとも、ベンガジから退却した時に、それは明々白々だったが。ユーゴスラヴィアとソ連のあいだの協定あるいは友情が何を意味するのか、それとも何も意味しないのか、まだなんとも言えないが、それが独ソ間の関係の悪化を意味しないと思うのは難しい。もしアビシニアの皇帝が復位したなら、その時われわれは、ロシアの態度を知るうえの、もう一つの指標を得るだろう——つまり、ロシア政府が彼を承認し、大使を彼の宮廷に送るかどうかだ。

……労働力の不足が次第に明らかになってきている。織物や家具の類いの価格が恐ろしいほどに上がっている……中古家具の商売は何年も不景気だったあと、ブームを迎えている……いまや召集が、望ましくない人間を黙らせる手段として意識的に使われているのは確かだ。ジャーナリストのための兵役免除の年齢が四十一歳に引き上げられた——だからと言って、数百人以上は召集されないだろうが、当局が望めばいつでも個人にそれを適用することができる。十ヵ月前に健康上の理由で入隊を断られたあと、私の健康が工兵隊[155]の兵卒になれるほどに不意によくなったなら喜劇的だ。

……ギリシャにいるわが軍のことと、わが軍が海に追いやられる非常な危険を冒していることを、いつも考えている。リデル・ハート[156]のタイプの戦術家が、その向こう見ずの作戦を見て、はらはらしているに違いないのを想像することができる。しかし、二、三年先を考えれば、それは政治的には正しい。せいぜい言えるのは、狭い戦術的意味でも、それには成功するいくらかの望みがあるに違いないということだ。それでなければ、将軍たちはその作戦を進めるのを拒否しただろう。ヒトラーがひと月かそのくらい、攻撃のタイミングを誤ったとは思いにくい。とにかくドイツはアビシニアを失い、イタリア海軍が大敗したのは予想外だった[157]。また、もしバルカン諸国で戦争が三ヵ月も続けば、ドイツの食糧供給に対する影響は、秋には深刻なものになるに違いない。

四一年四月八日　情報省のベストセラー、『英本土航空決戦《バトル・オヴ・ブリテン》』を読み終わったところだ（誰もが争って買ったので、数日間、手に入らなかった）。それは、スリラー作家のフランシス・ビーディングが編集したものだと言われている。そう悪くはないと思うが、多くの外国語に翻訳されていて、世界中で読まれるだろうから——それは史上初めての大空中戦を描いた、ともかく英語による最初の公式のものだ——書き手がプロパガンダ調をとことん避けようという見識を持っていなかったのは残念だ。この小冊子は、「英雄的」、「輝かしい勲《いさおし》」等々という言葉に満ちている。ドイツ人は多少とも蔑む調子で書かれている。なんで書き手は、ただ事実を冷静に正確に書くことができなかったのだろう、考えてみれば、事実はわれわれにとって十分に有利なのだから。この小冊子が、イギリス人をちょっとばかり元気づけるものになることを狙ったため、書き手は、定評のある権威を持ったものとして世界中で受け入れられ、ドイツ側の嘘に対する反証になるものを作る機会を放棄してしまっている。

しかし、『英本土航空決戦《バトル・オヴ・ブリテン》』を読み、この日記のそれに照応する日付を調べて一番印象的なのは、「叙事詩的」事件が、それが起こった時には非常に重要なものに思えなかったことである。ドイツ軍機が侵入してきて埠頭を攻撃した日のいくつかの光景を、実際に鮮明に覚えているが（九月七日に違いないと思う）、大半は些末なことだ。まず第一に、コナリーとお茶を飲むためにバスに乗ると、前の座席に坐っていた二人の女が、空で炸裂する砲弾がパラシュートだといつまでも言い張っているので、私は口を挟みその間違いを正すのを我慢するのに苦労した。ピカデリーで、落ちてくる爆弾の破片から身を守るために建物の戸口に避難した。ちょうど、突然の豪雨から避難するように。そして、ドイツ軍機の長い縦列が空を飛行してくると、何人かの非常に若い英国空軍と海軍の将校がホテルから走り出て、双眼鏡を手から手に回した。そのあと、コナリーの最上階のフラット[158]に坐り、セント・ポール大聖堂の向こうの巨大な炎と、川下のどこかの石油運搬用ドラム缶から立ち昇る大きな羽毛のような煙を眺めていた。窓に坐っていたヒュー・スレイターは、「マドリッドにそっくりだ――懐かしいなあ」と言った。その場にふさわしいような印象を受けたのはコナリーだけで、彼は私たちを屋根の上に連れて行き、しばらく火災を眺めていてから言った。「資本主義の終焉だ。われわれに下った天罰だ」。私はそうは感じなかったが、もっぱら炎の規模と美しさに打たれた。その夜、爆発音で目が覚めた。そして、まだ火が燃えているのかどうか知ろうと実際に通りに出たが――実のところ、北西地区でも真昼のように明るかった――重大な歴史的事件が起こっているようには感じなかった。その後、イギリスを爆撃で征服しようという試みがどうやら中止になったらしい時、私はファイヴェルに言った。「あれはトラファルガーだった。今度はアウステルリッツだ[159]」。しかしその時は、その類比の意味がわかっていなかったのだ。

『ニューズ・クロニクル』はまたもひどく悲観的で、ベンガジを放棄したことに強く抗議している。暗に言わんとしているのは、われわれはギリシャに送るために部隊を撤退させる代わりに、事態が順調だったあいだにトリポリに行くべきだったということだ[160]。そして、そう言っているのは、もしわれわれがイタリア帝国を征服し続け、苦境にあるギリシャを見捨てたなら、まさに、最も大きな非難の声を上げたであろう連中なのだ。

四一年四月九日　予算案の記事が、バルカン作戦の記事をニュースからほとんど弾《はじ》き飛ばしてしまっている。どこでも人が話しているのは、前者のことであって後者のことではない[161]。

今晩のニュースは非常に悪いもののようだ。ギリシャの最高司令官は、セルビア軍が退却したため、隊の左側面が敵の砲火に晒されることになったという声明を出した。その声明は、事態が非常に悪くなっていくと感じなければ、人は公式にはそういうことは言わないということを意味する。それは、セルビア軍はギリシャ軍を裏切ったという声明に近い。

国土防衛軍はいまや機関銃を持っている。ともかく、一個中隊に二挺。われわれが散弾銃で武装することになり――ただし実際にはどんな散弾銃もなかった――何挺か機関銃も貰える見込みがあるのかという私の質問が、馬鹿らしいとして一笑に付された頃と大違いだ。

四一年四月十一日　英国はスペインに二百五十万ポ

ンド貸与する準備をしていると、きのうの新聞に出ていた――スペインがタンジールを占領したことへの報酬だと思う。これはきわめて悪い兆候だ。これまで戦争のあいだ、われわれは特に絶望的な苦境に立った時、小さな全体主義的勢力に譲歩し始めるということを、これまでいつもしてきた。

四一年四月十二日　リビアにいるドイツ軍、またはその一部は、フランス船を使い、フランス領アフリカを通ってそこに来たという説を言ってみると、誰でもすぐに同意する。ところが新聞には、そんな可能性に関する言及は何もない。おそらく新聞は、ヴィシー政権のフランスに対して批判をしないよう、いまだに命じられているのだろう。

おととい、魚屋の店先で淡水魚（パーチ）が売られているのを見た。一年前だったら、イギリス人、つまり都会の人間はそんなものに触《さわ》りもしなかっただろう。

四一年四月十三日　ギリシャについてもリビアについても、本当の意味のニュースは何もない……今日、手に入れることのできた二つの新聞のうち『サンデー・ピクトリアル』はひどく敗北主義的で、『サンデー・エクスプレス』も劣らず悲観的だ。『イヴニング・スタンダード』には、「わが社の従軍記者」による記事があった……それは、さらにそうだった。それはすべて、新聞は伝えることが許されていない悪いニュースを受け取っているのかもしれないのを示唆している……まったくの話、それはすべてひどい混乱だ。たぶん、勇気づけられる一つのことは、すべての軍事専門家が、われわれがギリシャに介入したのは大失敗だったと確信していること、そして、軍事専門家は常に間違っていることである。

近東での作戦がどうにかこうにかうまくいき、状況がある程度安定すれば、この日記を続けるつもりはない。この日記は、一九四〇年と一九四一年の春のヒトラーの作戦を扱ったものである。あと一ヵ月か二ヵ月のあいだのある時点で、新しい軍事的、政治的局面が始まるはずだ。この日記の最初の半年は、フランスの災厄に続く擬似革命的時期を扱っている。いまやわれわれは、どうやらもう一つの災厄に遭うことになりそうだが、それは違った種類のもので、普通の人間にはわかりにくく、必ずしも、それに照応するどんな政治改革ももたらさないだろう。この日記の最初のほうの部分を読み返してみると、私の政治問題についての予言がいかに間違っていたかがわかるが、それでも、いわば私が予期した革命が起こりつつある。ゆっくりとではあるが。私は私的広告が一年以内に姿を消すだろうということを示唆した項を書いた。もちろん、そんなことはなかった――あの唾棄すべき「ファメル咳止めシロップ」の広告は、いまだにそこら中に貼ってある。「彼はワージントン〔ビールの商標〕で男らしさ倍増」、「誰かのお母さんはパーシル〔英国製粉石鹸の商標〕を使っていない」という広告も。しかし、そうした広告の数は以前より遥かに少なく、政府のポスターの数のほうが圧倒的に多い。コナリーは一度こう言った。知識人は事件の展開の方向については正しいことが多いが、その速さについては間違うことが多い。それは非常に正しい(162)。

　土曜日に第三八グループに登録したが、彼らがなんとみすぼらしい連中なのかを見て、ぞっとした。単に年齢を基準に選ばれたこうしたグループを見ると、労働者階級がいかに早く老けるかということを強く感じる。しかし彼らは中産階級の者より短命ではない、あるいは、たった数年しか短命ではない。しかし、三十から六十までの中年の者がやたらにいる。

四一年四月十四日　今日のニュースは驚くべきものだ。ドイツ軍はエジプトの前線にいて、トブルクの英軍は孤立しているらしい。もっとも、それはカイロからは否定されているが(163)。ドイツはリビアに圧倒的な数の軍を持っているのかどうか、または、ドイツ軍は比較的少数の軍しか持っていず、われわれはベンガジを占領するや否や部隊と装甲車の大半をほかの前線に移したので、われわれは実際なんの軍も持っていないのかどうかについて、意見が分かれている。私の意見では、後者のほうがありうることだ。また、われわれはヨーロッパ人の部隊のみをギリシャに送り、もっぱらインド人とニグロをエジプトに残したということもありうる。Dは南アフリカについて知っているので、こう考えている。ベンガジ占領後に軍が移されたのは、ギリシャで戦うためというより、アビシニア作戦を完了するためであり、その動機は政治的なもので、多かれ少なかれわれわれに対して敵対的な南アフリカ人を上機嫌にしておくために彼らに勝利を味わわせようとするものだ。もしわれわれがエジプトを保持することができれば、そうしたことはすべて、紅海から敵を一掃し、アメリカ艦隊のためのルートを確保するのに役立つだろう。しかし、それを補足するのに必要なのはフランス領西アフリカの港で、一年前だったら、われわれはほとんど戦わずにそれを占領することができただろう。

　日ソ中立条約が調印されたが、公表されたその条件は曖昧そのものだ。しかし、ロシアは中国を見捨てるという、秘密条項があるに違いない。それは、スペインの場合同様、内密に徐々に行われるのは間違いない。それでなくては、この条約の本当の意味を理解するのは難しい。

　ギリシャからは、本当の意味のニュースは何も入ってこない。英国のパトロール中の一台の装甲車がドイツ軍の一行を急襲したことについての馬鹿らしい話が、この三日続けて繰り返されている。

四一年四月十五日　昨夜、九時のニュースを聴くためにパブに行った。数分遅れてそこに着き、どんなニュースだったか、女主人に訊いた。「あら、ラジオはかけないの。誰もニュースなんて聴かないから。別のカウンターのところでピアノを弾いていて、ニュースを聴こうとやめるなんてことはしないわ」。スエズ運河が最も恐ろしい危険に晒されているという時なのにもかかわらず。参考──ダンケルク作戦の最悪の期間、パブの女給は私が頼まなければラジオのニュースをかけなかっただろう……[164]参考──また、一九三六年、ドイツがラインラントを再び占領した時もそうだった。当時、私はバーンズリーにいた。私はニュースがちょうど終わった時にパブに入って行き、「ドイツ軍がライン川を渡った」と何気なく言った。すると、何かをぼんやりと思い出したという調子で、誰かがつぶやいた。「パルレ・ヴー」[165]。それ以上の反応はなかった……一九三一年以降の危機のどんな時にも、そんな具合だ。愚鈍という、貫通できない壁を蹴っているような感じを、しょっちゅう受ける。しかし、もちろん、愚鈍さが彼らにとって役に立つことが時々ある。われわれのような状況に置かれたなら、どんな国でもとっくの昔に金切り声で平和を求めていただろう。

四一年四月十七日　昨夜は激しい空襲があった。おそらく、ロンドンに関する限り、何ヵ月ものあいだで最も激しいものだろう……爆弾の一発がロードのクリケット競技場に落ち（今朝、学童たちがネットのところでいつものように練習をしていた。そこは、漏斗孔から数ヤード離れたところだ）、もう一発がセント・ジョンズ・ウッドの教会の境内に落ちた。幸い、墓場のあいだには落ちなかった。そんなことになるのを心配していたのだが……今朝、ハムステッドのどこかの横町の前を通ると、その一軒の家が爆弾で瓦礫の山になっていた──あまりに見慣れた光景になっているので、人は気づきもしないくらいだ。しかし横町は立入禁止になっていて、発掘班が瓦礫を掘り起こしていて、一列に並んだ救急車が待機していた。煉瓦のあの巨大な山の下には、いくつかの潰された人間がいる。その何人かは生きているのかもしれない。

高射砲がほとんど一晩中、砲声を轟かせていた……今日、昨夜眠ったことを認める者は誰もいない。E［アイリーン］も同じことを言っている。決まり文句──「一睡もしなかった」。それはすべてナンセンスだと思う。あのような轟音の中で眠るのは確かに難しいが、E［アイリーン］と私は夜のたっぷり半分は眠ったはずだ。

四一年四月二十二日　ウォリントンに二、三日いた。土曜日の夜のブリッツの音は、そこでも容易に聞くことができた——四十五マイル離れていても。

ウォリントンにいるあいだに四十ポンドか五十ポンドのジャガイモの種芋を植えた。季節等によって二百ポンドから六百ポンドになるかもしれない。秋になったら、それらのジャガイモが、私が今年手掛けるすべてのエッセイ、放送よりも重要な成果に思えるなら妙なことだろう——そうならないことを望むが、大いにありうることだ。

ギリシャ＝英国の前線はイオアニアに近いところまで南に移ったようだ。アテネからそう北でもないところだ。もし新聞の報道が正しければ、彼らはテッサリア平原を大した損害も蒙らずに横断した。誰もが心配していて、オーストラリアでどうやら嵐を巻き起こしそうなのは、本当のニュースの不足だ。チャーチルは演説の中で、政府でさえ、ギリシャからニュースを得るのは難しいと言った。私にとって一番心配なのは、われわれが甚大な人的損害を与えているということ、ドイツ軍が密集隊形で前進してくるが、英軍に掃討されているということ等々が繰り返し公表されているという事実だ。[166] フランスでの戦いで言われたことと、まったく同じだ……どうやら、ジブラルタルに対する攻撃〔ドイツもしくはスペインによる攻撃〕、あるいはともかく、スペインにおけるナチ寄りの動きが、時期に合わせて間もなく見られるだろう。チャーチルの演説は、チェンバレンの演説に似てきた——問題をはぐらかす等々。

英軍は二日前、イラクに入った。ドイツのスパイを一掃する等の適切な仕事をしているのかどうかのニュースは、まだない。人は至る所で、こう言っている。「モスルはヒトラーにとってよくないだろう、仮に奴がそこに着いたとしても。英軍が井戸をずっと前に爆破してしまっているだろうから」。果たしてそうだろうか？　英軍は機会があった時に、ルーマニアの井戸を爆破しただろうか？　この戦争で最も気が滅入るのは、この段階でわれわれが蒙らねばならない災難ではなく、指導者が弱虫なのを知っていることだ……自分の命がチェスの試合にかかっているのに、なんとも馬鹿げた手が指されているのを見ながら、それをやめさせることもできずに、じっと坐っていなければならない状況に似ている。

四一年四月二十三日　ギリシャ軍は戦いをやめようとしているようだ。どうやら、オーストラリアでは大変なことになりそうだ。[167] それがまさに、ギリシャでの作戦について検討される結果になり、また、かまびすしい論議が広く起こって大英帝国におけるオーストラリアの立場が明確になり、戦争という行為がいささかでも民主化に繋がるならば、有益なことだ。

四一年四月二十四日　ギリシャからの、はっきりとしたニュースはない。わかっているのは、ギリシャ軍、

あるいはその一部、ひょっとしたらギリシャ軍全体が降伏したということだけだ。われわれの兵士が何人そこにいるのか、彼らはどんな状況で取り残されているのか、頑張っていられるのか、もしそうならどこで等々ということを示すものは何もない。『デイリー・エクスプレス』には、われわれはそこに一機の飛行機も実際に持っていないことが仄めかされている。イタリアは休戦条件を作成したが、それは明らかに、あとでギリシャの兵士の捕虜を人質として使い、クレタ島とほかの島を明け渡すように英国を脅迫するためだ。

ロシアの態度について示すものは何もない。ドイツ軍はいまやダーダネルス海峡に近づいていて、トルコに対する攻撃が間近いのは明白だ。そしてロシアは、ドイツに対抗する立場をとるか、ドイツに抵抗しないようにトルコに圧力をかけ、その見返りにイランを手に入れるか、または、黒海の南岸全体がドイツの手に落ちるのを座視しているかの決断をしなければならないだろう。私見では、ロシアは第二の方法をとるだろう、または、可能性はやや低いが、第三の方法をとるだろう。いずれの場合も、ロシア国民は自分たちが正しかったことを大声で叫ぶだろう。

四一年四月二十五日　国土防衛軍の私の班のCは、商売は鳥肉屋だが、今はあらゆる種類の肉を扱っている。きのう彼は、動物園で安く売却されている二十頭のキリンを買った。おそらく犬用の肉で、人間用の肉ではあるまい[168]。少々無駄なように思える……イギリスにはまだ二千頭の競走馬がいて、どの一頭も一日十ポンドから十五ポンドの穀類を食べるだろう。つまり、そうした馬は、一個師団のパンの割り当てに匹敵するものを毎日、貪り食っているのだ。

四一年四月二十八日　昨夜のチャーチルの演説は、演説としては非常によかった。しかし、そこからどんな情報も掘り出すことは不可能だった。引き出し得た唯一の具体的な事実は、ウェイヴェルはリビアで攻撃中、二個師団、つまり三万人以上の兵士を集結させることができなかったという事実だ。その演説は国土防衛軍の部署で聞いた。誰もが感銘を受けた、事実、感動した。しかし私は、そこにいた者の二人だけが週に五ポンド以下のレベルだったと思う。チャーチルの雄弁は古風なものだったが、掛け値なく優れていた。私自身は彼の話しぶりを好まないが。彼が明確なことは言えもせず、言いたがりもせず、言うのを許されてもいないのは、なんと残念な話だろう！

四一年五月二日　きのうの朝、――の店[169]から男が来た。うちの肱掛椅子用のカバーを裁断するためだ。典型的な服地屋タイプで、小柄で、きちんとしていて、女性的なところがあり、体中にピンを差していた。彼は今日していることが唯一の家庭的仕事だと言った。ほとんどいつも銃のカバーを裁断している。それは、椅子のカバーと同じ具合に作られるようだ。――の店はもっぱらそれでなんとかやっている、と彼は言った。

四一年五月三日　ギリシャから避難した者の数は四万一千から四万三千だと今では推定されているが、これまで考えられていた、五万五千より少ないと発表されている。死傷者は三千人と考えられ、捕虜はおそらく七千人か八千人だ。ドイツ側の発表した数字と符合する[170]。八千台の乗り物が失われたと言われている。あらゆる種類の乗り物だと思う。失われた船の数に対する言及はない。何隻か失ったのに違いないが。オーストラリアの大臣の一人、スペンダー[171]は、「ライフル銃は、戦車に対しては弓矢と同じで役に立たない」と公式に述べた。それは、いずれにしても一歩前進だ。

　明らかに、イラクでは戦争に近いことが起こっている。いくらよく見ても、災害だ……おそらくわれわれは、爆撃で数時間のうちに木端微塵になるのは間違いない、イラクのいわゆる軍隊に適切に対処することさえしないだろう。ある協定が結ばれ、われわれは何もかもやってしまい、現状をそのまま放置し、同じことがまた起こるようにするだろう。あるいは、イラク政府が油井《ゆせい》を支配しているが、それは問題ではない、彼らはわれわれに必要な施設等のすべてをくれると約束したのだから等々ということを人は聞くだろう。すると間もなく、ドイツの専門家が飛行機でトルコ経由でイラクにやってきたことを聞くだろう。あるいは、われわれは守勢に立ち、ドイツが軍を空輸するまで何もせず、不利な戦いをするだろう。英国政府の政策を検討してみる時はいつでも、一つのシリンダーしか発火しない車のアクセルを踏んでいるような気持ち、すなわち、ひどい無力感を抱く。一九三一年以来、ただの一回の例外もなく、そうなのだ。政府が何をするつもりなのか前もって正確にはわからないが、どんな場合でも政府は成功しないだろうということ、手遅れにならないように行動することはないということはわかる……人は単なる戦闘の問題になると比較的自信を抱くが、戦略あるいは外交の問題になると絶望感を抱くのは奇妙な話だ。英国の保守党政府の戦略は失敗するに決まっている、なぜなら、それを成功させようという意志に欠けているから、ということを人は前もって知っている。彼らが中立国を攻撃するのを躊躇《ちゆうちよ》するのは――今の戦争で、それがわれわれとドイツの戦略上の主な違いなのだ――失敗したいという潜在意識の願望に過ぎない。普通の人間は、自分の信ずる大義のために闘う場合、躊躇などはしない。

四一年五月六日　トルコがイラクにおいて列強の調停をすることを申し出た。おそらく悪い兆候だろう。イランで動員。アメリカ政府はソ連に軍需品を輸出することを禁止。それ自体はいいことだが、おそらく、もう一つの悪い兆候だろう。

夜遅く地下鉄の駅を通ると驚くべき光景が見られる。最も印象的なのは、いまや何もかもが醸している、清潔で正常で、日常的な雰囲気だ。とりわけ、住宅金融共済組合から家を買っているような若い夫婦、家庭的で慎重なタイプが、そういう雰囲気を漂わせている。彼らはピンクのベッドカバーの下で一緒に丸くなっている。そして、そこここで見られる大家族、父親、母親、数人の子供は、平板の上の兎のように、みな一列になって横になっている。彼らは全員、明るい電灯のもとで、非常に安らかに眠っているように見える。子供たちは仰向けに寝ていて、小さなピンクの頬は蠟人形のようだ。みな、ぐっすり眠っている。

四一年五月十一日　新聞の裏頁に押しやられていた、この数日で一番重要なニュースは、ロシアがもはやノルウェーとベルギーの政府を承認することはできないという声明を出したことだ。きのうの新聞によると、ユーゴスラヴィアについても同じだ。これはスターリンが首相の座に就いて以来、最初の外交上の行動だ。ロシアはいまや、どんな侵略行動でも黙認するという声明を出したに等しい。それはドイツの圧力によってなされたのに違いないが、それがモロトフが首相の座を譲った[172]と同時になされたということは、ロシアの政策方針が明確にドイツ寄りになったのを示しているのに違いない。それを強行するには、スターリンの個人的権威が必要だ。間もなくロシアはトルコあるいはイラン、またはその両方に対し、ある敵対行動に出るに違いない。

昨夜は激しい空襲。一発の爆弾が、この建物をわずかに損傷した。どの家であれ私が住んだ家では、こういうことは初めてだ。午前二時頃、例によって砲声と遠くの爆弾の音がする中で、凄まじい轟音が響いた。それで私たちは目を覚ましたが、窓ガラスは割れていなかったし、部屋もさほど揺れもしなかった。E［アイリーン］は窓辺に行くと、爆弾が落ちたのはこの家だと誰かが叫んでいるのを聞いた。その少しあと、私たちが廊下に出てみると大量の煙が漂っていて、ゴムが燃える臭いがした。屋根に上ってみると、いわば羅針盤の三十二方位のほとんどに大きな炎が上がっているのが見えた。一つは数マイル離れた西方で、巨大な炎が立ち昇っていた。可燃性資材の一杯入っている倉庫に違いない。煙は屋根に漂っていたが、私たちはこのフラットの建物に爆弾が落ちたのではないと、ようやく結論付けた。再び下に降りると、まさにこの建物に爆弾が落ちたのだが、みな自分のフラットにいるように言われた。その頃には、煙が濃くなり、廊下の向こうを見るのが困難になった。すぐに私たちは、「そうだ！　そうだ！　三番地にまだ誰かいる」[173]という叫び声を聞いた。そして防空指導員が、外に出るように私たちに向かって叫んだ。私たちは急いで服を着、いくつかの物をひっ摑み、外に出た。その時、家はひどく燃えていて、戻るのは不可能かもしれないと思っていた。そういう場合、人は大事だと思うものを持ち出すが、私はあとになって、自分が持ち出したのはタイプライターでも文書でもなく、小火器と、食べ物等が入っている雑嚢なのに気づいた。その雑嚢はいつでも持ち出せるように手元に置いていたものだ。実際に起こったのは、爆弾でガレージが燃え、火が中の車を焼き尽くしてしまったということだ。私たちはD夫妻の家に行った。夫妻は紅茶を飲ませてくれた。そして、私たちが数ヵ月取っておいた板チョコを食べた。あとで私がE［アイリーン］の顔が黒くなっていることを言うと、彼女は言った。「自分の顔はどうなってると思ってるの？」鏡を見ると、私の顔は真っ黒だった。その時まで、そうだとは気づかなかった。

四一年五月十三日　ヘスの到着[174]の理由について、私はまったくなんの説も持っていない。完全な謎だ。私の知っている一つのことは、英国政府はプロパガンダのこの機会を逃すだろうということだ。

四一年五月十八日　イラク、シリア、モロッコ、スペイン、ダルラン[175]、スターリン、ラシッド・アリ[176]、フランコ――なんとも深い絶望感を覚える[177]。もし、なすべき悪いことがあれば、それは間違いなくなされる。人はそれを、自然の法則の如く信じるようになっている。

　昨日か一昨日、新聞のプラカードに、「ナチ、シリアの空軍基地を使う」とあり、その事実が議会で報じられると、「怪しからん！」という叫び声が上がったと、新聞には書いてある。どうやら、休戦協定が破られ、フランス植民地帝国がナチに利用されることに驚く人間がいるらしい。それなのに、私のような単なる局外者の誰もが、フランスが戦争から離脱した日に、こういうことが起こるのを予見することができた。

　どうやら、この戦争で見苦しくないやり方で勝つ機会はすべて失われたようだ。チャーチルとその一派の計画は、何もかも捨ててから、アメリカの飛行機と血の河ですべて取り返すというものだ。もちろん、彼らは成功しない。全世界は彼らの敵に回るだろう、たぶんアメリカも含めて。二年間のうちに、われわれは征服されるか、あるいは、生き残ろうと必死になっている社会主義的共和国になっているかだろう。そうなると、秘密警察が生まれ、人口の半分は飢えるだろう。英国の支配階級は、機会があるうちにダカール、カナリア諸島、タンジール、シリアをやすやすと手に入れなかったことで、自らに死刑を宣告したのだ。

四一年五月二十一日　クレタ島に注目が集まっている。誰もが同じことを言っている――これは、どのみちイギリス侵攻の可能性をはっきりと示しているようだ。そうかもしれない、もしも、一つの関連する事実、つまり、どのくらいの兵士がそこにいるのか、どの程度の装備をしているのかを、われわれが知らされれば。もし、一万から二万の兵士[178]と、あの歩兵連隊しかいなければ、ドイツ軍はたとえ戦車等を上陸させることができなくとも、単なる数で圧倒するだろう。総じて、クレタ島の状況はドイツ軍にとって、イギリスでよりも遥かに有利だ。クレタ島への攻撃が試験的なものである限り、それはジブラルタルへの攻撃に備えたものという可能性が高い。

四一年五月二十四日　クレタ島からのニュースは、うわべはかなりいいが、表面下のどこにも悲観的な調子が窺える。シリアやイラクからはなんのニュースもない。それは最悪のことを示唆している。ダルランはドイツ側にフランス艦隊を引き渡すつもりはないと公言している。この見え透いた嘘を当てにして、フランス艦隊に対し、さらに手心が加えられるのは間違いない。

四一年五月二十五日　クレタ島沖での作戦で、われわれは三隻の巡洋艦を失ったということを、私的に聞いた。[179]そこに、われわれの戦闘機が一機もないことについて、新聞には多くの言い訳が書いてある。[180]クレタ島にある滑走路を、ドイツの空挺部隊が使うことができないように、なぜ前もってしなかったのか、また、われわれはなぜ、手遅れにならないうちにクレタ島の島民に武装させなかったのかについての説明は何もない。

四一年五月三十一日　アビシニアについて、まだあまり喜べない。今日、南アフリカ駐留の部隊がアジス・アベバに行進しながら入って行くニュース映画を観た。皇帝の宮殿（あるいは、その建物がなんであれ）で、まずユニオン・ジャックが掲げられ、そのあとになってやっとアビシニア国旗が掲げられた。

四一年六月一日　われわれはクレタ島から出て行きつつある。一万三千人の兵士が撤退しつつあるという話だ。[181]その合計の人数は、まだ発表されていない。もし、われわれが英国の部隊を撤退させ、ギリシャの部隊を残すなら、なんとも恐るべき印象を与えるだろう。冷酷な軍事的観点からは、それがなすべき正しいことかもしれないが。

英軍がバグダッドにいる。ダマスクスにいるということを聞いたほうが、もっとよいだろう。われわれはイラクと非常に過酷な条約は結ばないということ、つまり、油井を所有することを休戦の条件にはしないということを、人は知っている。ヘスのことは、この数日、まったくニュースで報じられていない。彼についての議会での質問に対する曖昧な回答、ハミルトン公は彼から手紙を受け取ったことはないという説明、情報省は彼に関するニュースを発表した時「誤った情報を受け取った」こと、どうやら議会の誰も、誰が情報省に誤った情報を伝えたのか、また、それはなぜかについて質問しなかったらしいこと、それらはすべてあまりに恥ずべき事柄なので、ハンサール〔英国国会議事録〕で論議を調べ、新聞記事になる際、それが検閲されたのかどうか知りたい気持ちになっている。

サイレンが鳴ったところだ。この三週間、ただの一回も空襲がなかった。

四一年六月三日　クレタ島からの撤退が完了したが、撤退したのは二万人だと言われている。したがって明らかに、撤退が新聞で報じられるずっと前に、撤退は始まっていたのに違いない。そして沈没した船は、おそらくその際にやられたのだろう。損失の合計は、一万の兵士、七隻の軍艦（三隻の巡洋艦、四隻の駆逐艦）[182]だろう。また、数隻の商船、かなり多くの高射砲、数台の戦車と飛行機。これらすべて、まったく無駄だったのだ……新聞はこれまでよりも大胆に批判している。オーストラリアの新聞の一紙は、シリア攻略の行動を起こさなければ、キプロスを防衛しようとしても意味がないと、公然と言っている。どうやら、その気配はない。ドイツ軍は機甲部隊をすでにラタキアに上陸させたと、今朝、報じられた。[183]そのことと一緒に、英軍がシリアに侵攻する「かもしれない」と曖昧に仄めかしてあった。数日以内でも遅過ぎるかもしれない。すでに半年遅過ぎるのでなければ。

四一年六月八日　今朝、英軍がシリアに入った。

四一年六月十四日　完全な謎が、ロシアとドイツの現在の関係を包んでいる。それに関する本当のニュースを誰も知らないのだ。クリップスが帰国してから彼に会った者と、まだ連絡がとれていない。[184]人は一般的な蓋然性から判断するほかはないが、主要な事実は次の二つのように思われる。(i)スターリンはドイツと戦争はしないだろう、もし、自殺以外にそれを避けるなんらかの手段があれば。(ii)この段階でスターリンの面目を潰すのはヒトラーの得にならない、ヒトラーはこれまでずっと、世界の労働者を支配下に置くのにスターリンを利用してきたからだ。したがって、ロシアを直接攻撃したり、明らかにロシアの不利になるような協定を結んだりするよりは、同盟の仮面をかぶった譲歩である確率のほうがずっと高い。それはイランかトルコに対する攻撃で覆い隠されるだろう。それから、「技術者の交換」等々があるということ、バクーにはドイツのエンジニアがかなり大勢いるようだということを耳にするだろう。しかし、そうした見せかけの動き全体が、間もなくどこかで起こす行動(おそらく英国侵攻)を隠すためのものに過ぎないという可能性を常に頭に入れておく必要がある。

四一年六月十九日　ドイツとトルコのあいだで不可侵条約。それはシリアをさっさと片付けなかった代償だ。これからは、トルコの新聞はわれわれを敵視するだろう。そして、それはアラブの諸国民に影響を及ぼすだろう。

きのう、ニューマーケットでダービーが行われた。大勢の群衆が詰めかけたようだ。『デイリー・エクスプレス』でさえ、それについては軽蔑的だ。『イヴニング・スタンダード』は、ヒトラーが八十日以内に英国に侵攻してくるのは間違いないと断言し、東欧におけるヒトラーの行動はおそらくそれを隠すためだと仄めかしている――しかしそれは、国民を脅かしていっそう熱心に働かせるための意図で書かれたのだと思う。

英国政府はペッツァモ〔ロシア最北西部の港町。当時はフィンランド領〕に封鎖海域通行許可書[185]を出すのをやめ、三隻のフィンランド船を停止させた。フィンランドは今、事実上、敵の占領地域だという理由で。それは、ロシアとドイツのあいだで何かが実際に起こっているということを、これまでになくきわめて明確に示している。

四一年六月二十日　この数日、暑くて汗が出そうになるほどの天候だった。この戦争の一つの些細な恩恵は、新聞が前日の天候を見出しのニュースにするという馬鹿げた習慣をやめたということだ、ということに気づいた。

四一年六月二十二日　今朝、ドイツがソ連に侵攻した。

誰もが非常に興奮している。事態のこの展開は、われわれの有利になると、みな思っている。しかしそれは、ロシアが実際に反撃するつもりになり、真剣になって抵抗できるとしての話だ。ドイツ軍を食い止めるのに十分でなくとも、ともかく、彼らの空軍と海軍の戦闘能力を減らすのに十分なほどに。どうやら、ドイツの当面の目的は領土でも石油でもなく、単にロシアの空軍を壊滅させ、その結果、自分たちがついにイギリスを相手にすることになった際、後方からの危険を取り除くことだ。ロシアがどんな戦いぶりをするのかは推測できない。最悪の兆しは、ドイツは成功すると確信していなければ、それもごく短期間のうちに成功すると確信していなければ、おそらくソ連侵攻は企てなかったろうということだ。

四一年六月二十三日　チャーチルの演説は非常によかったと思う。左翼を喜ばせはしないだろうが、彼は左翼の政党だけではなく、全世界、例えば、アメリカ中西部の人間、飛行士、海軍士官、不機嫌な商店主と農夫、また、ロシア人自身に話さねばならないことを忘れてはいけない。共産主義に対する彼の敵対的な言及はまったく正しく、この援助の申し出が誠心誠意のものだという事実を強調するだけである〔チャーチルは演説の冒頭で、「ナチ体制は共産主義の最悪の特徴と分かち難い」と言っている〕。こうしたことを巡って、『ニュー・ステーツマン』等への投書者が金切り声で叫ぶのが想像できる。もし、スターリンが立ち上がり、「私はこれまで資本主義を信念をもって支持してきた」と言ったとしたら、どんな印象を与えると彼らは思うだろうか？

ヒトラーのこの行動がアメリカにどんな印象を与えるのかを推測することは不可能である。それがイギリスに強力な親ナチ党を直ちに生むと考えるのは、まったくの間違いだ。ヒトラーがソヴィエト体制を破壊するのを見たがる富裕な人間がいるのは疑いないが、彼らは微々たる少数派だろう。カトリック教徒がその中に入るのは確かだが、彼らは明敏なので、ロシアの抵抗が打ち砕かれ始めるまで手のうちを見せないだろう。ブリンプやごく裕福なビジネスマンを含め、国土防衛軍の連中と話してみると、誰もが完全に親ロシアだということがわかる。ただ、抵抗できる能力がロシアにあるかどうかについては意見が分かれたが。思い出せる限り、典型的な会話を記録してみた――

鳥肉卸商――「ロシアが奴らをぶちのめしてくれるといいがね」

衣料製造業者（ユダヤ人）――「駄目だね。目茶目茶にやられるね、この前のように。今にわかる」

医者（外国人のようだ、難民だろう）――「きみはまったく間違ってる。誰もがロシアの力を過小評価している。彼らはナチをすっかりやっつけるだろう」

食品雑貨卸売商――「いやまったく、連中は二億いるんだぜ」

衣料製造業者――「そうとも、しかし、彼らは組織化されていない」等々。

誰もが何も知らずに話しているのだが、一般市民の感情がどんなものかは示している。三年前だったら、年に千ポンド以上、さらには週に六ポンドの市民の大多数が、ロシアを敵視しドイツを支持しただろう。しかし今では、ドイツに対する憎しみのために、ほかの一切のことを忘れてしまったのだ。

実際すべては、ロシアと英国がなんの底意もなく、相手を攻撃の矢面に立たせようとすることなく協力することができるか否かにかかっている。疑いもなく、強力な親ナチ党がロシアに存在するし、スターリンはその先頭にいると思う。もしロシアが、また立場を変え、スターリンがペタンの役を演ずるなら、疑いもなく、ここの共産主義者は彼に倣《なら》って再び親ナチになるだろう。もしソヴィエト体制がすっかり一掃され、スターリンが殺されるか捕虜になるかすれば、多くの共産主義者は、私見によれば、今度はヒトラーに忠誠を誓うだろう。目下、英国の共産主義者は「人民政府」を要求する一種のマニフェストを発表している。彼らはモスクワから指示があれば、たちまち態度を変えるだろう。もしロシアが実際にドイツに抵抗するなら、英国に弱体化した政府があるのは、また、ここで破壊的影響が働いているのは、彼らの利益にならない。共産主義者は十日のうちに間違いなく狂信的愛国者になり――たぶんスローガンは「チャーチルに全権力を」だろう――かつ、完全に無視されるだろう。しかし、もし二国間の提携が本物で、一定のギヴ・アンド・テイクが行われれば、両国の国内の政治的影響は結局よいほうに働くに違いない。スペインにおいてロシアの軍事援助を悪い影響にした特別の状況は、ここには存在しない。

誰もが、自由ロシア人が生まれたら、なんと退屈なことかと話している。それは、白系ロシア人そっくりになるだろうと予想されている。人は、スターリンがパトニーの小さな店でサモワールを売り、コーカサス・ダンス等々をしている姿を想像する。

四一年六月三十日　ロシア＝ドイツ作戦に関する本当の意味のニュースはない。今週ずっと両国は、破壊した敵の戦車等の途方もない数を発表している。本当に信じられるのは町等を占領した数で、ドイツ側の発表はこれまでのところ多い数ではない。ドイツ軍はリヴィウ〔ウクライナ西部の都市〕を占拠し、リトアニアを占領したようだ。そして、ミンスクを迂回したと発表している。ロシア側はドイツ軍の前進を食い止めたと発表しているが。ともかく、これまでのところ、なんの進展もない。誰もが早くも楽天的になっている。「ドイツ軍は分不相応のことをやっているのだ。ヒトラーは来週、事態を進展させなければ、お仕舞いだ」等々。ドイツ人は優秀な軍人で、勝算がなければこうした作戦は行わなかっただろうと考える者は、ごく少ない。もっとじっくりと考える者はこう言う。「もし、十月までロシア軍が存在していてヒトラーと戦っていれば、ヒトラーはお仕舞いだ。おそらく今年の冬で」。すべての個人のラジオを没収したというロシア政府の行動を、どう解釈したらいいのか、よくわからない。幾通りかに説明できる。

われわれとソ連の提携の性質について、明確なことは何もわからない。昨夜、「インターナショナル」が、ほかの連合国の国歌のあとに演奏されるのかどうか、誰もが興味津々で待っていた[186]。もちろん、そんなことはなかった。しかし、アビシニア国歌がほかの国歌に加えられるまで、長い時間があったのだ。結局はソ連を代表する何かの曲を流さねばならないだろうが、どれを選ぶかは微妙な仕事だ。

四一年七月三日　スターリンの放送演説は、人民戦線、民主主義的方針の擁護に直接戻ったもので、事実、彼と彼の追随者がこの二年間言ってきたことと、まったく矛盾している。それにもかかわらず、それはチャーチルの演説とまさに好一対の壮大な戦闘的演説で、ともかく今の時点では、どんな妥協もしないつもりであることを明確にしていた。しかし、大規模な退却を考慮中であるのを仄めかすような箇所もあった。英国とアメリカは友好的な言葉で言及され、多かれ少なかれ連合国[187]とされていた。どうやら、まだ正式に連合したわけではないようなのだが。リッベントロープとその一味は「人食い人種」と呼ばれていた。『プラウダ』も彼らをそう呼んできた。翻訳されたロシア語の演説に奇妙な言葉遣いが見られる一つの理由は、どうやら、英語には対応する言葉がない、数多くの悪態の言葉があるかららしい。

いまやわれわれはすべて、多少とも親スターリンだという事実ほど、現代の道徳的、情緒的浅薄さのよい例はあり得ないだろう。このおぞましい殺人者は一時的にわれわれの側に立っているので、彼の行った粛清等は不意に忘れられた。フランコ、ムッソリーニ等も、最後にはわれわれの側につけば、同じことになるだろう。彼のためにせいぜい言えることは、たぶん、彼は彼の信奉者とは異なり、個人的には誠実な人間だろうということだ。なぜなら、彼が絶えず態度を変えるのは、ともかく自らの決断によるからだ。それは、「父さんが寝返ると、ぼくらみんな寝返る[188]」というやつだ。父さんはその時の気分次第で寝返るのだろう。

四一年七月六日　新聞の何紙かは、われわれがソ連をもっと助けないので、ひどく苛立っている。空襲する以外、なんらかの行動を起こすことを本当に考えているのかどうか知らないが、もし何も試みないのなら、それは心配な兆候だ、それがもたらす軍事的、政治的結果はまったく別にして。なぜなら、もし今、ドイツ軍の百五十個師団がロシアで活動している時に陸上攻撃ができないならば、一体、いつわれわれはそうできるのか？　軍の動きについてなんの噂も聞こえてこないので、どうやら、ともかくイギリスからは軍を派遣する準備がされていないらしい[189]。唯一の新しい展開は、ビーヴァブルックが、昨年、飛行機の増産に力を入れたように、戦車の増産に盛んに力を入れ始めたことだ。しかし、その成果が挙がるには数ヵ月かかり、そうした戦車がどこで使われるのかについて、なんの示唆もない。ドイツの侵攻に対して使われるとは信じられない。もしドイツがここに大量の機甲化部隊を持ってこられるなら、つまり、もしドイツが制海権と制空権を完全に握ったならば、われわれはすでに戦争に負けているだろう。

ロシアとなんらかの正式な提携関係を結んだのかどうかについての話、また、なんであれわれわれとの関係を明確にするものについての話は、まったく聞こえてこない。両国で多かれ少なかれ友好的な発言はなされているにもかかわらず。もちろんわれわれは、ロシアがわれわれの確固とした同盟国であることが確かになるまで、つまり、彼らが侵攻してくるドイツ軍を撃退することに成功しても戦い続けることが確かになるまで、どんな大きな危険も冒すことはできない。

前線からは、どんな信頼できるニュースもない。ドイツ軍はプルート川を渡ったが、ベレジナ川を渡ったかどうかについては論議の余地があるようだ。両国が主張している相手側への損害は明らかに真実ではない。ロシアはドイツ側の死傷者がすでに七十万人だと主張している。つまり、ヒトラーの全軍の約一〇パーセントだ。

カトリック系のいくつかの新聞と、『真実《トルース》』[190]の数部を調べてみた。ソ連とのわれわれの擬似同盟関係に対する態度を知るためだ。カトリック系の新聞は親ナチになっていないし、たぶん、なることはないだろう。その「路線」は、ロシアは客観的に考えてわれわれの側にあるので支持しなければならないが、明確な同盟関係であってはならない、というものだ。チャーチルを憎んでいる『真実』は、ほぼ同じ路線だが、おそらく、やや反ロシア的だろう。アイルランドのカトリック系新聞の何紙かは、いまやはっきりと親ナチになったようだ。もしそうなら、アメリカでも同じような反応があるだろう。アイルランドの新聞に、どんな交戦国についても論評することを禁じている「中立政策」が、いまや戦争をしているロシアの場合にも強制されるのかどうかを知るのは興味深い。

人民代表者会議《ピープルズ・コンヴェンション》〔英国の共産主義者の一部が目指した「人民政府」〕は、投票の結果政府を全面的に支持することにし、「戦争の精力的遂行」を求めている――「人民の平和」を求めてから、わずか二週間後なのに。ヒトラーがロシアに侵攻したというニュースが、何人かの共産主義者が話していたニューヨークのカフェに届いた時、手洗に行っていたそのうちの一人が戻ってくると、彼がいないあいだに「党路線」が変更になっていた、という話が伝わっている。

四一年八月二十八日　私はいまや、ＢＢＣのれっきとした従業員だ。

東方戦線は（戦線があるとすればだが）、現在、大まかに言って、タリン、ゴメリ、スモレンスク、キエフ、ドニエプロペトロフスク、ヘルソンを通っている。ドイツ軍はドイツよりも広いに違いない領域を占領したが、ロシア軍を壊滅させてはいない。英軍とロシア軍は三日前にイランに侵攻し、イラン軍は早くも戦闘不能になった。わが国における軍隊の動きについて、なんの噂も耳にしない。彼らはいまや、大陸において何かをし始めるのに、たった一ヵ月しかないのだ。彼らがそうした類いのことをするつもりだとは思えない。チャーチルとルーズヴェルトの声明の言葉の下に、ドイツのソ連侵攻の結果、アメリカにおける反ヒトラー感情が冷えたことを読み取ることができる。一方、わが国では、犠牲等に喜んで耐えるという気持ちが、ドイツのソ連侵攻のせいで高まったという兆しはない。われわれはソ連を援助するために十分なことをしていないという不満が、一般市民のあいだにいまだにあるが、その声は小さい。ヒトラーは今年の冬はコーカサスや中東に侵攻できないが、敗北はしない、また、彼は受けた損害よりも与えた損害のほうが多いという意味で、ロシア作戦は決着したと思える。目下、なんの勝利も見えてこない。以前私が予測した新しい段階がまさに始まった。そして、ダンケルクと共に始まった擬似革命の期間は終わった。したがって、この日記を終わらせる。新しい段階が始まった時にそうしようと思っていたので。

これが、一九四二年三月十四日から再び書き継がれるまでの、オーウェルの「戦時日記」の最終項である。

編者注

(1) 当時、ロンドンには三つの夕刊紙があった——『スター』、『イヴニング・ニュース』、『イヴニング・スタンダード』。現在、『イヴニング・スタンダード』だけが残っていて、依然として発行されている。

(2) 英国派遣軍 (British Expeditionary Force) はフランスがドイツに降伏した時にフランスにいた。

(3) 一九四一年四月十五日の項でオーウェルは、自分と妻が九時のニュースを聴くためにパブに行ったと書いている。したがって二人は、ラジオを持っていなかったらしい。二人は数分遅れてパブに着き、どんなニュースだったか、女バーテンに訊いた。女バーテンは、誰も聴かないのでラジオをかけないから知らないと言った。

(4) アルフレッド・ダフ・クーパー (一八九〇〜一九五四)。ノリッジ子爵、一九五二) は、保守党の政治家、外交官、著述家だった。ミュンヘン問題を巡ってチェンバレンと意見が合わずに海軍大臣を辞任したあと、愛国的右翼の表看板になった。一九四〇年五月、チャーチルは彼を情報相にした。彼のその後の経歴については、四二年三月二十二日の「第二戦時日記」の注(7)を参照のこと。

(5) オーウェルは六月八日付の『タイム・アンド・タイド』に、オードリー・ルーカスの『ヘレンの肖像』の劇評を書いた。その中で彼は言っている。「この劇にはいくつかの気の利いた台詞があるが、演出が、きわめて悪い」

(6) 社会主義の週刊誌で、当時の編集長はレイモンド・ポーストゲイトだった。オーウェルは同誌に数多くの書評とエッセイを寄稿した。

(7) 英国の共産党の日刊紙。

(8) 英国ファシスト連盟の機関紙。

(9) マックス・エイトキン、すなわち初代ビーヴァブルック男爵(一八七九～一九六四、カナダの新聞の経営者)は、チャーチルによって航空生産相に五月に任命された。何かと話題の多い人物であったにしても、有能だった。のちに兵站《へいたん》相になった。一九一八年には情報相だった。

(10) フランツ・ボルケナウ(一九〇〇～一九五七)はウィーンに生まれたオーストリアの社会学者、政治に関する著述家で、一九二一年から一九二九年までドイツ共産党の党員だった。彼の『ファシズムの社会学序説』(Zur Soziologie des Faschismus)は、ナチが権力を握り始めたのでドイツから亡命した年の一九三三年にチュービンゲンで出版された。彼は現代社会科学者叢書で『パレート伝』を公刊した。オーウェルは彼の『スペインの戦乱の巷』、『国際的共産主義者』『全体主義的敵』を書評した。ボルケナウはチューリヒで死んだ。ダンケルク当時のボルケナウとオーウェルとの会話については、四〇年六月六日の項を参照のこと。

(11) シリル・コナリー(一九〇三～七四)はセント・シプリアン進学予備校とイートン校でオーウェルと一緒だった。コナリーが『ビルマの日々』を書評したあと、二人は一九三五年に再会し、いくつかの文学活動、とりわけ、コナリーが編集した雑誌『ホライゾン』で関わりを持った。オーウェルは同誌に寄稿した。オーウェルの二番目の妻ソニア・ブラウネルは『ホライズン』のために働いた。二人はコナリーによって引き合わされた。コナリーの『希望の敵』(一九三八)からのオーウェルに関する部分の抜粋は、『思い出のオーウェル』に収められている。

(12) 不詳。オーウェルが用いたハイフンの数は、元の名前の文字数と必ずしも一致しない。

(13) 『ヘレンの肖像』のオーウェルの劇評と一緒に載った。オーウェルは登場人物の抱える問題を真剣に受け取るのは不可能だと思った。

(14) 「エリック」は、アイリーン・ブレアが心から愛した兄のロレンス・フレデリック・オショーネシーのミドル・ネームの短縮形で、それが彼の通称だった。オーウェルは日記に彼の名前をタイプせず、四つの短いダッシュで表わしている。エリックは胸郭と心臓の傑出した外科医で、四つの奨学金を獲得し、ダラムとベルリンで医学を学んだ。一九三三年から三五年まで王立外科医学院の「ハンター教授」だった。一九三七年、胸郭の外科医術の研究に対してハンター・メダル・トライエニアル賞を獲得し、翌年、心臓の外科手術に関する論文で賞金と努力賞を貰った。彼はザウエルブルフの『胸郭手術』(一九三七)を改めたものを出版し、一九三九年、ほかの二人と肺結核に関する仕事をした。戦争が勃発すると陸軍衛生隊に入り、ダンケルクの海岸で負傷者の手当てをしている時に戦死した。その時少佐で、わずか三十六歳だった(一九四〇年六月八日付『ザ・タイムズ』の死亡記事より)。彼の妻グウェンも医者だった。兄の死はアイリーンには非常に応えた。

(15) エイモン・デ・ヴァレラ(一八八二〜一九七五)はアイルランドの政治指導者。当時、アイルランド自由国の首相だった。一九五九年、その大統領になった。

(16) 大衆的日曜新聞。

(17) 七月一日に頁数は六頁に減った。四〇年七月一日の項を参照のこと。

(18) マーゴット・アスキス(一八六四〜一九四五)はオックスフォード及びアスキス伯で、一九〇六年から一六年まで首相だったハーバート・ヘンリー・アスキスの未亡人。

(19) これらの数字は正しかった。装備の大半は失われたけれども、十九万八千人の英国兵士と、十四万人の主にフランスとベルギーの兵士が撤退した。撤退作戦に参加した四十一隻の軍艦のうち六隻が沈没し、十九隻が損傷した。それに加え、約二十二万人の軍人がノルマンディーとブルターニュから撤退した。

(20) 「制約されている」というのは、検閲を暗に意味している。そうしたポスター(すなわち新聞売りの広告ビラ)が禁止されたのは、ただ単に、原料を保存し輸入品を節約し、それによって船の積載余地を残すためだったのである。

(21) 「右であれ左であれ、わが祖国」を参照のこと。このエッセイの題は、スティーヴン・ディケイターの「正しくとも間違っていても、わが祖国」(一八一六)

をもじったものである。

(22) サー・スタフォード・クリップス——三九年七月二日(E)の注(7)を参照のこと。

(23) オーウェルはパリのタクシー運転手とのいざこざについて『気の向くままに』の中で書いている(一九四四年九月十五日)。要するに、タクシーでの彼の目的地があまりに短かったので〔約九十メートル〕、運転手は「イギリスの金にして約三ペンスのためにタクシー乗り場から連れ出された」と言って憤激した——そして、オーウェルが細かい金を持っていなかったので、事はいっそうこじれた。二人は「汚らしい口喧嘩をし」、そのため「私はその時、激怒したが、少し経つと悲しくなり、嫌な気持ちになった。『なんで人はこんなふうに振る舞わねばならないのか?』と私は思った」。

(24) 地域防衛義勇軍(Local Defence Volunteers)、のちの国土防衛軍。オーウェルは六月十二日、のちにロンドン区第五大隊C中隊となったものに入隊し、間もなく軍曹に昇進し、十名の部下を訓練することになった。彼は自分の任務を非常に真剣に受け取った。

(25) 当時、メリルボーン・クリケット・クラブは国内と国外の試合を仕切る団体だった。

(26) ロンドンのイーストエンドの労働者階級の選挙区。

(27) ジョージ・ランズベリー、熱烈な平和主義者。三九年八月十一日(E)の注(106)を参照のこと。

(28) ファン・ネグリンはスペインの前首相。三九年八月二日(E)の注(75)を参照のこと。

(29) にたにた白痴的に笑い、一ヤードほどの大きさで、ハムのピンク色をした顔の類の「宣伝ポスター」に対するオーウェルの憎悪については、四年前に出版された『葉蘭をそよがせよ』を参照のこと。

(30) ミルトン『失楽園』、第四巻、第百十行。

(31) アルバトロス・ライブラリー——アルバトロス・コンチネンタル・ライブラリーは『空気を求めて』をヨーロッパ大陸で出版することを引き受けた。三九年八月四日(E)の注(84)を参照のこと。契約書には、同書を一九四〇年八月以前に出版すると明記してあった。六月十四日にドイツ軍がパリを占領したあと、一八七〇年以降に出版された英国の本の販売を禁ずる旨の法規命令が公布された。したがって、アルバトロス・ライブラリー版の『空気を求めて』は出版されなかった。

(32) P・W——ヴィクター・ウィリアム(ピーター)・ウォトソン(一九〇八~一九五六)。裕福な青年だった彼は頻繁に旅行をしたあと、芸術に一生を捧げる決心をし、友人のシリル・コナリーと一緒に雑誌『ホライゾン』を創刊した。彼は雑誌の資金を出し、同誌の美術セクションのすべての材料を提供した。一九四八年、現代芸術協会の設立者の一人になった。彼は終生、オーウェルの著作を敬愛した。マイケル・シェルダンの『希望の友人――シリル・コナリーと「ホライズン」の世界』（一九八九）を参照のこと。

(33) 第二代リーズデイル卿の四番目の娘ユニティー・ヴァルキリー・ミットフォード（一九一四～一九四八）は、ヒトラーに初めて会った時から彼の崇拝者になった。一九四〇年、頭部に自分でピストルを発射し傷を負ったので、ドイツからイギリスに連れ戻された。それ以後、隠棲した。妊娠はしていなかった。

(34) たぶん、マイケルだろう。彼はオーウェルの日記の四〇年九月三日の項に書かれている、小さな衣服工場の持ち主。

(35) G――グウェン・オショーネシー。アイリーンの義姉。戦争の初期の段階では、子供をカナダとアメリカに疎開させる、政府援助の計画があった。一九四〇年六月に生後十九ヵ月だったグウェンの息子ロレンスは、疎開者輸送船ビナーリズ号が大西洋で沈められる前の最後の疎開者輸送船で、カナダに行った。四〇年七月二十五日の日記も参照のこと。

(36) たぶん、『ニュー・ステーツマン』がここに入るように思われる。日記にはハイフンが五つだけれども。

(37) たぶん、リチャード・クロスマン（一九〇七～一九七四）であろう。彼は学者、知識人、ジャーナリスト、左翼政治家で、一九三八年から五五年まで『ニュー・ステーツマン』の副編集長を、一九七〇年から七二年まで編集長を務めた。また、一九四五年から七〇年まで労働党議員でもあった。さらに、一九六四年から六六年まで住宅・地方自治相を、一九六四年から七〇年まで厚生・社会保障相を務めた。

(38) 英国第一四六歩兵旅団は、一九四〇年四月十六日から十七日にかけ、ノルウェーのオスローの北約三百マイルにある海岸、ナムソスに上陸した。同旅団は五月二日から三日にかけて撤退した。ノルウェーにいた最後の連合軍は六月九日に撤退した。

(39) 労働党議員アナイリン・ベヴァンについては、三九年八月二十八日（E）の注（150）を参照のこと。一九四九年、オーウェルは友人に言った。「ナイの黒幕《エミナンス・グリーズ》になれさえすれば、僕らはすぐにこの国を立ち直させるのだが」。G・R・ストラウス（一九〇一～九三、一代貴族、一九七九）は労働党議員で、『トリビューン』の副社長だった。

(40) ネヴィル・チェンバレンの内閣は一九四〇年五月に倒れ、ウィンストン・チャーチルのもとに連立内閣が作られた。雅量のあったチャーチルはチェンバレンを入閣させた。

(41) R・H――レイナー・ヘップンストール（一九一一～八一）は小説家、批評家、犯罪史家、BBCのラジオ・プロデューサー。ラジオ・ドラマ化されたオーウェルの『動物農場』の演出を担当し、ラジオ・ドラマ『ビーグル号航海記』の脚色をオーウェルに委嘱した。それは一九四六年三月二十九日に放送された。一九三五年、彼とオーウェルはフラットに一緒に住んだ。その間和気藹々ではなかったものの、二人は終生友人だった。彼の『今は亡き四人』（一九六〇）にはオーウェルの思い出が含まれている（それは『思い出のオーウェル』に採録された）。

(42) オーウェルは「非ブリンプ化」にしばしば関心を抱いた。例えば、次のものを参照のこと――「戦時日記」、四〇年八月二十三日の項、「国土防衛軍とあなた方」、「ブリンプ大佐に国土防衛軍を台無しにさせるな」、『勝利のための国土防衛軍！』の書評、「ロンドン便り」。（すべて『全集』第十二巻）

(43) 確かなことはわかっていない。たぶん、やはりリチャード・クロスマンか（注(37)を参照のこと）、シリル・コナリーであろう。イーネズ・ホールデンは、クリストファー・ホリスか、オーウェルの友人たちが会ったことのない、カーターとして知られる謎の男だろうと言った。

(44) 「ロンドン便り」、『全集』第十二巻を参照のこと。

(45) 「右であれ左であれ、わが祖国」を参照のこと。

(46) これは、ヘブリディーズ諸島に住みたいというオーウェルの夢に関する最初の言及である。その夢は一九四五年、ジュラ島でバーンヒルを借りた時に実現した。『一九八四年』のウィンストン・スミスの「黄金郷」のヴィジョンと比較するとよい。また、『プリースト島』のオーウェルの書評も参照のこと。

(47) ジャン・シヤップ（一八七八～一九四〇）はコルシカ人のパリ警察署長（一九二七～三四）で、親ファシスト。左翼に対して厳しい弾圧策をとった。一九三四年二月二日、彼が解任されたことに言及して、エリオット・ポールは彼を次のように評した。「ペタンの革命秘密行動委員会、すなわち、ファシストの独裁政権樹立の陰謀を図る、カグール〔目と口の部分だけ開いた頭巾〕をかぶった極右団体の首謀者の一人」（『狭い通り』、一九四二、第二十四章）。シヤップの死〔彼の乗った飛行機が、イタリアの飛行機によって誤って撃墜された〕に関してのオーウェルの言葉は、四〇年十二月一日の日記を参照のこと。

(48) アンリ・フィリップ・ペタン（一八五六～一九五一）は一九一六年、ヴェルダンを死守したため国民的英雄と見なされるようになり、一九一八年、フランスの元帥に叙された。一九四〇年首相になり、フランスがドイツに敗れ、国土が分割されていたあいだ首相を務めた。そして、傀儡政権であるヴィシー政権の国家主席を戦争が終わるまで務めた。対ナチ協力の廉で裁かれ死刑を宣告された。ドゴール大統領によって終身刑に減刑された。

(49) ピエール・ラヴァル(一八八三～一九四五)はフランスの公共事業相、労働相、植民相、外相を務め、首相となった(一九三一～三二、一九三五～三六)。一九二〇年に社会党を離れ、次第に極右に傾いた。一九三五年一月七日、外相として、オーストリアにドイツが介入することに反対することをイタリアに支持してもらう見返りに、アビシニア(エチオピア)をイタリアに割譲することを支持した協定をムッソリーニと結んだ。イタリアは一九三五年十月三日にアビシニアに侵攻し、十二月八日、英国の外相サー・サミュエル・ホーアは、ムッソリーニに譲歩するためにラヴァルと協定を結んだことが発覚し、辞任に追い込まれた。フランス陥落後、ラヴァルは対ナチ協力政策を行った。フランス人をドイツの工場に送り込みさえした。一九四五年に裁判にかけられ、自殺を図って失敗したあと、死刑に処された。ホーアについては、三九年七月二日(E)の注(5)と、三九年八月四日(E)の注(82)を参照のこと。

(50) ピエール＝エティエンヌ・フランダン(一八八九～一九五八)はフランス政府のさまざまな要職に就いた。一九三四年から三五年まで首相を務め、一九四〇年、ペタン政府で外相を務めたが、ドイツ側の要求に抵抗しようとしたため、ラヴァルに取って代わられた。戦後、公職に就くことを禁じられた。

(51) アイリーン・ブレアと、エリック・オショーネシーの妻で義姉のグウェン・オショーネシー。

(52) たぶん、アンダソン夫人であろう。彼女はウォリントンのオーウェル家の掃除をした。オーウェルは、この項が書かれた頃までにはロンドンに五、六週間住んでいたが、依然としてウォリントンを訪れていた。ザ・ストアーズは一九四七年まで完全には手放さなかった。

(53) 戦時のプロパガンダに責任のあった情報省。同省はロンドン大学の評議員会館《セネット・ハウス》に執務室を置いていた。二つの戦争のあいだ、同会館はロンドンで一番高い、新しいビルディングだった。同省は、『一九八四年』の真理省《ミニトルー》を思わせた。

(54) R・A・バトラー(一九〇二～一九八四、一代貴族、一九六五)は、一九三八年から四一年まで、外務省の次官。大蔵大臣。のちに一九五一年から六四年まで、保守党政府の外務大臣。

(55) L・H・マイヤーズは小説家で、オーウェルの親友だった。オーウェルとアイリーンが一九三八年から三九年までモロッコに滞在する費用の負担を引き受けた(オーウェルには知られずに)。

(56) 独立労働党の週刊紙。オーウェルは一九三八年六月に同党に入党し、ILPのスペインの派遣団と一緒に戦った。第二次世界大戦が始まった時、同党が平和主義的立場に立ったので、離党した。

(57) シャルル・ドゴール(一八九〇〜一九七〇)は当時、自由フランスの指導者で、フランスが陥落したあと、ドイツに対するフランスの抵抗運動を続けるための精神的支柱だった。彼はフランスが陥落したために覚えた屈辱感と綯《な》い交ぜになったフランス国民としての誇りと、母国を解放しようという決意を抱いていたため、連合国は彼と一緒に仕事をするのに時折苦労した。戦後、一九四五年から四六年まで臨時政府主席になった。一九五八年、アルジェリア危機の結果復帰し、一九五九年から六九年まで、第五共和制の建設者、大統領としてフランスの軍事的、戦略的独立を維持した。

(58) オーウェルは当時、NW1、チャグフォード街、ドーセット・チェンバーズ一八番地に住んでいた。リージェント・パークの南東の境界から約百五十ヤードのところだった。

(59) イタロ・バルボ(一八九六〜一九四〇)はイタリアの空軍大臣。イタリア対エチオピアの戦争中、エチオピア爆撃の責任者だった。

(60) シリル・コナリー。

(61) 不詳。おそらくL・H・マイヤーズと、その妻ではあるまい。二人を「ほぼ純粋な平和主義者」と呼ぶのは不適切である。

(62) グリニッジにあるグウェン・オショーネシーの家。

(63) 一九三九年六月、英国の潜水艦テティス号はリヴァプールにおける試験潜水で浮上しなかった。十三名の乗組員のうち四名しか助からなかった。脱出装置に欠陥があったからである。うんざりするほどに緩慢で、結局は失敗した救助活動の様子を、多くの者がラジオで聞き、恐れを感じた。その潜水艦は引き揚げられ、一九四〇年十一月、サンダーボールト号として戦時勤務についた。乗組員は全員、同艦の歴史について説明を受け、同艦に乗るのを断る機会を与えられた。成果を挙げたあと、一九四三年三月、対潜爆弾によって乗組員全員が死亡した。この箇所が前後の脈絡に欠けているのは、オーウェルが文を削除したからである。

(64) 「戦時日記」の四〇年六月二日の項を参照のこと。オーウェルは当時十二頁だった『ピープル』の紙面を分析した。
(65) ヴェルナー・フォン・フリッチュ(一八八〇~一九三九)はドイツ軍参謀幕僚で、保守派の将軍。ヒトラーを軽蔑していることを隠さなかった。一九三九年にポーランド戦で死んだのは、総統の陰謀によるものと、ずっと考えられてきた。
(66) ブエナベントゥラ・ドゥルーティは大衆的人気のあった無政府主義者の指導者で、ガンマン。マドリッド防衛戦で、共産主義者によって殺されたと思われている。バルセロナで行われた葬儀で、五十万人以上の群衆が参列した。エミリオ・モラ・ビダル(一八八七~一九三七)はフランコの同僚で、フランコと主導権争いの問題が生ずる前に、スペイン内戦の初期の段階で殺された。
(67) 七月三日、サー・ジョン・サマヴィル中将は、アルジェリアのオランとメセルケビーアで仏戦艦を攻撃した。沈没した、または損害を蒙ったフランス船は、戦艦プロヴァンス号とブルターニュ号、および高速巡洋戦艦ダンケルク号だった。千三百人のフランスの水兵が戦死した。巡洋戦艦ストラスブール号と、航空母艦コマンダント・テスト号を含む数隻はトゥーロンに逃れた。ポーツマスとプリマスにいたフランス船も拿《だ》捕《ほ》された。それには、二隻の戦艦、二隻の巡洋艦、八隻の駆逐艦、約二百隻の小型ボート、数隻の潜水艦が含まれていた。乗組員は連合軍に加わるか、本国に送還されるかの選択を迫られた。
(68) 一九四〇年七月八日、英国海軍の水雷艇がダカールでリシュリュー号を、カサブランカでジャン・バール号を攻撃し、大損害を与えた。
(69) ヴァーノン・バートレット(一八九四~一九八三)は政治問題に関する数多くの本を書いた。当時、指導的な自由主義的政治ジャーナリストだった。『ニューズ・クロニクル』のために働き(同紙は自由党の方針に好意的だった)、世界の危機について報じた。とりわけ、ヒトラー、ムッソリーニ、極東の危機について。一九三八年の補欠選挙で、ミュンヘン協定に反対する無所属候補者として立候補して当選し、センセーションを巻き起こした。
(70) エドワード、ウィンザー公(一八九四~一九三八)はプリンス・オヴ・ウェールズとして絶大な人気があり、失業者と貧困地区に住む者に対する同情を表明した。一九三六年一月二十日、エドワード八世として王位に就いたが、二度の離婚歴のあるウォリス・シンプソン夫人と結婚する決心をしたため大問題になり、一九三六年十二月、退位した。彼とシンプソン夫人は結婚し、戦争の数年(その間、彼はバハマ総督になった）を除いて、フランスに住んだ。「退位危機」に関する悪感情と、ナチ・ドイツとの彼の親密な繋がりについての論議は、まだすっかりなくなってはいない。

(71) 不詳。たぶん、トスコ・ファイヴェル（一九〇七～一九八五）であろう。彼はユダヤ人だった。両親は当時パレスチナだったところにウィーンから移住した。そこでシオニズム運動に関わり、ゴルダ・メイヤー〔イスラエル国の第四代首相〕と一緒に働いた。一九四〇年一月、オーウェルと彼はフレドリック・ウォーバーグほかの者と一緒に会った。さらに何度か会った結果、サーチライト叢書が誕生した。オーウェルの『ライオンと一角獣』（一九四一）が、その最初の本だった。T・R・ファイヴァルの『個人的思い出』も参照のこと。

(72) 不詳。たぶん、フレドリック・ウォーバーグであろう。

(73) 子供をカナダに疎開させることについては、「戦時日記」の四〇年六月十七日の項を参照のこと。

(74) デイヴィッド・ロイド・ジョージは、ペタン同様、第一次世界大戦中、有能な指導者であるのを証明したので、英雄的指導者と見なされた。戦後、ドイツと宥和的な平和条約を結ぼうとした少数派の一人だった。ロイド・ジョージについては、三九年八月六日（E）の注（88）を参照のこと。

(75) 不詳。

(76) 一九四〇年七月十六日、ヒトラーは指令、第十六の中で言った。「イギリスに対する上陸作戦を敢行する準備をすることを決意した。そして、必要とあらば実行することを。目的は……イギリス本土を壊滅させ、必要とあらば完全に占領することである」（ヒュー・トレヴァー＝ローパー編『ヒトラーの戦争指令』、一九六四）

(77) ウィリアム・ジョイス（一九〇八～一九四六）は、おそらく話し方からであろう、ホーホー卿として知られていた。アメリカ市民で、英国籍は取得しなかった。生涯の大半をイギリスで過ごし、狂信的な愛国者であったが。彼はファシストになったが、彼にとってオズワルド・モーズリーの路線は、あまりに穏健だった。一九三九年八月、ドイツに行き、一九四〇年、ドイツに帰化した。戦争の初期の段階を通して、イギリスに対してプロパガンダ放送をした。一九四六年一月三日、英国で絞首刑に処された。

(78) オズワルド・モーズリーは英国ファシスト連盟の指導者。『ウィガン波止場への道』日記」の三六年三月十六日の項の注（37）を参照のこと。

(79) オーウェルの「ロンドン便り」、『全集』第十二巻を参照のこと。

（80）　ジャック・ドリオ（一八九八～一九四五）はファシズムに転向した共産主義者で、フランス人民党の党首だった。同党はドイツから資金を貰っていた。一九四三年三月二十五日、ヒトラーにフランス語で手紙を書いた。「ドイツ軍とその同盟軍はドイツのためにのみ闘っているのではなく、ヨーロッパと、ひいてはフランスのために闘っているのです」。彼は「対ボリシェヴィキ・フランス義勇団」（LVF）が結成された際の黒幕だった――それは、フランスが占領されていた期間の対独軍事協力の第一歩だった。約一万人の義勇兵が東部戦線でドイツの国防軍に加わって闘った。（カン〔フランス北部の工業都市〕の記念博物館からの情報。）

（81）　ガストン・ベルジュリ。フランスの代議士で知識人。極右から極左に転向し、フランス陥落後、ドイツに協力した。

（82）　この日記がタイプされた時、五つのハイフンがあったが、オーウェルはその上に「H・G・ウェルズ」と書いた。したがって、ここでは角括弧を用いなかった。二度目にオーウェルが角括弧に入れた彼の名前とイニシャルは、七つのハイフンが使ってある。三つ目はハイフンが五つなので、イニシャルは省いた。「出世主義者」という言葉はオーウェルのもので、ウェルズのものではなかろう。それはオーウェルが、自分の認めない人間に対して用いた最も厳しい人物評価の一つである。

（83）　オーウェルは最初にタイプした七つのハイフンの上に「スウィントン」と書いた。したがって、ここでは角括弧は用いなかった。次に角括弧に「スウィントン」とあるのは、七つのハイフンの代わりである。三つ目の「スウィントン」は、六つのハイフンの代わりである。この文脈では六つのハイフンが「スウィントン」を表わさねばならないので、ハイフンの数が全面的には信頼できないのは明らかである。フィリップ・カンリフ＝リスター、スウィントン子爵（一八八四～一九七二、伯爵、一九五五）は一九一八年、連合論者〔アイルランド自治案に反対の保守党員〕として議員になった。一九三一年から三五年まで植民地相、一九三五年から三八年まで航空相、一九四〇から四二年まで連合王国営利法人の会長、一九四二年から四四年まで西アフリカ在住閣僚、一九四四から四五年まで民間航空相を務めた。

（84）　オーウェルが所得税の問題で苦しんでいたのは、彼が三〇年代に貧乏に近かったことを考えると興味深い。一九三九年には、人口のわずか二割くらいしか所得税を払っていなかった。作家、俳優、その他に共通するオーウェルの悩みは、前年に高収入があったせいかもしれない（例えば、『ウィガン波止場への道』の印税）。また、アイリーンの収入の税金が、彼の税金として扱われたかもしれない。

(85) 撃墜された飛行機は、英独の空軍が当時発表した数より実際は少なかった。八月十四日、英国空軍は百四十四機のドイツの飛行機を撃墜したと発表したが、戦後、ドイツの記録を調べることができるようになった時、七十一機に訂正された。その日、英国空軍は十六機失ったが、八人の操縦士は救助された。九月十五日、百八十五機のドイツの飛行機が撃墜されたと発表されたが、五十六機であるのがのちにわかった。二十六機の英国空軍の飛行機が撃墜されたが、半数の操縦士が救助された。それは、「英本土航空決戦《バトル・オヴ・ブリテン》」で発表された、一日の最大の数の救助された操縦士の数だった。七月から十月末までに、二千六百九十八機のドイツの飛行機が撃墜されたと発表されたが、正しい数字は千七百三十三機だった。ドイツは三千五十八機の英国空軍の飛行機を撃墜したと発表したが、実際は九百十五機だった。どの程度までが当局の意識的な誇張なのか、そして、熱心過ぎた操縦士の報告なのかを知るのは難しい。

(86) たぶん、ジョージ・メイソンであろう。彼は専門医で、ロレンス・オショーネシーの親友だった。アイリーンは一九四五年の初めに患者として彼に会い、手紙の中で、彼と自分の兄が、ハーヴィー・エヴァーズを高く評価していると書いた。エヴァーズは一九四五年三月二十九日に彼女の手術をした外科医。

(87) レオン・トロツキー（一八七九～一九四〇）はロシアの一九一七年の十月革命の指導者。一九一七年から二四年まで、外務人民委員、軍事人民委員を務めた。赤軍を創設するのに貢献した。一九二四年にレーニンが死んでから起こった権力闘争でスターリンに敗れ、国外追放になった。彼と彼の信奉者がスターリンに反対し続けたので、メキシコで暗殺された。彼を殺したのは、ソヴィエトの秘密警察、OGPUだとされた。

(88) デイヴィッド・ロウ（一八九一～一九六三）は左翼的思想を持った優れた政治漫画家で、『イヴニング・スタンダード』に描いたが、のちに『マンチェスター・ガーディアン』に描いた。

(89) 不詳。オスタリー・パークに未公認の国土防衛隊訓練所を創設した一人であるトム・ホプキンソンは、一九四〇年秋、免許を持っていないという理由で、どのようにしてホワイトヘッド准将が同所を閉鎖させようとしたかを語っている。オーウェルが、一九四〇年秋に国土防衛軍の指揮をした、サー・T・R・イーストウッド中将のことを言っているはずはない。イーストウッドは四十になっていなかった。

(90) 更迭。

(91) オスタリー・パーク訓練所は、トム・ウィントリンガム(一八九八~一九四九)、ヒュー(ハンフリー)・スレイター(一九〇五~五八)によって運営された。二人はスペイン内戦の際、国際旅団にいた経験をもとに、ゲリラ戦術、市街戦について教えた。国土防衛軍のためのオーウェルの講演ノートが残っている。それは、市街戦、野戦築城、煙幕弾用の臼砲を、相当詳しく説明したものである。

ウィントリンガムは第一次世界大戦で英国航空隊に勤務し、一九三四年から三六年まで『レフト・レヴュー』を編集した。一九三七年、マドリッドの近くで国際旅団の英国歩兵大隊を指揮した。グレート・ブリテン共産党の創設メンバーだったが、スペイン内戦に加わったあと、入党してから十七年後に共産党から脱退した。ペンギン・スペシャルの『戦争の新しいやり方』(一九四〇)を書いた。

スレイターは画家で著述家だった。一時、共産主義者になり、三〇年代初め、ベルリンで反ナチ運動に関わった。スペインで共和国軍のために闘い(一九三六~三八)、国際旅団の作戦指揮官になった。彼の手引書『勝利のための国土防衛軍! 作戦、戦法、訓練のための試論』(一九四一)をオーウェルは書評した(『全集』第十二巻)。さらに一九四一年、レスターは『ヨーロッパの中への戦争——徹底的な攻撃』を出版した。

(92) A・T・バーソロミュー選、編集『サミュエル・バトラーのノートからの抜粋・続』(一九三四)の「何が人に喜びを与えるか」。一九三四年、オーウェルは同書を書評した。(『全集』第十二巻)

(93) その時の空襲で、最初の爆弾がロンドンの中心部に落ちた。クリプルゲートのセント・ジャイルズ教会が被爆した。のちに英国空軍は十一トンの大型高性能爆弾を投下したが、戦争のこの段階では、二千ポンド爆弾はまだなかった。一九四〇年九月七日、ドイツの約三百機の爆撃機はウリッジ造兵廠とロンドンの埠頭に、三百三十七トンの爆弾を投下した——平均、一機二千五百ポンドの爆弾である。オーウェルはここで、パラシュート爆雷、またはその威力のことを考えていたのかもしれない。チャーチルは一九四〇年九月十九日、イズメイ将軍に宛てた覚書の中で、ドイツ空軍が三十六個のパラシュート爆雷を落としたことを書いている。チャーチルはそれに相当するものが欲しかった——もし、パラシュート爆雷が手に入らなければ、千トン爆弾が。恐怖の武器ではあったが、パラシュート爆雷の不利な点は、五千フィート上空から落とすと、予想のつかない風の方向に左右され、特定の目標に落ちないということだった。ウィンストン・チャーチルの『第二次世界大戦』第二巻を参照のこと。

(94) オーウェルの「ロンドン便り」(一九四三年一月三日)を参照のこと。『全集』第十二巻。

(95) NW8とW9にまたがるロンドンの郊外で、オーウェル夫妻が住んでいたチャグフォード街から約一マイルのところ。

(96) サー・リチャード・リース、准男爵(一九〇〇〜七〇)はオーウェルの長年の友人で、恩人だった。とりわけ、オーウェルが身を立てようとしていた時の。『葉蘭をそよがせよ』のラヴェルストンは、気前のいい性格の幾分かをリースに負っている。リースは画家で、一九三〇年から三七年まで、『アデルフィ』の編集長だった。リースはオーウェルのジュラ島の農園のパートナーで、彼の遺著共同管理者になった(ソニア・オーウェルと一緒に)。彼の『ジョージ・オーウェル――勝利の陣営からの逃亡者』(一九六一)と、『思い出のオーウェル』所収のそれからの抜粋(BBCのインタヴューの一部も併録)を参照のこと。

(97) 不詳。

(98) 九月の空襲による死者は六千九百五十四人で、重傷者は一万六百十五人だった。英国全体のその年の冬の死傷者――

	死者	負傷者
一九四〇年十月	六三三四	八六九五
十一月	四五八八	六二〇二
十二月	三七九三	五二四四
一九四一年一月	一五〇〇	二〇一二
二月	七八九	一〇六七
三月	四二五九	五五五七

十一月六日のコヴェントリーに対するドイツの猛爆(ドイツ側の暗号名「ムーンライト・ソナタ」)で、二十五万人の人口のうち五百五十四人が死んだ。ドイツ軍機は一機のみ撃墜された。戦争の全期間で、六万五百九十五人の市民が敵の空襲で死んだ。これは、商船の乗組員の三万二百四十八人、海軍の五万七百五十八人、英国空軍の六万九千六百六人、陸軍の十四万四千七十九人と対照的である。一九四一年末までに空襲で死んだ約三万六千五百人のうち、二万人以上がロンドンで死に、四千人以上がリヴァプールで死に、二千人以上がバーミンガムで死に、二千人近くがグラスゴーで死んだ。

(99) たぶん、日記の四〇年六月十六日の項で言及されている「M」であろう。五十ポンドは、十人から十二人分の約一週間の賃金であろう。

(100) ホールボンはロンドンのシティーにある。メリルボン鉄道駅はロンドンの終着駅で、オーウェルが住んでいたチャグフォード街から約二百ヤードから三百ヤード離れていた。

(101) ウリッジは、オショーネシー一家が住んでいたグリニッジの東二、三マイルのところにあり、英国陸軍砲兵隊練兵場、英国陸軍士官学校、王立造兵廠があった。

(102) クライテリオン座はピカデリー・サーカスにあった。ウィンドミル劇場も、「決して閉鎖しない」ことを誇った。同劇場はピカデリー・サーカスの少し北東にあった。

(103) 〈エレファント・アンド・カースル〉はパブで、この広い労働者階級の居住地、ショッピング・センター、いくつかの主要道路の合流点に、その名が付いた。

(104) WC1、ランズダウン・テラスにあったスティーヴン・スペンダーのフラット兼『ホライズン』の事務所。オーウェルは最初、「S・Sのところ」とタイプしたが、最初のSを削除した。

(105) 一九四〇年、チャーチルはルーズヴェルト大統領に宛て、次のように書いた。二十五万挺のライフル銃が「緊急に必要なのです。二十五万人の訓練され、制服を着た者［国土防衛軍］がいて、彼らにそれを持たせることができるからです」。もしそれが入手できれば、「二十五万挺の口径〇・三〇三インチのライフル銃を国土防衛軍から取り上げて正規軍に渡し、国土防衛軍は約八十万挺のアメリカ製のライフル銃で武装できるのです」（『第二次世界大戦』、第二巻）。

(106) ドイツ空軍が最初にロンドンを爆撃した時、高射砲による防衛はなかったようである。時折、敵機が一機、上空を巡航速度で飛び、人々は爆弾が落ちるのを不安な思いで待つ以外なかった。それは、長い時間に思えることが多かった。ほかの場合には、焼夷弾や高性能爆弾による（あるいは両方の）集中攻撃を受けた。やがて、すべての高射砲がロンドン中に再配置され、九月十日の夜、まったく不意に、一斉に発射された。それが士気を昂揚させたというオーウェルの指摘は、掛け値なく正しい。

(107) 従業員全員を共同経営者にしている、老舗百貨店。現在も繁昌している。

(108) 一九四〇年九月、英国海外派遣軍はドゴール将軍指揮下の自由フランス軍と協力し、ヴィシー政権から西アフリカのダカールの港を奪還しようとしたが、失敗した。

(109) 二つのダッシュの名前は不詳。

(110) 不詳。

(111) J・B・プリーストリー（一八九四〜一九八四）は人気のあった多作の小説家、劇作家、文人。一九四〇年から四一年にかけて、毎週ラジオで一連の話をし、ヒトラーに対して国民が一致団結して決然と立ち向かうよう呼びかけ、英国をもっと民主的で平等な国にしようと願った。

(112) デイヴィッド・R・マージソン（一八九〇〜一九六五、子爵、一九四二）はラグビー選出保守党議員（一九二四〜四二）、与党院内幹事長（一九三一〜四〇）。自分が仕えた各首相に忠実だった。チャーチルのもとで、与野党合同院内幹事を引き続き務め、半年後、戦争相になった。

(113) たぶん、トスコ・ファイヴェルであろう。オーウェルは当時、彼と一緒に仕事をしていた。注（71）を参照のこと。「D」は不詳。

(114) 編集長も誌名も不詳。

(115) ヒトラーの考えた、ヨーロッパのための新秩序——ナチズム。

(116) オーウェルは、サー・サミュエル・ホーアに対する敵意（このパラグラフの最後の一文を参照のこと）ゆえにH・Pの主張を受け売りしたのかもしれない。『第二次世界大戦』の中でチャーチルは、一九四〇年五月、戦時内閣を作った時のことを論じ、ホーア、ハリファックス、サイモンを、戦争に至る期間、欠点があったという非難に対して弁護している。彼は二人の貴族を内閣に入れたが、五月十七日、ホーアを駐スペイン大使に任命した。彼はのちに、「この疲れる、微妙で、非常に重要な使命を、もっとうまく遂行することは誰もできなかったであろう」と評している（第二巻）。ホーアについては、三九年八月四日（E）の注（82）を参照のこと。

(117) 不詳。六つのハイフンは、H・Pの雑誌の誌名の七つのハイフンの間違いかもしれない。

(118) アルフレッド・ダフ・クーパーは情報相。「戦時日記」、四〇年五月二十九日の注（4）を参照のこと。

(119) ピエール・コルメールはフランスのジャーナリスト、元外交官で、フランス陥落後、イギリスに来た。

(120) ウォリス・シンプソン夫人はこの時までにはウィンザー公と結婚していた。「戦時日記」、四〇年七月十日の項の注（70）を参照のこと。

(121) ピエール・ラヴァルについては、「戦時日記」、四〇年六月二十四日の項の注（49）を参照のこと。

(122) コヴェントリーは一九四〇年十一月十四日の夜間に爆撃された。十一月十六日の『デイリー・ヘラルド』の見出し——「イングランド中部地方の都市、いまや爆撃されたフランスの町にそっくり」、「コヴェントリーの家を失った者、今朝、路傍で寝た」、「致命的打撃ではない――仕事は再開」。五百機の飛行機が襲来し、ドイツ側はその空襲で三万発の焼夷弾を夕暮れから夜明けまでに落としたと言い、国家治安省は千人の死傷者が出たと言ったと報道された（『戦時新聞』。『戦時新聞』は、一九七七年から七八年にかけ、一連の新聞を七十四部に分けてリプリントしたものである）。『戦争の二一九四日』は、四百四十九機のドイツ軍機がコヴェントリーの中心部に「絨毯爆撃」をし、十四世紀に建てられた大聖堂を含む、数多くの歴史的建物を破壊したと述べている。五百五十人が死に、もっと多くの者が負傷した。二十一の工場が破壊されたが、同市の生産能力は深刻な打撃を受けなかった。同書はこう結論付けている。「その後、ドイツは Coventrisieren という言葉を造った。〝殲滅《せんめつ》する、倒壊し尽くす〟という意味である」。チャーチルは、四百人が死に、さらに多くの者が重傷を負ったと言ってから、こう付け加えている。「ドイツの放送は、われわれのほかの都市も同様に〝コヴェントリー化〟されるだろうと宣言した」（『第二次世界大戦』第二巻）。トム・ハリソン著『ロンドン大空襲を切り抜ける』（一九七六）の特に第六章「コヴェントリー化」も参照のこと。

(123)「戦時日記」、四〇年六月二十一日の項の注（47）を参照のこと。

(124)「戦時日記」、四〇年六月三十日の項の注（59）を参照のこと。

(125) これは、「プロレタリアの作家」に関する、デズモンド・ホーキンズとの討論番組だった。『全集』第十二巻に再録。

(126) 王位をからかうことに人々が軽いショックを受けることに対する、「右であれ左であれ、わが祖国」の中の言及を参照のこと〔オーウェルは、英国国歌が演奏される時、起立しないと冒瀆のように感じると書いている〕。『全集』第十二巻。

(127) 一九四〇年十二月に発表されたオーウェルの書評については、『全集』第十二巻を参照のこと。一九四〇年十二月九日、シーディ・バラーニにおいて、ウェイヴェル将軍の部隊はグラツィアーニ将軍の指揮下にあるイタリアの戦線を突破した。『ホライズン』の三月号で、編集後記はこういうパラグラフで締め括られていた。「ウェイヴェル著『アレンビー』に対するオーウェルの書評に反論した『スペクテイター』と多くの『ホライズン』の読者に対し、編集長は次のことを指摘したい。同書評はフランスが陥落したあと、将軍という肩書きが果たしてふさわしいのかどうなのかわからなかった時、また、アレンビーの伝記作者がアレンビーよりも偉大な存在になるということにオーウェルが感づいていなかった時の初夏に書かれた。それを載せる紙面の都合がつくまで数ヵ月かかった。オーウェル氏は、ウェイヴェル将軍について自分は間違っていて、間違っていたことを喜び、間違いをしたことを詫びると言っている」

(128) それが動詞として使われた例をオーウェルが記録していることについては、次の四一年一月二十二日の項を参照のこと。

(129) 不詳。

(130) 人民会議は一九四一年一月に共産主義者によって作られ、表向きは公的権利、より高い賃金、さらに効果的な防空対策、ソ連との友好を求めて闘うためのものだったが、その本当の目的は、戦争遂行に反対する機運を煽ることだったと言う歴史家もいる。一九四一年七月、ロシアが参戦してから、人民会議は直ちに第二戦線を形成することを求めた〔それはスターリンの意に沿ったものだった〕。一九四二年までには、その積極的な活動は止んでいた。

(131) ヒューレット・ジョンソン師（一八七四〜一九六六）は一九三一年から六三年までカンタベリー監督で、親ロシア的な態度のゆえに「カンタベリーの赤い監督」と呼ばれた。著書の中に、『世界で六番目の社会主義国家』、『ソヴィエトの力』、『キリスト教徒と共産主義』がある。

(132) 『カタロニア讃歌』を参照のこと。

(133) 注(128)を参照のこと。

(134) トブルクは一九四一年一月二十二日に英国の手に落ちたが、一九四二年六月二十一日、エルヴィン・ロンメル（一八九一〜一九四四）の率いるドイツ軍によって奪い返された。ロンメルは一九四一年から四三年までアフリカ軍団を率いた優秀な司令官で、一九四四年に連合軍が上陸した時に北アフリカにいた。

(135) 発売禁止は一九四一年一月二十二日から四二年九月六日まで続いた。

(136) 『ザ・ウィーク』は、クロード・コウバーン（別名フランク・ピットケアン。一九〇四〜八一）が一九三三年から四六年まで編集した、個人予約者のための共産主義の週刊ニュース。

(137) この会話は、バルディアが陥落した一九四一年一月五日のあと間もなく聞いたものに違いない。J夫人（不詳）がそのことに言及しているのだから。トブルクはイタリアの守備隊が降伏した一月二十二日まで陥落しなかった。イタリア軍の約三万人が捕虜になり（バルディアでは四万人から四万五千人が捕虜になった）、英軍と連合軍は約千人が死傷した。したがってJ夫人の確信は、のちの事態の展開が示すように、まったく見当違いというわけではなかったのである。

『ニュー・ステーツマン』がトブルク陥落にたった二行しか割かなかったのは、一つには、それが最後に入ってきた（そして早まった）ニュースだったからである。

(138) ロバート・ヴァンシタート（一八八一～一九五七。デナム初代男爵、一九四一）は外交官、作家、外務事務次官（一九三〇～三八）、外務大臣主任外交顧問（一九三八～四一）。彼は戦争前と戦争初期にかけて、ドイツとドイツ人を歯に衣着せずに批判したことで知られていた。言及されている小冊子は『黒い記録——ドイツの過去と現在』（一九四一）。小説家でオーウェルの友人だったピーター・ヴァンシタートは遠縁の従弟。

(139) アーサー・ケストラー（一九〇五～一九八三）はブダペストに生まれた小説家、エッセイストで、一九三一年に共産党員になり（一九三〇年代の終わりに脱党した）、ソ連で一年過ごした。スペイン内戦中、報道員として活動し、逮捕されて死刑を宣告された。交換捕虜になった際、脱走した。一九四〇年、フランスで抑留され、英国側の圧力で釈放された。のち、英国に亡命したが一時投獄された。『スペインの遺産』（一九三七）でスペインでの自分の経験を、『地上の屑』（一九四一。彼が英語で書いた最初の本）でその後の経験を書いた。オーウェルは一九四一年に彼の『真昼の暗黒』を書評し、二人は親友になった。一九四四年に書かれ、『評論集』（一九四六）に収められたオーウェルの「アーサー・ケストラー」、ハロルド・ハリス編、アーサーおよびシンシア・ケストラー著『広場の異邦人』（一九八四）、シーリア・グッドマン編『ケストラーと共に生きる、マメイン・ケストラーの手紙、一九四五～五一』（一九八五）を参照のこと。

(140) 工兵隊《パイオニア・コー》は米海軍の建設大隊《コンストラクション・バタリオン》に相当する。隊員の一部は政治的に怪しいと当局が睨んだ者から徴兵された——徴兵された者は、ナチに反対する最も強い理由を持った、ドイツその他からのユダヤ人の難民である場合が多かったけれども。のちに、そうした工兵隊の隊員は、もっと危険で政治的な機密に関わる部門に移された。その部門では、彼らの専門知識と知能が、より有用で危険な仕事に使われた。

(141) ウィリアム・エドモンド・アイアンサイド、アルハンゲリスク及びアイアンサイド初代男爵（一八八〇～一九五九）は、一九一八年、ボリシェヴィキと戦うためにアルハンゲリスクに派遣された連合軍の司令官だった。のちに、一九三九年から四〇年まで英帝国参謀幕僚長になり、一九四〇年五月から七月まで国防軍の司令官を務めた。一九四〇年に引退する前に、陸軍元帥に昇進した。

(142) 段状の金属製の寝棚は、人が地下鉄の駅（防空壕として使われているもの）で安全に、比較的快適に寝られるように作られた。こうした避難の光景がどんなものだったかは、ヘンリー・ムーアの素描を見るとわかる。それらの素描は、写真よりも雰囲気を伝えている。ムーアの描くそこで眠っている者は、「非運に陥り、苦悩に苛《さいな》まれている」、そして、「深く心を乱す〝不安〟に襲われている」。デニス・ラダーの言葉。『画家の眼を通した戦争』（一九四五）のエリック・ニュートンの序文に引用されている。

(143) デンジル・ジェイコブズは会計監査を行っていたチェルトナムから戻ってきたところだった（編者への手紙、一九九七年五月二十三日付）。彼は叔父であり後見人であったピアノ製造業者（彼はそこで働いていた）のヴィクター・ジェイコブズと一緒に、一九四〇年六月十二日、ローズ・クリケット競技場で、国土防衛軍（当時は地域防衛義勇軍）に加わった。彼は一九四一年に航空士として英国空軍に入るまで、オーウェルの小隊にいた。一九九六年八月二十二日にジェイコブズ氏は、その小隊の構成を編者に説明してくれた。それは、裕福な食品雑貨の卸売り業者からヴィクター・ゴランツ（一九一七年、彼はパッセンダーレで中尉として戦った）や、オックスフォード街のセルフリッジ百貨店で働いているバンの運転手までの、さまざまな者から成っていた。裕福な者は暇な時ポーカーをした。オーウェルもある時、ポーカーに加わったが、十シリング（現在の数え方なら五十ペンス、今日の約二十ポンド）損をしたので、賭け金があまりに高いと思い、やめた。ジェイコブズが言うには、オーウェルは優れた班長で、特に市街戦が得意だった。彼はまた、火炎瓶を大量に作って（非常に危険だった）、使われていない物置に仕舞った。彼と叔父は、オーウェルがユニヴァーシティー・コレッジ病院に入院しているあいだ、何度か見舞った。オーウェルと国土防衛軍の彼の班の何人か（フレドリック・ウォーバーグも入っている）の写真は、『失われたオーウェル』に収められている。

(144) グウェン・オショーネシー、アイリーンの義姉。

(145) 二月十二日、チャーチルはベンガジを奪ったウェイヴェル将軍に送った祝電の中で、キレナイカ（リビアの東部地方）を保持するために最小限の兵力を残し、できるだけ多くの兵力をギリシャに送るよう命じた。その結果は、オーウェルが最も恐れていた通りになった。

(146) イオアニス・メタクサス将軍（一八七一～一九四一）は一九三五年以降、ギリシャの首相だったが、君主制の熱烈な支持者であったにもかかわらず、独裁体制を確立した。一九四〇年にイタリアが侵攻してきた時、防衛に成功した。しかし、英国が戦車隊と砲兵隊を派遣すると申し入れてきた際、断った。チャーチルは限定的な援助しかできず、援助を受ければ、それを機にドイツが侵攻してくるのを予見したからである。一月二十九日にメタクサスが死んだ時、チャーチルは援助の申し出を繰り返した。その申し出は受け入れられた。英国の派遣軍が三月七日にピレエフスに上陸し、ドイツ軍は四月六日にギリシャに侵攻し、四月二十八日までにギリシャを征服した。

(147) 戦争が開始された頃、英空軍は爆弾ではなく、リーフレットをドイツ中に落とすよう命じられた。ドイツ国民に、彼らの指導者のやり方の愚かさを納得させようという、空しい希望のもとに。それは当時、普通の市井の人間に好印象を与える行動ではなかった。ネヴィル・シュートの大衆小説『ランドフォール』は、このやり方に対する反応をかなりよく描いている。一九四〇年一月、その使命を帯びて飛んだ操縦士は、「自分たちのすべき仕事を面白がり、かつ軽蔑した。『ヒトラーはそんなものには一顧をも与えない』というのが一般の意見だった。……総統は衛生上の理由で紙を歓迎するだろう、という意見を彼らは表明した」(第V章)。

(148) ゼバスティアン・ハフナー(一九〇七〜一九九九)は、一九三八年にドイツからイギリスにやってきた。彼はユダヤ人ではなかったが妻がユダヤ人で、彼はナチズムに強く反対していた。セッカー&ウォーバーグ社は「ナチズムの見事な分析、『ドイツ——ジキルとハイド』」(ファイヴェル)を、一九四〇年六月十四日、パリの陥落した日に出版したけれども、英国当局は彼を拘禁した。ウォーバーグは説得力を発揮して彼を釈放させた。彼は『オブザーヴァー』のドイツ問題の通信員になり、ファイヴェルとオーウェルのために、サーチライト叢書の『ドイツに対する攻撃』を書いた。オーウェルが言及しているのは、その本である。「ドイツ」と「ナチズム」を分けて考えようとしている同書は、一九四一年の二月末または三月初めに出版された。一九五四年、ハフナーはドイツに戻って仕事をすることにした。彼の本名はライムント・プレッツェルである。筆名はモーツァルトの交響曲から採られた。フレドリック・ウォーバーグの『すべての著者は平等である』を参照のこと。

(149) エリトレア〔アフリカ北東部の紅海に臨む地方〕とアビシニア(エチオピアは当時、そう呼ばれていた)をイタリア軍から解放する作戦は迅速に、効果的に行われた。亡命していた皇帝、ハイレ・セラシエは一九四一年一月二十日、エチオピアに護送され、五月五日、オード・ウィンゲイト将軍に伴われて首都に再び入った。エチオピアのイタリア人総督、アオスタ公爵は五月十九日に降伏した。ウェイヴェル将軍指揮下の軍は、北アフリカ、東アフリカで、降伏した約二十三万人のイタリア兵を捕虜にした。掃討作戦は十月まで続いた。それまでには、英軍の司令官アラン・カニンガムは第八軍を指揮するために同地を去っていた。オーウェルの心配にもかかわらず、一九四二年一月三十一日、英国はエチオピアの独立を承認した。

(150) 戦時にはさまざまな噂が飛び交ったが、この噂は殊に突拍子もないものである。しかし、それはレーダー(当時、英国では電波測位法と呼ばれていた)の使用を指しているのかもしれない。英国空軍は一九四一年六月十七日、レーダーがドイツ空軍を破るのに使われていると発表した。また、IFF――敵味方識別装置――も使われていたろう。それは、フランス陥落後に戦闘機軍団のすべての飛行機に備えられていたものの改良版である。「網《ネット》」は「エレクトロニック・ネット」のことを言っているのかもしれない(英国空軍博物館による情報)。

(151) 簡潔なユーモアはアイリーン独特のものだった。

(152) 補助消防隊(Auxiliary Fire Service)。

(153) 女子補助航空隊(Women's Auxiliary Air Force)。

(154) それは偽りの噂ではなかった。小型戦艦シェール号、巡洋戦艦シャルンホルスト号、グナイゼナウ号は、その頃、十七隻の船を撃沈するか拿捕するかした(長距離爆撃機は四十一隻撃沈し、Uボートは四十一隻撃沈した)。巡洋戦艦は三月二十二日にブレストに着いたが、同港に対する英空軍の爆撃で航行不能になった。

(155) 工兵隊。「戦時日記」、四一年二月十二日の注(140)を参照のこと。

(156) サー・バジル・リデル・ハート大尉――「戦争に至るまでの諸事件の日記」、三九年七月十六日の注(37)を参照のこと。彼の『戦争における英国式やり方』は、『ニュー・ステーツマン・アンド・ネーション』(一九四二年十一月二十一日付)でオーウェルによって書評された。『全集』第十四巻。批判的ではあるが、オーウェルは書いている。「現代のどんな軍事評論家も、世論を彼ほど啓発した者はいない」

(157) マタパン岬沖海戦での敗北。英軍はなんの損害も蒙らずに、イタリアの巡洋艦ザラ号、フィウメ号、ポーラ号、駆逐艦アルフィエーリ号、カルドゥッチ号を撃沈した。戦艦ヴィットリオ・ヴェネトは航行不能になった。

(158) 当時、シリル・コナリーはピカデリーのアセニアム・コートの最上階の家具付きフラットに住んでいたが、家賃の一部は、『ホライズン』のスポンサーであるピーター・ウォトソンが払った。一九四〇年九月七日、屋根から空襲を見ていたことに関しては、マイケル・シェルダンの『希望の友人』を参照のこと。ヒュー・スレイターに関しては、「戦時日記」、四〇年八月二十三日の項の注(91)を参照のこと。

(159) ネルソン提督はトラファルガー沖海戦でフランス艦隊を破ったが、ナポレオンはそれにもかかわらず、その年の暮れ、ロシアとオーストリアの連合軍を破り、オーストリアを戦争から退かせた。ヒトラーは「英本土航空決戦《バトル・オヴ・ブリテン》」では敗れたかもしれないが、ほかのところで次に勝利を収めると思わねばならないと、オーウェルは言っているのである。

(160) 「戦時日記」、四一年三月十四日の項の注(145)と(146)を参照のこと。

(161) 予算案は、所得税の基本レートを一ポンドにつき十シリング(五〇%)上げるというものだった。

(162) コナリーは口でそう言っただけではなく、次のように書きもした。「知識人の判断の弱点について言えば、彼らは事件の展開の方向については正しいことが多いが、その速さについては間違っていることが多い」(「コメント」、『ホライズン』、一九四〇年九月)。

(163) 四月十二日にロンメル将軍の部隊がトブルクを包囲した。英軍はキレナイカからたちまちのうちに一掃された(英軍はギリシャに部隊の大半を送ったので戦力が弱まっていた)。しかしトブルクは陥落せず、一九四一年十二月四日に解放された。

(164) 「戦時日記」、四〇年五月二十八日と四〇年六月二十四日の項を参照のこと。

(165) 第一次世界大戦中に流行った唄「アルマンティエールのマドモワゼル」のリフレーン。

(166) ドイツ軍が「掃討されている」ということをオーウェルが疑ったのには、十分な理由があった。損害の詳細については、後出の四一年五月三日の項を参照のこと。

(167) 自分たちの軍隊の兵士は無意味に死んだのではないかという、オーストラリア人とニュージーランド人が抱いていた懸念がおそらく原因で、チャーチルは第二次世界大戦史の中で、戦死者の合計を次のようにパーセントにしたのだろう。英国の部隊、五五・八%、オーストラリアの部隊、二五・一%、ニュージーランドの部隊、一九・一%(『第二次世界大戦』第三巻)。攻撃の際にギリシャで死んだ者のパーセントは、英国の部隊、三四％、オーストラリアの部隊、一七・三三％、ニュージーランドの部隊、一三・五五％。後出の四一年五月三日の項の注（170）も参照のこと。クレタ島では、ニュージーランド人のバーナード・フライバーグ将軍（ヴィクトリア十字章受章者）が指揮をとった。

（168）ロンドン動物園の動物は餌の不足のせいで売却された。

（169）不詳。

（170）リデル・ハートは書いている。「三月七日、……英国の最初の派遣軍の五万人の兵士がギリシャに上陸した。……彼らは辛うじて全滅を免れた……すべての戦車、ほかのほとんどの装備、一万二千人の兵士が取り残され、ドイツ軍の手に落ちた」（『第二次世界大戦史』、一九七〇）。チャーチルは「損失」について、こう書いている――ドイツの攻撃を受けた時にギリシャにいた五万三千五十一人の兵士のうち、英国、六千六百六人（たぶん、ポーランド軍も含めてであろう）、オーストラリア、二千九百六十八人、ニュージーランド、二千二百六十六人、合計一万一千八百四十人。生き残った者のうち、一万八千八百五十人はクレタ島に撤退し、七千人はクレタ島に行ってから、のちにエジプトに行った。負傷者を含めた一万五千三百六十一人は直接エジプトに行った。軍人ではない、九千四百五十一人のほかの者も撤退した――合計、五万六百六十二人（『第二次世界大戦』第二巻）。『戦争の二一九四日』には次のように書いてある。派遣軍は一万二千七百十二人の兵士を失い、そのうち九千人が捕虜になった。作戦の半年間のイタリア軍の損失は、死者一万三千七百五十五人、負傷者五万人、重症の凍傷患者一万二千三百六十八人、行方不明者二万五千六十七人。ギリシャおよびユーゴスラヴィアにおけるドイツ軍の損失、死者千六百八十四人、負傷者三千七百五十二人、行方不明者五百八十四人（英軍に「掃討された」とは、とても言えない。前出の四一年四月二十二日の項を参照のこと）。ギリシャ軍の損失は死者と行方不明者を併せて一万五千七百人。連合軍の艦船の助けを借りたが、もっぱら英国海軍によって行われた撤退は、成功した。

（171）サー・パーシー・スペンダー（一八九七～一九八五）は弁護士、政治家。当時、オーストラリア戦時内閣の陸軍相だった。一九五〇年のイギリス連邦会議で、南および東南アジアの経済発展のための計画を提案した。それは「コロンボ計画」として知られるようになった。彼は一九五八年から六四年まで、ハーグの国際司法裁判所の判事を務め、一九六四年から六七年まで首席裁判官を務めた。

（172）ヴャチェスラフ・モロトフ（三九年八月二十八日

の項の注（143）を参照のこと）は一九三〇年以来、人民委員会議（のちの閣僚会議）議長（首相）だったが、一九四一年五月、その座をスターリンに譲り、副議長としてとどまった。

（173）「三番地」はNW8、アビー・ロード、ラングフォード・コートにあったオーウェルのフラットだった。それはオーウェルが一、二行先で言っているような「家」ではなく、いくつかのフラットから成る建物だった。

（174）ルドルフ・ヘス（一八九四～一九八七）はナチ党副総裁で、ヒトラーの親友。一九四一年五月十日、メッサーシュミット110でスコットランドに飛んだ。彼はパラシュートで脱出し、国土防衛軍に捕らえられた。そして、アルフレート・ホルン大尉だと名乗り、面識のあるハミルトン公に会いたいと言った。彼を通して講和の交渉をしようと思ったのである。チャーチルは事態がひどく悪化している時に講和について論じたくなかったので、ヘスが英国に来たことを秘密にしていたが、五月十三日に、ドイツがそのニュースを流した。そして、ヘスは狂気であるという声明を出した。彼は一九四六年、ニュルンベルクの戦犯として裁かれて終身刑に処され、シュパンダウ刑務所に死ぬまで監禁された。そのことについては論議があった。彼は英国に飛び、シュパンダウで死んだ男は偽者だったという説がある。

（175）フランソワ・ダルラン提督（一八八一～一九四二）は、一九三三年以降、フランス海軍の司令長官だった。一九四一年二月から四二年四月まで、ヴィシー政府において副首相と外相を務めた。一九四二年十二月二十四日に暗殺された。「戦時日記」の四二年五月三十日の項を参照のこと。

（176）ラシッド・アリ・アル＝ガイラニ（一八九二～一九四二）はイラクの親ナチの首相で、一九四一年四月十九日、イラクの独立を承認した、一九三〇年のイギリス・イラク条約を盾に、英軍がイラクを通過するのを認めなかった。一ヵ月後、短い戦闘があったのち、休戦が同意され、親英国政府が樹立された。ラシッド・アリは一九四一年五月三十日にイランに亡命した。

（177）オーウェルの「なんとも深い絶望感」は、英国に敵対するナチと共産主義の指導者の名と、攻撃に対して無防備で、しかもドイツとイタリアを包囲する手段となったかもしれない属領の名を併記していることに表われているように見える。しかし、英国の人間、船舶、飛行機の資源は極度に不足していたため、ダカール、カナリア諸島、タンジール、シリア、モロッコ、イラクの占拠は実行不可能だった。それにもかかわらず、すでにイラクにいた部隊は四月二十四日以降増強され、英軍はバグダッドを六月一日に占領し、六月五日に親英のイラク内閣が任命された。六月八日に英軍と自由フランス軍はシリアに入り、ヴィシーに忠実なフランス軍部隊は七月十一日、休戦を受け入れた。こうした作戦と、北アフリカでの戦闘と、英国に対する春の爆撃作戦と、ギリシャでの敗北と、クレタ島での戦況の不利な展開を考えると、ヴィシー政権の戦艦のあるダカールのような「一番よいところ」を取るのは連合軍の望み得なかったことだった。一九四〇年九月二十四日から二十五日にかけての攻撃は、防御がいかに強固で必死なものなのかがわかり、中断された。

(178) クレタ島には合計約四万二千人の兵士がいた。一万七千九百六十人が英国人、一万三千人がギリシャ人、七千七百人がニュージーランド人、六千五百四十人がオーストラリア人だった。(リデル・ハートは、二万八千六百人が英国人、オーストラリア人、ニュージーランド人で、「それと同じくらいの数がギリシャ人」としている。) ギリシャから逃れてきたばかりの彼らは統制がとれていず、空襲から身を守ることがほとんどできなかった。全長百六十マイルに及ぶ島にわずか六十八門の高射砲しかなかった。ドイツ空軍は五月二十日の早朝に爆撃して成果を挙げ、続いて兵士がパラシュートで降下し、飛行機で運ばれてきた。五月五日、指揮官のフライバーグ将軍はチャーチルに言った。「自分は空からの攻撃については、いささかも心配していない……私が使える軍勢で十分対処できる」(『第二次世界大戦』、第二巻)。ヒトラーはドイツの落下傘部隊が成功したにもかかわらず、空挺部隊での新たな攻撃はしようとしなかった。

(179) 交戦した五十隻以上の軍艦のうち(その多くは空からの攻撃から部隊を守ろうとした)、三隻の巡洋艦と八隻の駆逐艦が撃沈された。三隻の戦艦、一隻の航空母艦、七隻の巡洋艦、九隻の駆逐艦、数隻の小型船が損傷した。海軍は二千二百六十一名を失った(『戦時新聞』第十五号。リデル・ハートは、やや違った数字を挙げている)。

(180) それは根拠のない言い訳ではなかった。英国中東司令部はギリシャで約二百機の飛行機を失った。英空軍は使えるハリケーンを、リビアを防衛するためにわずか二十一機、スエズとアレクサンドリアを守るために十四機しか持っていなかった。したがって英国海軍が重荷を負うことになった。そして、海軍の残酷な唄が生まれた。「ネルソン、ロドニー、フッドを出せ/くだらん空軍、くその役にも立たねえ」。フッド号は残念ながら唄の中にしかなかった。一九四一年五月二十四日、この日記の項が書かれる前日に、ビスマルク号によって撃沈された（『戦時新聞』、第十五号）。
(181) クレタ島にいた四万二千五百人の兵士のうち一万六千五百人が救出され、そのうち約二千人がギリシャ人兵士だった（リデル・ハート）。
(182) 巡洋艦のカルカッタ号、フィージー号、グロスター号は撃沈された。駆逐艦のグレーハウンド号、ヘリウォード号、インペリアル号、ジューノー号も撃沈された。これらの船に乗っていた二千十一人の水兵は死んだ。ほかの船は爆撃されたが沈まなかった。連合軍は一万六千五百八十三人を失った（そのうち八千二百人が英国人、三千三百七十六人がオーストラリア人、二千九百九十六人がニュージーランド人だった）。ドイツ軍は三千七百十四人が戦死、または行方不明で、約二千五百人が負傷した（『戦争の二二九四日』、一九四一年六月二日）。
(183) シリアのラタキア。この報道は正しくない。英国は、ドイツがクレタ島を占拠したあと、「キプロス、シリア、スエズ、マルタに襲いかかる」のを予期していた。戦後、ドイツ空挺部隊の司令長官K・シュトゥデント将軍は、クレタ島を攻撃するという危険を冒すのにヒトラーが乗り気ではなかったことを明かした。クレタ島を奪取する際に非常な損害を蒙ったので（連合軍の損害のほうがずっと大きかったが）、ヒトラーは、「キプロスからさらに飛んでスエズ運河を占拠する」のを拒否した（リデル・ハート）。
(184) スタフォード・クリップス（一八八九〜一九五二）は当時モスクワ駐在の英国大使で、六月十一日にロンドンに戻った。六月十三日、モスクワ駐在のドイツ大使フリードリヒ・フォン・シューレンブルク伯は、ドイツ外務省に電報を打った。「……英国大使クリップスがロンドンに戻る前からさえ、しかし特に帰ってから、ソ連とドイツのあいだで間もなく戦争が起こるという噂が英国と外国の新聞に広く流れている」。彼はその噂を明らかに馬鹿げたものとしているが、モスクワの責任のある筋が、「それは拙い宣伝活動であるという声明を出す」ことが必要だと考えた（チャーチル、『第二次世界大戦』第三巻）。また、「戦争に至るまでの諸事件」、三九年七月二日の項の注（7）も参照のこと。
(185) 領事館の館員は中立国（フィンランドのような）の船舶に対し、当該の船と船荷は、係官が乗船して船内を捜索することなく、自由に通行してよいという証明書を出すことができた。
(186) 毎週日曜日の晩、すべての連合国の国歌を流すのがBBCの慣習だった。

(187) この段階で「連合国」という言葉を避けたことには意味があった。七月十二日、英ソ間の対独共同行動協定が、サー・スタフォード・クリップスとヴャチェスラフ・モロトフによってモスクワで調印された。その協定は、どちらの側も「ヒトラー主義者のドイツに対する現在の戦争において」互いに支え合い、単独で休戦協定や和平協定に調印しないことを宣言したものだった。連合国であることと、正式に同盟を結んではいない「共戦国」の違いが、注釈の中に明記されていた。したがって、『ニューズ・クロニクル』の政治通信員ヴァーノン・バートレットは七月十四日(同協定が発表された日)、「モスクワ、連合国ではなく〝共戦国〟」という見出しで、こう書いた。「人々は昨日、ソヴィエト連邦は、いまや同盟国と見なすべきか、共同強国と見なすべきか訊いていた。そんな質問は……愚である」。彼は「ヒトラー主義者のドイツ」という言葉に関して、それは「ロシアがドイツ内部の世論を分断させたいと依然として思っている」ことを示唆していると言った。

(188) たぶん、もっと広く知られているのは、こういうものだろう。「ベッドに十人寝てました/小さい子供が言いました/『ごろごろ、ごろごろ転がって』/そこでみんな転がると/一人がごろんと落ちました」(俗謡)。

(189) ソヴィエト連邦が英国と同じ側に立って参戦した瞬間から、第二戦線を開くようにという世論喚起運動が絶えずあった。その多くは共産主義者と共産主義の同調者によるものだった。

(190) 極右の定期刊行物。

第二戦時日記

一九四二年三月十四日～一九四二年十一月十五日

一九四一年八月十八日、オーウェルはBBCの海外放送のトーク番組助手に任命された。俸給は年に六百四十ポンドだった。今日の貨幣価値では約二万二千ポンドであろう。彼はリージェント・パークのロンドン大学ベドフォード・コレッジで開かれた週五日半の研修コースに二回通った。詩人で学者のウィリアム・エンプソンは、そのコースを「嘘つき学校」と冷笑的に呼んだ。実際には、そのトークとクラスのスケジュール（今も残っている）は、基礎的なものではあれ、放送の手引きとして短期間に行われたものとしては実際的だったようである。そのあとオーウェルは海外放送東洋部に加わり、インド、マラヤ、インドネシアへの放送の仕事を、一九四三年十一月二十四日に『トリビューン』誌の文芸編集者になるまで続けた。オーウェルは最初、ポートランド・プレース五五番地で働いた。『一九八四年』の「一〇一号室」のモデルである。それは委員会室で、そこでオーウェルは東洋部委員会の嫌な会合に出た。『一九八四年』では一〇一号室は肉体的拷問が行われる部屋であるが、一〇一号室は人によって変わったものになるとオブライエンが言っていることを心に留めなければならない。「それは生き埋めかもしれないし、溺死かもしれないし、串刺しの刑かもしれないし、ほかの五十の死かもしれない。ある、ごく些細なもの、さらには死に至らないものという場合もある」。オーウェルにとっては、それは会合の死ぬほど退屈さであり、ウィンストン・スミスにとっては、それは溝鼠だった――もちろん、溝鼠はさまざまな場合にオーウェルを悩ました。とりわけ、スペインの戦線にいた時に。四二年六月の初め、東洋部はオックスフォード街二〇〇番地に引っ越した。そこで働き、オーウェルを知っていた故エリック・ロバートソンは、そこは200ではなくZOOとしてよく知られていたと私に言った――そして彼の考えでは、それが『動物農場』と繋がりがあるのだ。オーウェルは厖大な数のプログラムを書いた。例えば、百四本か百五本のニュース解説を英語で書き、百十五本か百十六本のニュース解説を現地語で翻訳するために書いた。インド向けの五十点の番組台本が現存している。プロパガンダについてのオーウェルの考えは、文学と文化に非常に傾いていた。一つの重要なシリーズは「演じてみよう」で、それに参加した者は、のちにインドに戻ってから巡回劇団に導入した、さまざまな技術を学んだ。彼はまた、文学、科学、心理学に関する、今なら「オープン・ユニヴァーシティー」と呼ばれるだろうコースを始めた。彼はそのコースに、T・S・エリオット、ハーバート・リード、E・M・フォスター、ジョーゼフ・ニーダム、C・D・ダーリントンのような傑出した作家や学者を呼んでくることができた。オーウェルはいかにも彼らしい卑下するような口調で、BBCで過ごした歳月は「無駄に費やした二年間」と呼んだ。確かに、その放送を聴いた者はごく少なかったが、それは、彼の作った番組の質のせいでもなければ彼の殊勝な意図が間違っていたせいでもなく、当時、ラジオの受信機の数が非常に少なく、受信状態も悪く、放送時間の変更も多く、外国語の数も非常に多かったせいである。BBCでのオーウェルに関する完全な記録は『全集』第十三巻と第十四巻に収められている。

　オーウェルはこの日記の項が扱っている多くの時間、国土防衛軍の非常に活動的なメンバーでもあった。彼はある班の軍曹になった。彼の班の一人は彼の本を出版したフレドリック・ウォーバーグだった（彼はパッセンダーレで少尉として勤務した）。「戦時日記」の四一年三月一日の項の注(143)も参照のこと。彼はそれでもいくつものエッセイ、とりわけ、アメリカの雑誌『パーティザン・レヴュー』のために「ロンドン便り」を書く時間を見つけた。

　この日記には二つのヴァージョンがある。手書き原稿（見出しなし）と、「戦時日記（続）」という見出しのある、オーウェルによるタイプ原稿である。手書き原稿には、タイプ原稿からは削られた言葉と節がある（タイプ原稿にはどこを削除したかが記されている）。オーウェルは短くしたタイプ原稿を、イーネズ・ホールデンの日記と一緒に出版するつもりだったようだが（一九四〇年五月二十八日から四一年八月二十八日までの「戦時日記」の頭注も参照のこと）、ホールデンの日記はオーウェルの生前は出版されなかった。ここでは、手書き原稿のみにある節は角括弧の中にイタリック体〔訳文では教科書体〕で印刷されている。名前がタイプ原稿ではイニシャルのみだが手書き原稿ではフル・ネームの場合は、フル・ネームにした。タイプ原稿と手書き原稿のいくつかの重要な言葉の相違のみ、脚注にその旨を記した。

四二年三月十四日　約半年の空白があったあとで、この日記を再開する。戦争はまたも新しい段階に入った。

クリップスがインドに向けて発った実際の日付は明かされなかったが、(1)たぶん、今頃はすでに行っているだろう。ここの一般市民の意見は、彼が出発したことに関し、希望を持っていない。よく聞かれるコメント――「連中は彼が邪魔だから、ああしたんだ」(ドイツの放送でも、それを一つの理由にしていた)。これは非常に馬鹿げていて、インドが重要な存在であるということが理解できないイギリス人の地方第一主義の反映だ。もっと事情に通じた者は悲観的だ、なぜなら、政府がインドに示した条件が公表されていないということは、九分九厘、それがよい条件ではないことを示しているからだ。クリップスがどんな権限を持っているのかを知るのは不可能だ。クリップスが知っているかもしれない者は何も明かそうとしないので、われわれは間接的な手段によってのみ、彼らからヒントを引き出すことができるだけだ。例。宣伝でクリップスの評判を高めるように言われ、私はニュース解説(2)の中で、彼を政治的過激派だと宣伝しようとする。すると、こう警告される。「その方向に行き過ぎてはいけない」。そのことから、上層部は完全な独立がインドに与えられる望みがあまりないと思っていることが察せられる。

あらゆる種類の噂が飛び交っている。多くの者は、ロシアとドイツは、今年、個別に講和条約を結ぶのではないかと疑っているようだ。私はドイツとロシアの放送を分析した結果、ロシア側の勝利の報道はもっぱら偽だという結論に、ずっと前に達していた。もちろん、ドイツの作戦は計画通りに行っていないが。［ロシアはわれわれが「英本土航空決戦《バトル・オヴ・ブリテン》」で得たような勝利を得ただけだと思う――つまり、敗北を当座、辛うじて食い止めたが、決定的な勝利では全然ない。］私はロシアが完全にやられない限り、個別の講和が結ばれるとは思わない。なぜなら、ロシアもドイツも、ウクライナを放棄することに同意できるとは私は思わないからだ。［一方、ある者は、もしロシアがドイツ軍を自分の国から追い出すことができれば、一種の宣言しない講和をし、その後は見せかけの戦闘を続けるだけだろうと考えている(そのことを、例えばエイブラムズから聞いた。彼はおそらく共産主義者ではないだろうが、スターリンに強く共鳴している、バルト諸国のロシア人だ。］

ビーヴァブルックが閣外に去ったことについて、さまざまな噂がある。(3)

a．クリップスがそれを自分の入閣の条件にした。

b．ビーヴァブルックが更迭されたのは、妥協して講和を結ぶ意図でゲーリングと接触していることがわかっているからである。

c．陸軍がビーヴァブルックの更迭を求めている、なぜなら彼はすべての飛行機等を、リビアと極東に送る代わりにロシアに送っているからである。

私はBBCに約半年いたことになる。もし、私の予見する政治上の変化がもたらされれば、このまま残るかもしれない。それでなければ、残らないだろう。その雰囲気は女学校と精神病院の中間で、今、われわれがしていることは無用だ。あるいは、無用よりちょっと悪い。われわれの放送戦略は、われわれの軍事戦略よりさらに絶望的だ。それにもかかわらず、人は急速にプロパガンダ精神に染まり、以前には持っていなかった狡猾なプロパガンダ精神を育む。例。私は自分のニュース解説の中で、日本はロシアを攻撃することを企んでいると、いつも主張している。私はそうだとは信じていないのだが、こういう計算なのだ。

a. もし日本がロシアを攻撃すれば、われわれは「そう言ったじゃないか」と言える。

b. もしロシアが先に攻撃すれば、攻撃をしかけたのは日本だったというふりができる。

c. もし戦争がまったく起こらなければ、日本がロシアをひどく恐れているためと言うことができる。

すべてのプロパガンダは嘘である、たとえ真実を語っている時でも。自分が何をしているのか、なぜそれをしているのかを知っている限り、それは問題ではないと思う。

[最近の話——

一人のA・T[4]が国土防衛軍の一人を呼び止める。「失礼ですけど、お宅の玄関のドアが開いてますわ」

国土防衛軍の者。「そうですか。背が高くて頑健な歩哨が玄関を警備しているのを、ひょっとして見かけませんでしたか？」

A・T「いいえ、私の見たのは、二つの砂嚢の上に横になってるお年を召した国土防衛軍の方だけでしたわ」

四二年三月十一日に、私はビールが配給制になるという噂を流し始め、それぞれ三人にそう話した。この噂が、いつ自分のところに戻ってくるのかがわかれば面白いだろう。」四二年五月三十日——戻ってはこなかった。だから、それは噂がどんなふうに生まれるかになんの光も当てない。

先日、アメリカから帰ってきたばかりのウィリアム・ヒッキー[5]と少し話した。アメリカ人の士気はひどいものだと彼は言う。生産は停滞し、あらゆる種類の反英感情が瀰漫《びまん》している。また、カトリック教徒に刺激され、反ロシア感情も瀰漫している。

四二年三月十五日　今日の午前十一時半頃、短いあいだ空襲警報が出た。爆弾の音も高射砲の音もなし。この十ヵ月で初めてこの音を聞いた。内心、かなり怖かったが、ほかの誰もどうやら同じらしかった。空襲警報解除のサイレンが鳴るまでは空襲があるという事実に故意に注意も払わず、言及もしないが。

四二年三月二十二日　エンプソンが言うには、日本がソ連を攻撃するということを匂わすのは外務省によって固く禁止されている。そのため、この問題は極東向け放送では慎重に避けられているが、インド向け放送では四六時中、盛んに取り上げられている。外務省の連中は、われわれがこのことについて言っているということ、警告されていないので、禁止についてわれわれは公式には知らないことになっているということ、できるだけ長くこの機会を利用しているということに気づいていない。

プロパガンダ戦線では、至る所にこうした混乱がある。『ホライズン』は、私のキプリング論のせいで、輸出用の分を印刷するための追加の用紙を調達するのを止められるところだった。（ハロルド・ニコルソン(6)とダフ・クーパー(7)が介入してくれたので、土壇場で助かった。）それと同時にBBCは、私のキプリング論にもとづいた「小論」を書いてくれと言ってきた。」

ドイツのプロパガンダは、まったく別な具合に首尾一貫していない――つまり、故意にそうしているのだ。まったく無節操に、誰にでもなんでも与えようと言って。つまり、インドには自由を、スペインには植民地帝国を、カフィル人には解放を、ボーア人にはより厳しい人種法を等々。私見では、プロパガンダの観点からは、すべてまったく正しい。大衆の大半がいかに政治的に無知か、自分たちの当面の問題以外の事柄にいかに無関心か、首尾一貫していないことを、いかに気にかけないかを考えてみれば。数週間前、NBBS(8)は「労働者の挑戦」「放送局」(9)を実際に攻撃し、それは「モスクワから財政援助を受けている」ので聴かないようにと市民に警告した。

メキシコの共産主義者は、フランスから来たヴィクトル・セルジュ(10)やほかのトロツキストの亡命者を追い立て、彼らの追放を促している。スペインにおけるのとまったく同じ戦法だ。こういう昔ながらの陰謀が再び巡らされているのを見ると気が滅入る。道徳的におぞましいからというより、こういう理由からだ。二十年間にわたってコミンテルンはこうした手法を使ってきたが、いつも、どこででもファシストに敗北を喫してきた。したがって、一種の同盟関係で彼らと結ばれているわれわれは、彼らと一緒に敗北を喫するだろう。

ロシアがドイツと個別に講和を結ぼうとしているのではないかという疑念は、いまや広まっているように思える。二つのうち、ウクライナを手放すのは、地理的、心理的理由でロシアにとって比較的容易だろうが、彼らは戦闘することなしにコーカサスの油田を引き渡すことができないのは明らかだ。一つの考えうる事態の展開は、ヒトラーとスターリンのあいだで秘密協定が結ばれることだ。つまり、ヒトラーは自分が制圧したロシアの領土もしくはその一部を保持するが、その後はさらに攻撃は行わず、攻撃の矛先を南のイラクとイランの油田に向け、その間、ロシアとドイツは見せかけの戦争をする。もし、われわれが今年、大陸に侵攻すれば、個別の講和は確かにありうるように思える。なぜなら、もしわれわれがドイツを窮地に立たせ、彼らの軍隊の大部分を引き寄せたなら、ロシアは占領されていた領土を取り戻し、取引をするのにずっと有利な立場に直ちに立つだろうからだ。それにもかかわらず私は、軍隊を船で送ることができれば、ヨーロッパに侵攻すべきだと思う。こういった類いの汚らしい裏切りを防ぐであろう一つのことは、戦争目的を具体的に表明し、われわれ自身とソ連の同盟を確固としたものにすることである。今の政府がわれわれを統治している限り、また、おそらくスターリンが権力の座にある限り、それは不可能だろう。［もし、われわれが違った種類の政府を持ち、スターリンの頭越しにロシアの国民に話しかけるなんらかの手段を見つけることができた場合にのみ、それはなんとか可能だろう。］

「フランスの戦い」のあいだに人が抱いたのと同じ気持ち——なんのニュースもない、という気持ち。これは主に、際限なく新聞を読むことから生まれる。［自分の報告に加え、ニュース解説に関連して、私は毎日の外国放送聴取係のニュース解説に関連して、四紙か五紙の朝刊、夕刊の何紙かの版を毎日読む。］どの記事にも新しい材料の量があまりに少ないので、何も起こっていないという全体的な印象を受ける。この数週間で私を驚かせた唯一の事件は、クリップスが使節としてインドに派遣されたことだ。

四二年三月二十七日　クリップスがインドに持って行った条件に関するニュースが、あす、世に知れると推測されている。その間、噂のみで、どれももっともらしいが、互いにまったく矛盾する。最も支持されている噂——インドはエジプトの場合と同じような条約を提示される。われわれのかなり気難しい敵であるK・S・S[11]は、もしインドが防衛省、財務省、内務省を与えられれば、その条件を受け入れるだろうと考えている。ここのすべてのインド人は、一、二週間暗い気分でいたあと、ずっと楽観的になってきている。結局のところ条件がそう悪くはないのを、どうやってか嗅ぎ出したようだ（たぶん、インド局の役人の浮かぬ顔をつぶさに観察することによって）。

［『デイリー・ミラー』事件[12]を巡って下院で凄まじい議論が交わされた。A・ベヴァン[13]は、戦争が始まって以来モリソン[14]自身がD・Mに書いたものからの数多くの抜粋を読んで反D・Mの保守党議員を楽しませたが、二人の労働党員が殴り合った光景には敵わない。カサンドラ[15]は辞職して軍隊に入ると公言した。三ヵ月のうちにジャーナリズムに戻るというのが予想。しかし、われわれはみな、三ヵ月のうちにどうなるのだろう？］

与党の候補がグランタムの補欠選挙で敗れた（僅差で）。こういうことが起こったのは、戦争が始まって以来、初めてのことだと思う。

一、二週間前、国土防衛軍のわれわれの中隊が不意に出動させられた。中隊を集め、弾薬を持たせるのに四時間半かかった。戦闘隊形にするのに、さらに一時間かかっただろう。これはもっぱら、弾薬を配布するのが拒否され、各自が本部に行って弾薬を貰うというのがネックになっているせいだ。そのことに関し、トム・ジョーンズ博士[16]にメモを送った。彼はそれを直接サー・ジェイムズ・グリッグ[17]に転送してくれた。私の部隊ではそうしたメモを中隊長にさえ送れなかった――あるいは、それに留意してももらえなかった。

クロッカスがいまや満開だ。戦争のニュースという靄を通して、それをちらりと見ているように思える。

［H・G・ウェルズから非難の手紙が来た。わけても、彼は私を「くそったれ《ユー・シット》」と呼んでいる[18]。

ヴァチカンは外交代表を東京と交換している。いまやヴァチカンはすべての枢軸国と外交関係を持っているが――私の思うに――どの連合国とも外交関係を持っていない。それは悪い兆候だが、それでもある意味ではよい兆候だ。この最新の方針は、より反動的な政策をとっているのはわれわれではなく枢軸国側だと、彼らがいまや明確に断定したことを意味するので。」

四二年四月一日　クリップスの使命がどうやら失敗したらしいので、非常に気が滅入る。インド人の大半も、そのことでがっかりしているようだ。イギリスを憎んでいる者さえ、解決を望んでいると思う。［しかし、われわれの政府は「受けるのか、拒むのかどっちなのか」という態度で交渉を始めたにもかかわらず、たぶん、いよいよ最終段階になった今の圧力に応え、条件は緩和されるだろう。」こう考えている者もいる。クリップスの計画の背後にロシアがいる、それだからクリップスは、どうやらひどく魅力的ではないものを提示することに自信を持っているのだ。ロシアは日本と戦争をしていないので、インド問題にはどんな公式の態度もとれないのだが、自分たちの追随者には指示を出すかもしれない。その追随者から、その指示はほかの親ロシアの国に伝わるだろう。イギリスの共産主義者からは、今のところなんの反応もない。彼らの行動がロシアの態度を知る鍵を提供するかもしれない。われわれは自分たちのプロパガンダをこうした種類の当て推量をもとに作らねばならないのだ。上から、どんな明瞭な、もしくは有用な指示も、下に出されることはない。

きのう、コナリーは放送で『カタロニア讃歌』から一節を引用したいと言った。私は本を開け、その文を読んでみた。

「戦争の最も恐ろしい特徴の一つは、すべての戦争プロパガンダ、すべての喚き声、嘘、憎悪は、戦っていない者から決まって発せられるということである……それは、どの戦争でも同じである。兵士は戦闘をし、ジャーナリストは叫び声を上げ、どんな本当の愛国主義者も、ごく短いプロパガンダ旅行で以外、戦線の塹壕の近くには行かない。飛行機が戦争の様相を変えると考えると、慰められる時がある。おそらく、次の大戦が起これば、史上類のない光景を見るかもしれない。盲目的愛国主義者の体に弾丸の孔が明いている光景を[19]」

それを書いてから五年も経たないのに、私はここ、BBCにいる。遅かれ早かれ、私たちはみな、自分の碑銘を書くことになると思う。

四二年四月三日　クリップスがもう一週間インドに滞在しようと決めたことは、よい前兆と受け取られている。そのほか、希望の持てそうなことはない。ガンディーはわざと問題を起こしている。[彼はボース[20]が死んだという知らせに接すると家族に弔電を送り、それが誤報だったと知ると祝電を送った。また、もしインドが侵略されたら、焦土政策は取らぬよう、インド人に呼びかけている。]彼の意図はなんなのかを確かめるのは不可能だ。反ガンディー派はこう言っている。彼の背後には（インド人の）資本主義者の最悪のタイプのグループがいて、彼がいつも、ある種の百万長者の屋敷に泊まっているようなのは事実だ。[それは、彼が聖人と言われていることと必ずしも矛盾しない。しかし、彼の平和主義は本物かもしれない。一九四〇年のひどい時期に彼は、もしイギリスが侵略されたら、イギリス人は無抵抗であるべきだと、やはり説いた]。ガンディーとブックマン[21]のどっちが現代のラスプーチンに最も近いのか、わからない。

アーナンド[22]が言うには、ここにいる亡命インド人のあいだの士気は非常に低い。彼らは、日本がインドに対してなんらの邪悪な意図も持っていないと考える傾向にあり、日本との個別の講和について誰もが話している。ロシアと中国に対する彼らの忠誠心などは、そんなものだ。私はA［アーナンド］に言った。ほとんどすべてのインドの知識人についての基本的事実は、彼らが独立を期待してはいず、想像もできず、心の底では望んでもいないということだ。彼らは苦痛のない苦難に耐えながら、絶えず反対する立場に立ちたがっていて、しかも英国に対してしているような学童の遊びじみたことを日本とドイツに対してすることができると思うくらい愚かだ。私はやや驚いたのだが、彼は同意した。彼は言う。「反対好き心理」は彼らのあいだに蔓延している。特に共産主義者のあいだに。そして、クリシュナ・メノン[23]は「交渉が決裂する瞬間を待ち望んで」いる。そして彼らは、個別の講和をして中国を裏切ることについて冷然と話すと同時に、ビルマにおける中国軍は空軍の適切な上空掩護を受けていないと叫んでいる。それは子供じみていると私は言った。A――「彼らの子供っぽさをいくら誇張しても誇張し過ぎることはないね、ジョージ。底無しさ」。[問題は、ここにいるインド人がインドにいる知識人の観点をどの程度反映しているかということである。彼らは危険からは遠く離れていて、おそらく、われわれ同様、この十ヵ月の平穏な雰囲気に感染しているのだろうが、一方、ここに残っている者のほぼ全員、西欧の社会主義的物の見方にずっと前から染まっているので、本来のインドの知識人は、おそらくずっと悪いだろう。A自身はそうした悪徳を身につけていない。彼は心からの反ファシストで、英国が客観的に反ファシストの側にあるのを認識しているので、英国を支持することによって、自分の感情と、おそらく評判を損ねているだろう。]

四二年四月六日　[きのう、アックスブリッジとデナムのあいだに造られている自動車用迂回路《バイパス》の一部を見た。その工事の途方もない規模に驚いた。アックスブリッジの西はコウン渓谷で、その上に煉瓦とコンクリートの柱で支えられた高架道が造られていて、そこを道路が通っている。高架道は四分の一マイルあると思う。それから道路は高くした築堤を通る。その各柱は高さが二十フィートくらいで、太さは約十五フィート×十フィートだ。そして、約十五ヤード毎にその二本がある。各柱には、基礎と上を通っているコンクリートを除き、四万個の煉瓦が使われていると思う。道路には一ヤード毎に数トンの鋼鉄とコンクリートが使われているに違いない。途轍もない量の鋼鉄（鉄筋コンクリート用）が、そこら中に置かれている。花崗岩の巨大な平板も。この高架道を造るだけでも、それが要する労働量において、かなり大きい軍艦を造るのに匹敵する仕事に違いない。このバイパスは、戦争が終わるまで何かの役に立つとはとても思えない。仮に、それまでに完成したとしても。一方、今、至る所で労働力が不足しているのだ。どうやら、煉瓦を売る連中は絶大な力を持っているらしい。（参考――役に立たない地上シェルター。これは、早くも建造中に、建築についていささかでも知っている者から、役に立たないと言われた。それと、ロンドン中に増えている、空家の個人住宅の不必要な修理）。スキャンダルが一定の限度を超えると、誰の目にも見えなくなるらしい。]

デナムで、誰かがごくいい状態の一頭立て二輪馬車を御しているのを見た。

四二年四月十日　この三、四日での英国海軍の損失――巡洋艦二隻と航空母艦一隻沈没、駆逐艦一隻破損。(24)枢軸国側の損失――巡洋艦一隻沈没。

今日のネルーの演説から。「もしインドが生き残るとするなら、誰が死ぬのか?」それを聞いて、左翼系の連中はいかに感心することか——また彼らは、「もしイギリスが生き残るとするなら、誰が死ぬのか?」(25)という文句を、いかにせせら笑うことか。

四二年四月十一日　それは(26)結局、失敗した。しかし私は、それが最終的なものとは思わない。

デリーからのクリップスの演説を聴いた。それをわれわれはイギリス等に向けて再放送した。われわれが時折聴く、デリーからのこうした放送は、われわれ自身の放送の受信状態がインドではどうなのかを知る唯一の手掛かりだ。いつも非常に音質が悪く、背景の騒音がひどく、それを録音の際に取り除くのは不可能だ。[演説の前半はわかりやすく率直に話しているので、非常な怒りを買うものと思う。後半はかなり格調の高いものになっている。]演説の昂揚した部分では、クリップスの声の抑揚が幾分チャーチルに似てくるのは奇妙だ。それは彼が目下、チャーチルの個人的影響を非常に受けているという事実を示しているのかもしれない——それだから彼は、あれほどに悪い条件しか提示できないのに、今度の任務を引き受けたのだろう。

四二年四月十八日　クリップスの演説等が非常な怒りを買ったことは間違いない。つまりインドで。インド以外では、多くの者が英国政府の交渉失敗を責めるかどうかは疑わしい。目下の一つの問題は、アメリカ人の気の利かない発言だ。彼らは「インドの自由」と英国の帝国主義について何年にもわたって馬鹿らしいことを言ってきたが、インドの知識人は独立することを望んでいない、つまり責任を担うことを望んでいないという事実に、不意に目を開かれたのだ。イギリス人はどんな政党に属していても、みな同じであるという挑発的な演説をネルーはしている。また、いかなる場合でも本当の戦いをしたのはアメリカであると言い立てて英国とアメリカのあいだに悶着を起こそうとしている。同時に、自分は親日主義者ではなく、国民議会は最後までインドを防衛するだろうということを、折々に繰り返している。そこでBBCは彼の演説と放送から反英的な部分は省き、そうした箇所を選び出して放送した。ネルーは自分の考えが誤って伝えられていると苦情を言っている(当然ながら)。[最近、次のような指示がわれわれに出された。彼の演説に反英的な部分と反日的な部分が含まれていたら、それを完全に無視するほうがよい。なんという厄介なことだ。しかし総じて、クリップスの任務は立派に果たされたと思う。なぜなら、その任務はこの国においてクリップスの名を汚すことなく(いとも簡単に汚しただろうか ら)、問題点を明確にしたのだから。公式にはなんと言われようと、全世界は次のように推論するだろう。(a)英国の支配階級はインドを正式に放棄するつもりはない。(b)インドは独立を望んでおらず、したがって、戦争の結果がどうであれ、独立することはない。

私はクリップスの交渉に対する、考えうるロシアの態度についてウィントリンガム[27]と話した際（もちろん、ロシアは日本と戦争をしていないので、公的な態度をとることはできない）、あとでインドに送らねばならない軍事教官等のできるだけ多くがロシア人なら話が簡単になるかもしれないと言った。生じうる一つの結果は、インドが最後にはロシアに乗っ取られるだろうということだ。ロシア人はインドにおいて、われわれより適切に振る舞うとは私は信じていないが、経済的状況が異なるので、違ったように振る舞うかもしれない。ウィントリンガムが言うには、スペインにおいてさえ、ロシア代表の何人かは、スペイン人を「土人」扱いする傾向があった。だから、インドでも同様に振る舞うのは間違いない。そうしないのは、非常に難しい。事実、インド人の大半はヨーロッパ人に劣り、人はそれを感じざるを得ず、しばらくすると、その感じに従って行動するということを考えると。]

アメリカ人の意見は間もなく再び変わり、以前のように、インドの現状をすべて英国のせいにするだろう。手に入る限りのアメリカの新聞からわかるのは、反英感情が高まっているということ、束の間、引っ込んでいたすべての孤立主義者が再び姿を現わし、以前と同じスローガンを掲げていることだ。[しかし、コグリン神父の新聞[28]は郵送禁止になったところだ。] アメリカにおける反英感情について私がいつも恐ろしいと思うのは、その驚くべき無知だ。おそらく、イギリスにおける反米感情についても同じことが言えるだろう。

四二年四月十九日　きのう、東京が爆撃された。もしくは、爆撃されたと推測されている[29]。これまでのところ、この知らせは日本とドイツからのみ届いた。当節、誰もが嘘をついているのをあまりにも当然と見なしているので、こうした類いの報告は、敵味方の両方から確認されるまで誰も信じない。自国の首都が爆撃されたということを敵が認めた場合でさえ、ある理由で、それが嘘ということがあるかもしれない。

[E[アイリーン]が言うには、アーナンドは、きのう、英国は今年、個別の講和を結ぶかもしれないと、当然のことのように彼女に言った。そして、彼女が異義を唱えると、驚いたようだった。もちろん、インド人は一九四〇年以来、そう言わねばならず、かつ、そう言ってきた。なぜなら、それは戦争に反対であるという口実を、必要の際には与えてくれるからだし、また、なんであれ英国のすることをよしとしてしまえば、自分たちの精神

構造が崩壊するからだ。ファイヴェルはこういう話をしてくれた。一九四〇年、チェンバレンがまだ首相だった時、プリットとほかのさまざまなインド人が出席していた会に彼は出た。インド人たちは擬似マルクス主義者的な言い方で、こう言っていた。「もちろん、チャーチル＝チェンバレン政府は妥協的講和をするさ」。それに対してプリットは、チャーチルは決して講和を結ばない、英国にある（当時）唯一の違いは、チャーチルとチェンバレンの違いだけだ、と言った。]

ヨーロッパ侵攻についての話が次第に盛んになっている――あまりに盛んなので、その準備が始まっているのに違いない、そうでなければ新聞は、盛んにそのことを書き立てたあとで読者を失望させるような危険は冒さないだろうと、人は思ってしまう。そうした話の多くが非現実的なのに驚かされる。ほとんど誰もが、武力外交において、「恩返し」が一つの要因だと、いまだに考えているようだ。どの左翼の新聞でも当然と見なされている二つのことは、a、第二戦線を開けばロシアは個別の講和は結ばない、b、われわれがさらに戦えば戦うほど、最終的な和平調停で言いたいことが言える、ということだ。もしヨーロッパ侵攻が成功して、ドイツ軍がロシアから引き揚げれば、スターリンには戦闘を続ける強い動機がなくなるだろうということを、ほとんどの者が考えていないようだ。[そして、こうした類いの裏切り行為は、独ソ不可侵条約や、ソ連が日本と結んだらしい協約と一致している。] 当然と見なされている、もう一つのことについて言えば、多くの者は、戦争に勝った場合の政策を決める力は、その戦争でよく戦った一種の報酬であるかのように話す。もちろん、そうした状況を実際に支配することのできる者は、最も強大な軍事力を持った者なのだ。例えば、この前の戦争の終わりの際のアメリカ。

一方、現況を正すことのできる二つの手段、すなわちa、ソ連との明確な協定、戦争目的に関する共同宣言（かなり具体的な）、b、スペイン侵攻は、現政府のもとでは政治的にまったく考えられない。

四二年四月二十五日　東京を爆撃したあと、ロシアの地に強制着陸させられた米空軍の飛行士が拘留された。日本の放送によると、ロシアは日本の出先機関の職員を、スウェーデンから（したがってドイツから）ロシアを通して日本に迅速に送ることにした。[もし本当なら、それは新しい展開だ。ドイツがソ連を攻撃した時、その交通ルートは封鎖されていたのだから。]

スバス・チャンドラ・ボースの所在についての謎は、依然解かれぬままだ。[主な事実は――

(i)　彼は失踪した時、ベルリンに行ったと英国政府は言明した。

(ii) 自由インド放送（ドイツ）で、彼の声と断定された声が聞かれた。

(iii) イタリアの放送は、ボースが日本の領土にいると、少なくとも一度は断言した。

(iv) ここにいるインド人は、彼は日本の領土にいると、概して考えているようだ。

(v) 日本の領土に逃げるほうが、ほかのところに逃げるよりも物理的に楽だろう。もっとも、後者は不可能だろうが。

(vi) バンコクと東京間の飛行機事故で彼は死んだというヴィシー政府の報告は、九分九厘間違いだが、ヴィシー政府側では、彼が日本の領土にいるのを当然のことと見なしているのを示唆しているようだ。

(vii) 無線技師によると、彼の声を波長を変えて東京からベルリンに送り、そこで波長を元に戻して再放送するのは不可能のようだ。

ほかにも考慮すべきことは数多くあり、際限のない噂が流れている。」答えるのが最も難しい二つの問題がある。もしボースが日本の領土にいるなら、なぜベルリンにいるように見せかけようと小細工をするのか、ベルリンでは彼はあまり役に立たないのだから。もしボースがドイツの領土にいるのなら、どうやってそこに行ったのか。もちろん、ロシアが黙認したのでそこに行ったということも十分考えられる。すると、こういう問題が起こる。もしロシアが以前にボースを通したのなら、ロシアが参戦してわれわれの側に立ったあとで、その事実をわれわれに漏らしたのだろうか。その答えを知ることは、われわれに対するロシアの態度を知るための有益な鍵を与えてくれるだろう。もちろんここでは、そうした類いの問題についての情報は得られない。われわれは闇の中で自らのプロパガンダを行わざるを得ないが、政治的指令が異常なほど馬鹿げていると思われた時は、慎重にそれを妨害する活動をしなければならない[30]。

ドイツの放送から判断すると、ドイツ人は、フランスかノルウェーかに、やがて敵の侵攻があると信じている。スペインに攻め込むいいチャンスだ！ しかし、彼らはその日を決めているので（五月一日）、侵攻が行われなかった場合に嘲笑するために、侵攻の可能性について論じているだけかもしれない。ここでは、侵攻の準備の兆しは何もない——部隊や船舶の集結、鉄道の時刻表の改定等についての噂はない。最もはっきりした兆しは、ビーヴァブルックがアメリカで行った、侵攻支持の演説だ。[なんのニュースもないようだ。新聞がまったく内容空疎になってから数ヵ月は経つに違いない。]

通りで時折見かける米兵の平凡な体格と貧弱な全体的な風貌に、強い印象を受ける。しかし、将校は兵士より、たいてい立派だ。

四二年四月二十七日　［きのうのヒトラーの演説の意味について、多くの推測がなされている。総じて、演説は悲壮な印象を与える。ビーヴァブルックの侵攻演説はさまざまに解釈されている。アメリカ人に対する激励演説、われわれはロシアを見殺しにはしないということをロシアに納得させるためのもの、チャーチルに対する攻撃の開始（チャーチルは攻勢に出ることに反対せざるを得ないかもしれない）。人は近頃、何が言われてもなされても、すぐさま隠れた動機を探し、口にされた言葉は、なんであれ表面上と違うことを意味すると考える。］

ロンドンの生活を説明する、イタリアの放送から。

「きのう、卵一個が五シリングした。ジャガイモ一キロが一ポンドした。闇市からさえ米は消えた。豌豆は百万長者優先になった。市場には砂糖がない。ひどく高い値段で、まだ少量買えるけれども」

それは馬鹿げたプロパガンダだと人は言うだろう。もし、そうした状況が本当に存在するならイギリスは数週間以内に戦争をやめるだろうし、もしそんな事態が起こらなければ、聴取者は騙されたことを理解するはずだ。しかし実際には、そんな反応はない。人は嘘を、しかも明々白々な嘘をつき続けることができ、その嘘が実際に信じられていない場合でさえ、それに対する強い嫌悪感はない。

われわれはみんな、汚物の中に溺れている。誰かと話したり、胆《はら》に一物ある者の書いたものを読んだりすると、知的な正直さとバランスの取れた判断が地上からすっかり消えてしまったのを感じる。誰であれ考えが弁論じみていて、誰もが、ただもう、自分の言い分を述べ、相手の観点を意識的に無視し、さらに、自分と自分の友人以外の人間の悩みに完全に無感覚だ。インドの愛国主義者は自己憐憫と英国に対する憎悪にすっかり塗《まみ》れ、中国の悲惨な状態にまったく冷淡だ。英国の平和主義者はマン島の強制収容所については怒り狂うが、ドイツにある強制収容所のことは忘れている、等々。人はこの事実に、ファシストや平和主義者のような、自分と考えが違う者の場合に気づくが、実際はみな同じなのだ。少なくとも、明確な意見を持っている者は誰でも。誰もが不正直であり、誰もが自分の利害に直接関わる人々以外の人間に対して、まったく冷淡なのだ。とりわけ際立つのは、政治的ご都合主義に従って、水道の蛇口のように、同情心を閉じたり開けたりすることができるということだ。［戦争前はナチの残虐行為に対して怒り心頭に発していた左翼がかった連中は、戦争が退屈に思われ始めるや否や、ユダヤ人等に対する同情心を明らかに失った。また、一九四一年六月二十二日までロシアをひどく忌み嫌っていた者も同様だ。彼らは、ロシアが参戦した瞬間、粛清、G《ゲー》・P《ペー》・U《ウー》等を唐突に忘れた。私は政治的目的のために嘘をつくということを考えているのではなく、主観的感情の実際の変化について考えているのだ。」しかし、しっかりした意見と、バランスの取れた見方をする者は誰もいないのだろうか。実際には大勢いるのだが、力はない。すべての力は偏執症者が握っている。

四二年四月二十九日　きのう、インド問題についての論議を聞くために上院に行った。クリップスの演説以外、ひどいものだった。彼らは今、上院で議事を行っている。[31] クリップスが演説をしているあいだ、上院は満員だという印象を受けたが、数えてみると、二百人から二百五十人の議員しかいなかった。それで、議席の大半は十分埋まる。何もかもが少々みすぼらしかった。ベンチの赤いレキシン〔模造皮革の商品名〕のクッション――昔は赤いフラシ天だったと断言できる。案内係のワイシャツの胸はかなり汚れていた。このわびしい愚劣な論議が行われているのを見ると、または、最近の国連やインドの政治家の道化芝居の絶え間なく変わる態度、顔ぶれ、政策、弾劾、抗議についての記事を読むと、ローマの元老院が、今の帝国のもとで依然として存在しているということを、いつも思い出す。［これは議会民主主義の黄昏であり、］こうした連中は、本当の事件はほかのどこかで起こっているのに、隅のほうで戯言《たわごと》を口にしている幽霊に過ぎない。

四二年五月六日　人はマダガスカル[32]について喜んではいないように見える。シリア[33]の場合とは違い。おそらく、その戦略上の重要性をよく理解していないからだろう。しかし、前もって適切なプロパガンダをしなかったからと言ったほうがいいと思う。［シリアの場合、危険がはっきりしていること、ドイツ軍が潜入してくることについての話が絶えなかったこと、政府が行動を起こすかどうか長いあいだよくわからなかったことが、政府を決断させたのは世論だという印象を人々に与えたのだ。私の知る限り、ある程度そうかもしれない。マダガスカルの場合は、そのような準備はなかった。］シンガポールが危険に晒されているということがはっきりするや否や、マダガスカルを奪取しなければならないのではないか、そして、兵力増強を始めたほうがよいということを、私はインド向けニュース解説で指摘した。私はその時でさえも、それには触れぬよう、やんわりと注意されたが、数週間前、マダガスカルについて言及してはならないという指示が来た。たぶん、外務省からだろうと思う。その理由は（英軍が上陸したあと）、「内幕を明かさないよう」というものだった。その結果、マダガスカル奪取は、帝国主義者の略奪の代表的な例としてアジア中に知れ渡りうる。

［チャーチルを激しく攻撃し、「トマス・レインズボ

ロ[34]」と署名してある『トリビューン』の記事の筆者について、盛んに憶測されている。フランク・オーエン[35]ではないかと考えている者もいるが、私は信じない。」

四二年五月八日　W[36]によると、本当の英露同盟協定が結ばれることになり、ロシアの代表がすでにロンドンにいる。私は信じない。

　トルコのラジオ放送（ここしばらく、それが最も信頼できる情報源の一つだと思う）は、ドイツもロシアも、間近に迫った戦闘で毒ガスを使う準備をしていると報じた。

［珊瑚《さんご》海で大規模な海戦が行われている。[37]敵と味方の双方が主張している撃沈した船の数が厖大なものなので、何を信じてよいのかわからない。日本のラジオ放送がこの海戦について進んで話しているところからすると（彼らはすでに、それを「珊瑚海海戦」と名付けた）、彼らは目的達成を見込んでいるようだ。

「トマス・レインズボロ」の正体に関する私の推測。トム・ウィントリンガム。（正しい！）

（四二年五月三十日。ウィントリンガムはそうした記事を書いたことを否定しているが、私は彼が書いたと、依然として考えている。[38]）］

四二年五月十一日　昨夜、またも毒ガスに対する警戒が発せられた（チャーチルの演説の中）。何週間も経たないうちに、われわれはそれを使うことになると思う。

日本からのラジオ放送。「日本政府は朝鮮人の愛国心に応えるため、朝鮮に徴兵制を導入することに決定した」

噂では、ドイツが英国に侵攻する日——五月二十五日。

四二年五月十五日　水曜日にクリップスに会った。彼に実際に話しかけたのは初めてだ。かなりよい印象を受けた。思っていたより近づきやすく、気さくだ。質問に喜んで答えてくれる。五十三歳だが、身のこなしは少年のようだ。一方、鼻は際立って赤い。［上院から少し離れた接見室（正確にはなんと呼ばれているのかわからないが）の一つで彼に会った。壁には何枚かの興味深い古い版画が掛けてあり、椅子と灰皿には小冠《コロネット》の模様が付いていたが、何もかも、今のすべての議会機関のように、なんとなく頽廃した雰囲気を漂わせていた。これといった特徴のない一群の者がクリップスに会おうと待っていた。彼の秘書に話そうと待っているあいだ、こうした場合にいつも思い出す文句が頭に浮んだ——「控えの間で震えながら」。十八世紀の伝記では、パトロンに侍《はべ》り、「控えの間で震えている」者がよく出てくる。それは「草の根を分けて捜す」のような常套句だが、政界に近いところ、さらには、もっと金のかかった贅沢なジャーナリズムの世界に近いところに行くや否や、その文句がいかに正しいかがわかる。」

ボースは間違いなくドイツの領土にいるとクリップスは考えている。彼が言うには、ボースがアフガニスタンを通って出て行ったのがわかっている。ボースをよく知っていた彼に、ボースをどう思うか訊いてみた。すると、ボースは「根っからの悪党」だと言った。ボースが心情的に親ファシストなのは、ほとんど間違いないようだと私は言った。クリップス——「奴は親スバスさ。そのことだけを心掛けているんだ。出世に役立つと思えることはなんでもする」

ボースがそういう人間だということには、彼のラジオ放送を聞いた限りでは確信が持てない。反ファシストだと信頼できるインド人はごく少ないと思うと、私は言った。クリップスは、若い世代に関する限り、それは違うと言った。彼が言うには、若い共産主義者と左翼の社会主義者は心から反ファシストで、社会主義とインターナショナリズムについて西欧的考えを持っている。そう望みたい。

四二年五月十九日　アトリーを見ると、死んだばかりで、まだ硬直しない魚しか思い浮かばない。

四二年五月二十一日　モロトフはロンドンにいると言われている。私は信じない。

四二年五月二十二日　モロトフがロンドンにいるだけではなく、新しい英露条約もすでに調印されたと言われている。[39]しかし、これはウォーバーグから聞いた話だ。彼は過度に楽観的になるかと思うと、過度に悲観的になる——ともかく、大規模で劇的な変化が間近に迫っていると、いつも思い込んでいる。もし本当なら、私の「BBCの」ニュース解説の材料としてうってつけだ。ロシア戦線以外で何も起こっていないので、ニュース解説に入れるものを探すのがますます難しくなっている。そして、情報源がロシアであろうとドイツであろうと、戦線からのニュースは次第にインチキ臭くなっている。一週間割いて、この一年のロシアとドイツのラジオ放送を調べ、そのさまざまな主張を総合することができたらいいのだが。ドイツ軍は一千万人を殺し、ロシア軍は大西洋の沖のどこかまで進出したのではないかと思う。

四二年五月二十七日　四二年五月二十六日の『D・エクスプレス』からの切抜き——

カイロ、月曜日——オーキンレック将軍[40]は中東における戦争遂行を妨げている官僚的形式主義に対する反対運動の一環として、次の手紙を「当司令部のすべての将校と指令部員」に送った。

「一八一〇年頃、スペインからウェリントンが、陸軍大臣ブラッドフォード卿に送った手紙からの抜粋——『卿よ、私を囲んでいる空しい手紙の山に返事をしようとすれば、作戦上の重要な事柄のすべてから締め出されてしまうでありましょう。

私が独立した立場を保持している限り、私の指揮下のいかなる将校も、閣下の執務室における単なる下級書記の書く戯言《たわごと》に対処することによって、第一の義務から締め出されることがないようにする所存であります——その義務とは、例の如く、指揮下の兵卒を訓練することであります』」

オーキンレック将軍はこう付け加える。「このことは、あなた方に当て嵌まらないことを知っています。しかし、それがあなた方に決して当て嵌まることのないよう、また、あなた方の下で働いている誰にも当て嵌まることのないようにして頂きたい」——A・P。

これは新聞に載り、放送さえされたが、結局、重要なのは、今では陸軍省に対して誰もそんなふうには話さないし、話せないということだ。

モロトフがロンドンにいるという噂が、いっそう囁かれている。また、新聞の曖昧な記事も、それが本当かもしれないということを匂わせている（もちろん、誰の名前も出ていない）。

四二年五月三十日　ほぼ毎日、アッパー・リージェント街の近辺で、小柄で顔が非常に黄色い年輩の日本人を見かける。苦しんでいる猿のような顔で、巨漢の警官と並んでゆっくり歩いている。二人が重々しい顔つきで会話をしている日もある。彼は大使館員だと思う。しかし、警官が一緒なのは、彼が破壊活動をするのを防ぐためなのか、憤激した群衆から守るためなのかは、わからない。

モロトフに関する噂は消えてしまったようだ。モロトフについての話を鵜呑みにしたウォーバーグは、今ではそのことをすっかり忘れ、なぜガーヴィン[41]が『オブザーヴァー』を馘《くび》になったのかの内幕話を盛んにしている。その理由は、彼がチャーチルを攻撃するのを断ったということだ。アスター一族はチャーチルを追い落とそうと決心している。彼が親ロシアだからだ。『オブザーヴァー』の変革は、その作戦の一部なのだ。『オブザーヴァー』はチャーチル攻撃の先頭に立ち、同時に、戦争に革命的意味を与えるような才能のある若い記者を誘導し、その精力を空しいことに使わせ、最後には解雇する決心を固めているのだ。それはすべて、本質的にはありうることだ。一方私は、囮の象を演じているデイヴィッド・アスター[42]が、そうしたことに意識的に加わっているとは信じない[★1]。いまやロシアに関する限り、当事者よりも強硬な意見を吐くビーヴァブルックの新聞だけではなく、T・U[43]の週刊紙『レイバーズ・ノーザン・ヴォイス』も、急進的な意見のゆえに解雇されたガーヴィンが有名な反ファシストであるのに不意に気づいたのは面白い。当節のほとんどの人間について強く感じる一つのことは、記憶の短さだ。デズモンド・ホーキンズ[44]が少し前に私に言ったのだが、最近、一九四〇年の新聞で包んだフィッシュ・アンド・チップスを買った。すると片側に、赤軍は駄目なのを証明している記事があり、別の側に、勇敢な海軍軍人で有名なイギリス贔屓のダルラン提督[45]が褒め讃えられていた。

　この日記に、ニコラス・ムーア[46]の詩「あの極悪非道の人間」が貼ってある。そのあとに、オーウェルのコメントがある――

　参考。『ホライズン』最終号のアレグザンダー・コムフォートの手紙[47]。

四二年六月四日　非常に暑い天候。何もかも正常であることに強い印象を受ける――誰も急がず、軍服姿は少なく、通りをゆっくりと歩いている群衆には戦争を感じさせるものはなく、人は乳母車を押したり、広場でぶらぶらして山査子《さんざし》の茂みを眺めたりしている。しかし、車の数がずっと減ったのが、すでに目立つ。そこここで、燃料変換機を後部に付けた車が走っている。なんとなく、旧式の牛乳運搬用荷馬車を想わせる。どうやら、結局、密売のガソリンはそう多くはないようだ。

四二年六月六日　モロトフに関する噂が依然として消えない。彼は条約について交渉するためにここに来たが、もう帰ったと言われている。しかし、どの新聞にも、それを示唆する記事はない。

　第二戦線問題を巡って『ニュー・ステーツマン』のスタッフのあいだに大きな意見の食い違いがあると言われている[48]。われわれは直ちに第二戦線を開かねばならぬと一年間にわたって喚いたあと、いまやキングズリー・マーティン[49]は怖気《おじけ》づいている。彼が言うには、軍隊は信用できない、兵士は将校を背後から撃つ等と今では誰もが言っている――戦争が始まって以来、将校を信用しないように兵士を仕向けた結果だ。

　いまや第二戦線の計画が明確に立てられていると思う。ともかく、もし、十分な船舶が掻き集められれば。

四二年六月七日　『サンデー・エクスプレス』も第二戦線問題で怖気づいた。今の公式の方針は、英国空軍の空襲が第二戦線だということになっているようだ。明らかに、政府から新聞に対し、その問題を取り上げないようにという一種の指示があったのだ。［もし政府が、誤った噂を流すのを止めたいだけならば、なぜ新聞がもっと早い段階で沈黙を守らせられなかったのか謎だ。］大陸侵攻がいまや明確に決定され、新聞は、敵を騙すために反第二戦線で行くように言われたということは、大いにありうる。われわれが生きている、この嘘の迷路においては、人が決して信じない一つの説明は、当然のように思える説明である。［参考。列車の中で会った、二人のドイツ系ユダヤ人についてのデイヴィッド・アスターの話――

第一のユダヤ人――どこに行くんだい？

第二のユダヤ人――ベルリン。

第一のユダヤ人――嘘つきめ！　俺を騙すために、そう言ってるだけさ。いいかい、もしおまえがベルリンに行くと言うなら、おまえはライプツィヒに行くんだと思う。嫌らしいペテン師め、おまえはやっぱりベルリンに行くんだ！］

先週の火曜日、クリップス（彼は何人かの文学関係の人間と会いたいと言っていたのだ）と長い晩を過ごした。エンプソン、ジャック・コモン、デイヴィッド・オーエン、ノーマン・キャメロン、ガイ・バージェス(50)、そして、名前は知らない、もう一人の男（役人）も一緒だった。約二時間半のあいだ、何も飲まなかった。例によって、なんの結論も出ない論議。しかし、クリップスは非常に思いやりがあり、進んで耳を傾けた。彼に立ち向かって最も成功したのは、ジャック・コモンだった。クリップスが話したいくつかは、私を驚かせ、ほんの少し恐がらせた。その一つは、戦争は十月までに終わるだろうと、傾聴するに値する意見を持っている多くの者が言っている、ということだ。つまりドイツは、その時までにはぺしゃんこになっているということだ。それはまさしく災厄だと私が言うと（なぜなら、戦争にそれほど簡単に勝てば、ここでは本当の大変動はなく、アメリカの百万長者は依然として現状のままだからだ）、彼は理解できないような顔をした。そして、言った。ひとたび戦争に勝てば、いずれにせよ生き残った強国は世界を一つの単位として管理しなければならないだろう。彼は、強国が資本主義国であろうと社会主義国であろうと、大した差はないと思っているようだった。★2［デイヴィッド・オーエンも、名前を知らない男も、彼を支持した。］私は公式的な考えの持ち主に相対しているのがわかった。彼らは何事も管理の問題であり、ある時点で、つまり、ある経済的利害が脅かされると、大衆の精神は働かなくなるということを理解していない。［そうした連中の基本的考えは、誰もが世界が適切に機能することを望んでいて、事が円滑に進むよう全力を尽くすというものだ。権力を握っている者の大半は、世界全体のことなど全然気にかけず、私腹を肥やすことにのみ関心を持っているのを、彼らは悟っていない。〕すでにクリップスは、その考えになっているという強い印象を持たざるを得ない。もちろん、金とか、そういったものによってではなく、また、追従や権力意識によってでさえもない。そうしたものには、九分九厘、彼はまったく関心がない。そうではなく、単に責任感によってだ。それは、人を自動的に臆病にする。おまけに、人は権力を握ると、見通しが利かなくなる。おそらく、鳥瞰図は虫瞰図のように歪められるのだろう。

〔ウィントリンガムは「トマス・レインボロ」であるのを否定している。たぶん、正しいのだろう。もしウィントリンガムではないとすると、ウィンスター卿かもしれない（フレッチャー司令官）(51)。〕

四二年六月十日　BBCで人が歌うのを聞く唯一の時は、早朝の六時から八時までだ。それは、日雇い雑役婦が働く時間だ。大群の雑役婦が同時にみなやってきて、受付ホールで箒《ほうき》が配られるのを待ちながら、鸚鵡《おうむ》の小屋さながらにかしましく喋る。そして、廊下を掃きながら一斉に歌い、見事に合唱する。その時の局は、日中のそのあとの時間と異なり、まったく違った雰囲気を醸し出す。

四二年六月十一日　〔ドイツはラジオ放送で、ラディツェ〔正しくはリディツェ〕というチェコの村（住民約千二百人）の住民がハイドリヒの暗殺者を匿《かくま》った廉で、村の男をすべて銃殺し、すべての女を強制収容所に送り、すべての子供は「再教育」を受けさせるために移送し、村全体を完全に破壊し、その名を変えた、と告げた。私はBBCの外国放送聴取係の報告書に記録された声明を取ってある。〕

プラハ（チェコ国内放送局）。ドイツ語による
保護国向け放送。四二年六月十日

ハイドリヒのための報復――村は消滅――男は全員銃殺。声明

公式の声明――親衛隊大将ハイドリヒ将軍(52)の殺害者を捜査し調査した結果、クラドノ近傍のリディツェという土地の住民が、当該の犯人たちを支援し助けたことを示す否定できない事実が確認された。地元の住民を尋問したにもかかわらず、証拠を得る適切な手段は、住民の助けを借りることなく得られた。かくして明らかになった、犯行に対する住民の態度は、第三帝国に対するほかの敵対的行動、また、第三帝国に対する敵対的な印刷物、武器と弾薬の集積場、違法の無線送信機、厖大な量の統制品が発見されたことによっても、また、この土地の住民が外国のわが国の敵に協力している事実によっても明らかになった。この村の住民は、彼らの行動によって、また、親衛隊大将ハイドリヒの殺害者への支援によって、これまでに布告された法律を甚だしく破った廉で、男子の成人は銃殺され、女子は強制収容所に送られ、子供は適切な教育機関に引き渡された。土地の建物は平らに潰され、村の名前は抹消された。

（注。これは、十九時にプラハからチェコ語で出された声明をドイツ語で、その通りに繰り返したものである。受信状態は非常に悪かった。）

人間がこうした類いの振る舞いをするということに、さらには、人間がこうした振る舞いをしていると公言することに、私は特に驚かない。しかし、強く感じるのは、そうした出来事に対する人々の反応が、その時の政治的流行にのみ支配されているということだ。例えば戦争前は、左翼がかった連中は、ドイツや中国から伝えられた恐ろしい話なら、なんであれすべて信じた。いまや左翼がかった連中は、ドイツ人または日本人による残虐行為をもはや信ぜず、恐ろしい話を、「プロパガンダ」として自動的に無視する。もう少し経てば、リディツェの話は本当かもしれないと言えば、嘲笑《あざわら》われるだろう。しかし、ドイツ人自身が公表し、レコード盤に録音されている事実は動かない。そのレコード盤がまだ入手できるのは間違いない。参考。一九一四年以来の残虐行為の長いリスト［ベルギーにおけるドイツ軍の残虐行為、ボリシェヴィキの残虐行為、トルコ軍の残虐行為、インドにおける英軍の残虐行為、ニカラグアにおけるアメリカ軍の残虐行為、ナチの残虐行為、アビシニアとキレナイカにおけるイタリア軍の残虐行為、スペインにおける国粋主義者と共産主義者による残虐行為、中国における日本軍の残虐行為[53]——］のどの場合でも、政治的偏向に応じて信じられたり、信じられなかったりし、人は事実にはまったく無関心で、政治状況が変わるや否や、自分の信じることを、いそいそと変える。

残虐行為（一九一八年以降）

年	右翼によって信じられているもの	左翼によって信じられているもの
一九二〇	トルコ軍による残虐行為（スミルナ）	トルコ軍による残虐行為（スミルナ）
一九二〇	シンフェーン党による残虐行為	シンフェーン党による残虐行為 内乱を鎮圧した英政府軍による残虐行為
（およそ）	ボリシェヴィキによる残虐行為	インドにおける英軍の残虐行為（アムリッツァー）
一九二三		フランス軍の残虐行為

		（ルール地方）
一九二八		アメリカ軍による残虐行為（ニカラグア）
一九三三	ボリシェヴィキによる残虐行為（白海運河等）	
一九三四〜九		ドイツ軍による残虐行為
一九三五		イタリア軍による残虐行為（アビシニア）
一九三六〜九	スペインにおける共産主義者による残虐行為	スペインにおけるファシストによる残虐行為
一九三七	ボリシェヴィキによる残虐行為（粛清）	日本軍による残虐行為[53]
一九三九	ドイツ軍による残虐行為	英国による残虐行為（マン島等）[54]
翌年も同じ		
一九四一	日本軍による残虐行為	
翌年も同じ		

四二年六月十三日　モロトフ訪英について最も印象的なのは、ドイツがそのことについて何も知らなかったことだ。モロトフがロンドンにいることについて、条約の調印が公式に発表されるまで、ラジオで何も放送されなかった。その間ずっとドイツの放送は、英国のボリシェヴィキ化について喚いていたけれども。彼らは当然ながら、知っていれば漏らしただろう。いくつかのほかの事柄と考え合わせてみると（例。去年、パラシュートで降下した二人の非常に素人っぽいスパイを逮捕した事件。二人は携帯無線送信機と、実際にドイツのソーセージの厚切りの入ったスーツケースを持っていた）、それは、わが国におけるドイツのスパイ網は大したことがないのを示唆している。

四枚の新聞の切抜きが、この日記の手書き原稿のここに添付されている。詳しいことについては、『全集』第十三巻を参照のこと。

1、四二年六月十二日付『トリビューン』の、ウィリアム・メラー[55]の死に関する社説から。「雄渾な文体」に関する彼らの考え。

2、四二年六月二十一日付『レナルズ』[56]に引用されているヒトラーの演説から。

3、四二年六月十二日付『トリビューン』（記事はウィルフレッド・マカートニーが書いたもの）。参考。枢軸国の検閲と、ラジオによる催眠術に関する、戦前の言及等。参考。参考。また、ケルンの空襲の際のドイツの公式声明。

4、一九四二年をどう生きるか（『E・スタンダード』からの切抜き。五人の女の写真。「ロシアの機関銃娘は戦う用意がある」という説明文がある）。

四二年六月十五日　いまや第二戦線を開くことが決まったことに疑問の余地はない。どの新聞もそれを確かなこととして書いているし、モスクワもそれを大々的に公表している。もちろん、それが実際に実行可能なのかどうかは未知数だ。

ＢＢＣの外国放送聴取係の報告書からの切抜き。多くの似たようなドイツの声明の典型。

手書き原稿に横向きに貼られているのは、ＢＢＣの外国放送聴取係の報告書と、リディツェの殲滅についての彼自身がタイプした報告書である。二つの報告書の文は同じである。

四二年六月二十一日　ＢＢＣにいて沁みじみ感じるのは——それはほかのさまざまな部門でも同じだろうが——われわれがしていることの道徳的不潔さと究極的な空しさではなく、挫折感、悪党じみたことさえ何もなし得ない、という感じだ。われわれの方針ははっきり定まっていず、無秩序は甚だしく［計画がくるくる変わる］、知性を恐れ、憎んでいるので、いかなる種類の放送キャンペーンもできない。［多少とも明確なプロパガンダの方針にもとづいたトーク番組のシリーズを計画すると、最初はそれをやるように言われるが、次に、あれやこれやが「思慮に欠ける」とか「時期尚早」とかいう理由でやめさせられるかと思うと続けろと言われ、すると、何もかも手加減し、そこここに忍び込んでいるかもしれない率直な物言いを削除するように言われ、さらに、当初の意味を除いてしまうような具合にシリーズを「修正」するように言われる。そうして土壇場で、上層部からの謎めいた命令で全部が不意にキャンセルされ、何か違ったシリーズを即興的に作るように言われる。われわれはそんなシリーズにはなんの関心もないし、いずれにしろそんなシリーズには、なんの明確な考えも背後にない。」われわれはまったくの戯言《たわごと》を年中放送しているのだ。なぜなら、あまりに知的に思えるトーク番組は、土壇場でキャンセルされるからだ。加えて、この組織には相当に多くのスタッフがいるので、多くの者はほとんど文字通りすることがない。しかし、かなりいいものをなんとか放送することができても、ほとんど誰も聴いていないということを知っているので、気が滅入る。ヨーロッパ以外では、ＢＢＣは海外で誰にも聴かれていないと思う。

その事実は海外放送に関係している誰もが知っている。［聴取者調査がアメリカで行われたが、アメリカ全土で約三十万人がBBCを聞いていることがわかった。インドあるいはオーストラリアでは、その数字にはとても届かないだろう。］最近わかったことだが（BBCの海外放送が始まってから二年後）、短波ラジオを持っている多くのインド人は、BBCがインドに放送していることすら知らない。

私が参加している、唯一のほかの公的活動である国土防衛軍についても同じことが言える。二年経ってもなんの本当の訓練も行われず、なんの特別な作戦も考え出されず、なんの戦闘陣地も決まらず、なんの堡塁《ほうるい》も造られない――それはすべて、計画が絶えず変わり、われわれが何を目的にすることになっているのかが曖昧模糊としているからだ。編制、戦闘陣地等があまりに頻繁に変わるので、現在の取り決めがどうなっているのか、誰もほとんどわからない。一つだけ例を挙げよう。一年以上われわれの中隊は空挺部隊が着地するのに備え、リージェント・パークに塹壕を掘ろうとしていた。何度も何度も掘ったけれども、それらの塹壕は一度も完全な状態にはならなかった。なぜなら、半分出来たところで常に計画が変更になり、新しい命令が下ったからだ。ほかのすべてのことについても同じだ。われわれは何をやるにしても、間もなく命令が変更され、それがまた唐突に変わる、ということが際限なく繰り返されるのを知りながら仕事を始める。絶え間なくおろおろする以外、何も起こらず、その結果、誰もが次第に幻滅する。せいぜい望めるのは、向こうも大体似たような状態であればいいということだ。

四二年六月二十四日　昨夜、ホーホー卿――ジョイス[57]ではなく――の放送を聴いた。ジョイスはここしばらく放送していないようだが、その男は南アの訛りがあるように聞こえた。その次の男はロンドン訛りが強かった。バンコクにおける自由インド国民会議の運動についての話が多かった。すべてのインド人の名前が間違って発音されていたのには驚いた。それも、ひどく間違っているのだ――例。ラス・ベハリ・ボース[58]はラシュ・ビアリ・ボースと発音された。しかし、ドイツから放送しているすべてのインド人は、こうした点で助言ができるはずだ。たぶん、彼らは毎日、ホーホー卿が出入りするのと同じ建物に出入りしているのだろう。こうした類いのだらしなさが向こうにも見られるのは、意を強くする。

四二年六月二十六日　リビアの件[59]以来、誰もが非常に敗北主義になっている。何紙かの新聞は、第二戦線問題で、またも怖気づいている。トム・ドレイバーグ（「ウィリアム・ヒッキー」）はモールデンの補欠選挙で勝った。保守党候補の二倍の票を獲得した。それで、最近の六回の選挙のうち、政府は四回負けたことになる。

四二年七月一日　ウスタシャー、キャロー・エンドにて（農場に宿泊中）[60]。飛行機の爆音、鳥の鳴き声、干し草を刈っている草刈り機の音しかしない。いくつかの農園で働いているイタリア人捕虜に関連する話以外、戦争の話は出ない。彼らはよい働き手と見なされているようで、果物摘みに関しては、ウスターから来る、「狡猾」と言われている町の人間たちより好まれている。餌を手に入れるのが難しいにもかかわらず、たくさんの豚、家禽、鵞鳥、七面鳥がいる。ここではどの食事にもクリームが出る[61]。

［一日中、巨大な爆撃機が頭上を飛んでいる。また、飛行機は驚くようなことをしている。例、ほかの飛行機をワイヤーで引っ張っているか（グライダーか？）、小型飛行機を後部に乗せるかしている。］

四二年七月三日　不信任案は四百七十五票対二十五票で否決された。その数字は棄権がごく少なかったことを意味している。例によって同じ策略――論議はチャーチル自身の信任投票の要求にねじ曲げられた。そうならざるを得なかったのは、チャーチルに代わる者は誰もいなかったからだ。事態は、政府を攻撃する中心人物の何人か、例えばホーア＝ベリーシャ[62]の明らかに邪な動機によって、政府にとってずっと楽なものになった。この喜劇がいつまで続くのかわからないが、そう長いことはないだろう。

チャーチルの演説の中に、第二戦線に対する言及はない。

日本はもう間もなくロシアを攻撃するようだ。彼らは外アリューシャン列島にどっかりと腰を据えたようだ。それは、ロシアとアメリカとの連絡線を絶つのが動機だという以外、なんの意味もあり得ない。

左翼がかった連中は、ダンケルク以来なかったほどに慌てている。『ニュー・ステーツマン』の社説は、「亡霊に直面する」と題されている。彼らはエジプトが失われるのを当然と見なしている。それが実際に起こるかどうかは神のみぞ知るだが、こうした連中が、エジプトは失われると、これまであまりにしばしば予言したので、彼らがまたそうしているのを見て、そんなことは起こらないと人は確信するほどだ。ドイツが彼らにしてもらいたいことを、彼らがいつもするというのは奇妙だ――例、われわれはドイツ空襲をやめ、爆撃機をエジプトに送るべきだと、彼らはここしばらく主張している。少し前は爆撃機をインドに送れと要求していたのに。いずれの場合も、ドイツの「自由」放送局の要求と同じだ。また、やはり強い印象を受けるのは、左翼がかった連中のすべてが、ドイツに対する英空軍の爆撃について話す際の、気取って馬鹿にした態度だ――空襲は相手になんの影響も与えない等々。彼らはロンドンが空襲された際に最も大きな声で喚いた連中なのだ。

四二年七月四日 ウォードロー＝ミルン[63]が［不信任投票の動議を提出した際の演説で］、グロスター公爵を最高司令官にすべきだと述べたことに、誰もが啞然としたようだ。最も考えられる理由は、グロスターを誰かの［(たぶん、マウントバッテン？)］のダミーとして行動させるというものだ。［それにしても、この太った精神的欠陥者よりひどい「表看板」は想像できない。］

この村のパブはビールが不足しているので、かなりの時間閉まっている。おそらく、最近しばらく暑い天候が続いているからだろう。ここはホップの地帯で、農夫はホップのエーカー数を減らさぬように頼まれている。事実、エーカー数を増した者もいる。こうしたホップはすべてビールに使われる。少なくとも良質のものは。

四二年七月十日 二、三日前、海軍所属の二台のトラックが、Wrens[64]と水兵の一行を乗せてやってきた。彼らは数時間、フィリップス氏[65]の畑で蕪の周りの草取りの仕事をした。村の女たちは全員、青いズボンと白いアンダーシャツ姿の水兵を見て嬉しがった。「清潔だわ！あたし、水兵が好き。いつもとっても清潔」［水兵もレンも、外出と、そのあとでパブで飲むことを楽しんでいるように見えた。彼らは必要とされる時に労働者を送る、あるボランティア団体に属しているようだ。］フィリップス夫人が説明してくれた。「あれはモールヴァン[66]から来たボランティアの団体なの。時にはA・T[67]を送ってくる。時には水兵。もちろん、来てもらうのは助かるわ。自分の使っている労働者にすっかり頼らないで済むわけ。今時《いまどき》の労働者はひどいもの。言われたことだけしかやらない。［自分たちがいなけりゃ、あたしたちはやっていけないのを知ってるのよ。当節じゃ、ちょっとばかり家の中のことをやってくれる女はいない。若い女はここにはいつかない。村には映画館がないから。通いの女を使ってるんだけど、なんにも仕事をしない。］ボランティアで仕事をしてくれる人が何人かいると、ちょっと助かる。もっと自分のことができるわけよ」

それは、なんと正しく、適切な言葉だろう。［農作業はなおざりにしてはならないということを考えると。そして、町の人間が土と少しでも接触するということは、なんと正しく、適切なのだろう。］しかし、こうしたボランティア組織と、干し草作り等で兵士によってなされる仕事と、イタリア人の捕虜たちの働きは、単なるスト破り的労働なのだ。

ソールズベリーでは政府の候補者が勝った。『起床喇叭《レヴェリ》』の編集長だったヒップウェル[68]は独立党の候補者だった。このイカサマ師が立候補するたびに政府は自動的に勝った。政府は彼に大いに感謝しているのに違いない。実際に金を払って立候補してもらっているのではないにせよ。

〈ブルー・ベル〉はビールがないのでまた閉まっている。週の四日か五日、大いに飲んでから、不意に酒なしになる。［しかし時折、パブが閉まっている時、将校がパブの個室で飲んでいる姿が見かけられる。労働者も兵士も締め出されているが。隣村の〈レッド・ライオン〉は違ったやり方をしていて、主人はこう説明してくれる。「夏の観光客にビールを全部出してしまうなんてことはしないね。ビールが足りなかったら、地元民優先。何日もパブを閉めとくけど、地元民は裏の入口を知ってる。畑で働いていた者にはビールが必要。とりわけ、近頃、連中が食べなくちゃいけない食べ物と一緒に。けど、わたしゃ、割り当てる。連中にこう言うのさ、『いいかい、ビールを毎日飲みたいだろう、え？　一日で四パイント飲んで次の日三パイント飲むより、毎日食事と一緒に一パイント飲んだほうがいいんじゃないか？』兵隊の場合もおんなじさ。最初は一パイント出す。そのあとは、『ハーフ・パイントだけだよ、お若いの』。そんなふうにやれば、一応みんなで分け合える」。］

四二年七月二十二日

インドからのアーメド・アリ(69)の最新の手紙から——

「あなたの興味を惹きそうな、デリーからの短信。

人通りの激しい通りで、新聞売り子がウルドゥー語(70)で叫んでいました。『パンディット・ジャワハルラールが、ロザリオの祈りを逆に唱えてる』。売り子は彼が政府に対する態度を変えたということを言っているのです。問われると、売り子は言ったのです。『奴は信用できない、政府と一緒に戦争遂行に努力しようと今日言ったかと思うと、明日は正反対のことを言うんだ』。売り子は私から向きを変えると、叫び出したのです。『ジャワハルラールは政府に挑戦』。私は新聞に〝挑戦〟という言葉を見つけることができませんでした。

ウルドゥーの新聞を売っていた、ほかの売り子。『ドイツはロシアを最初の攻撃で叩き潰した』。言うまでもなく、翌朝私はその反対のことを英国の新聞で読んだのです。ウルドゥーの新聞がベルリンの言っていることを繰り返したのは明らかです。新聞売り子が勝手なことを叫んでも、誰も止めません。

ある日、タンガ〔インドの二人乗り二輪馬車〕に乗ると、馬が何かに驚いて尻込みしたので、御者は言いました。『旦那方みたいに後ろに下がるんじゃない！　ヒトラーのように前に進め！』。そして、罵りました」

［「バザールや市場に行って、人が大声で話すゴシップを聴くのは、ちょっと面白い——もちろん、耐え難いほ

ど暑くなければ。関心がおありなら、時々、もっとお話しましょう」〕

四二年七月二十三日　今では、この日記に記入する回数が前より減った。文字通り、暇がないからだ。それなのに、私は空しくないことは何もしていないし、無駄な時間を費やしても成果はどんどん少なくなる。それは誰でも同じらしい――ただのらくら過ごし、馬鹿げたことをしているという、なんとも恐るべき焦燥感。といって、その馬鹿げたことは馬鹿げてはいないのだ。なぜならそれは戦争の一部だし、戦争は本来愚かしいものだからだ。しかし、それは実際、戦争遂行に役立たず、まったく影響を与えないが、われわれの誰もが捕らえられている巨大な官僚的機構によって必要と考えられていることなのだ。BBCが放送するものの多くは成層圏に送信されるが誰も聴かず、番組を作った者は、それが誰にも聴かれていないことを知っている。そして、この空しい番組を巡って数百人の熟練工が集められ〔国に年間何万ポンドという費用を使わせ〕、それに、ほかの数千の人間が加わっている。彼らは、実際になんら本当の仕事はせず、静かな居心地のよい隅に坐って、仕事をしているふりをする。どこでも同じなのだ、とりわけ各省では。

〔しかし、いわば施した陰徳が思わぬ形で報われることもある。われわれは現代英文学について六回のトーク番組のシリーズを放送した。それは非常にハイブラウで、インドでは誰も聴かないものだと思う。中国人の学究である蕭乾《シアオ・チエン》が、『リスナー』に載ったトーク番組を読んだのだが、彼は非常な感銘を受けたので、もっぱらわれわれのトーク番組にもとづいて、現代西欧文学について中国語で本を書き始めた。そういうわけで、インドを目標にしたプロパガンダがインドを外れ、偶然、中国に当たったのだ。ひょっとしたら、インドに影響を及ぼす最良の方法は、中国に放送することかもしれない。〕

インド共産党とその機関紙が、また合法的になった。そうなると当局は、『デイリー・ワーカー』の発行停止処分も解除しなければならないだろう。そうでなければ、当局の立場はあまりに馬鹿げている。

それは、デイヴィッド・オーエン★3が話してくれたことを思い出させる。この日記にはそれをまだ書いていないと思う。クリップスはインドに着くと、拘留されている共産主義者を釈放するように総督に言った。総督は同意したが（そのほとんどの者が、その後釈放されたと思う）、土壇場で怖気づいて言った。「でも、どうして彼らが実際に共産主義者だってわかるんです？」

われわれはジャガイモの消費を二〇パーセント増さねばならないと言われている。一つにはパンを節約するためと、一つには今年のジャガイモの厖大な収穫を処理するためだ。[71]

四二年七月二十六日　きのうと今日、国土防衛軍の演習。森の中にある、兵士のさまざまな小さな宿営地と、電波測定［＝レーダー］監視所等の前を通った。兵士の風貌に強い印象を受けた。素晴らしい健康な体、残忍な顔つき。全員が若く、颯爽としていて、四肢は丸々と肥え、顔は薔薇色で、皮膚は美しく綺麗だ。しかし、表情は陰鬱で獣的だ――凶暴とか邪悪とかいうのではまったくないが、退屈、孤独、不満、際限のない疲労、単なる身体的健康によって、すっかり麻痺させられているのだ。

四二年七月二十七日　今日、マルタ語のアナウンサー、サルターナと話した。彼の話では、マルタとかなりよく接触できるが、そこの状況は非常に悪い。「今朝受け取った、来たばかりの手紙は、そう――なんて言ったらいいかな？（盛んに身振り）――篩《ふるい》みたいだった。検閲官がやたらに切り抜いたからさ。それでも、なんとか意味はわかる」。彼は続けてこう言った。ジャガイモ五ポンドが、今では八シリングに相当する。［最近、なんとかマルタに着こうとした二つの輸送船団のうち、うまくマルタに着くことのできたイギリスからの輸送船団は弾薬を積んでいて、着くことのできなかったエジプトからの輸送船団は食糧を積んでいたと、彼は考えている。］私は言った。「なんで飛行機で乾燥食品が送れないんだろう？」彼は肩をすくめた。英国政府がマルタのために、そんな手間はかけないのを本能的に感じているようだった。しかし、マルタ島民は断固として親英のようだ。ムッソリーニのおかげなのは疑いない。

［ドイツは放送で、ヴォロシーロフ[72]がロンドンにいると言っている。それはまずあり得ないことで、ここではその噂もない。おそらく、最近、モロトフ[73]の件で失敗した埋め合わせをするための当てずっぽうだろう。そして、まさに今、ロシア軍の高官の代表がここに来る可能性があるという計算をしたのだろう。もしその話が本当だとわかったら、わが国におけるドイツの諜報活動について、私は考えを改める必要があるだろう。］

トラファルガー広場における第二戦線集会の群衆は、右翼の新聞では四万人、左翼の新聞では六万人と推定されている。たぶん、実際には五万人だろう。私のスパイの報告によれば、「すべての権限をチャーチルに」という現在の共産党の方針にもかかわらず、コミュニストの演説者は、実際は政府を激しく攻撃している。

四二年七月二十八日　今日はいつもより読んだ新聞の数は少なかったが、目を通した新聞は、『ニューズ・クロニクル』以外、第二戦線問題で怖気づいていた。［イヴニング・ニュースは、第一面に反第二戦線の記事を載せた（ブラウンリッグ将軍[74]の書いたもの）。］そのことをハーバート・リード(75)に言うと、彼は暗い顔つきで言った。「政府は新聞に対して、そのことについては黙っているように命じたんだ」。［もちろん、政府は何かを始めるつもりなら、依然としてそれを否定するふりをしなければならない。］ロシアは苦境にあると思うとリードは言った。そして、そのことで非常に心を乱しているようだった。過去には、彼は私よりずっと反スターリンだったが。私は言った、「今、窮地に立っているロシアに、前とはまったく違った感情を抱かないかい?」彼は同意した。その点になれば、私もイギリスが窮地に立っているのを見ると、イギリスに対して前とはまったく違った感情を抱いた。振り返って見ると、ロシアが一九三三年から四一年まで、軍事的、政治的に強大に見えた何年かのあいだ、私は反ロシア（正確には反スターリン）だった。その何年かの前後は、親ロシアだった。人はそのことを幾通りかに解釈できよう。

昨夜、ロンドン郊外に小規模の空襲があった。新しいロケット砲が交戦した。そのうちの何門かには［いまや］国土防衛軍が配置されている(76)。［何機かを撃墜したと言われている（合計八機が撃墜された）。］

国土防衛軍が正式に交戦したと言えるのは、今回が初めてだ。結成されてから二年と少しだ。

ドイツは自分たちの軍事目標が損害を蒙ったことを決して認めないが、われわれの大規模爆撃のあと、市民が死傷したことは認めている。二夜前のハンブルク爆撃のあと、彼らは死傷者の数が多いのを認めた。ここの新聞はそれを誇らしげに再録している。二年前なら、われわれはみな、市民を殺すなど、考えただけでぞっとしただろう。ブリッツのあいだ、英国空軍が最善を尽くして反撃していた時、私は誰かにこう言ったのを覚えている。「あと一年経てば、『デイリー・エクスプレス』のこういう見出しを見るね。『ベルリン孤児院に爆弾命中。赤ん坊たち、火達磨』」。まだそこまでは行っていないが、われわれはその方向に向かっている。

四二年八月一日　発表された数字が正しければ、ドイツ空軍は最近の空襲のたびに約一〇パーセントの兵力を失っている。ピーター・メイスフィールドによると、それは新しい高射砲とはなんの関係もなく、すべては夜間戦闘機の働きによる。新しいFW190戦闘機は、現在実際に使われているどの戦闘機よりも、ずっと優れている。［彼と一緒に放送していたボウヤーという航空機製造に携わっている人物も、それに同意した。］オリヴァー・スチュアートの考えでは、ドイツによる最近の空襲は偵察空襲で、ドイツはともかくロシアでの問題が片付いて手が空けば、間もなく大ブリッツを始めるつもりだ(77)。

一般公休日の週末(78)に、あまりすることがない。鶏小屋を作るのに時折忙しい。目下、こうしたことをするには非常な工夫が要る。材木を手に入れるのが極端に難しいからだ。こうした類いのことをしている時は、後ろめたさも、時間を無駄にしているという感じも覚えない――逆に、なんであれ健全な仕事は役に立つ、いずれにしろ正当化できるはずだという、漠然とした感じを覚える。

四二年八月三日　D［デイヴィッド］・A［アスター］が言うには、チャーチルはモスクワにいる。[79] どんな第二戦線も開かれないとも彼は言っている。しかし、もし第二戦線を開くつもりなら、政府は前もって、その逆の印象を広めるのに全力を尽くさねばならない。［そしてD・Aが言うには、奇襲部隊が上陸したなら、ドイツ軍は戦わずに、必ずすぐさま退却する。そうするように命令されているのに違いない。この事実は公表を禁じられている――おそらく、国民が自信過剰になるのを防ぐためだろう。］

D・Aによると、クリップスは内閣をまさに去るつもりで[80]、自分の別の政策をすでに考えている。もちろん、彼はそのことをおおやけには話せず、密かにそうするのだろう。しかし、聞いたところでは、マクマリー[81]は最近クリップスの家に泊まった際、彼の政治的意図については何も聞き出せなかった。

四二年八月四日　トルコのラジオ放送も（とりわけ）、チャーチルがモスクワにいると報じている。

四二年八月五日　インドの警察が国民会議の本部を急襲して押収した文書を、インド政府が公表した軽率な行動に多くの者が非常に驚いている。[82]［例によって、その重要な文書は幾通りにも解釈でき、その結果起こる諍いで、国民会議の中で迷っている分子は、いっそう反英的になるだけだろう。］文書が公表されたことで、アメリカや、さらにはロシア、中国において反インド感情が引き起こされたということは、結局はわれわれにとってよいことではない。ロシア政府は帝政支持派の陰謀が発覚したという声明を出している。まったく旧来のやり方だ。それは、ガンディーが日本と一緒に陰謀を企んでいることが同時に発覚したことに、なぜか結びつけられているという、漠然とした感じを抱かざるを得ない。

四二年八月七日　［ヒュー・スレイターは戦争について非常に落胆している。彼が言うには、ロシア軍が今のような調子で退却しているなら、報じられているように、ティモシェンコが自軍を本当に無傷で引き揚げたというのは考えられない。彼はまた、こうも言っている。モスクワの新聞と放送の口調から判断すると、ロシアにおける士気は非常に低いに違いない。］ウォーバーグを除き、私の知っているほとんど全部の者同様、第二戦線は開かれないとヒュー・スレイターは考えている。それは、チャーチルがモスクワを訪れたことから誰もが推測していることだ。[83] 人は言う、「われわれは第二戦線を開くつもりがない、[84] と言いに彼はなぜモスクワに行くのか？」チャーチルが帰途にキッチナーと同じように溺死すればいいと私が言うと、誰もが賛成する。[85] ［もちろん、チャーチルがモスクワにいないということもありうる。］

昨夜、初めてステン軽機関銃《ガン》を分解してみた。[86] それから学ぶべきものはほとんどない。［予備の部品はない。もし銃の具合が非常に悪くなれば、捨ててしまい、別のを貰うだけだ。］弾倉なしだと銃の重さは五ポンド半——［機関銃の重さは十二ポンドから十五ポンドだろう。推定価格は想像していた五十シリングではなく、十八シリング。］百万か二百万のこうしたものが、それぞれ五百の弾薬筒と説明書と一緒に、パラシュートでヨーロッパ中に空から降りてくる光景が想像できる。もし政府にそうするだけの勇気があったなら、本当に背水の陣を敷いたことになる。

四二年八月九日　今日、ステン・ガンを初めて撃ってみた。反動も、振動もない。音は非常に小さく、正確さはまずまず。二千五百発撃ったうち、故障は二回。どの場合も不良の弾倉のせい——処置法は遊底を手で動かすだけ。

四二年八月十日　ネルー、ガンディー、アーザード[87]ほか多くの者が投獄された。インドの各所で暴動。何人かが死に、無数の者が逮捕された。エイメリー[88]がひどい演説をした。ネルーとその仲間を、「邪悪な人間」、「破壊活動家」等と呼んだのだ。これはもちろん、エンパイア・サービス〔一九三二年に開始されたBBCの国際放送。現在のBBCワールド・サービス〕で放送され、AIR[89]で再放送された。最良の皮肉は、残念ながら成功はしなかったものの、ドイツがその放送をなんとか妨害しようとしたことだ。

インド人と、インドに同情的なすべての者が、恐ろしいほど意気消沈している。［イスラム同盟[90]の一人であるボカーリは泣かんばかりで、BBCを辞めることを口にした。］英国政府の今の振る舞い方が、軍事的敗北よりも私の心を乱すというのは妙な話だが、まったく本当だ。

四二年八月十二日　インドにおける事態に対する、呆れるような政策に関する政府発表の文書を読んだ。暴動は大したことはないし——事態は鎮静化している——結局、死者の数は多くない等々。暴動に学生が参加したことは、「男の子はどこまでも男の子だ」という線で説明されている。「われわれはみな、どこの学生も、どんな種類の悪ふざけにも大喜びで加わるのを知っている」等々。ほとんど誰もが、すっかりうんざりしている。この類いのことを聞くと真っ青になるインド人もいる。それは奇妙な光景だ。

　たいていの新聞は強硬な主張をしている。ロザミア〔英国の新聞王〕の新聞は胸の悪くなるほどだ。もし、インドにおけるこうした抑圧的な手段が当座は成功しているように見えるなら、わが国に対するその影響は非常に悪いものだろう。すべてが、反動主義者の盛大な返り咲きに合わされているように思える。そして、苦境にあるロシアを見捨てることが、作戦の一部のように見え始めていると言ってよい。［今日の午後、デイヴィッド・オーエンから、ドーマン＝スミス(91)の報告書にもとづいた、ビルマに対する戦後政策についてのエイメリーの陳述を極秘に見せてもらった。それは、五年から七年の期間の「直接支配」に戻り、ビルマの再建は英国と英国の大企業によって、これまでと大体同じような条件で果たされる、というものだ。こうした類いの文書が敵の手に渡りませんように。しかしオーエンから、また機密文書から、一つの有益な情報を得た――わかっている限り、焦土作戦は実際に徹底的に敢行された。］

四二年八月十四日　今日、ホラビンが放送していた。例によって、ウェルズの『世界史概観』とネルーの『世界史瞥見(92)』の地図を描いた人物として、われわれは彼を紹介した。このトークは前もって大々的に宣伝してきたものだ。ホラビンがネルーと繋がりがあるということは、当然ながら、インド人を惹きつける。今日、予告からネルーに関する言及が削除された――Nは投獄されているので「悪者」になったのだ。

四二年八月十八日　マルセイユから来たジョルジュ・コップ(93)の一番新しい手紙（彼がしてきた工事についてのとりとめのない話が続いたあと）。「……私は工場生産規模で造ろうとしているところだ。しかし、実際にそうするかどうかはまったく未定だ。なぜなら、私は最近独立性を相当に損ねるような繋がりを作ってしまったある会社と、正式な契約を結んでいるからだ。別の会社が結局は私の仕事から利益を得るということも考えられる。それは嫌だ。というのも、その別の会社とはなんの取り決めもしていないし、当座は何にも署名するつもりはないからだ。もし、仕事をやめるよう強いられたら、これから何をしていいのか本当にわからない。何度も手紙を出した私の非常に大事な友人たちの何人かが、見かけほどに緩慢でも受身でもないことを望んでいる。もし、この分野でなんの展望も開けないなら、架橋工事に関する私の別の方法を利用することを考慮している。［君も覚えているかもしれないが、私は戦争前、サン・マテオ（サンフランシスコ湾に臨む都市）で、それを見事にやってのけた。］

翻訳〔コップはフランス語で手紙を書いた〕。「フランスはドイツと完全な同盟を結ぶのではないかと恐れる。もし第二戦線がすぐに開かれないなら、私はイギリスに逃れるために最善を尽くす」

四二年八月十九日　今日、大奇襲部隊がディエップを攻撃した。攻撃は今夜もまだ続いていた。ひょっとしたら侵攻の第一段階かもしれない、あるいは第一段階の試験的実施かもしれない。私はそうは思わないが。これは単なる攻撃であり、ドイツ軍に対する戦闘には加わらないようにという、フランス国民に対して放送された警告は、そうなると、はったりだろう。

四二年八月二十二日　D〔デイヴィッド〕・A〔アスター〕のディエップの戦いについての話は非常に意気阻喪するものだ。彼はそれを比較的近くから見たのだ。彼が言うには、それはほぼ完全な失敗だった。計画にはなかったことだったが、ドイツの戦闘機に甚大な損害を与えたことを除き。彼が言うには、その作戦は新聞でまったく誤った形で伝えられた(94)、そして今、議員に対する報告書で誤った形で伝えられている。主要な事実はこうだ——五千人強の兵士が参加し、そのうち少なくとも二千人が殺されるか、捕虜になった。海岸に実際にとどまった時間（つまり午後四時頃まで）より長くとどまるつもりはなく、ディエップの防衛施設をすべて破壊するのが目的だった。そして、その試みは完全に失敗した。事実、敵に比較的軽微な損害しか与えられなかった。わずかな数の砲台を破壊した等だ。三つの主要部隊のうち一つだけが目的地に達した。ほかの部隊は内陸に入り込めず、砲火によって多数の者が殺戮された。防御は驚くほど堅固で、砲兵隊の掩護があっても対応するのは困難だったろう。大砲は絶壁を前にして、あるいは巨大なコンクリートの遮蔽物の下で沈められてしまったからだ。さらに多くの戦車揚陸艇が上陸する前に沈められた。二十台から三十台の戦車が上陸したが、動けなくなってしまった。戦車がイギリスに戻されているように見える新聞の写真は、意図的に誤解を招くものである。ドイツは英軍の攻撃を前もって知っていたというのが、総体的な印象だ(95)。攻撃が始まるや否や、海岸のずっと奥のどこかから、ある兵士に偽りの「実況放送」をさせ、もう一人の兵士に、英語で偽の命令を放送させた。一方、ドイツ軍は英国空軍による上空掩護の規模に驚いたようだ。通常、彼らは戦力を温存するために戦闘機を飛行場に置いたままにするが、戦車が上陸したということを聞くや否や戦闘機を飛ばした。ドイツ側が失った飛行機の数はさまざまに推定されているが、何人かの英国空軍の将校の考えでは二百七十機にもなる。英国空軍の力のおかげで、駆逐艦はディエップの外に一日中停泊していることができた。一

隻は沈没したが、それは海岸からの砲撃のせいだった。ある目標を攻撃するように要請されると、駆逐艦は横隊になり、大砲を撃ちながら岸に向かった。その間、戦闘機が上空で掩護した。

デイヴィッド・アスターの考えでは、それはヨーロッパ侵攻が不可能であるのを証明している。［もちろん、彼の両親が誰かを考えれば、彼がそう言わされているのではないと、われわれは確信することはできない。］駆逐艦の大砲（四・五インチ砲だと思う）と空挺部隊以外、爆撃機の掩護や砲兵隊の掩護もなしに、あれほど強固な防衛地点にともかくも上陸したのは相当の成果だと感じざるを得ない。

四二年八月二十五日　ここにいるインド人のあいだで広まっている多くの噂の一つは、ネルー、ガンディーその他が南アフリカに追放されたというものだ。それは、報道検閲と新聞に対する制約から生じる結果だ。

四二年八月二十七日　『デイリー・ワーカー』の発行停止処分が解除された。[96]［同紙は九月七日に再び発行される（チャーチルが議会に対し声明を発表する日だ）。］

［ドイツのラジオ放送は、S・C・ボースはピナンにいると、また言っている。しかし、どうやらR・B・ボースの言い間違いらしい。］

四二年八月二十九日　パブにあった疲労回復剤の広告――フェナセティン〔鎮痛・解熱薬〕か、そういったもの――

電撃作戦《ブリッツ》
医師界から
無条件で推薦されている
「電撃《ライトニング》」
素晴らしい発見

何百万人もが、この治療薬を次のものに使っている

二日酔い
戦争神経症
インフルエンザ
頭痛
歯痛
神経痛
不眠
リューマチ
鬱等々
アスピリンは含まず。

インド人のあいだで、ネルーに関するもう一つの噂が流れている――今度は彼が逃亡したという噂だ。

四二年九月七日　どうやらシリアに問題があるらしい。今朝、次のような政府発表の文書を読んだ――きわめて遺憾なことに、また、英国政府の意志に大きく反して――ドゴール将軍は、シリアは依然としてフランスの委任統治領で、イラクの場合のように、国際条約を結ぶのはまだ不可能だと主張している。ドゴール将軍の態度は、きわめて嘆かわしいと考えられているが、結局のところ彼は自由フランス公認の指導者であり、全体の法的立場が非常に曖昧なので（この問題は国連によって決められるべきなのだが、残念ながら国連はもはや存在しない）、英国政府は何もできない等々。言い換えれば、シリアはなんの条約も結ばず、その責任はわれわれの傀儡のドゴールにある、そして、可能なら、シリアをわれわれ自身で一掃するだろう。私が今朝、この空しい戯言《たわごと》をラッシュブルック＝ウィリアムズ(97)の口から聞いた時、また、われわれ全員がその話を聴きながら真面目腐った顔をしていなければならなかった時、なぜか知らないが、ローマにおけるナポレオンの戴冠についてのハーディーの詩『覇王ら』が頭に浮んだ。

高位聖職者は、声がか細く弱まり、
こらえた笑いが込み上げるにつれ、唇が歪まないだろうか、
目的が、他人の尻が温めた黄金の座を
勝ち取ることだけの男を祝福する時に？(98)

今日、『デイリー・ワーカー』が再び発売された――非常に穏健だが、(a)第二戦線を開くこと、(b)武器等の面でロシアを全面的に助けること、(c)みんなの賃金を上げよという民衆煽動的な計画の実施（それは(a)と(b)とまったく矛盾する）。

四二年九月十日　昨夜、ランベスのモーリー・コレッジで講演した。聴衆は約百人で(99)、労働者階級の知識層だった（レフト・ブック・クラブの支部の聴衆と同じ種類だ）。講演のあとの質問の時間に、「講師は『デイリー・ワーカー』の発行停止処分を解除したのは大きな誤りだったとは思いませんか？」と六人もが質問した――理由は、D・Wの信条が当てにならず、紙の無駄だというものだ。［一人だけ女が立ち上がり、D・Wを弁護した。どうやら共産党員らしく、ほかの二、三人が苛立ちを表に出した。「あの女は年中ああ言っている！」］発行停止処分を解くべしと一年間、絶え間なく騒ぎ立てたあと、こういう有り様なのだ。言語明晰な少数者の話ばかり聴いて、残りの九九パーセントの人間のことを忘れてしまうので、推測がいつも狂ってしまうのだ。参考。ミュンヘン会談。大衆は九分九厘、チェンバレンの政策を

支持していた。『ニュー・ステーツマン』等を読むと、そうは思わなかったろうが。

四二年九月十五日　インド問題、チャーチルの演説、ブリンプどもが、強硬だと連中が考える態度をもう一度とってみる意向を持っているらしいこと、大衆が事実を十分に知らず、また、事実を確かめようという十分な関心も持っていないことをよく知りながら、問題全体を歪曲して伝える新聞の厚かましさに、ひどい無力感を覚える。この最後のことは、あらゆるもののうちで最悪の兆候だ――実際には、インドについてのわれわれ自身の冷淡な態度は、ヨーロッパにおけるファシズムに対する闘いについてのインドの知識人の無関心ぶりよりひどいことはない。

四二年九月二十一日　きのう、リデル・ハートに初めて会った。根っからの敗北主義者で、私の判断では、心情的には、やや親ドイツ的でさえある。［リューベック爆撃に非常に苛立っていた。この数世紀の戦争において、英国はすべての残虐行為と破壊行為において最悪の記録を持っていると考えていた。］もちろん、第二戦線には強く反対で、われわれが爆撃をやめることも熱望していたが。そんなことをしても意味がない、何も達成できないし、ドイツを弱めもしない。また一方では、そもそも爆撃を開始すべきではなかった、彼は言い張った（爆撃を開始したのは、われわれのほうだと、さらに激しい報復を招くだけだから。

オズバート・シットウェル(100)もそこにいた。［彼は一時《いっとき》、モーズリーの運動と関連があったがL・Hよりもやや親ドイツ的ではないだろう。］二人ともわれわれがヴィシーの植民地を奪ったことに嫌悪感を表明した。シットウェルが言うには、われわれのモットーは「事態が悪くなりそうだったら、マダガスカルを再び取れ」だ。また彼は、コーンウォールでは、ドイツ軍が侵入してきたなら、すべての芸術家を撃つよう国土防衛軍は命令されていると言った。コーンウォールでは、それが最善だろうと私は言った。シットウェル――「彼らは本能で、優れた芸術家のところに赴くだろう」

四二年九月二十二日　われわれのステン・ガンの弾薬の大半はイタリア製だ。あるいは、イタリアのためにドイツで造られたものだ。これは英軍が使う、口径がインチではなくミリで測られた最初の武器に違いないと思う。英軍は新しい廉価な自動火器を造るつもりだった。そして、アビシニアで鹵獲《ろかく》した厖大な量の弾薬が手元にあったので、弾薬筒に合う銃を製造した。その逆ではなく。その利点は、大陸のほとんどどの機関銃の弾薬もそれに合うということだ。ドイツ軍か日本軍かが、鹵獲した英軍の弾薬に合うよう、口径〇・三〇三インチの銃を造るかどうか興味がある。

四二年九月二十八日　きのう、リージェント・パークで、戸外の教会パレード〔礼拝への往復の軍隊の行進〕があった。その光景は、感動的であったはずだった——がらんとした広場にいる歩兵大隊、近衛歩兵第二連隊のブラスバンド。無帽で立っている兵士（美しい秋日和で、薄靄がかかっていて、一葉も動かず、犬が跳ね回っていた）は、懸命に讃美歌を歌っていた。しかし残念ながら、愛国主義的な愚劣な説教があった。それは、こうした場合にあるお決まりなもので、それを聴いているあいだは私を親ドイツにしてしまう。さらに、「スターリングラードの人々のため」の特別の祈りが捧げられた——ユダの接吻。

［こういう場合に気に障るのは、細かいことだが、牧師の白いサープリスだ。それは軍服が背景だと、まったく場違いに見える。ブラスバンドのプロの腕前に感銘を受けた。特にバンドマスターの腕前に（彼はまびさしのある近衛歩兵第二連隊の黒い帽子をかぶった将校だった）。各祈りが終わりに近づくと、ブラスバンドの中で動きがあり、革のケースからトロンボーンが取り出され、バンドマスターの指揮棒が上がり、司祭が「主、イエス・キリストを通し」と言う、まさにその時に、勢いよく「アーメン」となる用意をする。］

四二年十月五日　新しいインド総督が間もなく任命される。誰なのかを知る手掛かりはない。オーキンレック将軍だと言う者もいる——左翼のインド人と馬が合うと言われている。

インドを半年旅行してから戻ってきたブランダーと長い話をした。[101] 彼の結論があまりに気の滅入るものなので、ここに書く気がしないほどだ。要約——インドでは、事態はここの誰もが考えているよりずっと悪く、状況は事実、改善できるが、政府はなんの実際の譲歩をするつもりがないので、改善しないだろう。もし、日本軍が侵攻してくれれば、大混乱が生ずるだろう。そして、われわれの放送は誰も聴いていないので、まったく役に立っていない。しかし、ブランダーが言うには、インド人はBBCのニュースは聴いている、なぜなら、東京やベルリンからのニュースより信用できると見なしているからだ。われわれはニュースと音楽のみを放送すべきだと彼は考えている。それは、私がここしばらく言っていることだ。

四二年十月十日　今日、中国の辛亥革命の周年を祝して、放送会館に中国の国旗が掲揚された。残念ながら逆さまだった。

［D・A〔ディヴィッド・アスター〕によると、クリップスは間もなく辞任するらしい——戦時内閣はイカサマで、実際にはチ

ャーチル一人が権限を持っているという口実で。」

四二年十月十一日　カナダ当局は、ドイツで鎖で繋がれている英国の捕虜と同数のドイツ人捕虜を鎖で繋いだ。一体、われわれはどうなってしまうのだろう？(102)

四二年十月十五日　イギリスに移植されたインドの政治情勢の一部。数週間、われわれのマラーティー語のニュース解説は、コサリという、完全な丸顔だが非常に知的な小男によって英語から翻訳されていた。私に判断できる限り、彼は心からの反ファシストだ。BBCに新規に入れる人物を管理している謎めいた団体の一つ（この場合はMI5だと思う(103)）が、コサリが共産主義者で（あるいは、かつて）、学生運動で活動し、投獄されたことがあるという事実を、ごく最近知った。そこで、彼を解雇するようにという命令が来た。インド館で働いていて、政治的に安心できるジャサという青年が、彼の代わりに雇われた。この言語に翻訳できる者を探すのは容易ではなく、母国語としてその言語を話す者は、イギリスにいるあいだに忘れてしまう傾向があるようだ。数週間後、私の助手のミス・チタ―リが重大な秘密を持って私のところに来て、ニュース解説は、実は今でもコサリが書いていると打ち明けた。ジャサはその言語をまだ読むことはできるが、もはや書くのは駄目で、コサリが代筆をしているのだ。報酬を二人で山分けしているのは疑いない。われわれは別の有能な訳者を見つけることができないのでコサリが翻訳を続けることになるが、われわれは表向きはそれについて何も知らないことになっている。インド人がいるところでは、どこでもこういったことが起こるだろう。

四二年十月十七日　昨夜、プレイヤーズ劇場の舞台で「ユダヤ・ジョーク」が飛ばされるのを聞いた――毒のないもので、ユダヤ人が言うジョークなのだが、それでもやはり、やや反ユダヤの傾向がある。(104)第二戦線に関する新しい噂。今度の日付は十月二十日だが、火曜日なので、考えにくい日付だ。しかし、西アフリカか北西アフリカで何かが起こるのは、かなりはっきりしているようだ。

四二年十一月十五日　今朝、教会の鐘が鳴った――エジプトにおける勝利を祝って。(105)この二年と少しのあいだで初めて聞いた鐘の音だ。

オーウェルの「戦時日記」はここで終わる。

オーウェルの脚注

★1　そのことをトム・ハリソンに話した。彼はそれについて判断するための機会を私より持っている。彼は、それが現実に根差していると考えている。彼が言うには、アスター一族、とりわけレディー・Aはきわめて知的で、もしわれわれが妥協的な講和を結ばなければ、自分たちが持つに値すると思っているものすべてが失われると考えている。もちろん、彼らは反ロシアで、したがって、必然的に反チャーチルだ。かつて、彼らはトレンチャードを首相にしようという計画を実際に立てていた。彼らの目的にとって理想的な男はロイド・ジョージだろう、「もし、彼が歩けさえすれば」〔ロイド・ジョージは、当時、病身だった〕。私はその点、賛成するが、ハリソンがそう言ったので、少々驚いた――彼は親ロイド・ジョージだと思っていたのだ。彼はまた、ビーヴァブルックが共産党に資金を出している可能性が非常に高いと思っているとも言った。［タイプ版に付け加えられたオーウェルの脚注］

★2　非常に興味深いが、私的インタヴューから、こんなふうな印象を報告するのは、クリップスに対し、ちょっと酷かもしれない。［オーウェルがタイプ原稿に手書きで加えた脚注］

★3　当時、サー・スタフォード・クリップスの秘書だった。［オーウェルのタイプ原稿の手書きの脚注］

編者注

（1）　サー・スタフォード・クリップス（「諸事件」の三九年七月二日の項の注（7）と、「戦時日記」の四一年六月十四日の項の注（184）を参照のこと）は、三月二十二日にインドに飛んだ。インドの独立を求める党、インド国民会議派と和解するためである。彼は戦時中、インドの協力を得ることと、戦争が終わったならば、インドが徐々に独立することに同意するのを期待していた。ネルーと国民会議派は、完全な独立以外の何物も受け入れず、話し合いは四月十日に決裂した。

（2）　BBC放送のインド部でのオーウェルの仕事の一つは、ニュース解説を書くことだった。彼は合計、インド向けに英語で五十五本か五十六本、マラヤ向けに三十本、インドネシア向けに十九本のニュース解説を書いた。さらに、グラジャート語、マラーティー語、ベンガル語、タミル語、ヒンドゥスターニー語に翻訳するためのニュース解説を百十五本か百十六本書いた。

（3）　ビーヴァブルック卿（「戦時日記」、四〇年五月二十九日の項の注（9）を参照のこと）は、チャーチルのもとで航空機生産相（一九四〇～四一）、兵站相（一九四一～四二）を務めた。彼の貢献度については議論の余地があるが、その限りない精力は人々に自信を与え、飛行機の生産が伸びた。

（4） Auxiliary Territorial Service（予備婦人国防軍）、のちのＷＲＡＣ（陸軍婦人部隊）のメンバー。

（5）「ウィリアム・ヒッキー」は、五十年以上にわたり『デイリー・エクスプレス』の社交日記欄を執筆した。その欄はさまざまなジャーナリストによって編集された。当時は、その欄を創設したトム・ドライバーグ（一九〇五～一九七六）が編集者だった。彼は左翼の政治家で、のちに労働党議員になった。オーウェルはタイプ原稿に手書きの脚注を加え、「ウィリアム・ヒッキー」は実はトム・ドライバーグだとしている。ドライバーグは労働党の議長を務めていたが（一九五七～五八）、以前、ＫＧＢのために働いた。彼の暗号名は「ルパージュ」だった。クリストファー・アンドルー、ヴァシーリ・ミトロキン『ミトロキン公記録』（一九九九）を参照のこと。オーウェルは彼が背信行為をしているのではないかと疑い、「隠れ共産主義者とシンパのリスト」の約九十人に彼を含めた。

（6） ハロルド・ニコルソン（一八八六～一九六八。勲爵士、一九五三）は批評家、伝記作家、議員。「諸事件」の三九年八月三十日の項の注（153）を参照のこと。彼はテニソン、バイロン、スウィンバーン、カーゾン卿、国王ジョージ五世、サント・ブーヴの伝記を書いた。

（7） アルフレッド・ダフ・クーパー（一八九〇～一九五四。ノリッジ子爵、一九五二）は外交官。タレーランとヘイグ伯の伝記を書いた。「戦時日記」、四〇年五月二十九日の項の注（4）を参照のこと。彼は戦時内閣代表としてシンガポールに短期間駐在し、シンガポール陥落の責任の一部が、公正とはとても言えないにせよ、彼にあるとされた。また、北アフリカのフランス国民解放委員会（主席はドゴール将軍）の英国代表になり、一九四四年九月から三年間、パリ駐在英国大使を務めた。『老人は忘れる』（一九五三）という自伝を書いた。

（8） 新英国放送局（New British Broadcasting Station）はドイツから英語でプロパガンダを放送した。その方針については、オーウェルの一九四一年一月一日の「ロンドン便り」（『全集』第十三巻）を参照のこと。Ｗ・Ｊ・ウェストは、著書『裏切られた真実』（一九八七）の一章を新英国放送局に充てている。彼はまた、英国に向けて放送した二つのドイツの放送局、労働者の挑戦局とクリスチャン平和運動局についても論じている。それらの放送の三つを付録に載せている。

（9） これもドイツから英語でプロパガンダを放送した局。

(10) ヴィクトル・セルジュ（本名キバリチチ、一八九〇～一九四七）は著述家、ジャーナリスト。亡命ロシア人で知識人の両親の子としてブリュッセルに生まれ、フランス国籍を取得。パリで無政府主義者運動に関わった。ロシア革命ののち、活動の場をモスクワ、レニングラード、ベルリンに移した（ベルリンで『コミュニスト・インターナショナル』という新聞を発行した）。トロツキーと親密だったため、一九三三年、シベリアに流刑になった。釈放後、スペイン内戦中、POUMのパリ通信員になった。一九四一年、メキシコに居を定め、同地で貧窮のうちに死んだ。彼の数多くの著書の中に、『レーニンからスターリンまで』（一九三七。フランス語からの翻訳）、『Vie et mort de Trotsky』〔『トロツキーの生と死』〕、『Memoires d'un révolutionnaire 1901～1941』〔『ある革命家の思い出――一九〇一～一九四一』〕（パリ、一九五一。英訳、一九六三）。彼は、POUMの共同設立者だったホアキン・マウリン（一八九六～一九七三）の『スペインにおける革命と反革命』（一九三七）の序文を書いた。

(11) クリシュナ・S・シェルヴァンカー博士（一九〇六～一九九六）はインドの作家でジャーナリスト。戦時中イギリスにいて、インドのいくつかの新聞の通信員を務めた。著書『インドの問題』（ペンギン・スペシャル、一九四〇）はインドでは発禁になった。BBCでオーウェルの上司だったZ・A・ボカーリは東洋部の部長に手紙を送り、シェルヴァンカーが放送をするのを許されていることに強く反対した。「私を頑固な保守主義者とお呼びになっても構いませんが、私見では、攻撃的な乙女、〝ミス・ナショナリズム〟に言い寄る時は、まだ来ていません」。オーウェルはシェルヴァンカーを「われわれの、かなり憤慨している敵」と言っているにもかかわらず、シェルヴァンカーはオーウェルの保護のもとにインドに向け放送したのである。パキスタンが独立した時、ボカーリはパキスタン放送の局長に任命された。

(12)『デイリー・ミラー』は大衆的な左翼の日刊紙で、チャーチルに不謹慎を注意された。チャーチルが敗北主義路線と呼んだ路線を同紙がとっているという理由で。つまり同紙は、戦争に対する政府の対処の仕方に批判的だったのだ。この事件は下院で論じられたあと、うやむやになった。

(13) アナイリン（ナイ）・ベヴァン（「諸事件」の三九年八月二十八日の項の注(150)を参照のこと）は労働党議員で、一九三九年の大半、党と軋轢があった。サー・スタフォード・クリップスの人民戦線運動を支持したために党から除名された。彼の誠実さには疑いがなかったけれども。彼は一九四二年から四五年まで『トリビューン』を編集した（十三歳で学校を去った時には、ほとんど字が読めなかった者としては驚くべきことである）。そして、意見が合わない時でさえ、オーウェルを支持した。彼の偉業は、それまでのさまざまな計画をもとに国民健康保険制度を創設ことである。彼は『恐怖の代わりに』の中で自己の哲学を述べている。

(14) ハーバート・モリソン（一八八八～一九六五。ランベスのモリソン男爵）は一九二三年から労働党議員、一九三三年から四〇年までロンドン市議会の議長、一九四〇年から四五年まで内相兼国内治安相を務めた。一九四五年から五一年まで、クレメント・アトリーの二度の政権で院内総務、副首相を務めた。オーウェルが言及している論争で、彼が良心的徴兵拒否者だった時に書いた、第一次世界大戦中の過激な文章も引用された（ヒュー・カドリップの『公表するならご随意に』を参照のこと）。

(15) これはウィリアム・コナー（一九〇〇～六七。勲爵士、一九六六）の筆名。彼は有名な急進的ジャーナリストで、その筆名で『デイリー・ミラー』にコラムを一人で書いた。彼の『戦時のイギリス人』（一九四一年四月）は、T・R・ファイヴェルとオーウェルが編纂したサーチライト叢書の中で最も人気があった。三度増刷された。

(16) トム・ジョーンズ博士（一八七〇～一九五五。名誉勲爵士）はロイド・ジョージの内閣官房長官。一九三九年、音楽・芸術振興会を設立するのに協力した。それは、のちに英国芸術協会になった。

(17) サー・ジェイムズ・グリッグ（一八九〇～一九六四。バース中級勲爵士）は一九三九年から四二年まで戦時事務次官、一九四二年から四五年まで戦時国務大臣を務めた。また、インドの総督補佐機関の財務委員も務めた。チャーチルが一九四二年二月二十五日にインド委員会を作った時、インド問題に関する顧問に選ばれた。チャーチルは彼に貴族になってもらいたがったが、彼は断った。彼の妻、レディー・グリッグは、BBCの東洋部のラジオ・シリーズ「一般的に女性は」に関わったが、オーウェルにとっては苦労の種だった。

(18) その原因は、オーウェルが一九四一年八月号の『ホライズン』に書いた「ウェルズ、ヒトラーおよび世界情勢」にあった。そして、その喧嘩は彼が放送した「ヨーロッパ再発見」で、いっそうひどいものになった。その放送についてウェルズは『リスナー』に書いた。イーネズ・ホールデンは、『ホライズン』のエッセイから起こったウェルズとオーウェルの「凄まじい喧嘩」の現場に居合わせた。ドイツが間もなく負けるだろうというウェルズの考えは、一般大衆にとって有害だとオーウェルは思った。ウェルズはオーウェルを敗北主義者だと非難した。あとで撤回はしたが。その喧嘩は一応友好的に収まったが、オーウェルの放送が『リスナー』に活字となって載った時に再び始まり、ここに言及されている非難の手紙が書かれることになったのである。一九六七年五月二十一日、ホールデンはイアン・アンガスに手紙を書き、オーウェルは『ホライズン』に例のエッセイを書いたことを非常に後悔していて、いつも心から崇拝しているウェルズの気持ちを乱したことを済まなく思っていると伝えた。

(19)『カタロニア讃歌』、付録I。

(20) スバス・チャンドラ・ボース（一八九七～一九四五）はインド独立運動の指導者で、インド国民会議の左翼のメンバーだった。熾烈な反英国感情を持っていた彼は、日本軍を援護するためにインド国民軍を組織した。その軍を率いて英軍と戦ったが失敗した。インド国民軍が英国人の率いるインド人部隊と対峙すれば、後者は戦わず、自分たちの側につくだろうと彼は信じていた。「そうではなく、革命家は安楽な欲得ずくの地位に戻っていた。インド国民軍の兵士は、地方の部族から略奪するようになった」（ミヒル・ボース『失われた英雄』。一九八二）。彼の信奉者は、彼が依然として生きていると長いあいだ信じていたが（インド政府が二度調査をしたにもかかわらず）、一九四五年八月十九日に飛行機事故で死んだのは確かなようである。一九九三年十一月に閲覧可能になった陸軍省の文書によれば、インド人の捕虜のかなりの数の者が脱走してイタリア軍に加わり、最初の三千人が一九四二年八月にイタリアに着いた。英国情報部のある報告書にはこう書いてある。「われわれはインドに向けた政策によって、インドに対して、またおそらく国民会議に対して忠誠であるかもしれない新しい将校階級を育てたが、彼らがわれわれに対して忠誠であるとは必ずしも言えない」（『デイリー・テレグラフ』、一九九三年十二月五日付）。

(21) フランク・ネイサン・ダニエル・ブックマン（一八七八～一九六一）は福音伝道者、布教者。一九二一年、道徳再武装運動を創始した。それは、その発祥の地にちなんで、オックスフォード・グループ運動としても知られる。また、ブックマン主義と呼ばれることもある。

(22) ムルク・ラージ・アーナンド（一九〇五～二〇〇四）は小説家、物語作家、エッセイスト、批評家。インドに生まれ、スペイン内戦で戦った（その際オーウェルには会わなかったが）。ロンドン市議会の成人教育クラスで文学と哲学を教えた。一九三九年から四五年までBBCのために台本を書いた。戦後インドに戻り、さまざまな大学で講義し、一九六三年、パンジャブ大学の芸術教授になった。オーウェルは彼の『剣と鎌』を、一九四二年七月号の『ホライズン』で書評した（『全集』第十三巻）。アーナンドは一九八三年九月の一通の手紙の中でオーウェルについてこう書いている。「普段、彼の声は抑制されていた。彼はひそひそ話した。シニカルなユーモアで、醜い現実を忘れようとすることが多かった。また、怒りの表情を浮かべるのは稀だった。両頬の二本の深い皺と、眉間の皺が、不断の絶望感を物語ってはいたが。彼はお茶の時間には微笑み、パブではいい仲間だった。非常に柔らかな声で皮肉を言ったが、それは、ロンドン子的なユーモア感覚から生まれる、とりわけイギリス的なものだった」

(23) V・K・クリシュナ・メノン（一八九七～一九七四）はインドの政治家、弁護士、著述家、ジャーナリスト。当時、イギリスに住んでいた。英国の左翼政治で活動し、独立運動の際、イギリスでインド国民会議のスポークスマンだった。一九四七年にインドが独立すると高等弁務官になり、一九五一年から六一年まで国連のインド代表になった。一九四三年一月三十一日、ロンドンのコリシアム劇場で催された「インディア・デモンストレーション」の六人の講演者の一人になった。

(24) 四月五日、重巡洋艦ドーセットシャー号とコーンウォール号、駆逐艦テネドス号、武装商船ヘクター号が、インド洋上の航空母艦から飛び立った日本の飛行機によって撃沈された。四月九日（六万四千人のフィリピン兵と、一万二千人のアメリカ兵がバターンで投降した日）、航空母艦ヘルメス号と駆逐艦デストロイヤー号が、インド洋上で日本軍によって撃沈された、さらに一群の船艦に入っていた。合計、十三万五千トンの商船と軍艦が撃沈された。

(25) 「もしイギリスが生き残るとするなら、誰が死ぬのか」は、キップリングの「われわれの持てるもの、われわれ自身すべてのために」という詩（一身を捧げて国のために戦おうという愛国的な詩）の一節で、オーウェルはマガリッジの『三〇年代』に関する一九四〇年のエッセイの中でも、この一節を引用している。その詩の中に、「匈奴《フン》が間近に迫っている！」という文句がある。「匈奴」という言葉は十九世紀にはドイツ人を表わす蔑称として用いられたが、二十世紀では、一九〇〇年七月二十七日、ドイツ皇帝ヴィルヘルム二世が、中国に赴く部隊に対する、広く報道された演説がきっかけで使われるようになった。

(26) サー・スタフォード・クリップスのインドでの使命。

(27) トマス・ヘンリー(トム)・ウィントリンガムは作家、軍人。スペイン内戦で、国際旅団の英国歩兵大隊を指揮した。のちに、国土防衛軍のためにオスタリー・パーク訓練センターを設立した。著書に『戦争の新しいやり方』、『勝利の政治』、『人民の戦争』がある。「戦時日記」の四〇年八月二十三日の項の注(91)と、デイヴィッド・ファーンバック「トム・ウィントリンガムと社会主義者の防衛戦略」(『歴史ワークショップ』十四、一九八二)を参照のこと。

(28) チャールズ・E・コグリン(一八九一〜一九七九)はカナダに生まれ、そこで教育を受けた。ローマ・カトリックの神父になり、一九三〇年代、アメリカでラジオを利用して著名人になった。「社会正義のための全国同盟」を設立し、アメリカは新しいヨーロッパでの戦争に英国によって巧みに巻き込まれつつあると、早くも一九三四年に論じ、「私はアメリカが戦争に巻き込まれないよう、声を上げているのだ」と言った。オーウェルが言及しているのは雑誌『社会正義』で、その中でコグリンはファシストに近い見解を表明した。アメリカ政府は、その雑誌がスパイ活動禁止法に抵触するという理由で、アメリカで郵送により配布することを禁じられた。同誌はコグリンが教会上層部から発言を禁じられた一九四二年に廃刊になった。

(29) 一九四二年四月十八日、航空母艦ホーネット号から飛び立った、ジェイムズ・H・ドゥーリトル大佐の率いるB29爆撃機編隊が東京を爆撃した。その効果は軍事的というよりは心理的なものだった。なぜなら、爆撃機は航空母艦に帰れるだけの燃料を積んでいず、そのまま中国に飛んだからだ。悪天候のため、数機は不時着せざるを得なかった。一機はウラジオストックの近くに着陸し、乗組員は拘禁された。二機は日本が占領している領土に着陸し、何人かの飛行士は、一九四二年十月十五日に処刑された。八十人の乗組員のうち、七十一人が生き残った。

(30) ボースはドイツの助けを借り、一九四〇年から四一年の冬にかけて、アフガニスタン経由でインドを脱出した。彼がモスクワに着くとロシア人は「大いに歓待したが、彼を援助することについては、決してはっきりしたことを言わなかった。ベルリンでは、ドイツ人はもっと好意的だった」(ミヒル・ボース『失われた英雄』)。彼は一九四三年二月八日までドイツにいて、キールからUボートに乗った。

(31) 下院の議場は一九四一年五月十日の空襲で甚大な被害を蒙った。したがって下院は上院の議場で議事を行った。上院はわずかな被害を蒙っただけだった。上院は式服着替え室で議事を行った。

(32) 連合軍は五月五日、マダガスカルのディエゴスアレスに上陸し、九月までには同島を占領した。同島はインド洋での海軍の損失に鑑みて、戦略的に重要だった。マダガスカルはペタンのもとのヴィシー政府を支持した。

(33) ドイツ軍は一九四一年六月にクレタ島から東に移動するという噂があった。したがって連合軍はシリアを侵略し、それをヴィシー・フランスの部隊から奪った。

(34) 本物のレインズボロまたはレインボロは、チャールズ一世と議会との争いでイングランド共和国のために戦った。一六四三年、戦艦スワロー号を指揮し、二年後、議会派の軍、新型軍の連隊を指揮した。一六四六年に議員になり、議会で共和主義者を率いたが、やがてクロムウェルと和解した。一六四八年に戦闘で致命傷を負った。『トリビューン』でその名前が使われたのは、極度に急進的で、「水平派」的見解を示しそうとしたからである。その筆名を使ったのは、間違いなくフランク・オーエンだった。

(35) フランク・オーエン(一九〇五~七九)はジャーナリスト、著述家、ブロードキャスター。一九二九年から三一年まで自由党議員だった。一九三一年から三七年まで『デイリー・エクスプレス』の編集長を務め、一九三八年から四一年まで『イヴニング・スタンダード』の編集長を務めた(両紙ともビーヴァブルックの右翼の新聞)。マイケル・フット(一九四二年、『イヴニング・スタンダード』の編集長代理、のちに一九七六年から八三年まで労働党副党首、党首)と、ピーター・ハワードと一緒に、ケイトーという筆名で、『罪深き男たち』(ゴランツ、一九四〇)を書いた。同書は、ヒトラーに対して宥和策を取ったチェンバレン、ハリファックスその他の保守党党首を攻撃したものである。『ビーヴァブルック——権力とフラストレーションの研究』(一九五六)の中で、トム・ドライバーグはオーエンについて書いている。彼は「召集されたところだったが、トマス・レインズボロという筆名で、チャーチルとその戦略を厳しく批判した記事を『トリビューン』に書いていた」。オーエンは一九四二年から四六年まで、英国機甲部隊と東南アジア司令部に勤務した。ルイス・マウントバッテン卿は彼を装甲自動車隊兵士から中佐に昇進させ、サー・ジェイムズ・グリッグが強く反対したにもかかわらず、一九四三年から、司令部のために日刊紙を発行するよう命じた。彼はSEAC〔東南アジア司令部〕に、オーウェルが一九四五年から四六年にかけて『イヴニング・スタンダード』のために時折書いた文章を再録した。オーエンは一九四七年から五〇年にかけて『デイリー・メール』の編集長を務め、『三人の独裁者』（一九四〇）、『シンガポール陥落』（一九六〇）その他の本を書いた。

(36) フレドリック・ウォーバーグ（一八九八〜一九八〇）はセッカー&ウォーバーグ社の常務取締役。オーウェルの著作を出版した。

(37) 五月四日から八日まで続いた珊瑚海海戦は、完全に飛行機のみによって戦われた最初の海戦である。戦艦は互いの姿が見えるところまで近づかなかった。米側は空母レキシントン、油槽船一隻、駆逐艦一隻、飛行機七十四台、乗組員五百四十三人を失った。日本側は軽空母「祥鳳」、駆逐艦一隻、飛行機八十台以上、乗組員千人以上を失った（リデル・ハート『第二次世界大戦史』）。

(38) 五月三十日の日付のある丸括弧内の項は、オーウェルによって手書き原稿のみに付け加えられたものである。

(39) 二十年にわたって効力のある、英ソ戦時同盟・戦後協力相互援助条約が、一九四二年五月二十六日にロンドンで調印された。

(40) サー・クロード・オーキンレック（「オーク」と親しく呼ばれた）将軍（のち、陸軍元帥）（一八八四〜一九八一）は、第一次世界大戦でメソポタミア作戦に従事した。第二次世界大戦では、一九四〇年、失敗したノルウェー作戦に参加した。一九四一年、北アフリカで、ウェイヴェル陸軍元帥から第八軍を引き継いだ。いくつかの成果を挙げたにもかかわらず、ウィンストン・チャーチルの信頼を失い、インドに移された。そこでビルマ作戦のための部隊の訓練と、第一四軍のための資材の調達で相当の成果を挙げた。

(41) J・L・ガーヴィンは右翼のジャーナリスト。一九〇八年から四二年二月二十八日まで『オブザーヴァー』の編集長だった。戦争が始まった時、同紙の所有者アスター子爵と考えを異にした。アスターは、チャーチルが首相であると同時に防衛大臣であるのは望ましくないのではないかと考えたのだ。

(42) オナラブル・デイヴィッド・アスター（一九一二〜二〇〇一）は一九四〇年から四五年まで英国海兵隊に勤務し（軍功章、一九四四年）、『オブザーヴァー』の外信編集長（一九四六〜四八）、編集長（一九四八〜七五）、取締役（一九七六〜八一）を務めた。『オブザーヴァー』を着想の豊かな新聞にしたので、同紙は一九四六年、発行部数で『サンデー・タイムズ』を上回った。アスターは明晰な散文をよしとしていて、明晰な思考と正確な文章の手引きとして、オーウェルの「政治と英語」を新入社員に読ませた。アスターとオーウェルは仲のよい友人になり、編集長に、いつであれ気分を明るくする必要があったら、オーウェルのユーモア感覚を楽しむため、オーウェルにパブで会うよう手配すると言った。アスターは、オーウェルが望んだように、英国国教会の儀式に従ってオーウェルを埋葬する手筈を整えた。『思い出のオーウェル』を参照のこと。

(43) 労働組合(Trade Union)。

(44) デズモンド・ホーキンズ(一九〇八~九九。大英帝国勲位、一九六三)は小説家、文芸批評家、ブロードキャスター。戦時中、BBCのために多くのフリーランスの仕事をした。オーウェルの前に『パーティザン・レヴュー』に「ロンドン便り」を書き、後任にオーウェルを推薦した。

(45) フランソワ・ダルラン提督(一八八一~一九四二)はフランス海軍の司令長官、一九四一年二月から四二年四月まで、ヴィシー政府の副首相、外相。一九四二年十一月に連合軍はモロッコとチュニジア(当時、共にフランス領)に侵攻した時、彼と取引をした(それは英米で盛んに批判された)。その目的は、両国の占領を完了する際に死傷者の数を減らすことだった。それによって彼は高等弁務官および海軍司令長官になった。一九四二年十二月二十四日、ボニエ・ド・ラ・シャペルに暗殺された。二十歳の暗殺者は軍法会議にかけられ、二日後に処刑された。チャーチルが書いているように、それは「彼と一緒に行動するという困惑から連合軍を解放した」(『第二次世界大戦』第四巻)。チャーチルは彼を追悼する、批判的だが寛大な文を書いた。「ダルラン提督ほど、自らの判断の誤りと性格の欠陥のせいで大きな代価を払った者はほとんどいない……彼の生涯の仕事は、フランス海軍を再建することであり、彼はフランスの諸王の時代以来かつてなかった地位にフランス海軍を押し上げた……彼を安らかに休ましめよ、そして、彼が耐え得なかった試煉に、われわれが直面せずに済んだことに、みな感謝しようではないか」(第四巻)。

(46) ニコラス・ムーア(一九一八~八六)は一九三八年から四〇年まで、『不機嫌《スプリーン》』の編集長(それは彼が一九七三年に出した詩集の題でもあった)。また、一九四〇年代には、タンビムットゥ(一九八三年に没した、セイロン生まれの詩人、編集者、批評家)の『ポエトリー(ロンドン)』の編集助手を務めた。その後、『スプリーン』と、三冊の詩集を死後に出版した。

(47) アレグザンダー・コムフォート(一九二〇〜二〇〇〇)は詩人、小説家、医学生物学者。彼の『ジョイ・オヴ・セックス』(一九七二)は一千万部以上売れた。『ホライズン』(一九四二年五月)は、戦争詩が書かれていないと言われていることと、その理由についての彼の長い手紙を載せた。彼は、詩人を攻撃する運動が三度あったのが、その理由だとしている。オーウェルは『パーティザン・レヴュー』の「平和主義と戦争――論争」に寄稿し、コムフォートが『ホライズン』に載せた手紙から数行を引用している。

(48) その当時、第二戦線を開くことは、ほぼ毎日予期されていた。ドワイト・D・アイゼンハワーがイギリスに来たことが一九四二年六月二十六日に『デイリー・エクスプレス』で報じられた時、彼の写真にこういう見出しが付いていた。「U・S第二戦線将軍、来《きた》る」。第二戦線を開くようにというスターリンの要請に応え、一九四二年の八月か九月に、海峡横断の上陸作戦が検討されたが、最初の新しい戦線(第二戦線とはほとんどの者が見なさなかった)は、一九四二年十一月八日になってやっと開かれた。それも北アフリカで。

(49) キングズリー・マーティン(一八九七〜一九六九)は左翼のジャーナリスト、『ニュー・ステーツマン』の編集長(一九三一〜六〇)。彼の発言と、報酬についてのいざこざでインド部に相当の迷惑をかけた。彼は検閲済みの原稿通りに読まないのでBBCに信頼されず、一九四一年十二月に北米向けに放送された「お答えします」に彼が出演したことで、内務省と情報省によって結局辞めさせられた。

(50) ウィリアム・エンプソン(一九〇六〜八三。勲爵士、一九七九)は詩人、批評家。戦前は東京帝国大学と北京大学の英文学教授。オーウェル同様、BBCの東洋部で働いたが、中国に向け放送した。一九五三年から七一年までシェフィールド大学の英文学教授だった。『曖昧の七つの型』(一九三〇)、『牧歌の諸変奏』(一九三五)で、すでに学者として認められていた。のちの著作には『複合語の構造』(一九五一)がある。『ザ・タイムズ』の彼の死亡記事は、彼をこう評している。「彼の時代の最も有名な、ソフィストケートされ過ぎた人物。詩の読み方に革命をもたらした」

ジャック・コモン(一九〇三〜六八)はタインサイド出身の労働者で、一九三〇年六月から、最初は販売部数拡張員として『アデルフィ』誌に雇われ、次に一九三二年から編集助手として雇われた。彼とオーウェルは友人になり、オーウェル夫妻がマラケシュにいたあいだ、ウォリントンのオーウェル夫妻のコテージに滞在した。彼は『街路の自由』で成功を博した。オーウェルは一九三八年六月十六日に同書を書評した。『思い出のオーウェル』も参照のこと。

アーサー・デイヴィッド・ケンプ・オーエン（一九〇四〜七〇）は一九四二年二月十九日から十一月二十一日まで、サー・スタフォード・クリップスの個人秘書。

ノーマン・キャメロン（一九〇五〜五三）はロバート・グレイヴズの友人で弟子。彼はグレイヴズ、アラン・ホッジと一緒に『手掛けている仕事』（一九四二）を編纂した。彼の『冬の家、その他の詩』は一九三五年に出版された。フランス語とドイツ語からの翻訳もした。

ガイ・バージェス（一九一一〜六三）はイートン校とケンブリッジ大学トリニティー学寮で教育を受け、話術が巧みで、相当の才能のある人物だった。その才能を共産主義の大義に人を転向させるために使った。英国国家安全機構とBBCのために働いた（家庭向け放送のトーク番組プロデューサーとして）。彼の親ソ活動は、一九五一年五月、ドナルド・マクリーンと一緒に不意にモスクワに発つまで疑われなかった。彼は死ぬまで同地にとどまった。

(51) ウィンスター卿（R・T・H・フレッチャー司令官、一八八五〜一九六一）は一九二三年から二四年まで自由党議員、一九三五年から四二年まで労働党議員。一九四〇年五月から四一年十二月まで、海軍大臣の私設秘書議員。「レインズボロ」という筆名は、その時、フランク・オーエンによって使われていた。

(52) ラインハルト・ハイドリヒ（一九〇四〜一九四二）は国家保安本部長官（ゲシュタポ、刑事警察、親衛隊保安部を統括）、ハインリヒ・ヒムラーの副官、ナチの「最終的解決」の指導的立案者。一九四一年九月、「ボヘミア・モラヴィア保護領副総督」に任命された。一九四二年五月二十七日、イギリスで訓練されたチェコの愛国者に襲われ負傷し、六月四日に死亡した。その報復として、リディツェ村は「殲滅」された。人口は約二千で、生き残った者はごく少数だった。ハンフリー・ジェニングズはこの事件を題材に、ウェールズの村、アストラドガナリスを舞台として非常に感動的な映画を作った（『沈黙の村』、一九四三）。それはナチズムを敗北させるための政府のプロパガンダの一環だった。この映画を解説したパンフレットの一部がオーウェルのパンフレットのコレクションにあり、現在、英国図書館に保存されている。オーウェルの手書き原稿では、終始、「ラディツェ」村と綴っている。
(53) 一九四二年一月十四日、オーウェルは蕭乾《シアオ・チエン》に手紙を出し、日本が中国に侵攻したことに関連して「一般的な残虐行為に関する話」をしてくれと頼んだ。それは一九四二年二月二十六日に放送された。
(54) 手書き原稿とタイプ原稿では、やや違いがある。例えばオーウェルは、手書き原稿では白海運河の強制労働だけではなくウクライナの飢饉も含めているし、アビシニアだけではなくキレナイカも含めているし、南京を日本軍の残虐行為の例として特に挙げている。彼は英国の残虐行為に、汽船ドゥネラ号の事件を含めている。

英国に難民としてやってきた者、特にナチのドイツからやってきた者の中に、隠れたスパイや破壊活動分子がいるのではないかと当局が誇大に恐れた結果、何千人もの無実の者が、政令一八B〔ナチの同調者を拘留することのできる条例〕によってマン島に拘留された。彼らが保護を求めてやってきたのに拘留されたのは非常に皮肉なことだったが、それは、ほかの忌まわしい陰惨な残虐行為に似たようなものにはならなかった。同じ理由からユダヤ人を汽船ドゥネラ号に乗せてオーストラリアに強制移送したのも誤った考えで、彼らは愚かで残酷な取り扱いを受けることになった。
(55) ウィリアム・メラー(一八八八〜一九四二)は左翼のジャーナリスト、著述家。『デイリー・ヘラルド』に一九〇三年に入社し、一九二六年から三〇年まで編集長を務めた。次にオダム・プレスの常務取締役補佐になり、一九三七年一月一日、『トリビューン』の編集長になった。『直接行動』(一九二〇)と、G・D・H・コールと共著で『産業の自由の意味』(一九一八)を公刊した。社会主義連盟全国会議のメンバーだった。
(56) 『レナルズ・ニュース』は労働党寄りの日曜新聞だった。「諸事件」の三九年九月三日の項の注(161)を参照のこと。
(57) ベルリンから「ホーホー卿」として放送していたウィリアム・ジョイスについては、「戦時日記」、四〇年七月二十八日の項の注(77)を参照のこと。
(58) ラス・ベハリ・ボース(一八八〇?〜一九四五)は、スバス・チャンドラ・ボースとは親戚関係はなかった。一九一一年以来、インドの独立のために戦った。クリップスの使命が失敗に終わったあと、反英運動の指導者の座をスバスに譲るよう、日本から説得された。ラスは承諾し、一九四二年四月十七日、日本の内閣は、日本の「現在の政策」にスバスを利用することにした(ミヒル・ボース『失われた英雄』。彼はラスの名を、「ラッシュ・ベハリ・ボース」と綴っている)。

(59) トブルクは一九四一年に八ヵ月にわたって枢軸国軍によって包囲されたが持ちこたえ、同年十二月に包囲を解除されたものの、一九四二年六月二十一日、ロンメル軍団の攻撃でたちまち陥落した。その敗北は英国の士気にとってシンガポール陥落に次ぐ打撃だった。二万五千人の兵士が捕虜になった。トブルクを維持しようと空しい努力をして第八軍が分断されるに至った経緯についてと、この件でのチャーチルの役割についての短い説明は、リデル・ハートの『第二次世界大戦史』にある。また、アレクサンドリアから五十マイル離れたエルアラメインに退却した責任の大部分はサー・クロード・オーキンレック将軍にあるとされ（四二年五月二十七日の項の注（40）を参照のこと）、八月四日にチャーチルがカイロを訪れたあと、彼は司令官の職を解かれた。彼はロンメルに高く評価され、ロンメルは彼が部隊をかなり巧みに動かしたと思った（リデル・ハート、同書）。戦後彼は、インド軍を新しく独立したインドとパキスタンに分けるという有難くない任務を与えられた。そして、その任務を非常に見事に果たしたので、新しい独立した政府から、それぞれの軍の司令官に任命された。

(60) それは、オーウェルがBBCで働いていたあいだに取った、唯一の長めの休暇だった。彼は六月二十八日、日曜日から七月十一日、土曜日まで、多くの時間を釣りに費やした。その時、魚（そしてビールも）は少なかったけれども。この「戦時日記」第三巻の終わりから二頁目に、何を釣ったかを記している。合計、デース十八匹（そのうちの一匹はローチだったかもしれないが）、鰻二匹、パーチ一匹。五日間、何も釣れないこともあった。

(61) クリーム作りは地元で売る場合は認められていたが、通常の規模で生産し、一般に流通させるのは、資源節減のため止められていた。

(62) レズリー・ホーア＝ベリーシャは、一九三七年から四〇年まで陸軍大臣。また、一九四二年から四五年まで独立党議員。一九三七年、チェンバレンは彼を陸軍大臣に任命したが、一九四〇年、解任した。チャーチルは彼を自分の内閣に入れなかったので、彼は戦争中、なんの役職にも就かなかった。彼の若い頃の経歴については、「諸事件」の三九年七月十九日の項の注（42）を参照のこと。

(63) サー・ジョン・ウォードロー＝ミルン（一八七九〜一九六七）は、一九二二年から四五年まで、キダーミンスター選出の統一党議員だった。下院国家経費調査委員会議長を務めた。また、財政問題に関する小冊子を書いた。チャーチルに強く反対し、不信任投票の動議を提出し、その際、この提案をした。チャーチルが言っているように、「それは彼の場合、不利になった」。その時の論議と、とりわけウォードロー＝ミルンの提案については、『第二次世界大戦』の第四巻を参照のこと。

(64) 海軍婦人部隊員（Women's Royal Naval Service）。

(65) たぶん、オーウェルが滞在していた農場の農夫だろう。アイリーンが夫と同じ時期に休暇が取れたかどうかは定かではない。

(66) 内陸の奥のモールヴァンは海軍の施設がある場所とは考えにくいかもしれないが、レーダー探索基地と初等訓練所がそこにあった。

(67) 女子国防軍（Auxiliary Territorial Service）。現在はＷＲＡＣ（英国陸軍婦人部隊 Women's Royal Army Corps）。

(68) Ｗ・Ｒ・ヒップウェル。

(69) アーメド・アリ（一九一〇〜一九九四）はパキスタンの作家、ベンガルの英文学教授。一九四二年から四五年まで、ニューデリーのＢＢＣの聴取者調査局長を務めた。一九四九年から六〇年まで、パキスタン政府のために働いた。『インドの作品』（ロンドン、一九四〇〜六〇）と『明日のボンベイ』（インド、一九四二〜四四）を共同編集した。評論『エリオット氏の夢の一ペニー世界』は一九四一年に出版された。

(70) パンディット・ジャワハルラール・ネルー（一八八九〜一九六四）はインド国民会議の書記長、のちに議長。ハロー校とケンブリッジ大学で教育を受けた。一九一九年のアムリトサルの虐殺事件後、独立のための戦いに参加し、特にガンディーと親密な関係になった。時には互いの政策に反対したが。英国によって何度も投獄された彼は、一九四七年に独立が成立した時、初代首相になった。

(71) 食糧省（アイリーンはそこで働いていた）は、一日一ポンドのジャガイモを食べるように市民を説得する運動で、「ポテト・ピート」という漫画の人物を宣伝した。

(72) クリメント・ヴォロシーロフ将軍については、「諸事件」の三九年八月三十一日の項の注（154）を参照のこと。チャーチルは一九四二年八月十二日に彼と会うことになるのだが、モスクワにおいてだった（ウィンストン・チャーチル『第二次世界大戦』、第四巻を参照のこと）。

(73) ヴャチェスラフ・モロトフについては、「諸事件」の三九年八月二十八日の項の注（143）を参照のこと。チャーチルは、その当時、彼と私的に話したことについて、『第二次世界大戦』（第四巻）に記している。重大な問題は第二戦線を開くことだった。

(74) サー・W・ダグラス・S・ブラウンリッグ中将（一八八六〜一九四六）は、一九三九年から四〇年まで、英国派遣軍の高級副官だった。一九四〇年に引退したが、一九四一年、国土防衛軍の防衛地帯・区域司令官に任命された。

(75) ハーバート・リード（一八九三〜一九六八）は詩人、批評家、教育者、現代美術評論家。第一次世界大戦に従軍（殊勲章、十字勲章）。三〇年代と四〇年代に特に影響力があった。ヴィクトリア&アルバート美術館の副館長になり、一九三一年から三二年までエディンバラ大学で教えた。一九三三年から三九年まで、『バーリントン・マガジン』を編集した。彼の『芸術による教育』は、戦後、大きな影響を与えた。彼は第一次世界大戦後、無政府主義の影響力のある支持者だった。少なくとも勲爵士に叙せられるまでは。

(76) サー・フレデリック・パイル将軍（一八八四〜一九七六、准男爵）指揮下の国土防衛軍高射砲支隊は、ロケット発射筒を持っていた。それは、それぞれ一度に二発の一ハンドレッドウェイトのロケットを発射することができ、六十四筒が一組の砲台が出来ていた。必ずしもすべてのロケットが一斉に発射されるわけではなかった。ロケットは特に正確というわけではなかったが、飛行機を損傷し、落下させることのできる砲弾の破片の「囲い」を作ることは可能だった。スラウ近傍のアイヴァーでのロケット砲台一〇一にいた私の経験では、建て込んだ地域では、ロケット砲は低空飛行の飛行機に対しては使用されなかった。砲台を囲む家々の屋根が損傷しないようにする責任があったからだ。オーウェルがタイプ原稿から「いまや」を省いたのは、ロケット砲がスピゴット臼砲のように、もっぱら国土防衛軍の使った武器だったからだろう。わずかな数の正規の兵士がロケット砲に配置されてはいたが。

(77) ピーター・メイスフィールド（一九一四〜二〇〇六。勲爵士、一九七二）は、一九三九年から四三年まで英国空軍および米第八空軍付き従軍記者だった。一九四九年から五二年まで、英国欧州航空の最高経営責任者になった。一九四二年七月三十一日のオーウェルのインド向け放送で、航空についてオリヴァー・スチュワート（一八九五〜一九七六。『航空学』の編集長、一九三九〜六二）と一緒に論議することになっていたが出演できなくなったので、オーウェルは英国航空機製造協会のE・C・ボウヤーに出演を依頼した。

(78) オーウェルは、その週末をウォリントンの自分のコテージで過ごしたのだろう。

(79) チャーチルはその日カイロに到着し、それからテヘラン経由で八月十二日にモスクワに着いた。彼とスターリンは、第二戦線を開くことについて、まさしく論議した（『第二次世界大戦』第四巻を参照のこと）。

(80) クリップスは辞職しようとはしたが、戦時内閣を去らなかった。一九四二年十一月二十二日、航空機製造相に任命され、ヨーロッパでの戦争が終わるまで、その地位にとどまった。

(81) ジョン・マクマリー（一八九一～一九七六）はロンドン大学の「心と論理の哲学」のグロート教授職にあった。

(82) クリップスがインドで使命を果たせなかったあと、国民会議は次第に非妥協的になった。八月初旬、ガンディーは非暴力の市民の抵抗運動を開始した。インド政府は秩序を守ろうと、国民会議の本部を襲い、国民会議運営委員会に提出された「インド独立決議」の草稿を押収し、公表した。

(83) 手書き原稿では、次の一節が抹消されている。「至る所で、次のようなことが問われている。『もし第二戦線が開かれないなら、チャーチルがモスクワに行くことに、なんの意味があるのか？　彼はわれわれにはできないということを言いに行ったのに違いない』」

(84) 手書き原稿には初め、「ことができない」と書かれていたが抹消され、タイプ原稿のようになった。

(85) 陸軍元帥ホレイショ・ハーバート・キッチナー（一八五〇～一九一六。初代キッチナー伯）はスーダンを再征服し（一八九六～九八）、南ア戦争（一九〇〇～〇二）でボーア軍を破り、英国民から英雄視された。第一次世界大戦が勃発すると陸相に任ぜられた。使命を帯びてロシアに向かう途中、乗っていた装甲巡洋艦ハンプシャー号がドイツ軍の潜水艦の水雷に撃沈され、溺死した。誰より早く大規模な軍隊を作る必要性を悟り、「キッチナー軍」と呼ばれた軍隊を、二十個師団から七十個師団に増やした。共同で仕事をするのが苦手で、一般大衆には人気があったが、内閣の同僚には人気がなかった。オーウェルがまだ進学予備校にいたあいだに二度目に発表した作品はキッチナーの死をテーマにした詩である〔どちらの詩も地方新聞に掲載された〕。

(86) 一九四〇年、英軍が使うことのできた唯一の機関銃はアメリカ製のトムソン式小型機関銃だったが、少なくともその十万挺が、アメリカから運ばれてくる途中で水没したので、廉価な英国製の自動火器を緊急に造る必要があった。考案者のR・ヴァーノン・シェパード少佐とハロルド・J・ターピンと、製造場所であるエンフィールドにちなんでステンと名付けられた軽機関銃は、わずか二ポンド十シリングで出来た。それは機械で製作する部分が少なく、ドイツの九ミリMP40にもとづく弾倉は、動かなくなったり、不意に一発弾丸を発射したりすることがあった。しかしステン・ガンは非常に便利で、レジスタンスの闘士が愛用した。

(87) アブドゥル・カラム・アーザード（一八八八～一九五八）は全インド・イスラム教徒連盟の指導者。一九四五年のインドの独立交渉で、インド国民会議のスポークスマンだった。彼の『インドは自由を勝ち取る』は、一九五九年に出版された。

(88) レオポルド・エイメリーは保守党議員、一九四〇年から四五年までインド相。「諸事件」の三九年七月二日の項の注（5）を参照のこと。

(89) All-India Radio

(90) イスラム教徒連盟は、英領インドにいるイスラム教徒の利益を守るために設立された宗教団体。同団体は一九三五年までインド国民会議を支持した。同年、ヒンドゥー教徒の関係者が国民会議を支配したため、同団体は政治組織に発展した。その指導者はモハメド・アリ・ジンナーで、インドの分割を要求した。一九四七年にパキスタンが独立した時、ムスリム連盟は、パキスタンの最初の憲法制定会議の主導権を得た。

(91) サー・レジナルド・ヒュー・ドーマン＝スミス（一八九九～一九七七）は、一九四一年および四二年に英軍が撤退するまで、ビルマ総督だった。

(92) 正しくは、次の通り。『世界史瞥見――獄中で書かれた、娘への追加の手紙、また、若者のための歴史雑話を含む』（アラハバード、一九三四）。一九三九年、リンジー・ドラモンドによって、J・F・ホラビンの描いた五十葉の地図が付いた改訂版が出版された。イーネズ・ホールデンの私信によると、オーウェルは自分と彼女の戦時日記の出版をドラモンドに頼むことを考えていた。

(93) ジョルジュ・コップ（一九〇二～五一）は、さまざまに正体を偽ったが、スペインでオーウェルの司令官だったのは疑いない。フランスの諜報機関で働いたのち、MI5で働いた勇敢な男だった。一つの驚くべき皮肉は、彼をMI5に入れるのに関与した者の一人が、国賊のアントニー・ブラント（一九〇七～八三）だったことである。オーウェルはコップの友人で、ピーター・スモレット〔ソヴィエトのスパイ〕のような人物の正体を見破るほどに洞察力を持っていたにもかかわらず、コップが自分について語ることを、そのまま信じ続けた。アントワープのベルト・ゴウヴァーツは、コップの生涯と作り話の非常に多くの真相を暴いた。『失われたオーウェル』を参照のこと。

(94) ディエップの戦いは、少なくとも短期的に見れば、悲しむべき戦力の浪費だった。軍の上層部にとって、今後の上陸作戦のために肝に銘ずべき教訓になったという以外。もっぱらカナダ人の六千人以上の兵士がその作戦に加わり、半分以上が殺され、負傷し、捕虜になった。チャーチルによれば、五千人のカナダ兵のうち一八%が殺され、二千人近くが捕虜になった（『第二次世界大戦』第四巻）。上陸した二十七台の戦車は全部、即座に破壊された。英国空軍は七十機を失い、三十四隻の船が沈没した。ドイツ側は二百九十七人が殺され、二百九十四人が負傷するか捕虜になるかし、四十八機が撃墜されたことを認めた。当時、新聞は見出しでこう書いた。「匈奴《フン》、大損害」（『デイリー・ミラー』、一九四二年八月二十日付）。しかし、『戦時新聞』二十二号（一九七七）が書いているように、彼らはこう付け加えてもよかっただろう、「『連合軍、さらに大きな損害』」。デイヴィッド・アスターは一九四〇年から四五年まで英国海兵隊に勤務し、軍功章を授与された。

(95) ドイツ側は英国の暗号を解読していたので、攻撃を前もって知っていたと言われた。しかし、最初の警告は、連合軍の小艦隊が海岸に接近した時に、ドイツのトロール船によって発せられたのである。攻撃の失敗は、おおやけに、「不用意なお喋り」、さらには鱗片石鹸の広告のせいにされた。その広告では、一人の女が「ディエップからのビーチ・コート」という文句の書いてある服を着て、木の枝を下ろしていた。四二年八月十五日の『デイリー・テレグラフ』に掲載されたその広告の新聞切抜きに、オーウェルは次のような注を施した。「ディエップ攻撃を前もってドイツに警告したと一般に信じられている広告〔「coat」は、「combined operations attack」（共同作戦攻撃）の頭字語と解釈された〕」。（その切抜きは、英国図書館のオーウェルのパンフレット・コレクションのボックス三十九にある。）映画『近親者』（一九四二）は、「不用意なお喋り」が、そうした作戦を危うくすることがあるという教訓を肝に銘じさせるために作られたのだが、短期兵役訓練用に使われ始めた。チャーチルはこう主張している。「戦後、ドイツ側の記録を調べてみると、われわれの情報漏洩の結果、ドイツ側がわれわれの攻撃の意図を前もって知らなかったことがわかる」（『第二次世界大戦』第四巻）。

(96)『デイリー・ワーカー』は一九四一年一月二十二日に発行停止になった。

(97) ロレンス・フレデリック・ラッシュブルック＝ウィリアムズ（一八九〇〜一九七八。大英帝国三等勲爵士、一九二七。この場合のように、オーウェルは彼の名前にハイフンを入れることがあった）は一九一四年から一九年まで、アラハバッド大学の現代インド史教授。一九二〇年から二六年まで、インド中央情報局の局長。一九四一年から四四年十一月まで、BBCの東洋部長。その後、『ザ・タイムズ』に入る。インドに対する彼の態度は開けていて、それは著書『インド』(「オックスフォード、世界情勢に関するパンフレット」、一九四〇)によく表われている。彼はまた、『パキスタンの情勢』(一九六二)、『東パキスタンの悲劇』(一九七二)を書いた。

(98)『覇王ら』では、ナポレオンはローマにおいてではなく、ミラノ大聖堂で王冠を自らの頭に載せる。オーウェルは一九四二年九月十八日付の『トリビューン』で『覇王ら』を論じている。

(99) 一九三六年にヴィクター・ゴランツによって作られた「レフト・ブック・クラブ」は、反ファシズムまたは社会主義の問題に関する本を、依然として月に一冊出版していた。地方のグループ集会は一九四二年の中頃に復活し、約五十の支部が結成された。『ウィガン波止場への道』は、「レフト・ブック・クラブ」の選定書として出版された。

(100) サー・オズバート・シットウェル(一八九二〜一九六九)はイートン校で教育を受け、一九一二年から一九一九年まで近衛兵第一連隊に勤務した。一九一六年、姉のイーディスの詩と一緒に、『二十世紀の道化』を出した。また、短篇小説(『三重フーガ』、一九二四、『ドアを開けよ』、一九四一)と、いくつかの長篇小説を書いた。それには、『爆撃の前』(一九二六)、『己を失った男』(一九二九)、『あの頃はよかった』(一九三八)、『自分自身の場所』(一九四一)が含まれる。彼は数多くのエッセイと、いくつかの評論(とりわけ、ディケンズに関するもの)も書いた。ウィリアム・ウォルトンの『ベルシャザルの饗宴』(一九三一)の歌詞を聖書から選び、アレンジした。オーウェルは彼の『左手、右手!』、『緋色の木』、『大いなる夜明け!』(一九四四〜四七)を、「現代の最良の自伝に入る」と評した。

(101) ロレンス・ブランダー(一九〇三〜?)著述家で、戦争が始まる前の十二年間、インドで英文学の講師を務めた。一九四一年から四四年まで、BBCの東洋部に情報将校として勤務した。一九五四年、彼の研究書『ジョージ・オーウェル』が出版された。BBC時代のオーウェルの姿が簡潔に捉えられている。

「誰もが彼を愛し、尊敬していた。彼はインドの学生向けに放送された、例の出来立ての第三放送にさまざまなアイディアを提供した。彼は間もなく、同番組の聴取者は、上層部の考えているほど数が多くはないのを悟った。そして私が実情を調査するために一九四二年の初めにインドに行く前に、彼はその問題について多くの時間をかけて私と話し合った。私はわれわれの番組が誰もラジオを聴いていない時間に放送されていること、信号波が微弱なので、誰もほとんど聞き取れないのを発見した。ラジオ受信機が使える学生はごく少数だった……

私はBBCでオーウェルと一緒に働いていたあいだ、いつも彼に感謝した。彼はそこで行われていた馬鹿げたことをすぐさま笑い飛ばし、我慢できるものにしてくれた。そのことで彼の責任感は影響されはしなかった。というのも彼は、ラジオによるプロパガンダは、もし知的に構成されていれば、いかに重要なものになりうるかを知っていたし、自分のトーク番組に非常に熱心に取り組んだからだ。その番組はいつも優れていて、たいてい見事だった。ただ、彼の声がハンディキャップだった。細くて平坦で、短波放送にはあまり向かなかった」。［オーウェルの声の質は、スペインの内戦で、喉に貫通銃創を受けたため非常に悪くなった。］

ブランダーは放送されなかった優れたトークの草稿を活字にすることを提案したことに言及している。また、オーウェルという名で放送するようにしたらどうかとブレアに言ったのは彼だった。戦後、彼はブリティッシュ・カウンシルの出版部長になった。

(102)　ドイツ軍は、ディエップで捕らえられた約二千五百人の連合軍捕虜（大半はカナダ人）を鎖で繋いだ。英国の奇襲部隊がドイツ人捕虜を鎖で繋いだから、と彼らは主張した。英国の陸軍省はそれを否定した。するとカナダは、千三百七十六人のドイツ人捕虜に手錠をかけた。十月十五日、スイスの赤十字は調停を申し出た。オーウェルが一九四二年十月十二日に『ザ・タイムズ』に出した手紙（未公表）を参照のこと。その中で彼は、そうした報復行為によってわれわれは「敵のレベルまで……堕ちる」と論じている（『全集』第十四巻）。十月十八日、ヒトラーは捕虜にしたすべての連合軍の奇襲部隊の隊員を「一人残らず」銃殺せよとドイツ軍に命じた。

(103)　これはおそらく、オーウェルが時々言及する、謎めいていて、説明されていない「コレッジ」を指しているのだろう。

(104)　オーウェルは、「ユダヤ・ジョーク」を飛ばすというのは反ユダヤ主義の例だとした。

(105)　第八軍は一九四二年十月二十三日にエルアラメインで攻撃を開始したのち、一九四二年十一月十一日、エジプトから敵を一掃した。リビアのトブルクは十一月十二日に再び占拠した。十一月八日に連合軍はモロッコとアルジェリアに上陸し、十一月十二日までには、西チュニジアの国境に迫った。しかし北アフリカにおける最終的な勝利は、一九四三年五月半ばになってのことである。

ジュラ島日記［家事日記］

第三巻……一九四六年五月七日〜一九四七年一月五日

オーウェルは一九四三年十一月二十三日にBBCを去った時、健康上の理由から、国土防衛軍も退いた。その頃には、ドイツからの侵攻のおそれはなくなっていた。国土防衛軍は、一九四四年十二月三日の最後のパレードまで解隊しようとしなかったけれども。一九四三年と一九四四年に国土防衛軍の行った主な攻撃行動は、高射砲台につくことだった（特に「Z」と呼ばれる砲台、すなわちロケット砲台で、オーウェルはそれには適していなかった）。一九四三年十二月三日、彼は『トリビューン』に八十回にわたって載せることになる個人担当のコラム「気の向くままに」の第一回を書き、その月のうちに『マンチェスター・イヴニング・ニュース』に書評を載せ始めた。一九四三年から四四年にかけての冬に『動物農場』を書いた。一九四四年五月末までには『イギリス国民』を書き終えたが、戦時中の紙不足のせいで一九四七年まで出版されなかった（出版された時、当時の社会情勢に合わせて出版社がオーウェルの承諾を得ずに勝手に改竄した形になっていた）。一九四四年六月、オーウェル夫妻はリチャードを養子にした（オーウェルは女医のグウェン・オショーネシーの斡旋で、患者の赤ん坊を養子にした）。翌月の二十八日、オーウェル夫妻のフラットに爆弾が落ち、本の多くが破損し、『動物農場』の原稿が、T・S・エリオットに彼が説明したところによると、「少々皺の寄った状態」になった。フェイバー社の原稿閲読者だったエリオットはその出版を断った（『パリ・ロンドン、どん底生活』の出版を断った時と同じように）。オーウェルの友人のイーネズ・ホールデンが書いているところによると、フラットはもはや住める状態ではなかったが、オーウェルは「毎日、瓦礫の中を探して、できるだけ多くの本を取り出し、手押し車で運ぶ。彼は昼休みにフリート街からそこに行く」。モーティマー・クレセントからフリート街まで、片道約四マイルあった。その年の夏、オーウェルは初めてジュラ島を訪れ、十月に彼とアイリーンはイズリントンのキャノンベリー広場のフラットに移った。それが、彼のロンドンでの最後の住まいになった。

　オーウェルは一九四五年二月十五日から五月二十四日まで、フランス、ドイツ、オーストリアの従軍記者になり、『マンチェスター・イヴニング・ニュース』と『オブザーヴァー』に記事を書いた。アイリーンは数年間断続的に病気だったが、一九四五年三月、手術を受けることにした。不幸なことに、二十九日、麻酔をかけられているあいだに死亡した。その時期の二人がやりとりした手紙は、とりわけ感動的である。アイリーンの最後の手紙は、手術室に車椅子で連れて行かれたので、書き終えられなかった。オーウェルは小さな息子の世話をしてもらう手筈を整えてから、従軍記者としての勤務期間を全うした。

　オーウェルは、一九四三年に『一九八四年』の構想を最初に抱いたとフレドリック・ウォーバーグに語ったが、一九四四年八月二十二日からロンドンで開かれたペン・クラブの会議で、ソ連における科学の歪曲についてのジョン・ベイカーの講演を聴いたあと、『一九八四年』を書き始める特別な動機を抱いたことが、今ではわかっている（『失われたオーウェル』を参照のこと。また、「ベイカーリズム」については「ヨーロッパの最後の男」〔『一九八四年』の最初の題〕のための覚え書きを参照のこと。『全集』第十五巻）。執筆は遅々として進まなかった。一九四五年六月二十五日、フレドリック・ウォーバーグは、オーウェルが「新しい小説〔『一九八四年』〕の最初の十二頁を書いたことを社の仲間たちに報告し、一九四六年九月二十六日、オーウェルはハンフリー・スレイターに宛てた手紙で、「未来についての小説をついに書き始めたが、五十頁くらいしか書いていない」と告げた。この小説は一九四八年になって完成した。その間『動物農場』は、多くの出版社から出版を断られたあと、一九四五年八月十七日にセッカー&ウォーバーグから出版された。それは一九四六年にアメリカで出版され、米国ブック・オヴ・ザ・マンス・クラブの選定図書になった。オーウェルが死ぬ頃には、二十一ヵ国語に翻訳された。一九四六年二月十四日、彼の『評論集』がセッカー&ウォーバーグから出版された。

　彼は一九四五年九月、ジュラ島の漁師のコテージに泊まっていた時、島の北にあるバーンヒルを訪れ、一九四六年五月二十三日から十月十三日まで、そこを借りることにした。

　オーウェルの三つ目の「家事日記」（彼はそれを「第三巻」と呼んだ）は、八インチ×七インチの、百葉のノート（デンビー・コマーシャル・ブックス、D.34/100）に書かれた。この日記は、ほぼ全部、右頁に書かれている。この日記のあとに菜園の見取り図（本書に再録されている）と、隠喩、常套句等のリスト（本書には再録されていない）がある。この日記の項は、一九四六年五月

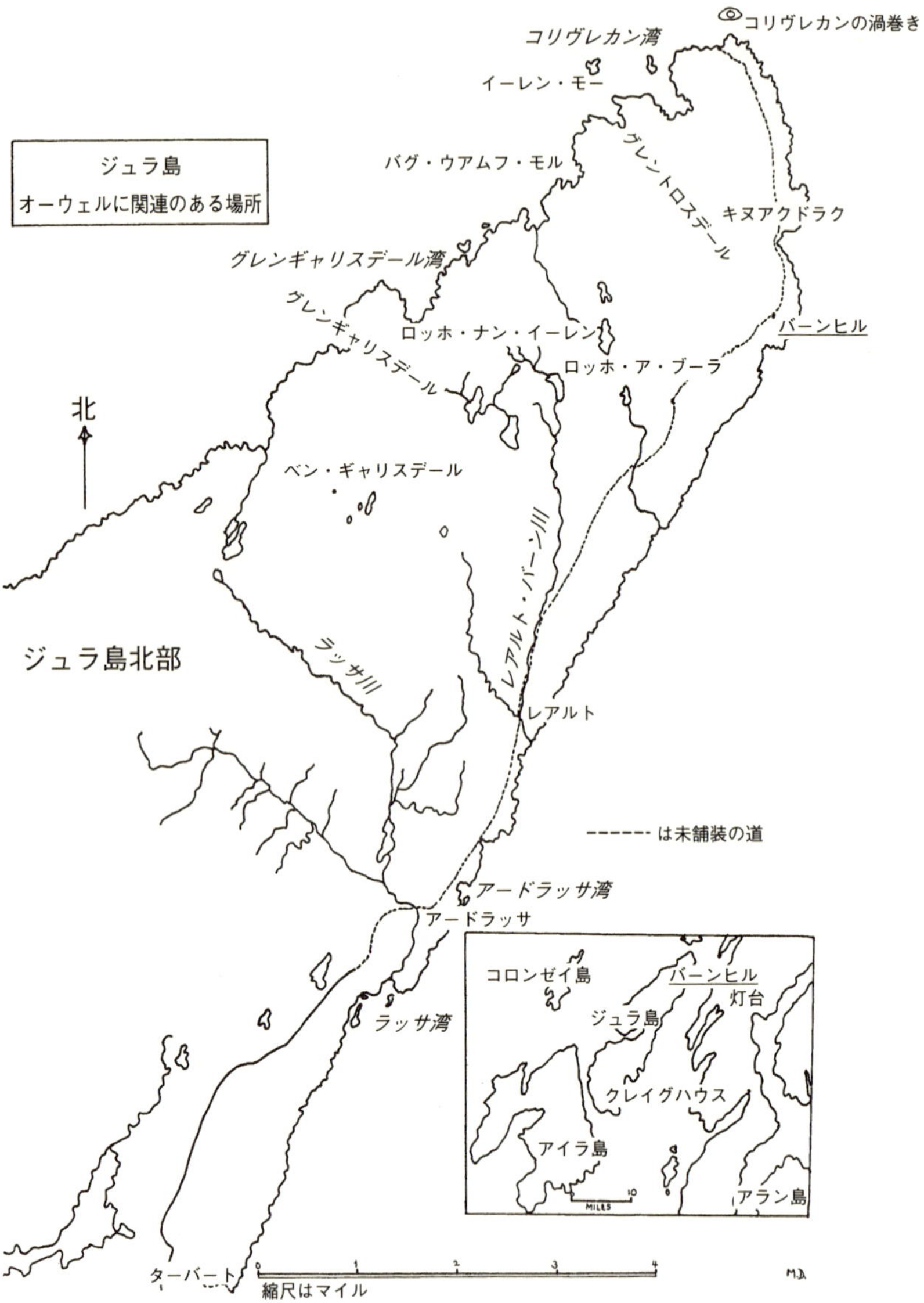
ジュラ島
オーウェルに関連のある場所
コリヴレカンの渦巻き
コリヴレカン湾
イーレン・モー
バグ・ウアムフ・モル
グレントロスデール
キヌアクドラク
グレンギャリスデール湾
グレンギャリスデール
ロッホ・ナン・イーレン
バーンヒル
ロッホ・ア・ブーラ
北
ベン・ギャリスデール
レアルト・バーン川
ラッサ川
ジュラ島北部
レアルト
は未舗装の道
アードラッサ湾
アードラッサ
コロンゼイ島
バーンヒル
灯台
ジュラ島
ラッサ湾
クレイグハウス
アイラ島
MILES
アラン島
ターバート
縮尺はマイル
M.D.

七日から十月八日に及んでいる。オーウェルは十月九日にジュラ島を発ってロンドンに向かった。一九四七年一月初旬にジュラ島に戻り、一九四七年一月四日と五日の、さらに二つの項を書いた。この日記はオーウェルの手による手書き原稿の形のみで残っていて、それまでの日記の場合とは異なり、彼はそれをタイプ原稿にしなかった。この日記で言及されている人物の何人かの正体を突き止める際、アヴリル・ダンが作ったリストの助けを借りた。

　オーウェルが言及している場所には注が施してあるが、ジュラ島と、バーンヒルの位置についてのおおよその説明は役に立つかもしれない。ジュラ島はインナー・ヘブリディーズ諸島の島で、エディンバラとグラスゴーを結んだほぼ線上にある。島の長さは約二十六マイルで、幅は約八マイルから、バーンヒルのところでは三マイルと変化がある。バーンヒルは島の北端の南、約三マイルのところにある。人口は一九四六年には二百六十だったが、その後三十年間に約四百に増えた。島を本島と分けているジュラ海峡は、バーンヒルのところでは幅が約四マイルある。海峡を横断するのに、ずっと南からだと、大西洋の波のうねりが激しいので、もっと時間がかかる場合がある。本土の西ターバートからクレイグハウスまでは約三十マイルで、そこを横断するには二時間から二時間半かかった。オーウェルが配給の食糧を受け取ったクレイグハウスには島の唯一の店があり、医者が一人いた。また、電話もあった。そこはバーンヒルの南から直線距離にすると二十三マイルだが、「下り傾斜」（四六年六月二日の項を参照のこと）があるので、おそらく二十七マイルだろう。当時は、踏みならされて出来た小道同然の場合が多かった道路は、貧弱で、車のタイヤは何度もパンクした。さらに奥に入る行程は、地図に示されている直線の距離よりずっと長かった。オーウェルがバーンヒルで暮らしていた時、本土から週に三回、一隻の船がジュラ島に来た。バーンヒルからアードラッサまでの距離を、オーウェルは六マイルとしたり七マイル半としたりしている。後者のほうが、より正確である。キヌアクドラク［Kinuachdrachd］（彼はいつも、最後の「d」なしに綴った）はバーンヒルの北一マイル半としているが、直線距離だと、もう少し近い。一本の舗装した道路、A846が島の南端を巡り、それからクレイグハウスとターバートを経由してアードラッサの少し南に出るが、そこから、人の踏みならした小道になってしまう。陸地測量ランドレンジャー地図61、「ジュラ&コロンゼイ」（一九八七年）にはバーンヒルが記してある。

四六年五月七日　あとでエディンバラとジュラ島を比較するために、今、メモをとっている。

　この二日、ニューアーク(1)〔イングランド北西部、ノッティンガムシャーの町〕の近郊で過ごし、ノッティンガム—アマシャム経由で車で帰ってきた。
　ノッティンガムシャーの植物の生長は、ロンドン一帯より速いように思える。ほとんどの樹木の花が咲いている。オークも約半分が咲いている。後者の葉は秋の時期のように黄ばんでいる。紫橅《むらさきぶな》の葉は満開の時よりずっと淡い色だ。栗の木の花が真っ盛り。至る所で林檎の木の花が満開か満開に近い。花が落ちている木さえある。山査子《さんざし》の花がよく咲いている――いくつかの灌木は、それで覆われているほどだ。ブルーベリーが満開。銀扇草？（丈が高く、紫紅色の草）も同じ。チューリップが盛りだ、匂紫羅欄花《においあらせいとう》、紫薺《むらさきなずな》、旗竿も同じ。ライラックはかなりよく咲いている。弁慶草はまだ咲いていない。田園の総体的な眺めは、この数日ひどく寒かったにもかかわらず、濃い緑で、季節に先立っている。燕の姿も見ず、郭公の声も聞かなかった。
　白亜に生える草は、粘土質の土に生える草よりも淡い色だ。

四六年五月十五日　エディンバラの近く。木々の花はかなりよく咲いているが、草の花はノッティンガム一帯とロンドンよりずっと遅れている。今盛りなのは、チューリップ、雪下《ゆきのした》、紫薺、ブルーベル、勿忘草《わすれなぐさ》。ライラックは芽吹いてはいるが、まだ全然色がない。芍薬《しゃくやく》は緑の芽を出している。林檎の木はやっと花が咲き出した。蔭になっている場所以外では。金雀枝《えにしだ》はよく咲いている。戦争以来のイングランド南部と対照的に、ここでは兎が非常に多い。黒鶫鳥もかなり多いようだ。交尾している鴫《しぎ》の声は、冬に立てる声とはまったく違った震え声だ。ここの旱魃はイングランド南部よりもひどかった。湖等の水位は低く、澄んでいる。この一帯[2]では、「麦」はオート麦を意味する。オート麦の推定平均収穫高は、一エーカーにつき十二ハンドレッドウェイトだ。

四六年五月十六日　きのう、一匹の黒兎を撃った（若い兎[3]）。真っ黒で、下腹は灰色。こういう兎はここではありふれているらしい。
　オート麦の畑（一と四分の三エーカー）が二日で鋤《す》かれ、円盤鋤で耕され、種が蒔かれた。そこは草原《くさはら》で、鋤かれ、円盤鋤で二度耕されたあとも依然として非常に荒れている。種が散布されたが、それは畑の区画が狭いここでは、まだ普通のことらしい。種を蒔く者は、「種蒔きシート」と呼ばれているものを持っている。それは木製の枠に隠元豆形の帆布を張った籠だ。それを腹に当て、紐で肩に掛ける。そして、両手を交互に使って左右に種を蒔きながら行ったり来たりする。種はかなり均等に蒔かれ、種はたいてい約三インチほど、それぞれ離れている。種を蒔く者は一と四分の一エーカーの畑に、午後、短時間のうちに種を蒔いた。しかし、バケツを持って彼のあとから歩き、種を絶えず彼に供給する、少なくとももう一人が必要だ。また、深山鴉《みやまがらす》を追い払うために銃を持った者も必要だ。供給された種の量は、全部で十二ブッシェル入っている（と思う）三袋だが、その畑には二袋半で足りた。今日は地面がローラーで均《なら》された。種を蒔いてから二度目に行われる予定の円盤鋤での作業は、種をかなりよく覆う。

三日前に仔を産んだ山羊が、あまりにたくさんの乳を仔に与えるので、二匹の仔山羊は栄養の取り過ぎで、ひどい下痢になった。山羊はかなりきつく乳を搾らねばならない――仔山羊が飲んでいる量に加え、一日三パイントくらい。

山羊の摂食習慣のそれぞれの違いに注意しなければならない。二匹の仔山羊は囲いをした草地にいて、木の葉には近づけない。二匹はおとなしく草を食べていて、フェンスは低いのだが、逃げ出そうとはしない。今日の午後、近くの丘（二千七百フィート）(4)に雪が降った。

四六年五月二十二日　ほとんどの場所で、山査子が半分しか咲いていない。

土曜日（十八日）、案山子《かかし》を作った。深山鴉は最初はそれを怖がったが、月曜日の夜までには、すでにそこから二十ヤードのところで啄《ついば》んでいた。

Ｅ［アイリーン］の墓(5)のポリアンサ薔薇の根が全部よく根付いた。紫蕁、雪下、ミニチュア草夾竹桃、一種の矮性金雀枝、ある種の万代草、ミニチュア撫子を植えた。それらは非常にいい状態ではないが、雨の多い天気なので根付くはずだ。

天気は雨もよいだが、本格的な大雨は降らない。今日は晴れているが、あまり暖かくない。

グーロック―クレイグハウスを渡る。

午前九時半頃、グーロックを発つ（グラスゴー、午前八時）

ダヌーン、十時頃

ロスシー、十時三十五分

コリントレイヴ、十一時十分

タイナブルーイック、十一時三十分

東ターバート、十二時三十分（非常な遅れ）

東ターバート―西ターバート、道路を五マイル

西ターバートを一時四十分に発つ（五十分の遅れ）

四六年五月二十三日　相変わらず非常に乾いていて、暑い。長引いた旱魃のせいで、普段はかなりの奔流になる小川も干上がっている。灌木に生る実だけではなく林檎も、ちょっと蔭になれば、ここではごく威勢がよくなるように見える。アザレアは威勢がいい。石楠花《しゃくなげ》はほとんど雑草になってしまった。フクシアは巨大な樹木めいた灌木に育ち、野生化した（と思う）。ここの樹木の多

くはひどく節だらけで、大きくない。鹿は大変おとなしい。兎は非常に多いが、成長した兎はかなり臆病だ。家の中の整理で忙し過ぎ、外の仕事はあまりできないが、庭で兎を一匹撃った（若い兎）。隠元豆以外の野菜はない。塩漬けの玉葱と一緒に兎の肉で、試しにシチューを作ってみよう。

至る所でブルーベルが咲き乱れている。桜草はまだ満開だ。花簪《はなかんざし》も（ほとんど海に没している岩の上）。野生の菖蒲《あやめ》がちょうど咲きかけた。これらは満潮の印の数ヤード以内に生えている。旱魃にもかかわらず、芝は藺草《いぐさ》によって圧倒されていないところでは濃い緑だ。ここでは藺草は最悪の草と言ってもいい。蕨よりも始末が悪い。フディー・クロウ(6)が、イースト・アングリアとは違い、ここでは単に冬だけではなく夏のあいだ中いる。都鳥《みやこどり》はかなり見かける。

海での釣果は、今年はこれまで非常に貧弱だった。乾いた天候と東風のせいだと言われている。

四六年五月二十四日　菜園を掘り起こし始めた。つまり、芝生を切り取ったのだ。なんとも骨の折れる仕事だ。土は骨のように乾き切っているだけではなく、非常に石に近い。昨夜、小雨が降ったにもかかわらず。かなりの部分を掘り起こしたなら、すぐにサラダ用野菜を植えよう。今年の秋は、できれば、灌木、大黄《だいおう》、果樹を植えよう。しかし、鹿を入れないためには、非常に高くて丈夫なフェンスが必要だろう。夕暮れに一匹の兎を狙って撃ったが、当たらなかった。庭の隅に、若い、非常に明るい色の兎をいつも見る。一種のごく明るい淡黄褐色なので、光の具合では白に近く見える。これまで、そんな色の兎は見たことがない。いつものことながら、そうした特徴のある動物を見ると、その動物を何度も見かけるということに気づかされる。

海岸に近いところで、海豹《あざらし》を間近に見た。ゆっくりと海面に出てきてから、また沈んで行った。鼻は潜望鏡のように垂直だった。

ドナルド・ダロック(7)が私に話したのだが、先月、二頭の若い雌牛が蕨の毒で死んだ――それが獣医の診断だった。もし蕨が牛にとって有毒ならば、牛はそれに近づかないだけの知恵を持っているだろう、さもなければ、そんな場所ではどんな牛も生き残れないだろう。

四六年五月二十六日　天候はこの二日、かなり曇っているが、まだ非常に暑く、乾いている。菜園を掘り起こす際、半裸のほうが楽だ。レタス、葱、胡椒草《こしょうそう》の種を蒔いた。雨が降るまでは何もしない。地面は八インチ下まで骨のように乾いている。

今日、雌牛から落ちたらしい十分に発達したダニを見つけた。豌豆豆よりほんの少し大きいが、楕円形で、小さな乾いた隠元豆くらいの大きさだ。皮は灰色で光沢があり、かなり固い。切り開いてみると、黒っぽい粘った血で一杯だった。

四六年五月二十七日　昨夜と今朝、少し雨が降ったが、土の中に一インチも浸みなかった。今日は一日風が非常に強く、おおむね曇。風の向きは四方八方に変わった。雲は時折、極端に低くなるが、まだ雨は降らない。

もう少し土を掘り返した。菜園のごく一部はそのまま耕してもいいが、その他は藺草を枯らすために、まず塩素酸ナトリウムを撒かねばならないだろう。それから、鋤いたほうがいい。

鷲と思うものを見たが、やや遠くだったし、大きな猛禽にはあまり詳しくないので、ひょっとしたら、ある種の鵟《のすり》だったのかもしれない。ここには森鳩だけではなく河原鳩もいる。

四六年五月二十八日　今夕、一時間半ほど、きのうより激しい雨が降った。今度は少し浸み込んだ。雨はいつも、海を穏やかにする効果があるようだ。

きのう、丸太を挽くための架台を作った。森から切り出す材木で何かを作るというのは尋常ではない仕事だ。なぜなら、樹木はひどく節くれ立っていて、まっすぐなものを探すのは難しいからだ。今日、流木と実矧板《さねはぎ》で橇《そり》を作った——手押し車の貧弱な代用品だ。平らな場所を行くなら、かなりの量の物を引いて行くことができる。ここでは急な丘に物を引っ張り上げるには橇が使われているが、おそらく、まったく違った型のものだろう。石を使って焼却炉を作り始めた。ひどくうんざりする仕事だ。平らな石を見つけるのが難しいからだ。泥炭の地層を見つけた。明日、天気がよかったら少し掘り出してみよう。泥炭を掘るのは五月が普通だ、または、六月の第一週より前——真夏には草が長くなり、泥炭が乾く暇がないからだ。泥炭の塊を列に並べ、てっぺんが乾いたなら、小さなピラミッド型に泥炭の塊を次々に積み上げ、さらに乾かし、それから家に手押し車で運ぶのが普通だ。特に乾いた天候なら、泥炭の塊は三週間で乾く。もし、平均的家族が完全に泥炭に頼っているなら、泥炭干しはおおまかに言って、一年にひと月の仕事を意味する。

高地の牛は明らかに小型の品種だ。ここで見た牛の群れと、成長半ばだと思った若い雌牛は三歳だった。そうした牛の乳は濃いが、量はそれほど多くないと言われている。黒いのも何頭かいる。それは元の品種に戻ったものだ。それはかつては「黒牛」と呼ばれていた。

麦の種は、ここでは習慣的に散布される。それにもかかわらず、列になって出てくる傾向がある。なぜなら、耕した時に出来た溝が、馬鍬《まぐわ》で土を均《なら》したあとになってさえも残り、種が溝の中に転がり落ちるからだ。モロッコでも同じだった。そこでは種を散布するだけで馬鍬で土を均しもせず、畑を何度も何度も耕す。

四六年五月二十九日　昨夜遅くなって、めっきり寒くなった。今日は一日中非常に風が強く、おおむね曇っていた。風が四方八方に向きを変えた。背の黒い鷗が内陸に向かって飛んできた。海峡では時折波が立つ。しかし、依然として雨は降らない。昨夜降った雨が一時的に排水溝を満たし、水がいくらかタンクに流れ込んできたが、今日はまたほとんど乾いている。

窓の下の一区画を掘り起こし終えた。薊《あざみ》を刈り取り、柵を作った。非常な疲労を覚えたので、ほかにはあまり仕事をせず、午後、二、三時間眠った。

夕方、一匹の大きな兎を撃ち損なった。三十五ヤード先に坐っていたというのに！　一つには、この銃の引き金が、これまで慣れていたものより力を込めて引かねばならないものだからだ。

四六年五月三十日　一日中、非常に暑く、乾いていて、穏やかだった。海面はガラスのようだ。今晩遅くに、文字通りの微雨が五分ほど降った。

三匹の淡黄褐色の兎を見た――それぞれ大きさも違い、別々の場所にいた。だから、彼らの同類がここにいるに違いない。

柵の脇の区画を掘り起こし始めた。そこの土は深くて、それほど石のように固くはない。約百の泥炭の塊を掘り出し、列に並べた。その作業の簡単なことに驚いた。百幾つの塊を掘り出すのに一時間かからなかった。泥炭は非常に深い地層にあるとは限らないことに気づいた。鋤の刃だけの深さまでは純粋の泥炭で、それからは淡い色のものになる。それは、かなりびしょびしょの、砂混じりの土に似ていた。

追加の棚を作り、スツールにカバーを掛けた。

どうやら四十雀《しじゅうから》が門柱（鉄製）に巣を作ったらしい。四十雀が門柱の穴から時折出てくるのが見かけられるので。二日前、一羽が一瞬、穴から出られなくなった。私が近づくと、怯えたように甲高い声で鳴いた。

四六年五月三十一日　午後、弱い俄雨が降った。淡黄褐色の兎の一匹を撃った（雌）。非常に見事な、赤みがかった淡黄褐色の皮だ。保蔵処理してみよう。

四六年六月一日　別の日記(8)に書いてあるやり方に従って兎の皮を処理したが、脂肪を完全に取り除いたかどうかは確かではない。NB、四六年六月十五日に調べてみること。

曇、霧雨が少し。しかし寒くはない。

断崖に渡鴉《わたりがらす》が一羽いた。眠っていたか何かに違いない

――いずれにしろ、飛び立つことができるまで、蕨から抜け出るのに苦労していた。

大きな鷹の一種が空中を舞っていた――その飛び方は長元坊の大型版にやや似ていたが、翼の振り方はもっとゆっくりだった。常に家の後ろを飛んでいた。たぶん、ある種の鵟だろう。森の中で中型の茶色の鳥を見つけた。見たところ山鴫にそっくりだった。山鴫はここでは夏にはいないと思っていた。黒い猟鳥がかなり多い。番《つがい》の猟鳥は両方同じ色に見える――雌《ヘン》（「灰色《グレー》の雌《ヘン》」と呼ばれる）のほうが明るい色だと思っていたが。

ここの岩場のどこにでも生えている、葉が赤みがかった弁慶草の花が咲いた。ピンクがかった白の花だ。その少しを移植してみた。そうするには、おそらく遅過ぎるだろうが。

四六年六月二日　夕方まで一日中非常に暑く、乾いていた。夕方に霧雨。キヌアクドラクからグレントロスデールまで行った(9)――直線距離だと約三マイル半だが、下り坂を考慮に入れると約五マイル。行きの所要時間、二時間。帰りの所要時間、一時間四十五分。

蛇を一匹殺した。色は茶で、長さは約十八インチ。背中に一種のジグザグ模様があった。鎖蛇かどうか、またもよくわからないが、R［リチャード］の安全を考え、家の近くに来る蛇はすべて殺すことにした。殺す時、半分に切った。それから、調べてみようと、安全だと思ったほうを摘まみ上げたが、それは頭のほうで、その頭は即座に私に嚙みつこうとした。前に別の蛇を見かけたが、ちらりとしか見なかった。

三匹の野生の山羊を見た。約四百ヤード離れたところにいたが、そのくらい離れていたので、真っ黒に見えた。鹿に比べると、やや動きが鈍重だった。

鳥冠が金の鷦鷯《みそさざい》を見た（と思う）。

四六年六月三日　午前中は曇で、霧雨が少し降った。その後は乾いた天気だったが、風が強かった。夜、雨が降ったそうだ。

胡椒草、二十日大根、葱、レタスの種を蒔いた。四六年五月二十六日に一緒に蒔いた胡椒草とは別の種（レタスだと思う）の芽が今、出ている。

二羽の若い郭公がフェンスの上に止まっている。羽根がまだしっかりしていない。燕が大きな牛小屋に巣を作った。

四六年六月四日　午後五時半頃まで、一日中大雨。その後、晴。宵の口は気持ちのよい穏やかな天候で、日が少し射した。海は午前中荒れ気味だったが、夕方には急速に凪いだ。

二十日大根（四六年五月二十六日に種を蒔いたもの）

が出てきた。芽を出した種の全部の周囲に煤を撒いた。ナメクジはなんともひどい。

四六年六月五日　一日中、強風。西風。雨は時折止んだが、風は吹きやまない。海は相当荒れている。

大雨なので戸外ではすることがあまりない。石炭等を入れるため、大きい納屋を片付けた。床は非常に乾いた糞で覆われ、それに白い堆積物が一面に付いていた。硝酸カリウムだと思う。こんなふうにして、荷車半分ほどの厩肥を得た。

鷹と同類の二羽の巨大な鳥が（鷲に違いないと思う）家の間近を旋回していた。地面から、わずか二十ヤードか三十ヤードの高さのところまで来ることがあった。烏《からす》がその鳥を襲っていた。鳥の背中に止まりそうになる時もあった。散歩に出掛けたが、一匹の兎しか見なかった。おそらく、非常に風の強い天候の時は、外に出ないのだろう。また、山鴫を見つけた。

四六年六月六日　一日中、晴。数分、二、三回、ごく弱い俄雨が降っただけ。海は比較的静か。

昨夜遅く、淡黄褐色の兎をもう一匹撃った。皮を保蔵処理した。NB、四六年六月二十日頃調べること。この辺りの兎は非常に高い比率で（たぶん、十匹のうち一匹の割合で）、その色だ。それにもかかわらず、彼らは大変目立つので、生存率は低いに違いない。ほぼ真っ暗闇でも、普通の兎なら見えないのに、その色の兎は見ることができた。

根掘り鍬《マタック》が届いたので、裏庭の藺草《いぐさ》を掘り起こし始めた。この道具を使うと、比較的楽な仕事だ。

灯油四十ガロンのドラム缶の口を開けた。週に二ガロン使うなら（あとで正確に調べてみよう）、十月の末近くまでもつはずだ。

四六年六月七日　一日中、晴。グレンギャリスデール(10)まで徒歩で往復。片道正確に三時間だが、一番よい状態の道を選って歩かなかったら、もっとかかっただろう。直線距離で約十マイルだが、とらねばならないルートでは、約十四マイル（合計）。野生の山羊の群れを見た。彼らは鹿よりも、ずっと臆病だ。そのほとんどは真っ黒だが、白い斑点のあるのもいた。彼らがどうにか見えるくらいの距離（約三百ヤード）では、非常に大きく見えるので、牛と見誤ってしまうほどだ。おそらく、毛がもじゃもじゃのせいだろう。

人間の古い頭蓋骨が、ほかの骨と一緒にグレンギャリスデールの海岸にあった。キャンベル一族によるマクリーン一族虐殺(11)の名残だと言われている。いずれにしろ、二百年経っているのだろう。二本の歯（奥歯）がまだ残っている。ほとんど腐っていない。

ここのロブスターは数が多く、良質だが、蟹は大きいのは滅多になく、遠くに送る価値がないとされている。一つの魚籠で二匹のロブスターが捕れることが、かなり多い。現在のロブスターの市場価格は一ポンドで二シリング十一ペンス半だ。きのう、二匹のロブスターを生きたまま茹でた——それを殺す唯一の実際的方法だ。彼らは熱湯に入れられてから数秒生きていたように見えた（ともかく、あがいていた）。それにもかかわらず、甲羅の各部分は、熱湯に入れられた瞬間、赤くなり始めた。

灯油半ガロンで、アラジン・ランプ、スタンダード・ランプ、一個の壁掛けランプがかなり一杯になり、もう一つの壁掛けランプがほぼ半分一杯になる。約二日、それで照明ができる。灯油ストーブが週に半ガロン使うとすると、灯油の消費は週に約二ガロン半だろう、あるいは、もう一つの小さなストーブを乾燥用に使えば三ガロンだろう。だから、四十ガロンの灯油で八月末までもつだろう。

四六年六月八日　一日中、晴。暖かいが、それほど日が射さない。海は穏やか。庭常《にわとこ》が咲き始めた（遅い、と思う?）。七竈《ななかまど》の木の花はここしばらくよく咲いている。四六年六月三日に蒔いた胡椒草が早くも芽を出している。最初に蒔いた玉葱の芽が出る兆しがない。鶺鴒《せきれい》が納屋で巣を作った。苔の塊を巣まで運ぶのに大忙しだ。この辺りでは、鶫《つぐみ》や黒歌鳥を見かけないのに気づいた。また、フィンチや雀さえ非常に少ない——実際、ここに来てから雀を見たとは思わない。椋鳥についても同じだ。雲雀《ひばり》は見かけられるが、稀だ。野鼠はよく見かける。この家には、今のところ溝鼠も二十日鼠もいない。

生後六週間（と思う）の鵞鳥の雛の値段は、一羽二十五シリング。実際、最近としてはそう高くない。彼らは生きているあいだのほとんど、もっぱら草を食べるということを考えれば。

四六年六月九日　今は晴れているが、午後五時頃まで曇っていて、その後、雨が降った。乾かそうと外に置いていた泥炭の多くを鹿が踏みつけた。おそらく、草の上にではなく、泥炭層自体の上に置いたおいたせいだろう。鹿はそこを集まる場所に使っているのだ。

A［アヴリル］(12)は、門のそばで、どうやら若いらしい死んだ溝鼠を見つけた。これまで、この家の周辺では溝鼠も二十日鼠も（つまり、野鼠以外）いなかった。

四六年六月十日　午前中、ずっと雨、午後、ずっと晴。午後の一時《いっとき》、やや強い西風。特に暖かくはない。海は穏やか。

レタスの種を蒔いた。二度目のもの（四六年六月三日に蒔いた）の芽が出てきた。四六年五月二十六日に蒔いた玉葱が芽を出し始めた。芽を出した種の周りに煤を置いた。

船外モーターのボート（つまり、船外モーターの付いた小さな漕ぎ舟）に乗れば、アードラッサからグレンギャリスデールまで（十五マイルと言われているが、もっとあるだろう）[13]一ガロン半のガソリンで二、三時間で行かれる。時にはわずか二時間で。船外モーターはどんなボートにも付けられる。平底舟にさえも。

「ライズ（lithe）」と言われている魚は、どうやらポラックらしいが、それは時には、「セイス（saythe）」の変種のように言われる（「岩セイス」という言葉が使われている）。「セイス」のほかの名前は、コール＝フィッシュ[★1]（cole-fish）だろう。そのどちらも実物を見てからだいぶ経つが、それらの魚が同属のものとは思わない。

四六年六月十五日　数日、ビガーとグラスゴーに行っていた。

今日は暖かいが曇。午後、霧雨が少し。

人参、食用ビーツ、菠薐草《ほうれんそう》、隠元豆、蕪、スウェーデン蕪、胡椒草の種を蒔いた――そのほとんどは少量。四六年六月十日に種を蒔いたレタスは、早くも芽を出した。二十日大根の実生苗が何かに食べられた。ナメクジを疑い、さらに多くの煤を撒いたが、その後すぐ、非常に若い兎を見た。庭に住む一家の一匹で、サラダ用野菜の苗床の近くで若芽を食べていた。だから、犯人は兎だと思う。最初にレタスの実生苗を襲うものと思っていた。苗床の上に金網をおおまかに掛けた――それが兎を寄せつけないことを願う。

鵞鳥を家に持ってきた。今、生後二ヵ月。羽毛が生え揃っていて、重さはそれぞれ八から十ポンドだと思う。おそらく、移動させられてびっくりしたせいか、予想とは違い歩き回らず、一日の大半、裏口の辺りでうずくまり、草もあまり食べない。

今日、三羽の長元坊がフェンスの上に一緒に止まっていた。たぶん、飛び方を覚えたばかりの若い鳥だろう。

ビガーで蒔いた麦の芽がよく出てきた。かなり均等に蒔かれている。どちらかと言うと、深山鴉が一番集まる隅に、最も密集して生えているようだ。そうなると、深山鴉は罪がなく、昆虫を食べに来ただけかもしれない。

四六年六月十六日　一日中曇。十一時半頃以降、ほぼ間断なく雨。

グレントロスデールの隣のW形の湾[14]まで歩いた。片道約一時間半。蛇を見た――鎖蛇だと思う。適当な棒がなかったので、殺し損なった。湾の一つに十二頭以上の海豹《あざらし》がいた。その半分くらいが岩の上に坐っていた。われわれの姿を見ると、海岸のほうに向かって泳いできた。好奇心かららしい。若いのはまだ見ていない――少なくとも気づいている限りでは。若いのは白だと言われている。

昨夜見た正体不明の鳥は鰭足鴫《ひれあししぎ》だったのかもしれない。(15) 田鴫のような長い嘴《くちばし》を持ち、胴はかなり太く、翼は短めで、チープ、チープ、チープというような声で鳴く。大きさは鶫《つぐみ》より少し大きい。

四六年六月三日に種を蒔いた玉葱が芽を出したところだ。

河原松葉が今、そこら中で芽を出した。ブルーベルはすっかり終わってはいない。わずかな桜草がそこここでまだ咲いている。ジギタリスがほぼ満開。

四六年六月十七日　一日中晴。韮葱《にらねぎ》、ルピナス、デルフィニウム、パンジー、紫薺《むらさきなずな》、弁慶草、雪下、チェダーピンクの種を蒔いた。

四六年六月十八日　晴、暖かい。蕪の種を蒔いた。

午後、道路の藺草《いぐさ》を刈り始めた。道路に沿って二百ヤードほとんど切れ目なく続いて生えている藺草を刈るのは、約二時間半の仕事だ。草刈り鎌で刈ろうとしてもまったく駄目で、手鎌を使わねばならなかった。柄の短い小型で重い鎌だと、フォアハンドでもバックハンドでも使えることがわかった。

残っているわずかな泥炭を、三つの塊ごとに分けた。下側はまだひどく湿っている。約百から百五十の塊と、さらに百かそのくらいが鹿に踏み潰された。しかし、実験的目的のためには十分だ。泥炭を乾かすには泥炭の層にではなく、芝の上に必ず置かねばならないことに注意。泥炭の層に置くと、鹿が来て踏み潰すだけではなく、泥炭の下側が非常に濡れたままになる。ここでは、六月の第一週以降は泥炭を切り出してはならないと言われている。そのあとだと、芝の丈が高くなり、乾く暇がなくなるからだ。

さらに別の兎（普通の兎）の皮を保蔵処理した。NB、七月初め頃、調べてみること。

四六年六月十九日　早朝、二度ほど俄雨が降った。そのほかは、一日中晴で暖かかった。

午前中、徒歩でアードラッサに行った。所要時間は正確に二時間十五分。だから距離は、普通に言われているように、九マイルであるはずがない。たぶんキヌアクドラクまで九マイルで、バーンヒルまで約七マイル半だろう。

どうやら納屋の燕が孵化したらしい。孵化した卵を見つけた。

四六年六月二十日　午前中、ちょっと雨が降ったが、それ以外は晴で、かなり風が強かった。

四六年五月二十五日に種を蒔いたレタスが、移植してもよい頃に育った。鵞鳥は裏口のところでうろうろする癖がまだある。石の上に坐りたいらしい。そして、入口が開いていると、どんな納屋にも入って行く。鵞鳥は盛んに草を啄《ついば》むが、野原の遠くまでは行かず、家の後ろの野原に追いやられると怯えてしまい、ひたすら戻りたがるようだ。鵞鳥には家の残り物しか与えていないが、丈夫で太っているように見える。鵞鳥は一つの場所にとどまっている習慣があるので、鵞鳥がいかに大量の糞をするのかがわかる。その六羽は、擦《こす》り取って堆肥の山の上に置いた量から判断すると、厖大な量の糞をするのがわかる。毎日、一ポンドか二ポンドの糞をするのに違いない。

　昨夜、一羽の正体不明の猛禽が海岸の上を飛んで餌を狙っているのを見た。白っぽく、飛び方は梟のようだが、私に見えた限り（二、三百ヤード離れていた）、頭と首が白と黒だった。そんな色の梟を見たことはない。

四六年六月二十一日　晴だが、午後九時頃までずっと曇っていた。そのあと、肌まで濡れてくるほどの「スコッチ霧《ミスト》」〔小糠雨を伴った濃霧〕が出た。

　十数本のレタスを移植した。非常に小さいので、粗麻布をかけて保護した。さらに一匹の兎の皮を保蔵処理した（四六年七月五日頃開けること）。

四六年六月二十二日　正午頃以降、晴で暖かい。同時に、海から濃霧が渦巻きながら不意に迫ってきた。海面はガラスのようだ。人参の種を蒔いた。もう一畝、レタスを植えた。四六年六月十五日に種を蒔いた蕪が芽を出した。また、同じ日に種を蒔いたスウェーデン蕪も芽を出したところだ。

四六年六月二十三日　一日の大半、霧雨。夕方になって晴れたが、濃い霧が上下に渦巻き、時々非常に低くなったので、本土の海岸が見えなくなったが、内陸の何マイルも先の高台はくっきりと見えた。

　何もかもひどく濡れているので、戸外の仕事はあまりできなかった。レタスにかぶせた粗麻布を取った。ナメクジと兎を寄せつけなければ、大丈夫なようだ。四六年六月十八日に種を蒔いた蕪が芽を出した。

　今、この辺の普通の野薔薇が咲きかけている。白い花で、縁がピンクになるようだ。蕾《つぼみ》は大きく非常に美しい。葉はかすかにスイートブライヤーの匂いがする。どうやらそれは、「スコッチ」または「バーネット」と呼ばれる薔薇らしい（rosa spinosissima）。茎のいくつかは棘だらけだが、さまざまだ。この薔薇に芽接ぎできるのかどうかはわからない。

　鵞鳥がやや活潑になってきた。今日、雨を楽しんでいて、水溜りで水浴びをしていた。その結果、薄汚く、不潔に見えた。人の予想と反対だ。

四六年六月二十四日　一日の大半、晴れで暖かい。食用ビーツ（四六年六月十五日に種を蒔いたもの）が芽を出した。

　夕方、沼から雌牛を引き出そうとして約二時間費やした。雌牛は道路脇の狭い溝に落ち、首の辺まで泥の中に沈んでしまった。溝が非常に狭くなかったなら、おそらくすっかり沈んでしまっただろう。溝の両側が雌牛を支えたのだ。私ともう一人の男が雌牛を引っ張り出そうと、長い板を梃子《てこ》にして引き上げようとしたが、そうするには、少なくとも五人か六人必要なのは明らかだった。雌牛は結局、トラックで引き上げられた。雌牛は別に具合が悪くなってはいないとのことだった。少なくとも五時間、溝の中にいたはずなのだが。

　牛の群れを分けておくのに使われる通電柵は、どうやら働いていないようだ。それは壊れていて、牛がそれを飛び越えるばかりではなく、D［ドナルド］・D［ダロック］は、スコットランド高地の牛の一頭が通電柵のワイヤーに背中をこすりつけているのも見たと言っている。

四六年六月二十五日　夕方までは晴れていたが、その後、雨が降り出した。今朝、ボートが届いたが、方々あまりに濡れているし、海が荒れているので釣りはできなかった。ボートにワニスを塗り、転子《ころ》を用意した。ここでは、まっすぐな材木を見つけるのは、ひどく難しい。腰掛の脚用の木片を切る際、どんな相当の大きさの丈夫な枝もよじれているのに気づく。

　別の薔薇（今度はピンクの薔薇）が咲いた。ヨーロッパ野茨だと思うが、英国種とはちょっと違うようで――ずっと小さく、茎はもっと棘だらけだ――花も葉もかすかにスイートブライヤーの匂いがするようだ。だが、スイートブライヤーであるはずはないと思う。私の知っている限り、スイートブライヤーには花が咲かない[16]。

　海辺には、至る所に犬薄荷《はっか》または薄荷が咲いている。ジギタリスがもうほとんど盛りを過ぎた。今日、茸を見つけた――「純粋種」の茸だと思う。

　二十日大根とレタスを間引いた。レタスはすべて、兎とナメクジを寄せつけなければ大丈夫だ。もう少し泥炭を「三つ一束」にした。私たちが切り取った合計の量は、二ハンドレッドウェイト以上にはならないだろう。

［反対側の頁］

フクシアの挿し木。七月～八月。脇の若枝から四インチ。基部と一緒に切り、下の葉を除き、基部を整える。砂を入れた土に植える。常に湿り気を与え、真昼の日差しから守る。しかし、年中暗いところに置いてはいけない。

エスカロニア、同じ。しかし、晩夏に行う。

四六年六月二十六日　一日の大半晴だが、風が非常に強い。海は荒れ気味だが、湾の中では静か。午後十時頃、釣りに行った。赤いリールで二匹のセイスを釣った。もっと釣れたかもしれないが、ボートに水が溜まり始めたので引き返さざるを得なかった。午後十一時頃、魚の群れがデース〔淡水魚の一種〕のように海面から飛び跳ねていた。

四六年六月二十七日　午後八時頃まで風が吹きすさび、大雨。海は非常に荒れたが、晩にはやや静まった。南東大雨のせいで戸外ではあまり仕事ができなかった。南東の風。

人参（四六年六月十三日に種を蒔いたもの）が今、芽を出した。同じ日に種を蒔いた菠薐草が芽を出した。兎がまたもやレタス等を食べていた。レタスの上にさらに金網を掛けた。

スグリ、黒房スグリ、グズベリーをそれぞれ一ダース、大黄の根一ダース、木苺の木二ダース、苺四ダース、林檎の木六本注文した。しかし、その全部は手に入らないだろう。

二匹の兎を撃った――一日に二匹撃ったのは初めてだ。ここには厖大な数の兎がいるにもかかわらず。兎が最も頻繁にいる場所の穀類は、刈られた芝のようになってしまっている。

別の茸を見た。A〔アヴリル〕は二つの熟れたホートルベリーの実を見つけた（非常に早い？）。

四六年六月二十八日　一日中風が強かったが（南西の風）、午後二時頃以降はあまり雨が降らなかった。海は依然として荒れている。道路は思っていたほどは泥だらけではなかった。

兎の皮を保蔵処理した（白兎）。七月十二日頃開ける予定。菜園の新しい区画を耕し始めた。そこに肥料を施すつもりだ。苺か木苺を植えるのにふさわしいように。大きな納屋の床から掻き取った糞を使っている。それは文字通り何年か経ったもので、少量の鵞鳥の糞と灰が混ざっている。ここの土は石灰が必要だろう。四十ガロンのガソリンのドラム缶を買った。追加の分が得られなければ、これを十月末までもたせなければならない（二台の乗り物[17]のための割当ては月に八ガロン半だが、六月のオートバイ用のは、わずか半ガロン）。ドラム缶から出したガソリンの量はすべて記録しよう。今日は一ガロン出した。

隠元豆が生えてきた。

M・マケクニー[18]（McKechnie）が言うには、兎対策の金網は高さが四フィートは必要だ。兎はそれより低い物ならなんでも飛び越えることができる。

四六年六月二十九日　嵐だが、晴れ間もあった。海は相変わらずかなり荒れている。ボートを塗り直し、合わせ目がひどい箇所に槇皮《まいはだ》を詰めた。もう少しレタスを植えた。ボートの櫂をそれぞれ六インチ短くした。

四六年六月三十日　晴だが、やはり風が強い。海は一日の大半、白波。スウェーデン蕪の種を蒔いた。菠薐草は生えたが、育ち具合はあまりよくない。フェンスの近くの土は、家の近くの土より深い。そこに肥料を施し、二番目の区画の隅に苺を植えよう、もし、苺の木が手に入ったら。その区画には、四ダースの苺、二ダースの木苺を植え、悪い土でも大丈夫な大黄の苗床を作る余地がある。

兎が入ってこない畑にするには、百ヤードの金網と、約五十本[★2]の支柱が必要だろう。

四六年七月七日　おとといまで数日、ロンドンに行っていた[19]。ロンドンの天候は耐え難いほど暑かった。ここでは、きのうまでほとんど絶え間なく雨が降っていた。きのうは晴れたが、あまり暖かくなかった。グラスゴー辺りから先は、干し草はほぼ全部刈られ、円錐形に積み上げられているものもあった。ジュラ島ではまだ刈られていない。島のこちらの端では見られない椋鳥が、クレイグハウス[20]ではごく普通に見られる。きのう、一羽の黒歌鳥を見た——ここでは珍鳥と言ってもいい。

さらに多くのレタスを移植した。菠薐草以外、どの種もちゃんと芽を出している。菠薐草は芽を出し損なったように見える——おそらく、種が悪いのだろう。きのう、胡椒草をいくらか切ったが——菜園の最初の成果だ——それは、四六年五月二十日頃に未開墾の牧草地で生えたものだ。

六回ほど釣りに出たが、何も釣れない日はなかった。ある日（午後八時頃、海に出た）、一匹しか釣れなかったことはあったが。最大の釣果（二回）は十五匹の魚。つまりセイス十四匹とポラック一匹。昨夜、A［アヴリル］は鯖《さば》を一匹針に掛けたが、針から外そうとした時、逃げられてしまった。本格的な鯖釣りは八月に始まる。鯖は夕暮れ時にいつも餌に食いつくようだ。つまり、今では午後十一時頃。約十分間、釣り人は全力で鯖を釣り上げようとするが、鯖は不意に抵抗しなくなる。

ガソリン——オートバイ用に三ガロン（それよりやや少ない）
car[21]用に二ガロン
アードラッサで二ガロン貸した[22]。

これまでに使った総量、八ガロン引く二ガロン（貸した二ガロンが返ってくれば六ガロン）。

次のものを間違いなく注文した。
二本の垣根仕立てのものを含め、半ダースの林檎の木。
二本の垣根仕立てのモレロを含め、半ダースのほかの果樹。
一ダースの黒房スグリ
一ダースの赤房スグリ
一ダースのグズベリー
二ダースの木苺
四ダースの苺
一ダースの大黄
苺は九月に届く。今、それを植える場所の準備をする。牛小屋の床から取った古い糞で、かなり多く肥やしを施した。ほかの植物は十一月下旬まで届かないだろう。したがって、植えるのに苦労するかもしれない。ルピナスの芽が出た。パンジーの芽も。
兎対策用の百ヤードの金網を買う許可を申請している。(23) 兎は最近、それほど悪くはない。ごく頻繁に撃つからに違いない。

四六年七月八日　一日の大半晴だったが、霧が濃く、夕方、少し雨が降った。昨夜はセイスを二十五匹とポラックを一匹釣った。

四六年七月九日　見事に晴れた、暑い日。夕方、急にひんやりしてきた。榛《はしばみ》の実が半分出来かかっているのを見た。A［アヴリル］はもう二つか三つの茸を見つけた。蕪にかなりの数の蚤がたかっていた。石鹸水で流した。

セイス三匹のみ。

［オーウェルが脚色した「赤頭巾ちゃん」がBBCの「子供の時間」の番組として七月九日に放送された。台本は『全集』第十八巻に収められている。］

四六年七月十日　兎の皮を保蔵処理（普通の兎）。四六年七月二十五日頃開けること。
昨夜はセイス四匹のみ。この魚の動きはまったく予想できないが、たぶん、小魚か白子《しらす》の群れを追っているのだろう。セイスの胃にあるのは、一インチ半ほどの小さな鰻に見える。

四六年七月十一日　昨夜はセイス八匹。海面のそこら中で、魚が跳ねていた。

一日中暑かったが、夕方、びっくりするくらい、かなり冷えた。風は西風に変わったが、雨は降らなかった。

兎のあとをつけているあいだに、一匹のオコジョが門のそばの大きな石の上で遊んでいるのを見た。私から数フィートしか離れていなかったが、ほとんど怖がっていないように見えた。そして、時々石の上に坐ったまま、私を見た。イングランドで見かけるものよりも色が濃い（もっとチョコレート色）という印象を受けた。この仲間の動物は通常臆病だが、人間に対する恐怖心をすっかり失う瞬間があるようだ。

これまで、兎の罠の成果はない（十二仕掛けた）。おそらく、正確に仕掛けるには長い修練が必要なのだろう。しかし、私の仕掛けた罠の二、三は動いていた。それは、兎が罠のある道を実際に必ず避けるわけでもないのを示している。D［ドナルド］・D［ダロック］が言うには、罠にかかった兎は早朝に取らなくてはいけない、さもないと鷗が食べてしまう。

今日、日蔭で桜草がいくつか咲いているのを見た。もう一つの斑点蘭が咲き出した。今度は濃い藤色だ。別のは薄い藤色で、白に近かった。A［アヴリル］は同じ花だと言うが、亜変種に違いない。エッグズ・アンド・ベーコンがまだ至る所に咲いている。小米草《こごめぐさ》と呼ばれる、小さくてちょっと可憐な花が、庭の芝のあいだに咲いている。靫草《うつぼぐさ》がそこら中で咲いている。

四六年六月七日に蒔いた花の種のうち、ルピナスとパンジーとチェダーピンクだけがまだ芽を出していない。菠薐草が発芽しなかったのは確実で、その区画をほかのもののために使おう。

いわゆる山猫はそれほど野性的ではない。さまざまな機会にかなり近くで見た。ひどく未熟なやり方で獲物のあとをつけている、という印象をいつも受ける。いずれにせよそれは、ここに非常に多くの猟鳥がいるということ、また、それほどに目立った色の動物（鮮やかな三毛）が、ともかく生存できるということの印だ。

四六年七月十二日　昨夜、セイスを二十七匹釣った。すべて約二十分で釣ったもので、そのあと、魚を無駄にするのが嫌だったので、やめた。私たちはその気になれば五十匹は釣れただろう。海は魚で溢れていて、ボートの周りを飛び跳ねていた。二、三匹重さを量ってみると、釣った中で一番大きいのは約十一から十二オンスあるのがわかった。しかし、どれも大きさは一様で、六オンス以下のものは多くはないと思う。セイスは美味だ。ここの人間が、冬に食べるためにそれをどんなふうに乾燥させているのか、正確に教えてもらおう。

鵞鳥の羽が少し抜けつつある。餌が貧弱なせいだろう。八月までは羽は抜け変わらないはずだと思う。

四六年七月十三日　きのうは一日中、非常に暑く、乾いていた。海面はガラスのよう。家蠅《いえばえ》はなんともひどい。

夜、ほんの少し雨。今朝は雨もよいで霧が出ている。西風。きのう、最初に蒔いた蕪の間引きをし、もっと韮葱の種を蒔いた。晩の十時半頃、新しい家畜小屋のそばに三匹の川獺《かわうそ》が一緒にいて、三十ヤード先の芝生の上を走って横切っていた。薄闇の中でほとんど黒に見えた。

今朝、金網製の罠に初めて兎が掛かった。罠を取り入れようと行ったのだが、その際、一匹か二匹の兎が外にいるかもしれないと思って銃を持って行った。すると、約四十ヤード先に一匹の兎が坐っているのが見えた。撃ち殺すと、すでに罠に掛かっているのがわかった（首に）。

こうした兎の皮を剝ぐ際、年をとった兎と若い兎では大きな違いがあるのがわかる。若い兎の場合、皮は手袋を脱がせるように簡単に剝がれるが、年をとった兎では皮を剝ぐのが、ごく難しい時がある。また、保蔵処理をした場合、若い兎の生皮は非常にしなやかなままだ。これまで、六匹か七匹の皮を保蔵処理した。まだ悪くなる兆しはないが、数ヵ月取っておいて試してみる必要がある。それから、それをしなやかにする方法を見つけねばならない（現在、かなり固い）[24]。

午後少し晴れたが、夜、また雨が降った。非常な干潮が続いている。事実、海水は高潮線の二十ヤード以内には来ないように見える。しかし、Ａ・ＭｃＫ[25]が言うには、大潮は間もなく始まる。

午後、途轍もなく大きな水柱が、湾のちょっと外で不意に噴き上がった。それは「ホエール・スラッシャー」、つまり花巨頭《はなごんどう》[26]だとＡ［アヴリル］は言った。そうした生物についてては何も知らない——哺乳動物か否かも知らない。

Ａ［アヴリル］はロブスター用罠籠を買った。もう一つが来週来る。私たちはそれを海で仕掛けた。あまりに海岸の近くに仕掛けたのではないかと思う。食べ物が十分あったので、私たちは罠籠の中に入れておびき寄せるための魚を一匹だけ釣るつもりで海に出た。ところが、魚がたちまち餌に食いつき始めたので、罠籠の準備が出来るまでには魚が八匹か九匹釣れた。

石炭がほとんどなくなってしまった（一トン、五月二十五日頃から使い始めた）。つまり、一トンの石炭は約六週間もつ。間もなく、もっと来る。その間、材木を集めて切るのだが（ほかに何も使えなければ）、それは二人のために一日に約二時間の労働をすることを意味する。七竈《ななかまど》の大枝から大ハンマーの取っ手を作った。丈夫かどうか見てみよう。ここでは、まっすぐで欠陥のない材木を手に入れるのが不可能に近い。兎の皮を保蔵処理した——七月末に開けること。

四六年七月十四日　夜、少し雨。今朝は非常に風が強い（西風）。雨と晴が交互。

四六年五月二十五日に種を蒔いた二十日大根を初めて抜いた。かなりいいが、短い種類のものの種を蒔いていたら、たぶん、もっとよかったろう。葱はあと一週間くらいで、レタスはあと十日か二週間だ。

罠籠を引き揚げた。蟹が一匹（普通の食べられるもの）が入っていたが、取っておくだけの大きさではなかったので、海に投げ返した。ここのほとんどの蟹は小さく、二匹か三匹捕れた場合のみ、取っておく価値がある。だから、生け簀《す》を用意しなければならない。

四六年七月十五日　昨夜雨、今朝はかなりの大雨が小止みなく降り、ひどく寒い。

一日の後半、交互に雨と晴。しかし、風がだいぶ強い。風は時々南東に変わった。

釣りもせず、罠籠も調べなかった。ボートはちゃんと錨で係留してあったのだが、潮が不意に変わり、海水がずっと内陸のほうに来たので、高潮の時にボートはあまりに遠くに行ってしまい、辿り着けなかった。魚用の生け簀を作ったが、あまりに大きくて不細工なので、蟹の生け簀に使うことにする。

最初に種を蒔いたスウェーデン蕪の間引きをした。人参と食用ビーツも同じ。レタスの種をもっと蒔こう。レタスは今年は非常に速く育つので、もし今、種を蒔けば、九月末前に収穫できるだろう。苗床の金網を外した。今のところ兎を脅かして寄せつけないようにしたし、実際に庭に住んでいた兎の一族を全部始末したと思うので。

今、雄鹿は非常に大きな角を持っているが、毛はまだビロードのように滑らかだ。母親の鶺鴒《せきれい》がフェンスに止まって子に餌を与えていた。このbreed[27]は三日ほど前に巣を離れたので、どうやら、子たちが飛べるようになってからも数日、餌を与え続けているのだろう。

四六年七月十九日　ペンをどこかに置き忘れたので、数日、日記をつけなかった。

きのうまで、天候はおおむね雨だったが、総じて風も強かった。昨日の晩に晴れ、今も晴れている。風は大体西風。海は穏やか。

釣りが駄目になった。魚二匹だけ、つまり、昨夜はセイス一匹（たいていは一匹か二匹のポラックも釣るのだが）、おとといの夜は七匹。今はどんな魚も跳ねていない。昨夜、A［アヴリル］は鯖を釣ったが、竿を持ち上げてボートに入れようとした時、またしても逃げられた。

罠籠がなくなった。たった三晩しか使わなかったのに。澪《みお》にあまりに近いところに置いたか、籠に十分な重しを付けなかったかで流れて行ってしまったのだろう。

潮位はいまや非常に高くなった。海面が高い時にもボートのところに行けるように、また、潮位が低い時にボートを長い距離引きずる必要がないように、ボートを錨で係留するのに調整が大いに必要だった。

二匹の兎の皮を保蔵処理した。八月初旬頃、開ける予定だ。キヌアクドラクの辺りで、首の周りが白い兎を何匹か見た。一マイル少ししか離れていないのにここでは決して見られない兎だ。一方、ここではよく見かける淡黄褐色の兎は、あっちでは決して見られない。

泥炭を中に入れ使っている。まだ、かなり湿っているが。約百五十の塊。

きのう、熟しているブルーベリーを見つけた。キヌアクドラクの辺りでは、榛《はしばみ》の実がたくさんある。九月初旬に熟すという話だ。今、黒房スグリが熟した、または、ほぼ熟した。

D・Dと妹[28]は蕪を間引くという大変な仕事をしている――約四分の一エーカー。蕪は今、八インチくらいの高さで、手で間引くのだ。D・Dは長柄の鍬を使わない。それを使うと、一番丈夫な蕪を選び出すことができない、と彼は言っている。実際には、まず鍬でおおまかに掘り起こしておいて、それから各株を選り出すことができる。しかし、鍬を使わないのがここの風習だ。その畑の蕪を間引くには数日かかる。

D兄妹は間もなくジャガイモを少し掘り出す。私たちにとって結構なことだ。ジャガイモが足りなくなってきているので。

四六年七月二十日　日中はあまり雨が降らなかったが、曇っていて風が強く、ひどく寒かった。二度目に種を蒔いた蕪の間引きをした。

兎防止用金網が届いた。幅三フィートで長さ百ヤード。約三十本の支柱が必要だろう。ここでは手に入れるのが難しい。まっすぐな材木がないのだから。一ハンドレッドウェイトの塩素酸ナトリウムが来る。しかし、F「フレッチャー」夫妻が半分貸してくれると言っている。半ハンドレッドウェイトで、ここの全部の畑にかなり濃い溶液にして撒くのに十分だが、二度撒きたいのだ。

半ガロンのガソリンを取り出した。今日までのところ、取り出したガソリンは八ガロン半引く二ガロン[29]。

今日、新しい一トンの石炭を使い始めた。したがって、最初の一トンは約八週間もったわけだが、それは大量の薪《たきぎ》と少量の泥炭を使ったからだ。つまり、一年六トンというのは、この家にとっては多過ぎるということはない[30]。

二十日大根の種を蒔いた。

首が白い兎を一匹撃った。白い箇所は首と鼻の辺りだけだ。この種の兎はきわめてローカルで、二つの小さな地域にしか見られない。

釣りは当分、まったく駄目だ。昨夜はわずか三匹のセイスしか釣れず、おとといの夜は二匹のセイスしか釣れなかった。昨夜、岬で罠籠を突然見つけ、私たちのなくなった罠籠だと即断した。引きあげてみると、私たちのではないのがわかったが、IとA(31)が私たちのために残しておいてやると約束してくれた、別のものかもしれない。かなり大きい蟹が一匹入っていたので、取ることにした。蟹は網にしがみついたので、取り出すのに悪戦苦闘した。挟まれる危険を冒し、蟹の鋏をこじあけねばならなかった。

　F家はすでに畑のジャガイモを掘り出した。おそらく、やや早めに。全部の小作人たちがいまやジャガイモに不足しているからだ。

　潮位がずっと高くなった。海流は激しいが、海面はまだ穏やかだ。

　二匹の兎の皮を保蔵処理した（四六年八月三日頃開けること）。

四六年七月二十一日　惨めな天候。雨は大降りではないが、一日中、ほぼ絶え間なく降った。どの部屋にも火が欲しいくらいに寒い。何もかもびしょ濡れで、戸外ではあまり仕事ができなかった。罠籠を仕掛け、生け簀のロープを長くしたが、釣りはしなかった。海面のうねりがひどかったので。

四六年七月二十二日　クレイグハウスに出掛けた。島のあっちの端では豪雨だったが、こっちの端はそうひどくはなかった。

　あっちの端には頭《ず》蒼花《あおあ》雞《とり》がどこにもいるのに気づいた——ここにもいることはいるが、滅多に見ない。

　釣りをしたが、ボートを海岸に引き揚げるのは大骨だった。海はかなり荒れていて、潮流は非常に速かった。五分で数匹のポラックを釣ったが、ポラックは不意に餌に食いつかなくなった。セイスはごく小さいもの以外釣れなかった。罠籠には何も入っていなかった。

四六年七月二十三日　一日の大半、雨。晩には土砂降りになった。こうした雨がたった一、二時間降っただけで小川の水は堤を越えて溢れ出し、道路は川になった。海が荒れていて釣りはできなかったが、罠籠を引っ張り揚げた（空）。ボートを海岸に引き揚げる際、腰までびしょびしょになった。風が南風に変わった。

　一発で二匹の兎を仕留めた。こういうことはあまりない。つまり、大人の兎の場合。

四六年七月二十四日　夜の数時間、激しい嵐。今朝は静まる。雷が少し。

　ボートがどうなっているのか見に行くと、錨でちゃんと係留されていたが、ボートは大波で水浸しになり、底の簀の子等が波に浚《さら》われていた。しかし、すべて取り戻した。ボートは前部に大きな割れ目が出来ていて、海に出すと、ひどく浸水するのがわかった――ボートがまったく使えないというほどではないが、十五分くらいごとに海水を掻い出す必要はあった。ボートをひっくり返し、割れ目にプラスティシーン〔塑像用粘土〕を押し込み、二、三の隙間に槇皮《まいはだ》を詰め、厚くワニスを塗った。これでボートが浸水しないかどうか、波が凪いだらすぐ試してみよう。しかし、ボートは実のところ、前部に新しい板が必要だ――実際には二枚の板が。

風は一日の大半、依然として南風だ。午前中、少し雨が降ったが、午後の大半、晴れて暖かかった。

書き忘れたが、四六年七月二十二日にもう一ガロン取り出した。つまり、九ガロン半引く二ガロン。

この一週間かそこら、キヌアクドラクの港の河口の小さな島の上で、鰺刺《あじさし》がひどく忙しなく、喧しい。海で魚を捕る時のように、地面に向かって絶えず突進している。たぶん、何羽かの雛に餌を与えているのだろう（鰺刺は一年の遅くに卵を産むのだろう）。鰺刺の何羽かが、島に生えている木に向かって突進するのを見た。たぶん、地面だけでなく枝にも巣があるのだろう。

この頃は淡黄褐色の兎をほとんど見ない。ここのそうした兎を全部撃ったわけではないのは確かだが――正確には八匹撃ったと思う。彼らは五月から六月にかけて、よく見かけた。今は一匹しか見かけない。いつも大体同じ場所にいる。おそらく非常に目立つので、最初に鷹や、たぶん梟の餌食になるのだろう。彼らは九分九厘、別の種類ではない、つまり黒兎のように、ある地方に時々生まれる変種なのだ。来年もよく見かけられるかどうか見てみるのは興味深いだろう。白い印のある兎はきわめてローカルなのだ。私は彼らを三箇所で見るだけで、ほかのどこでも見たことがない。そうした正体不明の動物を見ると、兎の行動範囲はなんと限られているのかがわかる。

川獺《かわうそ》は海の魚だけではなく、ロブスターも捕るらしい。そして、人間が捕るよりも大きなロブスターを捕ると言われている。つまり、罠籠には入らないほど大きなものを。鮭についても同じだ――川獺に一部が食い取られた四十ポンドの鮭が一匹、ここで見つかったそうだ。この島ではそんな大きい鮭を捕まえた人間はいない。

四六年七月二十五日　午前中はかなりの雨だったが、午後は晴れた。海は荒れている。グレンギャリスデールまで歩いた。そこに着くのに二時間四十五分かかり、帰ってくるのに約二時間四十分かかった。私たちが今使っているルートが、どうやらよくなったらしい（この前は片道三時間だった）。驚いたことに、大西洋側の海はこっちの側よりも穏やかだ。いくつかの新鮮な貽貝《いがい》の殻を見つけた。実際には貽貝は岩になかったけれども。貽貝は島のこちら側にはないようだ。

ほとんど白の雌鹿を見た——白い斑点が背中をほぼ覆っているが、腹は茶色だ。今日一日、雄鹿を見なかった。文字通り、数百匹の雌鹿がいるのだが。どうやら彼らは、一年のこの時期には分かれて暮らすらしい。しかし、雄鹿がどこに行くのかは謎だ。

頭蒼花雞《ずあおあとり》の群れを見た。島のこっちの端では、頭蒼花雞は思っていたより数が多い。

また、一羽の鷲が数羽の頭巾鴉《ずきんがらす》に襲われているのを見た。

四六年七月二十六日　晴で暖かい。海は静か。風は再び西風になったが。罠籠の中に大きな蟹が一匹。今度は兎の肉を餌にしたのだ。ボートの底全体を赤いペンキで下塗りした——あとで白いペンキを塗り、中は緑で塗ることにする。今度は、ボートはそうひどく浸水しない。

四六年七月二十七日　一日中、晴。特に暑くはなかったが。罠籠にロブスター（初めて）。ボートを引っ張り揚げることができるよう、ロープに転子《ころ》を取り付け、連続する鎖状にした。あす、引き潮の時、それを海岸に置いてみよう。今夜はセイス三匹のみ——昨夜は十二匹。昨夜、私たちは二度、鯖を釣り上げたが、ボートに入れる際、逃げられた。こういうことが起こったのは、これで四回目だ。理由は、鯖はファイターで、たいてい土壇場で暴れ、ボートかほかの竿の一つかにぶつかる、ということのようだ。実際、手網《たも》が必要だ。

兎がまた庭にいたらしく、いくらか悪さをした。最悪なのは、非常に若い兎の一族のようだ。きのう、白っぽい色の兎の一族の別の一匹を見た。

イアン・マケクニーが言うには、ロブスターの「鋏の爪」は必ずしも同じ側にはない。ロブスターにも右利きと左利きがあるようだ。

四六年七月二十八日　一日中、ほぼ小止みなく雨。午後は南風で、海は相当荒れた。その後、急速に静まった。

転子を海岸に置いたが、潮で動かされないようにしっかり留めておかなかったようだ。大降りで、釣りはできなかった。

四六年七月二十九日　雨が少し降ったが、きのうよりは晴れている。潮が転子をそこら中に投げ飛ばしたので、その縺《もつ》れをほどき元の場所に戻すのに約一時間かかった。夕方、また潮が来たが、今度は転子を動かさなかった。どうやら、端から端まで重しで留めておく必要があるらしい。しかし、ちゃんとやれば転子は大いに手間を省いてくれる。

夕方、セイス六匹とポラック一匹。罠籠の中には中ぐらいの大きさの蟹が一匹。それは私が殺して、囮の餌として入れておいたものだ。罠籠の中に蟹がいる時、人はそれを取っておこうとせず、殺すようだ、なぜなら、そうしないと、蟹は囮の餌の残りを食べてしまうからだ。ロブスターはいったん捕まると、餌は食べ続けない――あるいは、そう言われている。

　D［ドナルド］・D［ダロック］から貰った種芋で出来たジャガイモを少し掘った。ホーム[32]はいいのにもかかわらず、ひどい不作。一株に平均五個か六個のジャガイモ。畑に十分肥料を施さなかったのが理由。

四六年七月三十日　夕方まで、間断なく大雨。午後五時頃、晴れ始めた。強風が吹き、日が少し射した。今日ときのうは風が西と南に変わり、湾の海はその影響をほとんど直ちに示す。海面はいつも、まずまず静かだ。つまり、西風の時、海岸に近いところは。罠籠は引き揚げなかった。大降りだったので、戸外では何もできなかった。手押し車の修理を始めた。

四六年七月三十一日　美しく晴れた日、大変暑い。湾の海は非常に静かだが、湾の外は大うねり。海水は透き通っていて碧く、潮位は非常に低い。なくした罠籠を見つけた。A［アンガス］・M［マケクニー］が予言した通り、潮位が一番下がった時に自然に出てきたのだ。私はロープを絡ませて、約六フィート短くしてしまったのだ。罠籠を仕掛ける際、そうならないよう当然ながら注意すべきだった。ボートを緑と白に塗った。七月の畑の耕作はちょうど予定通りに終わった。鹿がかなり食べてしまったスグリとグズベリーの各灌木の周囲から雑草を引き抜くと、それらの灌木はそう悪くはない。今年の冬守ってやれば、また実を結ぶかもしれない。スグリの灌木のいくつかは自然の取り木で増殖し小さな灌木になっている。あとで移植するつもりだ。

　罠籠を一つ仕掛けた。ほかの罠籠用の餌がないので。

　ガソリン、一ガロン半取り出した。（合計十一ガロン引く二ガロン。）

四六年八月一日　午後十時頃まで晴。それから霧雨が降り始め、あとで大雨になった。今年最初の鯖を釣った（つまり、針にかかったものを無事に釣り上げた、という意味だ）。

四六年八月二日　俄雨、しかし一日の大半、晴。風はしょっちゅう西と南に変わり、海は荒れ気味。南風の時ボートを出すのは、たいていいつも難しい。

　若い雉の家族を見た。その六羽か八羽は八月にしてはかなり大きくなっていて、威勢よく飛んでいる。

　一匹の兎の皮を保蔵処理した（淡黄褐色のもの）。八月中旬に開けること。
兎の肉を使い、両方の罠籠を仕掛けた。

四六年八月三日　一日中、晴。西からやや強い風、海は海岸に近いところでは、まずまず静か。
フェンスの支柱用の木をさらに数本切る。兎がまた庭に出た。奇妙なことに、兎は何よりも先に二十日大根を襲うようだ。緑のブラックベリーの実が生りつつある。七竈《ななかまど》の実はほぼ熟した。松虫草が蕾を持っている。

四六年八月四日　午前中は暴風雨だったが午後は晴れた。しかし、風は依然として強い。榛《はしばみ》の実を開けてみた。中は髄のみ。どうやら、榛の実がたくさん採れるようだ。

四六年八月五日　風がやや収まった。俄雨が少し降ったが、おおむね晴。手押し車は出来上がった（適当な材木がないので、きわめて脆弱）。三つ目の苗床の設計をした。金網を張り始めることができるだけのフェンス用の支柱が出来た。ボートが出せるくらい、波は凪いだ。またもや転子がそこら中に吹き飛ばされた。一つ一つしっかり固定しなければならない。セイスを六匹釣ったが、それだけの数のセイスを針にかけただけで逃してしまった。鋏のない大きな蟹が罠籠の一つに一匹入っていた。鋏がなくとも生きていけるらしい。ロブスターは大きな鋏のちょっと後ろの脚の一本に、小さな鋏を持っていることにこれまで気づかなかった。ロブスターはもっぱら物を食うのにそれを使い、大きいのは武器に使う。海から出してしばらくしてからロブスターを箱に入れる際、溺れ死にさせないように注意しなければならない。それを避ける方法は、ロブスターを最終的に水の中に落とす前に、数回水にちょっと浸すというものだ。一匹のロブスターは二十四時間ごとに一立方フィートの新しい海水を必要とする。箱に十分酸素が入っていなければならないので。

四六年八月六日　時折、雨。新しい苗床を作り始めた。また、フェンス用の支柱の準備をし、まったく駄目には見えない灌木の剪定をした。レタスはまさに収穫していい頃だ（四六年五月二十八日に種を蒔いたもの）。こ兎がまた庭にいて、苗床の中で引っ掻いてさえいた。この二、三日、兎を撃つことができなかった。兎は極端に臆病かと思うと、その反対になるようだ。二匹のロブスターを箱の中に入れた。その二匹は約六時間海から出ていたので、これだけ間《ま》があってから水に戻すと溺れ死ぬかどうか見てみよう。
罠籠には何もなかった。今度は湾の別の側に置いてみよう。この湾はここしばらく、本土から来たロブスター船によってロブスターがすっかり捕獲されてしまったのではないかと思う。

イアンが言うには、罠籠の中に穴子《あなご》が入っている時は、外に出さずに、まだ中にいるうちに殺すのが肝要だ、さもないと大暴れする。穴子はナイフで背骨に沿って開いて殺す。

言い忘れたが、おととい、もう一匹蛇を殺した（小さいもの）。毒蛇なのかどうか今度も確かではないが、蛇が家の近くに来た時は万一のことを考えねばならない。

ロブスターの爪を結ぶ際、「鋏」の爪をまず結ぶこと。

今日、雀蜂に刺された――これまで雀蜂は見たことがなかったのだが。

今朝、南風が吹いた結果、ボートがかなり荒れていた波でまた浸水した。もし舳《へさき》と艫《とも》がロープで正しく結ばれていたなら、ボートは錨から離れることはないのだが、波がボートにかぶるのを防ぐことはできない。したがって、簀の子のような波に流されやすい物は、なんであれどけておかねばならない。

四六年八月七日　晴。夕方まで一日中強風。夕方、小雨が降った。兎防止用の金網を四分の三ほど張った。金網は大部分の場所で約二インチ地面に食い込ませた。それで十分という話だ。

海は荒れていたが、夕方、やや凪いだ。

四六年八月八日　雨が夕方まで、ほとんど休みなく降ったが、大雨ではなく、霧雨の俄雨の連続だった。風はおおむね南風で、海は午前中はかなり荒れていたが、夕方、少し凪いだ。雨だったので、戸外ではあまり仕事ができなかった。鵞鳥を初めて絞めた。翼が不具のものだ――一番大きなものではないが、一番小さいものでもない。血を抜いたあとの重さは七ポンド半なので、生きていた時の重さは八ポンドか九ポンドだろう。生後三ヵ月半から四ヵ月なので、ほかのは、私たちが食べる前に十ポンドか、それ以上になると思う。砂嚢が巨大でひどく固いのに驚かされた。

今日、雄鹿の肝臓を貰った。とても大きく、非常に色が濃く、やや固い。

四六年八月九日　夜、大雨。昨夜、釣りをしようとしたが、海があまりに荒れていて、ボートが出せなかった。錨のロープが切れ、ボートは海岸《ショア》ロープだけで繋がれていたが、幸い、損傷していなかった。注意、錨までの最後の数フィートは鎖にすること。

どうやらここの土壌は石灰を必要としているようだ。壁に接した苗床は大丈夫だが（たぶん、モルタルの塊からの石灰が少し入ったのだろう）、フェンスに一番近い苗床では土壌が極度に酸性らしく、どの種もあまりよく育っていない。ついでに言うと、カーターズ(33)から買った花の種の半分ほどは、まったく芽を出さなかった。

　今朝、午前中、ずっと雨。海は荒れている。午後、不意に晴れた。晩は美しく穏やかで、海面は鏡のようで、見事な月が出た。午後ずっと、詰まった配水管の掃除をした（部分的にしか成功しなかった）。錨を取り戻した。セイスを八匹釣ったが、そのうちの何匹かは非常に大きかった。四インチほどの長さの小さなセイスの群れがいたが、彼らは餌を追い、食いついた。したがって、時々、そうした小さい魚を釣らざるを得ない。しかし、たいていは針からうまく外せ、海に投げ入れることができる。罠籠を新しい場所に仕掛けた。

四六年八月十日　快晴、午後、ほんのちょっと俄雨が数分降ったが。刺草《いらくさ》に試しに少量の塩素酸ナトリウムを、一ガロンにつき一ポンド、十平方ヤードにつき約一ガロンの割合で撒いてみた。もしこれで刺草が枯れるなら、藺草《いぐさ》にも同じ濃さで撒いてみよう。

　一匹のロブスター（中ぐらいの大きさ）が罠籠に入った。鋏を縛ったが（うまく縛ったのならいいのだが）、紐がなかったので、ロープの撚りをほどかねばならなかった。まず鋏を縛って引き結びにし、それを強く引っ張ってからぐるぐる巻いた。そうしながら、片足でロブスターを押さえていた。

　今日、蜥蜴《とかげ》を見た（茶色のもの）――ここで初めて見た蜥蜴だ。菜園を掘っている時、数インチ土の中に埋まっていた蟇蛙《ひきがえる》を殺してしまった。一年のこの時期だから、春に目を覚まし損なった蟇蛙に違いないと思う。蟇蛙がまた冬眠を始めたということは、まずないだろう。

　一日の大半、北風。

　イアンは約二ガロンのガソリンを取り出した（と思う）。十三ガロン引く二ガロンになる。

四六年八月十一日　快晴、穏やかな日。午後十五分ほど激しい俄雨が降り、その後、弱い俄雨が降ったけれども。海は午前中、少し波があった。午後は非常に穏やかだったので、灯台が海に映っているのが見えた。

　鵞鳥を食べた――よい味だが脂肪がない（完全に草だけを食べた）。

　樹木と灌木のための支柱の準備を始めた。クニフォフィア属の植物（ここにいくらかあるのに気づいた）が咲きかけている。塩素酸ナトリウムで処理した刺草が漂白したようになり、萎れている。駒鳥を見た。ここではそう見かける鳥ではない。

　「防虫剤」を試してみた。効くようだが、かなり頻繁に使う必要がある。

四六年八月十二日　きのうほど良い天気ではない。

俄雨が何度か降り、今夜も雨になりそうだ。藺草に塩素酸ナトリウムをかけた。一つの区画では、刺草の場合と同じ割合でかけた。つまり、一ガロンにつき一ポンドと、十平方ヤードにつき約一ガロン。また、もう一つの区画では、雨が降って土の中に入れてくれるのを信じ、乾いている塩素酸ナトリウムを試しに撒いてみた。

西風。

きのう、もう一匹の淡黄褐色の兎を見た（赤ん坊の兎）。保蔵処理した半ダースの兎の皮を引出しに仕舞った。十分に乾いたと思ったので。ナフタリンを一緒に入れ、来年どんなふうになっているか見てみよう。平均、一匹から長さ八インチ、幅四インチか五インチの長方形の皮が取れると思うので、ちゃんとしたベッドの上掛けを作るには約百匹分の皮が必要だろう。一方、寝室用のスリッパを作るには、四匹から六匹の皮でいいだろう。

四六年八月十八日　旅行等のために、数日、日記をつけなかった。

この五日か六日は非常にいい気候で、晴れていて風が強かった。時折、俄雨がちょっと降ったが、二、三日はまったく雨が降らなかった。この時期に、道路はほぼ完全に乾いた。今日はまた嫌な天気だ。南風で、海は荒れている。

初めてアイレー〔インナー・ヘブリディーズ諸島の最南端の島〕に行ってみた。そこでは黒丸鴉《こくまるがらす》がよく見かけられるのに気づいた――この島では見たことがなかった。

きのう、船外モーター付きボートでアードラッサに行った。バーンヒルからアードラッサまで、ほぼ正確に一時間だ。陸路の距離は約七マイル半だが、海路だとそれより少ないらしい。ボートは潮の流れに乗っていたが、一方、ボートには四人が乗っていて、六ダースのロブスターが積んであった。そのロブスターは人間一人の重さがあったろう。

さらに二匹のロブスターと、二、三匹の蟹を捕った。今ではロブスターの鋏を縛るこつを飲み込んだ。一番てこずる作業は、捕ったものを罠籠から出すことだ。とりわけ、蟹の場合。蟹は網にしがみつく。

刺草や雑草を枯らす塩素酸ナトリウムの濃縮液は、藺草にはなんの効果もない。一ガロン半の水に二ポンドの濃さで試した――またもや、なんの効果もなかった。しかし、この濃縮液は蕨は枯らすようだ。今のところ、刺草、蕨、沢菊を全部枯らすことに専念しよう。

数日前、春キャベツの種を蒔いた。多年生キャベツの挿し木を何本か移植した。チェダーピンクの若木を何本か移植し、新しい風土に順応するかどうか確かめようと、浜簪《はまかんざし》を少し持ってきた。もし順応すれば、岩石庭園用の植物としていいだろうが、今の時期は移植するにはよくないかもしれない。

釣果は日によって異なる。ある夜、私たちは二十二匹釣り、ボートの中の海水を掻い出すのに忙殺されていなかったなら、もっと釣れただろう。別の夜、たった一匹しか釣れなかった——鯖。今年は鯖が非常に少ないようだ。スピナーではまだ一匹も釣っていない。

セイスを塩漬けにする方法——腸《はらわた》を抜き、頭を切り落とし、粗塩の層の中に詰める、つまり、塩の層、魚の層等々という具合に。数日間、そのままにしておいてから、空気の乾いた晴れた日に取り出し、すっかり乾くまで二匹ずつ一緒にして尻尾に紐を結んで吊す。そのあと、家の中で吊してよい。数ヵ月もつ。

A［アヴリル］は食用の海草の見本を手に入れた——トカチャではなくダルス。彼女はそれを乾かしている。その調理法、料理法は、それぞれやや異なるが、牛乳を使って料理すると、ブラマンジェにちょっと似たプディングになる。

四六年八月十九日　きのうは一日中、非常に嫌な天候。海峡の沖では荒れた海。ボートを引っ張り揚げた。ボートはまた波をかぶっていた。大雨だったので、戸外ではあまり仕事ができなかった。塩素酸ナトリウムをもう少し使った。粉のまま撒いた。雨が土の中に浸み込ませてくれると信じて。前に使った塩素酸ナトリウムは薊草を攻撃しているように見えるが、刺草等の場合よりゆっくりのようだ。

D［ダロック］は今、セイスを塩漬けにし、乾している。板のように固くなるまで乾さねばならない。食べる前に、塩抜きをするため水に漬ける。

今日は一日中晴で風が強かった。西風。湾内の海は静かだったが、海峡ではまだ白波が立っている。

四六年八月二十日　きのうは一日中、美しい日。午後、罠籠を引き揚げている時、小魚の群れが海中から跳び上がるのを見た。どうやら鯖に追われているらしかった。竿を取り出して辺りを漕いだが、成果はなかった。しかし、夕方、八匹のセイスと八匹の鯖を釣った。鯖が現われ始めたのだ。罠籠には何もなかった（二度続けて駄目だったのだから、場所を変えよう）。

キャラーガスのボンベを使い始めた。もし計画通り、朝食と、時折、薬缶で湯を沸かすのにだけ使うなら約六週間もつはずで、したがって九月末頃になくなるだろう。今、ボンベは二つある。ボンベを注文してから届くまで十七日ある。いつも少なくとも一つのボンベは予備になくてはならない。そこでNB、さらにガスを九月中旬頃に注文すること。

書き忘れたが、F［フレッチャー］家にもう二ガロンのガソリンを貸した。その結果、十五ガロン引く四ガロン取り出したことになる（つまり、約二十五ガロン残っている)。

四六年八月二十一日　今朝は晴で暖かい。俄雨が午後四時頃降り始め、晩は嫌な天候に変わり、風は南へと吹き、海がやや波立った。罠籠を仕掛けるのにボートを出す際、いささか苦労した。

D［ドナルド］・D［ダロック］は干し草を取り入れるのに苦労している。島の干し草の大部分はいまや取り入れられている。またはともかく、建物の中に取り入れられる前に、円錐形の小さな山に積み上げられている。Dの干し草はひどく貧弱で、短い。それは雨が変な時に降ったせいでもある。Dが言うには、その畑のように草を数年間刈らないでおくと、古い草と新しい草が混ざってしまうので刈るのが難しくなる。

塩素酸ナトリウムを掛けた藺草は、ピンクに近い、異様な黄色になった。

セイスは一昼夜塩に漬けておかねばならない。天候が乾かなければ、家の中で乾かしてもよい。泥炭を燃していた時代には、たいてい家の中で乾かした。

今日、数羽の渡鴉《わたりがらす》が頭上を飛んでいた。島のこの辺りでは通常見かけられない。一匹の死んだ兎を小径で見つけた。殺されたばかりで、首の後ろが切り裂かれ、背骨が露出していた。おそらく、頭巾鴉にやられたのだろう。今日、また「ワイルド」猫《キャット》に出くわした。私がその二、三ヤード前に行くまで、逃げようとしなかった。

NB、私たちがイアンとアンガスから二匹のロブスターを貰ったことを、F［フレッチャー］夫妻に改めて言うこと。

四六年八月二十二日　晴で風が強い。もう一羽、鷲鳥を絞めた（一番大きいのではない）。血を抜いたあと、これも七ポンド半。

さらに塩素酸ナトリウムを撒き、葱（ちょうど出てきた）の周りに煤を置き、二回目に蒔いた種から出来た人参と二十日大根の間引きをした。

セイス（saythe）五匹のみ（NB、正しい綴りはSAITHEのようだ）。一方、キヌアクドラクでは、彼らは二百匹捕った——すべてセイスで、鯖はなし。

四六年八月二十三日　曇で、かなり寒い。午後の初めの頃から断続的に雨。海はおおむね荒れ気味。大降りだったので、戸外ではあまり仕事ができなかった。自転車にペンキを塗った。

五月末頃に種を蒔いたD［ドナルド］・D［ダロック］の蕪が、早くもクリケットのボール(34)より大きくなっていると思う。デヴィルズ・ビット（以前、誤って松虫草と書いてしまった）が、いまや満開だ。松虫草より色が濃い。蕨のいくつかが変色しつつある。ここ数夜、茶色の梟がホーホーと鳴いている。梟が夏より前にホーホーと鳴くのを誰も聞いたことがないようだ。

四六年八月二十四日　午後四時頃まで絶え間なく土砂降り。どうやら夜間、大雨が降ったらしく、アードラッサに通ずる道路は大部分、小川そのものだ。夕方は美しく、穏やか。海面はガラスのよう。それにもかかわらず、釣れた魚は一匹——セイス。

苗床からルピナスを二十五本移植。もし全部根付けば、それで十分。多年生キャベツの挿し木はしっかり根付いたようだ。

四六年八月二十五日　午前中、少し雨、それ以外は美しく、暖かい日。海面はガラスのよう。たくさんの鷗と鵜《う》が湾にいた。罠籠を仕掛けながらスピナーで鯖を釣ろうとした午後のあいだ、そうだった——鯖は釣れなかったが、一匹の大きいセイスと、数匹の小さいセイスが釣れた。晩に鯖五匹、セイス四匹。

フクシアの挿し木を植えた。うまく植えたかどうかは確かではない。

庭にたった数分入ってきた鵞鳥たちが、レタスを全部根元まで食べてしまった。幸い、ほかの植物は大半無事だった。

四六年八月二十六日　午後、数回俄雨。それ以外は美しい日。海はごく穏やか。D［ドナルド］・D［ダロック］はなんとか干し草を刈り入れようと苦労しているが、微風が凪ぐと小虫が大量に発生し、仕事がほとんどできなくなる。手伝ってやろうとしたが、三十分ほどで畑から逃げ出さざるを得なかった。D・Dも同様。息をすると小虫が実際に鼻孔に入ってくるので、気が変になるほど苛立つ。書き忘れたが、きのう、雀蜂に刺された——今年、雀蜂を見たのはそれが最初だろう[35]。

信じられないくらいの量のナメクジ——巨大な大きさの黒いもの。きのう、A・I[36]と私はキヌアクドラクから戻る途中、小径だけを歩いて何匹ナメクジを踏み潰すことができるか試してみることにした。泉からこの家まで、つまり約一マイルの距離で、その数は百二だった。

昨夜、二十七匹釣った。鯖二匹とポラック五匹を含めて。A［アヴリル］は試しにセイスを塩漬けにしようとしている。

きのう、ひどく奇妙な蟹が罠籠の一つに入っていた。胴が円く真っ平らで、前の縁が鋸《のこぎり》の歯状で、鋏（一つのみ）と脚の横断面が驚くほど平らだ。鈍い赤みがかった色で、脚に緑の縞が入っている。胴の幅は約四インチだった。

四六年八月二十七日　終日、美しい日。海は非常に静かなので、灯台が海面に映った影を見ることができた。藺草をいくらか燃やした。塩素酸ナトリウムで全部枯れたと思っていたのだが。その区画全体の藺草を枯らして燃やそう。秋までに、ほとんど何もない状態にするために。今晩は、魚は四匹しか釣れなかった。全部、鯖。またしても罠籠をなくした。海中に落としてから数分以内に消えた。干潮の時に取り戻せるかもしれない。

四六年八月二十八日　今朝は雨。午後、晴れ間があったが、のち大雨と雷。晩はどんよりとして、霧雨。午後、海は静か。すっかり片付けるつもりの区画に、さらに塩素酸ナトリウムを撒いた。そのほか、午後ずっとオートバイのパンクしたタイヤを修理。いくらかのパンジーとチェダーピンクを移植した。

四六年八月二十九日　午後一時頃に、ごく弱い俄雨が降った以外、美しい日。なくなった罠籠を取り戻した。中に大きなロブスターが入っていた。どうやら、罠籠を調べてみる正しい時間は憩潮時のようだ。つまり、干潮の憩潮時だ。なぜなら、その時はロープがまっすぐに立つからだ。三十分ほど前にA［アヴリル］がボートで海に出ると、約六フィート下にコルク製の浮きが見えたが、回収不能に思われた。ところが、そこに行くと、浮きは海面に出ていた。

D［ドナルド］・D［ダロック］は、干し草に加えてオート麦を刈り入れるのに苦労している。オート麦はくたっと横になっているからだ。彼は合計約五エーカーのオート麦の畑を持っている。オート麦は大鎌で刈り取って束にし、手で縛る。その際、約半ダースほどの茎でぐるりと束をまとめ、両端を束の中に突っ込む。こうした方法では、かなり細い束しか出来ない。つまり、オート麦の茎で縛ることのできる細い束しか。出来た束は八束ずつ円錐形に積み上げられる。D・Dが言うには、スコットランド低地では六束ずつ積み上げる。たぶん、そこではバインダー〔刈り取りして束を作る機械〕がまったく知られていないわけではなく、使われる場合は、やや太い束を作るのだろう。

四六年九月十五日までの潮汐《ちょうせき》表を作った。次のように想定して。(a)きのうは一時十五分に干潮だった、そして(b)毎日、一時間半の差がある。あと一週間くらいで、その正

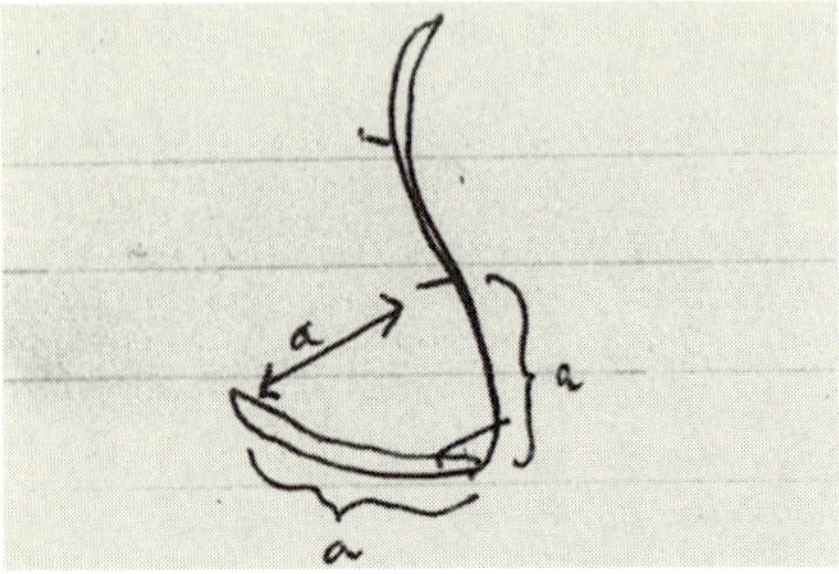

確さを試してみることができる。

今夜は鯖五匹、セイス六匹、ポラック一匹。

大鎌を組み立てる際、刃自体、下の握りまでの柄、下の握りと刃の切っ先までのスペースが正三角形を形作らないといけない。フェンス用針金で固定する。ハンマーで刃を叩いてしまわぬよう、針金は火で熱して曲げねばならない。それからリングを釘で留める。

四六年八月三十日　弱い俄雨が一、二回降った以外、美しい日。来年のために玉葱（エイルサ・クレイグ種）とレタスの種を蒔いた。
晩にセイス二十四。

四六年八月三十一日　どうやら夜、雨が降ったらしいが、美しい日。アードラッサへの道路はまだ非常に悪い。今、担当の量の麦の刈り束が互いに立てかけてある。罠籠には何もなかった。十一匹の鯖と四匹のセイスを釣った。新しい毛針を使えばもっと釣れるのは、ほぼ確実だ。海水がボートにかなり入ってくる。

四六年九月五日　数日、日記をつけなかった。

きのうまで快晴だった。日中に一、二回弱い俄雨が降ったけれども。昨夜は大雨。今朝は雨で暗い。蕨の色が確かに変わりつつある。ブラックベリーがいくつか熟しているが、遠出をして探すほどの数はない。そのうち大量に熟すだろう。七竈《ななかまど》の木が最高の状態だ。葉が赤みを帯びているのもあるので、遠くから見ると、木が漿果《しょうか》ですっかり覆われたかに見える。榛《はしばみ》の実はまだ熟していないようだ。最初の人参を引き抜いた。何株かの蕪は引き抜いてもいい頃だ。

最近、前より多くの鯖を釣った。セイスは多くない。非常に多くの小さなセイスがいるが、少々厄介だ。年中、釣針に食いつき、毛針を悪くしてしまう。私たちは最近、三日か四日ごとくらいに新しい毛針を使う。きのう、罠籠に餌を入れるためにボートを漕いでいると、二フィート近くある鮫《さめ》が、海面下一フィートくらいのところを泳ぎながらボートを追ってきた。ピンクがかった色に見えたが、それは海水を通して見たせいに違いない。鮫は、私たちがその目の前を引っ張って行く鯖用のスピナーには注意を払わなかった。もし鮫を捕らえることができれば（たぶん、魚肉の塊で）、餌の問題は解決するだろう。最近、ロブスターが捕れず、二、三匹の蟹しか捕れない。蟹の何匹かは店で見かけるものくらい大きいが、総じて、ここでは小さく、市場には出されない。A［アヴリル］は二ダースほどのセイスを塩漬けにした。鯖は塩漬けにするとあまり旨くないと言われているが、燻製鰊《にしん》のように、何匹か燻製にしてみるつもりだ。

蟹を罠籠から出す時、鉤竿で引っ張り出さねばならない。鉤竿でつつくと、蟹はそれを摑むことが多い。潮汐表を正確に吟味してみることは、まだできない。どうやら間違っているらしいが、それほど間違ってはいないだろう。

今日、晴れ間があったが、大体雨。鯖を二十一匹釣った。鯖のこれまでの最大の釣果だ。セイスは小さいのしか釣れなかった。ロブスターが一匹、罠籠に入っていた。ほかのは海の深いところに仕掛けたので引き揚げなかった。干潮の時に引き揚げよう。

四六年九月六日　惨めな日。アードラッサまでの道路は沼地だ。風はもっぱら南風で、海は荒れている。合計五匹の雄鹿を見た——最近、雄鹿をまったく見ない。麦畑に出没するもの以外。海がひどく荒れていて、釣りはできない。

四六年九月七日　嫌な天候。海は少し静かになった。一つの罠籠に蟹が一匹入っていた。その蟹を生け簀に入れると、先日入れた蟹がロブスターの一匹を食べてしまっていた。ロブスターの鋏は縛ってなかったのだが。しかし、ロブスターは小さめで、蟹は非常に大きかった。蟹とロブスターを一緒に入れないために、もう一つの生け簀を作っている。薪の火で何匹かの鯖を燻製にする実験をしてみよう。こうしたオークの丸太を使うのが一番いいと言われている。おそらく大差はないだろうが。

鯖を七匹釣った。セイスはまったく釣れなかった。

四六年九月八日　天候はよくなった。風は強いが、大した雨は降らない。西の湾に行ってみた。例によって、たくさんの海豹《あざらし》が岩場にいた。ほかのは、海岸から数ヤードのところで海に飛び込んでいた。どうやら遊んでいたらしい。海豹が岩場にいると、約三十ヤード手前まで行くことができる。海中にいると海豹は黒く見えるが、体が乾くと、ごく明るい色で、斑点があるのがわかる。彼らは二つのはっきりした色に分けられるようだ。茶色がかったのと、灰色がかったのとに。

四六年九月九日　弱い俄雨が一、二度降ったが、おおむね晴で風が強かった。新しい牛小屋の近くで、鹿の大群を見た——五十匹から百匹いただろう。二、三匹の雄鹿と仔鹿を含めて。セイスが三匹しか釣れなかった。鯖を燻製にした（約三十六時間塩に漬けておいてから、薪の火の上で約二十時間煙を当てた）。非常にうまくいった。

四六年九月十日　嫌な日。小止みなく雨。風はおおむね南風で、海は荒れていた。四ダースの苺を植えた（ロイヤル・ソヴリン）。良質で状態もいいらしい。到着するまで四日かかったのだが。それを植えたところの土は、あまりよくない――かなりごつごつしていて、雑草が多く、石灰が必要かもしれない。たった一、二ヵ月休閑だっただけなのに苔が生えているので。大降りだったので、戸外ではほかのことができなかった。ロブスター用の生け簀を作った。

四六年九月十一日　終日美しい日。午後は非常に暑かった。夕方少し寒くなったが、雨も降らず風も吹かなかった。海は非常に穏やかで澄んでいて、海面下二十フィートか三十フィートまで見えた。素晴らしい仲秋の満月。きのうの荒れた天候で転子《ころ》が流された。

ロブスターが二匹（小さい）、罠籠の一つに入っていた。鯖を二十四匹釣った。そのうちの一匹は釣り針を折った。新しいロブスター用生け簀は海中であまりに高く浮いている。やたらに孔を明けたため、箱というより単なる浮遊する木枠になってしまったのだ。石で重くしたが、結びつけておかないと、動き回ってロブスターを傷つけてしまうだろう。

刻みタバコ入れをなくした。兎の皮で間に合わせのものを作った。タイヤのチューブで裏張りをした。一つの小さい皮で刻みタバコ入れに、ほぼ足りる。鹿の骨でマスタード用スプーンを作った。

古い牛小屋の近くにまだ大群の鹿がいる。ほとんどが雌鹿で、数匹の雄鹿と仔鹿が混ざっている。二匹の雄鹿から二十フィート以内のところに行ってみた。グレンギャリスデールのほうで鹿撃ちをしているので、みんなこっちに来ているのは疑いない。

四六年九月十二日　ひどい天候。午前中、海は静かで、風もあまりなかった。少し雨が降ってはいたが。午後ずっと、激しい雨と、南と南西からの猛烈な風。海は大荒れ。ボートが波に打ちつけられているのではないか心配だが、外に出られるくらい回復しても、ボートを引き揚げるのは、おそらく不可能だったろう。朝、罠籠を引き揚げた。かなりの大きさの蟹が一匹入っていた。

大降りだったので、戸外ではあまり仕事ができなかった。D［ドナルド］・D［ダロック］の指示に従って大鎌を組み立て直した。NB、そのことについて、以前の項で間違ったことを書いた。大鎌の刃と、その長さに等しい大鎌の取っ手と、その上端と刃の先端までの距離が正三角形を作らねばならない、というのがルールだ。刃は太い針金、例えばフェンス用の針金で固定され、その針金は、刃の切るほうの下にある孔を通って、反対側に曲がる。針金の形をハンマーで叩いて整えるには、針金を真っ赤に灼《や》く必要がある。そうしないと、ハンマーで叩く際に刃を折ってしまいがちだからだ。

骨からマスタード用スプーンを作り、鹿の角から塩用

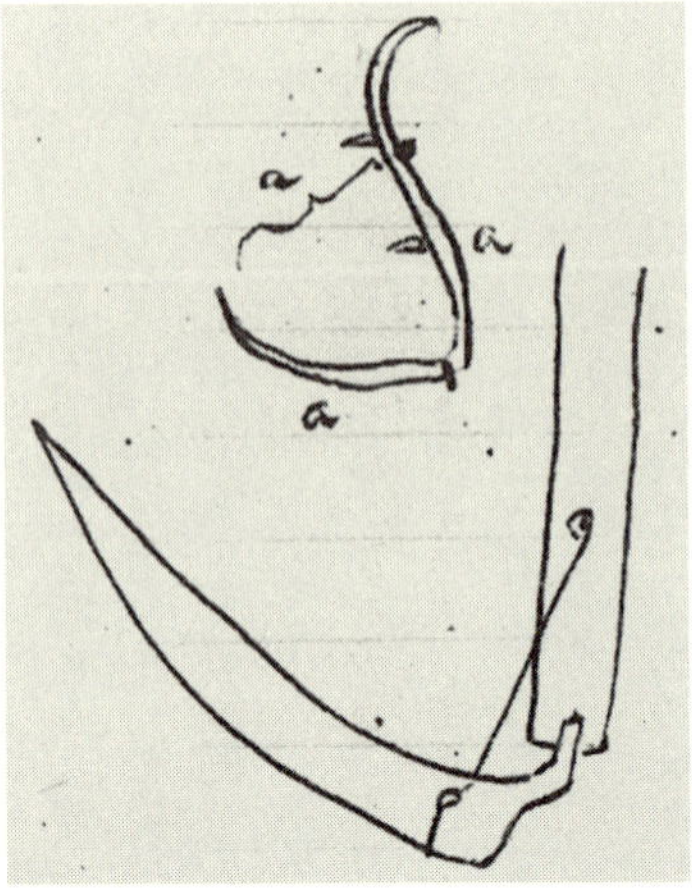

大鎌の刃の孔をＡとし、刃の尖端をＢとする。取っ手の一番下から、ABに等しい長さをACとする。そして、BCもABと等しいような角度になるように刃を調節する。

スプーンを作った。骨のほうがよい。

Ｄ・Ｄは大鎌の刃全体を研ぎ、いわゆる「急ぎ研ぎ」はしない——つまり、刃先だけ研ぐということは。彼は石（カーボランダム〔研磨剤〕）を刃とほぼ平行に持ち、半インチか一インチずつ、刃の全体を研ぐ。

四六年九月十三日　午前中晴れ間があったが、午後はずっと雨。もっぱら西からの烈風。海はやや静かになった。ボートは波でひどくやられた——板が三枚なくなった。修理は可能だろうが、ここでは駄目だ。どうやら錨が嵐で動いたようだ。ロブスター用生け簀が流された。ほかのは干潮の際に回収できるかもしれない。罠籠は回収不能。目下、大降りで海は荒れているので釣りはできないが、天候が回復し、風が海岸から沖に吹くようになったら、岬から試してみよう。大きな竿で毛針釣りをしてみよう。Ｋ［ケイティー］・Ｄ［ダロック］が言うには、父が岸から釣っていた時は、魚を引き寄せるために煮たジャガイモを崩したものを投げたものだった。笠貝は割合多く、たいてい、まず煮る——そうするほうが貝から出しやすいからだ。

大鎌を使ってみた。今のところは草を少ししか刈ることができないが、練習をすればうまくなるだろう。

渡鴉がたくさんいる。鳩が麦畑にいるが、撃てるだけの距離に近づくことはできない。

四六年九月十四日　総じて嫌な日。宵の口に二十分ほど晴れたが、それ以外はおおむね雨。アードラッサまでの道路は、大部分、流れる小川だ。アードラッサの突堤付近の路面はすっかり冠水し、何箇所かの水路は流水でえぐられ、二フィートの深さになっていた。足踏み自転車で配給を取りに行かねばならなかった。バーンヒルからアードラッサまで（荷物なし）約二時間、帰りは約三時間。しかし、帰りの最後の二マイルのほとんど、暗過ぎて自転車に乗れなかった。だから、状況がよければ、約二時間半で帰れるだろう。Ｄ・Ｄはもっと大きな荷物を持っていても約一時間半で大丈夫だ。

四六年九月十五日　天候はやや回復。風は強いが晴。

一、二度、俄雨が降っただけ。今朝、午前八時頃、雹が一時的に激しく降った。風は依然として南風で、海は荒れている。

榛《はしばみ》の実を試してみた。まだ熟していない。殻はほとんど完全なのだが。あと十日くらいで熟すだろう。

春キャベツを間引いた。四六年六月十五日に種を蒔いた蕪が、抜いてもいいくらいに大きくなった。来年のために種を蒔いた玉葱がよく伸びた。レタスも同じ。しかし、レタスの芽が出た途端、頭蒼花雞《ずあおあとり》がいくつかを啄《ついば》んでしまった。

四六年九月十六日　夜、烈風。今朝はいっそう激しい嵐で、南から猛烈な風が吹き、海はこれまで見たことがないほど荒れていた。曇で、時折、ぽつぽつと雨。

正午頃、十人か二十人を乗せたアードラッサのトラックが到着した。D［ドナルド］・D［ダロック］の二枚目のオート麦畑を刈り入れることを期待して。まったく絶望的だった。刈り取り機が畑を二度ほど回った時までには雨が降り始め、一日中、ほとんど止み間なく降り続けた。間断なく凄まじい風が吹いたが、すべて西からと南からの風で、実際に雨が降っていない時さえ、物を乾かす効果はなかった。

農園の仕事をする大工が、D・Dの家の上げ下げ窓の吊り綱を新しくしている。NB、まず、窓の下半分を支えている横桟を外し、次に、上半分を支えている横桟を外すが、てっぺんと一番下の桟は外す必要がない。

四六年九月十七日　天候はやや回復。風は依然として南風で激しいが、雨はあまり降らず、晴れ間が何回かあった。杓鴫《しゃくしぎ》を狙って撃ったが、当たらなかった。撃てるくらい杓鴫の近くに行けたのは、これが最初だ。

前もって話してあったのだが、F［フレッチャー家］から鹿の屠体《とたい》を買った。値段はまだわからないが、市場価格はデッド・ウェイト（つまり、内臓はないが、皮と角はある）一ポンドにつき約十ペンスだ。この鹿は百五十ポンドかそれ以上あるので、値段はたぶん六ポンドくらいだろう。この鹿は新しい牛小屋に置いてあった（きのう、撃った）。そして、D・Dが今朝、そこから取ってきた。例によってごたごたした。畑を刈ることができるまで、ここに置いておくことになっているトラクターがバックして牛小屋に突っ込み、D・Dの荷車の前に止まってしまった。彼はトラクターを発進させることができなかったので、荷車を出して雄鹿を持ってくることができなかった。彼は急造の荷橇で鹿を引っ張り出さざるを得なかったが、家から約四分の一マイルしか行かないうちに橇が壊れた。今日の午後、彼が鹿の皮を剝ぐのを観察した。私たちはそれぞれ鹿の脚と腰部を取り、残りは冬のために塩水に漬けることにした。死骸を完全に綺麗にし、前部を下まで切り開いて左右に押し広げ、気管と肺を取り除き、腹部の縁の肉の一部を切り取る。腹部は鹿の腸《はらわた》を最初に抜く際に汚れてしまう。皮を剝いだあと鹿を空中に吊し（滑車がないと四人分の力を必要とする）、二十四時間吊してから切断する。野生動物としては意外なほど脂肪が多かった。皮を半分ほど取った。それが保蔵処理をする材料の限界だ。兎の皮を保蔵処理するのと同じようにやってみよう。その皮を全部使えば、炉の前の大きな素敵な敷物になるだろう。D・Dは鹿の耳を切り取り、犬に食われない場所に置いておくと言った。税金に関係するからだ――ともかくも、撃った鹿の耳は、検査の際、必要に応じて見せなくてはいけない。

今夜、また雨が断続的に降った。

四六年九月十八日　昨夜、少し雨。午前中は寒く、曇。しかし、風は凪いだ。海はやや静か。

午後は総じて快晴。午後、ぱらぱらと雨が降り、六時頃、激しい俄雨が降り、夜間、もう少し雨が降った。

岩場で釣りをしたが、釣果はなし。風はほとんど北風で、時折魚が釣れる場所まで、少なくとも四十フィート釣糸を投げることができたが。もちろん、動かずに釣れば、釣果は魚の群れがそこにやってくるかこないかによる。

今夜かあす、蝿が寄ってくる前に鹿は「解体」しなければならない。皮の半分を保蔵処理した。手持ちの保蔵処理用の混合物をすべて使い、兎の皮を保蔵処理した時と同じやり方で。NB、十月三日頃に開けること。

D・DはK・Dの助けを借り、二番目の畑のオート麦を大鎌で刈り、束ね、刈り束を積むのに大忙しだ。彼はアードラッサの一行が刈り取り機を持ってやってくる前に、できるだけ多く刈ろうと躍起だ。彼が言うには、連中は三日前に刈った少しばかりのものを、ひどいものにしてしまった。束はあまりに大きく、すべててっぺんで結んであった。濡れると、重過ぎて持ち上げられないほどになり、その日に作った束のほとんどは倒れてしまった。

四六年九月十九日　俄雨が朝食時に少し降った。

一日の大半、風が強く、やや寒かったが、かなり日が射し、雨はあまり降らなかった。海はやや静か。風は少し南寄りになったが。D・Dは畑の作業を終えた、つまり、刈り取り機による刈り入れを。刈り取り機は次にバーンヒルの畑で仕事をすることになっていた。しかし、さまざまな厄介事で妨げられた。まず、切断器の刃をキヌアクドラクに置いてきてしまった。次に、トラクターが発進しなくなった。次に、畑の一番沼地に近い状態になっている場所では運転できなくなった。最後に、畑の四分の一かそれ以下を刈ったあと、あすまたやってきて麦は刈るが刈り束の山を作ったり束ねたりはせず横にしたままにし、干し草の場合のように、あとで寄せ集めて納屋に入れることに決まった。どうやらそれは、もし麦を脱穀するのでなければ可能なようだ。麦はびしょ濡れで、大方は寝かせてあるが、兎にやられなかった場所では不作ではないように見える。

　罠籠とロブスター用生け簀一つを取り戻した。ほかのはばらばらに砕けていた。大きいほうは実際には壊れてはいなかったが、係留してあったところから位置が変わり、ロブスターは蓋がゆるんだせいで逃げてしまっていた。罠籠には何も入っていなかった。引き揚げるのに非常に苦労した。海草の巨大な塊の奥に入ってしまっていたので。嵐のあと、海岸に海草の多量の堆積があった。ボートをまた調べてみた。実際、修理は可能だが、船板が五枚なくなっている。もちろん、その仕事は海岸でできる仕事ではない。しかし釣った魚で、その元の値段（十ポンド）を楽に取り返してしまった。来年はなんであれ私たちのボートをキヌアクドラクに置いておこう〔オーウェルは同地に住むダロック家にボートを預けることにした〕。

四六年九月二十日　今朝は寒いけれども快晴。風はほとんどなく、海は静か。

　午後四時頃、弱い俄雨。それ以外は一日中快晴、やや寒かった。鷗の大群が海峡の沖で非常に忙しそうにしていた。鯖の群れを追っていたのだろう。

　バーンヒルの畑の麦は刈り取られ、列になって横になっている。こうして収穫するとひっくり返す必要はなく、そのままで乾くと、みんな言っている。

　きのう、F〔フレッチャー〕夫妻が持ってきてくれたブラウン・トラウトは、魚卵で一杯だった――非常に大きな小球体で、赤みを帯びた黄色だ。今の時期に魚卵が腹にあるということを知らなかった。

　かなり多くのブラックベリーの実が生っているが、まだ盛りではない。榛《はしばみ》の実はどう見ても熟していない。

　キャラーガスのボンベが、今日で一ヵ月もっている。それがなくなった時点が、どのくらいもったかを正確に知る手掛かりにはならない。ガスがいくらか漏れてしまったからだ。書き忘れたが、私たちは五ガロン入りのドラム缶の灯油（今度は良質のもの）を四六年九月十六日に使い始めた。それをダブル・バーナー・ランプ、バーラー・ストーブ（ある程度まで）、ベアトリス・ストーブ[37]、カンテラに使っている。おそらく、二週間以上はもたないだろうが、NB、なくなった日付を記録すること。

　今日、四分の三トンほどの石炭が配給になった。十月九日にここを発つまでもつだろう。また、来年のための二と四分の一トンが残るだろう（つまり、来年の六月まで）。この家に対する割り当ては、年に六トンだ。五月二十五日頃から今日までの四ヵ月で私たちはほぼ正確に三トン使った。また、大量の薪も使ったが、いつも火を燃やしている台所以外、火は燃やしていない。さらにこの一ヵ月、キャラーガスもある程度使った。そのため、もしここに一年中いるとなれば、毎年十トンの石炭は十分に要るだろう。もちろん、それだけあれば、料理をする以外、湯を沸かし、台所を居間として使える。

　雄鹿は今、切り分け、塩水の中に漬けてある。腰臀部はないが、それはD夫妻と私たちが新鮮な状態で食べている。雄鹿に八ポンド八シリング払った。雄鹿は十四ストーンの重さだと見積もられたが、そのうちの二ストーンは頭と足なので差し引かれている。市場価格は今、一ポンド一シリングだ。皮を剝ぐと、骨を含めた肉の重さは十ストーン（百四十ポンド）だろう。私たちは肉をダロック家と半分ずつに分け合ったので、それぞれ約七十ポンドの肉を手にすることになるが、そのうち約三十ポンドは塩漬けにする。これは、一人の人間の一年分の配給の肉にほぼ匹敵する。(38)

四六年九月二十一日　凄まじい日だった。南から烈風が吹き、大雨。午後九時頃から豪雨になり、風が一晩中吹き荒れた。

　軍靴を修繕した。つまり、踵《かかと》を付けた。ごく簡単な作業に見えるが、仕上げるには、丸砥石と踵の下部が必要だ。

　雄鹿が唸っている。今年、雄鹿がそういう声を出すのを聞いたのは初めてだ。深山鴉の大群。ここに深山鴉がいるのは知らなかった。頭巾鴉ではない、あの一族の黒い鳥を一羽でも見ると、私はたいてい渡鴉だと思った。しかし、それらはほぼ間違いなく深山鴉だ。疑問、彼らはどこに巣を作っているのだろう。ここには高い木がないのだから。(39)

四六年九月二十二日　天候はほんの少し回復。風は夜のあいだに収まり、午前中はかなり晴れていた。午後、雨が時折降った。海は静かになった。雄鹿がそこら中で唸っている。

四六年九月二十三日　概して天候はきのうよりよい。日中、おおむね晴、風が強く、かなり寒いが、午後六時頃まではあまり雨は降らなかった。その後、一時間ほど止み間なく雨。夜に、さらに数回俄雨。南風と南西の風が非常に激しい。海は依然として荒れている。

　キャラーガスのボンベが空になった。ひと月と三日もったわけだ――つまり五週間。いくらか無駄にしたことを考慮すると。追加のボンベを注文した。取り付けた新しいボンベは、私たちが十月にここを出るまでもつはずだ。

　盛大に焚き火をし、ゴミを大量に燃やした。数週間前からそうしようと思っていたのだが、空気がよく乾いていたので、今日初めてそうした。

四六年九月二十四日　天候はずっとよくなった。晴、洗濯物がよく乾く風。塩素酸ナトリウムで対処した区画を燃やした。よく燃え、藺草《いぐさ》はほとんどなくなった。根はいくらか、まだ生きているかもしれないが。藺草が生えている、もう一つの大きな区画に対処するのは不可能だ。もし、牛小屋から早々に塩素酸ナトリウムのドラム缶を持ってくることができなければ。

　D・Dは刈り取った麦を積み上げるのにおおわらわだ。今日、一つの山は出来たが、まだ「屋根」は付けていない。彼は五つほどの山を作るつもりだ。彼は小さな円い山を作り、かなり急角度に先細にし、てっぺんを藺草で屋根状にする。一つの山は荷車約六台分か、一エーカー分の麦を意味するようだ。刈り取った麦はまだひどく湿っていて、どの束を荷車で運ぶかを選び、ほかのものはもう少し乾かすために再び山に戻す。山のてっぺんに湿ったものを置いても、あまり問題はない。D・Dは山を先細りにする際、非常に小さな束を使う。つまり、ごく短いもので、総じて兎に食べられてしまったせいで、ほとんど藁がない。これらは脇にどけられ、山が先細りになり始めた時に最後に使われる。彼が言うには、円い山はほかの形の山よりも風に強い。

今日、初めて肌着を着た。

四六年九月二十五日　午後四時頃まで晴で風が強かった。そのあと、少し雨。依然として南風で、波は荒い。窓の下の苗床を片付け始めた。多年生キャベツの苗（しっかりと根を張ったように見える）と葱の苗をいくつか移植した。後者は惨めだ。おそらく、単に間引きをしただけで、苗床に移植しなかったせいだろう。この苗床の土は、わずか五ヤードほど離れただけのほかの苗床の土とはまったく違っている（ずっと黒っぽい）。五月末に掘って埋めた芝がほぼ腐った。したがって、芝を掘って埋めた箇所を、ともかくも深く掘るには四ヵ月待たねばならない。

　今日、一羽の鷲が家の上を飛んだ。島のこっちの端で鷲を見るのは、いつも非常に風の強い天候の日のように思える。今日、D［ドナルド］・D［ダロック］の犬の一匹が、丘の頂上で一匹の野兎を殺した（マウンテン・ヘア〔小型の野兎〕）。D・Dが言うには、そういう兎はあまり見かけない。さらに彼が言うには、その種の兎は冬に毛が白に変わる。オコジョも同じ（たぶん鼬《いたち》も）。ここではあまり雪が降らないのも、野兎が少ない理由だろう。

　ドビーズ(40)（Dobbies）にはブッシュ・ローズがないので、六株の蔓薔薇と十二株のプリムラポリアンサを注文した。あそこがそれだけの数のものを分けてくれるかどうか、わからない。チューリップの球根はまだ着かない。

四六年九月二十六日　昨夜はずっと非常に荒れた天気。今日は嫌な日。雨は実際には降っていないが、正午頃まで曇。その後、おおむね雨。時々、土砂降り。海は荒れている。

戸外ではあまり仕事ができなかった。窓の下の苗床を整え終わり、最初の垣根仕立ての木を植える場所を作った。石に釘を打ちつけることはできないので、あの壁にそれらの木を固定させるのは難しいだろう。

一匹の鹿の半分から何度食事ができるかを記録しておこう。今日までに、付帯的な部分、つまり新鮮なうちに食べる肝臓、心臓、舌、関節部分で、七回食事をした（一人から六人で）。また、一ポンドのスエットと、大きなボウル一杯分の肉汁。

ドビーズは石灰を持っていない。どこかからいくらか手に入れることができなければ大事《おおごと》だ。

四六年九月二十七日　天候はずっとよくなった。昨夜は風が荒れ狂い、今日は朝から午後一時頃まで、ほぼ間断なく雨が降った。その後晴れ、雨は降らず、非常に暖かく、穏やかな天候になった。美しく静かな夕暮れで、太陽が少し顔を出した。海はまったく不意に凪いだ。風が収まると同時に、揺蚊《ゆすりか》が再び発生した。

壁の下の苗床をポーチまで広げ、薔薇の茂みのための場所を作った。苺の区画の空いているところの雑草を取り、掘り起こした。土はひどくびしょ濡れだ。ポーチの近くの土はよくないので、そこに野生のジギタリスと桜草を移植しよう。まだ枯れていない果樹の灌木の剪定をし、肥料を施した。

今朝、一羽の大きな鷗（羽根の具合から見て今年生まれたものだ）が、家の周りを飛び回り、鵞鳥と一緒に餌を食べていた。おそらく、荒れた天候のせいで魚が捕れないのだろう。

蕨が今、ほとんどすべて茶色になった。木々は葉の色が変わる、ほんの少しの兆しを見せている。榛《はしばみ》の実をいくつか摘んだ。かなり熟していたが、半分ほどは腐っていた。非常に雨の多い年だったからに違いない。今、ブラックベリーが多く見られるが、今年はあまりよくなく、大半はちょっと斑点がある。

四六年九月二十八日　美しい日。ほんの少し霧が出ていて、非常に暖かい。風はそよとも吹かない。海面はガラスのようで、美しい淡い青。道路はすでにかなり乾いている。アードラッサに行くのに一時間五十五分かかった。帰りは昼食の時間を引いて二時間二十五分だった。しかし今度は、いつもと違い重い荷物は運ばなかった。二匹の雄鹿が、道路から約百ヤード離れた古い牛小屋の近くに一緒にくっつくようにして立ち、ひどく敵意に満ちた調子で唸っていた。どうやら私に向かって唸っていたらしい。唸っていない時は、二匹は並んで、ごく仲良く草を食んでいた。とすると、どうやら、彼らは出会った時、必ずしも闘うわけでもないらしい。もっとも、今は交尾の季節と考えられているが。

　M［マーガレット］・F［フレッチャー］がくれた大きな植物（名前は忘れた）の根を二つ植えた。また、野生のジギタリスもいくつか、土壌が貧弱な隅に植えた。日蔭で一本のジギタリスが、まだ花を咲かせようとしているのを見た――ジギタリスは私がここに来た五月下旬に咲いていた。

四六年九月二十九日　美しい日。午後の最初はごく暑かった。しかし、きのうより風が強く、海は荒れた。風は時に北風だったが。風は今夜、ひどく激しい。

　堆肥の山のために穴を掘り、藺草をもっと焼き払い、桜桃の木の周りに立てるためのフェンスの材料を持ってきた。A［アヴリル］は地面に落ちていたいくつかのナッツを家に持ってきた。たぶん、最近の強風で吹き落とされたのだろう。熟しているように見えたが、大部分、腐っていた。どうやら、今年はよくないらしい。

四六年九月三十日　朝のうちは雨が降っていたが、午後には晴れ、静かで穏やかな天候になり、日も少し射した。海はきのうより静か。海岸に行ってみた。新しい漂流物はなかった。きのう、D・Dは強風でどんな物が漂流してきたか見ようとW湾[41]に行ったが、どうやら興味深い物は何もなかったらしい。

　樹木用の支柱の尖端を鋭くし、三つ目の区画の作業を終え、樹木用の場所の草を大鎌で刈り、挿し木を堆肥の穴に差し、二本の木を植えるための場所を整えた。二本の木は約八フィート離して植えよう。矮性の木ならそれで十分だ。堆肥は、そうした木にはちょうど足りるだろう。それ以上は駄目だ。

　ここによく来る鹿を、鹿防止用フェンスのちょうど前の海岸のところで初めて見た。雌鹿だ。私から五フィートそこそこのところで草を食んでいた。菖蒲《あやめ》の中に頭を突っ込んでいて、注意を惹くためわざと音を立てるまで、私の姿を見もせず、私の声を聞きもしなかった。

　今夜、五ガロンの灯油の最後の残りを使い切ってしまった――あと一日ほどランプは点くだろう。少なくとも二つのランプは。四六年九月十六日に使い始めた（と思う）ので、二週間もったわけだ。もし、暖房用ストーブも頻繁に使ったなら（私たちは暖房用ストーブを使いはしたが、そうは使わなかった）、合計消費量は週にたっぷり三ガロン、ひょっとしたら三ガロン半になるだろう。

オーウェルは九月三十日から十月三日の項の左頁に連続して、これから畑をどんなふうにするのかを示す図を書いた。オーウェルは九月三十日に、これらの図を描き始めたようである。菜園の四つ目の配置図は、日記に挟んである一枚の紙に描かれた。四つの図はすべて、読者の便宜を考え、連続してここに掲載した。一九四七年一月二日にバーンヒルに戻ってきて植えた灌木の配置図については、四七年一月四日の項を参照のこと。日記の最後の二頁には、二つのリストが書いてある。一つ目は、バーンヒルを去る前（括弧して十月と書いてある）にすべきことを書いたもので、二つ目は、バーンヒルで必要な品物を書いたものである。二つのリストはこの時期に書かれたものらしいので、図のあとに置いた。本書の図は縮小したものである。

発つ前にすべきこと（十月）[42]——

鹿防止用フェンスを点検する。門を修理する。
裏の菜園の隙間をなくす（二つの隠元豆[43]で十分）。
果樹の場所の準備をする、薔薇の茂みも同じ。
支柱用の木を切る（樹木用に約十二本、金網用に八本、
　薔薇の茂み用に小さなもの一ダース）。
家の近くの苗床の周りに金網を張る。
苗床を片付ける。
縁を四角にする。
キャベツ、ルピナス、パンジー、チェダー・ピンク、
　桜草（?）、チューリップ（?）。
できるだけ土に石灰を撒く。
ボートを引き揚げる。
ボートの覆いを作る（波板?）
道具に油を差す（そして中に入れる）。（オートバイ）
階段と廊下の長さを計る。
タンクの蓋に石を置く。
海草／葉の腐植土を集める。

バーンヒルで必要な物[44]——

四枚の小さな絨毯（約十四フィート×六フィート）
一枚の良質の炉辺の敷物《ハースラッグ》。
四枚の小さなハースラッグ（マットの横に敷く）。
約十五ヤードの階段用絨毯。
約十ヤードの廊下用マット。
約十二フィート×六フィートのリノリウム。
五卓のテーブル、さまざまな大きさのもの（主として
　台所用テーブル）。
二脚の肱掛椅子。
約半ダースの、背がまっすぐな椅子。
いくつかの炉格子。
枕カバー（一ダース）。
カップ、皿、刃物類（切り盛り用大ナイフ、フォーク

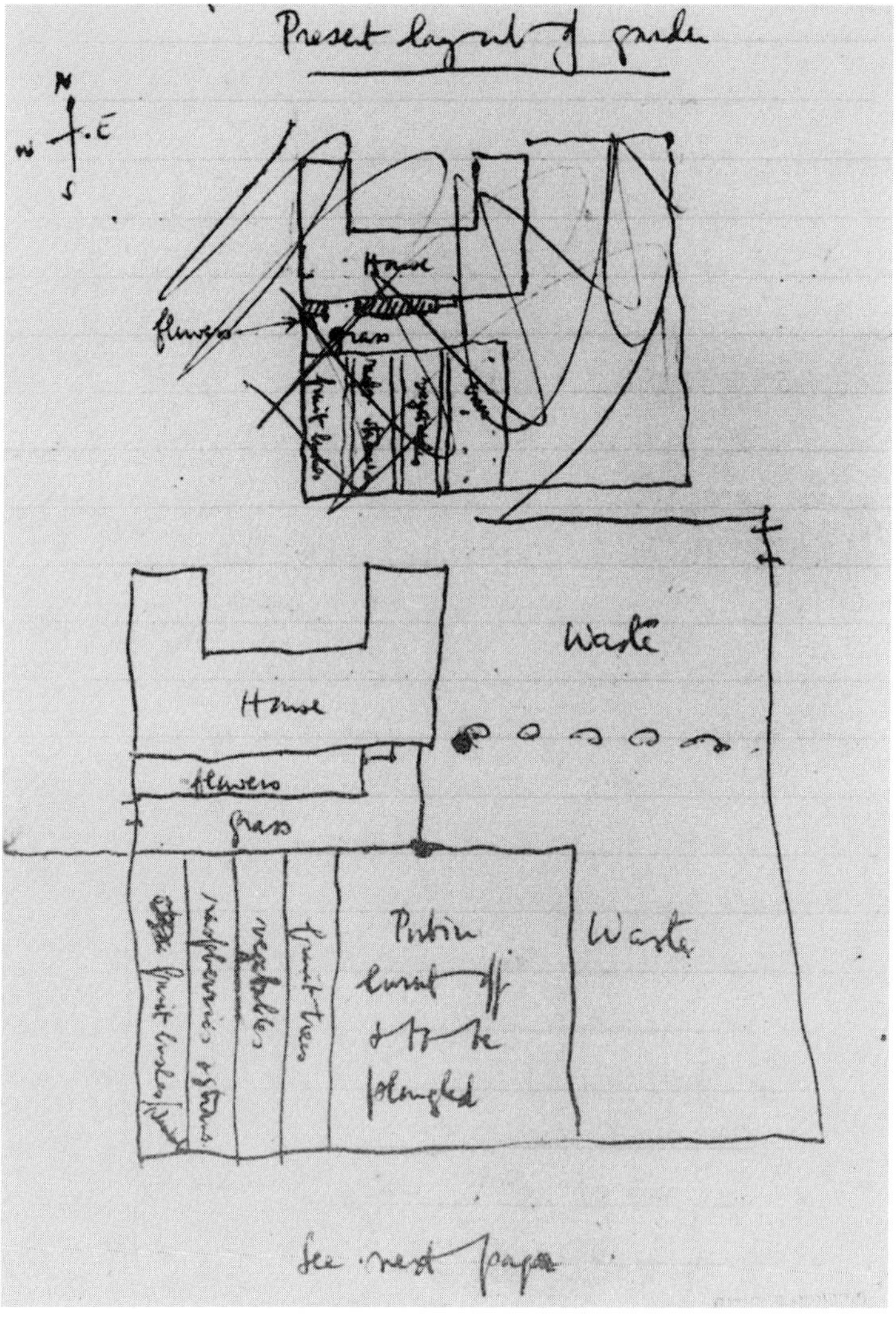
Present layout of garden
House
flowers
grass
House
Waste
flowers
grass
vegetables
fruit trees
Waste
See next page

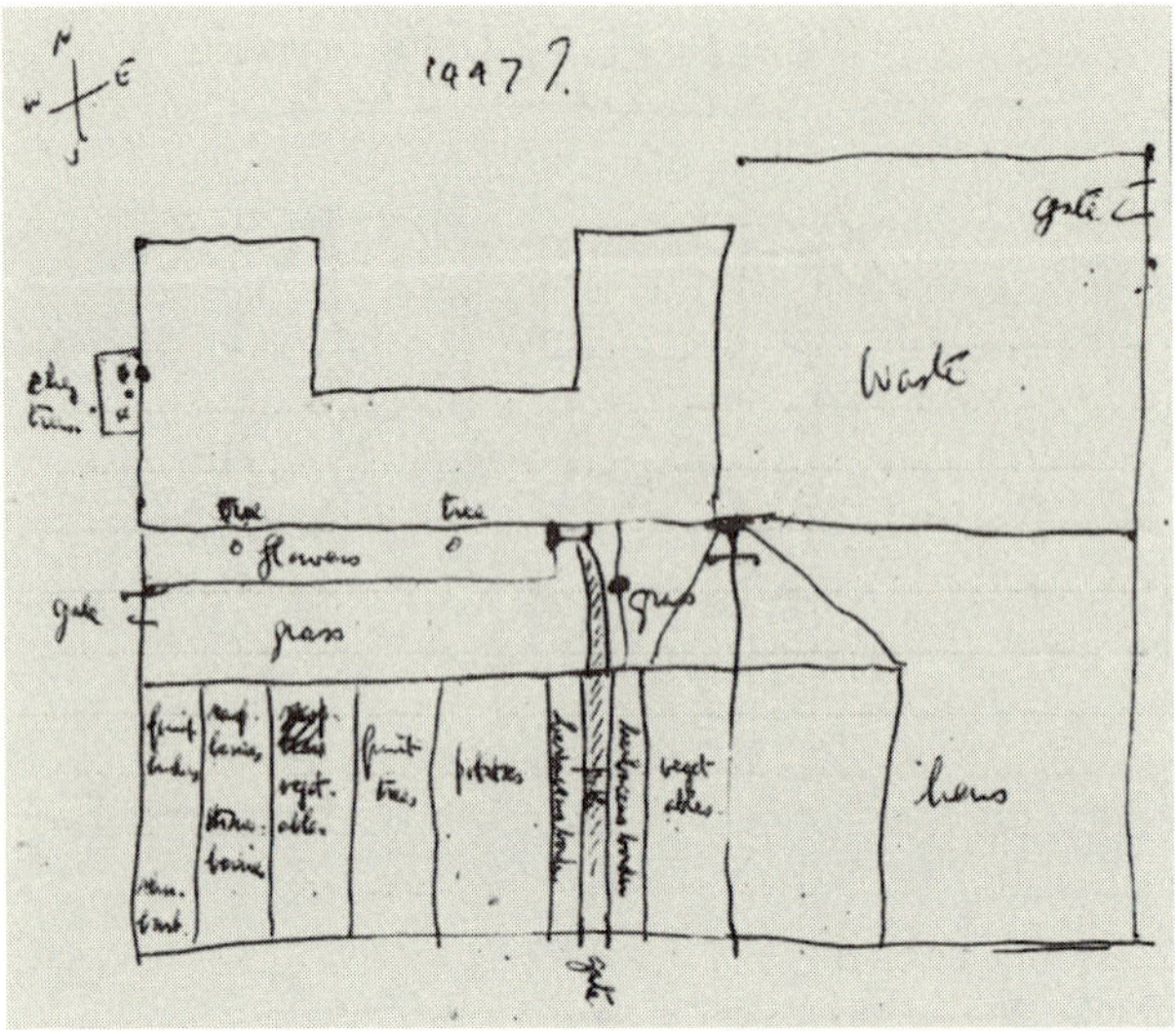
1947 ?
gate
Waste
tree
tree
flowers
gate
grass
grass
fruit trees
potatoes
hens

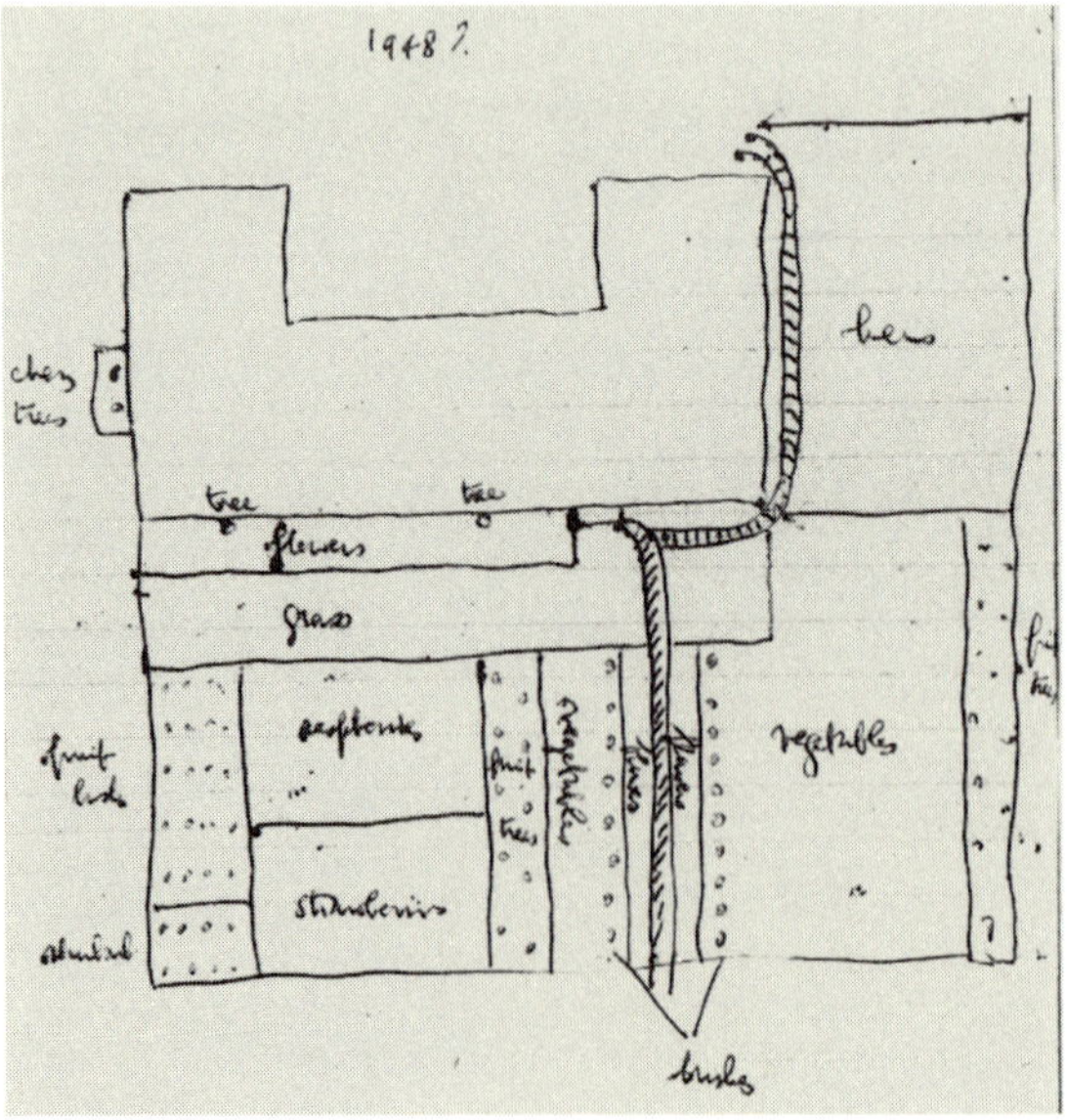
1948 ?
hens
tree
tree
flowers
grass
strawberries
fruit trees
vegetables
bushes

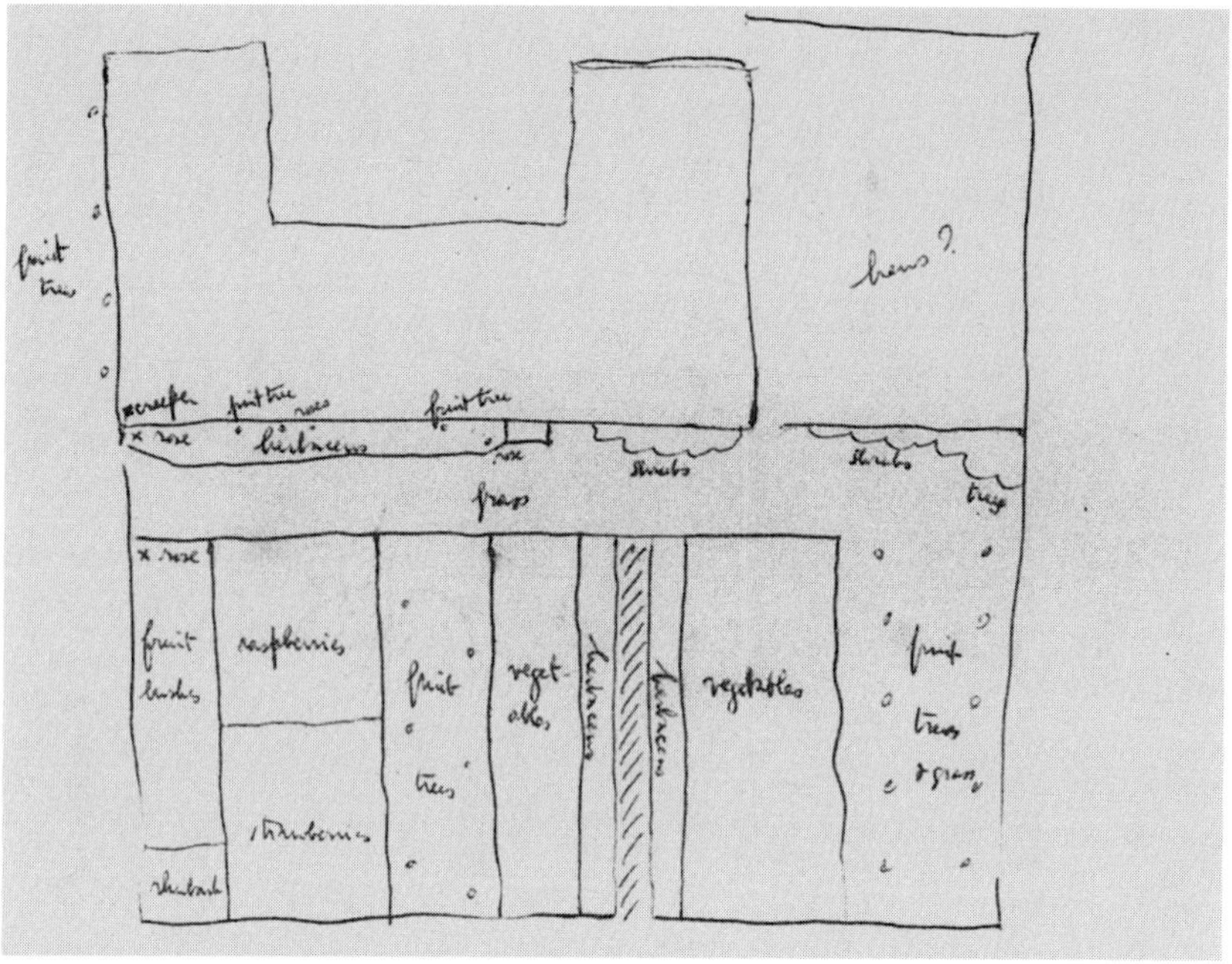

を含む)。
四枚のテーブルクロス、市松模様のもの。
肉挽き機。アイロン。ラジオ。ミシン?

道具。草刈り機、干し草用熊手、大型万力、各種の鉋《かんな》、各種の鑿《のみ》、各種のハンマーと槌、油差し、ペンキ刷毛、ペンキ、タール、セメント、ロープ、鎖。手動耕耘機。望遠鏡。

船外モーター(およびボート)。

手押し車。

四六年十月一日　爽やかで暖かい日、時折曇だが、おおむね晴で風はあまりない。今夜九時半頃、不意に篠突く雨。それは五分ほど続き、その後、小降りになった。

アードラッサの者たちが、麦の取り入れ作業を再び行おうと、今朝到着した。熊手で麦をひっくり返してから股鍬で放り投げた。午後までには荷馬車で運べるだけに乾くだろうということで。しかし、その多くは依然として湿っているので、五フィートほどの山に積み上げられた。あす、荷馬車で運べることを期待して(それは、私たちの牛小屋に仕舞われる)。たぶん今夜の雨で、また中まで濡れてしまうだろう。

壁の下の苗床を広げ、もう一本の果樹と何本かの蔓薔薇のための場所を用意し、アザレアとM[マーガレット」・F〔フレッチャー〕がくれたある種のゼラニウム（青だと思う）の根を植えた。夕方、Fのライフル銃を持って、D〔ドナルド〕・D〔ダロック〕の麦畑に入ってくる鹿を撃ちにキヌアクドラクに行った。鹿は現われなかった。鹿を撃つのは難しい。夜にやってくるのだが、午後八時頃以降は暗過ぎて撃てない。

D・Dは一つの麦の山に「屋根」を作った。もう一つの山を作ったが、「屋根」はない。そして、もう一つは半分ほど出来たところだ——麦の半分ほどを取り入れたわけだ。彼は麦が要る時は外の麦の束の山から直接取り出すのではなく、麦の束をその都度納屋に運び込み、そこから人に渡すらしい。納屋が広くないゆえの、恐るべき二重の手間だ。

保蔵処理した鹿の皮を出してみた。大丈夫なようだが（臭わないということ）、非常に湿っていて、それを包んだ紙には黴が生え、紙は所々皮に貼りついていた。明礬《みょうばん》も硝石もないが、もう一度塩で擦ってから吊して乾かした。

四六年十月二日　終日、非常に湿気があり、穏やかで暗かったが、雨は降らなかった。午後六時十五分には、早くも光が褪せ始めた。

フェンスの柱用に木を切り、果樹のためにさらに六つの場所を準備し、腐葉土を集め（果樹のために）、約一ダースの野生の桜草を持ってきて植えた。後者は、今の時期に見つけるのは容易ではない。葉がぐったりしていて、草に隠れてしまうからだ。何本かの果樹を植える予定の場所の土は、ひどく貧弱だ——とてもねばねばしていて粘土質で、地面の表面のすぐ下に岩の下層土があるため支柱がちゃんと立たないので、支えが必要だろう。

鹿の影も形もない。Dのところからジャガイモを買った時、D・Dが目方を量ったジャガイモ一個を見せてくれた。それはちょうど一ポンドあった（グレート・スコット——一級のジャガイモとは思われていないが、形がよいので、大きいだけではなく皮を剝きやすくもある）。

きのう、新しい灯油のドラム缶（四十ガロン）を使い始めた。鉄道でロンドンに五ガロン送るつもりだ。ロンドンでは灯油を手に入れるのが非常に難しいので。それと今、一週間灯油を消費したことと、十一月にもう一週間灯油を消費することを考えると、来年、約二ヵ月分の蓄えがあることになる。石炭についても同じ——つまり、約二トンか、それより少し多い。キャラーガスについて言えば、ボンベに二週間分入っているはずだ。そして、二つのボンベ（約二週間分）が来ることになっている。したがって私たちは、来年の最初の二ヵ月は大丈夫だ。(45)

四六年十月三日　終日、寒く曇。夕方、一、二回、ごく弱い俄雨。海は比較的静か。

ルピナス（二十五株）、パンジー（約五十株）、数株のチェダー・ピンクを移植した――後者はあまりよくない。石灰を含まないここの土が、それらに合うかどうか疑わしい。庭の外の樹木のために、二つの場所の周りにフェンスを作り、穴を用意し、ここと、花壇の周りに金網を張った。兎防止にはあまりならないが、ある程度は防げるだろう。最初の苗床の手入れを始めた。抜かずにそのままにしておいた二十日大根は、早くも長さが約八インチで、太さが一インチになっている。四六年六月十五日に種を蒔いたスウェーデン蕪のいくつかは、食べられるくらいの大きさになった。

書き忘れたが、きのうA［アヴリル］は牛小屋で一匹の二十日鼠を見た。二十日鼠のいる兆候は、すでに見た。つまり、齧られた紙があったのだ。しかし、家の中では一匹も見なかった。野鼠ならいいのだがと、いつも願っていた（疑問。それらの鼠も齧った紙で巣を作るのだろうか？）。これまでここには存在していなかった溝鼠は、麦を牛小屋に入れれば必ずやってくる。

四六年十月四日　湿気があり、曇。かなり風が強いが、寒くはない。何度か弱い俄雨。D・Dはまだ麦を刈り入れていて、今日、三つ目の山を終わらせたいと思っている。鹿防止用のフェンスと、畑の一番奥の門を修理した。あまりよい仕上がりではないが、前よりはよくなった。最初の苗床を掘り起こし始めた。芝はちょうど腐り始め、土は最初に掘った時よりずっといい状態だ。

四六年十月五日　昨夜、少し雨。今日は曇で風が強いが、一、二回、弱い俄雨が降っただけだ。

草刈り機（「ニュー・ブリティッシュ」――かなり軽く、おそらく安物だろう）が、今日届いた。芝を刈った。つまり、刈れる状態にあるものをできるだけ刈った。見たところ悪くはなく、来春、またよく刈ればかなりよくなるだろう。チューリップを植えた（各種を混ぜた五十株。しかし、時期が遅いのか早いのかはわからない）。NB、チューリップは二つに分かれて群生していて、一つは垣根仕立ての林檎の木の前にあり、もう一つは配水管の前にある。その上に薔薇を置いてはいけない。五十個の球根に十六シリング三ペンス払った。つまり、それぞれ約四ペンス。

できれば明日すること――

柊《ひいらぎ》の木をどけて、そこにまた芝を植える。午前。(46)
初の区画の掘り起こしを終える。
果樹の支柱を立てる（一ダースの支柱）。
腐葉土を少し集める。
野生のジギタリスをもう少し持ってくる。
蔓薔薇のための場所を、もう一つ掘り起こし、別の蔓薔薇のための場所の周りに金網を張る。

それが済めば、今年は菜園の仕事は実際に終わる、つまり、スケジュール通り。

今日、非常に濃い塩素酸ナトリウムの溶液で羊蹄《ぎしぎし》を枯らそうとした。大釘をその溶液に浸し、羊蹄の根に差し込んだ。


四六年十月六日　G・M・Tの[47]最初の日。

美しい日。空はくっきりと晴れ、ほとんど風はなく、海は静かで、美しく、淡い青。しかし、太陽が丘の後ろに沈むや否や寒くなった。今日は午後七時前に暗くなった。

柊《ひいらぎ》の灌木をどけ、そこにまた芝を入れ始めた。フクシアの周囲の下生えをいくらか取り除き、枯れた枝をどけた。


四六年十月七日　また美しい日だが、きのうよりやや寒く、風が強い。ラジオによると、昨夜霜が降りた（ここではないと思う）。今朝は霧が少しかかり、本土はほとんど見えない。風向きがいろいろ変化していて、海はかなり荒れている。

野生のジギタリスをもう少し持ってきた。果樹の支柱を立て、できれば、堆肥の山のてっぺんに少し肥料を載せて腐敗を速めることしか、今はすることがない。

D・Dは麦を全部取り入れた——今日ときのう、ひどい風邪を引き、喉が痛んでいたにもかかわらず。今日の午後、そこを通りかかると、最後の積み荷が間もなくやってくることになっていて、五つ目の刈り取った麦の山が半分出来ていた。まだ、最初の山しか「屋根」がない。

D・Dの畑の前を通ると、四羽の雉がそこらを啄《ついば》んでいた。鹿は姿を見せない。日中は。


四六年十月八日　晴で空気が乾いている。しかし、やや寒く、風が強い。おおむね南風。海は荒れている。森で一羽の黒雷鳥を見た。巨大に見えた——雉より大きいのは確かだ。黄嘴《きばし》大雷鳥に違いないと思ったが、翼に白いところがあったので黒雷鳥と推定した。

終日、晴。浜簪《はまかんざし》の根を少し持ってきて植えた。持ってきたほかの根が付いたので。果樹の支柱を立て、何もない区画に芝を張り終えた。菜園は今は終わった、つまり、スケジュール通りという意味だ。

私たちは、あす発つ。十一月中旬に戻ってきて果樹を植えるつもりだ。


オーウェルはロンドンに戻り、『トリビューン』等にエッセイを書いた。彼のエッセイ「貧乏人の死に方」は十一月に発表された。

彼は一九四七年一月二日にバーンヒルに戻った。

四七年一月四日　四七年一月二日から、ここに来ている。二日前に来るはずだったが、三十日に船に乗り損なってしまったので、仕方なくグラスゴーで二日間ぶらぶらしていた。ターバート〔本土の西ターバート〕から出た船が盛んに揺れ、ひどい船酔いになった。吐く寸前まで薬は飲まなかった――帰りには、乗船する前に薬を飲んでおこう。船がクレイグハウス埠頭に繋留するまで三十分ほどかかった。高波が立っていたので埠頭に近づけなかったのだ。船は係留したあと、ケーブルが使われていたにもかかわらず、一分か二分しか静止していなかった。船客は舷門を急いでなんとか降りた。

　私がここに着いた日は、四月のように美しい晴れた日だった。きのうは日中、ほとんど雨で、風がひどく、立っていられないほどだった。今日はややよくなった――寒く、曇っているが、風はあまりない。

　植えた小さな植物――パンジー、ルピナス、チェダー・ピンク、キャベツ――は、すっかり消えてしまった。どうやら兎の仕業らしい。兎はまた、まだ畑にあったわずかな蕪を掘り起こして食べてしまったが、人参には手を出さなかった。さらに悪いことに、兎は大部分の苺を駄目にしてしまった。いくらかは大丈夫だが、大半は消えてしまった――しかし、根頭《ねがしら》がまだ残っていれば、春にまた生えてくるかもしれない。花壇の周りの金網が釘で留めてなかったので、兎がその下から入り込んだのだ。ここを出る前に罠を仕掛けよう。野菜の区画の周囲の金網を数インチ地面から下げたので、兎がその下を通った形跡はない。だから、金網（高さ三フィート）を登ったのに違いない。兎はそうできると言われている。

　今日、一ダースの果樹、一ダースの赤房スグリ、一ダースの黒房スグリ、一ダースのグズベリー、一ダースの大黄、一ダースの薔薇（六株の蔓薔薇と攀縁《はんえん》のもの）を植えた。あす、木苺を植えよう。

　オーウェルは一九四七年一月四日の項の反対側の左頁に、果樹の配置を示す図を描いた。家の左側――二本の黒サクランボの木。家の輪郭の下にある二つの欄のそれぞれに、五本の木がある。左の欄の最初の木には疑問符が付いている。その下の三つはアリントン・ピピン、リブストン・ピピン、ロード・ダービーである。五番目は名前がない。右の欄には、ゴールデン・スパイア、エリソンズ・オレンジ、名前なし、ジェイムズ・グリーヴ、レディー・サドリーと記してある。

四七年一月五日　夜、風がだいぶ吹いた。今朝も風はまだ強く、海は荒れている。晴れているが寒い。

　木苺を植えた（二ダース、あまりよくないもの）。

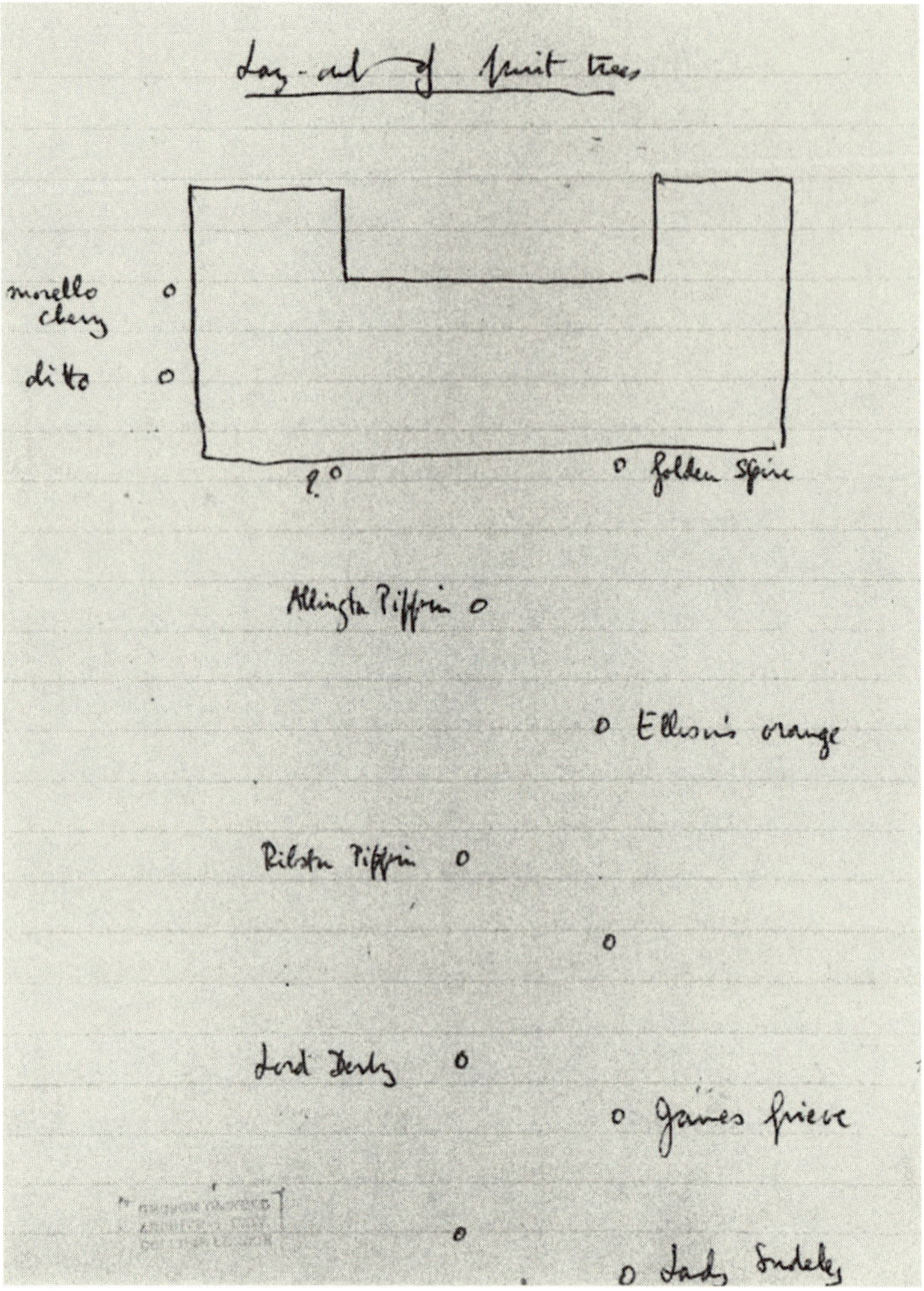
Lay-out of fruit trees
morello cherry
ditto
Golden Spire
Allington Pippin
Ellison's orange
Ribston Pippin
Lord Derby
James Grieve
Lady Sudeley

罠を二つ仕掛けた。
チューリップがかなりよく出ている。
NB、戻ってきた時、蓄えてあるもの——
灯油約三十ガロン（約八週間分）。
キャラーガスのボンベ二つ（約九週間分）。
石炭二トン（アードラッサにある）（約二ヵ月分）。

オーウェルの「家事日記」第三巻はここで終わる。オーウェルはノートの終わりに、エッセイ「政治と英語」のための覚え書きを記している。それは一九四六年四月に『ホライズン』に掲載された。「家事日記」第四巻は一九四七年四月十二日に始まる。

オーウェルの脚注

★1　coal fish〔背の黒い魚〕。［「lythe」（たいてい、そういう綴りである）は鱈《たら》属で、背が緑の薄黒い魚である。サイス、またはポラックとしても知られている。オーウェルは四六年八月二十二日の項で、正しい綴りは「saithe」だとしているが、その後も彼の綴りは依然として不統一なので、そのままにした。最後の「e」は時々欠けている。］

★2　二十本（そのうち、六本は太いもの）

編者注

(1)　オーウェルは、ハンフリー・デイキンの妻になった、姉のマージョリーの葬式に出た。たぶん葬式は一九四六年五月六日に行われたのだろう。彼がデイキンに一九四六年五月八日に出した手紙を参照のこと（『全集』第十八巻）。

(2)　この一帯とはビガーで、ビガーはエディンバラの南西約三十マイルのところ、グラスゴーの南東約三十五マイルのところにある。ジョルジュ・コップと妻のドリーンは、そこの農場を借り、オーウェルは二人の家に一週間泊まった。（ドリーンはグウェン・オショーネシーの異母妹だった。ジョルジュ・コップについては、「第二戦時日記」の四二年八月十八日の項の注(93)を参照のこと。オーウェルはビガーにはリチャードを連れて行かなかった。

(3)　オーウェルは一度ならず、自分は「銃を撃つのが下手」だと言っているが、それはいかにも彼らしい自己卑下である。

(4)　「近くの丘」は、二千七百二十三フィートのブロード・ローか、二千六百八十一フィートのドラー・ローだろう。二つともビガーの南東約十二マイルのところにある。ビガーの近くにある丘の高さは、千二百フィートから千四百フィートである。

(5) オーウェルはビガーにいたあいだに、セント・アンドルーズ・アンド・ジェスモンド墓地にあるアイリーンの墓に詣でた。それは、ニューカースル・アポン・タインの北二、三マイルにある。道路を通っての往復の旅は二百マイルを少し越えたであろう。

(6) フデッド・クロウ（Corvus cornix）［頭巾鴉］。

(7) ドナルド・ダロックと妹のケイティーは、バーンヒルから一マイルほど離れたキヌアクドラクに屋敷続きの小農場を持っていた。オーウェルは一頭の雌牛を買うまで、毎日そこに牛乳を貰いに行った。彼とドナルドは親友だった。ドナルドは、オーウェルの地主であるロビン・フレッチャーと、利益分配制で一緒に働いた。オーウェルはしばしば二人を「D・D」、「K・D」と書いた。

(8) オーウェルの日記の何冊かは、ここに言及されているものも含め、所在がわかっていない。

(9) グレントロスデールはジュラ島の西海岸にある。キヌアクドラクからの直線距離は約二マイルである。

(10) グレンギャリスデール湾はジュラ島の西側にある。同島の北端から約四マイルで、バーンヒルから真西に直線距離で三マイル半である。

(11) これはキャンベル一族によって行われた、さほど知られていないいくつかの虐殺事件の一つである。一六九二年に、北に五十マイルほどのグレンゴーで行われたマクドナルド一族虐殺事件ではない。

(12) アヴリル（たいてい、「A」）はオーウェルの妹。オーウェルの死後、オーウェルの息子リチャード・ブレアの面倒を見ることになるのはアヴリルだった。

(13) 約十五マイルが正しい。

(14) グレントロスデールの南北の海岸線は凹んでいる。オーウェルはおそらく、グレントロスデールの北にある湾バグ・グレン・ヌム・ムクと、南の湾バグ・ウアムフ・モルのことを言っているのだろう。

(15) 大鷭《おおばん》に似た足を持つ渉禽。

(16) スイートブライヤー（またはエグランタイン）、rosa rubiginosa は、ピンクの単弁花をつけ、棘が丈夫で、快《こころよ》い匂いがする。「ブライヤー」という言葉は、野薔薇またはヨーロッパ野茨（rosa canina）にも使うことができる。それも、ピンクの単弁花をつける。

(17) 二台の乗り物とは、オートバイと、コップから買ったトラックだろう。オーウェルは七月七日の項で一台の車《カー》――この言葉の意味は明瞭ではない――に言及していたが、彼は乗用車は持っていなかった。燃料はほかの多くの物同様、消費が厳しく制限されていた。

(18) マルコム・マケクニー（M'Keechnie）はアード

ラッサの農場管理人。子供が十人いた。オーウェルはこの場合のように、彼の名前を「Mckechnie」と綴ることがあった。

(19) オーウェルは息子のリチャードを連れてくるためにロンドンに行った。

(20) クレイグハウスはバーンヒルの南、約二十三マイルのところにある。

(21) これは「care」のようにも読める。オーウェルは乗用車は持っていなかったが、「care」は意味を成さない。たぶん彼は、訪問者をバーンヒルに送っていた車の持ち主に二ガロンのガソリンを提供したのだろう(ガソリンが配給制なのを考えて)。彼はサリー・マキューアンに「マケクニーの店でハイヤーを頼むように」と教えた。オーウェルはまた、非常に貧弱な道路で車を走らせねばならない運転手に賄賂を使うことにも言及している。「賄賂」は必ずしも現金ではなく(マイケル・マイヤーに宛てた手紙では、五シリング辺りはどうかと彼は言っている)、ガソリンの場合もあったかもしれない。

(22) フレッチャー家が借りたもの。四六年八月二十日の項を参照のこと。アードラッサは直線距離でバーンヒルの南七マイルから八マイルのところにある。かつてイートン校の校長を務めたロビン・フレッチャーはアードラッサの広大な私有地を相続した。彼と妻のマーガレットは私有地を修復し、自作農場を発展させようとした。一九八四年のBBCの番組「アリーナ」で放送された彼女へのインタヴューは、『思い出のオーウェル』に再録されている。彼女はオーウェルの思い出を生き生きと語っている。「あの人は具合が悪そうでした、ひどく具合が悪そうでした――それに窶《やつ》れていました。悲しそうな顔でした……奥様がお亡くなりになってとても淋しがっていたと思います……あの人はリチャードを大変可愛がっていました」

(23) 全国的に不足している物資を購入する際は、許可が必要だった。

(24) たぶんオーウェルは、『ビルマの日々』の中で、フロリーがエリザベスのために豹の皮を保蔵処理しようとして大失敗したことを心の片隅で考えていたのだろう。

(25) アードラッサに住んでいたアンガス・マケクニー。

(26) 学名grampus griseus。海豚《いるか》に似ているが、海豚の嘴に似た鼻は持っていない、鯨目の動物。

(27) たぶんオーウェルは「brood」(一孵りの雛)と書こうとしたのだろうが、eが二つ、はっきりと書かれている。

(28) ドナルド・ダロックと妹のケイティー。『オーウェルの思い出』の中に、ケイティー・ダロックが書いた、短いが多くを語るオーウェルについての思い出が収められている。オーウェルは「彼なりに陽気で、幸福だった」と彼女は書いている——そして、彼女の作るスコーンの大ファンだった！

(29) 合計八ガロン半（二十四日には九ガロン半）引く二ガロンというのは、アードラッサで貸した二ガロンを表わしている。四六年七月七日の項の注(22)を参照のこと。もちろん、オーウェルが気にしていたのは二ガロンのガソリンを返してもらうことではなく、自分に割り当てられたガソリンがいつまでもつのかを正確に推測することだった。

(30) 石炭もほかの多くの物同様、配給制だった。六トンというのは、一年の配給分だったのだろう。

(31) イアン・マケクニーとアンガス・マケクニー。イアンはアードラッサの小作人で、インヴァーラッサに住んでいた。アンガスはロブスター漁師で、イアン・マケクニーとマルコム・マケクニーと違い、アスター家に雇われていたのではなかった〔デイヴィッド・アスターの一族はジュラ島に土地を持っていた〕。

(32) 普通は藁の茎のことだが、植物全般に適用できる。

(33) 代表的な種苗商（今日の「カーターズ試験済み種」のような）。

(34) 学名は scabiosa succisa である。

(35) オーウェルは、八月六日に雀蜂に刺されたと書いている——「これまで雀蜂は見たことがなかったのだが」。

(36) AとI。たぶん、アヴリルとイーネズ・ホールデンであろう。

(37) 灯油ヒーターの商標。

(38) 戦争の終わる頃の基本的な毎週の食料の配給は、次のようだった。ベーコン、四オンス。バター、マーガリン、ラードを調合したもの、八オンス。チーズ三オンス（一九四〇年の配給量の三倍）。紅茶、二オンス。肉（そのうちのいくらかはコーンビーフでなくてはならなかった）、一シリング二ペンス（今日の一・八〇ポンド）。缶詰の果物、魚、肉のような贅沢食品はポイント制度に従って配給され、成人は月に三個の卵を期待することができた。クリームを作るのは許されていなかった。戦争が終わっても、基本的なパン製品よりよいものを作る材料は、専門学校でプロのパン屋になるコースを取っている者以外には手に入らなかった。それはパン製造技術を絶えさせないためだった。衣服も配給制で、戦後も時折、パンとジャガイモは配給制だった。ガソリンは月の配給が五ガロンで、石炭も配給制だった。配給の量が、当時、飢餓に近い状態にあったドイツ国民に食糧が回された結果少なくなった時、怒りの声が起こった。肉の配給制度がなくなったのは一九五四年七月である。ある田舎の地方では（ジュラ島のような）、ある食料はもっと自由に買えた。

(39) スコットランドにおいては、木がまったく生えていないところでは、深山鴉と渡鴉は地面に巣を作る。たいていヒースの中に。

(40) 通信販売で商売をしていた、エディンバラの養樹園。二〇〇九年には、「デヴォン、トーキーのドビーズ（Dobies）」という名称。オーウェルの綴りはそのままにした。

(41) たぶん、グレントロスデールの隣のW形の湾だろう。

(42) 「縁を四角にする」と「道具に油を差す……（オートバイ）」を除き、すべて照合の印が付いている（その二つには何も印が付いていない）。「できるだけ土に石灰を撒く」と「海草／葉の腐葉土を集める」には、それぞれ十字形が書いてある。「ボートの覆いを作る（波板?）」と「ボートを引き揚げる」には横線を引いて消してある。疑問符はすべてオーウェルが付けたものである。

(43) 「隠元豆（beans）」は、たぶん、「隠元豆用の支柱」のことであろう。オーウェルは、この頁ではmとごくはっきりと書いているので、「beam（梁）」と書こうとしたとは考えにくい。

(44) 「ラジオ」と「草刈り機」には照合の印が付いている。

(45) オーウェルは一月まで戻らなかった（日記のその月の項を参照のこと）。

(46) 「午前」は最初は、初めの三つの仕事を括弧に括っていたが、初めの二つだけを括弧に括るように訂正された。一、二、五、六の仕事の横には照合の印がある。

(47) グリニッジ標準時（Greenwich Mean Time）。——時計をサマータイムの時より一時間戻さねばならなかった——したがって、午後八時前ではなく午後七時前に暗くなった。

家事日記

第四巻……一九四七年四月十二日～一九四七年九月十一日

一九四七年一月十四日、オーウェルが脚色した『動物農場』が、BBCの第三放送（のちのラジオ・スリー）から放送された。そして、二月二日に再放送された。彼は、「豚が牛乳と林檎を自分たちのために取っておいた……という、物語のターニング・ポイント」と自ら呼んだものを強調するために、ラジオの台本に四行付け加えた。だが、BBCのプロデューサーはその意義がわからず、それを削除してしまった。

オーウェルの八十回目で最後の「気の向くままに」のコラムは、一九四七年四月四日に『トリビューン』に掲載された。翌週、彼はジュラ島のバーンヒルに行き、『一九八四年』を執筆した。しばしば病気になったにもかかわらず、また、その小説をなんとか完成させようと必死だったけれども、エッセイ「あの楽しかりし日々」の草稿も書いた。そして、一九四七年五月三十一日にフレドリック・ウォーバーグにそれを送った。オーウェルは、名誉毀損で訴えられるおそれがあるため、そのエッセイを生存中は発表することができないのを知っていたが、手を入れ続け、一九四八年五月頃に書き上げた。一九四七年八月、コリンズの「ブリテン・イン・ピクチャーズ」叢書の一冊として『イギリス人』が刊行された。一九四七年九月、彼はウォリントンのザ・ストアーズの賃貸契約を取り消した。

オーウェルは一九四七年十月には病気が重くなり、ベッドで執筆しなければならなかった。一九四七年十一月七日、『一九八四年』の最初の草稿を完成した。

一九四七年十二月二十日から四八年七月二十八日まで、左肺の結核のため、グラスゴーの近郊、イースト・キルブライドにあるヘアマイヤーズ病院の患者になった。彼が入院中、妹のアヴリルが彼の日記に短い文章を書いた。もっぱら天候に関するものだった。それは、本書に短く要約してある。

オーウェルは、まだヘアマイヤーズ病院の患者であった一九四八年五月に、『一九八四年』の二番目の草稿を書き始めた。七月二十九日にバーンヒルに戻り、二日後、日記を再びつけた。そして、一九四八年十一月初旬、『一九八四年』を書き上げた。バーンヒルまで旅をし、その小説の清書原稿をタイプで打つのを引き受けるようなタイピストは見つからなかったので、オーウェルは頻繁にベッドに横になり、喀血していたものの、その骨の折れる仕事を自ら引き受けた。一九四八年十二月四日にその仕事を終え、コピーが直ちに彼の著作権代理人レナード・ムーアと、彼の著作を出版しているフレドリック・ウォーバーグに送られた。また、十二月――そして、意味深長なことに――彼はイズリントンのキャノンベリー広場にあるフラットの賃貸契約を取り消した。二度とそこに住むことはないのを知っていたのは明らかである。『一九八四年』のアメリカ版は、そのタイプ原稿のカーボン・コピーから印刷されることになる。

オーウェルの「家事日記」第四巻は、各頁に二十二行の罫のある、七インチ半×六インチ半のノートの右側の九十五頁と、左側の六頁に書かれている。オーウェルは最初の項の前に「VOL. Ⅳ」と書き、その下に「日記(前巻より続く)」と書いた。第五巻は、九月十二日から別のノートに続けられている。オーウェルは使ったガソリンの合計を記している。当時、ガソリンは配給制だった。彼はまた、集めた卵の累計も記している。

四七年四月十二日　バーンヒル。昨夜、到着した。きのうと今日は晴だが、やや寒い。何もかも、ひどく遅れている。芝はまだ生え始めていない。藺草《いぐさ》も同じ。樹上の鳥は、ほとんど見えない。ラッパ水仙がちょうど咲き始めた。スノードロップがやっと終わった――いくつかはまだ咲いているが。グラスゴーから飛行機に乗ってきたが、高台にはまだ雪のたくさんの縞が見えた。ジュラ島には約六週間の霜があり、雨が降るので地面は依然としてぐっしょりだ。数多くの仔羊と仔牛が冬のあいだに死んだ。親の羊と牛の乳が十分出ないからだ。

私が植えた果樹と灌木は、すべて生きているようだ。南の壁の前に植えた二本の短茎仕立ての木は、芽がよく出ている。一月にはよく出ていた、残しておいた玉葱その他は、霜ですっかり消えてしまった。苺の大部分は生き残ったようだが、ごく小さい。大黄が芽をよく出した。チューリップも同じ。

誰もまだ海の魚を釣り上げていない。今年は兎は数が少ないと言われている。

終日、美しい日。午後五時頃、ぐんと冷え込む。一本の桜草が日蔭で咲いているのを見た。そのほか、なんの野花も咲いていない。弁慶草が芽を出し始めたところだ。野生の菖蒲《あやめ》とブルーベルが芽生えた。芝は相変わらず見かけはすっかり霜枯れだ。数匹の兎を見た。鳩がバタバタと大きな羽音を立てながら舞い上がった――求愛の飛翔だろうと思う。海は非常に静か。海豹《あざらし》は見えない。

矮性豌豆の種を蒔いた。NB、四七年四月二十五日頃、二回目を蒔くこと。薔薇を大胆に剪定した。数本には芽がまったくないので、生きているのかどうかわからない。地面は悪い状態で、小さな種を蒔くのは不可能だ。大黄に肥料をかぶせた。頼んでおいた区画をD(1)がおおまかに耕してくれた。「耕作適性」の状態になるまで、鍬を入れよう。それから、手に入った時、種芋を植えよう。ちゃんと掘り返さねばならないが、畑の作物の場合、これだけ耕せばいい。

去年の夏に穴に入れた堆肥は、まだ十分に腐っていない。

四七年四月十四日　昨夜、大雨。今日は晴、かなり日が射しているが、また寒くなり、風が強い。海は穏やか。渡鴉が遠くで踊るように飛んでいた。求愛中のようだ。

鶏舎の囲いに張るための金網の支柱を立てた。マリゴールドの種を蒔いた。今朝R(2)が転び、額をひどく切ったので、戸外の仕事はあまりできなかった。あす、医者に連れて行きたい――今日は駄目だ、乗り物がないので。

ブランデーの瓶を開けた。毎日少量ずつ飲めば、一瓶が一週間もつことを私たち(3)は願っている。

きのう、DBST(4)が始まった。この島には三つの違った時間がある。

四七年四月十五日　ほぼ終日雨。非常に風が強く、かなり寒い。菜園等では何もしなかった。Rを医者に診てもらいに連れて行ったので。二針縫った。NB、一週間後に抜糸（十日以上経ってはいけない）。

四七年四月十六日　寒く、曇。かなり風が強い。夕方遅く、やや晴。海も静かになった。

種を蒔くのは不可能。石灰を撒き（あまりよく消和されていない）、鶏舎に屋根葺《ぶ》きフェルトを置いた。

今日の夕方、一匹の白っぽい兎を見た（遠くだったが、完全に成長した兎に見えた）。

四七年四月十七日　天候はずっとよくなった。風はいくらかあるが、晴れていて、かなり暖かい。耕した区画を掘り起こし始めた。悪くはない――ジャガイモにはいいだろう。次のものの種を蒔いた。蕪、人参、胡椒草、レタス（NB、次に蒔くのは二十七日頃）、さんじ草、ゴデチア。また、食用に買ったジャガイモをいくつか植えた。注文した種芋がまだ来ないので。どれも芽が出ているので、大丈夫だろう。

英国空軍のゴム製ディンギー〔円形の救命ボート〕を試してみた。非常に浮揚性があり、簡単にはひっくり返らないようだが、操縦するのは不可能に近い。どうやら、ほかの船に乗り移る場合にのみ役立つようだ。

家の近くの入江で、一匹の鹿が死んでいた。ひきずってどけるには重過ぎて、少々不愉快だった。

さらにいくつかの桜草が咲いた。二、三本の草の王も。桜草の根を二、三本、家に持ってきた。蕨がないといかに違うかは驚くほどだ——つまり、どこであれ、比較的歩きやすくなる。揺蚊《ゆすりか》はまだだ。鵜《う》が入江で泳いでいた。するといくらか魚がいるわけだ。

四七年四月十八日　寒く、風が強く、曇。午後、少し日が射した。その後、小雨。海は穏やか。

耕した区画をもう少し掘り起こし、鶏舎の門のための柱を立てた。

耕した区画を掘り起こしていた時、三匹の赤ん坊の兎のいる巣を掘り出した——生後十日ほどだと思う。一匹はすでに死んでいるようで、もう二匹は私が殺した。巣は地表からわずか数インチのところにあった。菜園の約十ヤード先の外の穴から入ってきたらしい。

何羽かの緑のごく普通の田鳧《たげり》を見た。これまで、その鳥をここで見た覚えはないと思う。蛙の卵を広口瓶に入れて持って帰ってきた。一週間か十日で孵《かえ》るだろう。

四七年四月十九日　天候はよくなった。晴で風はあまりない。そう暖かくはないが。晩は風が強く、寒く、雨が少し降った。入江の外の海は荒れ気味。

区画をもう少し掘り起こし、雑草を抜き、苺に石灰を撒いた。苺はそう悪そうでもなく、思っていたより隙間が少なかった。しかし、今年はたくさん実が生りそうもない。

一株の薔薇だけがまだ芽を出す気配がない（アメリカン・ピラー）(5)。枯れたと思っていた、門の脇の一株の薔薇（アルベリック・バルビエ）(6)が、根の近くに一つの小さな芽を出した。そこで、根元のすぐ上のところで切った。一平方フィート×厚さ二インチ（または、それより薄い）セメントのブロックを二個作った。そして、金網で強化した。小径の一部に使える。NB、二平方フィートのセメントのブロックを作るのに、石炭シャベル五杯分の砂と、一杯分のセメントが要る——少なくとも二インチの厚さにするなら（それだけなくてはいけない）、もっと要る。

四七年四月二十日　昨夜一晩中、非常に激しい疾風が吹き、大雨が降った。今日は午後五時頃まで、もっぱら南からの強い風が吹き、寒く、おおむね雨。海は大荒れで、波が岬の上を越えた。夕方はやや静かになり、日が時折射したが、まだ暖かいとはとても言えない。

戸外ではあまり仕事ができなかった。兎を一匹撃った。

今年初めてだ。兎が臆病な時、撃てる兎は、ほとんど例外なく孕んでいる雌だ。そんな兎は食べたくない。それは一つには、孕んでいる兎は急いで逃げないからでもあるが、去年、私の撃った兎の中で雌が圧倒的に多かったので、雌が実際、雄よりも数が多いのではないかと思うほどだ。

　アラステアとDたち[7]は、羊でてんてこ舞いだ。羊たちは仔を産んでいるのだが、乳も出ないほど弱っていて、仔を寄せつけない時もある。今、草が生えてきているのだが、羊の中には草を食むことができないほど弱っているものもいる。D夫妻が言うには、鷗と頭巾鴉は弱った羊を襲う。きのう、そうした一匹の羊の眼を嘴《くちばし》で抉《えぐ》り出した。

四七年四月二十一日　ひどい天候。昨夜、一晩中激しい疾風。今朝はさらにひどく、時折風があまりに強いので立っていられないくらいだった。鶏舎が土台から吹き飛ばされた――幸い、損傷はしなかった。支え綱《ガイ・ロープ》で固定しなければならないだろう。一日の大半、雨。午後四時頃晴れてきて、日も少し射したが、風は収まっていない。海は荒れている。

　一瓶のブランデーは、A［アヴリル］と私が日に一回、かなり飲んでも（ダブルより少し少ない）一週間もつ。

　戸外では何もしなかった。

四七年四月二十二日　天候がやや回復した。風はまだ強いが、雨はあまり降らない。時折日が射し、やや暖かい。海は少し凪いだ。

　戸外でたくさん仕事ができるほど、まだ気分はよくない。A［アヴリル］は耕した区画の最初の畑を掘り起こし終わった。四畝のジャガイモを植える余地がある（約十ポンドの種芋）。D［ドナルド］・D［ダロック］の種芋をいくらか使うつもりだ――グレート・スコットだと思う。

　家の横に立ててあった波板を取り出した。鶏舎を覆うには十分だろう。それが載っていた枠は、鶏舎の囲いの門扉になるだろう。風が収まるまで、その作業を終えるのは不可能だ。矮性豌豆の支柱を作った。空豆の支柱を作り始めた。野原に一匹だけいた羊が仔を産んだが、仔にあまり関心がなく、仔が乳を吸い始めると、いつでも歩いて行ってしまう。それにもかかわらず、私が仔羊を家の中に連れて行こうと持ち上げると、その羊は攻撃的行動をする気配を示した。仔羊はなかなか元気だが、たった一ポンドか二ポンドしかないように見える。

　裏庭に籾殻があるので、家の周りにたくさんの鳥が来る。雀はまだ来ないが、頭蒼花雞《ずあおあとり》の群れは雀くらい数が多い。疑問、これらの鳥は空豆や食用ビーツを襲うだろうか。

いる。果実の灌木はいまやほとんどがかなりよく芽を出している。

D・Dが言うには、郭公の鳴き声はここでは、いつももっと前に聞かれる。一方、燕は五月十二日頃まで、普通は姿を見せない。

確かではないが、私たちは週に灯油をたっぷり四ガロン使っていると思う——そうだとしたら、今の樽は五月末頃にはなくなってしまうだろう（もう一樽予備がある）。気候が寒いので、バーラー・ストーブを使っているからだ。その一つは四六時中燃やしていると、一日にたっぷり半ガロン消費する。

午後七時頃、小雨。

来年用に注文するもの（今度は早めに注文したほうがよい）。

料理用林檎の木、三本
プラム、四本
ドメスチカスモモ、一本
グリーンゲージ、一本
マルメロ、一本
桜桃、六本（食用）
薔薇の木、二ダース
芍薬の根（赤とピンク）、一ダース
チューリップの球根、二百個
苺？［横線を引いて消してある］ローガンベリー三株［薄い色のインクで書いてある］
［反対側の頁］
NB、次のものも注文のこと——
薔薇、六株（蔓薔薇、二株、灌木のもの四株）
グズベリー、六株

四七年四月二十三日　午後四時頃まで、ひどい天候。強風、止み間のない雨。非常に寒い。そのあと天候はややよくなり、一日の大半雨だったが、何度か日が射した。夕方、雨はまだ降っていたが、非常に穏やかな天候になった。海は驚くべき速さで凪いだ。

仔羊はきのう生まれ、今朝死んだ。A［アヴリル］が死にかけているその仔羊を見つけて家に持ってきた。口から血が沁み出ていた。アラステアによると、鷗か頭巾鴉かに襲われたのだ。母親の羊はごく丈夫で元気そうなのだが、最初から仔羊をあまり構わなかった。乳が出ないのかもしれない。

R［リチャード］は昨夜から風邪を引いて熱があり、咳をし、ひどく惨めだ。しかし、額の傷はどんどんよくなってきている。今日、医者は抜糸した。合併症はなく、傷跡もあまり残らないようだ。種芋（グレート・スコット）がきのう着いた。土が少し乾いたら、すぐ植えられる。

もういくつか桜草が咲いた。柏槙《びゃくしん》がよく咲いている。そのほか、ほんの少し草の王が咲いている以外、なんの野花も咲いていない。

　今日は風が強く、若い大黄の支柱を何本か吹き飛ばした。チューリップはやられなかった。風の当たらないところにあるからだ。今、一株の薔薇以外、すべての薔薇が咲いている。


四七年四月二十四日　午前中は晴、風が強く、寒い。午後は雨嵐と俄雨。時々晴れ間。午後五時半頃、少し雹《ひょう》。終日寒く、夕方まで風が強かった。大鎌と耕耘機で新しい区画を整えたが、ジャガイモを植えるのでさえ、もう少し乾くのを待たねばならないだろう。豌豆の支柱を作り始めた。

　R［リチャード］はほんの少し具合がよくなったが、今晩、また熱が出た。

　来年のための木を何本か注文した。

　枯れてしまったように見えるジェイムズ・グリーヴ以外、今、どの林檎の木も芽を出している。木苺にはまだ芽が出ていない。ほかのすべての果実の灌木は芽を出していると思う。NB、ジェイムズ・グリーヴの根が折れていた。


四七年四月二十五日　嫌な天候。非常に寒く、ほぼ小止みなく雨。正午頃から以降、強風。泥はかつてないほどひどい。戸外では何もしなかった。Rの咳はまだ治まらず、一日の大半、熱が高い。

　岩燕ではないかと思われる鳥が一羽、遠くに見えた。

　晩に猛烈な雨嵐。


四七年四月二十六日　天候はずっとよくなった。晴、風はあるが、そう寒くない。地面はよく乾いたが、まだジャガイモを植えるには、あまり適していない。耕した区画をもう少し掘り起こし、葱（ホワイト・リスボン）の種を蒔き、果樹のあいだの芝を刈り始めた。この区画は芝刈り機で刈れるが、古い芝の塊は大鎌か植木鋏で取り除かねばならなかった。二度目に刈る時は、芝刈り機で間に合った。

　R［リチャード］は少しよくなったようだ――午後六時には、ほとんど熱がなく、数時間前までは脚を含め、体のほとんどの部分にあった発疹は一時的に消えた。

　A［アヴリル］は今朝、郭公が鳴くのを聞いた。

　彼らは今、家の前の畑での耕作を終えた。約四エーカー半。きのうと今日、彼らは合計約八時間作業をしていた。トラクターが泥沼に嵌まり込んでしまった二度の場合を含め。彼らは去年よりもう少し耕した。それで藺草《いぐさ》が少なくなるだろう。

　Aは一匹の山兎を見た。まだ、ほとんど白だった！

おそらく山兎は、ただ単に気温に従って色を変えるのだろう。

Rが麻疹《はしか》に罹っているのが、はっきりした。もう一週間寝ていて、そのあともう一週間、家の中にいなければならない。


四七年四月二十七日　一晩中、もしくは、ほぼ一晩中、豪雨。今朝、至る所に巨大な水溜り。

午前中、雨で寒かった。午後はおおむね晴で風が強かった。時折、吹き降り。一日の最終結果は、地面がほんの少し乾いた、というものだろう。

戸外では何もしなかった。鶏舎の囲い門扉の枠を作った。非常に重く、それに合う蝶番がないし、それを取り付けるものがまっすぐではないので、開閉するのは難しいだろう。門扉の枠は地面に載せねばならない。その場合、それを柱に取り付ける最上の方法は、ロープか針金を使うことだろう。理想的には、門扉の下端に車輪を付けることだが、地面を平らにすれば、スキッド（橇の底）でいいと思う。

Aはきのう、家鴨に似た、正体不明の鳥を見た――たぶん、水に潜る鳥の一種だろう。

一羽の燕を見た（もしくは岩燕――ちらりと見ただけ）。


四七年四月二十八日　昨夜、雨（そして、K［ケイティー］・D［ダロック］によると、雹）。今日はおおむね風が強く、曇。そして、俄雨と晴れ間が交互。

晩は穏やかで晴。終日寒かった。今晩は、一週間かそれ以上で風が凪いだ最初の晩のようだ。その間、風が西から方向が変わったとは思わない。

スキッドの上に門扉を立てた。なかなかうまくいったようだ。

郭公の声を聞いた（初めて）。今、桜草が比較的数が多く、榛《はしばみ》の芽がかなり太くなっていて、野生の菖蒲《あやめ》が六インチから一フィートの高さになっている。蕨が生えてくる兆候はない。


四七年四月二十九日　昨夜は雨が降らなかったらしい。雨は午前十時頃降り始め、ほぼ小止みなく降り（大雨ではない）、午後八時頃になって、やや晴れた。何もかも再び沼のような状態だ。風はきのうよりずっと弱い。

戸外では何もできなかった。食料品室の壁の罅《ひび》にセメントを詰めた。

私たちは灯油を非常な速さで使っている。二つのバーラー・ストーブを一日中点けているせいだ。この天候では乾いた薪《たきぎ》を手に入れるのは不可能だ。ちゃんと防水してある納屋でさえも湿ったままだ。あのセメントが乾くのに数日かかると思う。

四七年四月三十日　天候はずっとよくなった。非常に寒いけれども。雨は降らず、終日、日が照っていた。北から烈風が吹き、なんでもだいぶ乾いた。

豌豆、レタス、蕪はすべて芽を出したところだが、頭《ず》蒼花雞《あおあとり》がレタスの実生をすっかり啄《ついば》んでしまったと思う、それに、いずれにしろ蕪の芽の多くも。頭蒼花雞は豌豆も啄み始めている。レタスの種を蒔き直し、種を金網で覆った。最初からそうすべきだった。三株のグズベリーの灌木がまだ芽を出していない。木苺の何株かは根元に近いところから芽を出している——たぶん、それを植えた時、茎を短く切ってしまったのだろう。ジェイムズ・グリーヴはまだ芽を出す気配がない。今、雑草が生え出した。

もう少し掘り起こし、果樹のあいだの芝を刈り、豌豆に支柱を立てた。今度は、この芝は芝刈り機ですっかり刈っていいし、藺草を掘り起こして出来た穴は、埋めるか、また何かの種を蒔くか、芝を入れるかすればいい。今日、キャラーガスの新しいボンベを使い始めた（もう二つ注文すること）。六月の第一週までもつはずだ。思ったより灯油が少ない（一、二週間はもつと思う）。しかし、灯油のドラム缶がもう一つ手元にある。

四七年五月一日　晴。雨は降らず。午後、今にも降りそうな気配だったが。それ以外は終日晴。きのうより風は少ないが、依然として寒い。

種芋（グレート・スコット）を五畝植えた。十五ポンドか二十ポンド近く。古いグズベリーの灌木を根こぎした。ニール・マッカーサーとダギー・クラーク(8)の助けを借り、鶏舎を土台に載せた。ボルトで固定する前に風で吹き飛ばされることのないのを祈る。

食料品室にいた二十日鼠を殺した。A［アヴリル］が食料品室から出てきて、非常に大胆に振る舞う鼠が一匹いると私に言った。中に入ると、床の何かを食べていて、私たちのどっちにも注意を払わない鼠がいた。樽板で打って殺した。動物のおとなしさが日によって違うのは奇妙だ。

グズベリーとスグリの実が古い株に生り始めた——しかし、それはごく少なく、私の灌木が今年、実をつけるとはとうてい思えない。

四七年五月二日　終日晴。きのうより暖かく、風はほとんどなし。午後一時曇、また、文字通り数滴の雨。

鶏舎に波板を載せた。もっと思うが、鶏舎をしっかりと固定する仕事がまだ残っている。長いボルトがないので、鶏舎を床にボルトで留めることができない。D［ドナルド］・D［ダロック］の鶏舎がどんな具合に針金で留めてあるのか調べた。大きな石が鶏舎の両側に置いてあり、柵用の針金がその石に二重に巻きつけてある。そして、二重に縒《よ》った針金は石の針金が、鶏舎の両側の石に巻いた針金に屋根越しに通してある。捩《よじ》って固く締めてある。それがここでの通常のやり方だと思う。

今年初めて、二、三匹の若い兎を見た。頭蒼花雞が群れをなしてねぐらについているので、まだ巣が作れないでいる。どうやら頭蒼花雞が蕪を全滅させたらしいので、種を蒔き直さねばならない。

ドラム缶の灯油は、あと数日しかもたないようだ——つまり、予想とは異なり、ふた月ではなくひと月ほどしかもたない。しかし、私たちがここを出た時に考えていたより少ない量しか入っていなかったのかもしれない。

今日、R［リチャード］が初めて二階から降りてきた。また、初めて包帯を外した。傷跡は見事に癒え、あまり目立たない。

四七年五月三日　ほとんど終日、寒くて曇。午後、おおむね小雨。夕方、やや晴れたが寒かった。海は荒れていた。

戸外であまり仕事ができなかった。もう少し掘り起こし、種を保護するものを作り、蕪の種を蒔き直した。NB、それに金網をかぶせたとしても、頭蒼花雞は種を食べにくるだろう。金網の下をくぐるのを恐れないのだ。

最後の薔薇が蕾を持っている。枯れた薔薇はないわけだ。ほぼ完全に葉が出ている新しいスグリの灌木の何株かが実をつけている。もちろん、数はあまり多くないが。

四七年五月四日　終日、晴。夕方、ほんの少し数分、雨が降っただけ。あまり日は射さないが、きのうより暖かい。海は午前中、依然として荒れていたが、夕方には静まった。

もう少し掘り起こした。果樹の灌木の苗床のあいだの草を刈り終え、さんじ草、マリゴールド、シャーリー罌《げ》粟《し》、曲花《まがりばな》の種を蒔いた。

蛙の卵は孵らなかった。おそらく、真水を補給しなかったせいだろう。オタマジャクシが孵るまでは、その必要はないと思っていた。数株の苺が花芽《かが》を出した。

頭蒼花雞が相変わらず蕪の種を襲っている。金網と木綿糸が張ってあるにもかかわらず。一羽を撃ち殺し、その死骸を苗床の上に置いた。おそらく、その効果は一日か二日しかもたないだろう。

森の向こうの海のほうを見渡しても、どこにもほとんど緑の葉が見えない。

ドラム缶の灯油は終わりかけている——思っていたより、ほぼ五週間早い。しかし、最初に思っていたより少ない量しか入っていなかったのかもしれない。

キャラーガスのボンベを二個、取り寄せることにした（空のボンベは送った）。

四七年五月五日　一日の大半、曇。数回晴れ間があった。風が少し。何度か短時間、俄雨。

もう少し掘り返し、豌豆用の棒を作り、桜桃の木に支柱を立て、鶏舎を釘で留めた――きわめて素人っぽい仕上げだが、たぶん、夏の風には大丈夫だろう。

今、たくさんの桜草が咲いている。弁慶草はやっと見える程度で、伸び始めていない。アードラッサでは、郭公の声を聞いた者がまだいない。

今日、家の前の畑で、みなが種を蒔き、砕土機を使っていた。種はまず、耕されたばかりの土に蒔かれ（約四エーカー半の土地に種を蒔くのに約二時間しかかからないようだ）、そのあと、砕土機が使われる。そんな方法が可能であるとは知らなかった。そんなことをすると麦がまちまちな深さに蒔かれてしまうのではないか、そして、土が掘り返された場所では畝のあいだの筋がたっぷり八インチあるので、大半、あまりに深く蒔かれてしまうのではないかと思っていた。そのやり方には、種がみな溝に落ち、したがって列になって生えてくるという利点がある。ともかく、砕土機を使ったあとでさえ、溝の跡は残るので、そういう具合になるのだ。

今日、ドラム缶の灯油がなくなった。

Dが牛小屋に仕掛けた罠に巨大な溝鼠が掛かって死んだ。

蕨の葉が今出てきた。

四七年五月六日　午前中、少し雨、午後、晴れて風が強かった。やや暖かい。

もう少し掘り起こし、桜桃の木数本と、垣根仕立ての林檎の木一本を、また整枝した。林檎の木は夥しい数の花を咲かせようとしているが、その多くはもたないだろうし、ほかの林檎が咲かなければ受粉しないかもしれない。

四七年五月七日　終日非常に穏やかで、おおむね曇。午前中、ほんの少し小雨。海は静か。

豌豆とレタスの種を蒔いた（雛菊、二度目の早蒔き、一フィート半）。最初に種を蒔いたレタスは、頭蒼花雞にやられずに残ったようだ。

大黄の数株は枯れた――理由。若い、繊弱な株だったこと。また、私が牛の厩肥を上に掛け過ぎたことだろう。木苺は今、大半、根の辺りで芽が出ている。三株のグズベリーはまだ芽を出していない。枯れたのではないかと思う。

今日、新しいドラム缶の灯油を使い始めた。少なくとも七月末までもつはずだが、NB、六月のいつかに新しいドラム缶の灯油を手に入れるようにすること。

移植した二、三株の桜草が咲き始めた。

四七年五月八日　午前中は穏やかで曇。午後、少し雨。かなり暖かい。鶏舎の囲いに金網を張り始めた。

四七年五月九日　美しく、暖かく、穏やかな日。夕方まで晴。私たちがここに来てから、戸外で坐っているのが快適な最初の日。海はごく静か。

体の具合がよくなく、あまり仕事ができなかった。家の前の草を刈った（沢菊等が多いが、頻繁に刈れば蔓延《はびこ》るのを容易に防ぐことができる）。ピートの層を調べてみた。ピートはもう切ってもいいくらいに乾いている。熊手を作った。

グラジオラス（四七年四月十三日に種を蒔いたもの）が、そこここで芽を出した。

菫が咲いているのを見た（私が今年見た最初のものだが、A「アヴリル」はもっと早く見た）。

朽ちた小屋からほど遠くないところに、また死んだ鹿がいた。人の話では、この冬はたくさんの鹿が死んだ。

一羽の燕が地面に坐っているのを見た。あまりないことだと思う。

晩遅く、一、二時間雨。

四七年五月十二日　この三日、ベッド。四七年五月十日、M&B八錠[9]。今朝まで、非常に具合悪し。午後数時間、起きる。震えが止まらない。

四七年五月十日の晩、一、二時間ほど雷雨と大雨。そのほかは、この何日か暖かく穏やか。植物の生長は目覚しい。

野生の桜桃が花で覆われている。二、三株のチューリップが咲いた。四七年五月四日に種を蒔いたシャーリー罌粟《げし》が芽を出した。たくさんのグラジオラスが、今、芽を出している。

四七年五月十三日　少し回復。ちょっと外に出てみたが、何もしなかった。

美しい日。植物が一斉に急に生長している。

今日、彼らは畑に細麦《ライグラス》の種を蒔いた。これはオート麦より生えるのが遅く、後者が刈られてもあまり影響は受けない。翌年、それは干し草として刈り取られるが、この場合には、少なくとも最初の一年、牧草として残されるだろう。種は「スピナー」で蒔かれる。それは種を四方八方に飛ばす——種はあまりに軽いので、普通の方法で散布するのは難しいだろう。小さなレバーを操作すると、区画のあるブリキの円盤に袋から種が出てくる。そして円盤は速い速度で回転する。種を蒔く者は、首からその装置を掛け、ゆっくりと歩き、弓形のレバーを前後に動かしながら円盤を回転させる。一袋で畑全体に蒔ける(四エーカー半)。

船外モーターがアードラッサから届いた。車が走るようになれば、来週ボートを持ってこよう。

雌鶏を注文した——生後二十八週の初年鶏八羽、できればR・I・R×W・L[10]の交雑種。ヨークシャーから来る。長い旅だ。

四七年五月十四日　午前中、風が強く曇。しかし、かなり暖かい。午後、雨がかなり降った。

ややや、よくなった。鶏舎の囲いにもう少し金網を張った。釘で方々留める必要がある。

浴室の洗面台の栓を鉛で鋳造した。私はこの作業のどこかで間違えている。鉛は坩堝《るつぼ》の中ではごく滑らかな状態で溜まっているが、鋳型に流し込むと必ず沸騰し、ブツブツ噴き出す。そして、欠陥のない鋳造物が作れないようだ。疑問。温度の違いのせいか。そうならば、鋳型も熱しなければならないのだろうか？

今日、R［リチャード］は三歳だ。

ボンベのキャラーガスがなくなった。わずか二週間後に！　新しいボンベのガスを点火するのは難しい。圧力があまりに強いらしくて。おそらく、こういうもののガスの詰め方は一定していないのだろう。

四七年五月十五日　午前中は風が強く、かなり寒かった。午後、少し俄雨。その後、晴れて暖かかった。晩は快適で、穏やか。海は静か。

金網を張る作業を続けた。釘で留める等ということ以外、ほぼ終わった。グラジオラスのための棒を作った(今、最初の苗床のすべてに芽が出た)。

約十日で初めてキヌアクドラクに行った。わずかなブルーベルが咲いていた。いくつかの檎木《りんぼく》がちょうど芽を出したところだ(去年、どんな檎木の実も見つけられなかったのを思い出す)。榛がようやく葉を出した。牛糞の上によくいる茶色の蝿を、今年初めて見た。青蝿はかなりよく見られるようになった。

K［ケイティー］・D［ダロック］が言うには、昨夜、ある病気が伝染するのを防ぐため、イングランドからスコットランドに家禽を送るのが禁止されたというラジオ放送があった。外国から英国に家禽を輸入してはならないという、ある命令が出たのは確かだ。私が手紙を出したディーラーから来る次の郵便で、そのことについて何か聞くだろう。四七年五月七日に種を蒔いたレタスが芽を出したが、数日前に種を蒔いた玉葱はまだだ。

四七年五月十六日　終日快晴。しかし、時折、かなり冷たい風が吹いた。

金網張りが終わった（釘で留める作業はまだ残っている）。

苺の苗床の手入れをし、縁を整え、木苺を切り倒した。雑草がいまや非常に蔓延《はびこ》っている。

玉葱の芽が出てきた。

四七年五月十七日　曇だが、あまり寒くない。午後と晩、ずっと雨または霧雨。

パセリの種を蒔き、グラジオラス用の棒をもっと作った（十分な数になった）。ナメクジが増えつつある。レタスの周囲にタバコの粉を撒いてみた。

今朝、A［アヴリル］はある種の鯨が湾を横切っているのを見た。たぶん、去年同様、巨頭《ごんどう》(11)だろう。

首の周りが白い兎を一匹見た。例の同じ場所で。今年初めてだ。

弁慶草が岩の上で、ついに生え始めた。野生の菖蒲《あやめ》が一フィートか十八インチになった。

四七年五月十八日　昨夜、大雨が降ったようだ。今日の午前中は風が強く曇で、少し雨が降った。午後は晴れたが、終日、やや寒かった。

もう少し掘り起こし（まだ、多くは掘れない）、ペポカボチャの苗床用の場所を作るために芝を切り取り、金網を釘で留めた（一、二の隅はまだちょっと不完全）。

各種が混ざっているものと思って買ったチューリップは、ほとんど全部黄色だ。

四七年五月十九日　美しく晴れた日。海は静か。

戸外でペポカボチャ（灌木）の種を蒔き、植木鉢、つまり底に孔のあるブリキの缶をひっくり返してかぶせた。NB、約一週間後、発芽したかどうか見てみること。グラジオラスの支柱を差し、蕪の周りの雑草を取り、二番目の苗床の間引きを始めた。薔薇をもう少し剪定した。剪定の必要があるように見えたので。

今、ほかの二、三本の林檎の木の芽が出ている。単茎仕立ての木の芽は今、開きかけているが、おそらく受粉しないだろう。桜の木に花が二、三咲いている。

四七年五月二十日　暑く、穏やかな美しい日。

食用ビーツのための場所を整えた。隠元豆を支える棒を作った。何株かの苺が実を結んでいる。かなりたくさんの林檎の花が咲いている。家の前の畑の麦がよく育っている。大きな金鳳花《きんぽうげ》が沼地に咲いている。桜草が至る所で咲いている。

今日は島々の灯台の反射光が見える。地元では、それは雨の降る兆候だと言われている。

もし天気がよければ、日曜日（二十五日）にボートを家に持ってくるつもりだ。

四七年五月二十一日　穏やかな日。午前中は曇。午後はおおむね晴。海は非常に穏やか、霧がかなり濃い。

泥炭を切り始めた。二百塊、切り出した。その前に芝を剥がすことを含め、二人で二時間かかる。その周りにロープを張った。鹿と牛が入らないことを願う。合計、少なくとも千の塊を切り出したい。

林檎の木にタバコの葉を撒いた。NB、あす、洗い流すこと。芝の中に生えている四本の木に、かなりたくさんの花が咲きそうだが、おそらく、垣根仕立ての木とは同時ではないだろう。

浜簪《はまかんざし》が咲いている。

非常にたくさんの鵜がいつも入江にいるが、そこに巣が固まっているのに違いないと思う。この時期には、鵜は巣のある場所から絶えず遠く離れていることはできないからだ。

四七年五月二十二日　曇だが寒くはない。風はごく少ない。午後の大半、小雨。海は穏やか。

食用ビーツと蕪の種を蒔いた。

雌鶏が着いた。つまり、アードラッサに。ここにはたぶん土曜日に着くだろう。

どんな種類かまだわからない（可能ならということで交配種を注文したが、それが駄目ならR・I・Rということにした）。

四七年五月二十三日　美しい、暖かい日。海は穏やか。

果樹の区画から金網を外し、家の前の芝を刈り、果樹のあいだの草を刈り始めた。塩素酸ナトリウムを藺草と刺草《いらくさ》に掛けた。

林檎の木の葉のいくらかは、まだあまりよさそうではない。

昨夜、雌牛が泥に嵌まった。引っ張り出すと、立っていられないほど弱っていたので、A［アヴリル］が作ったオートミールの粥を与えねばならなかった。

四七年五月二十四日　きのうほどは暖かくなく、風はきのうより強い。風の向きは四方八方に変わっている。かなり荒れている。

弁慶草を少し持ってきた。新しい環境に慣れるようにしたい。去年挿し芽にした花簪がかなりよく根付いた。

雌鶏が届いた（ロードアイランド）。雌鶏は二十一日からアードラッサで待っていて、その間、卵を六個産んだ。見たところ、全部またはほとんどが産卵期に入る。

きのう、フレッチャー夫妻は鷗の卵をたくさん手に入れた。しかし、そのかなり多くのものがすでに抱かれていたので、どうやら食べるには遅過ぎるようだ。心覚え、十五日から二十日頃が適当な日に違いない。しかし、二人はまた、よい卵もたくさん手に入れ、十六個くれた。驚くほど大きな卵で、鶏の卵ほどの大きさだ。たぶん、大鷗《おおかもめ》か背黒鷗の卵だろう。こうした卵は、千鳥の卵と偽って売ることはできないだろう。ある種の鷗の卵の場合、よくそうしたことがあったと思うが。

ナメクジがマリゴールドを食べている。タバコの粉を掛けてみよう。

四七年五月二十五日　晴だが、きのうより風が強い。ボートを持ってくるつもりでアードラッサに行ったが、海があまりに荒れているように見えた。

アードラッサの何もかも、ここより早い。

雌鶏は一つも卵を産まなかった。

四七年五月二十六日　晴、風が非常に強い。海は荒れていたが、夕方近くになって、やや凪いだ。もっと泥炭を切り出し（百五十塊）、木々のあいだの芝を刈る作業を続けた。

二番目の区画から、ジャガイモが一つ、芽を出した。ほかのもの（四七年四月十七日に植えたもの）は、まだ地上に芽を出していないが、二つか三つ、上の土をどけてみると発芽しているのがわかった。

晩遅くに俄雨。

卵なし。

四七年五月二十七日　穏やかで、かなり暖かい。おおむね曇。海はかなり静か。

泥炭を切り出し（百三十塊）、最初に切り出した分を三つ一組にした。さんじ草を間引きし（ナメクジがいくらか食べてしまった）、裏庭の羊蹄《ぎしぎし》に塩素酸ナトリウムを掛けた。

A［アヴリル］と一緒だと、泥炭は一時間に百塊、かなり規則的に切り出せるようだ。もしこれを二倍にすると、ひっくり返し、積み上げ、荷車で運ぶ時間を考慮すれば四十時間の作業で（二人掛かり）、一トンの泥炭を持ってくることができる。熟練した掘り手ならば、もっとずっと速くできるのは間違いないし、三人か四人いれば、もっと楽だろう。一つの作業を別の作業に変える必要がなくなるからだ。

四七年五月二十八日　晴れた日。一日の大半強風。海は夕方まで荒れ気味で、夕方になって静まった。

戸外では何もしなかった。郵便受を作るのに忙しかったので。

四七年五月二十二日に種を蒔いた蕪が芽を出した。

依然として卵はない。ジャネット・マック(12)が言うには、イングランドから買った雌鶏は、到着してから一週間、卵を産まなかった。

四七年五月二十九日　昨夜、少し雨。日中の大半、小雨、海から寄せてくる霧。海は静か。

　アリッサム（一年生）の種を蒔き、最初に種を蒔いた蕪の間引きをした。ジェイムズ・グリーヴ種の林檎は、どうやら枯れていないようだ。したがって、枯れたのは――苺を除き約九十株のうち――グズベリー三株、黒房スグリ一株、大黄の根、三つ、木苺約半ダース。遅く植え、天候が非常に悪い状態だったことを考えると悪くはない。

　卵二個（私たちが得た最初のもの）。

　最初に植えた種芋から、かなりたくさんのジャガイモ。

四七年五月三十日　穏やかで暖かい。

　イアン[13]が昨夜、ボートを持ってきてくれた。彼らは漂流物を集めにグレンギャリスデールに行ったので。ボートでキヌアクドラクに行った。始動させるのに、いささか問題があった（点火プラグがあまりよくない）。

　今日の午後、鯵刺《あじさし》がもう巣作りをしているかどうか見ようと、港の入口の島に上陸した。まだ巣作りはしていなかったが、鷗の卵を一つ見つけた。

　A［アヴリル］はもう何匹かの淡黄褐色の兎を見た。

　ブルーベルがほぼ真っ盛りだ。

　卵はなし。

四七年五月三十一日　どうやら、昨夜は大雨が降ったようだ。今日は穏やかで暖かく、おおむね、あまり晴れなかった。海は静か。

　木々のあいだの芝を刈り終え、さんじ草と罌粟《けし》を間引いた。食用ビーツ（四七年五月二十二日に種を蒔いたもの）の芽が出た。一本のペポカボチャの芽が土から突き出たところだ。

　卵二個。雌鶏にカースウッド[14]をやり始めた。

　五十ガロン入りのドラム缶のガソリンを使い始めた（八月末までもたせなければならない）。A［アヴリル］は九ガロン取り出した。

四七年六月一日　昨夜、雷と大雨。今日はおおむね晴で暖かいが、午前中に激しい俄雨が降ったあと霧。

　スカーバ[15]に行った。ボートで約三十分のところだ（三～四マイル）。戻る時、エンジンが掛からなくなり（おそらく欠陥のある点火プラグのせいだろう）、漕がざるを得なかった。きつい作業で、約二時間かかった。スカーバはジュラ島よりずっと荒涼としている。樹木はほとんどないが、芝はいい。そこにいるあいだに、非常に大きな蛇を一匹殺した。

　レタスの種を蒔いた。

卵一個。

四七年六月二日　暖かく穏やかな美しい日。霧が少し。海は非常に静か。

泥炭を切り出した（二百塊）。さらに塩素酸ナトリウムを撒いた。

卵二個（三番目の雌鶏が今、産卵期にある）。

二株の薔薇が今、芽を出した。二本の林檎の木以外、どれも花を咲かせている。二番目に種を蒔いたグラジオラスはまだよく育っていない（半分しか芽を出していない）。

D［ドナルド］・D［ダロック］が大量の堆肥をくれた。

郭公《かっこう》が至る所にいる。疑問、郭公は本当に六月に鳴き声が変わるのだろうか、それとも、郭公が珍しくなくなるので、苛立たしくなるだけのことなのだろうか？

四七年六月三日　穏やかで、曇っていて、暖かい。雨は降らない。何度か雨が降りそうに見えたが。海面は非常に滑らか。この天候では牛乳がすぐに酸っぱくなる。

隠元豆のために畑の準備を終えた。船外モーターに油を差し、I［イアン］・M［マケクニー］に言われたように、ガソリン供給装置を止め、新しい点火プラグを付けた。それはオースチンから取ったもので、前のと同じくらい悪いものに見えた――しかし、新しいのを取り寄せることにした。ボートが手の届かないところにあったので、試してみることができなかった。エンジンが動くようになったらすぐ、英国空軍のディンギーをキヌアクドラクに持って行こう。

A［アヴリル］とB・Dが、(16)昨夜釣りに行った――またも釣果なし。小魚しかいないらしい。

生け垣の古い梨の木に花が咲いた。しかし、去年ここに着いた時は（そして、何もかも数週間早かった）、それは花を咲かせていたという印象がある。実は生らなかったが。アリッサムが芽を出した。七竈《ななかまど》の花が咲き始めた。オークの葉が茂った。

卵三個（十個）。

四七年六月四日　昨夜、大雨。ほぼ終日、雨および「スコッチ霧《ミスト》」。地面はひどくぐしょぐしょ。

隠元豆の種を蒔くのは不可能。豌豆を棒で支える作業を始め、納屋のドアをボルトで固定し、ランプの手入れをした。

庭で苧環《おだまき》を見つけた（昔ながらの紫のものだ）。この家に十二年前に人が最後に住んでいた時以来の生き残りに違いない。ほかの花で生き残っているのは、ラッパ水仙、スノードロップ（その二つは大量にある）、クニフォフィア、鳥兜《とりかぶと》だ。

現在の灯油消費量は週にわずか一〜二ガロン。

卵四個（五羽の鶏が産んでいるのだろうと思う）。（十四個）。

四七年六月五日　曇、やや寒い。ほとんど終日小雨。夕方、やや晴。海は穏やか。

隠元豆の苗を植え（土が非常にねばねばしているので穴掘り器で植えた）、支えの棒を立てた。もう一度エンジンを始動させようとしたが駄目だった。新しい点火プラグが来るまでは確かではないが、問題は高圧磁石《マグネト》発電機ではないかと思う。それについては私は知らない。

D［ドナルド］・D［ダロック］は私と一緒にボートに乗っていた時、島に上がった。

鰺刺の卵はまだ見ていないが、巣作りをしているようだ（つまり、窪みを作っている）。D・Dは羽毛が生え揃った雛が二羽いる巣を見つけた。黒っぽい色で縞があり、生後一日のひよこの大きさだ。たぶん都鳥《みやこどり》だろう。二羽の都鳥がいつもその辺にいるので。

ボートの中に水がかなり入っていた――しかし、おそらく大部分雨水だろう。卵はなし。

四七年六月六日　風が強く、おおむね晴だが、時折、霧と小雨。

もう少し芝を刈った。B［ビル］・D［ダン］とD［ドナルド］・D［ダロック］が昨夜、魚を一匹釣った（小さいセイス）。

卵四個（十八個）。

四七年六月七日　風が強く、おおむね晴。午前中は、やや寒かった。海は荒れ気味。

昨夜、庭で一匹の非常に若い兎を撃った。死骸を溝の中に投げ捨てた。今朝、死骸はなくなっていた――おそらく猫だろう。NB、金網の残りをすぐに張ること。

モーターボートのエンジンに新しい点火プラグを取り付けた。そして、イアン・M'Kの忠告に従って、タンクの中のガソリンの割合を増した。ボートは岸に乗り上げていたので、試しにエンジンを船尾に取り付けてみた。スクリューは地面から十分に離れていた。エンジンはほとんどすぐに掛かり、止まらなかった。たぶん、スロットルのワイヤーがつっかえていたからだろう。そういうわけで、エンジンは約五分間水なしで回り続け、キャブレターの中のガソリンがなくなる頃には、ギアボックスの中の油がジュージューという音を立てていた。なんの損傷もなかったことを願う。石油がドラム缶の栓から漏れる傾向がある。

約一ガロン取り出した。合計十ガロン。

卵三個（二十一個）。

きのう、フレッチャー夫妻からハンドレッドウェイトの玉蜀黍《とうもろこし》の実を受け取った。

四七年六月八日　風が強く、やや寒く、終日、雨が降ったり止んだり。風はおおむね西風。海は荒れている。昨夜、またも庭に兎が一匹いた。撃ったが、当たらなかった。

スイートピーの種（少し）と牛の舌草の種を蒔いた。チューリップと三株の枯れたグズベリーの灌木を抜いた。その一本の根から判断すると、枯れてはいない可能性もあると思った。

ガソリンのドラム缶から漏れる量は二十四時間で約一パイントのようだ。もし、その十分の一が蒸発してなくなるなら、損失は二ヵ月半で約一ガロンだろう。それはそう過大ではないと思う。

卵二個（二十三個）。

四七年六月九日　晴れて暖かい日。海は穏やか。風はほとんどなし。

残りの金網を張り（いまや門だけに覆いがない）、木苺と大黄の苗床の手入れをした。庭に入ろうとした、もう一匹の若い兎を撃った。

夕方、英国空軍のディンギーをボートで曳航し、キヌアクドラクまで行ってみようとした。エンジンが途中で止まってしまったので、恐ろしい思いをした（おそらく油を差し過ぎたのだろう）。私たちはボートを漕がねばならなかった。ディンギーは私たちが取りに来られるまで、キヌアクドラクの古い港に放置した。

一羽の梟を見た（今年初めて見たもの）。間違いなく黒と白に見えた[17]。

卵三個（二十六個）。

四七年六月十日　終日曇。おおむね小雨。風はほとんどなし。海は静か。

前庭の芝を刈った。鶏の水飲み用桶を作った。今、五株の薔薇の芽が出ている。どの蔓薔薇にもまだ芽が出ていない。

卵四個（三十個）。

NB、ガソリンの漏れ。それは瓶に入れ、時折、car[18]に注ぐこと。このようにして使った量を絶えず記録しなければならない。今日まで三パイント。

四七年六月十一日　美しく、穏やかで、暑い日。今年の最上の日とも言える。海面はガラスのよう。

人参を間引きした。

ディンギーをキヌアクドラクに持って行った。棹を使ってディンギーを進めるのはうまくいかない〔砂や泥に乗り上げた場合〕。したがって最上の方法は、［アンカーブイから伸ばした］ロープを手繰ってディンギーを進める、というものだ。

混合ガスにもっとガソリンを入れてエンジンを試してみた。エンジンはすぐに始動した。だから、油を差し過ぎたのがトラブルの原因に違いない。

パセリ（四七年三月十七日に種を蒔いたもの）の芽がちょうど出た。

ガソリンの漏れ、四パイント。

卵四個（三十四個）。

四七年六月十二日　美しい穏やかな日。きのうより霧が濃いが、午後はほぼ同じくらい暑い。海は非常に静か。

泥炭を切り出し（百五十塊）、ほかのものを「三つ一組」にした。鹿が泥炭の上に乗っていたが、深刻な害はない。パースニップの種を蒔いた。

綿萱《わたすげ》が至る所で咲いている。七竈が満開だ。花の匂いは山査子《さんざし》または庭常《にわとこ》と同じだが、もっと濃厚だ。サクランボが野生の桜桃に生りつつある（小さなモレロの木にも実が生りつつあるが、おそらくそのほとんどは落ちてしまうだろう）。いまやジャガイモは二株か三株以外、すべて芽を出した。

鵟《のすり》が溝鼠かそれくらいの大きさのものを爪に挟んで運んでいるのを見た。鵟が獲物を持っているところは初めて見た。

この二週間ほどで、五匹の溝鼠（若いのが二匹、巨大なのが二匹）が牛小屋で捕まった。こうした溝鼠はごく簡単に捕まるようだ。罠は通り道に、餌も入れずにほとんど隠さずに仕掛けられる。また、溝鼠を扱う際、人はなんの用心もしない。最近、アードラッサの二人の子供が溝鼠に咬まれたという話を聞いた（例によって顔を）。

ガソリンの漏れ、五パイント。

卵五個（三十九個）。

四七年六月十三日　昨夜、かなりの雨が降ったらしい。終日曇、ほとんどの時間、小糠雨。非常に穏やか。海は静か。何もかもぐっしょり。

ジギタリスの芽が出始めた（庭）。去年は今頃よりずっと前に満開だった。

鶏に虱《しらみ》が湧いていると思うので、ＤＤＴをかけた。一つの巣に、卵の白身に見えるものを見つけたが、殻はどこにもなかった。おそらく一種の事故で、卵を食う鶏ではないだろう。

ガソリンの漏れ、六パイント。

卵五個（四十四個）。

四七年六月十四日　晴で穏やかだが、おとといのようには暖かくない。海はさほど静かではない。

草掻きでジャガイモの周りの草を刈り、蕪の間引きをし、苺に液体肥料を施した。

今晩、二匹の兎が庭にいただけではなく、実際に家の下に隠れてもいた。林檎の木の一本の後ろに下水溝のようなものがある。D［ドナルド］・D［ダロック］が警告してくれたが、兎は冬のあいだ、そこに入ったのだ。問題はそれが裏庭に通じているらしいということだ。そのため兎は金網を迂回する道を知っているのだ。さんじ草を食っているのはナメクジではなく兎なのだろう。穴をスレートで塞《ふさ》ぎ、石を詰めた。NB、金網を門に張ること。

昨夜、A［アヴリル］とB［ビル］・ダンは十六匹魚を釣った（小物）。

ガソリンの漏れ、七パイント。大事をとって一ガロンとしよう。それで十一ガロンになる。

フクシアが咲きかけている（去年は五月末に咲いた）。

卵三個（四十七個）。

四七年六月十五日　昨夜、小雨。今日は晴で風がある。あまり暖かくない。海は風が強い。白波はない。

家の下の穴に隠れていた二匹の兎を、穴の中に罠を押し込み、穴を再び塞いで捕らえた。二匹とも若い兎。二匹ともこっちから出ようとしたので、もう一方には出口はあり得ない。D・Dが言うには、穴は通風孔にしか過ぎない。

長いロープを岸からアンカーブイまで伸ばした。ボートが手の届かないところに行った時、ディンギーでボートまで行けるように。

ガソリン三ガロンを取り出した。合計、十四ガロン。大量の漏れ、一パイント半（栓を使うようになってから、ひどくなった）。

卵五個（五十二個）。

枯れたと思った数株の木苺が芽を出した。

最初に植えたジャガイモを掘り出した。

昨夜、A［アヴリル］とB［ビル］・D［ダン］は三十一匹魚を釣った。

四七年六月十六日　昨夜、小雨が降ったらしい。一日の大半曇、風が強く、やや寒かった。午後遅く、南から強い風、小雨。海は荒れ、外海では大きな白波。キヌアクドラクの港は、南風なので大丈夫なようだ。

豌豆の種を蒔いた（最後の分）。

家の下の穴に罠をもう一度仕掛け、溝鼠を一匹捕った（小さい鼠）。したがって、裏まで鼠が通れる道があるのかもしれない。兎が通る道はないようだが。

野生の菖蒲《あやめ》がいくつか咲いた。D・Dは蕪の種を蒔いている。あれだけの量のものを手で間引くのは、恐るべき仕事だろう。

ガソリンの漏れ、三パイント。

卵六個（五十八個）。

四七年六月十七日　昨晩遅く篠突く雨、夜間に小雨。今朝は曇、のち数時間晴。今夕、さらに雨と風。海は荒れている。

ボートに一杯溜まっていた水を掻い出した。門に金網を張った。R［リチャード］が入らないよう、グズベリーの灌木の周りにも金網を張った。

エッグズ・アンド・ベーコン(19)がちょうど咲き始めた。幾株かの苺がドングリくらいの実をつけた。

今日、A［アヴリル］が卵に珪酸ソーダを使い始めた(20)。ガソリンの漏れ、四パイント（今はそれほど悪くない）。

卵五個（六十三個）。

四七年六月十八日　昨夜、大雨が降ったようだ。今朝は濃い霧。午後二時頃晴れる。午後は日が照り、まずまず暖かく、風はほとんどなし。

二度目に植えたジャガイモを掘り出した。食用ビーツを間引いた。果樹のあいだの芝にある穴に芝草を入れ始めた。A［アヴリル］は塩素酸ナトリウムを脇の庭の藺《い》草《ぐさ》にかけた。ペポカボチャの間引きをした。

一株の蔓薔薇に花芽《かが》が出始めた。林檎の木々にたくさんの林檎が生ったが、もちろん、落ちずにいるのは多くはなかろう。

多量のガソリンの漏れ（今日は少しよい）、三パイント半。

今、珪酸ソーダに漬けてある卵の数、九個。

卵四個（六十七個）。

四七年六月十九日　昨夜、小雨。今日は何度か、短時間俄雨。しかしおおむね晴で穏やか、やや暖かい。海は静か。

また船外モーターを試してみた。最初は完璧に動いたが止まってしまい、再び動こうとしなかった。島に上がった。三個の鯵刺の卵を見つけた（取るには値しなかった）。死んだ鯵刺を見つけた。嘴《くちばし》と脚が鮮やかな朱色なのが印象的だった。この島に頻繁に来る都鳥は、もっぱら笠貝を食べて生きているらしい。長さが約四十ヤード、幅が五から十ヤードのこの島に芝と野花（浜簪と弁慶草）が繁茂しているのが印象的だった。何匹かの鹿が棲んでいる。追われて、この島に泳ぎ着いたのだろう。

湾の近くで二羽の筑紫鴨《つくしがも》の雌を見た。小米草《こごめぐさ》が咲いている。一匹の緑の雀蜂を殺した。（しばらく前、A［アヴリル］もそれを殺した。）今日、D［ドナルド］・D［ダロック］が家の前でオート麦の碾《ひ》き割りをしていた。オート麦は六インチほどで、それが碾くのに適当な長さなのだと思う。若い鶺鴒《せきれい》が地面で親鳥から餌を貰っていた。一羽の雌鶏が早くも卵を抱いているのではないかと心配だ。

多量のガソリン漏れ、四パイント。

卵五個（七十二個）。


四七年六月二十日　（四七年六月二十一日に記入）

一日の大半、濃い霧、また、何度かわずかな俄雨。夕方まで非常に穏やか、風は午後六時頃起こり、向きが何度も変わった。海は静か。車がパンクしているので、ボートでアードラッサに行った。バーンヒル―アードラッサは行きも帰りも約一時間十五分で、風も潮も向かいだった。岸にできるだけ近く通った。混合ガスの割合が正しければエンジンはちゃんと動くが、それでも始動させるのは難しい。

一羽の鷲が地面に坐っているのを見た。あとで、新しい馬小屋と古い馬小屋の中間辺りの岸の近くから飛び立った。

多量のガソリンの漏れ、五パイント半（使い始めた時のほうが悪かった）。一ガロン取り出した。合計十五ガロン。

卵四個（七十六個）。

キャラーガスのボンベが終わりになった。四七年五月十五日に使い始めたので、予定通り五週間もったわけだ。前のボンベには欠陥があったのに違いない。

弁慶草が岩の上で咲き始めた。浜簪が盛りを過ぎた。


四七年六月二十一日　空気は乾き、日が照り、風が強く、あまり暖かくない。午前中は北風、のち西風に変わった。海岸に近いところでは海は静かで、日中のある時間、海峡では白波。

泥炭を切り出し（百五十塊）、最後の分を積んだ。牛がその上にいたのだが、あまり被害はなかった。それで千塊が完了した。もし、乾いた天候が続けば、一週間くらいで小さな山に積むことができるだろう。その後、二週間くらいで一つの山にすることができるだろう。

乾いた風に当たってぐったりしている小さな実生苗の周りの雑草を抜き、草搔きで刈った。ナメクジが二株のペポカボチャの一株を食った――たぶん、回復するだろう。

鷗を一羽撃った（三趾鷗《みつゆびかもめ》）。尾羽根が欲しいので。あまり大きくもなく、固くもない。鵞鳥の翼の羽根が間違いなく最高だ。

家の下にいた溝鼠をもう一匹捕まえた（若い鼠）。

キャラーガスの新しいボンベを使い始めた。七月末近くまでもつはずだ。

多量のガソリンの漏れ、六パイント。

卵五個（八十一個）。

四七年六月二十二日　空気が乾いていて暖かく、穏やか。海は静か。

たくさんの紅花隠元が芽を出した。いくつかのスイートピーも芽を出した。フクシアは咲きかけている(去年は五月末頃咲いた)。ペポカボチャも咲いた。二、三株の薔薇にたくさんの花が咲きかけている。

昨夜、一匹の鹿(雄鹿)が麦畑の中にいた。門が閉まっているので、どこから入ったのかわからない。

書き忘れたが、きのう裏庭で非常に大きな蛇を殺した。積んである石炭の上にいた。

多量のガソリンの漏れ、六パイント半。

卵六個(八十七個)。

四七年六月二十三日　終日曇、おおむね雨。夕方、少し晴れる。海は変わりやすく、時折、湾の中は荒れ気味。

最初に種を蒔いた豌豆に二、三の花が咲いている。液体肥料を施した。ナメクジが、二株のペポカボチャのうちの一株を駄目にした。あまり早く間引くべきではなかった。最後に種を蒔いた豌豆が、ちょうど芽を出した。

多量のガソリンの漏れ、七パイント。

今、珪酸ソーダに漬けてある卵、十二個。

卵六個(九十三個)。

ドラム缶の中の灯油の量、今、約二十ガロン(たぶん)。NB、すぐに新しいドラム缶を注文のこと。

四七年六月二十四日　終日、ほぼ止み間なく雨。やや寒く風が強い。もっぱら南西の風。海は荒れている。

苺の苗床の手入れを始めた。藁をかぶせてもよい頃だ。かなりの数の苺が生りそうだが、非常に小さい。

雌牛の群れがレアルトの方からやってきて泥炭の上にいるが、これまでのところ、そう被害はない。

多量のガソリンの漏れ、七と四分の一パイント、つまり一ガロン。合計十六ガロン。

今、珪酸ソーダに漬けてある卵、十七個。

卵五個(九十八個)。鶏が来てから今日でひと月経つが、その間、鶏は週に平均二ダースの卵を産んだ。

四七年六月二十五日　午前中は晴で風が強かった。雨が降りそうだったが、実際には降っていない――午後は空気が乾き、ずっと暖かくなった。夕方はまた曇った。

苺に藁をかぶせた。

二羽の鶏が今卵を抱いている。六羽が卵を産んでいる。

卵五個(百三個)。

四七年六月二十六日　風が強く、寒い。午後少し日が照ったが、暖かくはない。雨は降らないが、空気に湿気が感じられる。夕方は曇で、雨が降りそうだった。海は荒れている。

人参の種と二十日大根の少量の種を蒔いた。

昨夜、A［アヴリル］とB［ビル］・D［ダン］は釣りをした——釣果なし。海はまさしく荒れていて、去年、海が荒れている時は、私たちは数匹のポラック以外、何も釣れなかった。しかし、バーンヒルの湾で実際に何も釣れなかったという日はなかった。

きのう、一羽の鷲が家の上を飛んで行った。

多量のガソリンの漏れ（きのうの分も含め）、半パイント。

今、珪酸ソーダに漬けてある卵、二十個。

卵三個（百六個）。

四七年六月二十七日　曇、暖かく、蒸す。午後、一時やや強い風が吹いたが、日中の大半は穏やか。二、三度雨になりそうな気配だったが、雨は降らなかった。

ボートでレアルトの近くの海岸に行き、漂流物を集めることにした。例によってボートは最初は調子よく始動したが、A［アヴリル］とR［リチャード］を乗せようとバーンヒルの前でボートを停めると、再始動しなくなった。再始動させるのに三十分かかった。そこで、キヌアクドラクに戻った。Aは島に上がった。約一ダースの鰺刺の卵——あまりに小さくて、持って帰るのに値しない。鷗の卵三個、それは持って帰った。[★1]

夥しい数の蘭が見事に咲いているのを見つけた。秋にどれが球根かわかったら、持ってきて新しい環境に慣らす価値が十分にある。A［アヴリル］はオンシジューム属の蘭を見つけた。今、たくさんの野生の菖蒲が咲いている。

多量のガソリンの漏れ、一パイント。

半ガロン取り出した。合計十六ガロン半。

パースニップがまだ出てこない——おそらく種が悪いのだろう。

卵五個（百十一個）。

四七年六月二十八日　蒸して暖かく、穏やか。一日の大半曇。しかし、いくらか日が射した。海は静か。

残りの泥炭を「三つ一組」にした。牛がその上にいたが、あまり損傷はない。邪魔されなかった泥炭のいくらかは、すっかり乾いている。二、三日空気の乾いた日が続けば、それを小さな山に積むことができるだろう。

いくらかのパースニップが出てきたが、あまりよくない。

今日、完全飼料が届いた。十二ポンドのようで、一ヵ月分。

箱の一つの中の卵が食われた——偶然割れたのは疑いない。それに加え、卵四個（百十五個）。

四七年六月二十九日　昨夜、小雨。今朝は蒸して暖

かい。午後、やや寒くなり、少し風が強まった。終日曇。時折、小雨。海は午前中荒れ気味だったが、夕方、やや静まった。

前庭の芝を刈った。レタスを少し移植した。ナメクジが最後のペポカボチャを食べてしまった——生き残るかもしれないが、ナメクジは生長点を食い尽くした。昨夜、周りに煤と砂を輪状に撒いてあるにもかかわらず、巨大なナメクジがそれを食べているところを発見した。

昨夜、釣りに行った——一匹の魚が海面から跳び上がったのを見たにもかかわらず、何も釣れなかった。

卵五個（百二十個）。

四七年六月三十日　終日、非常に穏やか、曇、湿気あり。やや蒸したが、夕方、涼しくなった。午後ずっと小糠雨、濃い霧。何もかも、ぐっしょり。海面はガラスのよう。

戸外ではあまり仕事ができなかった。苺に網をかぶせた。昨夜、ナメクジ退治にメタ(21)を混ぜた麩《ふすま》を撒いてみることにした。今朝、かなりの数のナメクジが死んでいた——しかし、それが結局、守りたいと思っている植物の近くにナメクジを惹きつけることにはならないのかどうか、定かではない。

スイートピーがよく出たが、ほんのわずかだ——各袋から約一ダースの種を蒔いた。

卵四個（百二十四個）。

四七年七月一日　午前中は非常に穏やかで、濃い霧。霧はのちに晴れた。かなり蒸す。夕方は涼しくなり、少し風が吹き、午後六時以降、霧雨。海は非常に静か。

アードラッサに行く途中で見た湾に行き、約四ハンドレッドウェイトの漂流物を集めた。そこには、坑道の支柱や大きな厚板を含め、まだたくさんある。戻ってきてバーンヒルでA［アヴリル］とR［リチャード］と一緒に木材を下ろしたが、キヌアクドラクに行く途中でガソリンがなくなり、懸命に漕いで戻らねばならなかった。私たちは約四分の三ガロンのガソリンで出発したのだが、その航行には十分ではなかったようだ。その距離はアードラッサまでの距離の半分、往復で約五マイルだ。アードラッサまで行くには、たっぷり一ガロン半見なければならない。NB、エンジンはタンクにまだガソリンが二分の一インチある時に止まる。今、始動はずっとよくなった。

花の咲きそうな薔薇の二株か三株に液体肥料をやった。幼い鵜が母親と一緒に海で泳いでいた——鴨の家族に非常に似た行動だ。四羽の野鴨（真鴨）が一緒に飛んでいた——疑問、そのうちの二羽は今年生まれた鳥なのだろうか？　庭に種類のわからない鳥が二羽いた。その一羽は実に印象的だ。背尾部が赤茶色で、頭部が黒で、てっぺんに白い斑点が一つある。[★2] ほかのは、豌豆保護用のものがかけてあるにもかかわらず、苺に非常に関心があるようだ——野薔薇（白。疑問、普通の茨なのか否か）が咲いている。最初に種を蒔いた豌豆の花がたくさん咲いている。

　ガソリン、半ガロン取り出した。合計十七ガロン。漏れは今ではごくわずか。

　卵二個（百二十六個）。


四七年七月二日　午前中、濃い霧。午後、少し晴れた。午後五時頃、雨。かなり暖かく、ごく穏やか。海は非常に静か。

　いくつかの蕪（四七年四月十七日に種を蒔いたもの）は引き抜いてもいい頃だ。

　野薔薇が咲いた。ガソリンを二ガロン取り出した。合計十九ガロン。

　昨夜、A［アヴリル］とB［ビル］・D［ダン］は釣りをした—魚二匹。

　今日、R・Rが[22]ターバートからやってきて、海峡で一匹の大きな鮫を見た。

　卵三個（百二十九個）。


四七年七月三日　午後八時頃まで実に嫌な天候。霧と雨、時折小糠雨、時折大雨。夕方、少し晴れた。海は静か。

　いくつかの苺が赤らんだ。

　鶏の中に卵を食べるのがいるようだ。もしそうなら、見つけて絞めよう。

　ガソリンが約四分の三ガロン漏れた。栓の口を下にしたままにしたからだ。それを車に入れた。それを一ガロンとすると、合計二十ガロンになる。

　卵三個（百三十二個）。


四七年七月四日　実に嫌な天候。風が強く、曇っていて、やや寒く、断続的に雨が降り、時折激しく降った。海は波立っている。

　レアルトの雌牛の群れがまたやってきて（雌牛がここに来るのは、ハイランドの雄牛がいるからに違いない）泥炭を踏みつけたが、そうひどくではない。雌牛が荒らした泥炭を元に戻した。その多くはかなり乾いている。三日くらい晴天が続けば、小さな山に積むことができるだろう。

　戸外ではあまり仕事ができなかった。液体肥料をもう幾株かの薔薇にやった。三株を除き、いまやすべての薔薇に花芽《かが》が出ている。

　子供と一緒の野鴨（なんの種類かわからなかったが、筑紫鴨のように見えた）が、キヌアクドラクの近くの湾で泳いでいた。

昨夜、A［アヴリル］とB［ビル］・D［ダン］が釣りをした――またも釣果なし。ルイング[23]から来たロブスター漁師が言うには、午前一時頃なら、いくらか魚が釣れる。

卵二個。卵を食う鶏がいるらしい。（百三十四個）

四七年七月五日　天気はよくなった。終日風が強く（西風）、やや寒かったが、おおむね晴。午後二時頃、短時間俄雨が降った以外、雨は降らず。海は波立ち、海峡には白波。

ポニーを返しにアードラッサに行った。鞍なしでポニーに乗るのはあまりに疲れるので、ほとんど歩いた。D［ドナルド］・D［ダロック］はプリンス〔馬の名前〕に乗っている。ポニーに蹄鉄を打ち、鞍を借り、ターバートに行った。わずか六マイルだが、長年馬に乗っていなかったので、やや尻が痛くなった。[24]

ターバートの近くで山兎を見た。野兎より間違いなく小さく、脚が長く、尻の辺りに白い毛がたくさんある。盗賊鷗のいくつかの群れを見た――私は初めて見た。ここではよく見かけるものと思うが。

アードラッサでは薔薇が満開で、いくつかのルピナスが早くも実を結んでいる。クニフォフィアがすでに咲いている。

きのう郵送されてきた二十五株のブロッコリー★3の実生苗を移植した。植えるにはよい天候ではない。とりわけ、それが数日間土から離れていたあとでは。

卵二個（百三十六個）。

ガソリン一ガロン取り出した。合計、二十一ガロン。

四七年七月六日　晴、風が強く、あまり暖かくない。時折黒雲が見えたが、雨は降らなかった。

A［アヴリル］は転んで肩を脱臼した。R［リチャード］・R［リース］がクレイグハウスの医者のところに連れて行ってくれた。[25]

罠籠に新しいロープを結んだ。ボートのゆるんだ肋材を固定し、ペンキを少し塗った。紅花隠元を間引きした。「野生」の赤房スグリに網をかぶせた。

苺がいくつか赤くなりつつある。一株の薔薇が色づいた（ピンク）。小さな忍冬《すいかずら》が咲いた。ほとんど海中に没している岩の上に生えているものも含め。ガソリンの取り出しを正確に記録してあるとすれば、また、かなりの無駄がなかったとすれば、まだ二十五ガロン残っているはずだ。それを八月末までもたせなければならない。つまり、今後のガソリンの消費は、週平均三ガロン以上であってはならない。アードラッサに行くには、ボートでにしろ車でにしろ、往復約一ガロン半、ガソリンが要る。だから、なんとかやらねばならない。

卵五個（百四十一個）。

四七年七月七日　やや寒く、風が強く、曇。少し雨。海は荒れ気味。

医者がAの腕を治すことができなかったので、D・DとR・RとB・Dは彼女をボートに乗せてクライナンに行った。彼らは午後十一時頃、潮に乗って帰ってきた。どうやら、ひどい往復だったらしい。Aの腕はロッホギルプヘッドで治してもらった。今は大丈夫のようだ[26]。

R［リチャード］等のことで忙しく、戸外では何もできなかった[27]。

ガソリン、一と四分の三ガロン（二ガロンとしよう）、取り出した。合計二十七ガロン。

卵二個（百四十三個）。

四七年七月八日　一日の大半かなり寒く、曇。俄雨。昨夜、小雨。今晩は晴れて快適。海は静か。

文字通りひと握りの苺を摘んだ。グズベリーを除けば最初の果実だ。四七年六月二十六日に種を蒔いた人参が芽を出した。

たくさんのレタス[★4]が畑のオート麦のあいだで芽を出している。これはライグラスと一緒に蒔かれたもので、ライグラスは麦が刈られたあとに出てきて、来年の干し草になる。疑問、間違った種が使われたのか（ライグラスは非常に小さい種だ）、単に不純な種なのか。

また畑に鹿がいる——穴を塞《ふさ》がねばならない。

卵四個（百四十七個）。

四七年七月九日　快晴、風強し。あまり暖かくない。海は静か。何もかも非常に乾いている。

泥炭を小さないくつかの山に積んだ。その多くはかなり乾いている、特に小さな塊は（NB、来年はもっと薄い塊に切ること）。チューリップの球根を掘り出した。

卵二個（百四十九個）。

四七年七月十日　ほぼ終日曇。しかし雨は降らなかった。あまり暖かくない。海は静かで、夕方は海面は鏡のよう。

最初の蕪を抜いた。

昨夜、A［アヴリル］は釣りに行った——セイス六匹、ポラック二匹。

罠籠を仕掛けた（今年、最初）。網が古いがロープは新しいので、枠はなくならないだろう。

灯油が非常に少なくなった。灯油のドラム缶が来ることになっているが、いつ届くかは疑問。

今日、飲み物がなくなった——ちょうど三ヵ月で瓶十二本[28]。あとの瓶はまだ届いていない。

卵二個（百五十一個）。

四七年七月十一日　やや晴。昨夜、小雨。日中、数分小糠雨が降った。風はあまりない。海は静か。

罠籠を引き揚げた——何も入っていなかった。今になってわかるのだが、海底の近くの罠籠は破損しているので、ロブスターは外に這い出したのかもしれない。ナメクジにひどく食われている苺の周りにメタを撒いた。

幾株かの薔薇の芽が開きかけている——嬉しいことに白はない。今日の午後、野薔薇の一束を摘んだ。はっきりと違った三種類の薔薇だ。一つはピンクで、どうやら普通の野薔薇らしい。ただし匂いがする。野薔薇は匂いがしないと思っていたのだが。もう一つは小さなかなり繊弱な白薔薇で、「スコットランドの白薔薇」だと思う。三つ目も白で、もっと逞しく伸びていて、あまり尖っていない葉をつけていると思う。その最後の二つとも、スイートブライヤーに似た匂いがする。

ガソリンを一ガロン取り出した。合計二十八ガロン。てっぺんの空気穴をなんとか明け、ガソリンの量を計った。ドラム缶はほぼ半分入っているようなので、私の記録は大体正確だったのだろう。

卵二個（百五十三個）。

四七年七月十二日　一日の大半、曇。数回、晴れ間。夕方、ほんの少し雨。風が強くなった。海は夕方まで静かだったが、その後はやや荒れた。

R［リチャード］がカリフラワーを二つ踏み潰した。ほかのはしっかりと根付いているようだ。最初の薔薇が咲いた（サーモンピンク）。

卵七個（外で産んだもの五個）（百六十個）。

四七年七月十三日　夜、少し雨が降ったと思う。午前中は霧雨が降ったが晴れて、美しく、穏やかで、晴れた午後と晩になった。海は静か。

一本の林檎の木の大枝につっかい棒をしなければならなかった。実の重さですでに撓《たわ》んでいたからだ。苺を少し摘んだ。半ポンド以下。もっと生りそうだ。匍匐枝が多い。どうやらここではよく育つらしい。だから、畑の準備ができたら、今年の秋はもう少し植えてみよう。

卵二個（百六十二個）。

四七年七月十四日　暖かい。南風が少し。一時曇。しかし雨は降らず。海は静か。

漂流物を集めに行った。ボートは調子よく走った。石だらけの海岸にあるボートを再び海に出すのに非常な苦労をした。私たちが漂流物を集めているあいだに、潮が少し引いてしまったからだ。ＮＢ、これくらい重いボートの場合、必ず、かなり深い海の中に錨で係留しないといけない。

もう一株の薔薇が咲いた（濃い赤のポリアンサ薔薇）。林檎を間引いた。

　ガソリンの漏れ、二パイント。

　卵四個（百六十六個）。


四七年七月十五日　美しい晴れた日。最高の日の一日。風はほとんどなし。海は非常に静か。

　泥炭を積んだ。四フィート×五フィートの堆積になった。今では、その大半はかなり乾いている。

　昨夜、A［アヴリル］は釣りに行った――釣果なし。どうやらアードラッサでも何も釣れないようだ。

　ほんの少し苺を摘んだ。

　卵三個（百六十九個）。


四七年七月十六日　嫌な日。午後七時頃まで止み間なく雨。昨夜のうちにも少し雨が降ったらしい。海は静か。

　最初に種を蒔いた人参を間引きした（最後の間引き）。

　卵三個（百七十二個）。


四七年七月十七日　暖かく、かなり蒸し、一時曇っていたが、雨は降らなかった。海は静か。

　二十日大根を間引き、三番目の豌豆の周りに網を張った（棒はもうない）。もう一株の薔薇が咲き出した。キャンディタフトの芽が出た。罌粟《けし》の芽も出た。

　ガソリンの漏れ、四分の三ガロン（栓を変えたため）、プラス、その前の一クォート、一ガロン、合計二十九ガロン。

　卵二個（百七十四個）。


四七年七月十八日　蒸す。穏やかな日。おおむね曇だが、実際には雨は午後六時まで降らなかった。その後、かなり強い俄雨が降った。海面はガラスのよう。今朝は非常に静かだったので、鵜が海から飛び上がる時、羽ばたきの音が私の部屋から聞こえた（距離は約四百ヤード）。

　多年生アリッサムの種を蒔いた。家の前の芝を刈り、その上に砂を撒いた。

　一ガロンのガソリンを取り出した。合計三十ガロン。残りは二十ガロンで、八月末までもつ。つまり、週に約三ガロンだ。しかし、もう七ガロン来る見込みがある。

　卵三個（百七十七個）。


四七年七月十九日　昨夜のうちに、かなりの大雨が降った。今日は非常に暖かく、蒸し、おおむね曇っていたが、雨は降らなかった。海はきのうほど静かではない。

　虻《あぶ》（「クリッグ」）はひどく厄介だ。

　最初に植えたジャガイモ（地中に三ヵ月）を少し掘っ

た――あまりに小さく、あと三週間ほどそのままにしておかねばならない。苺を少し摘んだ。半ポンド以下。

小径を作り始めた。

スグリの色が変わり始めた。この菜園全体で約一ポンドあるだろう。三番目に咲く薔薇は、最初の薔薇と同じらしい。去年の一ダースの株の薔薇のうち、三株だけが灌木で、あとはみなポリアンサ薔薇、蔓薔薇または攀縁薔薇だった。今度はもっとよいものをいくつか買おう。よいものが増えてきているので。

卵三個（百八十個）。

今日、キャラーガスのボンベがお仕舞いになった。今度はわずか四週間だった。最後のボンベを使い始めた。NB、できるだけ早く、もっと取り寄せること。

四七年七月二十日　夜、少し雨。今日は暖かく、曇。午後七時頃まで雨は降らなかったが、その後は弱い俄雨が降った。海はあまり静かではない。

門を取り付ける場所から庭常《にわとこ》の木を移し始めた。別の薔薇が咲いた（ほかのと同様、濃い赤のポリアンサ薔薇）。

ガソリンの漏れ、一クォート。

卵三個（百八十三個）。

四七年七月二十一日　雨がほぼ止み間なく午後五時頃まで降り、その後晴れ、強風が南または南東から吹き始めた。海は終日荒れたが、夕方、いっそう荒れた。

戸外ではあまり仕事ができなかった。パースニップの間引きをした。

数羽の雌鶏が羽根の生え変わる時期にある。今日、二重卵が一個あったが、悪い兆候だそうだ。それを産んだ雌鶏に関する限り、それは最後の卵だと言われているので。

卵四個（百八十七個）。

今日、一羽の鷲が畑の上を高く飛んでいた。ここで鷲を見る時は、必ず風の強い天候だ。

四七年七月二十二日　午前十時頃、ほんの少しぱらぱらと雨。それ以外は乾いていて風が強く、午後はかなり暖かかった。海は荒れている。

小径は造り終えたが、風があまりに強いので、そこに種〔芝の種〕を蒔くことはできなかった。

今日、鷲がまた畑の上を飛んだ。鷲に群がっていた鳥は、鷲を地面に無理矢理降ろすのに成功したらしい。きのうの雨にもかかわらず、泥炭はかなり乾いている。あと二、三日風の強い日が続けば、中に持ってこられるくらいに乾くだろう。そのあと、納屋に二週間置けば完了だろう。

ガソリンの漏れ、半ガロン（これを車に入れた）。

卵三個（百九十個）。

四七年七月二十三日　雨が終日、ほぼ小止みなく降り続いた。午前中、霧が少し。午後、やや強い風がもっぱら南から吹いた。海は静か。

罠籠を仕掛けようとしたが、潮位が非常に低く、ボートを海に出すことができなかった。錨の近くにブイを置いた。

昨夜、A［アヴリル］とB［ビル］・D［ダン］は魚を十一匹釣った。

D［ドナルド］・D［ダロック］は家の後ろの畑の草を刈り始めたが、雨のせいで続けられなかった。

最後の苺を摘んだ。総計、約一ポンドから二ポンド――最初の年にしては悪くはないだろう。

卵三個（百九十三個）。

四七年七月二十四日　午前中ほとんど雨。午後はかなり晴れたが、日はあまり射さなかった。一日の大半、少し風があったが、晩には止んだ。海は静か。

小径に種を蒔いた（種が十分なかったので、一方の端の種はかなり少なくなった）。

A［アヴリル］は、二番目に種を蒔いた蕪（四七年五月二十二日に蒔いた）を今、引き抜いている。最初に種を蒔いた豌豆は、あと一週間ほどで摘める。

ロブスターの生け簀を修理した。R［リチャード］・R［リース］が切ってくれた材木を馬小屋に運んだ。N B、そこに置いておいて、さらに乾くかどうか見ること。

雌鶏の一羽が、いつも初年鶏の産む大きさの卵を産むのに気づいた。それは、巣につきたくなったもののその気がなくなった鶏に違いない。二羽の雌鶏がほぼ同時に巣につきたがった。まだごく少数の一孵りの雛しか孵《かえ》せないだろうが。一羽は初年鶏の卵を産み終える前に巣につきたくなったのかもしれない。したがって、まだ小さな卵を産んでいるのだ。

キャンディタフトの花が咲いている。さらに二株のポリアンサ薔薇が咲きかけている（ほかのよりも薄い赤だ）。

卵四個（百九十七個）。

四七年七月二十五日　美しい日。午前中は曇で暖かく、穏やか、午後は晴。風はそよとも吹かない。海は非常に静か。

苺の苗床から苺を移した。隙間をなくすため、二、三本の匍匐枝を釘で留めた。

家の後ろの畑で刈られた干し草は、すでに小さな山になっている。よい干し草ではない。半分は藺草だ。

昨夜、A［アヴリル］は釣りをした――釣果なし。

いくらかの人参は引き抜いてもいい頃だ。スグリはほぼ熟れた。

今日、一番の鶯《つがい》の鷽《うそ》を見た。雄のほうは非常に印象的だ。ここで鷽を見るのは二度目だ。

ガソリンの漏れ、四分の三ガロン。

卵四個（二百一個）。これで二ヵ月でほぼ正確に二百個になる。または、週に二ダースになる。もしこれが八羽の雌鶏の平均ならばいいのだが、もちろん、巣につき始めると卵を産まなくなる。

四七年七月二十六日　暖かく、非常に穏やかな日だが、あまり日は射さなかった。海は静か。

家の後ろの畑の一部には、早くも干し草が小さな山になっている。それはここではリックと呼ばれ、高さが約八フィートだ。その一つ一つは、四百か五百平方ヤードの干し草を使っているらしい。ここのように干し草が貧弱な場所では、そうなのだ。どうやら、天気がよければ、手順は次のようなもののようだ。干し草は刈られたすぐあと（たぶん二十四時間後）、熊手で掻かれて何列かにまとめられる。それから、約二フィートの高さに積まれる。翌日、それらは再び撒き散らされる。そして再び何列かにまとめられる。それから、リックになるのに十分な量の干し草が熊手で掻き集められて輪の形にされる。すると、干し草用三叉を持った二人が輪の中に立ち、リックを作る。リックは五、六フィートの高さになると先が細くされる。リックの側面は熊手で梳《くしけず》るようにして掻かれ、緩んでいる干し草を取り出す。それからロープをてっぺんに掛けてから、リックの両側の底の、干し草を厚くねじった箇所に結びつける（たいていは二本のロープを使うが、石で重みをつける者もいる）。天気がよければ、この作業全体は三日くらいしかかからないが、リックの干し草は積み上げる前に、さらに数日乾かさねばならない。

今日、最初に種を蒔いた人参を抜いた。

非常に大きな蛇を殺した。蛇は私たちを見るや否や向かってくる気配を見せ、体をぐるりと回し、シューッという音を出した。蛇がそんなことをするのは、これまで見たことがない。

卵四個（二百五個）。

四七年七月二十七日　美しい暑い日。風はない。海面はガラスのよう。

三株のルピナスを植えた――そうするのにあまりふさわしい天候でも時期でもないが。

罠籠を引き揚げた。ロブスター一匹、蟹一匹。今年最初のロブスターだ。ロブスター用の生け簀は具合がよくない。あまりに多くの孔があり、したがって、ちゃんと沈まないからだ。餌がなかったので、罠籠を再び仕掛けることはできなかった。

卵三個（二百八個）。

四七年七月二十八日　なんともひどい日。午前八時頃、凄まじい雷雨と豪雨。それが数時間続いた。小川はたちまち大きな奔流に変わり、畑を流れて行った。路面はいくつかの箇所で冠水した。キヌアクドラクの近くの木橋が流された。D［ドナルド］・D［ダロック］の蕪の二つの畝が駄目になった。昼頃やや晴れたが、午後の大半、さらに雷が鳴り、激しい雨が降った。夕方、「スコッチ霧《ミスト》」が出た。菜園の何もかもが泥だらけになっている。

午後、レアルト(29)で釣りをした。私たちはJ(30)に会いに行かねばならなかったので。釣れたのはごく小さな鱒のみ。もっといたけれども、ボートがなければ、鱒が餌を求めて浮上してくる場所には行けなかった。

卵五個（二百十三個）。

四七年七月二十九日　快晴、西風が少しある。海は静か。

ロブスター用生け簀を一つ作った。二つ作る必要がある。中を仕切って分けるほど大きな箱がないので。

D・Dは干し草をまたひっくり返しているが、外にあったものはあまりに濡れていて、リックにすることができない。いくつかの薔薇を摘んだ——摘んだのは最初だ。小径に蒔いた芝の種は雨で流されてしまったのではないかと心配だが、確かめるのは難しい。

卵三個（二百十六個）。

四七年八月一日　グレンギャリスデールでの最後の三日間(31)。終日、素晴らしい天候。海は非常に静か。行きも帰りも二時間かそれよりわずかに少ない。使ったガソリンは一ガロンよりやや少ない。行きは、満潮の三十分前にキヌアクドラクを過ぎるように時間を計算し、帰りは、引き潮の約一時間前にグレンギャリスデールを出発するようにした。

きのう、ロッホ・ナン・イーレン(32)で釣りをした。六匹のかなり大きい鱒と、数匹の小さな魚が釣れた。二匹の一番大きな魚は約半ポンドで、ほかのは五か六オンスだった。ほとんどがクラレット色の毛針で釣ったものだ。釣ったのと同じくらいの数の魚を逃がした。一人では手《た》網《も》を使うのが難しいせいだ。

島の西側に夥しい数の角目《つのめ》鳥《どり》がいた——こちら側では滅多に見ない鳥だ。

月曜日の嵐の際、菜園のごく一部が雷に打たれたようだ。そのことがあった翌日、ジャガイモが萎びて見えるのに気づいた。今、五ヤード平方くらいの範囲にわたって、ほぼすべてのジャガイモ、大半の紅花隠元、いくらかの蕪と二十日大根、若い豌豆、さらには雑草が、すっかり焦げていた。まるで、炎がその上を走ったかのように。それは嵐に関係があるのに違いない。また、激しい雨水が悪い成分を苗床に流し込んだことはないと思う。不思議なのは、やられたすべての植物は一つの区画にあり、菜園のほかのところは無傷だということだ。しかし、この区画の中でも、なんの影響も受けなかったように見える豌豆の一畝があるのは本当だ。

　三十日以来の卵（三日間）、七個（二百二十三個）。


四七年八月二日　暖かく、曇。正午頃、ほんの少しぱらぱらと雨。夕方、小糠雨。海は静か。

　豌豆を少し摘んだ（摘むのは初めて。四七年四月十二日に種を蒔いたもの）。

　書き忘れたが、グレンギャリスデールに出発する前にガソリンを三ガロン取り出した。合計三十三ガロン。九月以降、前よりやや多い割り当てを確保した。乾燥用の青草を育てる畑は、いまやほとんど刈られた。約一ダースの「リック」が出来ている。今日、広げられた干し草は、雨が降りそうなので小さな山にしなければならない。

　卵二個（二百二十五個）。


四七年八月三日　昨夜は大降りだったようだ。今朝は霧が出ていて、小糠雨が降っていた。午後は暖かく、穏やかで晴。海は静か。

　罠籠を引き揚げた——何もなし。二つの罠籠を用意し、新しいロブスター用生け簀を持って行った。生け簀の中のロブスターは死んでいた。おそらく、嵐で真水が流されたせいらしい。蟹は大丈夫だ。人参を間引いた。

　菜園の焦げた箇所が実際に雷に打たれたということはあり得ないが、電気で充満した稲妻が豪雨を伝って地面に達したということはありうると思う。いずれにしろ、植物を枯らすという現象は嵐の翌日に見られ、菜園の一箇所だけに影響を与えたので、嵐になんらかの関係があるに違いない。

　書き忘れたが、おとといA［アヴリル］は、ガソリンを一ガロン取り出した。合計三十六ガロン。

　きのう、畑で小さな蛇を殺した。D・Dもおとといそこで蛇を一匹殺した。また卵が一個食べられた。

　卵三個（二百二十八個）。

四七年八月四日　夕方まで美しい晴れた日。かなりの風。夕方、丘のほうから霧が湧いた。海は静か。
　家の後ろの干し草用の畑はいまや刈られ、その約半分が「リック」になっている。それが二十八か三十あるようで、三つの山になるだろう。だから、一山は約十のリックだろう。一つのリックを作るには、干し草をひとまずまとめてから、三人がかりで約二十分かかる。一人が干し草の山のてっぺんに立ち、ほかの者が叉鍬《またぐわ》で渡す干し草を積み上げる。

マリゴールドが咲いた。M［マーガレット］・F［フレッチャー］がくれたピンクの花（名前は知らない）も咲いた。

卵四個（二百三十二個）。

四七年八月五日　午後四時頃までスコッチ霧《ミスト》。その後、やや晴れたが、日は射さなかった。一日の大半、ひどく蒸し、穏やか。海は静か。

罠籠を仕掛けた（合計四個）。ほぼ干潮だったが、その一つを失いかけた。波止場から西に二百ヤードのところに穴が一つあるらしい。

何羽かの若い海鷗（茶色の羽根）が飛び交っていた。

R［リチャード］・R［リース］が泥炭を持ってき始めた。泥炭はかなり乾いているが、納屋で数週間、すっかり乾かす必要があるだろう。

卵三個（二百三十五個）。

四七年八月六日　終日曇、しかし雨は降らず、一日の大半、ごく暖かかった。西と北から、かなり風が吹いた。海は静か。

苗床を作り、A［アヴリル］が種を蒔いた匂紫羅欄花《においあらせいとう》、アメリカ撫子、ルピナス、風鈴草その他いくつかの花を移植した。苗床の一つの手入れをした。菜園は一週間ほとんど手をつけなかったので、いまやひどい状態だ。

もう一株の薔薇が咲いた（薄いピンク）。門の脇の蔓薔薇が咲き始めた（深紅色）。

卵二個（二百三十七個）。

四七年八月七日　美しく、晴れて、暖かい日。風はほとんどなし。海は静かで濃紺。

罠籠を引き揚げた。四つ全部、まったく空。ボートを新しい場所に錨で係留しようとした。満潮時にボートに辿り着けるかどうか確信はないが、もしそうできるなら、ボートを引き揚げたり降ろしたりする辛さがなくなる。

家の前の芝を刈った。鶏舎の沢菊を大鎌で刈った。

卵四個。そのうち二個は外で産んだもの。一個は数日間隠されていたかのように見えた。また、もう一つは家の中で割れた。おそらく、産卵箱の籾殻が十分ではなかったせいだろう。（二百四十一個。）

四七年八月八日　美しい晴れた日。南からかなり強い風。海はあまり静かではない。

罠籠を仕掛けた。ボートを錨で係留しようとした場所はよくない。満潮時にはそこに行けないからだ。スリップ〔突堤間の停泊用水面〕の前に錨で留めようとしたが、それより約五ヤード先にした。そして、長いショア・ロープを付けた。満潮時にディンギーに乗り、そのロープを手繰って近づくことができるからだ。

苺から匍匐枝を切り取った。隙間を満たすため、根付くように二本は残したが。

昨夜、A［アヴリル］とJ［ジェイン］、B［ビル］・D［ダン］は八匹の鯖（今年初めて）を含め、三十匹の魚を釣った。

二、三株のさんじ草が咲き始めた。

卵三個、また、リチャードがもう一個割った。殻が非常に薄い――NB、もっと殻の粗粉を入手すること。

四七年八月九日　乾いて、暖かい、風の強い日。風は何度も方向を変えたが、もっぱら南と東の風。午前中、海に白波。午後と晩には海は静か。

木苺の周りの雑草を抜いた。脇の区画の芝を少し焼いた。

きのう、干し草用の畑で蛇を二匹殺した。今日、菜園に大きな無足蜥蜴《あしなしとかげ》がいた（長さ約一フィート）。

ガソリンを二ガロン半、取り出した。合計三十八ガロン半（つまり、八月末まで約十～十二ガロン残っているだけだが、何枚か補充クーポン券[33]を持っている）。

卵三個（二百四十七個）。

四七年八月十日　乾いていて暖かく、あまり晴れていず、風はほとんどない。海は非常に静か。

漂流物を集めるため、バーンヒルの向こうにある、近くの最初の湾に行った。そこにはたくさんあった。小さな鉄床《かなとこ》の代わりになりそうな大きな木塊があった。

菜園の何もかも、すっかり乾いた。苗床の実生苗には毎晩水をやる必要があった。それにしても、何株かの匂紫羅欄花《においあらせいとう》は枯れたと思う。何株かの紅花隠元の花が咲こうとしている（四七年六月五日に種を蒔いたもの）。四ヵ月近く前に種芋を植えた最初のジャガイモを、もう少し掘った。あまりよくない。もちろん、早植えの種類ではないので新ジャガほどよくはないのだ。ほかのは雷に打たれたので、まったく駄目になるのではないかと思う。

ガソリン半ガロンを取り出した。合計三十九ガロン。

卵二個（二百四十九個）。

四七年八月十一日　おおむね曇。きのうほど暖かくない。海は静か。蕪と、少しのスウェーデン蕪の種を蒔いた（最後の種蒔きとしては遅過ぎないだろう）。紅花隠元に液体肥料を施した。雷に打たれなかったものも、あまりよくない。

別の蔓薔薇が咲き始めた（ピンク）。

七竈《ななかまど》の漿果が赤くなりつつある。榛《はしばみ》の実がかなり大きくなった。

卵四個（二百五十三個）。

四七年八月十二日　暖かく、乾いていて、ほぼ晴。風は少し。いまや土は非常に乾いている。

昨夜、A［アヴリル］とほかの者は釣りをした――魚約三十匹。一匹の鯖を含む。ボートのマストにするために櫂を家に持ってきた。

卵二個（二百五十五個）。


四七年八月十三日　炎暑の日。海は静か。

ボート用のマストを作った（高さ六フィート半。つまり、舷縁から上が六フィート半）。

灯油の新しいドラム缶が来た。

卵四個（二百五十九個）。

四七年八月十四日　炎暑の日。これまでで一番暑い日だろう。海面はガラスのよう。
罠籠を引き揚げようとした――潮がそれほど低くないので駄目だった。そのあと釣りをしたが、セイス二匹だけ。
二、三株のゴデチアが咲いた。
ガソリンを一ガロン半、取り出した。合計四十ガロン半。

卵五個（二百六十四個）。

牛小屋の溝鼠はひどい。鼠捕りをまた仕掛け、一匹捕った。


四七年八月十五日　きのうと同じような日。

何もかも乾き切っている。水槽の水位は非常に低い――雨が降らなければ二日分ほどだと思う。

きのう、ドラム缶で一バレルの石油が来たが、前のはまだすっかり終わってはいない。四七年五月六日に使い始めたものだ。あと二週間もつとすると、重さから推して、私たちの夏の消費量（約十四～十五週間で四十ガロン）は、週三ガロン以下だ。

今日、キャラーガスのボンベを使い始めた。きのう使い切った最後のは四七年七月十九日に使い始めたので、四週間弱もったわけだ。

卵四個（二百六十八個）。


四七年八月十六日　晴れた暑い日。風はほとんどなし。海は非常に静か。

オートミールを買いにクライナンに行った。行きは約一時間十分で（たぶん、約八マイル）、帰りはもっとかかった。あまりに南に遠く向かってしまい、潮で湾の下に流されたせいだ。

ガソリンを四分の三ガロン取り出した。合計四十一ガロン半。

昨夜、北極光を初めて見た。雲に似た白いものの縞が空に弧[34]（an arc）を描いていて、時折、明滅する異様な光がそれをよぎった。まるで、サーチライトがその上で戯れているかのように。

　卵三個（二百七十一個）。

四七年八月十九日　四七年八月十七日以降、グレンギャリスデールにいる。終日晴天。海は静か。水槽の水が干上がり、雨が降るまで溜まり始めないだろう。畑の井戸の水はかなりいい。

　グレンギャリスデールまでの時間、約一時間四十五分。今日、帰りに渦巻きに巻き込まれ[35]、みんな危うく溺れ死ぬところだった。エンジンが海に吸い込まれ、海底に沈んだ。櫂を使い、辛うじてボートが転覆するのを防いだ。二度、渦巻きを抜けたあと、凪いだ海に乗り入れ、気がつくとイーレン・モー[36]からわずか百ヤードのところに来ていた。そこで急いでボートを漕ぎ、岸に乗り上げようとした。H［ハンフリー］・D［デイキン］がロープを持って最初に岸に飛び移ったがボートが転覆し、L［ルーシー］・D［デイキン］、R［リチャード］および私が海に投げ出された。Rは一瞬、ボートの下になってしまったが、私たちがなんとか救い出した。櫂を含め、ボートの中のものの大半がなくなった。イーレン・モーは見た目よりも大きい――少なくとも二エーカーあると思う。断崖の上の地面の至る所に角目《かどめ》鳥《どり》の巣穴が掘ってある。飛ぶことを学んでいる数多くの若い鵜を含め、無数の野鳥がいた。奇妙なことに、真水らしいかなり大きな水溜りがあった。だから、泉があるに違いない。漂流物が打ち上げられる場所がないので、島には木がまったくない。しかし私たちは、私のタバコ用のライターを乾かし、枯れ草と、地表から抉《えぐ》り取った乾いた泥炭の塊に火を点け、衣服を乾かした。私たちは約三時間後、たまたまピクニック客を連れてきたリングの漁師たちに救助された。私たちがグレンギャリスデールを発ったのは十時半頃で、それは満潮の約二時間後だった。だから、十一時半頃にコリヴレカンに着いたに違いない、つまり、約三時間、潮が引いていた時刻だ。それは最悪の時間のようで、本来、憩潮時にコリヴレカンを通過するように時間を見計らわねばならない。ボートは大丈夫だ。重大な損失はエンジンと十二枚の毛布だけだ。

　きのう、ロッホ・ナン・イーレンとア・ブーラ[37]で鱒を十二匹釣ったが、大半が小さかった。ブーラには魚がたくさんいるが、五オンス以上のものは何も釣れなかった。そこは非常に浅く、底は砂や小石が多い。

　ガソリンを一ガロン半、取り出した。合計四十三ガロン。

　この三日間の卵、十五個（二百八十六個）。

四七年八月二十日　天候はきのうと同じ。海は非常に静か。現在、家には四日ほど水がない。

タールも適当なコーキング用の撚糸もなく、また、プラスチシン〔工作用紙粘土〕がひどく足りないが、できるだけボートにコーキングをした。ボートはさほど損傷してはいず、簀《す》の子と座席が一つなくなり、舳《へさき》の近くがちょっと緩んだだけだ。それは締めたと思う。

今、ゴデチアがよく咲いている。一株の薔薇以外、いまやすべて咲いている。ペポカボチャはたくさんの実をつけつつあるが、花はまだ咲いていない。

きのう、ラジオにL・T電池を入れた。それは二ヵ月もつことになっていて、H・T電池は四ヵ月もつことになっているので、十月二十日頃、それぞれもう一つ要るだろう。NB、十月十日頃、注文の手紙を書くこと。

卵五個（二百九十一個）。

四七年八月二十一日　天候はきのうと同じ。海はほんの少し静かではなくなっている。

苺の苗床の手入れをした。匍匐植物は依然として非常に速く伸びている。何株かのグラジオラスが今、花芽《かが》をつけている。二、三株の木苺が実を結んでいる（ほんの二、三の漿果）。

卵五個（二百九十六個）。

四七年八月二十二日　きのうよりも曇っている。相変わらず非常に暑い。海はそれほど静かではない。

ボートの後部の新しい座席を作り始めた。

何株かのクニフォフィアが芽を持っている。四七年八月十一日に種を蒔いた蕪が所々で芽を出した。忍冬《すいかずら》がほとんど終わった。小径に尖鼠《とがりねずみ》が死んでいた。麦がところどころで熟している。キャンディタフトがほぼ終わった。苗床の苗木は旱魃にもかかわらず、まだ枯れない。

卵八個（四個は外で産んだもの）（三百四個）。

前のドラム缶の灯油がほとんどなくなった。四七年五月七日に使い始めたものだ。つまり、四十ガロンが十四～十五週間もったのだ。夏の平均消費量は週に三ガロン以下ということになる。

四七年八月二十三日　暖かく、乾いていて、時折風が強く（西風）、雨の気配はなかった。海は静か。

豌豆を抜いた場所に二十五株のブロッコリーを植えた。植えるにはあまりよい天候ではないが、数日かかって郵送されてきたのだ。

卵五個（三百九個）。

四七年八月二十四日　天候はきのうとほぼ同じ。昨夜と早朝、濃い霧が低く垂れ込めていたが、雨の気配はなかった。海は非常に静か。

家の前の芝を刈った。萎びてしまったので、ジャガイモを掘り起こした——それ以上育たないだろう。雷に打たれ時、植えてからたった三ヵ月だったにしては、思ったよりも、ややよい。五畝から約百ポンド穫れた（種芋は約二十五ポンド）。たぶん、十〜二十ポンド、以前掘ったのだろう。種芋はグレート・スコットで、正常に育てば、これだけの量の種芋から二と四分の三ハンドレッドウェイトの収穫を期待してよいと思う。
　卵四個（三百十三個）。

四七年八月二十五日　天候はきのうと同じ。今朝、海はそう静かではなかったが、午後、海面はガラスのようだった。
　ボートの修理完了。座席はあまりよくない。材木がよく、それに細工を施すための万力がなければ、座席を取り付けるのは難しい作業だ。
　二、三株のグラジオラスが咲いた（ピンク）。何株かの七竈の漿果が熟れた。
　新しい灯油のドラム缶を使い始めた。少なくとも十一月中旬までもつはずだ。

　卵七個（三百二十個）。


四七年八月二十六日　天候、きのうと同じ。海は非常に静か。

　ジャガイモが植わっていた区画を掘り起こした。土は非常に乾いていて、ごつごつしている。多年生菠薐草《ほうれんそう》をここに作る予定。二、三週間前に種を蒔くべきだった。小径の剝き出しの部分に芝の種を蒔いた。

　昨夜、A［アヴリル］はボートに乗ってみた——まだ水がひどく入ってくる。舳の近くにもっとコーキングをしなければならない。

　今日、R［リチャード］・R［リース］は湾で巨頭鯨《ごんどうくじら》（または、その種の何か）を見た。

　卵三個（三百二十三個）。


四七年八月二十七日　きのうと同じ。暖かさがほんの少し減った。海は静か。

　ボートにもうちょっとコーキングを施し、少量のタールを塗った。刷毛がないので塗るのは難しい。

　今日、キャラーガスのボンベがお仕舞いになり、新しいのを付けた。最後のは十二日しかもたなかった。しかし、一週間以上、料理し湯を沸かすのにそれ以外は使わなかったのだ。水槽に水が溜まるまで、暖炉の火を起こすのは危険だからだ〔湯を沸かすための水槽は暖炉の中にあった〕。

　紅花隠元と遅蒔きの豌豆は実に貧弱。旱魃のせいに違いない。

　卵五個（三百二十八個）。

四七年八月二十八日　きのうと同じ。午後、非常に暖かかった。

多年生菠薐草の種を蒔いた。三週間ほど前に蒔くべきだったが、畑の土の準備をしていなかった。

D［ドナルド］・D［ダラック］が麦を刈り始めた。見たところ昨年よりよく、藁も多いし、質もいい。

忍冬は終わり、大半の七竈の漿果は熟れ、広葉草連玉《ひろばくされだま》は終わりかけていて、ブラックベリーのいくつかは赤らんでいる。榛の実がかなり生っているが、まだ熟してはいない。かなりたくさんの粗毛春菊《あらげしゅんぎく》が出ている——A［アヴリル］は、去年は一つも見なかったと言っている。今、露が深いが、それは菜園の蕪には救いだ。

卵四個（三百三十二個）。

四七年八月二十九日　きのうと同じ。午後、非常に暑かった。海面はガラスのよう。

ボートを海に浮かべてみた。水はあまりひどくは入ってこないようだ。ブロッコリーに水をやった。すっかり萎びている。

キャラーガスを取り寄せることにした。

卵四個（三百三十六個）。

四七年八月三十日　きのうと同じ。暖かさが少し減った。海は静か。

また、レアルト川で釣りをした。川は干上がっていて、途切れ途切れに続く浅い水溜りになっていて、実際、たくさんの魚がいるのだが、どれも非常に小さい。四分の一ポンドほどの大きさの魚さえ釣れなかった。また、水が非常に少なくなった時は、魚は人間を見ることができ、人間が釣り糸を投げるあいだ姿を隠さなければ、上がってこない。

黄色のグラジオラスが咲いた。二、三株のスイートピーが咲き始めた。

卵四個（三百四十個）。

四七年八月三十一日　やや暖かさが減った。曇り、時々霧。海は静か。

午後の大半、タイプライターの修理に費やした。苺の匍匐枝をもう少し切った。新しい完全飼料を鶏に与え始めた。

卵一個（三百四十一個）。

四七年九月一日　きのうと、ほぼ同じ。海は静か。

D・Dの畑でバインダーを使って刈り入れを始めた。それを使うと、ずっと大きな束が出来る。その束は、刈り束の山を作るのには、少々楽だと思う。ほんの一瞬、花巨頭《はなごんどう》を見た。

卵一個、外で産んだもの一個（三百四十三個）。

四七年九月二日　夕方、やや涼しくなり、めっきり冷えた。風は西から吹き、長いあいだ厚く低い雲が垂れ込めていたが、それでも雨は降らない。海は静か。今日、初めて居間で火を起こした。

G[38]の助けを借り、黒房スグリ等のあいだの雑草を抜き、灰をいくらか撒くつもりで焚き火をした。菜園のどの区画も土壌がひどく酸性なのははっきりしているので、石灰だけではなくカリも必要だろうと思う。カイナイト[39]を手に入れよう。

D・Dの麦はいまやすべて刈られ、刈り束の山になっている（今日、バインダーがここにあった）。

卵二個（三百四十五個）。

四七年九月三日　寒く、曇。低い雲。ほんの少しぱらぱらと雨。地面が濡れるほどではない。もっと雨が降る気配だ。南風。海はやや荒れている。

気分が勝れなかったので、戸外では何もしなかった。今日、前の畑は刈り取られ、刈り束の山が出来ている。バインダーにさまざまな故障が生じたが（紐が切れる等）。半ダースほどの兎を殺した。今、三羽の雌鶏が巣につきたがっている。

一樽のガソリンを使い切った。

卵一個（三百四十六個）。

四七年九月四日　どうやら夜間に小雨が降ったらしい。一日の大半、かなり継続的だが非常に弱い霧雨が降った。水槽に流れ込む小川の水は依然として干上がっていて、土は一インチほどの深さまでしか濡れていない。

海はきのうほど静かではない。

新しい一輪手押し車が届いた（少々小さ過ぎる）。春キャベツのための区画に肥料を施し始めた。二、三本の林檎の木を結び直した。今、少なくとも三羽の雌鶏が巣につきたがっている。

卵一個（三百四十七個）。

四七年九月五日　ほんの少し雨が降ったが、午後に再び晴れた。水槽に水を流している小川は、まだ影響を受けていない。夕方は非常に空気が澄み、日も少し射した。海はかなり静か。

具合がよくないので（胸）、外にはほとんど出なかった。四七年八月十一日に種を蒔いた蕪は、間引きが必要だ。

卵一個（三百四十八個）。

四七年九月六日　雨が少し降った。二、三回、激しい俄雨が降った。あす、もし雨が降れば水を直接入れるため、水槽の蓋を外すつもりだ。もっと前にそうすべきだった。雨が降らず、揺蚊《ゆすりか》がひどい。海は静か。

人参と蕪を間引きし、グズベリーのあいだの雑草を抜き、アリッサムを苗床に移植し、根付いた二、三本の苺の匍匐枝を移植した。グズベリーは非常に貧弱で、今年はほとんど伸びていない。おそらく、酸性の土のせいだろう。今年の春、石灰をかなりたくさん施したのだが。もし手に入ったら、カリに加えてカイナイトを施そう。マグネシウム不足と思われる林檎の木の下に、一ポンドのエプソム塩を埋め込んだ。

卵一個（三百四十九個）。


四七年九月七日　一日の大半、霧雨。数回、日が射した。今は蛇口からは水が出るが、湯を沸かすための水槽には水がない。海は静か。地面は数インチ下までまだ非常に乾いている。

雛家鴨のための囲いを作り始めた。六羽注文した（三週間前）。

キャラーガスのボンベがお仕舞いになった。湯のための水槽に水が溜まるまでは、台所の火を起こすことができない。

今日、最初のキャベツを食べた（四七年七月五日に種を蒔いたもの）。

卵一個（三百五十個）。

四七年九月八日　終日、雨が降ったり止んだり。晴れ間が少しあった。時折、雨が激しく降った。風はほとんどなし。海は静か。雛家鴨のための場所を作った。スイートピーがかなりよく咲いている。土はまだきわめて乾いている。
卵なし（三百五十個）。

四七年九月九日　昨夜、ほとんどずっと雨。日中の大半、激しい雨と、南西の非常に激しい風。海は夕方まで非常に荒れ、それからは、やや静かになった。蛇口の水はいまや正常。菠薐草の芽が出てきた。
卵一個（三百五十一個）。

四七年九月十一日　午前中の大半、小雨。夕方晴れる。風はほとんどなし。海は比較的静か。

スイートピーの最初の束を摘む。何もかも風雨で真っ平らになっている。さんじ草とゴデチアがほぼ終わった。

卵なし（三百五十一個）。


「家事日記」第四巻の最後の見開きを、オーウェルはさまざまなメモに使っている。疑問符と照合の印は原稿通りである。

左の頁――

ここを出る前に

収穫物をすべて集める。
すべての区画の雑草を抜く。
肥料を撒く。
隙間に金網を張る。
杭を打つ。
桜の木の周りに有刺鉄線を張る。
芝を刈る。
春の野菜のために一区画を掘り起す。
果樹等の場所の印を付ける。
チューリップの球根と牡丹を植える（?）
多年生の花（もし、あれば）を植える。
門の下から兎が入らないようにする。
鶏舎に重しを載せる。
ボートを引き揚げ、覆いをする。
灌木の薔薇を剪定する（?）
果樹をしっかり縛ってあるかどうか確かめる。
材木等が乾いた場所にあるかどうか確かめる。
灯油／キャラーガス。
エンジン(40)?
道具に油を差す。
果樹と灌木に肥料を施す✓

必要な物

柵用の針金
有刺鉄線
金網(41)
叉釘《またくぎ》（大）
支柱（有刺鉄線用）
山形鉄
一輪手押し車✓
防水シート

右の頁――

『求めて』　四八年四月三十日より遅くはない
『ビルマの日々』　四八年十月三十一日　〃
『どん底生活』　四九年四月三十日(42)　〃
『カタロニア讃歌』
『評論集』　初版が絶版になる時
『動物農場』

四七年九月十二日――講演、NW1、クラウンデール・ロード、労働者コレッジ。時間?（講演、四十五～六十分(43)。）
十一月――紹介（セント・パンクラス自治都市図書館司書。ユーストン・ロード、町政庁舎。TER七〇七〇（電話番号））
七千八百二十六ポンド八シリング七ペンス（四七年六月

十九日）
（二百五十ポンド[44]）
（百五十ポンド）

これで「家事日記」第四巻は終わる。

オーウェルの注

★1 全部駄目。中の雛が大きくなり過ぎていた。［反対側の頁にあるオーウェルの注］

★2 白額《しろびたい》常鶲《じょうびたき》？［反対側の頁にあるオーウェルの注］

★3 キャベツ。［反対側の頁にあるオーウェルの注］

★4 チコリー。土壌を良くすると思われているので、種にわざと混ぜた。［反対側の頁にあるオーウェルの注］

編者注

（1） ドナルド・ダロックと妹のケイティー。しばしばD・DおよびK・D。

（2） R＝リチャード。オーウェルの二歳の息子（たいてい「R」となっているが、リチャード・リースの場合もありうる）。ジュラ島のただ一人の医者は、南方約二十五マイルのクレイグハウスにいた。そこまでは悪路だった。

（3） オーウェルと妹のアヴリル（たいてい「A」）。

（4） Double British Summer Time の略。日光を有効に使うため、時計が晩春から初秋にかけて一時間進められた。戦時中とその直後の数年、一年を通して一時間進められ、「夏」の期間はさらに一時間進められた。この方法は、特に農夫には評判が悪かった。オーウェルの言う「三つの違った時間」は、DBSTとサマータイム（一時間だけ時計が進められる）と「自然」の時間（農作業と株取引は、その時間に従った）のことであろう。

（5） アメリカン・ピラーは蔓薔薇で、濃いピンクの花の中心は白く、雄蕊は金色である。

（6） アルベリック・バルビエはよく育つ蔓薔薇で、花はクリーム色に近い白で中心は黄色である。それは、アルベルティーヌの栽培者と同じ栽培者によって作られたものである。オーウェルは戦前、アルベルティーヌをウォリントンのコテージで非常にうまく育てた。

（7） アラステア・マケクニーと、ドナルド・ダロックと妹のケイティー。

（8） ダギー・クラークはターバートにあるアスター家の大農園で働いていた。ニール・マッカーサーもそうであろう。

（9）メイ・アンド・ベイカーはスルフォンアミド〔細菌性疾患の治療薬〕と、肺炎の治療に使われた薬、スルファピジリンの製薬会社。一般に製薬会社のイニシャルで知られていた。

（10）ロードアイランド・レッドとホワイト・レグホンの交雑種。

（11）海豚《いるか》に似ているが、嘴に似た鼻は持っていない鯨目《もく》。正しくは花巨頭《はなごんどう》だが、その名称は違った種類の鯨にも一般に使われる。

（12）ジャネット・マケクニー。オーウェルはM'KechnieとMckechnieの両方の綴りを使っている。

（13）イアン・マケクニー。グレンギャリスデール湾はジュラ島の西側にあり、バーンヒルの、ほぼ正反対の側である。

（14）家禽の餌の商標。

（15）スカーバはジュラ島の北にある。二つの島はコリヴレカン湾によって隔てられている。

（16）ビル・ダン。ウィリアム・ダン（一九二一〜九二）は陸軍将校だったが、片脚を失い、傷病兵として免役になった。一九四七年、農業を営むためにジュラ島に来た。五ヵ月後、バーンヒルの上の奥地にある農場から移ってきて、オーウェルとその妹のアヴリルと一緒に生活した。のちに、リチャード・リースと共同でバーンヒルで農場を営んだ。ダンは一九五一年にアヴリルと結婚し、オーウェルの息子のリチャードを育てた。『思い出のオーウェル』の中の、ナイジェル・ウィリアムズによるビル・ダンへのインタビュー記事を参照のこと。また、『オーウェル回想』も参照のこと。二〇〇九年二月と三月に、リチャード・ブレアは非常に興味深いエッセイを『エリックと私たち』のウェブサイト（www.finlay-publisher.com）に寄稿した。それは、「Orwell Prize」のウェブサイトに再録されている。そのエッセイはアーカイブに格納されている。

（17）それは夏の羽毛である。

（18）これは「can（缶）」とも読めるが、四七年七月三日の項から、「car」であるのが明らかである。

（19）細葉柳穿魚《ほそばうんらん》、または野生金魚草。

（20）珪酸ソーダは冬に卵を保存するために用いられる。珪酸ソーダで保存された卵は茹で卵にはしない。料理に使われるが、炒り卵にすることもある。

（21）メタアルデヒドは一九二四年から固形の塊で燃料として使われ、一九三八年からナメクジ退治用に使われた。

（22）サー・リチャード・リース（一九〇〇〜七〇）は編集者、画家、批評家。リースとオーウェルは『アデルフィ』を通じて親友になった。のちにリースはオーウェルの遺著の管理者になった。彼は絵を描くためにジュラ島にやってきて、九月までオーウェルの家に泊まった。彼は著書『オーウェル――勝利の陣営からの逃亡者』の中で、ジュラ島でのオーウェルの生活をよく描いている。『思い出のオーウェル』に再録された箇所を参照のこと。その一節はジュラ島でのオーウェルの生活を要約している。「ジュラ島での生活で、彼の別の、予期できなくはない性格がはっきりと現われた。すなわち、英雄的で思い切った治療法に対する熱意である。その一帯は鎖蛇が群がっていると思われていた［例えば、四七年六月二十二日の項を参照のこと］。そしてオーウェルは、蛇に咬まれた場合のタバコによる治療法が大いに気に入っていた――それを試みるのに彼ほどに気が進まない人物を想像することはできないが。それは、彼によれば、葉巻に火を点け、それを傷口に押しつけるというものだ」

(23) オーウェルは「リング」と書いているが、ルイング島を意味しているのに違いない。それに隣接する小島ランガや、やはりランガと呼ばれる本島の場所ではなく。その三つの島はすべて、ジュラ島の北端から約六マイル以内にある。ルイング島だと考えられるのは、一九四七年八月三十日付の『グラスゴー・ヘラルド』に載った、コリヴレカンの渦巻きからオーウェルが逃れたという記事のゆえである。その記事によると、二人の漁師がオーウェルの一行を救助に来たが、その二人はルイング島のトバロノキーに住んでいた。四七年八月十九日の項の注(35)を参照のこと。

(24) オーウェルが一九二二年に受けたインド帝国警察官任用試験の結果は、ラテン語とギリシア語の試験ではとりわけ高得点を獲得したが、乗馬試験では二百点満点で百四点しか取れず(合格点は百点)、二十三人の受験者のうち二十一位だった。彼はその後、特にビルマで馬に乗ったであろう。

(25) リースはこの事件を著書の中で回想している。「彼の妹は壁を飛び越えた際に腕を脱臼した。オーウェルは家に駆け戻り、私を呼んだ。『君は応急手当をしたことがあるね?［リースはスペイン内戦中、マドリッドの戦線で救急隊に属していた。］アヴリルが腕の関節を外したんだ。戻せるかい? 力一杯ぐっと上げればいいんだね?』その療法はうまくいかなかった。おそらく、私が力一杯そうする勇気がなかったからだろう(オーウェルもそうしようとはしなかった)。そこで私たちは、車で二十五マイル走って医者に行かねばならなかった。医者も治せなかった」(『思い出のオーウェル』の中の「ジョージ・オーウェル」)。また、四七年七月七日の項も参照のこと。

(26) クレイグハウスの医者がアヴリルの腕の脱臼を治すことができなかったので、ドナルド・ダロック、ビル・ダン、リチャード・リースはジュラ海峡を渡り(まっすぐに航行して約六マイル――しかし、四七年八月十六日の項を参照のこと)、本土のクライナンの小さな港に連れて行った。それから、ロッホ・ファインの海岸にあるロッホギルプヘッドまで、さらに道を六マイル車で行った。結局アヴリルは、腕を治してもらうまで、ジュラ島のでこぼこした道を車に乗せられて約五十マイル行き、六マイル航行し、さらに六マイル車に乗ったのである。そして、十二マイルの帰路についた。

(27) リースは『ジョージ・オーウェル』の中で言っている。オーウェルはジュラ島で「確かに幸福だった」、「菜園で仕事をし、ボートで鯖を釣り、養子にいじめられ」。

(28) たぶんブランデーであろう。四七年四月十四日の項を参照のこと。

(29) レアルト・バーン川はバーンヒルの少し南で、かつ西にある二つの小さな湖から発し、バーンヒルの南の約五マイルにあるジュラ湾に注いでいる。小村のリールトは、バーンヒルからアードラッサに至る道路がレアルト・バーン川を横切るところにある。

(30) オーウェルの姪、ジェイン・デイキンについてクリックは書いている。「その年の夏、いまやもめになったハンフリー・デイキンは、二人の娘、十代のルーシーと、農業促進婦人会を抜けたばかりの姉のジェインを、叔母と叔父のところで長期の休暇を過ごさせた。二人の兄のヘンリーもやってきた。彼は当時陸軍少尉で、休暇中だった。三人は叔父のエリックを好いた。食事の時以外、何日も続けて彼の姿をほとんど見なかったけれども。それは、三人が小さな子供だった頃のリーズ［三人が生まれた町］でと同じだった。彼はほとんど休むことなく執筆していたからである」

(31) ジュラ島の大西洋側で、バーンヒルのほぼ反対側にある羊飼いの小屋でキャンプをした。

(32) ロッホ・ナン・イーレンは、グレンギャリスデールの西海岸から内陸に約一マイルのところ、バーンヒルからまっすぐ約二マイル半から三マイルのところにある。

(33) 燃料は厳しく統制されていたが、特別に発行されたクーポン券で補充分が買えることもあった。

(34) 「an arc」は意味を成すが、オーウェルの書いた字は「a one」に見える。それは意味を成さない。

(35) ジュラ島とスカーバ島のあいだにあるコリヴレカン湾の渦巻きは、当時も今も非常に危険である。オーウェルは難を逃れたことを大したことのないように書いているが、彼らが溺死しなかったのは僥倖だったのである。クリックは伝記の中で、デイキンの生々しい描写を再録し、デイキンのその文章は『デイリー・エクスプレス』に送られたとオーウェルが言ったことを伝えている。（一九四七年九月八日付のアントニー・ポウエル宛の手紙）しかし、英国図書館所蔵の『デイリー・エクスプレス』のロンドン版を調べたが、その記事はなく、エディンバラのスコットランド国立図書館のヘレン・ストークス夫人と、グラスゴーのミッチェル図書館のテルファー・ストークス氏が、編者のために『スコティッシュ・デイリー・エクスプレス』を調べてくれたが、成果がなかった。エディンバラには同紙はなく、グラスゴーでは同紙の八月分がなかった。九月分にも事件についての言及はなかった（同紙の新聞名は第二号以降、『デイリー・エクスプレス』から『スコティッシュ・デイリー・エクスプレス』に変わった）。事件に関する記事は、一九四七年八月三十日付の『グラスゴー・ヘラルド』に載ったのである。「一行は渦巻きを見に行ったのだが、モーターボートは小さな渦の一つに巻き込まれ、転覆した。幸いブレア氏の助力で、一行全員、小島に辿り着いた。数時間後、一行はルイング島のトバロノキーから来た二人の漁師に救助された」。ルイングはスカーバの北にあり、トバロノキーはジュラ島の北端から六、七マイルのところにあり、言及されている小島、イーレン・モーの少し先である。ドナルド・ダロックもイアン・マケクニーも、オーウェルを大いに弁護した――オーウェルは自分のしていることをよく心得ていた、もっと人の意見を聞いたほうがよかったかもしれないが。彼はただ、潮汐表を読み間違えただけのだ。それは「よくあること」である（クリック）。

(36) イーレン・モー（Mór）はジュラ島の北西の端から五百ヤードほどの小島である。オーウェルはアクセント記号を省略している。

(37) ロッホ・ア・ブーラ（Bhurra）はロッホ・ナン・イーレンの少し南東にあり、ジュラ島の東海岸と西海岸の中間にある。オーウェルは「Bura」と綴っている。

(38) たぶん、アイリーンの義姉のグウェン・オショーネシーだろう。彼女は子供を連れてジュラ島にやってきた。

(39) 「Kainit」は本来、塩化カリウムの入った、含水硫酸マグネシウム（塩の沈殿物に見出された）を意味するドイツ語である。化学肥料として用いられた。

(40) 横線を引いて消してある。

(41) 横線を引いて消してある。「有刺鉄線」がその代わりだったのだろう。

(42) これらの年月日は、自著がすべて同一の判型・装丁のユニフォーム版で出版されるのを期待していた年月日であろう。『空気を求めて』は一九四八年五月に、『ビルマの日々』は一九四九年一月に、『パリ・ロンドンどん底生活』は一九四九年九月に、『カタロニア讃歌』は一九五一年二月に、『評論集』は一九五一年二月二十二日に出版された。『動物農場』は一九四九年六月に、ユニフォーム版に外観が似た廉価版で出版されたが、「選集」のために組み直されたのは一九六五年だった。

(43) オーウェルは体の具合が非常に悪かったので、ジュラ島を離れて講演に行くことはできなかった。セント・パンクラス自治都市図書館司書フレデリック・シンクレアは文化活動を広めるのに熱心で、ほぼ間違いなく、講演でオーウェルを紹介したであろう。

(44) たぶん、オーウェルが受け取った金の額であろう。七千八百二十六ポンド八シリング七ペンスが一九四七年六月十九日に受け取った額なのか、その日までの総額なのかはわからないが。彼は『動物農場』が出版されたあと、彼の帳簿に記録されている、それ以前の印税よりずっと多い印税を受け取ったのは確かである。

家事日記

第五巻……一九四七年九月十二日〜一九四七年十月二十九日

オーウェルの「家事日記」第五巻は、九と四分の三インチ×七と四分の三インチの、各ページに二十六本の罫があるノートの右側三十三頁、左側三頁に書かれている。オーウェルは一九四七年十月二十九日で日記を書くのをやめ、アヴリルが十二月二十七日から一九四八年五月十日まで代わりに書いた。オーウェルは七ヵ月病院にいて留守をしていたあと(彼自身の言葉)、一九四八年七月三十一日に日記を再びつけ始め、一九四八年十二月二十四日まで続けた。その頃には『一九八四年』は完成していた。アヴリルが書いた項は要約した。元のものを『全集』に完全な形で収録した際、夫のウィリアム・ダンの許可を得た。二人は一九五一年に結婚した。アヴリルは一九七八年に死亡し、ウィリアムは一九九二年に死亡した。

四七年九月十二日　一日の大半、雨。強風、夕方まで、もっぱら南風。海は荒れている。

新しく黒房スグリを植える場所に鶏糞の肥料を施した。木苺の何株かに支柱をかわねばならなかった。根元のところが緩んでいたので。NB、来年、金網を張ること。

卵九個(外で産んだもの)、(三百六十個)。

四七年九月十三日　晴れ間があったが、日中の大半、曇。風はほとんどなし。夕方、ほんの少し雨。あまり暖かくない。日中の大半、海に白波。

約五十株の春キャベツを植えた。

キャラーガスの新しいボンベを付けた。

卵九個(外で産んだもの)、(三百六十九個)。

四七年九月十四日　夕方まで日中の大半、篠突く雨。夕方、やや晴れた。南西からの烈風が夕方少し凪いだ。海は日中の大半、ひどく荒れた。

卵なし(三百六十九個)。

四七年九月十五日　日中、時々雨。午後、南から烈風。海は荒れた。

巣につきたがっている三羽の雌鶏を鶏舎から出し、裏庭に放した。そうすれば、その気がなくなるのを期待して。

午後の大半、詰まっている台所の流しの排水管を掃除する作業。

十五ガロンのガソリンが来た（十月末までもつはずだ）。約二トンの石炭が配達された。

卵一個（三百七十個）。


四七年九月十六日　午後五時頃まで雨。

小径の芝を初めて刈った。もっぱら、タンポポ等を茂らせないためだ。

卵九個（外で産んだもの）、（三百七十九個）。


四七年九月十七日　やや晴。雨はほんのわずかしか降らなかった。日中の大半、晴れていたが、あまり暖かくない。風はほとんどなし。海は比較的静か。

巣につきたがっている鶏を戻した。ひとまず、排水溝の蓋をした。小径の縁を整えた。見場がかなりよくなった。

卵六個（四個は外で産んだもの）、（三百八十五個）。


四七年九月十八日　午後五時頃、ほんのぱらつく程度の雨。それ以外は秋晴れで日が照ったが、あまり暖かくなかった。風はほとんどなく、海は静か。

ボートの底にタールを塗った。ごく少ししかタールが残っていないので、できるだけ丁寧に塗った。

D［ドナルド］・D［ダロック］が家の後ろの畑で干し草の山を作っている。彼自身の干し草はすでに納屋に仕舞われている。

半ポンドほどの堅果《ナッツ》を摘んだ。一応、熟れていた。A［アヴリル］は約一ポンドのブラックベリーを摘んだ（今年初めて）。R［リチャード］・R［リース］は茸を見つけた。たくさんではないが、大きくて、いいものだ。

卵二個（三百八十七個）。


四七年九月十九日　天候はほぼきのうと同じ。雨は降らず。風はほとんど、またはまったくなし。海は比較的静か。

木の灰（および泥炭の灰）をグズベリーに撒いた。

B［ビル］・D［ダン］は仔羊を二十二匹買った。生後六ヵ月くらいだろう。値段は一匹四十三シリング六ペンス(1)。

ガソリンを二ガロン取り出した。合計二ガロン。

卵三個（三百九十個）。

四七年九月二十日　午前中、かなり激しい雨。あとは一日曇。穏やかで、かなり暖かい。海は静か。夕方まで風はほとんどなし。

最後の分の豌豆を摘んだ。

ガソリンを一ガロン取り出した。合計三ガロン。

この頃は、午後八時に暗くなる。

卵三個（三百九十三個）。

四七年九月二十一日　美しく清澄な日。あまり暖かくない。ほんの少し、ぱらぱらと雨。海は静か。
卵二個（三百九十五個）。

四七年九月二十二日　終日、ほとんど止み間なく激しい風雨。夕方、ほんの少し晴れた。もっぱら南風。海は非常に荒れた。
卵二個（三百九十七個）。

四七年九月二十三日　雲行きが怪しく、少し日が射したが、かなり激しい俄雨が降った。海は荒れ気味。

ラッサ川(2)に釣りに行った。鮭を釣り針に掛けたが（見掛けは三、四ポンド）、たちまち逃してしまった。先糸《さきいと》が切れなかったので、おそらく、軽く掛かっただけだったのだろう。

ガソリンを二ガロン半取り出した。合計五ガロン半。

卵四個（四百一個）。


四七年九月二十四日　午前中の大半、小雨。午後晴。もっぱら北と北西の風。海は午前中荒れ気味で、午後に凪いだ。

R［リチャード］・R［リース］は相当の量の茸を採った。

苺の匍匐枝を切った（これで四、五回目に違いない）。

卵二個（四百三個）。


四七年九月二十五日　美しい清澄な日。一日のほとんど晴。海は静か。

最初のペポカボチャを捥《も》いだ（たった一つで、ごく貧弱）。

ランキン(3)から林檎が来た。約十五から二十ポンドの食用林檎、および同量の料理用林檎。それに、いくらかの梨。

卵三個（四百六個）。

四七年九月二十六日　夕方遅くまで美しい清澄な日。その後、少し雨。かなり暖かい。海は静か。
今日、前の畑に干し草がいくつかの小さな山になっていた。

卵二個（四百八個）。

四七年九月二十七日　なんともひどい日。終日、横殴りの霧雨。西風。海は変わりやすく、時折、非常に荒れた。

六インチ地図〔一マイルを六インチとした地図〕をもとに、バーンヒルの小作地一帯の面積を、できるだけ正確に計算してみた。菜園と沼地の野原を除き、十六エーカーちょっとのようだ。今日、麻袋の小麦（百四十ポンド）を使い始めた。今、三羽の雌鶏の毛が抜け変わっている。一羽が巣につきたがっている。

卵三個（四百十一個）。

四七年九月二十八日　終日、雨が降ったり晴れたり。かなり寒い。海は比較的静か。蕨の大半が茶色になりつつある。ガソリンを二ガロン取り出した。合計七ガロン半。

卵一個（四百十二個）。

四七年九月二十九日　嫌な日。太陽が時々顔を出すが、もっぱら横殴りの霧雨。ひどく寒い。西南の風。海は日中、比較的静か。

卵一個（四百十三個）。

四七年九月三十日　天候はややよくなった。一時、弱い俄雨。海は比較的静か。

卵三個（四百十六個）。

四七年十月一日　曇。ほんの少しぱらぱらと雨。海は静か。

幾株かのゴデチアとシャーリー罌粟《げし》とかなり多くのマリゴールドが、まだ咲いている。クニフォフィアも同じ。今日、最初のパースニップを採った——ひどく貧弱。

卵一個（四百十七個）。

四七年十月二日　美しい穏やかな日。一時曇。しかし、午後は日が照り、かなり暑かった。海面はガラスのよう。

D［ドナルド］・D［ダロック］は今、麦をすべて積み上げた。

ブラックベリーを少し摘んだ。まだ多くのものが熟れていない。

卵二個（四百十九個）。

四七年十月三日　美しく穏やかな日。あまり暖かくない。海は静か。

卵三個（四百二十二個）。

四七年十月四日　美しい日。午後四時頃から霧が出て、その後濃さを増した。あまり暖かくない。海は静か。

隠元豆の支えの棒を抜いた。パースニップを片付けた（ごく貧弱）。

ガソリンを約二ガロン取り出した。合計九ガロン半。ドラム缶（十五ガロンあったはず）にはほとんど残っていないようだ。

卵三個（四百二十五個）。


四七年十月五日　昨夜は濃い霧。穏やかで、曇った日。時折晴。あまり暖かくない。海は静か。

芝を植えた小径からタンポポを抜いた（すでに夥しい数）。

A［アヴリル］は相当の量のブラックベリーを摘んだ。二羽の鷲が家の上を飛ぶのを見た。

卵三個（四百二十八個）。


四七年十月六日　穏やかな日、おおむね曇。しかし雨は降らず。あまり暖かくない。海は静か。

どの果樹の灌木にも肥料を施した（NB、黒房スグリにはもう少しやってもいいと思う）。

苺にまだ余計な匍匐枝がいくらかあるので、切り取った。二、三株の木苺が最近熟したが、それは秋の種類に違いないと思う。

卵三個（四百三十一個）。


四七年十月七日　穏やか、曇、午後の大半小雨。海はやや荒れた。

今日、家の前の畑の麦が牛小屋に運び込まれた（非常に湿っている）。馬小屋の窓を修理。キャラーガスを取り寄せることにした。

卵四個（四百三十五個）。


四七年十月八日　荒れた夜。午前中、海は大荒れ。夕方、静まる。午前中、風が吹き雨が降ったが、午後は少し回復。時折晴れ、霧雨が降った。

チューリップの苗床にするために灌木を抜き始めた。

卵四個（四百三十九個）。


四七年十月九日　午前中、嫌な天候、海は荒れた。午後、やや晴れ、時折日が射した。海はやや静か。

キャラーガスの新しいボンベを使い始めた。最後のボンベはひと月経たぬうちになくなったが、大いに使ったのだ。

卵二個（四百四十一個）。

四七年十月十日　おおむね晴。曇っている時もあったが。午後一時頃、短時間小雨。海は比較的静か。

チューリップの苗床の準備を始めた。

卵三個（四百四十四個）。

四七年十月十一日　嫌な日。おおむね雨。午後、南から不快な強風。海は荒れ気味。
卵四個（四百四十五個[4]）。

四七年十月十二日　昨夜はひどい吹き降りで、海は午前中荒れた。日中、よく雨が降ったが、風は午後までには凪いだ。海は夕方までには比較的静かになった。

風邪気味なので、外には出なかった。

卵四個（四百四十九個）。


四七年十月十三日　美しく晴れた日。午前中、一時、日差しがごく暖かかった。海は静か。

体の具合がよくないので、外には出なかった。

卵二個（四百五十一個）。


四七年十月十四日　おおむね晴。時折俄雨。海は静か。

チューリップの苗床を掘り起こし始めた。

卵三個（四百五十四個[5]）

四七年十月十五日　嫌な日。曇っていて、かなり寒い。霧が出て、一日の大半、横殴りの霧雨。西風。海は岸に近いところでは静か、外では荒れ気味。
卵四個（四百五十八個）。

四七年十月十六日　美しい清澄な天候、晴だがあまり暖かくない。無風。海は静か。

チューリップの苗床の準備を終え（約百五十の球根が植えられる）、窓の下の苗床の片付けを始めた。

ゴールデン・スパイア種の林檎が熟したので、私たちは食べた。カリカリとした歯ざわりで、レモンの味がした。

雄鹿が夜通し唸っていた。この十日間で初めて聞いた。

今日、D［ドナルド］・D［ダロック］は干し草の最後のものを取り入れた（家の後ろの畑から）。B［ビル］・D［ダン］は羊を丘の上に連れて行った。霜が降り始める前に、そこにやらなければならないのだ。

卵四個。しかし、ほかの一個は割れたか食べられたかだろう。（四百六十二個）。


四七年十月十七日　嫌な湿った日。しかし、実際には雨はあまり降らなかった。風はなし。海は静か。

灯油がだいぶ少なくなっている（六週間前に使い始めた）。灯油のドラム缶をもう一つ注文した。

ガソリン一ガロンを取り出した。合計十ガロン半。ドラム缶には、ほんの少ししか残っていない。

卵二個（四百六十四個）。


四七年十月十八日　どんよりして、穏やかな日。雨はほとんど降らなかった。海は静か。

花壇の手入れを始めた。

卵三個（四百六十七個）。


四七年十月十九日　どんよりして曇った日。雨は降らず、寒くない。午後、少し風。海は荒れ気味、とりわけ午前中は。

花壇の手入れを続け、肥料を少し施した（肥料がひどく足りない）。

今日、新しい灯油コンロを初めて使った（バーラー）。燕は去ったと思う。最後に見たのは一週間か十日前だった。頭蒼花雞《ずあおあとり》が群がっていた。

卵四個（四百七十一個）。


四七年十月二十日　快晴、風の強い日。午前中と夕方は肌寒かった。海は荒れ気味。

チューリップを植えた（約百から百五十個の新しい球根）。ごく少量の硫酸カリウムを施した。花壇の手入れを終えた。

新しい灯油コンロは、各火口《ひぐち》が一時間約一パイント消費するようだ（一つの火口はオーブンとして働く）。

雌鶏の一羽は毛が抜けてからいまだに裸同然で、ほかの鶏がそれをちょっとばかりいじめている。問題、おそらくその鶏は十分に餌を食べていないだろうから、隔離すべきかどうか。

卵三個（四百七十四個）。


四七年十月二十一日　晴れた日。日が照ったが、霧が少し出て、かなり寒い。海は比較的静か。

マドンナ・リリーを植えた（六株だと思う）。

卵三個（四百七十七個）。


四七年十月二十二日　午後八時頃まで晴れて、清澄で、やや寒かった。それから雨が降り始めた。海は比較的静か。

さらにチューリップを植え（約百二十株）、二、三株のアメリカ撫子を移植した。

卵三個（四百八十個）。

四七年十月二十三日　どうやら夜のうちにかなりの大雨が降ったようだ。今日はどんよりして、曇で、穏やか。時折、雨と霧。海はごく静か。
クロッカスを植えた。二百株ということになっているが、そんなに多くはないと思う。ひどく貧弱な球根で、数も十分ではない。さらに百株注文しなければならない。
NB、ルツボもいくらか注文しなくてはならない。

卵四個（四百八十四個）。

オーウェルは、四七年十月二十三日の項の反対側の頁に、次のように書いて照合の印を付け、その注文をしたことを示唆している——

クロッカスを注文。

四七年十月二十四日　快晴。午前中は大変暖かかった。海は荒れ気味。

今日、配水管が破裂した。ひどく困ったことだが、幸い、二階ではなく流し場だった。主要《メイン》コックがどこにあるのか誰も知らない。牛小屋の扉付近の地下のどこかにあるらしい。水を止める唯一の手段は、先端が小川に入っている配水管を水槽から外すことだ。そうすれば貯水タンクは空になり、水が流れるのを止めることができるが、もちろん、修理をしているあいだに水は水槽からなくなる。乾いた天候なら、水槽をまた満たすのは容易ではないだろう。NB、配水管を外すには大きなモンキースパナが必要だが、うちにはない。

卵三個（四百八十七個）。

オーウェルは、この項の反対側の頁に次のように書いている——

モンキースパナを注文のこと。

四七年十月二十五日　美しい、晴れ渡った無風の日。海はやや静か。

グズベリーの灌木を剪定した（古い灌木）。灌木の果樹、苺、垣根仕立ての二本の林檎の木に硫酸カリウムを施した。

ラジオに新しい電池を入れた。NB、四八年二月二十五日頃にH・T電池が、四七年十二月二十五日頃にL・T電池が必要だろう。十日前に注文のこと。

きのう、熟れた漿果の付いた灌木の中に、一本の忍《すい》冬《かずら》が咲いているのを見た。浜簪《はまかんざし》の二、三の花は二番咲きに違いない。書き忘れたが、一週間ほど前、数羽の椋鳥を見た。

卵三個（四百九十個）。

オーウェルは、この項の反対側の頁に次のように書いている——

四八年二月十五日、H・T電池注文のこと。
四七年十二月十五日、L・T電池注文[6]のこと。

四七年十月二十六日　穏やかな天候、きのうより曇っているが、雨は降らなかった。海は静か。

林檎の木に肥料をやった。ジェイムズ・グリーヴの接ぎ木は根付いたように見える。小根を切り取った——それがいいことかどうか定かではないが。

卵五個（四百九十五個）。

四七年十月二十七日　晴れて穏やかな日。日はあまり射さない。風はない。海は比較的静か。

新しい門とトマト栽培ハウスが届いた。また、半トンの干し草と、一バレルのガソリンと、キャラーガスも届いた。門柱は長さ八フィート半で、ここの土では深く突っ込むことは不可能なので、切らねばならない。

卵一個（四百九十六個）。

四七年十月二十八日　晴れて穏やかな日、日はあまり射さず、風はほとんどなく、やや寒い。海は静か。

馬小屋の片付けを始めた。NB、大きな固い箒を注文すること。

灯油の新しいドラム缶を使い始めた。週に五ガロン使うとすると、四七年十二月二十八日までもつはずだ。クリスマスの季節になくならないようにするのが肝要だ。十二月初旬に、灯油のドラム缶をもう一つ注文すること。

卵三個（四百九十九個）。

オーウェルは、この項の反対側の頁に次のように書いている——

外掃き用の箒を注文のこと。

四七年十二月一日頃、灯油を注文のこと。

四七年十月二十九日　快晴、あまり暖かくない。日がいくらか射した。海は荒れ気味。

A［アヴリル］とB［ビル］・D［ダン］は馬小屋の片付けを続けた。芝を刈った（今年最後）。

卵三個（一個は食べられたと思う）。五百二個。

オーウェルは病状が深刻なものになり、この項以降、日記を書くのをやめた。彼の手紙は、この時点から一九四八年に入ってかなり経つまで、ベッドで書かれた。妹のアヴリルが出来事を記録する仕事を引き受けた——それはもっぱら、天候、集めた卵の数、車がパンクした回数の記録である。

編者注

（1）現代の通貨にして二ポンド十七ペンス半（当時のほぼ三十倍）。

（2）ラッサ川はジュラ島の南東を通り、アードラッサとインヴァーラッサを経由して海に流れ込む。

（3）ランキンは本土の青果物商人だった。

（4）四七年十月十日の四百四十四個の卵に四個の卵を加えると、もちろん、合計は四百四十八個でなくてはならない。これ以降の合計は三個足りない。

（5）十月十四日と十月十五日のあいだの項には全部に横線を引いて消してある。日付は判読できないが、その項には、十月十二日の項が誤って書かれている。「昨夜はひどい吹き降りで、海は午前中荒れた。日中、よく雨が降ったが、風は午後までには凪いだ。海は夕方までには比較的静かになった」。このことは、各項が必ずしもその日付の日の終わりか、遅くとも翌日に書かれたわけではないのを示唆している。オーウェルは、十月十五日に違いない日の天候がそうではなかったのを思い出したのであろう。とりわけ、その日の天候は十四日と大違いだったのだから。一方、それは彼の病気の悪化の影響かもしれない。

（6）オーウェルのラジオは（一九三〇年代と一九四〇年代の多くのほかのラジオ同様）、交流電源ではなく、二個の蓄電池（高電圧と低電圧）で作動したが、電池は時々充電しなければならなかった。

アヴリルが書いた項の要約

一九四七年十二月二十七日〜一九四八年五月十日

オーウェルの妹アヴリルは（彼女はオーウェルの死後、彼の息子リチャードを育てた）、オーウェルと一緒にバーンヒルに住み、彼の面倒を見た。彼女は懸命に菜園の仕事をし、動物の世話をした――実際、小さな農場の切り盛りをしたのである。彼女は一九四七年十二月二十七日から、滞在するためにロンドンに行った一九四八年二月二十二日まで、オーウェルの「家事日記」第五巻に短い項を書いた。そして、戻ってくると、一九四八年三月九日から五月十日まで、短い項を書き続けた。オーウェルは、一九四八年七月三十一日に再び日記をつけ始めた。

アヴリルの書いた項は、天候の描写をいつも含んでいて、たいてい、それから始まった。例えば、雪に「スカーバ山はすっぽり覆われている」、「猛烈な南東の風」、「依然としてひどい天候」、「恐るべき日」、回数は少ないが、「美しい、晴れた日」。この点で彼女は、オーウェルのやり方を踏襲している。スカーバ山はジュラ島の真北、バーンヒルから五、六マイルのところにあるスカーバ島に屹立している。その頂は海抜千四百七十四フィートである。天候に言及していないのは、最後の項だけである。アヴリルは集めた卵の数を常に記録し、ロンドンに行くまで、オーウェル同様、それまでの合計を記している。自分がバーンヒルを離れているあいだに何個卵が産まれたのかわからなかったからであろう、彼女は戻ってくると卵の数の合計を記すのをやめることにした。（念のために記すと、彼女の書いた項の最後までに集められた卵の数の合計は、七百七十七であったろう。）彼女は自分を助けてくれた者（とりわけビル・ダン）の名前と一緒に、バーンヒルでした仕事に短く言及している――肥料の撒布、干し草の取り入れ、配給品の到着等といったことに。彼女はまさしく一生懸命に働いた。一九四八年二月十三日の項は、彼女の奮闘振りをよく伝えている。「ローガンベリーに支柱をかい、針金で結んだ。鶏舎を掃除し、脇の菜園を掘り起こし始めた。大きな石で一杯なので、大変な労働だ」。三月十九日には、こう書いている。「少し糞を撒き、菜園の一部を掘り起こして雑草を抜いた。大黄《だいおう》に肥料をやった」。そして四月十一日には、こう書いている。「ビルと私は種芋を植え始めた。骨の折れる仕事だ」。もっと日常的なレベルでは、次のように記している。「全部洗濯した」。また、「全部洗濯してからアイロンをかけた」（もちろん、当時は洗濯機も乾燥機もなかった）。しかし三月二十日、配給の品と一緒に「私の新しいマングル〔洗濯物絞り機〕が来た」。ほんの時たま、くつろいだという兆候もある。例えば二月七日、彼女は書いている。「リック」（オーウェルの息子、リチャード）「を、アードラッサの子供のパーティーに連れて行ったが、帰り道で白い山を見た」。アードラッサはバーンヒルの南約七マイルのところにあり、そこまでの道は大変な悪路だった。彼らの車が何度もパンクしたのは、その道路のひどさが原因だったに違いない。そのことについて記した三つの項が、それを自ずと語っている。三月二十六日、「ビルと私はパンクを直したが、アードラッサからの帰りに、さらに二回、パンクを直した」。そして四月十日、「アードラッサに行ったが、例によってパンクした」。さらに四月二十九日、「帰り道でパンクしたので、車をラッグに置かざるを得なかった」――ラッグはバーンヒルの南の約十五マイルのところにある小村である。兎を撃ったということが報告されている。マクドナルド夫妻（バーンヒルの南、約五マイルのところのレアルトに住んでいた）が、三月十三日に彼らに仔山羊を与えたが、十八日に「さ迷い出て」しまった。郵便物はいつもアードラッサまで取りに行かねばならなかったが、その途中、車はしばしばパンクした。しかし、勝利の瞬間もあった。三月十日、「トラクターを動かした」（その車輪が種芋と一緒に二月十七日に届いたのだ）。そして、報いられた瞬間もあった。「海岸から一袋の材木を取ってきた、そして、どこもなんともない立派なヘアブラシを見つけた」。そのあと、「もう少し菜園を耕した」。彼女は兄同様、周囲の自然界に喜びを感じていた。例えば、一九四八年三月十三日、「クロッカスが満開」と記し、四月十四日にチューリップが初めて咲き、翌日、大黄を初めて摘むことができた。次に五月九日、隠元豆とスイートピーが「ちょうど芽を出した」。そしてアヴリルは、車が何度もパンクし、辛い農作業をしたにもかかわらず、数日を費やして、「多年草花の植えてある新しい場所に、矢車草、罌粟《けし》、さんじ草、ゴデチア、スイートサルタン、キャンディタフト、サポナリア」の種を蒔いた。

オーウェルのノートからの関連する項

一九四八年二月二十日頃〜一九四八年五月二十一日

この最後の部は、オーウェルの五番目の日記からの項と、彼の「第二と最後の文学ノート」〔「文学ノート」は合計三冊あり、エッセイや書評等の執筆のためのメモが記されている〕からの、関連するいくつかの項である。

一九四八年二月二十日頃のヘヤマイアーズ病院の時間割。

オーウェルの「第二文学ノート」に書かれた日記の項

『全集第十九巻』

この時間割が書かれた正確な日付を知るのは不可能だが、一九四八年二月十九日か二十日にオーウェルがストレプトマイシンの注射のクールを始めてから書かれたに違いない。したがって、それをここに載せるのは正確ではないにしても妥当と考えられる。（★印はオーウェル自身がつけたもの。）

この病院の時間割（時間はすべて、およその時間）。

★真夜中の十二時——注射

午前五時半——騒音（人の行き交う音、水を出す音等）が聞こえ始める。

午前六時半——湯を持ってきてくれる。

午前七時——体温測定

午前七時半——朝食

★午前八時——注射

午前八時十五分——掃除始まる（約二時間、断続的に続く）。

午前九時——ベッド、整えられる。

薬

午前十時——体温測定

午前十時半——医師回診

十一時〜正午——この時間に、もちろん毎日ではないが、患者はX線撮影や「詰め替え」等に行く。

正午――昼食
午後二時――体温測定
午後三時――ティー
★午後四時――注射
午後六時――体温測定
午後六時半――夕食
午後十時――体温測定
消灯

NB、注射は一時的な措置。

オーウェルの第二文学ノートからの日記の項［手書き］

［『全集』第十九巻］

四八年三月三十日　重い病気になった時、あるいは重い病気から回復しつつある時、脳はまったく働かなくなり、絵入り新聞、簡単なクロスワード・パズル等にしか対応できなくなる。しかし、体が弱っていて食欲がないが、実際には熱も痛みもない長患いの場合、自分の脳はごく正常だという気持ちを抱く。思考力も相変わらず旺盛で、以前と同じ事柄に興味を抱き、正常に話すことができるように思われ、普段読むようなものはなんであれ読むことができる。だが、頭蓋の中で劣化が起こったのを悟るのは、何かを書こうとする時だ。簡単至極で愚劣極まる新聞記事を書こうとする時でさえ。最初は、何かを紙に書くのはまったく不可能だ。心は、書こうとしている事柄にではなく、ほかのあらゆる事柄に向かってしまい、書くという肉体的行為でさえ、耐え難いほど煩わしい。やがて少し書けるようになり始めるかもしれないが、何を書くにせよ、いったんそれが紙に書かれると、愚劣で、わかり切ったことに思えてしまう。また、言葉が自由に扱えなくなっている。平凡で自明な表現しか思いつかなくなる、と言ったほうがいい。生き生きしたよい言葉が浮んでこない。そして、物を書く習慣を取り戻し始めたとしても、持続性を保つことができないように思われる。時折、かなりいい文章を思いつくかもしれないが、互いに関連性のあるように見える連続した文章を作るのは、きわめて難しい。その訳は、数秒しか注意を集中することができず、したがって、今言ったことさえ思い出せない、ということである。こうしたことにおいて顕著なのは、自分の精神のうわべの正常さと、何かを紙に書こうとする際の精神の無力さの対照である。自分の考えは、それが湧いてきた時には、いつもの自分の考えとまったく同じに思われるのだが、順序立ててみるやいなや、まずい表現の陳腐な考えに常になってしまう。

　私の知りたいのは、脳の機能のこうした事柄を説明するような、脳の機能の分化という現象について十分にわかっているのかどうかということである。もしも、病気の影響で物が考えられないようになるというだけなら、ごく自然なことのように思える。しかし、実際はそうではないのだ。実際は、精神はいつものように活動的なのだけれども、あるいはいつもより活動的かもしれないが、決まって、なんの目的もないのだ。言葉を使うことはできるが、それは常に不適切な言葉であり、いくつかのアイディアをうることができるが、それを組み合わせることができない。もしも精神活動が、例えば、脳に対する血液の供給によって決定されるとすれば、病気の時には、愚劣な考えを生み出す脳の領域には十分な血液が行くが、知的な考えを生み出す領域には十分な血液が行かないかのようである。

オーウェルの最後の文学ノートからの日記の項

『全集』第十九巻

この手書きの項は、オーウェルの最後の（第二のではなく）文学ノートから採ったものである。そこに記されている治療を受けた一年後に書かれたものではあるが、それをここに置くのは、オーウェルの受けたストレプトマイシンによる、五十日のクールの治療が一九四八年二月十九日か二十日に始まったからである。クールの終わった五十日後は、四月八日か九日であろう。

四九年三月二十四日　去年受けたストレプトマイシンの治療から生じた二次的症状について、忘れる前に書いておくのは意味がある。当時、ストレプトマイシンは新薬と言ってもよく、あの病院では以前、使われなかった。私の場合の二次的症状は、アメリカの医学誌に書いてあるもの（それについて、私たちは前もって読んでいた）と非常に違っていた。

最初、ストレプトマイシンは私の病状をたちまち改善したように見えたが、手の爪と足の爪の根元に現われた一種の脱色現象以外、なんの二次的症状も出なかった。すると、顔が目立って赤くなり、皮膚が薄く剝げるようになり、体中に、特に背中の下のほうに発疹が出来た。それに関連した痒《かゆ》みはなかった。三週間ほど経ってから喉がひどく痛くなった。その痛みは引かず、ペニシリンのトローチ剤を舐めても効果はなかった。物を飲み込むのが非常に苦痛だったので、数週間、特別な食餌をとらねばならなかった。喉と両頰の内側に水疱のある潰瘍が出来、唇の小さな水疱に血が絶えず上ってきた。夜になると、それは破れて相当出血し、口を開けることができるよう、唇を水で洗わねばならなかった。一方、爪は根元で壊死《えし》し、その壊死現象は爪の先端にまで達し、その間に、下に新しい爪が生えてきた。髪が抜け始め、二、三箇所、頭の後ろに真っ白な髪が生え始めた（以前は、灰色の斑点だけだった）。

五十日間にわたって一日一グラムの割合でストレプ

トマイシンを注射した療法は終わりになった。唇等はたちまち治り、発疹も消えた。そうすぐにではなかったけれども。髪が抜けるのは止まり、髪の色も正常に戻った。以前よりも灰色の髪が増したと思うが。古い爪は最後にはすっかり抜け落ち、退院してから数ヵ月後、新しい爪の先がぎざぎざになっただけだった。それは絶えず割れた。足の指の爪の何本かは抜け落ちなかった。今でも、爪は正常ではない。以前よりずっと襞《ひだ》が多く、非常に薄くなっていて、ごく短くしていないと、絶えず割れる傾向がある。

当時、商務省は、少数の病院が実験的目的で使う場合以外、ストレプトマイシンの輸入許可を出そうとしなかった。したがって、一種の裏工作によって手に入れるほかはなかった。一グラム一ポンドで、それに六〇パーセントの購買税が加わった。

オーウェルの第二文学ノートからの日記の項［手書き］

『全集』第十九巻

四八年四月十八日　いかに記憶力は働くのか、または働かないのか。昨夜、明かりを消して落ち着いた時、なんという理由もなく、不意に、戦時中に起こったことを思い出した。こういうことだ。ある時——いつかはわからないが、ずっと昔なのは確かだ——私はある文書を見せられた。それは極秘のものなので、それに関係する大臣か秘書官（秘書官だったと思う）は、手から離してはいけないという命令を受けていたらしい。したがって私は、彼の机の脇をぐるりと回って、彼の肩越しに読まざるを得なかった。それは良質の白い紙に印刷され、緑の絹糸で綴じられた、短い小冊子か覚書かだった。しかし要点は、その光景——なんの権限もない、あるほかの人物がそれを覗き見するおそれがあるかのように、彼がその頁を読むようにと私に見せた際の秘密めいた仕草——は鮮明に覚えているのに、その文書がなんだったかをまるで覚えていないということだ。

今朝、そのことをもう一度考えてみた。そして、いくつかのことを推測することができた。戦時中に私が接触した唯一の大臣はクリップスだった。彼がインドに使節として派遣されたあとの一九四二年と一九四三年のことだ。その文書はインドかビルマに関するものだったのに違いない。なぜなら、私が時折クリップスに会ったのは、その関連でだからだ（私がＢＢＣのインド部に勤めていた時）。文書を見せてくれたのは、クリップスの秘書官デイヴィッド・オーエンに違いない。それから私は、それを読んだあと、次のようなことを言ったのを思い出した。「そうしたことは秘密にしておきたいでしょうね」。そのことは、その文書がインドに関するものだった可能性をいっそう高めた。午後、そのことをリチャード・リースに話した。その少しあと、もうちょっと思い出したのだが、それは怪しかった。私が思うに、その文書は、当時日本に占領されていたビルマに対する戦後のわれわれの扱い方に関する文書だった（ただし、その内容は印刷や紙の具合ほどはよく覚えていない）。それには、ビルマは民政が復活するまで数年間、「直接支配」（戒厳令という意味だ）に戻るべきだと書いてあった。それはもちろん、われわれがプロパガンダで謳っていたことと非常に違っていた。そして、私が思うに（しかし、それに関する私の記憶は、実際、すべて非常に曖昧だ）、私はそれをもとに、ロンドン在住のビルマ人の一人に、英国政府を信用し過ぎないほうがよいと仄めかしたかもしれない。

もし、そんなふうに仄めかしたとすれば、それは守秘義務違反に相当しただろう。だから私は、その件の一切を忘れたがったのだろう。しかし、なぜ私はそのことを不意に思い出したのだろう？　考えさせられるのは、文書が何についてのものだったのかを思い出さずに、その時の光景を思い出したということよりも[1]、それが、言ってみれば、ごく新しい思い出だったということだった[2]。そのエピソードを思い出した瞬間、それがこの何年も記憶に蘇ったことはないのに気づいた。それは五年以上——と思う——忘却の淵[3]に沈んでいたのに不意に表面に浮かび上がってきたのだ。

オーウェルの第二文学ノートからの日記の項

『全集』第十九巻

ヘアマイヤーズ病院に入院している時に手書きされたもの

四八年五月二十一日　午前九時四十五分　次の騒音が今、同時に聞こえてくる。ラジオ。蓄音機。断続的に作動している真空掃除機。外でハンマーを使っている音。断続的に唄っている病院の雑役夫。外でハンマーを使っている音。ブーツとトロリーの例のカタカタという音、深山鴉《みやまがらす》と鷗の鳴き声、遠くの鶏のクワックワッと鳴く声、蛇口から水が流れる音、ドアが開閉する音、断続的な咳《しわぶき》。

同じ頁のすぐ下に、次のように書かれている——

若い時には予見しなかった、中年の特徴。

脚が常に疲れているという感じ、膝の痛み。腰部のくびれと腰の下部の痛みに相当する張り。歯茎の不快感。胸が常に多少とも締めつけられる感じ。ほとんど立ち上がれないという、朝の感じ。日が照っていない時はいつでも寒く感じること。胃の中のガス（考えるのを難しくする）。目から常に分泌液が出る。

義歯床の下の葡萄の種くらいに痛い
マカロニの袋の中の二十日鼠くらいに喧しい
魚屋くらいに傲慢

編者注

（1）「よりも」のあと、最初は、「このエピソードが、何年も忘れられていたあとで不意に心にまた浮んできたということである」となっていたが、その全部に横線を引いて消してある。

（2）「思い出だったということだった」のあと、最初は、「この何年も、それが心をよぎったことがないのに気づいた」となっていたが、その全部に横線を引いて消してある。

（3）この記憶の元と考えられる事柄については、四二年八月十二日の項を参照のこと。

家事日記

第五巻……一九四八年七月三十一日～一九四八年十二月二十四日

この日記は手書きである。

四八年七月三十一日　［ヘアマイヤーズ］病院にいて七ヵ月留守にしていたあと、この日記を再びつける。四八年七月二十八日に、ここ［バーンヒル］に戻ってきた。現在の天候はきわめて暑くて乾いていて、風はない。オート麦の稾はひどく短い、おそらく、春の旱魃のせいだろう。

干し草はあらかた刈られ、リックになっている。薔薇、罌粟《けし》、アメリカ撫子、マリゴールドは満開で、ルピナスにはまだ花がいくらか残っていて、キャンディタフトは終わりかけている。さんじ草は咲きかけている。木苺以外の果樹の灌木はあまりよくないので、そのほとんどを取り除くつもりだ。樹木は比較的よい。一九四六年に植えた何本かの林檎の木に実がたくさん生っているが、木はさほど育っていない。苺はきわめてよい。A［アヴリル］が言うには、約二十ポンドの実が生り（五十株）、もっと生りそうだ。もちろん、今は少し小さくはなったが。最初に種を蒔いた豌豆は摘んでもいい頃だ。レタスはいい、蕪もいい。紅花隠元はあまりよくない。ここでいつもうまく育たないように見えるのは、葱属だ。二組の雛が育っている。生後十週間のが五羽、六週間のが十羽。R・I・R×レグホンで、いい雛だ。大きさは非常によく揃っている。三月頃生まれた豚は、ごくいい豚だ。ほぼ完全にジャガイモと牛乳で育てた。若い鶏はオートミールと牛乳で育てた。二頭の雌牛はまだ乳を出す。最初の雌牛（ロージー）は、二月頃仔を産み、今また仔を孕んでいるらしい（相手はスコットランド高地の雄牛）。芝はかなりよい状態で、薊《あざみ》は前ほど悪くはない。

これからしばらく、菜園では何もできない。剪定のようなごく軽い仕事以外。

釣りは調子がいい。最近のある晩、彼らは魚を八十匹釣った。また、一週間で八匹のロブスターを捕った。

ランプの具合が悪く、スペアの部品が必要だ。多くの道具がなくなっている。

オーウェルは反対側の頁の一番下に、次のようなリストを書いている。ハンマー以外、すべてに照合の印が付いている。三行目は横線を引いて消してあり、照合の印も付いている。

ティリー・マントル〔ランプの一種〕とヴェイポライザー〔ランプの部品〕および次のものを注文のこと。
ハンマー
座金（蛇口用）
浴室の洗面台のプラグ
ランプのほや

四八年八月一日　きのうの夕方と夜、ほんの少し雨。今日は曇で、やや涼しい。海面は鉛の板のよう。小虫がなんともひどい。

四八年八月二日　晴だが、日中の大半、あまり暑くなかった。夕方、霧と雨。海は静か。

きのう、A［アヴリル］は新しいキャラーガスのボンベを使い始めた。

今日、ボブ[1]はターバートに移した。十月の最初の週に戻ってくる。

オーウェルは四八年八月二日の項の反対側に、次のように書いて照合の印を付けている。

キャラーガスを注文のこと
ブロッコリーの苗を注文のこと

四八年八月三日　昨夜、小雨。今日は非常に穏やかで、曇。比較的暖かいが、午後八時頃から肌寒くなった。海面はごく滑らかで、灯台の反射光が見えた[2]（それは雨の降る前兆だと思われている）。

R・I・Rの雌鶏の一羽が病気だ——とさかはいい色で、ちゃんと餌を食べるが、脚はまるで一部麻痺したかのようだ。

四八年八月四日　一日の大半、非常に穏やかで霧が立ち込め、まずまず暖かかった。夕方、小雨。B［ビル］は別の畑の干し草を刈り終えた。

トラクターがそれを大変うまくやっている。本来、刈り取り機をそれに付けることにはなっていないので、扱い方はかなりぎごちなくなるが。

スイートピーがいくつか咲いたが、よくない。書き忘れたが、きのう、三羽の鷲が前の畑の上を飛んでいた（一度に二羽しか見なかったが、三羽だと思う）。一羽がもう一羽を襲い、餌を落とさせ（それは溝鼠か兎に見えた）、さっと舞い降りて、それを銜《くわ》えた。鷲は悲鳴のような声を出す。鵟《のすり》しか、そういう声は出さないと思っていたが。

四八年八月五日　穏やかで曇。海はさほど静かではない。昨夜、少し雨が降ったと思う。

今朝、A［アヴリル］とB［ビル］は罠籠(3)を引き揚げた。蟹が三匹入っていた。きのう、アンガスが小型の鰈《かれい》(4)を数匹持ってきてくれた。ヤスで突いたのだ。ミッジ湾でだと思う。

姫檜扇水仙《ひめひおうぎすいせん》の花が咲き始めた。何株かのクニフォフィアが芽を出した。グラジオラスに花芽が少し出た（よくない）。

オーウェルは四八年八月五日の項の反対側の頁に、次のように書いて照合印を付けた。

吊りランプの芯を注文のこと。
バーラーも。

四八年八月七日　曇、時々晴。風が強く、かなり寒い。B［ビル］は裏の畑の干し草を渦巻状に巻いた。

オーウェルは四八年八月七日の項の反対側の頁に、次のように書いて照合印を付けた。

メタノール変性アルコールを注文のこと（グラスゴーに）

四八年八月八日　晴、かなり寒い。北風。海は静か。今、何株かのさんじ草が咲いている。一本のスモモの木が下のほうから長い若枝を出している。切らなければいけないと思う。夥しい数の若い兎が辺りにいるが、撃つのは難しい。ボートについて、二つの住所に手紙を出した。(5)

四八年八月九日　晴、あまり暖かくない。近頃は、晩には火を起こしたくなる。ダリアの芽がよく出た。クニフォフィアの芽が非常に速く出ている。三、四日で一フィート以上に伸びそうだ。辺りに夥しい数の兎がいる。

四八年八月十日　晴、あまり暖かくない。風は北風気味。本土がこれまでにないほど近くに見える。B［ビル］とその友人たちは、裏の畑の干し草をリックにした。苺の匍匐枝を切った、つまり最悪のを。

四八年八月十一日　穏やかで、曇。比較的暖かい。

午後、ほんの少し雨。小虫がひどい。海は静か。

四八年八月十二日　穏やか。午前中は晴、午後は曇で、夕方と夜に小雨。海は静か。いくらかの干し草が運び込まれた。リック・リフターは非常に調子がいい。A［アヴリル］とB［ビル］・D［ダン］は釣りをし、セイスを十三匹釣った。

四八年八月十三日　美しい、暑い日。午後、海は静かで海面はガラスのように滑らか。さらにいくつかのリックが運び込まれた。A［アヴリル］は前の芝を刈った。夕方、B［ビル］とほかの者たち[6]は釣りをし、七十四匹のセイスを捕まえた。

四八年八月十四日　きのうより暖かくなく、海はやや荒れ気味。夕方、ほんの少し雨。B［ビル］とほかの者たちが釣りに行った時、仔牛があとからついてきて、一行のあとを追って泳ぎ始めさえした。

四八年八月十五日　曇、穏やかで、あまり暑くない。一時、小雨。海はさほど静かではない。A［アヴリル］はブロッコリーを移植した。ブロッコリーはここに来るまで何日かかかり、来たあとでそのまま置いておいたので、少なくとも一週間は土の外にあったわけだ。頭《ず》蒼花《あおあ》雞《とり》が早くも群れをなしているようだ。

四八年八月十六日　どんよりして、湿気がある。海は比較的静か。

四八年八月十七日　午前中曇、午後少し日が射した。今朝、非常に大きいロブスター（四ポンド半）を捕った。キャラーガスのボンベが空になった。漏れていたのに違いない。

四八年八月十八日　快晴、風はあまりない。海は静か。B・Dがもう少し干し草を運び込み、裏の畑にある、もういくらかの干し草をリックにした。納屋はいまや一杯で、干し草の山を作らねばならない。数本の桜桃の木を後ろに寄せて縛り、枯れた枝を切った。植え込みの雑草を抜き始めた。最初の雀蜂の女王を殺した。

四八年八月十九日　美しい晴れた日、微風。海は比較的静か。B［ビル］とR[7]が干し草の小さな山を作り、防水シートを掛けた。今度はたった一つのリックが運び込まれただけだ。今、豚を門の外に出しているが、豚はまだ遠くへは行かない。緑の雑草をもう少し抜いた。

　メタノール変性アルコールがなくなりかけている。

オーウェルは四八年八月十八日と十九日の項の反対側の頁に次のように書き、紫苑《しおん》以外のどれにも照合印を付けている。

ラッパ水仙の球根と次のものを注文すること。
クロッカス
ルツボ
牡丹の根
マルメロの木［横線を引いて消してある］
ルピナス
紫苑
一ハンドレッドウェイトの石灰
草夾竹桃

四八年八月二十日　美しい晴れた日。風はほとんどなし。海は静か。RとBは最後の干し草を片付けている。もう少し雑草を抜いた。

四八年八月二十一日　恐るべき日。一時、横殴りの雨が降り、東から烈風が吹いた。庭の花は吹き倒された。昨夜、B［ビル］とA［アヴリル］は九匹の鯖を捕った。

四八年八月二十二日　ほんの少し、きのうよりよい。午前中強風が吹いたが、晴。午後、横殴りの暴風雨。しかし、何度か晴れ間。風は依然として強く、もっぱら西風だが、時折南風。海は荒れている。灯台付近は白波が多い。B［ビル］は羊を連れてきて畑に置いた。殺虫液に浸して洗うためだ。

四八年八月二十三日　恐るべき日。四方八方から烈風。午前中は晴れていたが、午後は横殴りの俄雨。テントが吹き倒された。林檎もいくつか吹き落とされた。海は荒れ、白波が多い。BとRは、雨水用の小さな鉄製の水槽の中で、羊を殺虫液に浸して洗うことができた。風は夕方近くに、やや凪いだ。

オーウェルは四八年八月二十三日の項の反対側の頁に、次のように書いて照合印を付けた。

灯油を注文のこと。

四八年八月二十四日　きのうよりよい日。正午頃、少し俄雨。それ以外、快晴。風はあまりない。海はきのうより静か。何本かのダリアに支柱をかった。

四八年八月二十五日　昨夜、霧。今日はおおむね乾いていて、風が強い。曇で時折雨。海はさほど荒れてはいない。

四八年八月二十六日　晴、穏やか、日が射した。B「ビル」は地面に平行に針金を張っている。麦束を刈り束の山にする代わりに、それに寄りかからせるためだ。新しいメタノール変性アルコールが来た。一ガロンだ。しかし、マケクニーからも一瓶貰った。だから、手元に九パイントある。NB、それがどのくらいもつか注意すること。匂紫羅欄花《においあらせいとう》から莢《さや》を取った。それを土に残しておくつもりだ。人はいつも、それを二年生として育てるが、実際にはそれは多年生だと思う。最初の年のあと、またかなりよい花を咲かせるかもしれない。[8]　A「アヴリル」は芝を刈った。

オーウェルは四八年八月二十六日の項の反対側の頁に、次のように書いているが、照合印は付けていない。

防水シートを注文のこと。

四八年八月二十七日　美しい、暖かい日。風はない。海は非常に静か。BとR[9]は麦を刈り始めた。茎がとても短いので、非常に難しい。

四八年八月二十八日　夕方まで晴。きのうより風が強い。海はさほど静かではない。BとRは畑での刈り取りを続けている。今日、二人は麦束のいくらかを刈り束の山にする代わりに、針金に寄りかからせている。若い雄鶏を囲いに入れた。肥らせるためだ。午後六時頃まで晴れていたが、それ以後小雨。

四八年八月二十九日　昨夜、大雨と強風。今日は湿っていて曇。かなり風が強いが暖かい。夜、雨が降ったにもかかわらず、麦束は立っているように見える。したがって、そのやり方は正しかったのだ。新しい果樹を縛り直した。果樹は紐で縛ったせいで擦り傷が出来かけていた。

幾株かのグラジオラスが咲いたが、今年はあまりよくない。薔薇は実に素晴らしい。今、ゴデチアは最盛期だ。

オーウェルは四八年八月二十九日の項の反対側の頁に、次のように書いて照合印を付けた。

ボートについて手紙〔ボート修理業者宛〕を書くこと。

四八年八月三十日　嫌な日。大雨なので、戸外では何もできない。海はさほど荒れていない。今晩、少し晴れてきそうだ。

四八年八月三十一日　嫌な日。雨は午後五時頃までほぼ止み間なく降り、二時間ほど晴れてから、さらに雨が降った。おおむね小雨だったが、夜間に土砂降りになった。海は比較的静か。トニー〔ロズガ〕はキヌアクドラクの港で鮫か花巨頭《ばなごんどう》を見た。彼の話では、それは海面から跳び上がり、鷗を捕らえた。

牡丹の根は、今では一本六シリング！

オーウェルは四八年八月三十一日の項のあと別の頁に、果樹等に五十ガロンの水で薄めた殺虫剤〔ポンドの表示のあるもの以外、単位はガロン〕をかける際の詳細を表にしている。

果樹等に殺虫剤をかける

		注意事項
林檎		
一、十二月〜二月中旬	タールオイル（3½—50）	
二、五月初旬（ピンク種）	石灰硫黄合剤（1—50）	強い日差しの時は駄目
三、五月下旬（花弁が落ちた時）	ボルドー混合液	
スモモ		
一、十二月〜一月中旬	タールオイル（3½—50）	
五月中旬（開花後）	デリス〔殺虫剤〕（1ポンド—50ガロン）	
桜桃		
十二月〜一月	タールオイル（3½—50）	
六月中旬	デリス（1ポンド—50）	
黒房スグリ		
一、十二月〜二月	タールオイル（3½—50）	
四月初旬	石灰硫黄合剤（1—50）	
七月〜八月（果実を摘んだあと）	ボルドー液（？）	
赤房スグリ		
一、十二月〜二月	タールオイル（3½—50）	
グズベリー		
一、十二月〜二月	タールオイル（3½—50）	
六月	デリス（スモモと桜桃の場合より弱くする）	

NB、タールオイル。水で倍に薄め、よく掻き回し、それから大量の水を加える。

石灰硫黄合剤。どの林檎も開花前なら大丈夫。

四八年九月一日　ほんの少し、きのうよりよい。午前中と午後、少し俄雨と霧雨。しかし日中の大半、晴れて穏やか。海は静か。BとRはもう少し麦を刈ったが苦労した。というのもこの天候で、刈り取り機の刃の部分に泥が詰まってしまうからだ。大きな無足蜥蜴《あしなしとかげ》が泥炭の中に棲んでいる。何度か見かけたので、ずっと前からいるらしい。たぶんそれが、R［リチャード］がそこで見た蛇だろう。桜桃の木を縛り直した。

四八年九月二日　午後まで嫌な日。その後、少し晴れた。二頭目の仔牛（生後二ヵ月）が十ポンドで飼育業者に買い戻してもらうことになった。どうやらそれは公正な値段らしい。その仔牛は純粋種で（雌の仔牛）で、これまで約六十ガロンの乳を飲んだ。

　夜間、雨。

四八年九月三日　きのうよりよい日。午後、俄雨、午前、弱い俄雨。それ以外、晴で穏やか。海は比較的静か。BとRは麦刈りを続けている。

四八年九月四日　美しい、穏やかな、暖かい日。かすかな微風。海は静か。BとRは麦刈りを続けている。家の下の植え込みの雑草を抜き始めた。

四八年九月五日　嫌な日、午後四時頃まで雨勝ちで風が強かった。その後、何回か俄雨が降ったが、概して天気はよくなった。海は荒れ気味。グズベリーの区画の雑草を抜いた。グズベリーの灌木はまだ非常に小さくて貧弱だが、病気ではないようだ。

四八年九月六日　嫌な日。午後、一時晴れる。スグリの区画の雑草を抜き始めた。それらの灌木を動かさないことにした。思ったより、よく伸びているので。

　豚が柵を抜けて裏庭に絶えず入ってくる。菜園にも入ってくるかもしれない。それは許してはならない。

　四八年八月二十六日にメタノール変性アルコールの瓶が空になった。それは、一瓶が十日から十二日もつことを意味する。だから、一ガロン（六瓶？）はせいぜい二ヵ月しかもたない。

オーウェルは四八年九月六日の項の反対側の頁に、次のように書いて、最初の二つに照合の印を付けている。

十月二十日頃、チューリップを植えること。
ガソリンについて手紙を書くこと（ガソリンの配給割当量を増やしてもらいたいという手紙を当局に出すこと[10]）。
灰
ゴム管
菜園用叉鍬を注文すること（二つ）
ランプの座金（ポンプ）
ボート用道具

四八年九月七日　嫌な日。海は荒れ気味。戸外では何もしなかった。

四八年九月八日　ずっとよい日。日が照っていて、比較的暖かい、海はきのうより静か。BとRは麦を刈り終えた。スグリの残りの雑草を抜いた。

四八年九月九日　晴だが、あまり暖かくない。日中はさほど風はなかった。海は比較的静か。風が午後八時頃、急に吹き出し、夜間に雨を伴って烈風になった。木苺の周りの雑草を抜いた。徒長枝がたくさんある。隙間を塞ぐのに使える。いくつかのルピナスがまだ咲いている。

四八年九月十日　晴、強風。海は荒れている。麦はすっかり濡れていて、積み重ねられない。そこで彼らは、それをまた地面に放り投げている。
スグリのほかの区画の雑草を抜き始めた。

四八年九月十一日　午前中は不快な日で、風が強く、雨が降った。海は荒れた。午後はやや回復したが、俄雨が降った。海は静かになった。

四八年九月十二日　昨夜は大雨で風が盛んに吹き、朝になって晴れた。少し俄雨が降り、あまり暖かくなかったが、日中はおおむね晴。海は静か。BとRはコロンゼイ[11]から新しいボートで戻ってきた。大西洋は荒れていたようだ。湾では大変静かだったが。午後、豚が入らないよう、柵に金網を張った。豚はそれでも入ってくるが、金網の一番下を十分に固定すれば、たぶん入ってこられないだろう。

四八年九月十三日　嫌な日。海は荒れた。夕方、やや晴れた。BとRはボートのエンジンを始動させることができなかった。プラグが汚れているせいだろう。数羽の若い七面鳥を注文した（生後三、四ヵ月のもの）。（入手できなかった。）

四八年九月十四日　（ヘアマイヤーズ[12]）　ずっといい

天気、一時とても暖かかった。海面はかなり滑らか。ギーア[13]に着く前に、ちょっとガタガタした。一人の子供が吐いた。本土では比較的わずかしか干し草が集められていない。

四八年九月十五日　昨夜、凄まじい雨。雷が鳴った。

四八年九月十六日（グラスゴー）　どんよりして曇った日。しかし雨はほとんど、またはまったく降らなかった。どうやら、前夜の凄まじい雨は全国に降ったようだ。ヘアマイヤーズの近くの畑は完全に冠水している。非常に具合がよくない、体温は毎晩約百一度〔華氏。摂氏では約三八・三度〕だ。

四八年九月十七日（バーンヒル）　比較的晴れた日だが、風が強い。船はかなり揺れたが、吐くほどではなかった。石灰が来た。

オーウェルは四八年九月十七日の項の反対側の頁に、次のように書いて照合の印を付けた。

牡丹を植える
木苺を剪定する

四八年九月十八日　午前中は晴れて清澄な日、あまり暖かくない。午後と晩、少しの風雨。BとRが麦を積み上げている。どうやら、この二日間ですっかり乾いたらしい。A［アヴリル］はブラックベリーを摘んだ（今年初めて）。

四八年九月十九日　晴れたり曇ったり。数回、弱い俄雨。あまり暖かくない。近くの海は静か。クライナンの方では白波。ボートを試してみた。舵を取るのが非常に楽だ。牡丹を植えた（六株、赤）。ごく雑に植えた。木苺の剪定をした。正しく剪定したのかどうか定かではない。

四八年九月二十日　一度激しい俄雨が降ったが、それ以外はすっきり晴れて、かなり寒い。西から少し風。BとRは麦を積み上げる作業をほぼ終えた。その上に防水シートをかぶせるわけだ。黒房スグリの一株（去年植えたもの）から、すでに小さい黒房スグリが出ている。取り木によるものだろう。

四八年九月二十一日　すっきりと晴れた日。かなり寒い。風はほとんどない。海岸近くの海は静か。木の灰を作るために木片を燃やし始めた。A［アヴリル］はアメリカ撫子を苗床に植えた。

四八年九月二十二日　昨夜、大雨。午前十時頃から、美しい、すっきり晴れた日。まずまず暖かい。薪《たきぎ》を集めるため、ボートで一番近い湾に行った。A［アヴリル］は冬の菠薐草《ほうれんそう》の種を蒔いた。

四八年九月二十三日　数回弱い俄雨が降ったが、日中の大半、曇が続き、かなり寒かった。午前中、東の風。A［アヴリル］とB［ビル］はクライナン経由でターバートの牛市に行った。ボートは快調に走った。Bは一匹二十四シリングで仔羊を四十八匹買った。去年は約四十三シリングだった。非常に気分が悪く、戸外に出なかった。

四八年九月二十四日　終日、嫌な日。海は荒れた。具合が悪いので、ベッドにいた。B［ビル］の羊が届いた。

四八年九月二十五日　嫌な夜と朝。午後少し晴れる。風はあまりない。海はやや静か。少し起きる。猫が若い溝鼠をしょっちゅう捕まえている。若い溝鼠で、野鼠ではないと思う。一年のこんなに遅い時期に繁殖するとは知らなかった。

四八年九月二十六日　なんとも恐るべき日。昨夜、大雨。日中、ほぼ小止みなく雨。午前中、強風。もっぱら南風。ボートに防水シートをかぶせなければならない。これほどの雨が降ると、ボートは雨水で一杯になって沈むおそれがあるからだ。地面のどこもかしこも沼地だ。

四八年九月二十七日　昨夜、雨。しかし、今日はずっといい。晴で風が強い。海は荒れている。夕方、少し雨。

四八年九月二十八日　ひどい朝。篠突く雨。南から烈風。海は非常に荒れている。寒くはない。午後、何度か晴れ間。

四八年九月二十九日　きのうよりよい日。晴で風が強い。午前中、一回弱い俄雨。海は比較的静か。

四八年九月三十日　穏やかで晴。午前中は比較的暖かく、穏やかで、午後は曇。海は午前中は静かだったが、次第にほんの少し波立ってきた。葉が落ち始めた。

四八年十月一日　終日、嫌な日。ボートがだいぶ浸水していた。船板の合わせ目から浸水するようだ。

四八年十月二日　爽やかで、晴れて穏やかな日。夕方まで比較的暖かかった。AとBは蓄えを買うためにボートでアードラッサまで行った。バーンヒルからアードラッサまでは、一時間くらいかかるだろう。苺の区画の片付けを始めた。一羽の杓鴫《しゃくしぎ》が果樹園に棲みつき、たいていそこにいる。燕は飛んで行ってしまったらしい。蕨が至る所で茶色になっている。

四八年十月三日　午前中、一回俄雨がちょっと降った以外、美しい日。クロッカスを植えた（二百株、黄色）。

四八年十月四日　美しい日。A［アヴリル］はブラックベリーをたくさん摘んだ。ルツボを植えた（百株）。きのう、一匹の仔羊が死んだ。びっこの仔羊だ。考えられる理由。ひっくり返ったか、溝に嵌まって出られなくなったかだ。それは見つかった時、死んだばかりで、ほかの羊に食べられた。嫌な感じがした。大きな仔牛は白癬に罹っていると考えられる。幾株かのルピナスがまだ咲いていて、新しい芽さえ出している。毎晩、雄鹿が凄まじい声で鳴く。

四八年十月五日　昨夜、雨が少し降ったと思う。今日は非常に穏やかで、曇った日で、あまり暖かくない。海面はガラスのよう。鵜の羽ばたきの音が海岸から聞こえた（約四百ヤード離れている）。今日、それぞれ一頭の雄鹿と仔鹿が畑に入り込み、ボブが追うと雄鹿は針金に引っかかって脚を折った。そこでB［ビル］は撃たざるを得なかった。畝の隙間を塞ぐために何本かの木苺の徒長枝を移植した。本によると、そんなことはしてはいけない。

四八年十月六日　ごく穏やかな日、午後晴。海は静か。AとI.[14]は新しい豚小屋を作り、二枚の金網のあいだに干し草を詰めて壁にした。かなり密閉したものに見える。七竈《ななかまど》の漿果が今、最盛期だ。ブラックベリーの実がたくさん生っている。

オーウェルは四八年十月五日と六日の項の反対側の頁に次のように書き、四つの項目のうちの最後の三つの項目に照合の印を付け、「干し草を注文のこと」と「灯油」に下線を引いている。

アラジン[15]のほやを注文すること。
干し草を注文すること。
灯油を注文すること。
ほかのトラクターを注文すること　〔オーウェルはビル・ダンと共同で「アイアン・ホース」と

いうトラクターを購入することにした〕。

四八年十月七日　美しく、穏やかな日。夕方までごく暖かかった。苺の手入れを終えた。徒長枝は去年ほど悪くはない。ほかの者たちはボートで出て行き、罠籠を別の湾に持って行った。ガソリンの給送装置に問題があったが、エンジンの四つのシリンダーはすべて作動した。ほとんど初めてと言っていい。夕方、ひどく気分が悪くなった（体温百一度）。

四八年十月八日　終日、強風。海は荒れていた。夕方遅く雨。具合がよくないのでベッドの中にいた（体温九十九度）。

四八年十月九日　終日、なんとも恐るべき日。必要な蓄えその他を持ってくるのは不可能。

オーウェルはディック医師の診察を受けるためにヘアマイヤーズ病院に戻っていた。オーウェルは、一九四八年十月九日付のデイヴィッド・アスター宛の手紙に次のように書いている。「ディック医師は診察結果に非常に気をよくしているようだったが、私は往復で体の調子が悪くなった。どんな遠出でもそうなる。彼は、今のような状態で過ごすようにと私に言った。つまり、半日、ベッドの中で過ごすということだ。私は大いに喜んでそうする。骨の折れる作業は、どんなものでもできないからだ。一マイル歩いたり、少しでも重いものを持ち上げたり、とりわけ、体が冷えたりすると、すぐさま体の調子が悪くなる。夕方、牛を連れてくるために外に出ただけでも熱が出る。一方、一種の老人生活を送っている限り、気分はいい。そして、普段の通り仕事ができると感じる。ベッドで物を書くのにすっかり慣れてしまったので、そのほうが好きになったと思う。もちろん、ベッドでタイプを叩くのはぎごちないが。今ちょうど、この忌々しい本『一九八四年』の最後の段階で苦労している。それは十二月初めまでに書き終えることになっている。また病気にならなければ、それまでに書き終えるだろう。この病気にならなかったなら、春までに書き終えていただろう」

四八年十月十日　昨夜、大雨。今朝、方々に水溜りが出来ていた。今日は曇、濃い霧、非常に穏やか、午前中ずっと小雨。午後に雨は止み、霧がいっそう濃くなった。B［ビル］とイアン［マケクニー］はクライナンに行った。二人は羅針盤を持っていないので、この霧ではかなり危険だ。新しい豚小屋は中がひどく濡れてしまったが、それは丘の斜面をちょろちょろと流れてくる水のせいで、壁の周りに小さな溝を作れば対処できたろう。

四八年十月十一日　昨夜は濃い霧で、少し雨が降ったと思う。今日は風が強く曇だが、夕方まで雨が降らなかった。海は荒れていた。イアンとB［ビル］はクライナンに行くのに、いささか苦労した。なぜなら、ボートに大量の水が入り、エンジンにまで達してしまったからだ。帰りは大丈夫だった。イアンはボートをアードラッサまで持って行き、舟底の板が弛《ゆる》んでいないかどうかマルコム[16]に見てもらった。今日もきのうも、一羽の鷲が畑の上を飛んでいた。猫が尖鼠《とがりねずみ》を絶えず捕まえている。尖鼠は干し草の束の中にいるらしい。きのう、若い雄鶏を初めて食べた（五月に孵ったもの）。大変旨く、六人分たっぷりあった。もう三羽来る。今日、飲み物が新しく来た（瓶十二本）。ビルの新しい仔犬が来た（雌）。A［アヴリル］は豚小屋の周りに溝を掘った。

四八年十月十二日　終日、強風。ほんのわずか雨がぱらぱらと降った。海は荒れている。沖は白波。A［アヴリル］が溝を掘ったので、豚小屋は大丈夫のようだ。林檎はまだ十分に熟していない。植え込みは手入れをしてもいい頃だ。

四八年十月十三日　晴だが何度か激しい俄雨が降った。A［アヴリル］とI［イアン］は大きい植え込みの手入れを始めた。脇腹の痛みがひどい。海は静か。

四八年十月十六日　（どうやら、数日抜けているようだ[17]。）晴れた日で、少し俄雨。かなり肌寒い。海は静か。植え込みの手入れを続けた。灯油が少なくなっている。四十ガロンの樽は、一年の今頃は六週間くらいしかもたないようだ。ゴールデン・スパイア種の林檎を摘んだ。三つの大きいもの。非常にいい香りの林檎だ。実際は料理用だとは思うが。

脇腹の痛みが時々ひどくなる。体温（夜）、百度。

四八年十月十七日　晴れた日だが、数回俄雨が降った。かなり肌寒い。海は静か。戸外に出なかった。

四八年十月十八日　すっきりと晴れ、かなり寒い日。夜まで雨は降らなかった。海は静か。A［アヴリル］は植え込みの片付けを続けている。

四八年十月十九日　曇の日。夜まで雨は降らなかった。海は比較的静かだが、クライナンから戻ってきたB［ビル］が言うには、湾の中央では波立っていた。

四八年十月二十日　曇の日、午後雨。給水が不意に止まったので、B［ビル］とA［アヴリル］は小川から水槽に通じている配水管から障害物を取り除きに行かねばならなかった。配水管には泥の塊があった。今年はたくさんのジャガイモが腐った。地面が水浸しの状態だったからだ。この二ヵ月で降雨量は20'[18]だったと言われている。ここではそれほどひどくはないが、アードラッサでは大損害だったらしい。灯油の状態はいまや絶望的だ。

四八年十月二十二日　すっきりと晴れ、風の強い日。寒い。林檎を四ポンド半捥《も》いだ。前に捥いだものと合わせて五ポンド半。

四八年十月二十三日　嫌な日。長時間、霧雨。海は午後五時頃まで静か。ほかの者たちは蓄えを取りにボートでアードラッサに行き、波が立つ前に戻ってきた。ボートは調子よく動いたが、まだ水が入る。灯油の新しいドラム缶が来た。キャラーガスも。

四八年十月二十四日　忌まわしい日。これまでで最悪と言っていい。雨が間断なく降り、風が相当強く、海は荒れている。しかし、そう寒くはない。A［アヴリル］とB［ビル］は一杯溜まったボートの水を掻い出した。屋根からひどく雨が漏る（二箇所）。

NB、ロバート・ショー[19]に瓦の修理を頼むこと。

新しいキャラーガスを使い始めた。灯油のドラム缶も使い始めた。約六週間もつはずだ。

　オーウェルは四八年十月二十四日の項の反対側の頁に次のように書き、「四八年十一月十五日」に傍線を施している。

屋根の件でロバート・ショーに会うこと。

四八年十一月十五日頃、灯油を注文のこと。

四八年十月二十五日　きのうよりよい。晴れているが非常に寒い。北風。海は比較的静か。兎が堤に坐り、日向ぼっこをしていた。

四八年十月二十六日　昨夜、霜。午前中、短時間、霰と霙《みぞれ》が降り、午後一度、短時間、俄雨。そのほかは、すっきりと晴れて寒かった。海は非常に静か。B［ビル］はボートの浸水箇所を見つけたと思っている。それはシャフトにある。彼はグリースでそこを塞いだ。たぶん、それでいいのだろう。赤房スグリの剪定をした（ごく軽く）。

四八年十月二十七日　昨夜、宵の口に雨が降ったあと、また霜が降りた。今日は美しい、晴れて穏やかな日だが、寒い。海はさほど静かではない。A［アヴリル］は植え込みの片付けを終えた。果樹の葉のいくらかは、霜が降りたあと落ちた。木苺をもうすこし剪定し、実の生った枝はすべて切った。鹿が依然として畑に入ってくる。

四八年十月二十八日　すっきりとした快晴の日。ひどく寒い。ボートの中には、まだ水が入っている。漏る箇所がどこかにあるようだ。

四八年十月二十九日　晴だが風が強く寒い。干し草が届いた（一トン、二十五梱《こり》）。できたら、あす、ボートを引き揚げよう。まだ浸水するので。A［アヴリル］はほかの植え込みの土を搔き起こした。海は荒れている。

四八年十月三十日　昨夜、大雨。今日は晴で寒い。ほかの者たちはボートを引き揚げ、干潮時に船尾の水漏れ箇所を塞ぐことができるよう、支柱を施した。B［ビル］は一匹の兎を撃ったが、皮を剝いで台所のテーブルに置いた瞬間、犬に盗まれた。今夜、時計の針を戻す。

四八年十月三十一日　昨夜、雨。終日、烈風。しかし寒くはなかった。海は荒れている。

四八年十一月一日　晴で寒い。

四八年十一月二日　嫌な日。ほぼ小止みなく雨。屋根の雨漏りがひどい。ボールペンのインクが切れた。約六週間しか使っていないのに。[20]海は荒れている。数羽の鷲が頭上を飛んだ。

四八年十一月三日　日中、時々晴。俄雨少し。夕方、豪雨。海は荒れている。雌牛の乳の出が少しよくなった。新しい干し草のおかげに違いない。B［ビル］はもう何匹か明るい色の兎を見た。

四八年十一月四日　やや晴れているが、寒い。A［アヴリル］は升麻《しょうま》と草夾竹桃を植えた。

四八年十一月五日　寒い。時々晴、時々霧雨。午前中、少し雹。海は静か。北風。A［アヴリル］はプリムラポリアンサを植えた。

四八年十一月六日　美しい、穏やかで風のない日。

日の当たっているところは暖かいが、当たっていないところは寒い。海は静か。A［アヴリル］とIは(21)チューリップを約百株植えた。A［アヴリル］は窓の下の花壇の手入れを始めた。午後と晩、非常に気分が悪くなった。外に出たせいに違いない(22)。

四八年十一月七日　美しい穏やかな晴れた日。やや寒い。海はさほど静かではない。

四八年十一月八日　昨夜、霜。穏やかで、すっきりと晴れた日。やや寒い。海は比較的静か。B［ビル］は若い乳牛を雄牛のところに連れて行った（キラクレイン）。八月に仔を産むはずだ。A［アヴリル］は家の下の植え込みの片付けを続けた。黒房スグリを剪定した（ごくわずか）。ルツボが出てきた。疑問、球根に土をかぶせるべきか否か。トラクターのケーブルに問題。飲み物が少なくなっている。NB、注文のこと。今日、数羽の黒歌鳥を見た。それはなんの鳥だろうと不思議に思うくらい、ここでは珍しい。A［アヴリル］は鶫《つぐみ》の群れが飛んでいるのを見た。たぶん、渡り鳥、つまり、野原鶫か脇赤鶫《わきあか》だろう。この湾でディンギーの櫂の一本が流された。グラジオラスとダリアが咲き終えた。薔薇の新しい芽がまだ出てくる。

オーウェルは四八年十一月八日の項の反対側の頁に、次のように書いて照合印を付けている。

ジン等を注文のこと。

四八年十一月九日　夜、強風。大変な荒波。午後少し雨。その後、海はやや凪いだ。

四八年十一月十日　穏やかで曇った日。ほどよく暖かい。海はやや波立っていた。

四八年十一月十一日　穏やかで曇。暖かい。夜、雨。海はあまり静かではない。ほかの者はバーンヒル湾に釣りに行き、十五匹釣った。流された櫂が戻ってきた。最近植えたプリムラポリアンサが咲きかけている。

四八年十一月十六日　数日、日記をつけなかった。この二日間は雨で風が強かった。その前は穏やかで曇だった。寒くはない。今日、海はかなり波立っている。A［アヴリル］は窓の下の花壇の手入れを終え、勿忘草を移植した。豚がびっこをひいていて、そのうち餌をまったく食べなくなるだろう。今は少しいいが、それでもややびっこをひいている。おそらく、湿った豚小屋にいるのでリューマチに罹ったのだろう。一時、車庫に移した。

B［ビル］は腰痛症になった。交雑種の初年鶏（五月に孵ったもの）が卵を産みそうだが、まだ産み始めない。NB、灯油とメタノール変性アルコールを注文のこと。

オーウェルは四八年十一月十六日の項の反対側の頁に、次のように書いて最初の項目に照合の印を付けている。

灯油を注文のこと。

メタノール変性アルコールを注文のこと。

四八年十一月十七日　湿っぽく、曇。少し雨。夕方、豪雨。海は荒れている。新しい雄牛が来た。若い白のショートホーン種（肉牛）。船に十五日乗っていたので、痩せていて、総じて哀れな状態。

四八年十一月十八日　美しい日、ごく暖かい。海は静か。A［アヴリル］は蔓薔薇のために針金を張った。スモモの木を剪定した。おおむね非常に貧弱な木だ。幾株かの薔薇がまだ咲いている。また、動かさずにそのままにしてある匂紫羅欄花《においあらせいとう》が、二つか三つの花を咲かせている。

四八年十一月十九日　嫌な日。雨で風が非常に強い。海は荒れている。最初の初年鶏が卵を産み始めた（五月に孵ったもの）。豚が再び元気になった。溝鼠が麦の束の中にいる。B［ビル］の腰痛症はよくなった。きのう、R[23]は魚を数匹釣った。

四八年十一月二十日　雹を伴った強い俄雨が降ったが、おおむね晴。A［アヴリル］とB［ビル］は新しいバン（シボレー）を家に持ってきた。もう一羽の初年鶏が卵を産んでいる（と思う）。グズベリーを剪定した。

四八年十一月二十一日　一度俄雨、それ以外、美しい日。海は非常に静かで、素晴らしい色。B［ビル］は裏庭の泥を洗い流そうとしている。ホースが必要だ。林檎の木を剪定した（そう骨でもなかった）。一本の垣根仕立ての木以外、ほとんど伸びていない。疑問、もっと肥料が必要なのだろうか、また、あまりに早く根を芝で覆ってしまったのだろうか。

オーウェルは四八年十一月二十一日の項の反対側の頁に、次のように書いて照合の印を付けた。

ホースを注文のこと（六十フィート四分の三インチ）。

四八年十一月二十二日　すっきりと晴れた日。海は静か。一羽の初年鶏が死んだ（以前、なぜか胸に怪我を

したもの)。

四八年十一月二十三日　非常にどんよりと曇った日。寒いが霧が深い。本土は見えない。卵三個。ＲＩＲはまだ羽が抜けるのがひどい。

四八年十一月二十四日　夜間は寒い。今日は快晴だが寒い。東風。匂紫羅欄花が依然として咲きかけている。

四八年十一月二十五日　寒い。東か南東の風。

四八年十一月二十六日　比較的晴れているが、非常に寒い。東または南東の風。海はまずまず静か。一羽のＲＩＲが卵を産み始めた。

四八年十一月二十七日　穏やかで肌寒い。

四八年十一月二十八日　美しい、無風の日、海面はガラスのよう。わずかな霧。本土は見えない。

四八年十一月二十九日　穏やかで曇った日。寒くはない。海はさほど静かではない。今日、ボビーが連れ戻された。ちょっと薄汚くなっているが、かなりいい状態だ。今日、二重卵。どうやら、初年鶏が産んだらしい。

四八年十一月三十日　晴、風が強い、やや寒い。海は荒れている。どうやら二羽のＲＩＲが、今、卵を産んでいるようだ。

四八年十二月一日　晴、風が強い、海は荒れている。夕方遅く小雨。今ではほぼ毎日、卵三個か四個。

四八年十二月二日　昨夜および今日一日中、烈風。大雨。ひどく波立っている。プラム艀《はしけ》(24)がバラバラに砕けた。いつもは乾いているところまで波が押し寄せたので。トラックの供給管に問題。キャブレターが自然に一杯にならないようだ。

四八年十二月三日　曇の日、小雨。時間が経つうちに風は凪いだ。海はまだ荒れ気味だが、きのうのようではまったくない。今では牛の大半が、自分で牛小屋に戻ってくる。灯油がほとんどなくなった。トラックは大丈夫らしい。

四八年十二月四日　美しい、穏やかな晴の日。午後、短時間、俄雨。二つの虹が平行に出た。その一つは、もう一つより色が淡かった。疑問、なぜその現象は、天気雨の時に時々起こるのか。海は静か。雄牛は一九四七年七月に生まれたので、生後約十六ヵ月のようだ。したがって、年の割にはかなり大きい。貧弱な状態だが。石灰を果物の灌木に施した（少量）。

四八年十二月五日　昨夜、強風が起こった。今日はほぼ止み間なく雨が降り、強風が吹いた。海は荒れている。気分が非常に悪い。キャラーガスのボンベが切れそうだ。（四八年十月二十九日に使い始めたので、五週間目だ）。新しいボンベにした。

四八年十二月六日　夜間に風が凪いだ。美しい穏やかな晴の日。海は非常に静か。外に出るほど気分がよくなかった。今日、豚を屠場にやる。ほかの者たちは灯油を買いにクレイグハウスに行ったが、一ガロンしか手に入らなかった。新しい灯油の供給分が島に来るまで、事態は深刻だ。去勢してない雄羊が今日来た。ラジオの電池が切れかけている（いつ入れたか忘れた）。

四八年十二月七日　穏やかで比較的晴れた日。午前中、小雨。海はきのうほど静かではない。A［アヴリル］は豚の内臓の脂肪等を持って帰ってきた。脂肪と頬肉の大きな塊。豚の屠殺と解体の代金として一ポンド払い、豚の足を渡した。気分が非常に悪い。

オーウェルは四八年十二月十九日まで日記をつけなかった。その項は、同じ頁の四八年十二月七日の項あとに、すぐに続く。

四八年十二月十九日　体の具合が悪く、日記がつけられなかった。天候はおおむね非常に穏やかで、曇で、寒くなかった。終日黄昏《たそがれ》のような日もあった。海はおおむね静か。二、三回烈風が吹いたが、雨はほとんど降らなかった。一株のルッボが咲きかけている。B［ビル］が言うには、芝もこの二週間で伸びた。今日、Aが鵞鳥（クリスマス用）を持って帰ってきた。若い野生の山羊（雌）も。豚は頭と足を取ったあと、二ハンドレッドウェイトだった（生後約九ヵ月）。

灯油の新しいドラム缶を使い始めた。十ガロンの借りがあるので、実際には手元に約三十ガロンしかない。

NB、すぐにもっと注文すること。今日、キャラーガスのボンベが空になり始めた。漏っている箇所があるに違いない。おそらくトランスフォーマーに。新しいボンベを使い始めた（NB、今度は一つしかない）。

オーウェルは四八年十二月十九日の項の反対側の頁に、次のように書いて最後の項目に照合の印を付けた。

灯油を注文のこと。

キャラーガスを注文すること。
保険印紙を貰うこと。[25]
干し草を注文すること（一トン）。

四八年十二月二十二日　この二日、非常にすっきりとし、穏やかで、やや寒い天候。海は非常に静か。今は午後三時か三時半頃にランプを点さねばならない。今日、海面に奇妙な白い縞があった。たぶん、稚魚が泳ぎ回っているためだろうが、鳥はなんの関心も示さなかった。
　二ヵ月近く前に受け取った二十五個の梱のうち、まだ八個半の干し草の梱が残っている。したがって、一年の今頃では、一トン（二十五梱）は三ヵ月近くもつはずだ。二頭の乳牛と一頭の仔牛用に。

四八年十二月二十四日　この二晩、厳しい霜。二日間、晴で穏やかで、海は静か。A［アヴリル］がひどい風邪を引いた。クリスマス用の鵞鳥がいなくなった。すると、私たちの海岸から約一マイル離れた錨地の近くの海で泳いでいるのが見つかった。鵞鳥はそこまで泳いで行ったに違いないとB［ビル］は思っている。ビルはディンギーであとを追い、撃たなければならなかった。血を抜き羽根を毟る前の重さは、十ポンド半。
　スノードロップが至る所に咲いている。幾株かのチューリップが出てきた。いくつかの匂紫羅欄花《においあらせいとう》はまだ花を咲かせようとしている。

　オーウェルの「家事日記」第五巻は、ここで終わる。

編者注

（1）　ボブは馬の名。
（2）　それは、バーンヒルの東南東六マイルにある、本土のクライナンの灯台に違いない。バーンヒルの東の尾根から、本土の海岸は容易に見える。
（3）　アンガス・マケクニーはアードラッサに住んでいたロブスター漁師（しかし、アスター家に雇われてはいなかった）。
（4）　たぶん、そこに揺蚊《ミッジ》が多かったことから、地元の湾の一つにオーウェルたちが付けた名前であろう。
（5）　宛先は不明。
（6）　クリックの『ジョージ・オーウェル』の図版三十は、テントが前にある、一九四八年のバーンヒルを示している。それは、バウカーが『ジョージ・オーウェルの内側』のそれと同じ写真のキャプションで説明しているように、刈り取り人夫のために使われた。オーウェルがここで言っている「ほかの者たち」は、彼らを指すのだろう。テントが吹き倒されたことについて

は、四八年八月二十三日の項を参照のこと。
(7) たぶん、サー・リチャード・リースであろう。しかし、オーウェルのポーランド人の隣人、トニー・ロズガか、さらには息子のリチャードの可能性さえある。オーウェルは日記の四八年八月三十一日の項で、ロズガを「トニー」と言っている。アヴリルは一九四八年七月二十九日付のマイケル・ケナード宛の手紙で、「リチャード・リースもここに一日か二日来ます」と書いている。彼の訪問は長くなるか、繰り返されたかに違いない。しかし、ロズガ家の一人が、羊を殺虫液に浸して洗うというような仕事の手伝いをしたことはありうる。(四八年八月二十三日の項)
(8) 匂紫羅欄花は土にそのままにしておくと、たいてい二年目に花を咲かせる。茎がひょろ長くなる傾向があるが。
(9) またしても、誰が麦を刈っているのか定かではない。リチャード・リースなのかトニー・ロズガなのかわからない。この場合、ロズガである可能性のほうが高いが。
(10) 「灰」を何に使うのかは、あまり定かではない。オーウェルは小径に撒くために灰を手に入れたかったのかもしれない。
(11) コロンゼイはジュラ島よりずっと小さな島で、ジュラ島の西約十五マイルのところにある。ボートでなら、その約二倍の距離になるだろう。
(12) オーウェルはディック氏に検査してもらうためにヘアマイヤーズ病院に戻っていた。後出の、一九四八年十月九日付のデイヴィッド・アスター宛の手紙を参照のこと。
(13) ギーアはジュラ島の南東にある小島。
(14) アヴリル、およびインヴァーラッサに住み、アードラッサの農園で働いていたイアン・マケクニーであろう。「I」はオーウェル自身ではあり得ない。終止符はごく明瞭である。
(15) 灯油を燃料とする室内暖房機の商標。
(16) マルコム・マケクニーはイアンの父。
(17) 「どうやら」とあるが、これはオーウェル自身が書いた項。
(18) 二十フィート。オーウェルは二十インチ(20″)のつもりだったのに違いない。
(19) ロバート・ショーはラグに住んでいた建築業者。ラグはバーンヒルの南約十五キロの海岸道路沿いにある。
(20) オーウェルは、ジュリアン・シモンズに宛てた一九四七年十二月二十六日付の手紙に三ポンド同封し、ボールペンを買ってくれと頼んだ。一九四八年にボールペンを買ったという、ほかの記録はない。
(21) イアン・マケクニー。
(22) オーウェルが菜園で実際になんの力仕事もできなかったのは、過去の項から明らかである。彼は十一月十五日、自分は雑草を引き抜くこともできず、数百ヤード歩いただけで参ってしまうとアントニー・ポウエルに語った。したがって、彼の気分が非常に悪かったのは、菜園の仕事を手伝うために外に出た結果ではなく、単に外に出た結果である。それは、彼が『一九八四年』の最終稿をタイプし、また、ボールペンのインクが切れたことから判断すると、推敲もしていた時期である。
(23) たぶん、オーウェルの息子、リチャードであろう。オーウェルは一九四八年十一月十九日付のデイヴィッド・アスター宛の手紙で、リチャードは「先日、ほかの者と一緒に釣りに行って数匹魚を釣った」と書いた。
(24) プラム（正しくはプラーム）は平底の、舳が四角の艀。したがって、オーウェルの書いた「プラム艀」という語句は、類語反復である。
(25) 法律によって必要とされていた国民保険制度の保険印紙は、自由業の自分自身のためのものか、オーウェルとリチャード・リースの使用人だったビル・ダンのためのものであろう。

最後の文学ノートからの関連する項

一九四九年三月二十一日～一九四九年九月

オーウェルは一九四九年一月二日頃、病状が再び悪化したので、ジュラ島からグロスタシャーのストラウドにあるクラナム療養所へ移った。

オーウェルの最後の文学ノートには、クラナム療養所とユニヴァーシティー・コレッジ病院に関する、いくつかの手書きの項がある。ヘアマイヤーズ病院の場合同様、その二つの病院の日課が記されていて、日付のある短い、具体的な記述がある。クラナム療養所の項の日付は一九四九年三月二十一日と三月二十四日と四月十七日である。最初と最後の項はここに収めたが、二番目の項は五七七頁から五七八頁にかけて挿入した。なぜならその項は、オーウェルが一九四八年にヘアマイヤーズ病院で受けたストレプトマイシンによる治療に言及したものだからである。つまり、オーウェルが当時受けていた薬物療法に関連する箇所に置かれたわけである。

四九年三月二十一日　ここ（クラナム療養所）の日課は、ヘアマイヤーズ病院のそれとは大違いだ。ヘアマイヤーズ病院の人たちは私に対し、みな非常に親切で思いやりがあったが——実のところ、驚くほどに——自分で入院費を払っている場合の生活の質の差を、四六時中感じざるを得ない。ここでの最も際立った違いは、病院よりもずっと静かだということ、また、何もかも、もっとゆったりと行われるということだ。私はいわゆるシャレーに入っている。それは、ガラスのドアが付いた、並んでいる木製の小屋の一つで、どのシャレーも約十五フィート×十二フィートだ。お決まりのナイトテーブル等のほかに、湯の出るパイプ、洗面台、整理箪笥、衣裳箪笥がある。外にはガラス屋根のベランダがある。何もかもが手で運ばれてくる——病院で絶えず聞こえてくる、例の忌むべきワゴンのカタカタという音はまったくしない。ラジオの騒音もあまり聞こえない——どの患者もへッドホンを持っているのだ。(ここではラジオは、ホーム・サービスに常に合わされている。ヘアマイヤーズでは、たいていライトに合わされていた。)[1]一番ひっきりなしに聞こえてくるのは鳥の声だ。

一日の日課——

午前七時。脈拍と体温の測定。そのために、私は体温計を口に入れるのに必要な時間以上には目を覚まさない。そしていつも、あまりに眠くて目盛りを読むことができない。

七時半。痰カップの交換。

八時。朝食。朝食後、起床して洗面。風呂は週に二回しか許されていない。「体力を消耗する」と思われているからだ。

九時半(約)。ベッドが整えられる。

十一時。一杯のコーヒー。

十二時(約)。部屋の掃除と塵《ちり》払いが行われる。

十二時〜十二時四十分。休息時間。この時間は横になることになっている。医師はたいていこの時間に来る。

十二時四十分。昼食。

二時〜二時四十分。休息時間。実際には私は二時半から三時半まで眠る。

三時半。ティー。

六時。体温と脈拍の測定。

六時〜六時四十分。休息時間。

六時四十分。夕食。

九時半(約)。一杯のティー。

十時半。消灯。

ほぼ月に一回だけ、体重測定と病原菌検査等がある。

ここの費用は週に十二ポンド十二シリングだが、それには賄いと宿泊代以外のものはあまり含まれていず、特別な薬代、手術代は別だ。

四九年四月十七日(クラナム) 奇妙な現象だが、「シャレー」のこの(最も入院費の高い)[2]ブロックの患者の大半のところに復活祭日に見舞い客が来ると、大勢の上流階級の英国人の声が聞こえる。私は二年間、そういう声をほとんど聞いていなかった。聞いたとしても、せいぜい数回だ。私の耳は労働者階級か中流の下のスコットランド人の声に次第に慣れてしまった。例えば、ヘアマイヤーズの病院では、私のところに見舞い客が来た場合以外、「教養のある」抑揚を、文字通り一遍も聞かなかった。そういう声を聞くと、初めて聞いたかのような気がする。なんたる声! 一種の過食、愚鈍な自惚れ、なんでもないことで絶えずへらへらと笑う癖。とりわけ、心底からの悪意と結びついている一種の鈍重さと富——なんであれ知的で、繊細で、美しいものの敵である人間。人は、彼らの姿を見ることができなくとも、声だけで彼らがそういう人間であるのを本能的に感じるのだ。誰も

がわれわれをひどく憎むのも不思議ではない。

『一九八四年』は一九四九年六月八日にセッカー&ウォーバーグ社から出版され、その五日後に、ニューヨークのハーコート・ブレイス社から出版された。同書は大変な衝撃を与えたので、早くも一九四九年八月二十七日、そのラジオ版がNBC大学劇場シリーズ〔大学生を対象に名作を脚色して放送した番組〕の一つとして放送された。それはミルトン・ウェインによって巧みに脚色され、デイヴィッド・ニーヴンがウィンストン・スミスを演じた。小説家ジェイムズ・ヒルトンは幕間に解説をした。

九月三日、オーウェルはロンドンのユニヴァーシティー・コレッジ病院に移された。次の項は、オーウェルがその病院の日課について、一九四九年九月頃に、最後の文学ノートに記したものである。そこには、彼の病室についての記述もある。

ユニヴァーシティー・コレッジ病院（私費の病棟）での日課

午前七時〜七時半。体温測定。決まった質問。「眠れましたか？」

七時半〜八時。ブランケット・バス〔病人を寝かせたまま洗うこと〕。ベッドを整える。ひげ剃り用の水。背中のマッサージ。

八時四十五分（約）。朝食。新聞が来る。

九時半（約）。病棟の婦長が郵便物を持って来る。

十時。体温測定。

十時半。（目下）私のベッドは「傾け」られている。病棟のメイドが部屋を掃除に来る。

十一時（約）。病院の雑役夫が塵払いに来る。

十二時三十分。ベッドが下ろされる。

午後十二時四十五分。昼食。

二時。体温測定。

二時半。ベッドが「傾け」られる。

三時半。ベッドが下ろされる。

三時四十五分。ティー。

五時。体温測定。

五時半（約）。腰まで洗われる。背中のマッサージ。

六時四十五分。夕食。

十時。体温測定。ある種の飲み物。

十時半（約）。ベッドが「傾け」られ、間もなく明かりが消される。

医師が来る時間は決まっていない。毎日の日課の回診はない。

部屋にあるもの——洗面台、戸棚、ベッドの脇のロッカー、ナイトテーブル、整理箪笥、衣裳箪笥、鏡二面、ラジオ（ベッドの脇につまみがある）、電気白熱ヒーター、ラジエーター、肱掛椅子、もう一脚の椅子、ベッドサイド・ランプ、電話。費用は週に十五ギニー〔一ギニーは二十一シリング〕、加えて医師に払う費用。しかし、特別な薬の代金は含まれているらしい。電話またはラジオ代は含まれていない。（ラジオ代は週に三シリング六ペンス。）

オーウェルの日記はここで終わる。

編者注

（1）ホーム・サービスは現在のラジオ4に相当し、ライト・プログラムはラジオ1と2に相当する。第三プログラムはラジオ3に相当し、内容もスタイルも、ほぼ同じであった。

（2）国家医療制度は、一九四八年七月五日から、その「揺り籠から墓場まで」の保障を開始したが、自費で治療を受けたい者のための私的施設もまだあった。

一九四九年十月十三日、オーウェルはユニヴァーシティー・コレッジ病院にいたあいだにソニア・ブラウネルと結婚した。彼はスイスに行けば健康が回復するのではないかと思っていた。友人たち（特に書籍販売業者）が、彼の旅費のための資金を集めた。残念なことに、彼はスイスに行く前に、一九五〇年一月二十一日土曜日の早朝、大量の喀血をして死亡した。彼の愛用の釣り竿が病室の隅に立てかけてあった。葬式はマルコム・マガリッジが手配し、ロンドン、NW1、オールバニー街のクライスト教会で執り行われた。オーウェルは火葬ではなく土葬にしてもらいたいと言っていたので、デイヴィッド・アスターが手配し、バークシャーのサットン・コートニーにあるオール・セインツ教会に彼を埋葬した。墓石には、ただ、こう彫られた。「エリック・アーサー・ブレア、ここに眠る」。それに、生まれた年月日と没した年月日が。

訳者あとがき

全体主義を鋭く諷刺・批判した小説『動物農場』と『一九八四年』で世界中に知られ、またジョンソン博士とハズリット以来の最良のエッセイストと評されることの多いジョージ・オーウェルが一九五〇年に没してからちょうど六十年経つが、オーウェルの今日的意義は、ますます高まるばかりである。我が国でもつい最近、『一九八四年』の新訳が出たばかりである。英国においてもオーウェルに対する関心は、詳細な注を施した『ジョージ・オーウェル全集』全二十巻を完成させるという偉業を成し遂げた英国のオーウェル研究家ピーター・デイヴィソンが、昨年、本書『ジョージ・オーウェル日記』を公刊し、続いて今年、『ジョージ・オーウェル書簡集』(*George Orwell—A Life in Letters* 弊社より近刊)を公刊したことによって、オーウェルに対する関心がいっそう深まったと言えよう。もちろん、オーウェルの日記も手紙もすでに『全集』の第十巻以降の各巻に、ほかのエッセイや書評などと一緒に年代順に収められているが、日記と手紙のみがそれぞれ一冊にまとめられたのは、初めてである。

現存するオーウェルの十一冊の日記が書かれた経緯については、それぞれの日記の初めにデイヴィソンによる懇切な解説があるが、オーウェルの日記のいくつかは、彼の著作の原体験と言ってよかろう。例えば「ホップ摘み日記」は『パリ、ロンドンどん底生活』と『牧師の娘』になり、ウィガン探訪日記は『ウィガン波止場への道』になり、「マラケシュ・ノート」はエッセイ、『マラケシュ』になった。

デイヴィソンも書いているように、オーウェルは、身辺の出来事を記録した「家事日記」の場合と異なり、「戦時日記」を公刊する意図を持っていた。しかし、時の政府の軍事政策に対する批判が数多く含まれていたため、出版社から出版を断られた。「戦時日記」は、第二次世界大戦中のロンドンの空襲が実際にどのようなものであったかを生々しく伝える貴重な記録になっている。また、四十歳近くになって国内軍に志願するが健康上の理由ではねられ、やむなく国土防衛軍の一員として、無能な上官をこっぴどく批判しながらも勤務に精励するオーウェルの姿は微笑ましい。

オーウェルの隠れた面を知るうえで非常に興味深いのは「家事日記」全五巻と「ジュラ島日記」である。たとえば「ジュラ島日記」では、妹の腕の脱臼、息子の怪我、ボートの転覆事故以外事件らしい事件はなく、日々の天候、ジャガイモ、豌豆、隠元豆、玉葱、蕪、トマト、キャベツ、ペポカボチャなどの菜園の作物の状況、林檎、スモモなどの果樹の実の生り具合、鶏が産んだ卵の数、目にした野鳥の種類、釣果、ロブスター捕りの成果、自分の飼っている牛、豚、山羊、家鴨、鵞鳥などの状態、オタマジャクシ、蝸牛《かたつむり》の観察結果などについての詳細な記述が坦々として続く。創作についての記述のまったくない、作家の日記というよりは農事日記、自然観察日記である。しかし、通して読み進むと、熱烈な自然愛好家、自然観察家、素人博物学者でもあったオーウェルの全体像が鮮やかに浮かび上がってくる。

オーウェルは病が篤くなって本土の病院に入るまで、ジュラ島で電気も水道も来ない古い農家を借りて妹のアヴリルと二人で住み、「牧歌的」生活を送る一方、悪戦苦闘しながら『一九八四年』を書いていた。彼の生涯で最も大きな意味を持っていた「バーンヒル」という「屋号」のその家がどんなものだったかは、アヴリルが姉の夫に宛てた手紙（一九四六年七月一日付）からよく窺うことができる。「エリック」は「エリック・ブレア」、すなわちオーウェルである。

ここはとても素敵な農家で、五つの寝室と浴室、二つの居間、台所の大きな食料貯蔵室、酪農室〔牛乳をバターやチーズに加工する部屋〕などがあります。家は南に面していて、そこここに小さな島が点在するジュラ湾の美しい景色を眺めることができます。エリックが小さなボートを買ったので、私たちは魚が上がってくる時間の夕方に釣りに出掛けます……私たちの一番近い隣人たちは一マイル先に住んでいます。そして、地元の地主である私たちの家主一家が住んでいるアードラッサまで、八マイルほど、細長い、荒涼とした辺鄙な田園地帯が続きます。そこはいわゆる村ですが、お店は一軒もありません。この島で唯一のお店はクレイグハウスにあります。クレイグハウスは週に三回船が来る港です。私たちは、Eが買ったおんぼろのフォード・バンで週二回、アードラッサまで手紙を取りに行きます。道はひどい悪路です。

本書には、オーウェル自身の鉛筆による素朴な筆致の素描がいくつか収められているが、英国の批評家ニコラス・レザードは『ジョージ・オーウェル日記』を二〇一〇年六月十二日付の『ガーディアン』紙で書評し、こう述べている。

「本書のちょっとした楽しみの一つは、モロッコの大工が使う旋盤、アラブ人が馬に乗る際に使う鐙《あぶみ》、木炭を入れる火鉢……のオーウェル自身のスケッチが載っていることである。それが、なぜそれほど楽しいのか。それは、すでに最も人間的で親しみのある作家の一人になっているオーウェルを、われわれにとっていっそう生き生きとした存在にするからである。まるで、われわれが彼と一緒にいるかのようだ」

編者のピーター・デイヴィソンの異色の経歴について短く紹介しておく。彼は一九二六年英国北部に生まれ、七歳の時に父が死に、母が女優になるためロンドンに行ったので孤児院で教育を受けた。十六歳になる前に社会に出て、映画会社に勤めたのち海軍に入った。除隊後、鉄道雑誌編集者などを経て、夜学と通信講座で学士号、修士号を取得し、のちシドニー大学の講師になった。その間に現代演劇をテーマにした博士論文を書き、バーミンガム大学、ケント大学などで教え、現在はグリンダー大学名誉教授である。これまでにオーウェルに関する本を三十冊近く書き、編集した。ほかの著書、編纂書を合わせるとデイヴィソンの本は百冊以上になる。デイヴィソンは文学に対する貢献によって一九九九年に大英帝国四等勲士に叙せられ、二〇〇三年、文献学会から金賞を授与された。

最後に、本書の翻訳にあたり、編者をはじめ、早稲田大学教授のポール・スノードン氏、アントニー・ニューエル氏、岩田駿一氏、長與進氏、齊藤泰治氏、現代メキシコ詩翻訳家細野豊氏、朝日新聞記者三浦俊章氏、白水社編集部藤波健氏にひとかたならぬお世話になった。心から感謝申し上げる。なお、「Domestic Diary」の訳語「家事日記」は、B・クリック著、河合秀和訳『ジョージ・オーウェル』（岩波書店）から借用した。また。訳注は編者に負うところが多い。

二〇一〇年七月十七日

高儀進

本文図版クレジット

p.37 :The Wigan Pier and Basin, *c.* 1905 © Wigan Archives Service, WLCT
p.43 :Cliffe Park Hall; photograph by Peter Davison
p.452 : Sketch map of Jura by Mara Davison
All sketches are from Orwell's originals in his Diaries.

訳者略歴
一九三五年生
早稲田大学大学院修士課程修了
翻訳家
日本文藝家協会会員

主要訳書
D・ロッジ「大英博物館が倒れる」

「交換教授」

「どこまで行けるか」

「小さな世界」

「楽園ニュース」

「恋愛療法」

「胸にこたえる真実」

「考える…」

「作者を出せ！」

「ベイツ教授の受難」

R・ムーアハウス「ヒトラー暗殺」

D・C・ラージ「ベルリン・オリンピック 1936」

B・マッキンタイアー「ナチが愛した二重スパイ」

ジョージ・オーウェル日記

二〇一〇年 九 月二〇日 印刷
二〇一〇年一〇月一五日 発行

著 者 ジョージ・オーウェル
編 者 ピーター・デイヴィソン
訳 者 © 高《たか》儀《ぎ》 進《すすむ》
装丁者 日 下 充 典
発行者 及 川 直 志
印刷所 株式会社 理 想 社
発行所 株式会社 白 水 社
東京都千代田区神田小川町三の二四
電話 営業部〇三（三二九一）七八一一
編集部〇三（三二九一）七八二一
振替 〇〇一九〇 - 五 - 三三二二八
郵便番号 一〇一 - 〇〇五二
http://www.hakusuisha.co.jp
乱丁・落丁本は、送料小社負担にてお取り替えいたします。

松岳社 株式会社 青木製本所

ISBN978-4-560-08092-4

Printed in Japan

英国文学史　古典主義時代

イポリット・テーヌ
手塚リリ子／手塚喬介訳

ドライデン、アディスン、スウィフトなどの文学を通して、王制復古（一六六〇年）後の約一〇〇年間のイギリス文学の支配的な特性を見事に剔出した古典的著作。テーヌの芸術哲学の精華。

大英国　歴史と風景

ルイ・カザミヤン
手塚リリ子／石川京子訳

英国全土を実地に踏査しながら、その土地と風景の特質を描き出した英文学研究の泰斗による古典的名著。博大な学識と鋭い洞察により、英国人の性格、歴史、文学と芸術を生彩に富んだ筆致で捉える。

ルイ・カザミヤンの英国研究

島田謹二

英文学を研究対象とし大きな成果を上げた、フランス人研究者たち。『英国文学史』『大英国』執筆に至るカザミヤンの研究方法を精細に跡づけ、外国人による外国文学研究の具体的方法の実際を示す。

ロンドンのボヘミアン

アーサー・ランサム
神宮輝夫訳

二〇世紀初頭のロンドン。そこは自由を謳歌し芸術談義に興じるボヘミアンの町だった。本書は、その群にまじり、紫煙の中で作家への道を探っていたランサムの青春そのものである。